Jodi Picoult

BIS ANS ENDE DER GESCHICHTE

Jodi Picoult

BIS ANS ENDE DER GESCHICHTE

Aus dem Amerikanischen
von Elfriede Peschel

Roman

C. Bertelsmann

Die Originalausgabe erschien 2013 unter dem Titel
»The Storyteller« bei Emily Bestler Books/Atria Books,
a Division of Simon & Schuster, Inc., New York.

MIX
Papier aus verantwortungsvollen Quellen
FSC® C014496

Verlagsgruppe Random House FSC® N001967
Das für dieses Buch verwendete FSC®-zertifizierte Papier
EOS liefert Salzer Papier, St. Pölten, Austria.

2. Auflage

Umschlaggestaltung: buxdesign, München
Satz: Uhl + Massopust, Aalen
Druck und Bindung: GGP Media GmbH, Pößneck
Printed in Germany
ISBN: 978-3-570-10217-6

www.cbertelsmann.de

Für meine Mutter Jane Picoult,
weil du mir gezeigt hast, dass es nichts Wichtigeres
als die Familie gibt.
Und weil du nach zwanzig Jahren mal
wieder dran bist.

Mein Vater wurde nicht müde, mir die Wünsche für seine eigene Beerdigungszeremonie zu schildern. »Ania«, pflegte er zu sagen, »keinen Whiskey auf meiner Beerdigung. Ich möchte den besten Brombeerwein. Und keine Tränen, denk dran. Und ich möchte unter Trompetenfanfaren und umschwirrt von weißen Schmetterlingen in die Erde hinabgelassen werden.« Eine echte Persönlichkeit, mein Vater. Er war der Dorfbäcker und backte jeden Tag zusätzlich zu den Laiben für die Dorfbewohner ein einzelnes Brötchen für mich, das so einzigartig wie köstlich war: Der mit süßem Zimt und reichhaltiger Schokolade vermischte Teig war geflochten wie eine Prinzessinnenkrone. Und die geheime Zutat, sagte er, sei seine Liebe zu mir, weshalb dieses Gebäck besser schmeckte als alles andere, was ich je gegessen hatte.

Wir wohnten am Rande eines Dorfes, das so klein war, dass jeder jeden beim Namen kannte. Unser Haus war aus Natursteinen erbaut und hatte ein Strohdach; der Ofen, mit dem mein Vater backte, heizte das ganze Haus. Ich saß meist am Küchentisch und pulte Erbsen, die ich in dem kleinen Garten hinter dem Haus anbaute. Mein Vater öffnete dann die Tür des gemauerten Ofens und holte mit dem Brotschieber die krossen, runden Brotlaibe heraus. Im Schein der roten Glut zeichneten sich seine kräftigen Rückenmuskeln unter dem vom Schweiß nassen Bäckerhemd ab. »Ich möchte keine Beerdigung im Sommer, Ania«, ergänzte er. »Sorg dafür, dass sie an einem kühlen Tag stattfindet, wenn ein leichtes Lüftchen weht. Noch bevor die Vögel südwärts fliegen, damit sie für mich singen können.«

Ich gab vor, seine Wünsche aufzuschreiben. Dieses makabre Gespräch machte mir nichts aus, denn ich hielt meinen Vater für so stark und unverwüstlich, dass ich nicht daran glaubte, eine seiner Bitten jemals erfüllen zu müssen. Einige andere im Dorf fanden diese Art von Beziehung zu meinem Vater, die Tatsache, dass wir über so etwas scherzen konnten, merkwürdig, aber meine Mutter war gestorben, als ich noch ein Kind war, und wir hatten nur noch uns.

Die Probleme begannen an meinem achtzehnten Geburtstag. Anfangs beklagten sich nur die Bauern, die, wenn sie zum Füttern ihrer Hühner herauskamen, nur noch ein wildes Gestöber blutiger Federn im Hühnerstall vorfanden oder ein fast völlig ausgeweidetes Kalb, um dessen Kadaver die Fliegen schwirrten. »Ein Fuchs«, meinte Baruch Beiler, der Steuereintreiber, der in einem herrschaftlichen Haus wohnte, das mitten auf dem Dorfplatz prunkte wie ein Edelstein am Hals eines Königs. »Oder auch eine Wildkatze. Zahlt mir, was ihr mir schuldet, und als Gegenleistung wird man euch beschützen.«

Eines Tages kam er zu unserem Häuschen, als wir nicht auf ihn vorbereitet waren, und damit meine ich, dass wir es nicht mehr geschafft hatten, die Türen zu verbarrikadieren, das Feuer zu löschen und somit den Anschein zu erwecken, gar nicht zu Hause zu sein. Mein Vater formte herzförmige Laibe, wie er das immer an meinem Geburtstag tat, damit die ganze Stadt erfuhr, dass es ein besonderer Tag war. Baruch Beiler kam in die Küche gestiefelt, hob seinen Stock mit der goldenen Spitze und schlug damit auf den Arbeitstisch. Eine Mehlwolke stieg auf, und als sie sich wieder legte, fiel mein Blick auf den Teig zwischen den Händen meines Vaters, auf das zweigeteilte Herz.

»Bitte«, sagte mein Vater, der sonst nie bettelte. »Ich weiß,

was ich versprochen habe. Aber das Geschäft lief schlecht. Wenn Sie mir noch etwas mehr Zeit geben …«

»Du bist in Verzug, Emil«, sagte Beiler. »Ich besitze das Pfandrecht für dieses Rattenloch.« Er kam näher heran. Zum ersten Mal in meinem Leben hielt ich meinen Vater nicht für unbesiegbar. »Weil ich ein großzügiger Mann, ein edelmütiger Mann bin, gebe ich dir Aufschub bis Ende der Woche. Aber wenn du dann nicht mit dem Geld beikommst, nun, ich kann nicht sagen, was dann geschehen wird.« Er hob seinen Stock an und ließ ihn wie eine Waffe durch die Hände gleiten. »Es gab in letzter Zeit so viele … Unglücksfälle.«

»Genau das ist der Grund, weshalb wir so wenig Kundschaft haben«, warf ich kleinlaut ein. »Es traut sich keiner mehr, zum Markt zu gehen, weil die Leute Angst vor dem Tier da draußen haben.«

Baruch Beiler drehte sich um, als würde er meine Anwesenheit zum ersten Mal bemerken, und musterte mich – von meinen dunklen Haaren, die in einem Zopf zusammengefasst waren, bis zu den Lederstiefeln an meinen Füßen, deren Löcher mit dicken Stoffflicken repariert worden waren. Ich erschauderte unter seinem Blick, der jedoch anders als der Damians war, der Hauptmann der Wache, der mich mit seinen Blicken verfolgte, wenn ich den Dorfplatz verließ – als wäre ich Sahne und er die Katze. Nein, dieser Blick war geschäftsmäßiger, taxierender. Ich fühlte mich, als versuchte Baruch Beiler abzuschätzen, welchen Wert ich haben könnte.

Er griff über meine Schulter hinweg zum Drahtgestell, auf dem die letzte Ladung Brotlaibe zum Auskühlen lag, nahm sich einen herzförmigen Laib vom Regal und klemmte ihn sich unter den Arm. »Für unterwegs«, verkündete er und verließ das Haus, wobei er die Tür sperrangelweit geöffnet ließ, einfach nur deshalb, weil er es sich erlauben konnte.

Mein Vater sah ihm hinterher und zuckte mit den Schultern. Dann nahm er die nächste Handvoll Teig und begann, ihn zu formen. »Achte nicht auf ihn. Er ist ein kleiner Mann, der einen großen Schatten wirft. Eines Tages werde ich auf seinem Grab tanzen.« Und mit einem Lächeln, das sein Gesicht weich werden ließ, wandte er sich mir zu. »Ach, übrigens, Ania, da fällt mir etwas ein. Auf meiner Beerdigung soll es eine Prozession geben. Erst die Kinder, die Rosenblüten streuen. Dann edelste Damen, mit Sonnenschirmen, so bunt wie exotische Blüten. Dann natürlich mein Sarg, gezogen von vier – nein – von fünf schneeweißen Pferden. Und schließlich hätte ich Baruch Beiler gern als Schlusslicht, der den Pferdemist aufsammelt.« Dabei warf er den Kopf in den Nacken und lachte. »Außer natürlich, er stirbt zuerst. Je eher, desto besser.«

Mein Vater wurde nicht müde, mir die Wünsche für seine eigene Beerdigungszeremonie zu schildern… am Ende aber sollte ich zu spät kommen.

TEIL I

Man kann unmöglich gläubig sein in einer Welt, die aufgehört hat, den Menschen als Menschen zu sehen, die einem »beweist«, dass man kein Mensch mehr ist.

Simon Wiesenthal, *Die Sonnenblume*

SAGE

Wir haben den zweiten Dienstag im Monat, und Mrs. Dombrowski bringt ihren toten Ehemann mit in unsere Therapiegruppe.

Es ist gerade erst fünfzehn Uhr, und die meisten von uns sind noch damit beschäftigt, den mehr oder weniger ungenießbaren Kaffee in Pappbecher zu füllen. Ich habe einen Teller Gebäck mitgebracht – Stuart hatte mir letzte Woche erzählt, er komme nicht mehr wegen der Trauerarbeit zu Helping Hands, sondern nur noch wegen meiner Butterscotch-Pekan-Muffins –, und als ich den Teller gerade hinstellen will, deutet Mrs. Dombrowski mit einem scheuen Nicken auf die Urne, die sie in Händen hält. »Das«, teilt sie mir mit, »ist Herb. Herbie, das ist Sage. Sie ist die, von der ich dir erzählt habe – die Bäckerin.«

Ich bleibe wie erstarrt stehen und neige wie üblich meinen Kopf, sodass meine Haare die linke Seite meines Gesichts bedecken. Sicherlich gibt es ein Protokoll dafür, wie man einem eingeäscherten Ehepartner zu begegnen hat, aber ich bin ziemlich verloren. Soll ich Hallo sagen? Den Griff der Urne schütteln?

»Na so was«, sage ich schließlich, denn wir haben in dieser Gruppe zwar nicht viele Regeln, diese wenigen sind dafür aber strengstens zu befolgen: Sei ein guter Zuhörer, urteile nicht und setze der Trauer anderer keine Grenzen. Und wer kannte diese Regeln besser als ich? Schließlich kam ich seit fast drei Jahren hierher.

»Was haben Sie mitgebracht?«, will Mrs. Dombrowski von mir wissen, und da erst wird mir klar, warum sie die Urne ihres Ehemanns mit sich herumschleppt. Bei unserem letzten Treffen hat unsere Moderatorin – Marge – vorgeschlagen, für die anderen ein Erinnerungsstück an das mitzubringen, was wir verloren haben. Und jetzt sehe ich auch, dass Shayla ein paar rosa Strickschühchen so fest umklammert hält, dass ihre Knöchel ganz weiß sind. Ethel hält eine Fernbedienung in der Hand. Stuart hat – wieder – die bronzene Totenmaske seiner ersten Frau dabei. Die Maske ist schon mehrmals in unserer Gruppe aufgetaucht und war das Gruseligste, was ich je gesehen habe – bis jetzt, da Mrs. Dombrowski Herb mitgebracht hat.

Bevor ich eine Antwort stottern kann, ruft Marge unsere kleine Gruppe zur Ordnung. Wir bilden mit unseren Klappstühlen einen Kreis, dicht genug beieinander, damit wir jemandem auf die Schulter klopfen oder eine tröstende Hand ausstrecken können. In der Mitte steht eine Schachtel Papiertaschentücher, die Marge zu jeder Sitzung für alle Fälle mitbringt.

Marge beginnt häufig mit einer allgemeinen Frage: *Wo wart ihr während der Ereignisse von 9/11?* Durch eine gemeinsame Tragödie kommen die Leute ins Gespräch, und dies macht es oft einfacher, über das persönliche Unglück zu sprechen. Aber dennoch gibt es immer Leute, die gar nichts sagen. Manchmal vergehen Monate, bevor man überhaupt erfährt, wie sich die Stimme eines neuen Teilnehmers anhört.

Heute jedoch erkundigt Marge sich gleich nach den Erinnerungsstücken, die wir mitgebracht haben. Ethel hebt die Hand. »Die hat Bernard gehört«, sagt sie und streicht mit dem Daumen über die Fernbedienung. »Ich wollte nicht, dass er sie hat – ich habe weiß Gott wie oft versucht, sie ihm aus der Hand zu nehmen. Ich habe nicht mal mehr den Fernseher, für den sie gedacht ist. Aber irgendwie bringe ich es nicht übers Herz, sie wegzuwerfen.«

Ethels Ehemann lebt noch, aber er hat Alzheimer und keine Ahnung mehr, wer sie ist. Die Verluste, die die Leute betrauern, sind mannigfach – von klein bis groß. Man kann seine Schlüssel, seine Brille, seine Jungfräulichkeit verlieren. Man kann den Kopf verlieren, sein Herz oder auch den Verstand. Man kann sein Zuhause aufgeben, um ins betreute Wohnen zu ziehen, oder muss ein Kind auf einen anderen Kontinent ziehen lassen, oder man muss mit ansehen, wie der Ehepartner in der Demenz versinkt. Verlust ist nicht allein auf den Tod beschränkt, und Trauer ist mit Grauschleiern überzogenes Gefühl.

»Mein Ehemann nimmt die Fernbedienung in Beschlag«, sagt Shayla. »Und er sagt, er tue dies, weil die Frauen alles andere kontrollieren.«

»Eigentlich ist es ein Instinkt«, wirft Stuart ein. »Der Teil des Gehirns, der für territoriale Ansprüche zuständig ist, ist bei Männern größer als bei Frauen. Das habe ich in der Sendung von John Tesh gehört.«

»Und dadurch wird es zur unumstößlichen Wahrheit?« Jocelyn verdreht die Augen. Wie ich ist sie in den Zwanzigern. Doch im Unterschied zu mir hat sie keine Geduld für alle, die jenseits der vierzig sind.

»Danke, dass Sie uns Ihr Erinnerungsstück vorgestellt haben«, schaltet sich Marge rasch ein. »Was haben Sie heute mitgebracht, Sage?«

Meine Wangen fangen an zu brennen, als aller Augen sich auf mich richten. Obwohl ich jeden Einzelnen in der Gruppe kenne, obwohl unser Kreis auf Vertrauen gründet, ist es für mich noch immer schmerzhaft, mich den musternden Blicken zu öffnen. Die Haut meiner Narbe, ein Seestern, der sich faltig über mein linkes Augenlid und die Wange zieht, spannt noch mehr als sonst.

Ich schüttele meine langen Stirnfransen über die Augen und ziehe unter meinem Tanktop die Kette mit dem Ehering meiner Mutter als Anhänger hervor, die ich ständig trage.

Natürlich weiß ich, warum es sich – drei Jahre nach dem Tod meiner Mom – noch immer anfühlt, als würde mir ein Schwert in die Rippen gestoßen, wenn ich an sie denke. Aus demselben Grund bin ich auch als Einzige meiner ursprünglichen Trauergruppe noch hier. Während die meisten Leute zu therapeutischen Zwecken herkommen, kam ich her, um mich zu bestrafen.

Jocelyn hebt eine Hand. »Ich habe damit echt ein Problem.«

Meine Röte vertieft sich, weil ich glaube, dass sie von mir spricht, bis ich merke, dass sie die Urne auf Mrs. Dombrowskis Schoß anstarrt.

»Das ist widerlich!«, ereifert sich Jocelyn. »Wir sollten doch nichts Totes mitbringen. Wir sollten ein Erinnerungsstück mitbringen.«

»Er ist kein Etwas, er ist ein Jemand«, korrigiert Mrs. Dombrowski.

»Ich möchte nicht eingeäschert werden«, überlegt Stuart. »Die Vorstellung, in einem Feuer umzukommen, verursacht bei mir Albträume.«

»Kleiner Hinweis: Du bist bereits *tot*, wenn man dich ins Feuer schiebt«, sagt Jocelyn, und Mrs. Dombrowski bricht in Tränen aus.

Ich greife nach der Schachtel mit den Taschentüchern und reiche sie ihr. Während Marge Jocelyn freundlich, aber entschieden an die Regeln in dieser Gruppe erinnert, suche ich die Toilette auf.

Ich wuchs damit auf, im Verlust etwas Positives zu sehen. Denn meine Mutter meinte immer, ein Verlust habe sie die Liebe ihres Lebens finden lassen. Sie hatte ihre Handtasche in einem Restaurant vergessen, ein Souschef entdeckte sie und fand heraus, wem sie gehörte. Doch als er meine Mutter anrief, war sie nicht zu Hause, und ihre Mitbewohnerin nahm die Nachricht entgegen. Beim späteren Rückruf meiner Mutter meldete sich eine Frau am Telefon, die den Hörer an meinen Vater weitergab. Als sie sich trafen, damit er meiner Mutter ihre Handtasche zurückgeben konnte, entsprach er genau ihren Vorstellungen … doch sie wusste aufgrund ihres ersten Telefonats, dass er mit einer Frau zusammenlebte.

Die einfach nur seine Schwester war.

Mein Dad starb an einem Herzanfall, als ich neunzehn war, und die einzig sinnvolle Erklärung, die ich dafür finde, dass ich drei Jahre später meine Mutter verlor, ist die, dass sie nun wieder mit ihm zusammen ist. Das rede ich mir jedenfalls ein.

Auf der Toilette streiche ich mir die Haare aus dem Gesicht.

Inzwischen ist die Narbe silbern und wellig und fältelt meine Wange und meine Braue wie die Einschnürung eines Seidenbeutels. Abgesehen von der Tatsache, dass mein Lid herunterhängt und die Haut zu sehr gedehnt wird, würde man auf den ersten Blick nicht erkennen, dass mit mir etwas nicht stimmt – das jedenfalls behauptet meine Freundin Mary. Aber es fällt den Leuten auf. Sie sind nur zu höflich, etwas zu sagen, außer es sind Kinder unter vier, dann zeigen sie mit dem Finger auf mich und fragen mit ihrer brutalen Ehrlichkeit ihre Mütter, was mit dem Gesicht dieser Frau los ist.

Obwohl die Narbe inzwischen verblasst ist, sehe ich sie immer noch so wie direkt nach dem Unfall: roh und rot, ein gezackter Blitz, der die Symmetrie meines Gesichts zerreißt. Was das angeht, bin ich vermutlich einem Mädchen mit Essstörungen sehr ähnlich, das keine hundert Pfund wiegt, aber beim Blick in den Spiegel eine dicke Person sieht. Eigentlich ist es für mich gar keine Narbe. Es ist eine Landkarte von dort, wo mein Leben die falsche Richtung nahm.

Beim Verlassen der Toilette pflüge ich fast einen alten Mann um. Ich überrage ihn und kann die rosa Kopfhaut unter seinem wirren Schopf weißer Haare sehen.

»Ich komme schon wieder zu spät«, sagt er mit Akzent. »Ich habe mich wohl vertan.«

Da ist er wohl nicht der Einzige, sage ich mir. Wir kommen doch alle nur aus einem Grund hierher: um uns an dem festzuhalten, was wir verloren haben.

Dieser Mann ist ein neues Mitglied der Trauergruppe, er kommt erst seit zwei Wochen. Bis jetzt hat er sich noch in keiner Sitzung zu Wort gemeldet. Doch er kam mir irgendwie bekannt vor, ich hätte aber nicht sagen können, woher.

Jetzt schon. Die Bäckerei. Er kommt oft mit seinem Hund vorbei, einem kleinen Dackel, und er bestellt ein frisches Brötchen und einen schwarzen Kaffee. Dann schreibt er stundenlang in ein schwarzes Notizbüchlein, während der Hund zu seinen Füßen schläft.

Als wir in den Raum zurückkommen, zeigt Jocelyn gerade ihr Erinnerungsstück: etwas, das aussieht wie ein übel zugerichteter, verdrehter Oberschenkelknochen. »Der gehörte Lola«, sagt sie und dreht sanft den Lederknochen in den Händen. »Ich habe ihn unter der Couch gefunden, nachdem wir sie eingeschläfert hatten.«

»Warum sind Sie eigentlich hier?«, herrscht Stuart sie an. »Es war doch nur ein verdammter Hund!«

Jocelyns Augen verengen sich zu Schlitzen. »Jedenfalls habe ich sie nicht in *Bronze* verewigt.«

Sie beginnen zu streiten, während der alte Mann und ich im Kreis Platz nehmen.

Marge nutzt dies, um abzulenken. »Willkommen, Mr. Weber«, sagt sie. »Jocelyn hat uns gerade erzählt, wie viel ihr Haustier ihr bedeutete. Hatten Sie auch mal ein geliebtes Haustier?«

Ich muss an den kleinen Hund denken, den er mit in die Bäckerei bringt. Er teilt sein Brötchen mit ihm.

Aber der Mann schweigt. Er senkt den Kopf, als würde er in seinen Sitz gedrückt. Ich kenne diese Haltung, diesen Wunsch, sich in nichts aufzulösen.

»Man kann ein Tier mehr lieben, als man Menschen liebt«, bricht es zu meiner Überraschung aus mir heraus. Alle wenden sich mir zu, weil ich, anders als die anderen, kaum jemals die Aufmerksamkeit auf mich ziehe, indem ich freiwillig etwas preisgebe. »Es kommt nicht darauf an, was in einem ein Loch zurücklässt. Es kommt nur darauf an, dass es da ist.«

Der alte Mann sieht langsam auf. Ich kann die Hitze seines Blicks durch meinen Haarvorhang spüren.

»Mr. Weber«, spricht Marge ihn an, als sie es bemerkt. »Vielleicht haben Sie uns heute ein Erinnerungsstück mitgebracht …?«

Er schüttelt den Kopf, seine blauen Augen sind stumpf und ausdruckslos.

Marge lässt sein Schweigen im Raum stehen – eine Opfergabe. Sie tut dies, wie ich weiß, weil einige Leute zum Reden, andere jedoch nur zum Zuhören herkommen. Aber das Fehlen einer Geräuschkulisse pocht wie ein Herzschlag. Ohrenbetäubend.

Das ist das Paradox des Verlusts: Wie kann etwas, das nicht mehr vorhanden ist, uns so sehr niederdrücken?

Am Ende der Stunde bedankt Marge sich bei uns für die Teilnahme, und wir klappen die Stühle zusammen und sammeln unsere Pappteller und Servietten ein. Die übrig gebliebenen Muffins wickele ich ein und gebe sie Stuart. Wozu sie wieder mit zurück in die Bäckerei nehmen? Dann gehe ich, um zu meiner Arbeit zurückzukehren.

Wenn man wie ich sein ganzes Leben in New Hampshire verbracht hat, kann man einen Wetterwechsel riechen. Es ist drückend heiß, aber in unsichtbarer Tinte steht Gewitter am Himmel geschrieben.

»Verzeihung …«

Ich drehe mich um, als ich Mr. Webers Stimme höre. Er steht mit dem Rücken zur Kirche der Episkopalen, in der wir unsere Treffen abhalten. Obwohl es bestimmt noch dreißig Grad hat, trägt er ein langärmeliges, bis oben zugeknöpftes Hemd mit einer schmalen Krawatte.

»Das war nett von Ihnen, wie Sie diesem Mädchen zur Seite gesprungen sind.« Seine Betonung ist etwas seltsam.

Ich wende mich ab. »Danke.«

»Sie sind Sage?«

Wenn das nicht die Vierundsechzigtausend-Dollar-Frage ist! Ja, so heiße ich, aber der Doppelsinn – dass ich nicht nur nach einem duftenden Kraut benannt, sondern auch voller Weisheit bin – traf nie wirklich auf mich zu. Es hat in meinem Leben viel zu viele Momente gegeben, die mich fast aus der Bahn geworfen hätten, weil ich mich eher von Gefühlen habe mitreißen als von der Vernunft habe mäßigen lassen.

»Ja«, sage ich.

Das unbeholfene Schweigen dehnt sich zwischen uns aus wie Hefeteig. »Diese Gruppe … Sie kommen schon lange her.«

Ich weiß nicht recht, ob ich nicht in Abwehrhaltung gehen sollte. »Ja.«

»Dann finden Sie sie also hilfreich?«

Wenn sie hilfreich wäre, würde ich nicht mehr kommen. »Es sind alles wirklich nette Leute. Nur glaubt jeder von ihnen manchmal, seine Trauer sei größer als die aller anderen.«

»Sie sagen nicht viel«, meint Mr. Weber. »Aber wenn Sie es *tun* – dann sind Sie eine Dichterin.«

Ich schüttele den Kopf. »Ich bin Bäckerin.«

»Kann ein Mensch nicht zwei Dinge gleichzeitig sein?«, fragt er und entfernt sich dann langsam.

Außer Atem und mit gerötetem Gesicht, treffe ich in der Bäckerei ein und sehe meine Chefin von der Decke hängen. »Entschuldige die Verspätung«, sage ich. »Der Andrang auf die Pilgerstätte ist mal wieder riesig, und so ein Idiot hat mit seinem Escalade meinen Parkplatz belegt.«

Mary hat ganz im Stil von Michelangelo eine fahrbare Plattform aufgestellt, damit sie auf dem Rücken liegend die Decke der Bäckerei bemalen kann. »Der Idiot dürfte der Bischof sein«, erwidert sie. »Er kam herein, bevor er sich an den Aufstieg machte, und meinte, dein Olivenbrot sei himmlisch, was aus seinem Mund schon ein sehr großes Lob ist.«

In ihrem früheren Leben war Mary DeAngelis Schwester Mary Robert. Sie hat einen grünen Daumen und war bekannt für die hervorragende Pflege, die sie der Gartenanlage ihres Klosters in Maryland angedeihen ließ. Es war an Ostern, als sie den Priester sagen hörte *Er ist auferstanden*, woraufhin sie sich von der Kirchenbank erhob und nach draußen ging. Sie verließ den Orden, färbte sich die Haare pink und wanderte den Appalachian Trail. Irgendwo auf den Presidential Range erschien Jesus ihr dann jedoch in einer Vision und sagte ihr, dass es viele Seelen gebe, die gespeist werden müssten.

Sechs Monate später eröffnete Mary die Bäckerei Our Daily Bread zu Füßen der Pilgerstätte Our Lady of Mercy in Westerbrook, New Hampshire. Die Pilgerstätte mit einer Meditationsgrotte, einem Friedensengel, den Kreuzwegstationen und einer geweihten Treppe erstreckt sich über eine Fläche von sechseinhalb Hektar. Außerdem gibt es einen Laden, in dem Kreuze, Kruzifixe, Bücher über Katholizismus und Theologie, christliche Musik-CDs, Anhänger von Heiligen und Krippensets von Fontanini feilgeboten werden. Aber die Besucher kommen hauptsächlich, um den zweihundertfünfzig Meter langen Rosenkranz aus New-Hampshire-Granit zu bestaunen, dessen Steinperlen durch Kettenglieder miteinander verbunden sind.

Es war eine Schönwetterpilgerstätte, und während des Winters in New England brach das Geschäft jedes Jahr drastisch ein. Genau darauf beruhte Marys Geschäftsidee: Was gab es Profaneres als frisch gebackenes Brot? Warum also nicht die Einkünfte der Pilgerstätte ankurbeln, indem man sie durch eine Bäckerei ergänzte, die Gläubige und Ungläubige gleichermaßen anzog?

Der einzige Haken daran war, dass sie keine Ahnung vom Backen hatte.

Und da komme ich ins Spiel.

Mit neunzehn Jahren begann ich zu backen, als unerwartet mein Vater starb. Ich kam vom College zur Beerdigung nach Hause, aber als ich wieder zurückkehrte, war nichts mehr wie vorher. Ich starrte die Wörter in den Lehrbüchern an, als wären sie in einer mir unbekannten Sprache geschrieben. Ich konnte mich nicht dazu aufraffen, aufzustehen und meine Kurse zu besuchen. Ich verpasste ein Examen, dann das nächste. Ich gab keine Arbeiten mehr ab. Dann wurde ich eines Nachts in meinem Schlafsaal wach und roch Mehl – so viel Mehl, dass ich das Gefühl hatte, mich darin gewälzt zu haben. Ich duschte mich, wurde aber den Geruch nicht los. Er erinnerte mich an meine Kindheit, wenn ich am Sonntagmorgen vom Duft frischer Bagels und Bialys wach wurde, die mein Vater gebacken hatte.

Er hat immer versucht, es meinen Schwestern und mir beizubringen, aber wir waren meist viel zu beschäftigt mit Schule und Feldhockey und Jungs, um aufzupassen. Das dachte ich jedenfalls, bis ich mich in die Küche schlich, die zum Wohntrakt des Colleges gehörte, und dort jede Nacht Brot backte.

Ich legte die Laibe wie ausgesetzte Babys auf die Türschwellen der Büros der von mir bewunderten Professoren, vor die Schlafsäle der Jungs, deren Lächeln so schön war, dass es mir linkisch die Sprache verschlug. Zur Krönung legte ich eine Reihe von Sauerteigbrötchen auf das Lesepult und schob eine Boule in die riesige Tasche der für die Cafeteria zuständigen Frau, die mir immer Pfannkuchen und Speck aufdrängte, weil sie meinte, ich sei zu dünn. An dem Tag, als meine wissenschaftliche Betreuerin mir mitteilte, dass ich in dreien meiner vier Seminare durchgefallen war, hatte ich zu meiner Verteidigung nichts vorzubringen, doch ich überreichte ihr ein Baguette mit Honig und Anis, bitter und süß.

Eines Tages tauchte überraschend meine Mutter auf. Sie quartierte sich in meinem Zimmer ein und übernahm das Mikromanagement meines Lebens, indem sie dafür sorgte, dass ich aß, in ihrer Begleitung zum Unterricht ging und mich die Lektüre abfragte, die ich als Hausaufgabe aufhatte. »Wenn ich nicht aufgebe«, erklärte sie mir, »wirst du das auch nicht tun.«

Am Ende wurde daraus ein Fünfjahresplan, aber ich schaffte den Abschluss. Meine Mutter erhob sich und pfiff durch die Zähne, als ich über die Bühne lief, um mir mein Diplom aushändigen zu lassen. Und dann ging alles den Bach runter.

Die Frage: Wie schafft man es, einen Moment lang ganz oben zu sein und dann so abstürzen, dass man am Tiefpunkt landet?, hat mich seitdem nicht mehr losgelassen. Ich habe über alles nachgedacht, was ich hätte anders machen können, und mich gefragt, ob es zu einem anderen Ergebnis geführt hätte. Aber durch Überlegungen ändert sich nichts, oder? Und so gab ich dann, selbst verletzt mit blutunterlaufenem Auge und Frankenstein-Monsterstichen, die meine Schläfe und Wange wie die Naht eines Baseballs umrundeten, meiner Mutter den gleichen Rat, den sie mir gegeben hatte: *Wenn ich nicht aufgebe, dann gibst du auch nicht auf.*

Und anfangs tat sie das auch nicht. Es dauerte fast sechs Monate, bis ein Organ nach dem anderen versagte. Jeden Tag saß ich an ihrem Krankenhausbett und ging abends nach Hause, um mich auszuruhen. Was mir allerdings nicht gelang. Stattdessen fing ich wieder zu backen an – mein Therapiekonzept. Ich brachte ihren Ärzten Bauernbrote. Backte Brezeln für die Krankenschwestern. Für meine Mutter backte ich ihr Lieblingsgebäck – Zimtbrötchen mit dicker Glasur. Jeden Tag backte ich eins, aber sie bekam davon nie einen Bissen runter.

Marge, die Betreuerin der Trauergruppe, machte den Vorschlag, mir einen Job zu suchen, damit wieder Normalität in mein Leben einkehrte. Tu so, dann wirst du so, meinte sie. Aber der Gedanke, im grellen Tageslicht zu arbeiten, wo jeder auf mein Gesicht starren würde, war mir unerträglich. Ich war früher schon schüchtern gewesen, jetzt zog ich mich vollends in mein Schneckenhaus zurück.

Mary behauptet, Gott habe die Hände im Spiel gehabt, als sie mir über den Weg lief. – Sie bezeichnet sich als genesende Nonne, aber in Wahrheit hat sie nur ihr Habit abgelegt und nicht ihren Glauben. – Ich hingegen glaube nicht an Gott und sehe es als glücklichen Zufall an, dass ich auf Marges Vorschlag hin schon bei meiner ersten Suche unter den Kleinanzeigen eine Stellenausschreibung für einen Bäckermeister fand – der nachts allein arbeitete und ging, wenn die Kunden nach und nach in den Laden kamen. Beim Vorstellungsgespräch ging Mary nicht auf den Tatbestand ein, dass ich über keinerlei Erfahrung, keine einschlägigen Sommerjobs und keine Referenzen verfügte. Das Entscheidende war jedoch, dass sie nach einem Blick auf meine Narbe sagte: »Ich denke, wenn Sie mir was darüber erzählen wollen, werden Sie es tun.« Und damit hatte es sich. Später, als ich sie näher kannte, wurde mir klar, dass sie beim Gärtnern niemals den Samen im Blick hat. Sie stellt sich bereits die Pflanze vor, die daraus erwachsen wird. Und ich nehme an, dass sie das Gleiche dachte, als sie mich traf.

Nur gut, dass meine Mutter es nicht mehr erlebt hat, mich bei Our Daily Bread mein täglich Brot backen zu sehen. Sie und mein Vater waren beide Juden. Meine Schwestern, Pepper und Saffron, sind beide zur Bat-Mizwa gegangen. Obwohl wir neben warmen

Brötchen auch Bagels und Challot verkauften, obwohl die Kaffeebar, die der Bäckerei angeschlossen ist, HeBrews hieß – wusste ich, dass meine Mutter gesagt hätte: *Warum musst du dir unter allen Bäckereien dieser Welt ausgerechnet eine aussuchen, wo du für eine Schickse arbeiten musst?*

Aber meine Mutter wäre auch die Erste gewesen, die mir gesagt hätte, dass ein guter Mensch ein guter Mensch ist, unabhängig von jeder Religion. Und sie wird, egal, wo sie jetzt auch ist, sicherlich wissen, wie viele Male Mary mich in der Backstube in Tränen aufgelöst antraf und den Laden erst aufgemacht hat, nachdem sie mich getröstet hatte. Ich denke, sie weiß auch, dass Mary jedes Jahr am Todestag meiner Mutter die Tageseinnahmen der Bäckerei an die zionistische Frauenorganisation Hadassah spendet. Und dass Mary der einzige Mensch ist, vor dem ich nicht aktiv meine Narbe zu verbergen suche. Sie ist nicht nur meine Arbeitgeberin, sie ist auch meine beste Freundin, und ich glaube gern daran, dass dies meiner Mutter wichtiger wäre als die Frage, wo Mary betet.

Ein Spritzer violette Farbe tropft neben meinem Fuß auf den Boden und lässt mich nach oben schauen. Mary malt wieder eine ihrer Visionen. Diese überkommen sie mit atemberaubender Regelmäßigkeit – mindestens drei pro Jahr –, und für gewöhnlich führen sie zu einer Veränderung der Ausstattung unseres Ladens oder unserer Ware. Die Kaffeebar war eine von Marys Visionen. Ebenso das Treibhausfenster mit den zarten Orchideen, deren Blüten sich wie eine Perlenschnur auf das sattgrüne Blattwerk legen. Eines Winters initiierte sie einen Strickkreis in Our Daily Bread, in einem anderen Jahr war es ein Yogakurs. Hunger, sagt sie mir immer wieder, hat nichts mit dem Bauch, dafür umso mehr mit dem Kopf zu tun. Was Mary eigentlich leitet, ist keine Bäckerei, sondern eine Gemeinde.

Einige von Marys Aphorismen schmücken die Wände: *Suche und du wirst finden. Wer wandert, ist nicht verloren. Nicht die Jahre deines Lebens zählen, sondern das Leben in deinen Jahren zählt.* Manchmal frage ich mich, ob Mary sich diese Plattitüden tatsächlich ausdenkt oder ob sie sich nur an griffige Slogans auf *Life-is-Good*-T-Shirts erinnert. Aber das ist unbedeutend, denn unsere Kunden scheinen Freude daran zu haben, sie zu lesen.

Heute malt Mary ihr neuestes Mantra. *All you knead is love*, lese ich. *Alles, was du knetest …*

»Was hältst du davon?«, fragt sie.

»Dass Yoko Ono dich wegen Verstoßes gegen das Copyright verklagen wird«, antworte ich.

Rocco, unser Barista, wischt die Theke ab. »Lennon war brillant«, sagt er. »Stell dir vor, er lebte noch / heute – *Imagine*?«

Rocco ist neunundzwanzig, hat vorzeitig ergraute Dreadlocks und spricht nur in Haiku. Das sei sein *Ding*, erklärte er Mary, als er sich für den Job bewarb. Wegen seines außerordentlichen Talents, Schaumkunst zu schaffen – die gemusterten Strudel auf den Lattes und Caffè mochas –, war sie bereit, über diesen kleinen verbalen Tick hinwegzusehen. Er vermag Farne, Herzen, Einhörner, Lady Gaga, Spinnweben und an Marys Geburtstag sogar einmal Papst Benedikt XVI. zu zaubern. Ich hingegen schätze eine von Roccos anderen Eigenarten: Er sieht den Leuten nicht in die Augen. Er sagt, auf diese Weise könne einem jemand die Seele stehlen.

Womit er recht hat.

»Keine Baguettes mehr«, sagt Rocco zu mir. »Mit Kaffee Kunden beruhigt.« Er hält inne und zählt im Geiste die Silben. »Back heut bitte mehr.«

Mary senkt ihre Plattform ab. »Wie lief es bei deinem Treffen?«

»Wie üblich. War es den ganzen Tag über so ruhig?«

Mit einem weichen Plumps schlägt sie auf dem Boden auf. »Nein, wir hatten einen Ansturm, nachdem die Vorschulkinder abgeliefert waren, und auch zur Lunchzeit war viel Betrieb.« Sie steht auf, wischt sich die Hände an ihrer Jeans ab und folgt mir in die Backstube. »Übrigens hat Satan angerufen«, sagt sie.

»Lass mich raten. Er möchte eine Sonderanfertigung eines Geburtstagskuchens für Joseph Kony.«

»Zum Teufel«, erwidert Mary, als hätte ich nichts gesagt, »ich meine Adam.«

Adam ist mein fester Freund. Aber auch wieder nicht, weil er der Ehemann einer anderen ist. »*So* schlimm ist Adam nicht.«

»Er ist ein heißer Typ, Sage, und er ist emotional destruktiv. Aber wie du meinst …« Mary zuckt die Achseln. »Ich überlasse das Feld jetzt Rocco und gehe hoch zur Pilgerstätte, um dort ein wenig zu jäten.« Obwohl sie dort nicht angestellt ist, scheint keiner etwas dagegen zu haben, wenn die ehemalige Nonne mit dem grünen Daumen dafür sorgt, dass Blumen und Pflanzen gut gedeihen. Gärtnern – schweißtreibendes, Machete schwingendes, Wurzeln ausgrabendes, Sträucher herausziehendes Gärtnern – dient Mary zur Entspannung. Manchmal glaube ich, sie schläft überhaupt nicht, sondern unterzieht sich einer Fotosynthese wie ihre geliebten Pflanzen. Sie scheint über mehr Energie und Tempo zu verfügen als wir gewöhnlichen Sterblichen und lässt Tinker Bell wie ein Faultier aussehen. »Die Funkien haben geputscht.«

»Dann viel Spaß«, sage ich, binde mir die Schürze um und konzentriere mich auf die Arbeit dieser Nacht.

Für die vielen Brotlaibe, die ich gleichzeitig vorbereite, habe ich einen riesigen Spiralmixer in der Backstube. Vortrieb in unterschiedlichen Temperaturen steht in sorgfältig beschrifteten Kanistern bereit. Für das Mischungsverhältnis der Backzutaten verwende ich eine Exceltabelle, es sind verrückte Rechenoperationen, die am Ende immer mehr als hundert Prozent ergeben. Aber am liebsten backe ich nur mit einer Schüssel, einem Holzlöffel und den vier Zutaten: Mehl, Wasser, Hefe. Salz. Und dann braucht man nur noch Zeit.

Brotbacken ist eine sportliche Herausforderung. Man muss nicht nur ständig zwischen den verschiedenen Stationen der Backstube hin und her eilen, um zu testen, ob die Laibe richtig aufgehen, oder um Zutaten zu mischen oder die Rührschüssel aus ihrer Halterung zu hieven, sondern auch Muskelkraft ist gefragt, um das Gluten im Teig zu aktivieren. Selbst Leute, die eine Poolish nicht von einer Biga unterscheiden können, wissen, dass man kneten muss, um Brot zu machen. Drücken und ausrollen, drücken und zusammenfalten, eine rhythmische Übung auf der mit Mehl bestäubten Arbeitsfläche. Macht man es richtig, setzt man ein Gluten genanntes Protein frei – Stränge, die dafür sorgen, dass ungleichmäßige Carbondioxidpakete sich zu Laiben formen. Nach sieben oder acht Minuten – genügend Zeit, um im Geiste eine Aufgabenliste für den Haushalt zu erstellen oder das letzte Gespräch mit der besseren Hälfte noch mal auf dessen eigentliche Aussage hin durchzugehen – wird sich die Konsistenz des Teigs verwandeln. Er wird glatt, geschmeidig und bindet sich.

Das ist der Moment, da man den Teig in Ruhe lassen muss. Zwar ist es albern, Brot zu vermenschlichen, aber mir gefällt die Vorstellung, dass er ruhen muss, sich von Berührungen, Lärm und Drama zurückziehen muss, um sich entfalten zu können.

Und ich muss zugeben, dass ich mich oft genauso fühle.

Aufgrund der Arbeitszeiten eines Bäckers kann es vorkommen, dass das Gehirn verrückt spielt. Wenn der Arbeitstag um fünf Uhr nachmittags beginnt und bis zum Morgengrauen dauert, hört man jedes Ticken des Minutenzeigers der Uhr über dem Ofen, man sieht Bewegung in den Schatten. Man erkennt das Echo der eigenen Stimme nicht wieder und beginnt zu glauben, dass man der letzte noch lebende Mensch auf Erden ist. Ich bin davon überzeugt, es gibt einen Grund dafür, dass die meisten Morde nachts passieren. Die Welt fühlt sich für diejenigen unter uns, die erst nach Einbruch der Dunkelheit lebendig werden, einfach anders an. Sie ist fragiler und in gewisser Weise irreal, so als wäre sie eine Antwort auf jene Welt, die alle anderen bewohnen.

Ich lebe nun schon so lange gegen den Strich, dass es mir nichts mehr ausmacht, ins Bett zu gehen, wenn die Sonne aufgeht, und aufzuwachen, wenn sie tief am Himmel steht. An den meisten Tagen heißt dies, dass ich etwa sechs Stunden Schlaf bekomme, bevor ich zu Our Daily Bread zurückkehre, um wieder von vorn anzufangen. Bäcker zu sein, bedeutet allerdings auch, eine Randexistenz zu führen, eine, die ich aber von ganzem Herzen begrüße. Die Menschen, die mir begegnen, sind Angestellte aus dem Supermarkt, Kassenkräfte aus dem Dunkin' Donuts Drive-in, Krankenschwestern im Schichtdienst. Und natürlich Mary und Rocco, die kurz nach meiner Ankunft die Bäckerei absperren. Sie schließen mich ein, so wie die böse Stiefmutter Aschenputtel eingesperrt hat, doch nicht, damit ich Körner zähle, sondern um diese vor dem Morgen in Kleingebäck und Hefelaibe zu verwandeln und damit die Regale und Glastheken zu füllen.

Gern unter Menschen war ich noch nie, aber jetzt ziehe ich es vor, allein zu sein. Dieses Arrangement passt mir am besten: Ich kann allein arbeiten, Mary ist als Frau an der Front dafür verantwortlich, freundliche Überzeugungsarbeit zu leisten, damit die Kunden gern wiederkommen. Und ich verstecke mich.

Backen ist für mich eine Form der Meditation. Ich habe meine Freude daran, die Unmengen Teig aufzuteilen, indem ich per Augenmaß das genau richtige Gewicht für ein perfektes Bauernbrot auf die Waage bringe. Ich liebe das Zittern einer Baguetteschlange unter meiner Handfläche, wenn ich sie ausrolle. Und ich freue mich über den Seufzer, den ein aufgegangener Brotlaib von sich gibt, wenn ich ihn das erste Mal niederdrücke. Und dabei rolle ich die Zehen in meinen Clogs ein und dehne meinen Hals von Seite zu Seite, um die Verspannungen zu lösen. Es gefällt mir zu wissen, dass keiner anrufen wird, es keine Unterbrechungen gibt.

Ich bin bereits mittendrin in der Produktion meiner hundert Pfund Ware, die ich jede Nacht herstelle, als ich höre, wie Mary von ihrer Gartenarbeit oben am Hügel zurückkommt und sich daranmacht, den Laden zu schließen. Ich wasche meine Hände in der Industriespüle, ziehe die Kappe ab, mit der ich während des Arbeitens mein Haar bedecke, und gehe nach vorn in den Laden. Rocco zieht den Reißverschluss seiner Bikerjacke zu. Durch die Schaufensterscheibe sehe ich das Wetterleuchten am Himmel, der an einen Bluterguss erinnert.

»Bis morgen also«, sagt Rocco. »Falls wir nicht sterben im Schlaf. / Was für ein Abgang.«

Ich höre Gebell und merke erst jetzt, dass noch jemand im Laden ist. Der einsame Kunde ist Mr. Weber aus meiner Trauergruppe mit seinem kleinen Hund. Mary sitzt mit einer Tasse Tee in der Hand neben ihm.

Als er mich sieht, rappelt er sich auf und macht unbeholfen eine kleine Verbeugung. »So sehen wir uns wieder.«

»Du kennst Josef?«, wundert sich Mary.

In der Trauergruppe hält man es wie bei den Anonymen Alkoholikern – man »outet« jemanden nicht, es sei denn, man hat dessen Erlaubnis. »Wir sind uns schon begegnet«, erwidere ich und schüttele mein Haar nach vorn, um mein Gesicht zu verdecken.

Sein Dackel zerrt an der Leine, um sich mir zu nähern und etwas Mehl von meiner Hose zu lecken. »Eva«, schilt er. »Benimm dich!«

»Ist schon in Ordnung«, sage ich und gehe erleichtert in die Hocke, um den Hund zu streicheln. Tiere glotzen nie.

Mr. Weber streift sich die Schlaufe der Leine übers Handgelenk und erhebt sich. »Ich halte Sie von Ihrem Feierabend ab«, sagt er entschuldigend zu Mary.

»Ganz und gar nicht. Ich genieße die Gesellschaft.« Sie schielt auf den Becher des alten Mannes, der noch immer drei viertel voll ist.

Ich weiß nicht, was mich dazu treibt zu sagen, was ich sage. Schließlich habe ich jede Menge zu tun. Aber draußen hat jetzt der Regen eingesetzt, und es gießt in Strömen. Auf dem Parkplatz stehen nur noch Marys Harley und Roccos Prius, was nur bedeuten kann, dass Mr. Weber entweder zu Fuß nach Hause geht oder auf den Bus wartet. »Bleiben Sie ruhig hier, bis der Advanced Transit kommt«, sage ich zu ihm.

»O nein«, erwidert Mr. Weber. »Das wäre eine Zumutung.«

»Ich bestehe darauf«, pflichtet Mary mir bei.

Er nickt dankbar und setzt sich wieder. Als er mit den Händen den Kaffeebecher umschließt, streckt Eva sich über seinem rechten Fuß aus und schließt die Augen.

»Ich wünsch dir eine schöne Nacht«, sagt Mary zu mir. »Back dein kleines Herz frei.«

Aber anstatt bei Mr. Weber zu bleiben, folge ich Mary ins Hinterzimmer, wo sie ihre Regenklamotten fürs Motorrad verwahrt. »Ich räume nicht hinter ihm auf.«

»Okay«, sagt Mary und hält inne beim Anziehen der Überhose.

»Ich kümmere mich nicht um Kunden.« Es ist tatsächlich so, dass ich mich, wenn ich um sieben Uhr morgens aus der Backstube stolpere und den Laden voller Geschäftsleute sehe, die Bagels kaufen, und Hausfrauen, die Weizenbrot in recycelte Einkaufstüten stecken, ein wenig überrascht daran erinnere, dass es eine Welt außerhalb meiner Backstube gibt. Ich stelle mir vor, dass sich ein Patient nach einem Herzstillstand so fühlen muss, wenn sein Herz dank Elektroschock wieder zu schlagen beginnt und er in das Getümmel des Lebens zurückgeworfen wird – zu viel Information und Reizüberflutung.

»Aber du hast ihn eingeladen zu bleiben«, erinnert Mary mich.

»Ich weiß überhaupt nichts über ihn. Und wenn er versucht, uns auszurauben? Oder Schlimmeres?«

»Sage, er ist über neunzig. Glaubst du etwa, er durchtrennt dir mit seinem künstlichen Gebiss die Kehle?«, erwidert Mary und schüttelt den Kopf. »So nah wie Josef Weber an der Heiligsprechung dran ist, schafft es kaum einer zu Lebzeiten. In Westerbrook kennen ihn alle – er war Baseballcoach für die Jugendlichen, hat die Säuberungsaktion im Riverhead Park organisiert und an der Highschool eine Ewigkeit Deutsch unterrichtet. Er ist für alle der knuffige Adoptivgroßvater. Ich denke nicht, dass er sich in die Backstube schleicht und dich mit dem Brotmesser niedersticht, während du ihm den Rücken zukehrst.«

»Hab nie von ihm gehört«, murmele ich.

»Das kommt daher, weil du unter einem Felsen lebst«, sagt Mary.

»Oder in einer Backstube.« Wenn man den ganzen Tag schläft und die ganze Nacht arbeitet, hat man keine Zeit für Dinge wie

Zeitungen oder Fernsehen. Erst mit drei Tagen Verspätung habe ich erfahren, dass man Osama bin Laden getötet hatte.

»Gute Nacht.« Sie nimmt mich kurz in den Arm. »Josef ist harmlos. Wirklich. Schlimmstenfalls quasselt er dich zu Tode.«

Ich sehe zu, wie sie die Hintertür der Backstube öffnet. Sie duckt sich vor dem niederprasselnden Regen und winkt, ohne sich umzudrehen. Ich schließe die Tür hinter ihr und sperre ab.

Als ich wieder in das Ladenlokal komme, hat Mr. Weber den Becher geleert und den Hund auf den Schoß genommen. »Verzeihung«, sage ich. »Geschäftliches.«

»Sie müssen mich nicht unterhalten. Ich weiß, wie viel Sie zu tun haben.«

Ich muss einhundert Laibe formen, Bagels herausbacken und Bialys füllen. Ja, man kann schon sagen, dass ich beschäftigt bin. Aber zu meiner Überraschung höre ich mich antworten: »Das kann auch noch ein paar Minuten warten.«

Mr. Weber deutet auf den Stuhl, auf dem vorher Mary saß. »Dann setzen Sie sich doch bitte.«

Das mache ich, werfe aber einen Blick auf meine Uhr. In drei Minuten meldet sich mein Wecker, dann muss ich wieder zurück in die Backstube. »So«, sage ich, »sieht ganz danach aus, als käme da was auf uns zu.«

»Das Wetter kommt immer auf uns zu«, erwidert Mr. Weber. Und es klingt, als würde er die Worte von einem Strang abbeißen: präzise, abgehackt. »Heute jedoch kommt ein *Unwetter* auf uns zu.« Er sieht zu mir hoch. »Was führte Sie denn in die Trauergruppe?«

Ich halte seinem Blick stand. In der Gruppe gilt die Regel, keinen zu bedrängen, der nicht bereit dazu ist, sich mitzuteilen. Mr. Weber war eindeutig noch nicht bereit, weshalb es mir recht ungehobelt vorkommt, dass er einen anderen zu etwas auffordert, was er selbst nicht geben will. Aber wir sind hier ja nicht in der Gruppe.

»Meine Mutter«, sage ich und erzähle ihm, was ich allen anderen dort auch gesagt habe. »Krebs.«

Er nickt mitfühlend. »Tut mir leid für Sie«, erwidert er steif.

»Und Sie?«, frage ich.

Er schüttelt den Kopf. »Zu viele, um sie zu zählen.«

Ich weiß nicht, wie ich darauf reagieren soll. Meine Großmama erzählt immer, dass in ihrem Alter ihre Freunde wie die Fliegen sterben. Dies wird wohl auch auf Mr. Weber zutreffen.

»Sind Sie schon lange Bäckerin?«

»Ein paar Jahre«, antworte ich.

»Das ist ein seltsamer Beruf für eine junge Frau. Nicht sehr sozial verträglich.«

Hat er gesehen, wie ich *aussehe*? »Mir gefällt er.«

»Sie machen das sehr gut, was Sie tun.«

»Brot backen kann jeder«, entgegne ich.

»Aber nicht alle können es so gut.«

Aus der Backstube ertönt das Surren des Küchenweckers, wovon Eva wach wird und zu bellen anfängt. Fast gleichzeitig fällt das Licht sich nähernder Scheinwerfer durch die Scheibe der Bäckerei, weil der Advanced Transit Bus an der Haltestelle langsamer wird.

»Danke, dass ich noch ein wenig bleiben durfte«, sagt er.

»Kein Problem, Mr. Weber.«

Sein Gesicht wird weich. »Nennen Sie mich doch bitte Josef.«

Ich verfolge, wie er Eva unter seinen Mantel steckt und den Schirm aufspannt. »Kommen Sie bald wieder«, sage ich, weil ich weiß, dass Mary das so haben möchte.

»Morgen«, verkündet er, als hätten wir eine Verabredung. Auf dem Weg nach draußen kneift er die Augen vor dem grellen Scheinwerferlicht des Busses zusammen.

Ungeachtet dessen, was ich Mary gesagt habe, sammele ich seinen schmutzigen Becher und den Teller ein, wobei mir auffällt, dass Mr. Weber – Josef – das kleine schwarze Buch vergessen hat, in das er immer schreibt, wenn er hier sitzt. Es wird von einem Gummiband zusammengehalten.

Ich nehme es und laufe hinaus ins Unwetter. Und platsche sofort in eine riesige Pfütze, die einen meiner Clogs durchweicht.

»Josef«, rufe ich, das Haar klebt mir bereits klatschnass am Kopf. Er dreht sich um, und Evas kleine Knopfaugen gucken mich aus den Falten seines Regenmantels an. »Sie haben was vergessen.« Ich halte das schwarze Buch hoch und gehe auf ihn zu.

»Danke«, sagt er und verstaut es sicher in der Manteltasche. »Ich weiß nicht, was ich ohne es getan hätte.« Er hält den Schirm schräg, damit er auch mir Schutz bietet.

»Ihr großer amerikanischer Roman?«, vermute ich. Seit Mary in Our Daily Bread kostenloses WLAN eingerichtet hat, wimmelt es nur so von Leuten, die es zur Veröffentlichung drängt.

Er macht ein erschrockenes Gesicht. »O nein. Dies dient nur dazu, alle meine Gedanken festzuhalten. Ansonsten fliegen sie mir davon. Wenn ich mir zum Beispiel nicht aufschreibe, dass ich Ihre Kaisersemmeln mag, erinnere ich mich bei meinem nächsten Besuch nicht daran, sie zu bestellen.«

»Ich glaube, so ein Buch könnten die meisten Leute gut gebrauchen.«

Der Fahrer des Advanced Transit Busses hupt zweimal. Wir wenden uns beide in Richtung des Lärms. Ich zucke zusammen, als das Scheinwerferlicht über mein Gesicht huscht.

Josef klopft auf seine Tasche. »Es ist wichtig, sich zu erinnern«, sagt er.

Dass ich hübsch sei, gehörte mit zum Ersten, was Adam zu mir sagte, und ich hätte es gleich als Indiz nehmen sollen, dass er ein Lügner war.

Ich lernte ihn am schwärzesten Tag meines Lebens kennen: dem Tag, als meine Mutter starb. Er war der Bestatter, den meine Schwester Pepper kontaktiert hatte. Ganz verschwommen erinnere ich mich, dass er uns den Ablauf erklärte und die verschiedenen Särge zeigte. Aber richtig wahrgenommen habe ich ihn erst, als ich während der Trauerfeier für meine Mutter eine Szene machte.

Meine Schwestern und ich wussten, dass das Lieblingslied unserer Mutter »Over the Rainbow« gewesen war. Wäre es nach

Pepper und Saffron gegangen, hätten wir dafür einen professionellen Sänger engagiert, aber ich hatte andere Pläne. Schließlich hatte meine Mutter nicht nur den Song geliebt, sondern auch eine ganz spezielle Interpretation davon. Und ich hatte meiner Mutter versprochen, dass auf ihrer Beerdigung Judy Garland für sie singen würde.

»Nur mal zur Info, Sage«, sagte Pepper, »Judy Garland nimmt derzeit keine Buchungen an, es sei denn, du bist ein Medium.«

Am Ende ließen sich meine Schwestern auf meinen Vorschlag ein – nicht zuletzt deshalb, weil ich damit argumentierte, es sei ihr Wunsch auf dem Sterbebett gewesen. Meine Aufgabe war es, die CD dem Bestatter zu übergeben – Adam. Ich lud den Song aus dem Soundtrack vom *Zauberer von Oz* auf iTunes herunter. Als die Trauerfeier begann, spielte er ihn über die Lautsprecheranlage ab.

Doch leider war es nicht »Over the Rainbow«. Es waren die Munchkins mit »Ding Dong! The Witch Is Dead.«

Pepper brach in Tränen aus. Saffron musste die Trauerfeier verlassen, sie war völlig aufgelöst.

Und ich – ich fing an zu kichern.

Ich weiß nicht, warum. Es platzte einfach aus mir heraus wie ein Funkenregen. Und plötzlich starrte mich wirklich jeder im Raum an, starrte auf die aggressiven roten Linien, die mein Gesicht halbierten, und auf das unangemessene Gelächter, das aus meinem Mund sprudelte.

»O mein Gott, Sage«, zischte Pepper. »Wie *konntest* du nur?«

Ich fühlte mich in die Ecke gedrängt und bekam Panik, stand von meinem Platz in der ersten Reihe auf, machte zwei Schritte und fiel in Ohnmacht.

Ich wurde in Adams Büro gebracht. Er kniete neben der Couch und hatte einen feuchten Waschlappen in der Hand, den er direkt auf meine Narbe drückte. Unwillkürlich rollte ich mich von ihm weg und bedeckte die linke Seite meines Gesichts mit einer Hand. »Wissen Sie«, sagte er, als befänden wir uns mitten in einem Gespräch, »in meinem Gewerbe gibt es keine Geheimnisse. Ich weiß, wer sich einer Schönheitsoperation unterzogen und wer eine Brustamputation überlebt hat. Ich weiß, bei wem der Blinddarm entfernt und wer an einem doppelten Leistenbruch operiert wurde. Die Person mag eine Narbe haben, aber das bedeutet auch, dass sie eine Geschichte hat. Und außerdem«, ergänzte er, »war das nicht das Erste, was mir an Ihnen aufgefallen ist.«

»Ja, genau.«

Er legte mir eine Hand auf die Schulter. »Mir ist aufgefallen«, sagte er, »wie hübsch Sie sind.«

Er hatte sandfarbenes Haar und honigbraune Augen. Seine Handfläche ruhte warm auf meiner Haut. Schön war ich nie gewesen, auch nicht vor dem Unfall und danach schon gleich gar nicht. Ich schüttelte den Kopf, um ihn freizubekommen. »Ich habe heute Morgen nichts gegessen ...«, sagte ich. »Ich muss da wieder hinaus ...«

»Entspannen Sie sich. Ich habe vorgeschlagen, eine Viertelstunde Pause zu machen, bevor wir noch mal anfangen.« Adam zögerte. »Vielleicht möchten Sie sich ja was aus der Playliste meines iPods ausleihen.«

»Ich hätte schwören können, dass ich den richtigen Song heruntergeladen habe. Meine Schwestern hassen mich.«

»Ich habe schon Schlimmeres erlebt«, erwiderte Adam.

»Das bezweifle ich.«

»Einmal habe ich beobachtet, wie eine betrunkene Geliebte zum Verstorbenen in den Sarg gestiegen ist, bis dessen Ehefrau sie wegschleifte und k. o. schlug.«

Ich riss die Augen auf. »Tatsächlich?«

»Ja. Dagegen sind das doch ...?« Er zuckte die Achseln. »... Peanuts.«

»Aber ich habe *gelacht*.«

»Viele Leute lachen auf Beerdigungen«, sagte Adam. »Das ist ein Reflex, weil wir uns im Angesicht des Todes unwohl fühlen. Außerdem wette ich, dass Ihre Mutter es sehr viel lieber sähe, wenn Sie ihr Leben mit einem Lachen feiern, als zu wissen, dass Sie in Tränen aufgelöst sind.«

»Meine Mutter hätte es lustig gefunden«, flüsterte ich.

»Da haben Sie's.« Adam reichte mir die CD in ihrer Hülle.

Ich schüttelte den Kopf. »Sie können sie behalten. Für den Fall, dass Naomi Campbell Ihre Klientin wird.«

Adam grinste. »Ich wette, Ihre Mutter hätte auch das lustig gefunden«, sagte er.

Eine Woche nach der Beerdigung rief er mich an, um sich nach meinem Befinden zu erkundigen. Dies fand ich aus zwei Gründen merkwürdig: Erstens hatte ich noch nie von einem derartigen Kundenservice eines Bestattungsunternehmens gehört, und zweitens war es Pepper gewesen, die ihn beauftragt hatte, und nicht ich. Seine Fürsorge rührte mich derart, dass ich ihm eine Babka backte und eines Tages auf meinem Heimweg von der Arbeit im Bestattungsinstitut vorbeibrachte. Ich hatte gehofft, den Hefekuchen einfach abgeben zu können, ohne ihm zu begegnen, aber wie sich herausstellte, war er da.

Er fragte mich, ob ich Zeit für einen Kaffee hätte.

Man sollte wissen, dass er sogar an diesem Tag seinen Ehering trug. Anders gesagt, ich wusste also, worauf ich mich einließ. Zu meiner Verteidigung kann ich einzig und allein vorbringen, dass ich nach allem, was mir widerfahren ist, nie damit gerechnet hätte, von einem Mann angebetet zu werden, und doch tat Adam – attraktiv und erfolgreich – genau das. Während mein ganzes Moralgefühl mir sagte, dass Adam einer anderen gehörte, flüsterte eine leise Stimme in meinem Kopf: *Bettler dürfen nicht wählerisch sein; nimm, was du kriegen kannst; wer sonst würde schon jemanden wie dich lieben?*

Ich weiß, es war falsch, mich mit einem verheirateten Mann einzulassen, aber das hielt mich nicht davon ab, mich in ihn zu verlieben oder mir zu wünschen, dass er sich in mich verliebte. Ich hatte mich damit abgefunden, allein zu leben, allein zu arbeiten und für den Rest meines Lebens allein zu sein. Denn selbst wenn ich jemanden fände, der vorgab, kein Problem mit der seltsamen Fältelung meiner Haut auf der linken Seite meines Gesichts zu haben, wüsste ich doch nie, ob er mich liebte oder bemitleidete. Beides war sich so ähnlich, und ich war noch nie gut in der Einschätzung anderer Leute gewesen. Die Beziehung zwischen Adam und mir war geheim und blieb hinter verschlossenen Türen. Mit anderen Worten: Sie fand direkt in meiner Wohlfühlzone statt.

Bevor Sie mir nun damit kommen, es sei gruselig, sich von jemandem anfassen zu lassen, der Menschen einbalsamiert, möchte ich darlegen, wie falsch Sie liegen. Jeder Tote – meine Mutter eingeschlossen – würde sich glücklich schätzen, ein letztes Mal von so sanften Händen wie denen von Adam berührt zu werden. Manchmal denke ich, dass er, da er so viel Zeit mit den Toten verbringt, der einzige Mensch ist, der das Wunder eines lebenden Körpers wirklich zu schätzen weiß. Wenn wir uns lieben, verweilt er über dem Puls meiner Halsschlagader, meiner Handgelenke, meinen Kniekehlen – den Orten, an denen das Blut pocht.

An den Tagen, an denen Adam zu mir kommt, opfere ich ein bis zwei Stunden Schlaf, um mit ihm zusammen zu sein. Sein Geschäft, das von ihm verlangt, rund um die Uhr erreichbar zu sein, erlaubt es ihm aber auch, sich jederzeit davonzustehlen. Und deshalb hat seine Frau noch keinen Verdacht geschöpft, wenn er einfach verschwindet.

»Ich glaube, Shannon weiß Bescheid«, sagt Adam heute, als ich in seinen Armen liege.

»Im Ernst?« Ich versuche, das Gefühl zu ignorieren, das seine Worte in mir auslösen, das Gefühl, mich in einer Achterbahn auf dem Scheitelpunkt zu befinden, ohne sehen zu können, wie es weitergeht.

»Auf meiner Stoßstange fand ich heute Morgen einen neuen Aufkleber. Mit der Aufschrift ICH ♥ MEINE FRAU.«

»Woher weißt du, dass sie das war?«

»Weil ich es *nicht* war«, sagt Adam.

Ich denke kurz darüber nach. »Der Stoßstangenaufkleber muss nicht sarkastisch gemeint sein. Sie könnte ihn auch in seliger Unwissenheit ausgewählt haben.«

Adam heiratete seine Freundin aus Highschooltagen, mit der er schon während der Collegezeit eine feste Beziehung einging. Das Bestattungsunternehmen, in dem er arbeitet, ist der Familienbetrieb seiner Frau und existiert bereits seit fünfzig Jahren. Mindestens zweimal pro Woche erklärt er mir, er werde Shannon verlassen, aber ich weiß, dass das nicht wahr ist. Erstens würde er damit auch seine Arbeit verlieren. Zweitens beträfe es nicht nur Shannon, sondern auch Grace und Bryan, seine Zwillinge. Wenn er von ihnen spricht, bekommt seine Stimme einen anderen Klang. Sie klingt dann so, wie ich hoffe, dass sie klingt, wenn er von mir spricht.

Doch wahrscheinlich *spricht* er gar nicht von mir. Ich meine, wem sollte er schon erzählen, dass er eine Affäre hat? Die einzige Person, der ich es erzählt habe, ist Mary, die in ihm den Verführer sieht, obwohl wir uns beide einvernehmlich auf diese Beziehung eingelassen haben.

»Lass uns an diesem Wochenende wegfahren«, schlage ich vor.

Sonntags arbeite ich nicht, denn montags ist die Bäckerei geschlossen. Wir könnten für vierundzwanzig herrliche Stunden verschwinden, anstatt uns in meinem Schlafzimmer hinter Sonnenschutzrollos zu verstecken, während sein Auto – mit seinem neuen Stoßstangenaufkleber – um die Ecke vor einem chinesischen Restaurant geparkt steht.

Einmal kam Shannon in die Bäckerei. Ich sah sie durch das offene Fenster zwischen der Backstube und dem Laden. Ich wusste, dass sie es war, weil ich Fotos auf Adams Facebook-Seite gesehen hatte. Ich war mir sicher, dass sie gekommen war, um mich zusammenzustauchen, aber sie kaufte nur ein paar Pumpernickelbrötchen und ging wieder. Anschließend traf Mary mich dann schlapp vor Erleichterung auf dem Boden der Backstube sitzend an. Als ich ihr von Adam erzählte, stellte sie mir nur eine Frage: *Liebst du ihn?*

Ja, sagte ich ihr.

Nein, tust du nicht, entgegnete Mary. *Du liebst an ihm, dass er sich genauso verstecken muss wie du.*

Adam liebkost meine Narbe mit den Fingern. Auch noch nach so langer Zeit und obwohl es medizinisch gar nicht möglich ist, kribbelt die Haut. »Du möchtest wegfahren«, wiederholt er. »Du möchtest im hellen Tageslicht mit mir die Straße entlanggehen, damit alle uns zusammen sehen können.«

So formuliert, wird mir klar, dass ich das ganz und gar nicht will. Ich möchte mich mit ihm hinter den geschlossenen Türen eines Luxushotels in den White Mountains oder in einer Hütte in Montana verschanzen. Aber ich möchte nicht, dass er recht bekommt, und sage: »Vielleicht möchte ich das.«

»Okay«, sagt Adam und dreht meine Locken um seine Finger. »Die Malediven.«

Ich stütze mich auf. »Ich meine es ernst.«

Adam sieht mich an. »Sage«, sagt er, »du willst doch nicht mal in den Spiegel sehen.«

»Ich habe Flüge bei Southwest gegoogelt. Für neunundvierzig Dollar könnten wir nach Kansas City fliegen.«

Adam streicht mit einem Finger über das Xylofon meines Brustkorbs. »Warum sollten wir nach Kansas City fliegen wollen?«

Ich schiebe seine Hand beiseite. »Hör auf, mich abzulenken«, sage ich. »Weil es nicht *hier* ist.«

Er rollt sich auf mich. »Buch die Flüge!«

»Ehrlich?«

»Ehrlich.«

»Und wenn man dich anpiept?«, frage ich.

»Sie werden auch nicht toter, wenn sie warten müssen«, wirft Adam ein.

Mein Herz kommt aus dem Rhythmus. Der Gedanke, in die Öffentlichkeit zu gehen, ist verlockend. Wenn ich an der Hand eines gut aussehenden Mannes herumspazierte, der ganz offensichtlich gern mit mir zusammen war, würde ich da nicht durch die Verbindung zu ihm zu einem normalen Menschen werden? »Was wirst du Shannon sagen?«

»Dass ich verrückt nach dir bin.«

Manchmal frage ich mich, was passiert wäre, wenn ich Adam in jüngeren Jahren kennengelernt hätte. Wir haben dieselbe Highschool besucht, aber mit zehn Jahren Zeitdifferenz. Wir sind beide wieder in unserer Heimatstadt gelandet. Wir arbeiten jeder für uns allein zu merkwürdigen Zeiten und machen Jobs, die der Durchschnittsbürger nicht als Beruf in Betracht zöge.

»Dass ich ständig an dich denken muss«, ergänzt Adam und streift mein Ohrläppchen mit den Zähnen. »Dass ich hoffnungslos verliebt bin.«

Ich muss sagen, am meisten bewundere ich Adam für genau das, was ihn davon abhält, ständig mit mir zusammen zu sein: seine dann unfehlbare, ungeteilte und überwältigende Liebe. Genauso empfindet er auch für seine Zwillinge, weshalb er auch jeden Abend zu Hause ist, um zu hören, wie der Biologietest für Grace gelaufen ist, oder um Bryan bei seinem ersten Homerun der Baseballsaison zu sehen.

»Kennst du Josef Weber?«, frage ich, weil ich mich plötzlich an Marys Worte erinnere.

Adam rollt zurück auf den Rücken. »*Ich bin hoffnungslos verliebt*«, wiederholt er. »*Kennst du Josef Weber?* – Ja, das ist eine normale Reaktion …«

»Ich glaube, er arbeitete an der Highschool. Unterrichtete Deutsch.«

»Die Zwillinge haben Französisch …« Plötzlich schnippt er mit den Fingern. »Er war Schiedsrichter bei der Little League. Ich glaube, Bryan war damals sechs oder sieben. Ich erinnere mich, dass ich dachte, die Sportfachschaft muss verrückt sein, denn der Typ war schon damals an die neunzig, aber wie sich herausstellte, war er verdammt agil.«

»Was weißt du über ihn?«, frage ich und drehe mich auf die Seite.

Adam umschlingt mich mit den Armen. »Weber? Er war ein netter Mann. Kannte das Spiel von vorn bis hinten und hat nie falsch entschieden. Das ist alles, woran ich mich erinnere. Warum?«

Ein Lächeln huscht über mein Gesicht. »Ich verlasse dich für ihn.«

Er küsst mich langsam und zärtlich. »Kann ich deine Entscheidung noch irgendwie beeinflussen?«

»Du wirst dir sicherlich was einfallen lassen«, sage ich und ziehe ihn an mich heran.

In einer Stadt von der Größe Westerbrooks, deren Bewohner ihre Herkunft bis auf die Pilgerväter der *Mayflower* zurückverfolgen können, fielen meine Schwestern und ich mit unseren jüdischen Wurzeln aus dem Rahmen; wir hoben uns von unseren Klassenkameraden ab, als wäre unsere Haut hellblau gewesen. »Es dient dem Ausgleich«, pflegte mein Vater zu sagen, als ich ihn fragte, warum wir ziemlich genau zu der Zeit, wenn alle anderen auf meiner Schule hart gekochte Ostereier in ihrer Pausenbrotdose mitbrachten, eine Woche lang auf Brot verzichteten. Ich wurde nicht gehänselt – ganz im Gegenteil, ich wurde zusammen mit Julius, dem einzigen afroamerikanischen Kind auf meiner Schule, dessen Großmutter Kwanzaa feierte, zu einer echten Berühmtheit, als unsere Grundschullehrer uns mit alternativen Festen zu Weihnachten bekannt machten. Ich besuchte wie meine Schwestern außerdem die hebräische Schule, aber als meine Bat-Mizwa bevorstand, bat ich darum, nicht mehr hingehen zu müssen. Als mir das nicht erlaubt wurde, trat ich in einen Hungerstreik. Es reichte schon, dass meine Familie sich von allen anderen Familien unterschied, da hatte ich kein Bedürfnis, noch mehr Aufmerksamkeit auf mich zu ziehen.

Meine Eltern waren Juden, aber sie lebten nicht koscher und gingen auch nicht zu Gottesdiensten – bis auf die Jahre von Peppers und Saffrons Bat-Mizwas, als dies zwingend vorgeschrieben war und ich während der Gottesdienste am Freitagabend den hebräischen Gesängen des Kantors lauschte und mich fragte, warum die jüdische Musik voller Mollakkorde ist; dafür, dass sie zum Erwählten Volk gehörten, schienen die Liedkomponisten jedenfalls nicht sehr glücklich gewesen zu sein. Doch an Jom Kippur fasteten meine Eltern und weigerten sich, einen Weihnachtsbaum aufzustellen.

Sie lebten, wie ich fand, eine abgespeckte Version des Judentums, weshalb es ihnen wohl kaum zustand, mir zu sagen, wie und was ich zu glauben hatte. Das sagte ich auch meinen Eltern, um meinem Wunsch, nicht zur Bat-Mizwa zu gehen, Nachdruck zu verleihen. Mein Vater wurde sehr still. *Der Grund, weshalb es wichtig ist, an etwas zu glauben,* sagte er, *ist der, weil man glauben* kann. Dann schickten sie mich ohne Abendessen auf mein Zimmer, was mich wirklich entsetzte, denn in unserem Haushalt wurden wir dazu ermuntert, offen unsere Meinungen zu äußern, egal, wie kontrovers sie waren. Später schlich dann meine Mutter mit einem Erdnussbutter-Marmeladenbrot nach oben. »Dein Vater mag zwar kein Rabbi sein«, sagte sie, »aber er hält viel von Tradition. Und diese geben die Eltern an ihre Kinder weiter.«

»Na gut«, erwiderte ich. »Ich verspreche, meine Einkäufe für das neue Schuljahr immer im Juli zu erledigen, und werde an Thanksgiving immer einen Süßkartoffel-Marshmallow-Auflauf machen. Ich habe kein Problem mit der Tradition, Mom. Ich habe ein Problem damit, zur Hebräischschule zu gehen. Religion hat man nicht in seiner DNA. Man glaubt nicht, nur weil die Eltern glauben.«

»Großmama Minka trägt Pullover«, warf meine Mutter ein. »Ständig.«

Dies war eine anscheinend zufällige Bemerkung. Die Mutter meines Vaters lebte in einer Einrichtung für betreutes Wohnen. Sie wurde in Polen geboren und hatte noch immer einen Akzent, der sie in einem Singsang sprechen ließ. Und, ja, Großmama Minka trug Pullover, selbst wenn es draußen zweiunddreißig Grad hatte, aber sie trug auch zu viel Rouge und Kleidung mit Leopardenmuster.

»Eine Menge Überlebende haben sich ihre Tätowierung wegoperieren lassen, aber sie meinte, wenn sie diese jeden Morgen sieht, werde sie daran erinnert, gewonnen zu haben.«

Es dauerte einen Moment, bis ich begriff, was meine Mutter

mir da erzählte. Die Mutter meines Vaters war in einem Konzentrationslager gewesen? Wie hatte ich zwölf Jahre alt werden können, ohne dies zu wissen? Warum haben meine Eltern mit dieser Information hinterm Berg gehalten?

»Sie spricht nicht gern darüber«, sagte meine Mutter schlicht. »Und sie will ihren Arm auch nicht in der Öffentlichkeit zeigen.«

Wir hatten den Holocaust im Sozialkundeunterricht durchgenommen. Die Bilder der lebenden Skelette aus dem Lehrbuch mit der molligen Frau in Einklang zu bringen, die immer nach Veilchen roch und niemals ihren wöchentlichen Friseurtermin verpasste und in jedem Zimmer ihrer Wohnung bunte Stöcke bereitstehen hatte, fiel mir schwer. Sie gehörte nicht zur Geschichte. Sie war bloß meine Oma.

»Sie geht nicht in die Synagoge«, fuhr meine Mutter fort. »Vermutlich hat man nach all dem eine ziemlich komplizierte Beziehung zu Gott. Aber dein Vater begann hinzugehen. Ich denke, es war sein Weg, das zu verarbeiten, was ihr widerfahren ist.«

Da versuchte ich verzweifelt, meine Religion abzustreifen, um mich integrieren zu können, und erfuhr schließlich, dass mir das Jüdischsein tatsächlich im Blut steckte, ich Nachkomme einer Überlebenden des Holocaust war. Frustriert und wütend warf ich mich zurück in meine Kissen. »Das ist Dads Problem. Es hat nichts mit mir zu tun.«

Meine Mutter zögerte. »Wenn sie nicht gelebt hätte, Sage, würdest auch du nicht leben.«

Dies war das erste und einzige Mal, dass wir jemals über Großmama Minkas Vergangenheit sprachen, doch als wir sie in diesem Jahr zu Chanukka in unser Haus holten, ertappte ich mich dabei, dass ich ihr Gesicht sehr genau musterte, weil ich einen Schatten der Wahrheit zu finden hoffte. Aber sie war so wie immer, zog die Haut des Brathähnchens ab, als meine Mutter nicht hinsah, kippte die Parfüm- und Make-up-Pröbchen, die sie für meine Schwestern gesammelt hatte, aus ihrer Handtasche und diskutierte über die Mitwirkenden der Seifenoper *All My Children,* als wären es Freunde, die zum Kaffee zu Besuch kamen. Wenn sie während des Zweiten Weltkriegs in einem Konzentrationslager gewesen war, musste sie damals ein völlig anderer Mensch gewesen sein.

In der Nacht, als meine Mutter mir die Geschichte meiner Großmutter erzählte, träumte ich von einem Ereignis aus ganz früher Kindheit, das ich vergessen hatte. Ich saß auf Großmama Minkas Schoß, während sie die Seiten eines Buchs umblätterte und mir eine Geschichte vorlas. Jetzt weiß ich, dass es gar nicht die richtige Geschichte war. In dem Bilderbuch ging es um Aschenputtel, aber sie muss wohl an was anderes gedacht haben, denn in ihrer Geschichte ging es um einen dunklen Wald und Ungeheuer, um eine Spur aus Eicheln und Körnern.

Ich erinnere mich auch, dass ich nicht ganz bei der Sache war, weil mich der goldene Armreif am Handgelenk meiner Großmama in den Bann schlug. Irgendwann rutschte der Ärmel so weit nach oben, dass mir die verblassten blauen Ziffern auf der Innenseite ihres Unterarms ins Auge sprangen.

Was ist das denn?

Meine Telefonnummer.

Ich hatte letztes Jahr auf der Vorschule meine Telefonnummer auswendig gelernt, damit die Polizei, sollte ich mich verlaufen, zu Hause anrufen konnte.

Und wenn du nun umziehst?, fragte ich.

Ach, Sage … Sie lachte. *Ich bin hier, um zu bleiben.*

Am nächsten Tag kommt Mary in die Backstube, während ich arbeite. »Ich hatte vergangene Nacht einen Traum«, sagt sie. »Du hast zusammen mit Adam Baguettes gebacken. Auf deine Anweisung hin sollte er die Brote in den Ofen schieben, aber er hat stattdessen deinen Arm hineingeschoben. Ich schrie und versuchte, dich aus dem Feuer zu ziehen, aber ich war nicht schnell genug. Als du zur Seite tratest, hattest du keine rechte Hand mehr. Nur noch einen Arm aus Brotteig. *Das ist gut*, sagte Adam, nahm ein Messer und hackte dein Handgelenk ab. Er schnitt deinen Daumen und deinen kleinen Finger und dann alle anderen Finger ab, und jeder war voller Blut.«

»Ja«, sage ich. »Auch dir einen schönen Nachmittag.« Dann öffne ich den Kühlschrank und hole ein Tablett mit Brötchen heraus.

»Ist das alles? Willst du nicht mal darüber spekulieren, was es zu bedeuten hat?«

»Dass du Kaffee getrunken hast, bevor du zu Bett gegangen bist«, schlage ich vor. »Erinnere dich bitte, dass du träumtest, Rocco habe sich geweigert, die Schuhe auszuziehen, weil er Hühnerfüße hatte.« Ich schaue sie an. »Bist du Adam überhaupt schon mal begegnet? Weißt du, wie er aussieht?«

»Selbst die schönsten Dinge können giftig sein. Blauer Eisenhut, Maiglöckchen – beide sind im Monet-Garten am oberen Ende der geweihten Treppe, der dir so gut gefällt, aber ich nähere mich ihnen nur, wenn ich Handschuhe anhabe.«

»Und wie sieht es mit der Haftung an der Pilgerstätte aus?«

Sie schüttelt den Kopf. »Die wenigsten Besucher beabsichtigen, die Dekoration zu essen. Aber darum geht es nicht, Sage. Sondern darum, dass dieser Traum ein Zeichen war.«

»Daher weht also der Wind«, murmele ich.

»Du sollst keinen Ehebruch begehen«, predigt Mary. »Deutlicher kann man das nicht sagen. Und wenn man es doch tut, passieren schlimme Dinge. Du wirst von deinen Nachbarn gesteinigt. Du wirst zu einer Ausgestoßenen.«

»Deine Hände werden essbar«, ergänze ich. »Hör zu, Mary, kehr mir gegenüber jetzt nicht die Nonne raus. Was ich in meiner Freizeit mache, geht nur mich was an. Und du weißt, dass ich nicht an Gott glaube.«

Sie stellt sich mir in den Weg. »Das bedeutet aber nicht, dass Er nicht an dich glaubt«, kontert sie.

Meine Narbe kribbelt. Mein linkes Auge fängt an zu tränen, wie das nach der Operation monatelang der Fall war. Es war, als würde ich um alles weinen, was ich in der Zukunft verlieren würde, auch wenn mir das gar nicht bewusst war. Möglicherweise ist es archaisch und – ironischerweise – auch biblisch, zu denken, dass der hässlich ist, der Hässliches tut, und deshalb in einer

Narbe oder einem Geburtsmal das äußere Zeichen einer inneren Unzulänglichkeit zu sehen, aber in meinem Fall trifft das tatsächlich zu. Ich tat etwas Schreckliches, und jedes Mal, wenn ich zufällig in den Spiegel blicke, werde ich daran erinnert. Tun nicht die meisten Frauen unrecht, wenn sie mit einem verheirateten Mann schlafen? Natürlich, aber ich gehöre nicht zu den meisten Frauen. Vielleicht ist das der Grund, weshalb mein neues Ich sich in Adam verliebt, was meinem alten Ich nie passiert wäre. Nicht, dass ich mich befugt fühle oder es verdient habe, mit dem Ehemann einer anderen zusammen zu sein. Ich glaube einfach nicht, etwas Besseres verdient zu haben.

Ich bin keine Soziopathin. Ich bin nicht stolz auf meine Beziehung. Aber meistens finde ich Entschuldigungen dafür. Die Tatsache, dass Mary heute bei mir einen Nerv getroffen hat, bedeutet, dass ich müde oder verletzlicher bin, als ich dachte, oder beides zugleich.

»Was ist mit der armen Frau, Sage?«

Die arme Frau ist Adams Frau. Die arme Frau hat einen Mann, den ich liebe, und zwei wunderbare Kinder und ein Gesicht, das glatt und narbenfrei ist. Diese arme Frau bekommt alles, was sie sich wünscht, auf dem Silbertablett serviert.

Ich greife nach einem scharfen Messer und beginne, die Karfreitagsbrötchen einzuschneiden.

»Wenn du in Selbstmitleid baden möchtest«, ergänzt Mary, »dann tu das auf eine Art und Weise, die nicht das Leben anderer Leute zerstört.«

Ich richte die Messerspitze auf meine Narbe. »Glaubst du denn, ich wollte das?«, frage ich. »Glaubst du, ich wünsche mir nicht jeden Tag, auch all das haben zu können, was alle anderen haben – einen Job von neun bis fünf und einen Spaziergang auf der Straße, ohne dass die Kids mich anstarren, und einen Mann, der mich schön findet?«

»All das könntest du haben«, sagt Mary und schließt mich in die Arme. »Du bist die Einzige, die behauptet, du könntest es nicht. Du bist kein schlechter Mensch, Sage.«

Ich würde ihr gern glauben. Ich möchte ihr unheimlich gern glauben. »Dann tun vermutlich gute Menschen manchmal schlechte Dinge«, sage ich und entziehe mich ihr.

Ich höre, wie Josef Weber in seinem zackigen Akzent aus dem Laden nach mir ruft. Ich wische mir die Augen am Saum meiner Schürze ab und nehme das Brot, das ich beiseitegelegt habe, und ein kleines Päckchen und lasse Mary allein in der Backstube zurück.

»Hallo!«, sage ich fröhlich. Zu fröhlich. Josef sieht mich angesichts meiner vorgetäuschten guten Laune erschrocken an. Ich drücke ihm die kleine Tüte mit den hausgemachten Hundebiskuits für Eva in die Hand und dazu noch den Laib Brot. Rocco, der gerade saubere Becher ins Regal stellt, unterbricht die Arbeit, weil er es nicht gewohnt ist, mich freundschaftlichen Umgang mit den Kunden pflegen zu sehen. »Wunder o Wunder / Die Einsiedlerin kommt zu uns / aus dunklen Tiefen«, sagt er.

»*Einsiedlerin* hat vier Silben«, blaffe ich und bedeute Josef, mit mir an einen leeren Tisch zu gehen. Ich war unsicher gewesen, ob ich Josef ansprechen sollte, aber die Entscheidung wurde mir abgenommen, da ich mich viel lieber mit ihm unterhalte, als mich von Mary ins Kreuzverhör nehmen zu lassen. »Ich habe den besten Laib dieser Nacht für Sie aufgehoben.«

»Ein *bâtard*«, sagt Josef.

Ich bin beeindruckt, denn die wenigsten kennen die französische Bezeichnung für diese Brotform. »Wissen Sie auch, warum es so genannt wird?«, sage ich, als ich ein paar Scheiben abschneide und dabei versuche, Mary und ihren Traum zu verdrängen. »Weil es weder eine *Boule* noch ein *Baguette* ist. Es ist buchstäblich ein Bastard.«

»Wer hätte gedacht, dass es sogar in der Welt des Backens eine Klassenstruktur gibt«, sinniert Josef.

Ich weiß, dass es ein gutes Brot ist. Man kann es riechen, wenn ein handwerklich hergestelltes Brot aus dem Ofen kommt: den erdigen, dunklen Duft, als befände man sich tief im Wald. Stolz betrachte ich die belebte Krume.

Josef schließt entzückt die Augen. »Ich schätze mich glücklich, die Bäckerin persönlich zu kennen.«

»Apropos … Sie waren Schiedsrichter bei einem Little-League-Spiel des Sohnes eines Freundes. Bryan Lancaster?«

Er runzelt die Stirn und schüttelt den Kopf. »Das ist Jahre her. Ich kannte nicht alle ihre Namen.«

Wir plaudern – über das Wetter, über Eva, über meine Lieblingsrezepte. Wir plaudern, während Mary um uns herum den Laden abschließt, nachdem sie mich stürmisch umarmt und mir gesagt hat, dass nicht nur Gott, sondern auch sie mich liebt. Wir plaudern, während ich zwischen Backstube und Laden hin und her renne, um auf meine verschiedenen Wecker zu reagieren. Das ist völlig ungewöhnlich für mich, denn Plaudern liegt mir nicht. Es gibt sogar Momente während unseres Gesprächs, da vergesse ich, die pockennarbige Seite meines Gesichts durch Wegducken oder Schütteln meiner Haare zu verstecken. Aber Josef ist entweder zu höflich oder zu verlegen, um darauf Bezug zu nehmen. Vielleicht, aber nur vielleicht, findet er aber auch andere Dinge interessanter an mir. Was mit dazu beigetragen haben mag, dass er zum liebsten Lehrer, Schiedsrichter und Adoptivgroßvater aller wurde – er verhält sich so, als gäbe es keinen anderen Ort der Welt, an dem er im Moment lieber wäre. Und niemand anderen auf der Welt, mit dem er sich lieber unterhalten würde. Das Gefühl, nicht ein Freak, sondern auf gute Weise das Objekt von jemandes Aufmerksamkeit zu sein, ist so berauschend, dass ich vergesse, mich zu verstecken.

»Wie lange leben Sie schon hier?«, frage ich, nachdem wir schon über eine Stunde miteinander geredet haben.

»Seit zweiundzwanzig Jahren«, sagt Josef. »Zuvor habe ich in Kanada gelebt.«

»Nun, wenn man nach einer Gemeinde sucht, in der absolut nichts los ist, dann hat mir hier das große Los gezogen.«

Josef lächelt. »Das ist wohl so.«

»Haben Sie denn Familie hier in der Nähe?«

Seine Hand zittert, als er nach dem Kaffeebecher greift. »Ich habe niemanden«, erwidert Josef und erhebt sich langsam. »Ich muss gehen.«

Sofort dreht sich mir der Magen um, weil er sich meinetwegen unwohl fühlt – ein Gefühl, das keiner besser kennt als ich. »Es tut mir leid«, platzt es aus mir heraus. »Ich wollte nicht unhöflich sein. Ich unterhalte mich nicht oft mit Leuten.« Ich biete ihm ein offenes Lächeln an und leiste Wiedergutmachung auf die einzige mir bekannte Weise: indem ich etwas von mir preisgebe, das ich für gewöhnlich hinter Schloss und Riegel halte. »Ich habe auch niemanden mehr«, gestehe ich. »Ich bin fünfundzwanzig, und meine Eltern sind beide tot. Sie werden nicht erleben, dass ich heirate. Ich werde ihnen kein Thanksgiving-Dinner kochen oder sie mit ihren Enkelkindern besuchen. Meine Schwestern sind völlig anders als ich – sie fahren ihre Kinder mit Minivans zum Fußballtraining und haben Jobs, in denen es Boni gibt –, und sie hassen mich, obwohl sie es nicht zugeben.« Die Worte sprudeln wie ein Wasserfall aus mir heraus, allein sie auszusprechen, kommt einem Ertrinken gleich. »Aber hauptsächlich habe ich deshalb niemanden.«

Und mit zitternder Hand schiebe ich meine Haare aus dem Gesicht.

Ich kenne jedes Detail, das er nun sieht. Die wulstige Narbe, die meinen linken Augenwinkel überlappt. Die silbernen Schattenmale, die meine Augenbraue in zwei Hälften teilt. Das puzzleartige Patchwork transplantierter Haut, das nicht zum Rest passen will. Mein auf der linken Seite nach oben gezogener Mund, weil mein Wangenknochen schief zusammengewachsen ist. Die kahle Stelle am Kopf, auf der keine Haare mehr nachwachsen und über die ich sorgfältig meine Stirnfransen kämme – das Gesicht eines Monsters.

Ich kann nicht sagen, warum ich mich Josef enthüllt habe, einem, der mir praktisch fremd ist. Vielleicht weil Einsamkeit ein Spiegel ist und man sich darin selbst erkennt. Meine Hand sinkt, und meine Haare bedecken meine Narbe wieder wie ein Vorhang. Ich wünschte, es wäre genauso einfach, die in mir verborgene Narbe zu überdecken.

Man muss Josef zugutehalten, dass er weder stöhnt noch zurückweicht. Mit festem Blick sieht er mich an. »Vielleicht«, erwidert er, »haben wir jetzt einander.«

Am nächsten Morgen fahre ich auf dem Heimweg von der Arbeit an Adams Haus vorbei. Ich parke auf der Straße, kurble mein Fenster herunter und starre auf die Fußballnetze, die über den Vorgarten gespannt sind, auf die Fußmatte, auf das umgefallene lindgrüne Fahrrad, das sich in der Einfahrt sonnt.

Ich male mir aus, wie es wäre, dort am Esszimmertisch zu sitzen, während Adam den Salat schleudert und ich die Pasta verteile. Ich frage mich, ob die Küchenwände gelb oder weiß sind, ob noch ein Laib Brot – vermutlich aus dem Supermarkt, denke ich nicht ganz vorurteilsfrei – auf der Arbeitsplatte liegt, nachdem sich jemand zum Frühstück French Toast gemacht hat.

Als die Tür aufgeht, fluche ich laut und rutsche tiefer in meinen Sitz, obwohl ich keinen Grund zu der Annahme habe, von Shannon entdeckt zu werden. Sie kommt aus dem Haus, schließt dabei den Reißverschluss ihrer Handtasche und drückt auf die Fernbedienung, um die Türen ihres Wagens zu entriegeln. »Nun mach schon«, ruft sie. »Wir kommen sonst noch zu spät zu unserem Termin.«

Gleich darauf kommt Grace heftig hustend herausgestolpert.

»Halt deine Hand vor den Mund«, sagt ihre Mutter.

Ich spüre, dass ich die Luft anhalte. Grace sieht aus wie eine Miniaturausgabe von Shannon – das gleiche goldblonde Haar, die gleichen zarten Gesichtszüge, selbst das gleiche Federn im Schritt. »Darf ich denn wirklich nicht mit ins Zeltlager?«, jammert Grace.

»Wenn du eine Bronchitis hast, nicht«, sagt Shannon, und dann steigen beide in den Wagen und fahren aus der Einfahrt.

Adam hat mir nicht erzählt, dass seine Tochter krank ist.

Aber warum sollte er auch? Auf diesen Teil seines Lebens habe ich keinen Anspruch.

Beim Losfahren wird mir klar, dass ich diese Flüge nach

Kansas City nicht buchen werde, dass ich sie niemals buchen werde.

Und anstatt nach Hause zu fahren, suche ich in meinem iPhone nach Josefs Adresse. Er wohnt am Ende einer kleinen Sackgasse, und nachdem ich eingeparkt habe und mir noch einen Grund für meinen Besuch überlege, klopft er bereits an mein Wagenfenster.

»Sie sind es also tatsächlich«, sagt Josef. Er hält Eva an der Leine. Sie umkreist ihn tänzelnd. »Was führt Sie in diese Gegend?«, fragt er.

Ich erwäge, den Zufall zu bemühen und zu sagen, dass ich falsch abgebogen sei. Oder eine Freundin hier in der Nähe habe. Sage dann aber doch die Wahrheit. »Sie«, sage ich.

Ein Lächeln breitet sich über seinem Gesicht aus. »Dann müssen Sie zum Tee bleiben«, bestimmt er.

Seine Wohnungseinrichtung ist ganz anders, als ich erwartet hatte. Es gibt Chintzsofas mit Spitzendeckchen über den Rückenlehnen, Fotos auf einem verstaubten Kaminsims, eine Sammlung von Hummelfiguren auf einem Regal. Die unsichtbaren Fingerabdrücke einer Frau sind allgegenwärtig. »Sie sind verheiratet«, murmele ich.

»Ich war es«, sagt Josef. »Mit Marta. Einundfünfzig sehr gute Jahre und ein nicht so gutes.«

Sicherlich war das der Grund, weshalb er in die Trauergruppe kam. »Das tut mir leid.«

»Mir auch«, sagt er mit Nachdruck. Er holt mit dem Löffel den Teebeutel aus seinem Becher, wickelt sorgsam den Faden darum und presst so den Beutel aus. »Am Mittwochabend hat sie mich immer darin erinnert, den Mülleimer nach draußen zu stellen. Das habe ich in fünfzig Jahren kein einziges Mal vergessen, aber sie hat mir dennoch keinen Vertrauensbonus gegeben. Das hat mich verrückt gemacht. Jetzt würde ich alles darum geben, wenn sie mich wieder daran erinnern würde.«

»Ich wäre beinahe aus dem College geflogen«, erwidere ich. »Doch meine Mutter hat sich in meinem Zimmer im Studentenheim einquartiert und mich aus dem Bett geholt und dazu gebracht, mit ihr zu lernen. Ich kam mir vor wie der größte Loser aller Zeiten. Aber jetzt weiß ich, was für ein Glück ich hatte.« Ich bücke mich und streichele Evas seidigen Kopf. »Josef?«, frage ich. »Haben Sie jemals das Gefühl gehabt, sie zu verlieren? Ich meine, dass Sie in Ihrem Kopf nicht mehr den Klang ihrer Stimme hören oder sich nicht mehr erinnern können, wie ihr Parfüm roch?«

Er schüttelt den Kopf. »Ich habe genau das gegenteilige Problem«, sagt er. »Ich kann ihn nicht vergessen.«

Mein Blick landet auf einem Schachspiel, das hinter Josef aufgebaut ist. Die Figuren sind alle kunstvoll geschnitzt: Bauern geformt wie kleine Einhörner, Türme wie Zentauren, ein Paar Pegasusspringer. Der Meerjungfrauenschwanz der Königin windet sich um den Sockel, der Vampirkönig wirft den Kopf in den Nacken und entblößt die Reißzähne. »Das ist ja unglaublich«, hauche ich und nähere mich, um es mir genauer anzusehen. »So etwas habe ich noch nie gesehen.«

Josef ist sichtlich amüsiert. »Das ist ja auch ein Unikat. Es ist ein Familienerbstück.«

Ich starre mit noch gesteigerter Bewunderung auf das Schachbrett mit der Einlegearbeit aus glatt ineinander übergehenden Kirschholz- und Walnussholzquadraten und bestaune die winzigen Edelsteinaugen der Meerjungfrau. »Es ist wunderschön.«

»Ja. Mein Bruder war sehr kunstfertig«, sagt Josef zärtlich.

»Er hat das gemacht?«

Ich nehme den Vampir in die Hand und streiche mit dem Finger über den glatt polierten Schädel dieses Geschöpfs. »Spielen Sie?«, frage ich.

»Schon seit Jahren nicht mehr. Marta hatte für dieses Spiel keine Geduld.« Er blickt hoch. »Und Sie?«

»Ich bin nicht gut darin. Man muss immer fünf Schritte im Voraus denken.«

»Alles eine Frage der Strategie«, sagt Josef. »Und man muss den König beschützen.«

»Was hat es mit diesen mythologischen Gestalten auf sich?«, will ich wissen.

»Mein Bruder glaubte an alle möglichen mythischen Wesen: Elfen, Drachen, Werwölfe – und seltsamerweise an Ehrenmänner.«

Ich muss an Adam denken, an seine Tochter, die hustet, während der Kinderarzt ihre Lungen abhört. »Vielleicht«, sage ich, »können Sie mir beibringen, was Sie wissen.«

Josef wird zum Stammgast in Our Daily Bread und kommt immer kurz vor Ladenschluss, sodass wir noch eine halbe Stunde plaudern können, bevor er in die Nacht entschwindet und ich meinen Arbeitstag beginne. Sobald Josef kommt, ruft Rocco in die Backstube und kündigt mir »meinen Freund« an. Mary bringt ihm aus der Pilgerstätte einen Ableger – eine Taglilie – mit und erklärt ihm, wie er diese in seinem Gärtchen einpflanzen soll. Für sie steht fest, dass ich Josef hinauslasse, nachdem sie abgeschlossen hat. Die anfangs nur für Eva gebackenen Hundebiskuits haben wir inzwischen in unser Sortiment aufgenommen.

Wir unterhalten uns über die Lehrer, die ich auf der Highschool hatte, als Josef noch dort tätig war – Mr. Muchnick, dessen Toupet einmal herabfiel, als er während der Aufsicht bei einem Zulassungstest für die Hochschule einschlief; Ms. Fiero, die ihr Kleinkind mit in die Schule brachte, als die Kinderfrau krank wurde, und den kleinen Jungen in das Computerlabor steckte, damit er sich dort mit Spielen aus der *Sesamstraße* beschäftigte. Wir unterhalten uns über ein Strudelrezept seiner Großmutter. Er erzählt mir von Evas Vorgänger, einem Schnauzer namens Willie, der sich, wenn die Badezimmertür zufällig offen stand, wie eine Mumie mit Toilettenpapier einwickelte. Josef gibt zu, dass es schwer ist, die Stunden des Tages zu füllen, seitdem er nicht mehr arbeitet oder regelmäßig ehrenamtlich tätig ist.

Und ich: Ich ertappe mich dabei, dass ich ihm Dinge erzähle, die ich vor langer Zeit weggesperrt habe wie eine alte Jungfer ihre Aussteuer in der Truhe. Ich erzähle Josef von der Zeit, als meine

Mutter und ich gemeinsam einkaufen gingen und sie in einem viel zu engen Sommerkleid feststeckte, das wir dann kaufen mussten, um sie daraus befreien zu können. Und mir fällt wieder ein, dass wir uns noch Jahre später, wenn das Wort *Sommerkleid* fiel, vor Lachen nicht mehr einkriegten. Ich erzähle ihm, dass mein Vater uns Jahr für Jahr am Sederabend die Texte mit Donald-Duck-Stimme vortrug, nicht etwa aus mangelndem Respekt, sondern weil er seine kleinen Mädchen zum Lachen bringen wollte. Und ich berichte ihm, dass wir an unseren Geburtstagen von unserer Mutter zum Frühstück unser Lieblingsdessert serviert bekamen und sie, wenn wir Fieber hatten, durch bloßes Auflegen ihrer Hand auf zwei Zehntelgrad genau sagen konnte, wie hoch es war. Auch dass ich als kleines Mädchen überzeugt war, dass in meinem Schrank ein Ungeheuer lebte, erzähle ich ihm, und dass sich mein Vater einen Monat lang nachts aufrecht vor die Lamellentüren setzte, damit die Bestie nicht mitten in der Nacht ausbrechen konnte. Er erfährt von mir auch, dass meine Mutter mir beibrachte, wie man beim Bettenmachen das Laken korrekt unter der Matratze einschlug, und dass mein Vater mit mir das Weitspucken von Melonenkernen durch die Zähne übte. Jede Erinnerung ist eine Papierblume im Ärmel eines Zauberers, gerade eben noch unsichtbar und gleich darauf so gegenwärtig und blühend, dass ich mir nicht vorstellen kann, wieso sie sich die ganze Zeit versteckt hatte. Und wie die in die Welt entlassenen Papierblumen lassen sich auch die Erinnerungen unmöglich wieder wegstecken.

Ich stelle fest, dass ich Verabredungen mit Adam absage, um stattdessen bei Josef zu Hause eine Stunde Schach zu spielen, bis mir die Augen zufallen und ich heimfahren muss, um noch ein wenig Schlaf zu finden. Er bringt mir bei, wie ich die Mitte des Bretts kontrollieren kann. Dass ich Figuren nur opfern soll, wenn es unbedingt nötig ist, und nach eigenem Ermessen jedem Springer, Läufer und Turm Punktwerte geben soll, um diese Entscheidungen treffen zu können.

Während unseres Spiels stellt Josef mir Fragen. Ob meine Mutter rothaarig war wie ich. Ob mein Vater jemals das Gastgewerbe vermisst hat, nachdem er in die industrielle Fertigung gewechselt hatte. Ob einer der beiden jemals Gelegenheit hatte, eins meiner Rezepte zu kosten. Selbst an den Antworten, die mir am schwersten fallen – wie etwa die, dass ich für keinen von beiden je gebacken habe –, verbrenne ich mir die Zunge nicht mehr so schlimm, wie das noch vor einem oder zwei Jahren der Fall gewesen wäre. Es ist eben ein Unterschied, ob man die Vergangenheit mit jemandem teilt oder sie allein durchlebt. Es fühlt sich weniger nach Wunde, sondern eher nach Verband an.

Zwei Wochen später fahren Josef und ich gemeinsam im Auto zu unserem nächsten Treffen der Trauergruppe. Dort sitzen wir nebeneinander, und während die anderen Gruppenmitglieder erzählen, scheint uns unterschwellig etwas zu verbinden. Manchmal nimmt er Blickkontakt zu mir auf und verkneift sich ein Lächeln, manchmal sehe ich ihn an und rolle mit den Augen. Wir sind plötzlich Komplizen.

Heute sprechen wir darüber, was nach dem Tod mit uns geschieht. »Bleiben wir in der Nähe?«, fragt Marge. »Wachen wir über unsere Lieben?«

»Ich denke schon. Ich kann Sheila manchmal spüren«, sagt Stuart. »Es ist, als würde die Luft feuchter werden.«

»Also, ich finde den Gedanken, dass die Seelen hier bei uns herumhängen, ziemlich eigennützig«, kontert Shayla sofort. »Sie kommen in den Himmel.«

»Alle?«

»Alle, die glauben«, schränkt sie ein.

Shayla ist eine Wiedergeborene, deshalb überrascht das nicht. Aber unbehaglich fühle ich mich trotzdem, als würde sie damit speziell auf mich, die Ungläubige, abzielen.

»Als meine Mutter im Krankenhaus war«, sage ich, »erzählte ihr Rabbi ihr eine Geschichte. Sowohl im Himmel als auch in der Hölle sitzen die Menschen an Tafeln voll köstlichster Speisen, doch sie können die Ellbogen nicht beugen. In der Hölle verhungern deshalb alle, weil sie sich das Essen nicht selbst zuführen können. Im Himmel sind alle vollgestopft, weil sie, um sich gegenseitig zu füttern, die Arme nicht beugen müssen.«

Ich spüre Josefs Blick auf mir.

»Mr. Weber?«, fordert Marge ihn auf.

Ich gehe davon aus, dass Josef nicht auf sie eingeht oder wie üblich den Kopf schüttelt. Aber zu meiner Überraschung spricht er. »Wenn man stirbt, stirbt man. Und alles ist vorbei.«

Die unverblümten Worte legen sich wie ein Leichentuch auf den Rest der Gruppe. »Entschuldigen Sie mich«, sagt er und verlässt den Versammlungsraum.

Ich treffe ihn auf dem Flur der Kirche an, wo er auf mich wartet. »Diese Geschichte, die Sie erzählt haben, von dem Bankett, glauben Sie daran?«

»Das würde ich wohl gern«, antworte ich. »Um meiner Mutter willen.«

»Aber Ihr Rabbi …«

»Nicht mein Rabbi. Der meiner Mutter.« Ich steuere die Tür an.

»Aber Sie glauben an ein Leben nach dem Tod?«, bohrt Josef neugierig nach.

»Und Sie nicht.«

»Ich glaube an die Hölle … aber die ist hier auf Erden.« Er schüttelt den Kopf. »Gute Menschen und schlechte Menschen. Als wäre das so einfach. Jeder ist beides zugleich.«

»Glauben Sie nicht, dass das eine das andere überwiegt?«

Josef bleibt stehen. »Sagen Sie es mir«, fordert er mich auf.

Und als würde seinen Worten Hitze anhaften, fängt meine Narbe an zu brennen. »Wieso haben Sie mich eigentlich nie gefragt«, platzt es aus mir heraus. »Wie es passiert ist?«

»Wie was passiert ist?«

Ich umkreise mit einer Hand mein Gesicht.

»Ach. Nun. Vor langer Zeit hat mir mal jemand gesagt, eine Geschichte werde sich von selbst erzählen, wenn sie bereit dazu ist. Ich ging davon aus, dass sie noch nicht bereit dazu war.«

Es ist eine merkwürdige Vorstellung, dass das, was mir passiert ist, nicht meine Geschichte ist, die ich zu erzählen habe, sondern etwas von mir völlig Losgelöstes. Ich frage mich, ob dies womöglich die ganze Zeit mein Problem war: nicht fähig zu sein, die beiden voneinander zu trennen. »Ich hatte einen Autounfall«, sage ich.

Josef nickt und wartet.

»Ich war nicht die einzige Verletzte«, würge ich hervor.

»Aber Sie haben überlebt.« Er berührt mich sanft an der Schulter. »Vielleicht kommt es nur darauf an.«

Ich schüttele den Kopf. »Ich wünschte, ich könnte das glauben.«

Josef sieht mich an. »Geht uns das nicht allen so?«

Am nächsten Tag kommt Josef nicht in die Bäckerei. Auch am folgenden Tag erscheint er nicht. Und ich bin zu der einzig brauchbaren Schlussfolgerung gelangt: Josef liegt komatös im Bett. Oder Schlimmeres.

In all den Jahren, die ich in Our Daily Bread arbeite, habe ich die Backstube nachts nie unbeaufsichtigt gelassen. Meine Nächte sind mit militärischer Präzision geregelt, und ich arbeite sehr schnell, um den Teig zu zerteilen und daraus Hunderte von Laiben zu formen, sie dann aufgehen zu lassen und ofenfertig zu machen. Die Backstube selbst wird zu einem lebendigen, atmenden Ding, und jede Station ist ein neuer Partner, mit dem ich tanze. Bringt man den Zeitplan durcheinander, steht man bald auf verlorenem Posten, während um einen herum das Chaos tobt. Und ich muss überhastet Zeit aufholen und versuchen, die gleiche Menge an Ware schneller zu produzieren. Aber mir wird klar, dass ich nicht zu gebrauchen bin, bis ich bei Josef zu Hause war und mich vergewissert habe, dass er noch atmet.

Ich fahre dorthin und sehe Licht in der Küche. Sofort fängt Eva an zu bellen.

Josef öffnet die Eingangstür. »Sage«, sagt er überrascht. Er niest heftig und putzt sich die Nase mit einem weißen Stofftaschentuch. »Ist alles in Ordnung?«

»Sie sind erkältet«, konstatiere ich.

»Sind Sie den ganzen weiten Weg hergekommen, um mir zu sagen, was ich bereits weiß?«

»Nein. Ich dachte – ich meine, ich wollte nach Ihnen sehen, nachdem Sie ein paar Tage weggeblieben sind.«

»Ach. Nun, wie Sie sehen, bin ich noch immer auf den Beinen.« Er macht eine einladende Geste. »Wollen Sie reinkommen?«

»Ich kann nicht«, sage ich. »Ich muss zurück an die Arbeit.« Aber ich mache keine Anstalten dazu. »Ich war besorgt, als Sie nicht in die Bäckerei kamen.«

Er zögert, die Hand auf dem Türknauf. »Dann sind Sie also gekommen, weil Sie sich vergewissern wollten, ob ich noch lebe?«

»Ich kam, um nach einem Freund zu sehen.«

»Freunde«, wiederholt Josef strahlend. »Wir sind jetzt Freunde?«

Ein fünfundzwanzigjähriges entstelltes Mädchen und ein Neunzigjähriger. Die Welt hat vermutlich schon merkwürdigere Paare gesehen.

»Das würde mir sehr gefallen«, sagt Josef förmlich. »Dann sehen wir uns morgen, Sage. Aber jetzt müssen Sie zurück an die Arbeit, damit ich zu meinem Kaffee auch ein Brötchen bekomme.«

Zwanzig Minuten später bin ich wieder in der Backstube, schalte ein halbes Dutzend schrill klingelnder Wecker aus und mache eine Bestandsaufnahme des Schadens, den meine einstündige Abwesenheit angerichtet hat. Einige Laibe sind zu sehr aufgegangen, der Teig hat die Form verloren und sackt an manchen Stellen ein. Die Produktion einer ganzen Nacht ist davon betroffen und Mary am Boden zerstört. Die Kunden werden morgen mit leeren Händen wieder gehen müssen.

Ich breche in Tränen aus.

Ich weiß nicht, ob ich wegen der Katastrophe in meiner Backstube weine oder weil mir klar geworden ist, wie sehr mich der Gedanke aufgewühlt hat, Josef könnte mir genommen werden, nachdem ich ihn gerade erst gefunden habe. Ich weiß einfach nicht, wie viele Verluste ich noch verkraften kann.

Ich wünschte, ich könnte für meine Mutter backen: haufenweise Boules und Pains au chocolat und Brioches für ihren Tisch im Himmel. Ich wünschte, ich könnte dort sein, um sie zu füttern. Aber ich kann es nicht. Es ist, wie Josef sagte: Egal, wie wir Überlebenden uns das Leben nach dem Tod ausmalen, wenn jemand stirbt, ist alles vorbei.

Aber *das* hier … Ich sehe mich in der Backstube um. Das hier kann ich retten, indem ich den Teig noch mal durchknete und ihn erneut aufgehen lasse.

Also lege ich los. Ich knete und knete.

Am nächsten Tag geschieht ein Wunder.

Mary, die anfangs schmallippig und wütend auf meine geringere nächtliche Ausbeute reagiert, schneidet eine Ciabatta an. »Was soll ich nur machen, Sage?« Sie seufzt. »Den Kunden sagen, sie sollen die Straße runter zu Rudy's gehen?«

Rudy's ist unsere Konkurrenz. »Du könntest ihnen einen Gutschein geben.«

»Erdnussbutter und Gelee schmecken beschissen auf einem Gutschein.«

Als sie mich fragt, was passiert ist, lüge ich. Ich erzähle ihr, ich hätte einen Migräneanfall gehabt und sei für zwei Stunden weggedöst. »Es wird nicht mehr vorkommen.«

Mary zieht eine Schnute, was mir sagt, dass sie mir noch nicht verziehen hat. Dann greift sie zu einer Scheibe Brot, um diese mit Erdbeermarmelade zu bestreichen.

Doch sie tut es nicht.

»Jesus, Maria und Josef«, sagt sie keuchend und lässt die Brotscheibe fallen, als hätte sie sich die Finger verbrannt. Sie deutet auf die Brotkrume.

Das ist ein komischer Name für die Löcher in einem Brot. Handwerklich hergestelltes Brot beurteilt man nach seiner belebten Krume; andere Brote, wie Wonder Bread – was man ernährungstechnisch gesehen kaum als Brot bezeichnen kann –, haben eine gleichmäßige, dünne Krume.

»Siehst du Ihn?«

Wenn ich die Augen zusammenkneife, kann ich so etwas wie die Form eines Gesichts erkennen.

Offensichtlich habe ich das Antlitz von Gottes Sohn in meinen Laib gebacken.

Die ersten Besucher unseres kleinen Wunders sind die Frauen, die im Andenkenladen der Pilgerstätte arbeiten und ein Foto von dem Stück Brot vor ihnen machen. Dann kommt Pater Dupree – der ansässige Priester. »Faszinierend«, sagt er mit einem Blick über seine Brille hinweg.

Inzwischen ist die Brotscheibe alles andere als frisch. Die Hälfte des Laibs, den Mary noch nicht angeschnitten hat, trägt ebenfalls das Bild von Jesus. Ich überlege mir, dass man, je dünner man die Scheiben schneidet, umso mehr Inkarnationen von Jesus bekäme.

»Die eigentliche Frage ist nicht, dass Gott erschienen ist«, teilt Pater Dupree Mary mit. »Er ist immer da. Sondern, warum Er sich entschlossen hat, *jetzt* zu erscheinen.«

Rocco und ich lümmeln mit verschränkten Armen an der Theke und verfolgen alles aus der Ferne.

»Gütiger Gott«, murmele ich.

Er schnaubt. »Genau. Du hast wohl / Gebacken Vater und Sohn / und heiligen Toast.«

Die Tür fliegt auf und eine Reporterin mit Wuschelkopf tritt ein, im Schlepptau einen Bär von einem Kameramann. »Sind wir hier richtig beim Jesus-Brot?«

Mary geht auf sie zu. »Ja, ich bin Mary DeAngelis. Die Inhaberin der Bäckerei.«

»Großartig«, sagt die Reporterin. »Ich bin Harriet Yarrow vom WMUR. Wir würden uns gern mit Ihnen und Ihren Angestellten unterhalten. Im vergangenen Jahr haben wir eine Geschichte über einen Holzfäller gebracht, der die Jungfrau Maria in einem Baumstumpf sah und sich daran festgekettet hat, um seine Firma davon abzuhalten, den Rest des Waldes zu fällen. Kein Bericht hat 2012 mehr Zuschauer gehabt. Läuft die Kamera? Ja? Ausgezeichnet.«

Während sie Mary und Pater Dupree interviewt, verstecke ich mich hinter Rocco, der drei Baguettes, eine heiße Schokolade und ein Grießbrot eintippt. Dann hält Harriet mir das Mikrofon unter die Nase. »Ist das die Bäckerin«, fragt sie Mary.

Die Kamera hat über ihrem Zyklopenauge ein rotes Licht, das während der Aufnahme blinkt. Ich starre darauf, erschrocken von dem Gedanken, dass der ganze Bundesstaat mich in den Mittagsnachrichten sieht. Ich lasse mein Kinn auf die Brust sinken, um mein Gesicht mit den vor Verlegenheit brennenden Wangen zu verstecken. Wie viel hat er bereits gefilmt? Hat er meine Narbe nur kurz gestreift, bevor ich meinen Kopf wegduckte? Oder reicht es aus, um Kinder so zu erschrecken, dass sie ihren Löffel in den Suppenteller fallen lassen und die Mütter den Fernseher ausschalten, aus Angst vor Albträumen?

»Ich muss gehen«, murmele ich und stürze ins Büro der Bäckerei und dann durch die Hintertür ins Freie.

Die geweihte Treppe erklimme ich, indem ich zwei Stufen auf einmal nehme. Alle kommen zur Pilgerstätte, um den Riesenrosenkranz zu sehen, aber mir gefällt die kleine Grotte oben auf dem Hügel, die Mary so bepflanzt hat, dass sie an ein Gemälde von Monet erinnert. Es ist ein Bereich, der sonst keine Besucher anzieht – was natürlich der Grund dafür ist, warum es mir hier gefällt.

Deshalb überrascht es mich, Schritte zu hören. Als Josef auftaucht und sich mühsam am Geländer abstützt, eile ich ihm zu Hilfe. »Was ist da unten los? Ist eine Berühmtheit zum Kaffeetrinken gekommen?«, fragt er.

»Gewissermaßen. Mary glaubt, das Gesicht Jesu in einem meiner Brote zu sehen.«

Ich rechne mit seinem Spott, aber Josef hält stattdessen den Kopf schief und denkt nach. »Gott neigt offenbar dazu, sich an Orten zu zeigen, wo man ihn nicht erwartet.«

»Sie glauben an Gott?«, frage ich überrascht. Nach unserem

Gespräch über Himmel und Hölle war ich davon ausgegangen, dass auch er Atheist ist.

»Ja«, erwidert Josef. »Er wird uns am Ende richten. Der alttestamentarische Gott. Darüber müssen Sie als Jüdin doch Bescheid wissen.«

Schlagartig fühle ich mich isoliert, *anders*. »Ich habe nie gesagt, dass ich Jüdin bin.«

Jetzt sieht Josef mich überrascht an. »Aber Ihre Mutter …«

»Ist nicht ich.«

Sein Gesicht spiegelt rasch wechselnde Gefühle, als würde er mit diesem Dilemma ringen. »Die Tochter einer jüdischen Mutter ist eine Jüdin.«

»Das hängt wohl ganz davon ab, wen Sie fragen. Und ich frage Sie, warum das wichtig ist.«

»Ich wollte Sie nicht beleidigen«, erwidert er steif. »Ich bin gekommen, um Sie um einen Gefallen zu bitten, aber vorher musste ich mich vergewissern, ob Sie auch die sind, für die ich Sie hielt.« Josef holt tief Luft, und als er ausatmet, bleiben die von ihm gesprochenen Worte zwischen uns hängen. »Ich hätte gern, dass Sie mir beim Sterben helfen.«

»Was?«, sage ich wahrhaft entsetzt. »*Warum?*«

Er hat eine senile Anwandlung, sage ich mir. Aber Josefs Augen sind klar und konzentriert.

»Ich weiß, dass Sie die Bitte überraschend finden …«

»Überraschend? Wie wäre es mit *verrückt* …«

»Ich habe meine Gründe«, sagt Josef trotzig. »Ich bitte Sie, mir zu vertrauen.«

Ich weiche einen Schritt zurück. »Vielleicht sollten Sie einfach gehen.«

»Bitte«, fleht Josef. »Es ist, wie Sie vom Schach sprachen. Ich denke fünf Schritte voraus.«

Die Worte lassen mich innehalten. »Sind Sie krank?«

»Mein Arzt sagt, ich habe die Konstitution eines wesentlich jüngeren Mannes. Das ist der Scherz, den Gott sich mit mir erlaubt. Er macht mich so stark, dass ich nicht sterben kann, obwohl ich es möchte. Ich hatte Krebs, zweimal. Ich habe einen Autounfall und eine gebrochene Hüfte überlebt. Ich habe, Gott möge es mir verzeihen, eine Flasche Tabletten geschluckt. Aber ich wurde von einem der Zeugen Jehovas gefunden, der zufällig Wurfzettel verteilte und mich durchs Fenster auf dem Boden liegen sah.«

»Warum sollten Sie versuchen, sich umzubringen?«

»Weil ich tot sein *sollte*, Sage. Es ist das, was ich verdiene. Und Sie können mir dabei helfen.« Er zögert. »Sie haben mir *Ihre* Narben gezeigt. Ich bitte Sie nun darum, Ihnen *meine* zeigen zu dürfen.«

Mir wird klar, dass ich nichts über diesen Mann weiß, nur das, was er mir freiwillig mitgeteilt hat. Und nun hat er mich offensichtlich dazu auserkoren, ihm bei seinem Selbstmord zu helfen. »Hören Sie, Josef«, sage ich einfühlsam. »Sie brauchen Hilfe, aber nicht aus den von Ihnen gedachten Gründen. Ich laufe nicht herum und töte Menschen.«

»Mag sein.« Er greift in die Manteltasche und zieht ein kleines Foto heraus, dessen Ränder gezackt sind. Er drückt es mir in die Hand.

Auf dem Foto sehe ich einen Mann, viel jünger als Josef – mit demselben spitzen Haaransatz und der krummen Nase, ein Geisterbild seiner Züge. Er trägt die Uniform der SS und lächelt.

»Aber ich habe es getan«, sagt er.

Damian hielt eine Hand hoch, während seine Soldaten hinter ihm lachten. Ich versuchte, mit einem Sprung nach den Münzen zu greifen, aber es gelang mir nicht, und ich stolperte. Es war zwar erst Oktober, doch der Winter lag bereits in der Luft, und meine Hände waren taub vor Kälte. Damians Arm umschlang mich wie eine Schraubzwinge und presste mich an seinen Körper. Ich spürte die Silberknöpfe seiner Uniform, die sich mir in die Haut drückten. »Lass mich gehen«, stieß ich zwischen den Zähnen hervor.

»Nicht doch«, erwiderte er und grinste. »Spricht man so mit einem zahlenden Kunden?« Es war das letzte Stangenweißbrot. Wenn ich von ihm das Geld bekommen hatte, konnte ich nach Hause zu meinem Vater gehen.

Ich sah mich nach den anderen Händlern um. Die alte Sal rührte im Bodensatz der im Fass noch übrig gebliebenen Heringe; Farouk faltete seine Seidenstoffe, und beide setzten alles dran, jeglicher Konfrontation aus dem Weg zu gehen. Sie würden sich hüten, sich den Hauptmann der Wache zum Feind zu machen.

»Wo bleiben deine Manieren, Ania?«, schalt Damian.

»Bitte!«

Er warf seinen Soldaten einen Blick zu. »Klingt doch gut, wenn sie mich anfleht, nicht wahr?«

Andere Mädchen schwärmten von seinen eindrucksvollen silbernen Augen, konnten sich nicht entscheiden, ob sein Haar nun schwarz wie die Nacht oder schwarz wie der Flügel eines Raben war, und bewunderten sein Lächeln, dessen Zauber einem die Gedanken rauben und die Sprache verschlagen konnte, aber ich war für diese Reize nicht empfänglich. Mochte Damian auch einer der heiratswürdigsten Männer des Dorfes sein, so erinnerte er mich an die Kürbisse, die man nach Aller-

heiligen zu lange auf der Veranda hatte liegen lassen – schön anzusehen, bis man sie berührte und feststellte, dass sie bis zum Kern verfault waren.

Doch leider liebte Damian die Herausforderung. Und da ich das einzige weibliche Wesen zwischen zehn und hundert war, das von seinem Charme unbeeindruckt blieb, hatte er mich ins Visier genommen.

Er nahm die Hand, in der er die Münzen hielt, nach unten und umfing damit meinen Hals. Ich spürte das Silber, das sich mir in die Halsschlagader drückte. Und als wollte er mich daran erinnern, wie leicht er mich töten konnte, wie viel stärker er war als ich, nagelte er mich auf dem Karren des Gemüsehändlers fest. Aber dann beugte er sich vor. Heirate mich, flüsterte er, und du brauchst dir nie mehr Sorgen wegen der Steuern zu machen. Und ohne den Druck seiner Hände an meinem Hals zu lockern, küsste er mich.

Ich biss ihn so fest in die Lippe, dass er blutete. Sobald er von mir abließ, packte ich den leeren Korb, worin ich das Brot zum Markt brachte, und rannte los.

Meinem Vater wollte ich nichts erzählen, beschloss ich. Er hatte schon genug Sorgen.

Je tiefer ich in den Wald eindrang, desto intensiver wurde der Geruch des Torffeuers, das in der Feuerstelle unseres Häuschens brannte. Gleich würde ich zu Hause sein und von meinem Vater das besondere Gebäck überreicht bekommen, das er immer für mich backte. Ich würde mich auf die Arbeitstheke setzen und ihm von den Leuten im Dorf erzählen: der Mutter, die völlig außer sich war, als ihre Zwillinge sich unter Farouks Seidenballen versteckten; dem dicken Teddy, der beharrlich an jedem Marktstand den Käse kostete und sich auf diese Weise den Bauch vollschlug, ohne je etwas zu kaufen. Ich würde ihm von dem Mann erzählen, den ich noch nie zuvor gesehen hatte und der mit einem Jüngling, der sein Bruder zu sein schien, auf dem Markt erschienen war. Dieser Jüngling aber war schwachsinnig, er trug einen Lederhelm, der seine Nase und seinen Mund bedeckte und nur Löcher zum Atmen freiließ, und um das Handgelenk eine Ledermanschette, sodass sein älterer Bruder ihn an der kurzen Leine halten konnte. Der Mann schritt an meinem Brotstand und am Gemüsehändler und den anderen Krämern vorbei, um zum Fleischhändler zu gelangen, wo er Rippchen verlangte. Als er nicht genügend Geld zum Bezahlen hatte, schüttelte er seinen Wollmantel ab. Nehmen Sie den hier, sagte er. Das ist alles, was ich habe. Während er zitternd über den Platz zurückging, grapschte sein Bruder nach dem eingewickelten Fleischpaket. Gleich bekommst du es, versprach er, und dann verlor ich ihn aus den Augen.

Mein Vater würde sich eine Geschichte über die beiden ausdenken: Sie waren von einem Zirkuswagen gesprungen und hier gelandet. Sie waren Meuchelmörder, die Baruch Beilers Haus im Auge hatten. Ich würde lachen und mein Gebäck essen und mich vor dem Feuer wärmen, während mein Vater die nächste Ladung Teig zusammenknetete.

Ein Bach trennte unser Häuschen vom Dorf, und mein Vater hatte eine breite Planke darübergelegt, damit wir von einer Seite zur anderen gelangen konnten. Aber als ich heute dort ankam, bückte ich mich, um zu trinken und alles Bittere von Damian wegzuwaschen, das noch meinen Lippen anhaftete.

Das Wasser floss rot.

Ich setzte den Korb ab und folgte dem Ufer bachaufwärts. Meine Stiefel sanken tief ein in den schwammigen Sumpf. Und da sah ich es.

Der Mann lag auf dem Rücken, die untere Hälfte seines Körpers hing unter Wasser im Bach. Seine Kehle und die Brust waren aufgerissen. Die Venen waren Nebenflüsse, seine Arterien die Landkarte einer Gegend, die ich nie aufsuchen wollte. Ich begann zu schreien.

Da war Blut, so viel Blut, dass es sein Gesicht und sein Haar färbte.

Da war Blut, so viel Blut, dass es einige Zeit dauerte, bis ich meinen Vater erkannte.

SAGE

Der Soldat auf dem Foto lacht, als hätte ihm gerade jemand einen Witz erzählt. Sein linkes Bein steht auf einer Kiste, und in der rechten Hand hält er eine Pistole. Hinter ihm sieht man Baracken. Ich fühle mich an Fotos von Soldaten erinnert, geknipst am Vorabend ihrer Verschiffung, auf denen man ihr übertriebenes Draufgängertum fast riechen kann wie süßliches Aftershave. Das ist kein Gesicht von jemandem, der sich über seine Rolle im Zwiespalt befindet. Dies ist jemand, der genießt, was er tut.

Auf dem Foto sind keine anderen Menschen zu sehen, aber außerhalb der weißen Begrenzung verharren sie wie Geister: all die Gefangenen, die sich hüteten, in Erscheinung zu treten, solange ein Nazisoldat in der Nähe war.

Der Mann auf dem Foto hat ganz helles Haar und kräftige Schultern und strahlt Selbstvertrauen aus. Mir fällt es schwer, ihn mit dem Mann in Einklang zu bringen, der mir einmal erzählt hat, er habe zu viele Menschen verloren, um sie zu zählen.

Aber warum sollte er in einer solchen Angelegenheit lügen? Man lügt, um die Leute davon zu überzeugen, dass man *kein* Ungeheuer ist … und nicht, dass man eins *ist*.

Doch sollte Josef die Wahrheit sagen, stellt sich die Frage, warum er sich in der Gemeinde derart exponiert hat: durch Unterrichten, Coaching, Herumlaufen am helllichten Tag?

»Wie Sie sehen«, sagt Josef und nimmt mir das Foto wieder ab, »war ich bei den SS-Totenkopfverbänden.«

»Das glaube ich Ihnen nicht«, sage ich.

Josef sieht mich überrascht an. »Warum sollte ich Ihnen gestehen, dass ich schreckliche Dinge getan habe, wenn es nicht stimmt?«

»Ich weiß es nicht«, erwidere ich. »Sagen Sie es mir.«

»Weil Sie Jüdin sind.«

Ich schließe die Augen und versuche, den wild strudelnden Gedankenpool in meinem Kopf zu durchwaten. Ich bin *keine* Jüdin, ich habe mich seit Jahren nicht mehr als solche gesehen, selbst wenn Josef dies für eine Formalie hält. Aber wenn ich keine Jüdin bin, warum fühle ich mich dann derart tiefgreifend und persönlich attackiert von diesem Foto, das ihn in einer SS-Uniform zeigt?

Und warum wird mir, wenn er mich so bezeichnet, bei dem Gedanken übel, dass Josef nach so langer Zeit offenbar noch immer glaubt, ein Jude sei gegen einen anderen austauschbar?

In diesem Moment steigt Ekel in mir auf. In diesem Moment glaube ich, dass ich ihn töten *könnte.*

»Es gibt einen Grund, weshalb Gott mich so lange am Leben gehalten hat. Er möchte, dass ich fühle, was *sie* gefühlt haben. Sie beteten um ihr Leben, hatten aber keine Kontrolle darüber; ich bete um meinen Tod, habe aber keine Kontrolle darüber. Deshalb möchte ich, dass Sie mir helfen.«

Hast du irgendwelche Juden gefragt, was sie wollten?

Auge um Auge, ein Leben für viele.

»Ich werde Sie nicht töten, Josef«, sage ich und schiebe ihn von mir weg, aber seine Stimme lässt mich innehalten.

»Bitte. Es ist der Wunsch eines Sterbenden«, fleht er. »Oder besser der Wunsch eines Mannes, der sterben möchte. So groß ist der Unterschied nicht.«

Er ist wahnhaft. Er hält sich für eine Art Vampir, ähnlich dem König seines Schachspiels, der von seinen Sünden hier festgehalten wird. Er glaubt, wenn ich ihn töte, wird ihm biblische Gerechtigkeit zuteil und eine karmische Schuld getilgt, eine Jüdin, die dem Mann das Leben nimmt, der anderen Juden ihr Leben nahm. Die Logik sagt mir, dass dies nicht stimmt. Und mein Gefühl verbietet mir, ihm auch nur die Befriedigung zu geben, zu glauben, ich könnte es in Erwägung ziehen.

Aber ich kann nicht einfach gehen und so tun, als hätte dieses Gespräch nie stattgefunden. Wenn ein Mann mir auf der Straße begegnete und einen Mord gestände, würde ich das nicht einfach ignorieren. Ich würde jemanden suchen, der wüsste, was zu tun ist.

Und daran ändert sich nichts, nur weil der Mord vor fast siebzig Jahren geschah.

Und dennoch bringe ich beides nicht überein – mir dieses Foto eines SS-Offiziers anzusehen und mir dabei auszumalen, wie er zu dem Mann wurde, der vor mir steht. Der vor aller Augen mehr als ein halbes Jahrhundert lang im Verborgenen blieb.

Ich hatte zusammen mit Josef gelacht, hatte mich Josef anvertraut, hatte Schach mit Josef gespielt. Hinter ihm liegt Marys Monet-Garten, mit Dahlien, Wicken und Stockrosen, Hortensien, Rittersporn und Eisenhut. Ich muss an das denken, was sie mir vor ein paar Wochen gesagt hat: dass die schönsten Dinge manchmal auch die giftigsten sein können.

Vor zwei Jahren ging der Fall John Demjanjuk durch die Presse. Obwohl ich ihn nicht verfolgt habe, erinnere ich mich an das Bild eines sehr alten Manns, der mit dem Rollstuhl aus dem Heim geholt wird. Also muss es doch noch immer irgendwo jemanden geben, der frühere Nazis strafrechtlich verfolgt.

Aber wer?

Sollte Josef lügen, muss ich den Grund dafür wissen. Aber sollte Josef die Wahrheit sagen, bin ich unwillentlich gerade zu einem Teil der Historie geworden.

Ich brauche Zeit zum Nachdenken. Und ich muss ihn in dem Glauben lassen, dass ich auf seiner Seite bin.

Ich denke an den jungen Josef in Uniform, der seine Waffe hebt und jemanden erschießt. Ich denke an ein Foto aus meinem Highschool-Geschichtsbuch, auf dem ein ausgezehrter Jude die Leiche eines anderen trägt. »Bevor ich entscheide, ob ich Ihnen helfe oder nicht … muss ich wissen, was Sie getan haben«, sage ich bedächtig.

Josef stößt die Luft aus, die er angehalten hat. »Dann ist es also kein Nein«, fragt er tastend. »Das ist gut.«

»Das ist *nicht* gut«, korrigiere ich ihn, bevor ich eilends die geweihte Treppe hinunterlaufe und ihn seinem Schicksal überlasse.

Ich trödle durch die Gegend. Stundenlang. Ich weiß, dass Josef von der Pilgerstätte herunterkommen und mich in der Bäckerei suchen wird, doch wenn er dies tut, möchte ich nicht dort sein. Als ich später in den Laden zurückkehre, ist der Teufel los. Gebrechliche, Alte, Rollstuhlfahrer schieben sich einer nach dem anderen durch die Eingangstür. Ein Häuflein Nonnen hat sich neben dem Oleander im Toilettenflur zum Gebet hingekniet. In der kurzen Zeit meiner Abwesenheit hat die Nachricht vom Jesusbrot die Runde gemacht.

Mary steht neben Rocco, der seine Dreadlocks zu einem ordentlichen Pferdeschwanz zusammengebunden hat und das Brot jetzt auf einer mit einem burgunderfarbenen Geschirrtuch bedeckten Platte präsentiert. Eine Mutter schiebt ihren über zwanzigjährigen Sohn in einem Elektrorollstuhl näher heran. »Sieh nur, Keith«, sagt sie, hebt das Brot hoch und drückt es gegen seine verkrampfte Faust. »Kannst du Ihn spüren?«

Als Mary mich sieht, signalisiert sie Rocco, sich um den Verkauf zu kümmern. Sie hakt sich bei mir unter und führt mich in die Backstube. Ihre Wangen glühen, ihr dunkles Haar ist auf Hochglanz gebürstet – und heiliger Bimbam: Hat sie tatsächlich *Make-up* aufgetragen? »Wo bist du gewesen?«, schilt sie mich. »Du hast den ganzen Trubel verpasst!«

Das denkt sie.

»Oh?«

»Zehn Minuten nach den Mittagsnachrichten ging es los. Alle kamen, die Alten, die Kranken, alle, die nur das Brot berühren wollen.«

Ich sage mir, dass dieser von so vielen Händen berührte Laib inzwischen einer Petrischale gleichen dürfte.

»Das ist womöglich eine dumme Frage«, sage ich. »Aber warum?«

»Um geheilt zu werden«, erwidert Mary.

»Genau. Denn eigentlich hätte die Seuchenschutzbehörde die ganze Zeit nur in einer Scheibe Brot nach einem Heilverfahren für Krebs suchen müssen.«

»Sag das den Wissenschaftlern, die das Penizillin entdeckt haben«, entgegnet Mary.

»Was ist, Mary, wenn es gar nichts mit einem Wunder zu tun hat? Wenn es einfach nur um die zufällige Aneinanderreihung von Gluten geht?«

»Das glaube ich nicht. Aber auch dann wäre es noch ein Wunder«, erwidert Mary, »weil es verzweifelten Menschen ein wenig Hoffnung gibt.«

Mein Geist spult zurück zu Josef, zu den Juden im Lager. Wenn man dich wegen deines Glaubens aussondert, um dich zu foltern, kann der Glaube dann noch ein Leuchtfeuer sein? Glaubte die Frau mit dem schwerstbehinderten Sohn an den Gott dieses blöden Brotes, das ihm vielleicht helfen kann, oder an den Gott, der ihn überhaupt erst so zur Welt hat kommen lassen?

»Du solltest begeistert sein. Jeder, der herkam, um dieses Brot zu sehen, hat was anderes, von dir Gebackenes mitgenommen«, meint Mary.

»Du hast recht«, murmele ich. »Ich bin einfach müde.«

»Dann geh nach Hause.« Mary sieht auf die Uhr. »Denn ich denke, wir werden morgen doppelt so viele Kunden haben.«

Doch beim Verlassen der Bäckerei, vorbei an jemandem, der seine Begegnung mit dem Brot mit einer Videokamera festhält, weiß ich bereits, dass ich mir für meine Schicht eine Vertretung suchen werde.

Adam und ich haben eine ungeschriebene Vereinbarung, dass wir einander nicht an den jeweiligen Arbeitsplätzen aufsuchen. Man weiß nie, wer zufällig vorbeikommt, wer womöglich dein Auto erkennt. Außerdem ist sein Chef Shannons Vater.

Als ich deshalb meinen Wagen einen Häuserblock vom Beerdigungsinstitut entfernt parke, muss ich wieder an Josef denken. Hat eine neue Bekanntschaft jemals mit mahnendem Finger vor ihm gestanden und leutselig gesagt: »Ich kenne Sie von irgendwoher …«, woraufhin ihm der Schweiß ausbrach? Sah er vielleicht in jede Schaufensterscheibe, nicht um sein Spiegelbild zu betrachten, sondern um sich zu vergewissern, dass keiner ihn beobachtete?

Und natürlich stellt sich mir die Frage, ob unsere Beziehung sich rein zufällig ergab oder ob er auf der Suche nach jemandem wie mir war. Nicht einfach nur nach einem Mädchen, das in einer Stadt mit herzlich wenig Juden aus einer jüdischen Familie stammt, sondern eins mit dem zusätzlichen Vorteil eines verunstalteten Gesichts, das zu schüchtern war, um mit seiner Geschichte an die Öffentlichkeit zu gehen, aus Angst, die Aufmerksamkeit auf sich zu ziehen. Ich hatte Josef nie von Adam erzählt, aber hatte er in mir womöglich dennoch Schuldgefühle erkannt, die ihn an seine erinnerten?

Zum Glück findet keine Trauerfeier statt. Adams Geschäft läuft gut – er wird immer Kunden haben –, aber wenn er mitten in einer Zeremonie wäre, wäre ich nicht so unverschämt, ihn zu stören. Als ich hinter dem Gebäude neben den Recyclingtonnen und dem Müllcontainer angekommen bin, simse ich Adam. *Bin hinter dem Haus. Muss mit dir reden.*

Gleich darauf kommt er nach draußen, gekleidet wie ein Chirurg. »Was machst du denn hier, Sage?«, flüstert er, obwohl wir allein sind. »Robert ist oben.«

Robert, der Schwiegervater.

»Ich habe heute einen richtig schlimmen Tag«, sage ich, den Tränen nah.

»Und ich habe einen richtig langen Tag. Kann das nicht warten?«

»Bitte«, flehe ich ihn an. »Fünf Minuten?«

Ehe er antworten kann, taucht ein groß gewachsener Mann mit silbernen Haaren neben ihm in der Tür auf. »Möchtest du mir vielleicht erklären, Adam, warum die Tür zum Einbalsamierungsraum offen steht, während ein Kunde auf dem Tisch liegt. Ich dachte, du hättest dir das Rauchen abgewöhnt …« Als er mich entdeckt und die Picasso-Seite meines Gesichts bemerkt, zwingt er sich zu einem Lächeln. »Verzeihen Sie, kann ich Ihnen helfen?«

»Dad«, sagt Adam, »das ist Sage …«

»McPhee«, springe ich ihm bei und drehe meinen Kopf ein wenig zur Seite, damit meine Narbe weniger sichtbar ist. »Ich bin eine Reporterin des *Maine Express.*« Zu spät realisiere ich, dass sich das eher nach dem Namen eines Zugs und nicht einer Zeitung anhört. »Ich schreibe eine Geschichte über einen Tag im Leben eines Bestatters«, ergänze ich.

Adam und ich beobachten Robert, der mich mustert. Ich trage noch meine Backkleidung: ein weites T-Shirt, Schlabbershorts, Crocs. Einen Reporter, der was auf sich hält, würde sicherlich eher der Schlag treffen, als so zu einem Interview zu erscheinen.

»Sie hat mich vergangene Woche angerufen, um mit mir einen Termin zu vereinbaren, wann sie mir bei der Arbeit zusehen kann«, spinnt Adam die Lüge weiter.

Robert nickt. »Natürlich. Sollte Adam irgendwelche Fragen Ihrerseits nicht beantworten können, Ms. McPhee, stehe ich Ihnen gern zur Verfügung.«

Adams Anspannung lässt sichtlich nach. »Dann kommen Sie doch mit.« Er legt mir eine Hand auf den Arm und geleitet mich in das Gebäude. Als die Hand meine nackte Haut berührt, zucke ich zusammen.

Mich schaudert, als er mich den Flur hinunterführt. Es ist kalt im Keller des Bestattungsinstituts. Adam betritt einen Raum auf der rechten Seite und schließt hinter uns die Tür.

Auf dem Tisch liegt eine ältere Frau nackt unter einem Laken.

»Adam«, sage ich und muss schlucken. »Ist sie …?«

»Also, ein Nickerchen macht sie nicht«, sagt er und lacht. »Nun stell dich nicht so an, Sage. Du weißt, womit ich meinen Lebensunterhalt verdiene.«

»Aber ich hatte nicht vor, dir dabei zuzusehen.«

»Du bist diejenige, die mit der Reportermasche ankam. Du hättest ihm auch sagen können, dass du Polizistin bist und mich mit aufs Revier nehmen musst.«

Hier riecht es nach Tod und Kälte und Antiseptika. Ich hätte mich gern in Adams Arme gekuschelt, aber die Tür hat ein Fenster, und jeden Moment könnte Robert oder sonst jemand vorbeilaufen.

Er zögert. »Vielleicht drehst du dich einfach um? Denn ich muss mich wirklich an die Arbeit machen, vor allem bei dieser Hitze.«

Ich nicke und starre die Wand an. Ich höre Adam metallische Instrumente sortieren, dann setzt ein Summen ein.

Ich halte Josefs Geschichte fest wie eine Eichel, die man heimlich einsteckt. Ich möchte sie noch nicht mit jemandem teilen. Aber ich möchte auch nicht, dass sie Wurzeln schlägt.

Anfangs denke ich, Adam benutzt eine Säge, aber als ich aus dem Augenwinkel heraus einen Blick riskiere, sehe ich, dass er die tote Frau rasiert. »Warum machst du *das*?«

Die elektrischen Messer grummeln, als er ihr Kinn umrundet. »Hier wird jeder rasiert. Selbst Kinder. Auf Pfirsichflaum fällt das Make-up mehr auf, und man möchte doch, dass dieses ›Erinnerungsbild‹ – der letzte Eindruck, den man von einem geliebten Menschen mitnimmt – natürlich wirkt.«

Mich fasziniert die Ökonomie seiner Bewegungen, die Effizienz. Dies ist ein Teil seines Lebens, über den ich fast gar nichts weiß, und ich bin hungrig nach jedem Häppchen von ihm, das ich mitnehmen kann. »Wann findet das Einbalsamieren statt?«

Er blickt hoch, überrascht von meinem Interesse. »Nachdem wir das Gesicht rasiert haben. Wenn die Flüssigkeit erst mal in den Adern ist, verfestigt sich der Körper.« Adam schiebt einen Streifen Baumwolle zwischen das linke Auge und das Lid und setzt dann eine kleine Plastikkappe darauf, wie eine riesige Kontaktlinse. »Warum bist du hier, Sage? Doch nicht wegen eines brennenden Interesses am Beruf des Bestatters. Was ist dir heute widerfahren?«

»Erzählen die Leute dir eigentlich nie etwas, was du lieber nicht erfahren hättest?«, bricht es aus mir heraus.

»Die meisten Leute, mit denen ich zu tun habe, sprechen nicht mehr.« Ich verfolge, wie Adam einen Faden in eine gebogene Nadel einfädelt. »Aber von ihren Verwandten muss ich mir einiges anhören. Für gewöhnlich sagen sie zu mir das, was sie ihren Lieben vor deren Tod hätten sagen sollen.« Er schiebt die Nadel unterhalb des Gaumens durch den Kiefer und dann durch den Oberkiefer in ein Nasenloch. »Vermutlich bin ich die letzte Anlaufstelle, weißt du? Das Archiv des Bedauerns.« Adam lächelt. »Klingt wie der Name einer Goth Band, findest du nicht?«

Die Nadel dringt durch die Scheidewand in das andere Nasenloch und kehrt dann wieder in die Mundhöhle zurück.

»Wie kommst du darauf?«, fragt er.

»Ich hatte heute mit jemandem ein Gespräch, das mich vollkommen erschüttert hat. Und jetzt weiß ich nicht, wie ich damit umgehen soll.«

»Vielleicht erwartet er von dir ja gar nicht, dass du etwas *tust*. Vielleicht brauchte er nur jemanden, der zuhört.«

Aber so einfach ist es nicht. In den Beichten, die Adam von den Verwandten der Dahingeschiedenen hört, geht es um *hätte ich doch* und um *ich wünschte*, aber nicht um *ich habe*. Wenn man dir erst einmal eine Granate mit gezogenem Zünder in die Hand gedrückt hat, musst du handeln. Du musst sie an jemanden weiterreichen, der weiß, wie man sie unschädlich macht, oder sie in die Hände der Person zurückgeben, die sie dir überlassen hat. Denn tust du das nicht, wirst du zwangsläufig explodieren.

Adam zieht sachte am Faden, damit der Mund sich nicht mehr öffnen kann und dennoch natürlich wirkt. Ich stelle mir den toten Josef vor, dessen Mund zugenäht wird, sodass all seine Geheimnisse darin eingeschlossen bleiben.

Auf dem Weg zur Polizeistation rufe ich Robena Fenetto an. Sie ist eine sechsundsiebzigjährige Italienerin, die in Westerbrook den Ruhestand genießt. Sie verfügt zwar nicht mehr über das

Durchhaltevermögen, ihrem Bäckerberuf Vollzeit nachzugehen, aber ich habe sie bereits ein oder zwei Mal angerufen und sie gebeten, mich zu vertreten, wenn ich mit Grippe im Bett lag. Ich sage ihr, welche Vorteige sie benutzen soll und wo sie meine Listen mit den Mischungsverhältnissen findet, die eine ausreichende Ausbeute gewährleisten, sodass Mary mich nicht feuern wird.

Ich bitte sie, Mary auszurichten, dass ich mich ein wenig verspäten werde.

Seit mir in der Oberstufe der Highschool mein Fahrrad gestohlen wurde, war ich nicht mehr auf der Polizeiwache gewesen. Damals nahm meine Mutter mich mit, um einen Diebstahl anzuzeigen. Ich erinnere mich, dass gleichzeitig der Vater eines der beliebtesten Mädchen unserer Schule um vier Uhr nachmittags ungepflegt und mit einer Alkoholfahne hereingeführt wurde. Er war der Chef einer örtlichen Versicherungsgesellschaft, und die Familie gehörte zu den wenigen in der Stadt, die sich einen in die Erde eingelassenen Pool leisten konnten. Damals machte ich zum ersten Mal die Erfahrung, dass die Leute niemals das sind, was sie zu sein scheinen.

Die Empfangsdame hinter der kleinen Glasscheibe trägt einen Nasenring und eine Igelfrisur, was womöglich erklärt, warum sie mit keiner Wimper zuckt, als ich auftauche. »Kann ich Ihnen helfen?«

Wie schafft man es zu sagen: *Ich glaube, mein Freund ist ein Nazi,* ohne verrückt zu klingen.

»Ich hoffte, mit einem Polizeibeamten sprechen zu können«, sage ich.

»Worüber?«

»Das ist kompliziert.«

Sie blinzelt. »Versuchen Sie es.«

»Ich habe Information über ein Verbrechen, das begangen wurde.«

Sie zögert, als würde sie abwägen, ob ich ihr auch die Wahrheit erzählte. Dann schreibt sie meinen Namen auf. »Nehmen Sie Platz.«

Ich habe die Auswahl zwischen einer ganzen Reihe von Stühlen, aber anstatt mich hinzusetzen, bleibe ich stehen und lese die Namen der Väter, die ihrer Unterhaltspflicht nicht nachkommen und die Gesucht-Plakate auf einem riesigen Schwarzen Brett füllen. Ein Faltblatt wirbt für einen Kurs für Brandschutz.

»Ms. Singer?«

Ich drehe mich um und sehe mich einem großen Mann mit sehr kurzen grauen Haaren und einer Haut in der Farbe von Roccos Mocha latte gegenüber. Er trägt an seinem Gürtel eine Waffe im Halfter und um den Hals eine Dienstmarke. »Ich bin Detective Vicks«, stellt er sich vor und blickt mir einen Wimpernschlag zu lang ins Gesicht. »Wollen Sie mir bitte folgen?«

Er drückt einen Zahlencode, öffnet eine Tür und führt mich durch einen schmalen Korridor in ein Verhörzimmer. »Nehmen Sie Platz. Darf ich Ihnen eine Tasse Kaffee bringen?«

»Nein, danke«, erwidere ich. Obwohl ich nicht verhört werde, habe ich das Gefühl, gefangen zu sein, als er die Tür schließt.

Eine Hitzewallung treibt mir den Schweiß auf die Stirn. Und wenn der Detective mich nun für eine Lügnerin hält? Wenn er anfängt, zu viele Fragen zu stellen? Vielleicht sollte ich mich da raushalten. Ich weiß wirklich nichts über Josefs Vergangenheit, und selbst wenn er die Wahrheit sagen sollte, was konnte man nach siebzig Jahren schon tun?

Und dennoch.

Als meine Großmama von den Nazis festgenommen wurde, wie viele Deutsche hatten da wohl weggesehen und sich hinter irgendwelchen Ausreden versteckt?

»Nun«, sagt Detective Vicks. »Worum geht es?«

Ich hole tief Luft. »Um einen Mann, den ich kenne, der womöglich Nazi war.«

Der Detective schiebt die Unterlippe vor. »Ein Neonazi?«

»Nein, einer aus dem Zweiten Weltkrieg.«

»Wie alt ist dieser Mann?«, will Vicks wissen.

»Das weiß ich nicht genau. In den Neunzigern. Jedenfalls im rechnerisch richtigen Alter.«

»Und was lässt Sie vermuten, dass er ein Nazi war?«

»Er zeigte mir ein Foto von sich in Uniform.«

»Wissen Sie denn, ob diese authentisch war?«

»Sie glauben, ich sauge mir das aus den Fingern«, sage ich und bin so überrascht, dass ich den Blick des Polizeibeamten offen erwidere. »Warum sollte ich das tun?«

»Warum wählen tausend verrückte Leute die Nummer des Hinweistelefons, nachdem in den Nachrichten von einem vermissten Kind berichtet wurde?«, gibt Vicks achselzuckend zurück. »Es liegt mir fern, die menschliche Psyche enträtseln zu wollen.«

Betroffen spüre ich, wie meine Narbe brennt. »Ich sage Ihnen die Wahrheit.« Doch der Einfachheit halber lasse ich unerwähnt, dass derselbe Mann mich gebeten hat, ihn zu töten. Und dass ich ihn in dem Glauben ließ, diese Möglichkeit in Betracht zu ziehen.

Vicks hält den Kopf schief, und ich sehe ihm an, dass er bereits ein Urteil fällt – nicht über Josef, sondern über *mich*. Ich setze natürlich alles daran, mein Gesicht zu verbergen, und er wird sich mit Sicherheit fragen, ob ich nicht noch mehr verberge. »Lässt etwas am Verhalten dieses Mannes den Schluss zu, dass er tatsächlich in Aktivitäten der Nazis verwickelt war?«

»Er trägt keine Swastika auf der Stirn, wenn Ihre Frage darauf abzielt«, sage ich. »Aber er spricht mit deutschem Akzent. Er hat diese Sprache sogar auf der Highschool unterrichtet.«

»Moment – sprechen Sie etwa von Josef *Weber*?«, fragt Vicks. »Er besucht meine Kirche. Singt dort im Chor. Er hat im vergangenen Jahr die Parade zum vierten Juli angeführt und ist Bürger des Jahres. Ich habe diesen Mann niemals auch nur eine Mücke totschlagen sehen.«

»Vielleicht mag er Insekten lieber als er die Juden mochte«, erwidere ich ausdruckslos.

Vicks lehnt sich zurück. »Ms. Singer, hat Mr. Weber irgendetwas getan, was Sie persönlich aufgebracht hat?«

»Ja«, sage ich. »Er sagte mir, dass er ein Nazi war!«

»Ich meine in einem Streit. Bei einem Missverständnis. Vielleicht auch nur durch eine zufällige Bemerkung über Ihr … Aussehen. Etwas, das zu einer … einer solchen Anschuldigung berechtigt.«

»Wir sind Freunde. Das ist auch der Grund dafür, weshalb er sich mir anvertraut hat.«

»Das mag ja sein, Ms. Singer. Aber wir pflegen niemanden wegen angeblicher Verbrechen zu verhaften, ohne einen triftigen Grund dafür zu haben, dass es sich um eine verdächtige Person handelt. Ja, der Mann spricht mit deutschem Akzent, und er ist alt. Aber meiner Erfahrung nach hat er nie auch nur das geringste rassistische oder religiöse Vorurteil verlauten lassen.«

»Ist das nicht gerade der Punkt? Ich dachte immer, Serienmörder geben sich in der Öffentlichkeit absolut charmant, weshalb auch keiner vermutet, dass sie Serienmörder sind. Sie gehen offenbar einfach davon aus, dass ich verrückt bin? Werden Sie denn gar nicht untersuchen, was er getan hat?«

»Was hat er denn getan?«

Ich senke den Blick. »Genau weiß ich das nicht. Deshalb bin ich ja hier. Ich dachte, Sie können mir helfen, das herauszufinden.«

Vicks sieht mich lange an. »Seien Sie doch bitte so freundlich und schreiben mir Ihre Kontaktdaten auf, Ms. Singer«, schlägt er vor und schiebt mir ein Blatt Papier und einen Stift hin. »Ich werde mich darum kümmern und mich bei Ihnen melden.«

Wortlos schreibe ich meine Daten für ihn auf. Warum sollte jemand mir, Sage Singer, glauben, einem lädierten Gespenst, das nur nachts erscheint? Und dies, nachdem Josef die vergangenen zweiundzwanzig Jahre genutzt hat, seinen Ruf als geschätztes Gemeindemitglied von Westerbrook und Menschenfreund zu vergolden?

Ich reiche Detective Vicks den Zettel. »Ich weiß, dass Sie mich nicht kontaktieren werden«, sage ich kalt. »Ich weiß, dass Sie diesen Zettel in den Papierkorb werfen werden, sobald ich die Tür hinter mir zugemacht habe. Aber schließlich bin ich nicht zu Ihnen gekommen, weil ich in meinem Garten ein UFO gesichtet habe. Der Holocaust *hat* stattgefunden. Nazis *haben* existiert. Und als der Krieg zu Ende war, haben sie sich nicht alle in Luft aufgelöst.«

»Das war vor fast siebzig Jahren«, betont Detective Vicks.

»Ich dachte immer, Mord verjährt nicht«, sage ich und verlasse das Verhörzimmer.

Meine Omi serviert Tee immer nur im Glas. Solange ich mich erinnern kann, sagt sie, dies sei die einzig richtige Art, ihn zu trinken, so hätten ihre Eltern ihn schon serviert, als sie noch ein kleines Mädchen war. Als ich an ihrem Küchentisch sitze und ihr zusehe, wie sie auf einen Stock gestützt in der Küche herumwuselt, um den Wasserkessel aufzusetzen und Rugelach auf einem Teller zu arrangieren, fällt mir auf, dass sie zwar ganz offen und locker von ihrer Kindheit und ihrem Leben mit meinem Großvater erzählt, es aber in ihrer Lebenslinie eine Zäsur gibt, eine Unterbrechung von mehreren Jahren, eine Entgleisung. »Das ist aber eine Überraschung«, sagt Omi. »Ein schöne, aber dennoch eine Überraschung.«

»Ich war in der Gegend«, flunkere ich. »Da musste ich doch einfach vorbeischauen.«

Meine Großmutter stellt den Teller auf den Tisch. Sie ist winzig – etwas über einen Meter fünfzig vielleicht –, obwohl ich sie einmal für groß gehalten habe. Sie trug immer eine prächtige Perlenkette, die mein Großvater ihr zur Hochzeit geschenkt hatte, und auf dem alten Hochzeitsfoto, das auf ihrem Kaminsims stand, sah sie mit ihren dunklen, zu Victory Rolls aufgedrehten Haaren und der schlanken Figur in einem Modellkleid aus Spitze und Satin aus wie ein Filmstar.

Sie führte zusammen mit meinem Großvater ein Buchantiquariat in einem kleinen Laden, dessen schmale Gänge mit Hunderten alter Folianten vollgestopft waren. Meine Mutter, die ihre Bücher immer neu zu kaufen pflegte, hasste die alten, gebundenen Bücher mit den kaputten Rücken und fadenscheinigen Leineneinbänden. Sicher, man konnte nicht einfach reingehen, um dort den neuesten Bestseller zu finden, aber wenn man einen dieser Bände in Händen hielt, blätterte man durch das Leben eines anderen Menschen. Dem diese Geschichte gefallen hatte, bevor man sie selbst in Händen hielt. Der dieses Buch in einem Rucksack umhergetragen, es beim Frühstück verschlungen und in einem Pariser Café diesen Kaffeefleck weggewischt und sich nach dem letzten Kapitel in den Schlaf geweint hatte. Ihr Laden hatte einen ganz typischen Geruch: ein klein wenig feucht und modrig, mit einer Prise Staub. Für mich war es der Geruch der Geschichte.

Bevor er den Buchladen kaufte, war mein Großvater in einem kleinen akademischen Verlag Lektor gewesen; meine Großmutter hatte angeblich Schriftstellerin werden wollen, doch hatte ich sie in meiner Kindheit nie etwas Längeres als einen Brief schreiben sehen. Aber sie liebte Geschichten, das auf jeden Fall. Sie setzte mich auf die Glastheke neben die Registrierkasse und holte aus einer abgeschlossenen Kiste Bücher von A. A. Milne und J. M. Barrie, um mir die Illustrationen zu zeigen. Als ich dann älter war, ließ sie mich die Einkäufe der Kunden in braunes Packpapier einwickeln, das sie von einer riesigen Rolle abriss, und brachte mir bei, die Päckchen mit Bindfaden zu verschnüren.

Letztendlich verkauften meine Großeltern den Buchladen an einen Bauunternehmer, der eine Menge Tante-Emma-Läden plattwalzte, um Platz für ein Target-Kaufhaus zu schaffen. Von dem Geld, das dabei für sie abfiel, lebte meine Omi seitdem, lange nachdem Opapa verstorben war.

»Du warst nicht wirklich hier in der Gegend«, sagt sie jetzt. »Du siehst nämlich aus, wie dein Vater aussah, wenn er mich angelogen hat.«

Ich lache. »Wie denn?«

»Als hättest du eine Zitrone verschluckt. Als dein Vater vielleicht fünf war, stahl er meinen Nagellackentferner. Als ich ihn deswegen zur Rede stellte, log er. Schließlich fand ich ihn in der Schublade mit den Socken und sagte ihm das auch. Er drehte völlig durch. Wie sich herausstellte, hatte er die Aufschrift ›Nail Polish Remover‹ gelesen und dachte, dadurch würde ich – eine

Polin – verschwinden. Und versteckte ihn, bevor er seinen Zweck erfüllen konnte.« Omi lächelt und seufzt. »Ich liebte diesen Jungen. Keine Mutter sollte ihr Kind überleben.«

»Es ist auch nicht lustig, seine Eltern zu überleben«, erwidere ich.

Für einen kurzen Moment huscht ein Schatten über ihr Gesicht. Dann bückt sie sich und schließt mich in die Arme. »Siehst du, jetzt lügst du nicht. Ich weiß, dass du hier bist, weil du dich einsam fühlst, Sage. Das ist kein Grund, sich zu schämen. Wir haben doch jetzt einander.«

Die gleichen Worte hat auch Josef benutzt, wie mir einfällt.

»Du solltest dir die Haare schneiden lassen«, meint Omi. »Man kann dich ja gar nicht richtig sehen.«

Ich schnaube kaum vernehmlich. Lieber würde ich nackt durch die Straße laufen, als mir die Haare abzuschneiden, um mein Gesicht zu zeigen. »Das soll auch so sein«, erwidere ich.

Sie hält den Kopf schief. »Ich frage mich, mit welchem Zauber man dich dazu bringen könnte, dich so zu sehen, wie wir anderen dich sehen«, sinniert sie. »Dann würdest du vielleicht aufhören, wie ein Monster zu leben, das nur im Dunkeln herauskommt.«

»Ich bin Bäckerin. Ich *muss* nachts arbeiten.«

»Tatsächlich? Oder hast du dir diesen Beruf nicht vielmehr wegen der Arbeitszeiten ausgesucht?«, hakt Omi nach.

»Ich bin nicht hergekommen, um mir wegen meiner Berufswahl auf den Zahn fühlen zu lassen …«

»Natürlich nicht.« Sie tätschelt mein Gesicht, die schlimme Seite. Dabei verweilt ihr Daumen auf dem wulstigen Fleisch, um mir zu verdeutlichen, dass es sie nicht stört – und dass es auch mich nicht stören sollte. »Und deine Schwestern?«

»Ich habe in letzter Zeit nicht mit ihnen gesprochen«, brummele ich.

Das ist ein Understatement. Ich gehe ihren Anrufen gezielt aus dem Weg.

»Du weißt, dass sie dich lieben, Sage«, sagt meine Großmutter, und ich zucke die Achseln. Nichts, was sie sagt, könnte mich davon überzeugen, dass Pepper und Saffron mir nicht die Schuld am Tod unserer Mutter geben.

Am Herd läutet ein Wecker, und meine Großmutter zieht einen Challa-Zopf heraus. Sie hat zwar formal die Religion abgelegt, hält aber an der Kultur des Judentums fest. Es gibt keine Krankheit, die ihre Matzeknödelsuppe nicht heilen könnte, und es gibt keinen Freitag ohne frisches Brot. Daisy, die Haushälterin, von der Omi nur als »Mädchen« spricht, mischt den Teig in der KitchenAid-Maschine zusammen und lässt ihn gehen, bevor Omi ihn dann flicht. Zwei Jahre hat es gedauert, bis Großmutters Vertrauen in Daisy groß genug war, ihr das Familienrezept anzuvertrauen, das gleiche, das auch ich in Our Daily Bread verwende.

»Riecht gut«, sage ich im verzweifelten Bemühen, das Gespräch in andere Bahnen zu lenken.

Meine Großmutter lässt die erste Challa auf die Arbeitstheke fallen und kehrt dann an den Ofen zurück, um die anderen drei Zöpfe herauszuholen. »Weißt du, was ich glaube?«, sagt sie. »Ich glaube, selbst wenn ich mich nicht mehr an meinen Namen erinnern kann, werde ich immer noch wissen, wie man diese Challa macht. Dafür hat mein Vater gesorgt. Er hat mich immer ausgefragt – wenn ich nach der Schule in unsere Wohnung kam, wenn ich mit einer Freundin lernte, wenn wir zusammen ins Stadtzentrum bummelten. *Minka*, pflegte er zu fragen, *wie viel Zucker? Wie viele Eier?* Er wollte die Temperatur wissen, die das Wasser haben sollte, aber das war eine Fangfrage.«

»Warm, um die Hefe aufzulösen, kochend, um die feuchten Zutaten zusammenzumischen, kalt, um es auszugleichen.«

Meine Großmutter blickt über die Schulter und nickt. »Mein Vater wäre sehr glücklich, wenn er wüsste, dass seine Challot in so guten Händen ist.«

Das ist die Gelegenheit, auf die ich gewartet habe. Ich warte ab, bis Omi einen der Zöpfe auf einem Schneidebrett zum Tisch gebracht hat. Als sie ihn mit einem Brotmesser aufschneidet, steigt Dampf auf wie eine dahinscheidende Seele. »Warum haben du und Opapa nicht anstatt eines Buchladens eine Bäckerei aufgemacht?«

Sie lacht. »Dein Opa konnte nicht mal Wasser kochen, geschweige denn einen Bagel backen. Zum Brotbacken bedarf es einer Gabe. Wie mein Vater sie hatte. Wie du sie hast.«

»Du erzählst kaum jemals von deinen Eltern«, sage ich.

Die Hand, mit der sie das Messer hält, zittert ein wenig, kaum merklich, sodass ich es, hätte ich sie nicht ganz genau beobachtet, nicht bemerkt hätte. »Was gibt es da zu sagen?«, meint sie achselzuckend. »Meine Mutter kümmerte sich um den Haushalt, und mein Vater war ein Bäcker in Lodz. Das weißt du.«

»Was geschah mit ihnen, Omi?«

»Sie starben vor langer Zeit«, sagt sie und macht eine wegwerfende Geste. Dann reicht sie mir ein Stück Brot, aber keine Butter, denn wenn man eine wirklich gute Challa macht, braucht man keine. »Ah, sieh dir das an. Sie hätte noch ein wenig aufgehen können. Mein Vater pflegte zu sagen, einen guten Laib kannst du auch morgen essen. Aber einen schlechten Laib solltest du gleich essen.«

Ich ergreife ihre Hand. Die Haut ist papieren, die Knochen treten hervor. »Was geschah mit ihnen?«, wiederhole ich meine Frage.

Sie lacht gepresst. »Was sollen diese Fragen, Sage? Du willst doch nicht plötzlich ein Buch schreiben?«

Daraufhin drehe ich ihren Arm um und schiebe sanft den Ärmel ihrer Bluse hoch, bis der verschwommene Rand der blauen Tätowierung offenliegt. »Ich bin nicht die Einzige in unserer Familie mit einer Narbe, Omi«, murmele ich.

Sie reißt sich von mir los und zerrt den Baumwollstoff nach unten. »Ich möchte nicht darüber sprechen.«

»Omi«, bedränge ich sie. »Ich bin kein kleines Mädchen mehr …«

»Nein«, sagt sie abrupt.

Ich würde gern mit ihr über Josef sprechen. Möchte sie über die SS-Soldaten ausfragen, die sie kannte. Aber zugleich weiß ich, dass ich es nicht tun werde. Nicht, weil meine Großmutter nicht darüber sprechen möchte, sondern weil ich mich schäme, dass dieser Mann, mit dem ich befreundet bin – für den ich gebacken, mit dem ich zusammengesessen und gelacht habe –, womöglich einer derjenigen gewesen sein könnte, der sie terrorisiert hat.

»Als ich hierher nach Amerika kam, da begann mein Leben«, erklärt Großmutter. »Alles davor … nun, das passierte einer ganz anderen Person.«

Wenn meine Großmutter sich neu erfinden konnte, warum nicht auch Josef Weber?

»Wie machst du das?«, frage ich sie vorsichtig, und die Frage betrifft nicht mehr nur sie, sondern Josef und mich gleichermaßen. »Wie schaffst du es, jeden Morgen aufzustehen und dich nicht daran zu erinnern?«

»Ich habe nie gesagt, dass ich mich nicht erinnere«, korrigiert sie mich. »Ich sagte, ich ziehe es vor zu vergessen.« Plötzlich lächelt sie und durchschneidet das Band zwischen diesem Gespräch und dem, was als Nächstes kommt. »Also. Meine schöne Enkeltochter ist doch wohl nicht den weiten Weg hierhergekommen, um sich über alte Geschichten zu unterhalten, oder? Erzähl mir von der Bäckerei.«

Das *schön* lasse ich unkommentiert stehen. »Ich habe einen Laib Brot gebacken, der das Gesicht Jesu in sich trägt«, verkünde ich, weil es mir als Erstes in den Sinn kommt.

»Tatsächlich.« Meine Großmutter lacht. »Sagt wer?«

»Leute, die offenbar daran glauben, dass Gott sich auch in einem handwerklich hergestellten Brot zeigen kann.«

Sie schürzt die Lippen. »Es gab eine Zeit, da konnte ich Gott in einem einzigen Krümel sehen.«

Ich erkenne das mir dargebrachte Friedensangebot, einen Splitter ihrer Vergangenheit. Ich sitze sehr still und warte ab, ob sie weiterspricht.

»Weißt du, das haben wir am allermeisten vermisst. Nicht unsere Betten, nicht unser Zuhause, nicht mal unsere Mütter. Wir redeten ständig über Essen. Bratkartoffeln und Rinderbrust,

Piroggen, Babka. Damals hätte ich mein Leben dafür gegeben, etwas von der Challa meines Vaters frisch aus dem Ofen zu bekommen.«

Das ist also der Grund, weshalb meine Großmutter jede Woche vier Challa-Zöpfe backt, wo sie doch selbst nicht mal einen essen kann. Nicht, weil sie vorhat, diese zu essen, sondern weil sie sich den Luxus leisten möchte, den Rest an diejenigen abzugeben, die noch immer hungrig sind.

Als mein Mobiltelefon klingelt, verziehe ich das Gesicht – höchstwahrscheinlich ist es Mary, die mir die Hölle heißmachen wird, weil ich Robena für mich habe einspringen lassen. Aber als ich es aus meiner Tasche hole, stelle ich fest, dass es eine mir unbekannte Nummer ist.

»Hier ist Detective Vicks, und ich möchte Sage Singer sprechen.«

»Wow«, sage ich, als ich die Stimme wiedererkenne. »Mit Ihrem Rückruf habe ich wirklich nicht gerechnet.«

»Ich habe ein wenig nachgeforscht«, erwidert er. »Wir können Ihnen zwar nicht weiterhelfen, aber wenn Sie Ihre Klage an anderer Stelle loswerden möchten, würde ich das FBI vorschlagen.«

Das FBI. Dies scheint mir ein gewaltiger Schritt zu sein von der örtlichen Polizeiwache. Das FBI ist die Organisation, die John Dillinger und die Rosenbergs verhaftet hat. Es fand auch die Fingerabdrücke, die den Mörder von Martin Luther King jun. belasteten. Seine Fälle, welche die unmittelbare nationale Sicherheit betreffen, sind von großem öffentlichem Interesse. Warum sollte es sich mit Verbrechen beschäftigen, die jahrzehntelang geschlummert haben? Wahrscheinlich wird man mich am Telefon auslachen, bevor ich auch nur mit meiner Erklärung fertig bin.

Ich blicke hoch und sehe, dass meine Großmutter jetzt an der Küchentheke steht und einen der Challa-Zöpfe in Alufolie wickelt.

»Können Sie mir die Nummer geben?«, frage ich.

Es ist ein Wunder, dass ich es zurück nach Westerbrook schaffe, ohne unterwegs im Straßengraben zu landen, so müde bin ich. Ich sperre mit meinem Schlüssel die Backstube auf und treffe Robena schlafend auf einem riesigen Mehlsack an, die Wange an die hölzerne Arbeitstheke gepresst. Doch erfreulicherweise liegen Brote auf den Abkühlgittern, und es duftet aus dem Ofen.

»Robena«, sage ich und schüttele sie sanft wach. »Ich bin zurück.«

Sie richtet sich auf. »Sage! Ich bin gerade kurz eingedöst …«

»Ist schon gut. Danke, dass Sie mir ausgeholfen haben.« Ich binde mir eine Schürze um. »In welcher Verfassung war Mary auf einer Skala von eins bis zehn?«

»Etwa bei zwölf. Sie hat sich ziemlich ereifert, weil sie dank des Jesusbrots morgen mit viel Betrieb rechnet.«

»Halleluja«, sage ich ausdruckslos.

Auf der Heimfahrt hatte ich versucht, das örtliche FBI-Büro zu erreichen, wo man mir jedoch nur sagen konnte, dass die Abteilung, die ich wirklich benötigte, zum Justizministerium in Washington, D. C., gehörte. Man nannte mir eine andere Nummer, aber offensichtlich hält die Abteilung für Menschenrechte und Rechtsverfolgung in Sonderfällen sich an die Banköffnungszeiten. Eine Stimme vom Band sagte mir, dass ich mich in einem Notfall an eine andere Nummer wenden könne.

Als Notfall lässt sich das wohl kaum rechtfertigen, wenn man bedenkt, wie lange Josef sein Geheimnis für sich behalten hat.

Also habe ich mich dazu durchgerungen, mich erst ums Backen zu kümmern, die Brote in die Vitrinen zu legen und wieder weg zu sein, bevor Mary eintrifft, um den Laden aufzuschließen. Ich werde dann in aller Ruhe von zu Hause aus anrufen.

Robena geht mit mir die Wecker durch, die sie überall in der Küche gestellt hat und von denen einige die Backzeit, andere die Garzeit des Teigs und andere die Zeit messen, die der geformte Laib noch ruhen muss. Als ich das Gefühl habe, wieder auf dem Laufenden zu sein, begleite ich sie zur Eingangstür, bedanke mich und schließe hinter ihr ab.

Sofort fällt mein Blick auf das Jesusbrot.

Im Nachhinein wäre ich nicht in der Lage, Mary zu erklären, warum ich es tat.

Das Brot ist altbacken, steinhart und die Vielfarbigkeit der Zutaten und Pigmente, die das Gesicht geschaffen haben, verblasst bereits. Ich greife nach dem Schieber, mit dem ich das Brot in den holzgefeuerten Ofen hineinschiebe und heraushole, und werfe das Jesusbrot in den gähnenden Rachen des Ofens, in die rot glühenden Flammen seines Bauchs.

Robena hat Baguettes und Brötchen gebacken, und es müssen noch verschiedene andere Brotsorten vor der Dämmerung fertig werden. Aber anstatt mich nach meinem üblichen Zeitplan ans Mischen zu machen, ändere ich die Auswahl des Tages. Ich stelle die Berechnungen im Kopf an und wiege Zucker, Wasser, Hefe, Öl ab. Gebe das Salz und das Mehl hinzu.

Ich schließe die Augen und atme den süßen Weizenduft ein. Ich stelle mir einen Laden mit einer Glocke über der Scheibe vor, die bimmelt, wenn ein Kunde eintritt; dann das melodische Klimpern der Münzen, wenn sie in die Registrierkasse fallen, das womöglich ein in sein Buch vertieftes Mädchen aufblicken lässt. Für den Rest der Nacht backe ich nur nach einem Rezept, sodass sich, als die Sonne sich schimmernd über den Horizont schiebt, auf den Regalen von Our Daily Bread die zu Knoten und Schnecken geformten Challot meines Großvaters häufen, so zahlreich, dass sich keiner mehr vorstellen kann, wie Hunger sich anfühlt.

Ich döste auf dem Markt vor mich hin. Ich hatte nicht mehr geschlafen, seit ich meinen Vater beerdigt hatte, und dies weder mit den Glocken noch mit den Pfeifen und Fanfaren, von denen er scherzhaft gesprochen hatte, sondern in einer kleinen Grube hinter dem Häuschen. Meine Schlaflosigkeit rührte jedoch nicht von der Trauer her. Sie kam von der Not.

Ich hatte kein Geld für die Steuern. Wir hatten keine Ersparnisse, und alles, was wir einnahmen, nahmen wir auf dem Markt ein, wo wir unser tägliches Brot verkauften. Bisher hatte mein Vater gebacken, während ich mich auf dem Weg zum Dorfplatz machte. Aber jetzt war nur noch ich übrig.

Und ich arbeitete rund um die Uhr. Nachts krempelte ich die Ärmel hoch und formte bergeweise Teig zu kugelförmigen Broten, setzte, während diese aufgingen, neuen Teig an und holte, wenn die ersten Sonnenstrahlen sich am Morgen über den Horizont schoben, die letzten Laibe aus dem gemauerten Ofen. Dann füllte ich meinen Korb und marschierte zum Markt, wo ich Mühe hatte, wach zu bleiben, während ich meine Ware verkaufte.

Ich wusste nicht, wie lange ich das noch durchhalten konnte. Aber ich würde auch nicht zulassen, dass Baruch Beiler mir das Einzige nahm, was mir noch geblieben war: das Heim meines Vaters und sein Geschäft.

Doch es kamen immer weniger Kunden in die Stadt. Es war zu gefährlich. Die Leiche meines Vaters war eine von dreien, die man in dieser Woche am Rande des Dorfes gefunden hatte, darunter auch die eines Kleinkinds, das in den Wald gelaufen und nie zurückgekehrt war. Alle waren auf die gleiche Weise entstellt und wie von einem wütenden Tier angefressen worden. Verängstigt entschieden die Stadtbewohner sich dafür, von den Früchten ihrer Gärten und vom Eingemachten zu leben.

Gestern hatte ich lediglich ein Dutzend Kunden gezählt, heute waren es nur sechs. Selbst einige der Händler hatten beschlossen, hinter ihren verschlossenen Türen in Sicherheit zu bleiben. Der Markt war ein grauer, geisterhafter Ort, über dessen Kopfsteinpflaster warnend der Wind pfiff.

Ich schlug die Augen auf, als Damian mich wach rüttelte.

»Du träumst wohl von mir, mein Schatz?«, fragte er. Er griff hinter mich, wobei er mein Gesicht streifte, und brach sich ein Stück von einem Stangenweißbrot ab. Er steckte sich das Brot in den Mund. »Mmm. Du kannst fast ebenso gut backen, wie dein Vater es konnte.« Einen kurzen Augenblick lang verwandelte Mitgefühl seine Züge. »Es tut mir leid, Ania, dass du ihn verloren hast.«

Andere Kunden hatten das Gleiche gesagt. »Danke«, murmelte ich.

»Ich sehe das etwas anders«, verkündete Baruch Beiler, der sich hinter den Hauptmann stellte. »Denn sein Tod mindert meine Chancen gewaltig, jemals seinen Steuerrückstand zu erhalten.«

»Noch haben wir nicht das Ende der Woche«, erwidere ich in Panik.

Wohin sollte ich gehen, wenn er mich auf die Straße setzte? Ich hatte Frauen gesehen, die sich selbst verkauften und wie Schatten mit toten Augen durch die Dorfgassen irrten. Ich könnte Damians Angebot, mich zu heiraten, annehmen, aber das wäre nur ein anderer Pakt mit dem Teufel. Doch wie lange würde ich ohne Obdach durchhalten können, bis die Bestie, die über die Leute unseres Dorfes herfiel, auch mich fand?

Aus dem Augenwinkel sah ich, dass sich jemand näherte. Es war der neue Mann in der Stadt, der seinen Bruder an der Lederleine führte. Er ging an mir vorbei, ohne das Brot auch nur eines Blickes zu würdigen, und stellte sich vor die leere Holzplanke, auf der für gewöhnlich der Fleischer seine Ware präsentierte. Als er sich mir zuwandte, glaubte ich, unter meinen Rippen ein Feuer lodern zu spüren. »Wo ist der Fleischer?«, fragte er.

»Er verkauft heute nicht«, murmelte ich.

Ich fand, dass er jünger aussah, als ich anfangs gedacht hatte, vielleicht nur wenige Jahre älter als ich. Eine Augenfarbe wie die seine hatte ich noch nie gesehen – golden, aber durchschimmernd, als leuchtete sie von innen. Seine Haut war gerötet, die Wangen rotfleckig. Die braunen Haare fielen ihm fransig in die Stirn.

Er trug nur das weiße Hemd, das er bei seinem letzten Besuch auf dem Marktplatz unter dem Mantel getragen hatte, den er eingetauscht hatte. Ich fragte mich, was er heute hatte eintauschen wollen.

Er sagte nichts, sondern starrte mich nur aus zusammengekniffenen Augen an.

»Die Händler packt die Angst«, sagte Baruch Beiler. »Wie alle anderen auch in dieser gottverdammten Stadt.«

»Nicht alle haben Eisentore, um die Tiere draußen zu halten«, bemerkte Damian.

»Oder drin«, murmelte ich kaum hörbar, aber Beiler hörte mich.

»Zehn Zloty«, zischte er. »Bis zum Freitag.«

Damian griff in seine Militärjacke und zog einen Lederbeutel heraus. Er zählte die Silbermünzen in der Hand ab und warf sie dann Beiler zu. »Betrachte die Schuld als getilgt«, sagte er.

Beiler kniete nieder und sammelte das Geld auf. Dann erhob er sich achselzuckend. »Bis zum nächsten Monat.« Er ging steifbeinig auf sein Haus zu und schloss hinter sich die Tore, bevor er in seinem trutzigen Anwesen verschwand.

Ich konnte sehen, wie der Mann und sein Bruder uns von ihrem Platz vor dem leeren Fleischstand aus beobachteten.

»Nun?«, sagte Damian und sah mich an. »Hat dein Vater dir keine Manieren beigebracht?«

»Danke.«

»Vielleicht würdest du mir gern deine Wertschätzung zeigen«, sagte er. »Deine Schuld bei Beiler ist beglichen. Aber jetzt schuldest du mir was.«

Ich schluckte, stellte mich auf die Zehenspitzen und gab ihm einen Kuss auf die Wange.

Er packte meine Hand und drückte sie gegen seinen Schritt. Als ich versuchte, mich aus seinem Griff zu befreien, presste er seinen Mund auf meinen. »Du weißt, ich könnte mir jederzeit nehmen, was ich haben möchte«, sagte er leise, und dabei hielten seine Hände meinen Kopf wie ein Schraubstock umfangen und drückten so fest gegen meine Schläfen, dass ich nicht mehr denken und kaum noch hören konnte. »Ich biete dir nur aus reiner Herzensgüte eine Wahlmöglichkeit an.«

Kaum war er da, war er schon wieder weg. Ich stürzte und fiel auf die kalten Kopfsteine, als der Mann mit den goldenen Augen Damian von mir wegriss und ihn niederrang. »Sie hat bereits gewählt«, sagte er zähneknirschend und unterstrich die Worte mit Schlägen in das Gesicht des Hauptmanns.

Als ich davonkroch, um ihrem Kampf aus dem Weg zu gehen, starrte der Junge mit der Ledermaske mich an.

Ich glaube, wir beide merkten im selben Moment, dass seine Leine frei baumelte.

Der Junge warf den Kopf zurück und fing zu rennen an, die Schritte hallten wie Schüsse, als er den verlassenen Dorfplatz überquerte.

Sein Bruder hielt abgelenkt inne. Das kurze Zögern reichte Damian, um einen heftigen Schlag zu landen. Der Kopf des Mannes schnappte ruckartig nach hinten, aber er hielt sich taumelnd auf den Beinen und begann die Verfolgungsjagd des Jungen.

»Du kannst wegrennen«, sagte Damian und wischte sich das Blut vom Mund, »aber du kannst dich nicht verstecken.«

LEO

Die Frau am Telefon ist ganz außer Atem. »Ich versuche schon seit *Jahren*, Sie zu finden«, sagt sie.

Das ist das erste Warnzeichen. Wir sind nicht schwer zu finden. Man ruft beim US-Justizministerium an und nennt den Grund seines Anrufs und wird dann weitergeleitet zum Büro für Human Rights and Special Prosecutions. Und wir nehmen jeden Anruf entgegen und jeden ernst. Also frage ich die Frau nach ihrem Namen.

»Miranda Coontz«, sagt sie. »So heiße ich, seit ich verheiratet bin. Mein Mädchenname war Schultz.«

»Nun, Ms. Coontz«, sage ich. »Ich kann Sie kaum verstehen.«

»Ich muss flüstern«, sagt sie. »Er hört zu. Immer wieder schafft er es, ins Zimmer zu kommen, wenn ich gerade anfange, Leuten zu erklären, wer er wirklich ist …«

Während es in diesem Ton ständig so weitergeht, warte ich darauf, das Wort *Nazi* oder auch *Zweiter Weltkrieg* zu hören. Wir sind die Abteilung, die Fälle strafrechtlich verfolgt, bei denen es um Menschenrechtsverletzungen geht – Genozide, Folter, Kriegsverbrechen. Wir sind die echten »Nazijäger«, nur nicht so glamourös wie man uns in Film und Fernsehen darstellt. Ich bin weder Daniel Craig noch Van Diesel oder Eric Bana, nur der schlichte kleine Leo Stein. Ich trage keine Pistole, die von mir gewählte Waffe ist eine Historikerin namens Genevra, die sieben Sprachen spricht und immer weiß, wann bei mir ein Haarschnitt fällig ist oder meine Krawatte nicht zu meinem Hemd passt. Mein Job wird naturgemäß von Tag zu Tag härter, da die Generation ausstirbt, die die Verbrechen des Holocaust verübt hat.

Fünfzehn Minuten lang höre ich Miranda Coontz zu, die mir erklärt, jemand aus ihrem Haushalt stelle ihr nach, von dem sie anfangs dachte, das FBI habe ihn als Drohne geschickt, um sie zu töten. Das ist das zweite Warnsignal. Erstens läuft das FBI nicht herum und tötet Menschen. Zweitens, wenn man sie hätte töten wollen, wäre sie bereits tot. »Wissen Sie, Ms. Coontz«, sage ich, als sie eine Pause macht, um Luft zu holen, »ich bin mir nicht sicher, ob Sie in der richtigen Abteilung gelandet sind …«

»Wenn Sie Geduld mit mir haben«, verspricht sie, »ergibt alles einen Sinn.«

Nicht zum ersten Mal frage ich mich, wieso ein Mann von siebenunddreißig Jahren, der zu den Jahrgangsbesten der Harvard Law gehörte und dem bei einer Bostoner Anwaltskanzlei eine Partnerschaft mit einem schwindelerregenden Salär sicher war, dies für eine Besoldungsgruppe bei der Regierung und eine Karriere als Stellvertretender Leiter des HRSP ausgeschlagen hat. Ich könnte Wirtschaftsverbrecher verklagen, anstatt mühsam Beweismaterial gegen einen früheren SS-Wachmann zusammenzutragen, der jedoch starb, kurz bevor es zur Auslieferung kommen konnte. Dann müsste ich mich nicht mit einer Ms. Coontz abgeben.

Ich brauchte jedoch keinen langen Aufenthalt in der Welt des Körperschaftsrechts, um dahinterzukommen, dass die Wahrheit vor Gericht nicht das Wesentliche ist. Die Wahrheit ist eigentlich sogar in den meisten Verfahren nebensächlich. Aber es gab sechs Millionen Menschen während des Zweiten Weltkriegs, die man belogen hat, und ihnen ist jemand die Wahrheit schuldig.

»Sie haben doch von Josef Mengele gehört?«

Jetzt spitze ich die Ohren. Natürlich habe ich von Mengele gehört, dem berüchtigten Todesengel in Auschwitz-Birkenau, dem Lagerarzt, der Experimente an Menschen anstellte und die ankommenden Gefangenen in Empfang nahm und sie entweder nach rechts, zum Arbeiten, oder nach links, in die Gaskammern, dirigierte. Obwohl historisch belegt ist, dass Mengele nicht bei jedem ankommenden Transport anwesend war, behauptet fast jeder oder jede Auschwitz-Überlebende, mit dem oder der ich gesprochen habe, dass er bei seiner oder ihrer Ankunft zugegen war – egal, um welche Uhrzeit dies stattfand. Das ist ein Beispiel dafür, dass nach allem, was über Auschwitz geschrieben wurde, die Überlebenden diese Berichte manchmal mit ihren persönlichen Erfahrungen verschmelzen. Ich zweifle keineswegs daran, dass sie davon überzeugt sind, von Mengele in Empfang genommen worden zu sein, als sie nach Auschwitz kamen, aber egal, was für ein Ungeheuer dieser Typ war, auch er musste manchmal schlafen. Und das heißt, dass *andere* Ungeheuer sie stattdessen in Empfang genommen haben.

»Die Leute glauben, Mengele sei nach Südamerika geflüchtet«, sagt Ms. Coontz.

Ich unterdrücke einen Seufzer. Ich *weiß*, dass er in Brasilien gelebt hat und gestorben ist.

»Er lebt«, flüstert sie. »Er wurde in Gestalt meiner Katze wiedergeboren. Und ich kann ihm nicht den Rücken zukehren oder mich schlafen lagen, weil ich davon ausgehe, dass er mich töten wird.«

»Gütiger Gott«, murmele ich.

»Ich weiß«, stimmt Ms. Coontz mir zu. »Ich dachte, ich bekomme ein süßes kleines Kätzchen aus dem Tierheim, wache aber eines Morgens auf und bemerke blutige Kratzspuren auf meiner Brust …«

»Bei allem Respekt, Ms. Coontz, finde ich es doch ein wenig weit hergeholt, zu denken, dass Josef Mengele jetzt eine Katze ist.«

»Diese Kratzspuren«, verkündet sie feierlich, »hatten die Form einer *Swastika*.«

Ich schließe die Augen. »Vielleicht brauchen Sie einfach nur ein anderes Haustier«, schlage ich vor.

»Ich hatte einen Goldfisch. Ich musste ihn die Toilette hinunterspülen.«

Ich habe fast Angst zu fragen. »Warum das?«

Sie zögert. »Sagen wir so, ich habe einen Beweis dafür, dass auch Hitler reinkarniert wurde.«

Es gelingt mir, sie loszuwerden, indem ich ihr sage, dass ich eine Historikerin an ihren Fall dransetzen werde – und das stimmt auch, ich werde das an Genevra weitergeben, sobald sie mir das nächste Mal Grund gibt, sauer zu sein, und ich mich an ihr rächen möchte. Aber kaum habe ich Miranda Coontz aus der Leitung, meldet sich meine Sekretärin mit dem nächsten Gespräch. »Steht dein Mond ungünstig oder was?«, fragt sie. »Denn ich habe schon die Nächste auf Leitung zwei. Ihr örtliches FBI-Büro hat sie an uns verwiesen.«

Ich betrachte die Dokumente, die sich auf meinem Schreibtisch stapeln – Berichte, die Genevra abgeliefert hat. Bevor man einem Verdächtigen den Prozess machen kann, muss ein langsamer und mühsamer Weg zurückgelegt werden, und in meinem Fall führt dieser oft nirgendwohin. Den letzten Fall, bei dem es zu einer Strafverfolgung kam, hatten wir 2008, und der Angeklagte starb am Ende des Prozesses. Wir machen das genaue Gegenteil von dem, was die Polizei tut: Anstatt uns ein Verbrechen anzusehen und herauszubekommen, »wer es war«, beginnen wir mit einem Namen und durchforsten dann Datenbanken, um herauszufinden, ob es eine Übereinstimmung gibt – eine Person mit diesem Namen, die noch lebt – um letztendlich zu ergründen, was diese während des Kriegs getan hat.

An Namen mangelt es uns nicht.

Ich nehme den Hörer wieder ab. »Sie sprechen mit Leo Stein«, sage ich.

»Äh«, sagt eine Frau. »Ich weiß nicht, ob ich da an der richtigen Stelle bin …«

»Das lasse ich Sie wissen, wenn Sie mir sagen, weswegen Sie anrufen.«

»Es gibt da einen Bekannten von mir, der womöglich SS-Offizier war.«

In unserem Büro haben wir eine Kategorie für Anrufe dieser Art: Mein Nachbar ist ein Nazi. Typischerweise ist es der teuflische Nachbar, der meinem Hund Fußtritte verpasst, sobald er die Grundstücksgrenze überschreitet, und bei der Stadt anruft, wenn die Blätter meiner Eiche auf seinen Grund fallen. Er hat einen europäischen Akzent, trägt einen langen Ledermantel und hat einen Deutschen Schäferhund.

»Und Sie heißen?«

»Sage Singer«, sagt die Frau. »Ich wohne in New Hampshire und er auch.«

Daraufhin setze ich mich ein wenig aufrechter hin. New Hampshire ist hervorragend als Versteck geeignet, wenn man ein Nazi ist. Keiner käme je auf den Gedanken, in New Hampshire zu suchen.

»Wie heißt diese Person?«, frage ich.

»Josef Weber.«

»Und Sie glauben, er war SS-Offizier, weil …?«

»… er es mir gesagt hat«, sagt die Frau.

Ich lehne mich zurück. »Er *sagte* Ihnen, er sei ein Nazi?« In den zehn Jahren, seit ich hier arbeite, ist mir das noch nicht untergekommen. Zu meinem Job gehörte es, die Verbrecher zu entlarven, die glaubten, nach fast siebzig Jahren buchstäblich ungeschoren davonzukommen, obwohl sie gemordet haben. Kein Angeklagter hat je gestanden, bevor ich ihn mit Beweisen so sehr in die Enge getrieben habe, dass ihm nichts mehr anderes übrig blieb, als die Wahrheit zu sagen.

»Wir sind … Bekannte«, ergänzt Sage Singer. »Er möchte, dass ich ihm beim Sterben helfe.«

»Wie Jack Kevorkian? Ist er unheilbar krank?«

»Nein. Er ist das genaue Gegenteil – erfreut sich für einen Mann seines Alters bester Gesundheit. Er sieht eine Art von Gerechtigkeit darin, mich um diesen Dienst zu bitten – weil meine Familie jüdisch war.«

»Sind *Sie* es?«

»Ist das von Bedeutung?«

Nein, ist es nicht. Ich bin Jude, aber die halbe Belegschaft unserer Abteilung ist es nicht.

»Hat er erwähnt, in welchem Lager er war?«

»Er verwendete ein deutsches Wort ... *Toten* ... Totennochwas?«

»*Totenkopfverbände*?«, schlage ich vor.

»Ja!«

Sie sind keinem einzelnen Lager zuzuordnen, sondern die Abteilung der SS, die im Dritten Reich für die Konzentrationslager zuständig war.

1981 gewann meine Sektion einen bahnbrechenden Prozess: *Fedorenko versus Vereinigte Staaten*. Der Oberste Gerichtshof befand – klugerweise, meiner bescheidenen Meinung nach –, dass jeder, der als Wachmann in einem nationalsozialistischen Konzentrationslager gearbeitet hat, sich notwendigerweise der Täterschaft an Naziverbrechen wie der Judenverfolgung schuldig gemacht hat. Die Lager operierten als Funktionskette, und für deren reibungslosen Ablauf musste jedes Glied seine Aufgabe erfüllen. Wenn eine Person dies nicht tat, kam die ganze Vernichtungsmaschinerie zum Stillstand. Es kam also gar nicht darauf an, was der Einzelne getan oder nicht getan hat – ob er tatsächlich abgedrückt oder das Zyklon-B-Gas in eine der Kammern gefüllt hat –, denn schon seine Rolle als Mitglied der SS-Totenkopfverbände in einem Konzentrationslager würde ausreichen, um Beweismaterial gegen ihn zusammenzutragen.

Was natürlich noch immer ein langwieriges Unterfangen war.

»Wie heißt er?«, frage ich noch mal nach.

»Josef Weber.«

Ich bitte sie, den Namen zu buchstabieren, schreibe ihn mir auf einen Block und unterstreiche ihn doppelt. »Hat er sonst noch etwas gesagt?«

»Er zeigte mir ein Foto von sich. Er trug eine Uniform.«

»Wie sah die aus?«

»Eine SS-Uniform«, sagt sie.

»Und das wissen Sie, weil …«

»Na ja«, räumt sie ein, »weil sie aussieht wie die, die man immer in den Filmen sieht.«

Hier gibt es zwei Vorbehalte. Ich kenne Sage Singer nicht, sie könnte auch erst kürzlich aus einer psychiatrischen Klinik entkommen sein und diese Geschichte erfunden haben. Ich kenne auch Josef Weber nicht, der selbst ebenfalls ein entlaufener Anstaltsinsasse mit Geltungsdrang sein könnte. Außerdem bleibt die Tatsache, dass ich in zehn Jahren niemals einen unangemeldeten Anruf wie diesen von einer ganz normalen Bürgerin über einen Nazi im Nachbargarten erhalten habe, der sich wirklich ausgezahlt hätte. Die meisten Hinweise, denen wir nachgehen, bekommen wir von Anwälten, die Frauen in Scheidungsfällen vertreten, welche ihren Ehemännern – die ein gewisses Alter haben und aus Europa kommen – gerne unterstellen, ein nationalsozialistischer Kriegsverbrecher zu sein. Und natürlich würde es sich in barer Münze auszahlen, wenn man den Richter davon überzeugen könnte, wie grausam dieser Typ zu der Klientin war. Und selbst diese Anschuldigungen erweisen sich immer als absoluter Blödsinn.

»Haben Sie dieses Foto?«, hake ich nach.

»Nein«, gibt sie zu. »Das hat er.«

Natürlich.

Ich reibe mir die Stirn. »Ich muss Sie das fragen … Hat er einen Deutschen Schäferhund?«

»Einen Dackel«, sagt sie.

»Das wäre meine zweite Vermutung gewesen«, murmele ich. »Und wie lang kennen Sie Josef Weber schon?«

»Etwa einen Monat. Er kam in die Trauergruppe, die ich seit dem Tod meiner Mutter besuche.«

»Tut mir leid, das zu hören«, sage ich automatisch, aber mir ist klar, dass sie eine solch freundliche Geste nicht erwartet. »Sie konnten sich also noch kein genaues Bild von seinem Charakter machen oder erklären, warum er sich zu etwas bekennt, was er gar nicht getan hat …«

»Mein Gott, was habt ihr Leute nur?«, platzt es aus ihr heraus. »Erst die Polizei, dann das FBI – sollten Sie mir nicht *wenigstens* einen Vertrauensvorschuss geben? Woher wollen *Sie* wissen, dass er nicht die Wahrheit sagt?«

»Weil es keinen Sinn ergibt, Ms. Singer. Warum sollte sich jemand, dem es gelungen ist, sich über ein halbes Jahrhundert lang zu verstecken, mir nichts, dir nichts zu erkennen geben?«

»Ich weiß es nicht«, sagt sie aufrichtig. »Schuldgefühle? Angst vor dem Jüngsten Gericht? Vielleicht ist er auch nur müde. Müde, eine Lüge zu leben, verstehen Sie?«

Mit diesen Worten hat sich mich geködert. Vielleicht ist es so verdammt menschlich. Der größte Fehler, den Menschen machen, wenn sie an Kriegsverbrecher des Nationalsozialismus denken, ist der, sie als Monster zu sehen: vor, während und nach dem Krieg. Das waren sie nicht. Sie waren ganz gewöhnliche Menschen mit einem vollkommen funktionsfähigen Gewissen, die schlechte Entscheidungen trafen und dann für den Rest ihres Lebens, wenn sie wieder in den Alltag zurückkehrten, Ausreden erfinden mussten. »Kennen Sie zufällig sein Geburtsdatum?«, frage ich.

»Ich weiß, dass er in den Neunzigern ist …«

»Also«, sage ich, »wir können versuchen, den Namen überprüfen zu lassen, dann sehen wir, ob wir einen Treffer bekommen. Die Akten, über die wir verfügen, sind nicht vollständig, aber wir haben nach über dreißig Jahren archivarischer Recherche eine der besten Datenbanken weltweit.«

»Und was dann?«

»Angenommen, wir bekommen einen stichhaltigen Anhaltspunkt oder glauben aus einem anderen Grund, dass es einen berechtigten Hinweis geben könnte, werde ich Sie bitten, mit meiner leitenden Historikerin Genevra Astanopoulos in Verbindung zu treten. Sie wäre in der Lage, eine Menge Fragen zu stellen, die uns bei weiteren Ermittlungen helfen können. Aber ich muss Sie warnen, Ms. Singer: Obwohl unser Büro schon Tausende von Anrufen aus der Öffentlichkeit erhalten hat, hat sich kein einziger als belastbar erwiesen. Es gab sogar in der Zeit, bevor dieses Büro 1979 eingerichtet wurde, einen Anruf, der dazu führte, dass die Bundesstaatsanwaltschaft in Chicago einen angeblichen Verbrecher strafrechtlich verfolgte – der jedoch, wie sich herausstellte, nicht nur unschuldig, sondern ein *Opfer* der Nazis war. Unter allen Hinweisen, die wir seitdem aus der Bevölkerung erhalten haben, war nicht ein einziger, der strafrechtlich relevant gewesen wäre.«

Sage Singer ist einen Moment lang still und sagt dann: »Dann würde ich sagen, dass jetzt mal einer fällig wäre.«

Alles in allem gehörte Michel Thomas zu den Glücklichen. Er war Häftling eines Konzentrationslagers, in dem vor allem Juden interniert waren, konnte den Nazis entfliehen und schloss sich der französischen Résistance und dann einer Kommandogruppe an, bevor er die amerikanische Spionageabwehr unterstützte. Während der letzten Woche des Zweiten Weltkriegs erhielt er einen Hinweis auf einen Lastwagenkonvoi in der Nähe von München, der angeblich wichtige Fracht transportierte. Als er das Lager einer Papierfabrik in Freimann erreichte, entdeckte er dort haufenweise Dokumente der Nazis, die diese vorhatten einzustampfen: die Karteikarten von weltweit über zehn Millionen Parteimitgliedern.

Diese Dokumente kamen bei den Nürnberger Prozessen zum Einsatz und wurden anschließend verwendet, um Kriegsverbrecher zu identifizieren, ausfindig zu machen und strafrechtlich zu verfolgen. Sie sind die erste Anlaufstelle für Historiker, die mit mir beim HRSP arbeiten. Was nicht heißen soll, dass wir nicht auch auf Namen stoßen, deren Träger kein Nazi war – aber es erleichtert das Zusammentragen der Beweismittel entschieden.

Ich treffe Genevra an ihrem Schreibtisch an. »Du musst einen Namen für mich überprüfen«, sage ich.

Nach der Wiedervereinigung Deutschlands in den Neunzigerjahren übergaben die Vereinigten Staaten das Berlin Document Center – das zentrale Archiv für Unterlagen aus der Zeit des Nationalsozialismus, die nach dem Zweiten Weltkrieg von der US-Armee konfisziert worden waren – an Deutschland zurück, aber erst, nachdem alles auf Mikrofilm kopiert worden war. Und ich weiß, dass Genevra hier oder unter den Informationen, die nach dem Zusammenbruch der UdSSR ans Licht kamen, irgendetwas ausgraben wird.

Vorausgesetzt, es gibt etwas auszugraben.

Sie sieht zu mir hoch. »Du hast Kaffeeflecken auf deiner Krawatte«, sagt sie und zieht einen Bleistift aus dem Vogelnest krauser goldblonder Haare, das auf ihrem Kopf sitzt. »Du solltest sie vor deiner Verabredung wechseln.«

»Woher weißt *du* denn, dass ich eine Verabredung habe?«, frage ich.

»Weil deine Mutter mich heute Morgen angerufen hat und meinte, ich solle dich mit Brachialgewalt durch die Tür befördern, wenn du um halb sieben Uhr abends noch immer hier bist.«

Das überrascht mich nicht. Weder Kabel noch Ethernet oder FIOS können mit der Geschwindigkeit mithalten, mit der sich in einer jüdischen Familie Nachrichten verbreiten.

»Erinnere mich daran, dass ich sie umbringe«, sage ich zu Genevra.

»Das kann ich nicht«, meint sie. »Ich möchte schließlich nicht als Komplizin eingespannt werden.« Sie grinst mich über ihre Brille hinweg an. »Außerdem ist deine Mutter wie eine frische Brise, Leo. Den ganzen Tag lang lese ich über Leute, die überzeugt von der Überlegenheit ihrer Rasse nach der Weltherrschaft gestrebt haben. Im Vergleich dazu ist es doch geradezu süß, Enkelkinder haben zu wollen.«

»Sie *hat* Enkelkinder. Drei, dank meiner Schwester.«

»Es gefällt ihr nicht, dass du mit deinem Beruf verheiratet bist.«

»Es hat ihr aber auch nicht gefallen, als ich mit Diana verheiratet war«, entgegne ich. Es ist nun fünf Jahre her, seit die Scheidung rechtskräftig wurde, und ich muss zugeben, dass das Schlimmste an der ganzen Erfahrung für mich war, meiner Mutter gegenüber zugeben zu müssen, dass sie recht gehabt hatte: Die Frau, in der ich das Mädchen meiner Träume sah, war tatsächlich nicht die Richtige für mich.

Neulich bin ich Diana in der Metro begegnet. Sie hat wieder geheiratet und inzwischen ein Kind, ein zweites ist unterwegs. Wir haben Belanglosigkeiten ausgetauscht, bis mein Mobiltelefon läutete – meine Schwester, die mich fragte, ob ich es einrichten könne, an diesem Wochenende zur Geburtstagsparty meines Neffen zu kommen. Sie hörte, wie ich mich von Diana verabschiedete, und binnen einer Stunde rief meine Mutter mich an, weil sie ein Blind Date für mich eingefädelt hatte.

Wie gesagt: jüdisches Familiennetzwerk.

»Du musst einen Namen für mich durchlaufen lassen«, wiederhole ich.

Genevra nimmt mir den Zettel aus der Hand. »Es ist achtzehn Uhr sechsunddreißig«, sagt sie. »Zwing mich nicht, deine Mutter anrufen zu müssen.«

Ich kehre zurück an meinen Schreibtisch, um mir meine

Aktenmappe und meinen Laptop zu schnappen, weil ich ohne sie genauso wenig aufbrechen kann wie ohne meinen Arm oder mein Bein. Instinktiv greife ich nach der Tasche an meinem Gürtel, um mich zu vergewissern, dass mein BlackBerry dort ist. Eine Sekunde lang nehme ich noch Platz, um Sage Singers Namen zu googeln.

Natürlich benutze ich ständig Suchmaschinen. Meistens, um zu überprüfen, ob jemand – Miranda Coontz beispielsweise – völlig durchgeknallt ist. Aber der Grund, warum ich Information über Sage Singer suche, ist ihre Stimme.

Sie ist rauchig. Sie klingt wie der erste Abend im Herbst, an dem man im Kamin ein Feuer entzündet und ein Glas Port trinkt und dann mit dem Hund auf dem Schoß einschläft. Nicht, dass ich einen Hund oder Portwein besäße, aber Sie wissen schon, was ich meine.

Wenn es auch keinen anderen Grund gäbe, wäre dieser schon Beweis genug, dass ich aus der Tür stürzen und zu meinem Blind Date eilen sollte. Sage Singers Stimme mag zwar jung geklungen haben, aber sie ist vermutlich schon an ihrem Lebensabend angelangt – immerhin hat sie gesagt, dieser Josef Weber sei ein Freund von ihr. Außerdem ist ihre Mutter vor Kurzem verstorben, vermutlich an Altersschwäche. Und diese rauchig-raue Stimme könnte auch für lebenslange Nikotinabhängigkeit sprechen.

Die einzige Sage Singer, die jedoch in New Hampshire aufzutreiben ist, ist eine Bäckerin in einem kleinen Ladenlokal. Ihr Beerenkuchenrezept illustriert in einer örtlichen Zeitschrift die Fülle des Sommers, und ihr Name taucht in der Rubrik Geschäftseröffnungen im Zusammenhang mit Mary DeAngelis' neuer Bäckerei auf.

Ich klicke auf einen Newslink und finde ein Video der lokalen Fernsehstation – erst am Tag zuvor ins Netz gestellt. »Sage Singer«, sagt die Reporterin im Hintergrund, »ist die Bäckerin, die das Jesusbrot geschaffen hat.«

Das was?

Der Clip ist ein Amateurvideo und zeigt eine Frau mit einem unordentlichen Pferdeschwanz, deren Gesicht sich von der Kamera abwendet. Bevor sie sich jedoch völlig aus dem Rampenlicht wegduckt, sehe ich eine Mehlspur auf ihrer Wange.

Sie entspricht nicht dem, womit ich gerechnet hatte. Wenn gewöhnliche Leute beim HRSP anrufen, verrät dies normalerweise mehr über sie als über die Menschen, die sie beschuldigen – sie möchten einen Konflikt beigelegt sehen, sie hegen einen Groll, sie suchen Aufmerksamkeit. Aber mein Bauchgefühl sagt mir, dass dies alles hier nicht zutrifft.

Vielleicht findet Genevra ja doch einen Treffer. Wenn Sage Singer mich schon einmal überraschen konnte, dann kann sie es vielleicht auch ein zweites Mal.

Mein Auto verfügt über das letzte Kassettendeck seiner Art, dessen bin ich mir sicher. Während ich im Verkehr auf dem Beltway festsitze, lausche ich Bread und Chicago. Ich gebe mich gern der Vorstellung hin, dass die Leute in den mich umgebenden Autos sich ebenfalls mit Musik von Kassettendecks berieseln lassen und wie ich die Jahre in eine einfachere Zeit zurückgespult haben. Es ist doch seltsam, wie viel kleiner die Welt infolge der Technologie geworden ist und wie sehr mein Büro davon profitiert hat. Aber viel besser ist, dass es gar nicht mehr seltsam ist, ein Kassettendeck sein Eigen zu nennen, denn das ist jetzt *retro*.

Ich hänge diesem Gedanken nach und frage mich zugleich, ob ich meinem Blind Date erzählen soll, dass ich auf tragische Weise so hip bin, dass ich meine Musik von eBay und nicht von iTunes beziehe. Als ich das letzte Mal ausging – ein Kollege hatte mich mit der Cousine seiner Frau verkuppeln wollen –, redete ich während des Essens nur über den Aleksandras-Lileikis-Fall, und die Frau schob noch vor dem Dessert Kopfschmerzen vor und fuhr mit der Metro nach Hause. Offen gestanden beherrsche ich Small Talk nicht besonders gut. Man kann sich mit mir über die Details des Darfur-Genozids unterhalten, aber die Mehrheit der Amerikaner kann einem wahrscheinlich nicht einmal das Land nennen, in dem er stattgefunden hat. – Zu Ihrer Information: Es ist der Sudan. – Andererseits kann ich nicht über Fußball reden oder was zum letzten Roman sagen, den ich gelesen habe. Ich weiß auch nicht, wer in Hollywood mit wem gesehen wurde. Und es kümmert mich eigentlich auch nicht. Es gibt so vieles auf der Welt, das von erheblich größerem Interesse ist.

Ich gleiche den Namen des Restaurants mit dem Eintrag in meinem BlackBerry-Kalender ab und gehe hinein. Mir ist sofort klar, dass es sich um eins dieser Etablissements handelt, wo »edles« Essen serviert wird – Appetithäppchen von der Größe einer Zuchtchampignonkappe, unaussprechliche Zutaten, die bei jedem Gericht auf der Speisekarte gesondert aufgelistet sind und bei denen man sich fragt, ob irgendjemand dazu abgestellt ist, sie zu erfinden: Kabeljausperma und Pollen vom wilden Fenchel; Rinderbäckchen, Meringengrütze, Aschenvinaigrette.

Als ich dem Oberkellner meinen Namen nenne, führt er mich an einen Tisch im hinteren Teil des Lokals, wo es so düster ist, dass ich mich frage, wie ich überhaupt erkennen soll, ob meine Verabredung attraktiv ist. Sie sitzt dort bereits, und als meine Augen sich an die schlechten Lichtverhältnisse angepasst haben, stelle ich fest, dass sie tatsächlich hübsch ist, bis auf die Haare. Die sind zu einem gewaltigen Bausch aufgetürmt, als versuche sie, auf diese Weise eine Enzephalitis zu verbergen.

»Sie müssen Leo sein«, sagt sie mit einem Lächeln. »Ich bin Irene.«

Sie trägt jede Menge Silberschmuck, das meiste davon gefangen in ihrem Ausschnitt. »Brooklyn«, vermute ich.

»Nein«, wiederholt sie etwas langsamer: »I-rene.«

»Nein – ich meine Ihren Akzent … Kommen Sie aus Brooklyn?«

»Jersey«, antwortet Irene. »Newark.«

»Die Stadt mit den meisten Autodiebstählen der Welt. Wussten Sie, dass dort mehr Autos gestohlen werden als in L. A. und New York zusammen?«

Sie lacht. Es hört sich an wie ein Keuchen. »Und da macht meine Mutter sich Sorgen, weil ich in Prince George County lebe.«

Ein Kellner kommt an unseren Tisch, um die Tagesgerichte herunterzurattern und die Bestellung unserer Getränke aufzunehmen. Ich bestelle Wein, obwohl ich mich auf diesem Gebiet überhaupt nicht auskenne. Meine Wahl treffe ich aufgrund der Tatsache, dass es nicht der teuerste, aber auch nicht der allerbilligste auf der Karte ist, denn das würde mich knauserig aussehen lassen.

»Das ist verrückt, oder?«, sagt sie. Entweder sie zwinkert mir zu oder sie hat was am Auge. »Unsere Eltern kennen sich.«

So wie es mir erklärt wurde, ist der Podologe meiner Mutter der Bruder von Irenes Vater. Sie sind also nicht gerade Tür an Tür aufgewachsen. »Verrückt«, stimme ich ihr zu.

»Ich bin wegen des Jobs hierhergezogen und kenne deshalb kaum jemanden.«

»Es ist eine tolle Stadt«, erwidere ich automatisch, obwohl ich selbst nicht ganz daran glaube. Der Verkehr ist mörderisch, und ständig wird gegen irgendwas protestiert, was man ganz schnell nicht mehr idealistisch sieht, sondern als lästig empfindet, wenn man rechtzeitig irgendwo hinkommen möchte und alle Straßen verstopft sind. »Meine Mutter hat es mir sicherlich gesagt, aber ich habe es vergessen – was machen Sie noch mal?«

»Ich optimiere die Passform für BHs, bin staatlich geprüft«, sagt Irene. »Ich arbeite bei Nordstrom.«

»Staatlich geprüft«, wiederhole ich. Ich frage mich, wo sich wohl die legitimierende Behörde für diese Art von Ausbildung befinden mag. Und ob man Noten bekommt: A, B, C, D und DD. »Klingt nach einem sehr … ungewöhnlichen Job.«

»Man hat alle Hände voll zu tun«, sagt Irene und lacht dann. »Verstanden?«

»Äh. Ja.«

»Ich mache den Job, damit ich mich weiterbilden und dann das tun kann, was ich *wirklich* tun möchte.«

»Mammografie?«, vermute ich.

»Nein, Gerichtsreporterin. Die sehen in den Filmen immer so stylish aus.« Sie lächelt mich an. »Ich weiß, was Sie machen. Meine Mutter hat es mir gesagt. Etwas wie Humphrey Bogart.«

»Nicht so richtig. Unsere Abteilung ist nicht Casablanca, nur das arme Stiefkind des Justizministeriums. Für uns gibt es kein Paris. Wir haben nicht mal einen Kaffeekocher.«

Sie blinzelt.

»Halb so wild!«

»Wie viele Nazis haben Sie denn schon gefangen?«

»Nun, das ist ein wenig kompliziert«, sage ich. »Wir waren vor Gericht gegen hundertsieben Naziverbrecher erfolgreich. Siebenundsechzig wurden bisher aus den USA ausgewiesen. Aber das sind nicht siebenundsechzig aus den hundertsieben, weil nicht alle von ihnen US-Bürger waren – man muss sehr vorsichtig sein mit den Zahlen. Leider sind nur wenige derer, die wir ausgeliefert haben, auch strafrechtlich verfolgt worden, wozu ich nur sagen kann: Schande über Europa. Drei Angeklagten wurde in Deutschland der Prozess gemacht, einem in Jugoslawien und einem in der UdSSR. Davon wurden drei verurteilt, einer freigesprochen und bei einem wurde das Verfahren aus gesundheitlichen Gründen ausgesetzt, und er starb, bevor es weitergeführt werden konnte. Bevor unsere Abteilung eingerichtet wurde, war bereits eine Frau, der Naziverbrechen vorgeworfen wurden, aus den USA nach Europa ausgewiesen worden, wo ihr der Prozess gemacht wurde und man sie verurteilte und ins Gefängnis steckte. Im Moment haben wir fünf Fälle, gegen die ein Verfahren läuft, und weitaus mehr Menschen, gegen die aktiv ermittelt wird und … Ihre Augen sind schon glasig.«

»Nein«, erwidert Irene. »Ich trage Kontaktlinsen. Wirklich.« Sie zögert. »Aber sind die Leute, die Sie jagen, nicht inzwischen richtig *alt*?«

»Doch.«

»Dann können Sie sich doch nicht mehr so schnell bewegen.«

»Es ist ja nicht im wörtlichen Sinn eine Jagd«, erkläre ich. »Und sie haben anderen Menschen schreckliche Dinge angetan. Sie dürfen nicht ungestraft davonkommen.«

»Ja, aber das ist *so lange* her.«

»Aber noch immer wichtig«, entgegne ich.

»Sie meinen, weil Sie Jude sind?«

»Die Nazis haben nicht nur Juden ins Visier genommen. Sie haben auch Zigeuner und Polen und Homosexuelle und geistig und körperlich Behinderte getötet. Bei dem, was meine Abteilung macht, sollte es um alle gehen. Denn wenn dem nicht so wäre, welche Botschaft ginge dann an die Menschen, die Genozid begehen? Dass sie damit durchkommen, sofern nur genug Zeit ins Land geht? Sie sich innerhalb unserer Grenzen verstecken können, ohne auch nur eine Verwarnung zu bekommen? Wir schieben jedes Jahr routinemäßig Hunderttausende von illegal Eingewanderten ab, deren einziges Vergehen darin besteht, dass sie länger geblieben sind, als ihr Visum es erlaubt, oder weil sie ohne die richtigen Papiere ins Land gekommen sind – aber Menschen, die Verbrechen gegen die Menschlichkeit begangen haben, dürfen bleiben? Und hier in Frieden sterben? Und in amerikanischer Erde begraben werden?«

Ich hatte nicht bemerkt, wie laut und leidenschaftlich ich geworden bin, bis ein Mann am Nebentisch zu klatschen anfängt, langsam, aber kraftvoll. Ein paar Leute von anderen Tischen um mich herum stimmen ein. Beschämt sinke ich in meinem Stuhl zusammen und versuche, unsichtbar zu werden.

Irene streckt die Hand aus und verschränkt ihre Finger mit meinen. »Es ist okay Leo. Ich finde sogar, es ist richtig sexy.«

»Was ist es?«

»Die Art, wie Sie mit Ihrer Stimme herumwedeln, als wäre es eine Flagge.«

Ich schüttele den Kopf. »Ich bin überhaupt kein Patriot. Ich mache einfach nur meinen Job. Und ich bin es leid, das, was ich tue, rechtfertigen zu müssen. Es ist nicht anachronistisch.«

»Doch, das *ist* es in gewisser Weise. Ich meine, diese Nazis verstecken sich ja nicht gut sichtbar.«

Ich muss erst überlegen, bevor mir klar wird, dass sie mit dem Wort *anachronistisch* nichts anfangen kann. Gleichzeitig denke ich an Josef Weber, der – nach Aussage von Sage Singer – genau das getan hat, und zwar jahrzehntelang.

Der Kellner kommt mit der Weinflasche und schenkt mir eine Kostprobe ein. Ich lasse den Schluck einen Moment in der Mundhöhle und nicke dann zustimmend. Offen gestanden war ich inzwischen aber schon so weit, dass ich selbst einen Schwarzgebrannten abgenickt hätte, wenn nur der Alkoholgehalt in Ordnung gewesen wäre.

»Ich hoffe, wir unterhalten uns nicht den ganzen Abend über Geschichte«, sagt Irene munter. »Darin bin ich nämlich wirklich schlecht. Ich meine, wen interessiert schon, ob Kolumbus Amerika anstatt Westhampton entdeckt hat …«

»Westindien«, murmele ich.

»Was auch immer. Die Eingeborenen waren vermutlich weniger zimperlich.«

Ich fülle mein Weinglas nach und frage mich, ob ich bis zum Dessert durchhalten werde.

Entweder verfügt meine Mutter über einen sechsten Sinn oder sie hat mir bei der Geburt einen Mikrochip eingepflanzt, der ihr zu allen Zeiten Aufschluss über mein Kommen und Gehen gibt. Denn nur so kann ich mir die Tatsache erklären, dass sie ihre Telefonanrufe unfehlbar genau auf den Moment abstimmt, wenn ich durch die Tür komme.

»Hi, Mom«, sage ich und nehme den Anruf entgegen, ohne einen Blick auf das Display zu werfen.

»Leo. Hättest du dir einen Zacken aus der Krone gebrochen, wenn du zu diesem armen Mädchen nett gewesen wärst?«

»Dieses arme Mädchen ist absolut in der Lage, auf eigenen Füßen zu stehen. Und es braucht und will außerdem auch niemanden wie mich.«

»Du kannst doch nach einem lausigen Dinner noch nicht wissen, ob jemand zu dir passt«, wirft meine Mutter ein.

»Mom. Sie dachte, die Schweinebucht sei ein Grillplatz.«

»Nicht jeder hat die Bildungschancen gehabt, die dir zuteilwurden, Leo.«

»So was lernt man in der elften Klasse!«, widerspreche ich. »Außerdem *war* ich nett zu ihr.«

Es folgt eine Pause am anderen Ende der Leitung. »Tatsächlich. Dann findest du es also nett, während des Essens einen Anruf entgegenzunehmen und dich bei ihr damit zu entschuldigen, dass dein Büro dich dringend benötigt, weil man John Dillinger geschnappt hat.«

»Zu meiner Verteidigung muss ich sagen, dass dieses Abendessen sich bereits über zwei Stunden hingezogen hat und man noch nicht einmal unsere Vorspeisenteller abgetragen hatte.«

»Nur weil du Anwalt bist, kannst du dir noch lange nicht erlauben, die Geschichte in ihr Gegenteil zu verkehren. Ich bin deine Mutter. Ich konnte deine Gedanken schon *in utero* lesen.«

»Okay, das ist a) unheimlich. Und b) finde ich, dass du

und Lucy es von nun an mir überlassen solltet, mit wem ich mich verabrede.«

»Deine Schwester und ich möchten dich doch nur glücklich sehen, ist das so ein Verbrechen?«, sagt sie. »Wenn wir außerdem darauf warten, bis du dich aus eigenem Antrieb verabredest, bekomme ich die Einladung zu deiner Hochzeit, wenn ich bereits bei den Söhnen Abrahams liege.«

Das ist der Friedhof, auf dem mein Vater beerdigt wurde. »Toll«, sage ich. »Vergiss nur nicht, einen Nachsendeantrag zu stellen.« Ich halte den Hörer von meinem Ohr weg und drücke den Knopf mit der Raute. »Da kommt ein anderes Gespräch rein«, lüge ich.

»Um diese Uhrzeit?«

»Es ist ein Escortservice«, scherze ich. »Und ich möchte Peaches nicht warten lassen …«

»Du bist noch mal mein Untergang, Leo«, sagt meine Mutter und seufzt.

»Söhne-Abrahams-Friedhof. Ich weiß«, sage ich. »Ich liebe dich, Ma.«

»Ich habe dich zuerst geliebt«, erwidert sie. »Was soll ich denn nun meinem Podologen über Irene erzählen?«

»Dass sie entzündete Fußballen bekommt, wenn sie weiterhin hohe Absätze trägt«, sage ich und lege auf.

Meine Behausung könnte aus der Zeitschrift *GQ* sein. Die Oberflächen sind aus schwarzem Granit, die Couches mit einer Art grauem Flanell bezogen. Die Einrichtung ist sparsam und modern. Unter den Küchenschränken leuchtet blaues Licht, das dem ganzen Raum das Aussehen von Mission Control bei der NASA gibt. Hier würde sich ein Junggeselle der National Football League oder ein Anwalt für Körperschaftsrecht wohlfühlen. Für diesen Look ist meine Schwester Lucy verantwortlich, sie ist Innenarchitektin. Sie wollte mich damit aus meinem Scheidungstief herausholen, weshalb ich ihr nicht sagen kann, wie steril ich es finde. Und dass ich mich wie ein Organismus in einer Petrischale fühle und nicht wie jemand, der Schuldgefühle bekommt, wenn er die Füße auf den schwarz gelackten Beistelltisch legt.

Ich nehme meine Krawatte ab, knöpfe mein Hemd auf und hänge dann meinen Anzug fein säuberlich in den Schrank. Die wichtigste Erkenntnis des Singlelebens: Keiner wird deine Anzüge für dich in die Reinigung bringen. Und somit bist du verratzt, wenn du sie zu einem Haufen zusammengeknüllt am Fuß des Betts liegen lässt und bis zehn Uhr nachts arbeitest.

In Boxershorts und einem Unterhemd werfe ich die Stereoanlage an – heute ist eine Nacht, die nach Duke Ellington schreit – und hole dann meinen Laptop.

Aufregender wäre es garantiert gewesen, wenn ich in Boston in der Kanzlei für Körperschaftsrecht geblieben wäre – und wer weiß, dann wäre vielleicht auch dieses Interieur genau nach meinem Geschmack. Ich würde mit einem meiner Klienten locker plaudernd einen netten Abend verbringen, anstatt jetzt gleich Genevras Bericht über einen unserer Verdächtigen zu lesen. Und ich würde weiß Gott mehr Geld für meinen Ruhestand in den Sparstrumpf stecken können. Vielleicht läge dann sogar ein Mädchen namens Peaches zusammengerollt am Ende des Sofas. Aber ganz im Gegenteil zu dem, was meine Mutter denkt, *bin* ich glücklich. Ich kann mir nicht vorstellen, irgendetwas anderes zu tun und dabei zufriedener zu sein.

Ich fing bei der HRSP mit einem Praktikum an, als diese Abteilung noch OSI hieß, Office of Special Investigations. Mein Großvater, ein Veteran des Zweiten Weltkriegs, hat mich mein ganzes Leben mit Geschichten von Kämpfen beglückt, und als Junge gehörte zu meinen wertvollsten Besitztümern ein M35-Stahlhelm des Heeres, den er mir schenkte, mit einem dunklen Fleck innen, Gehirnmasse, wie er schwor. – Meine Mutter entfernte ihn eines Nachts angewidert aus meinem Zimmer, während ich schlief, und bis heute hat sie mir nicht erzählt, was sie damit gemacht hat. – Ich besuchte noch das College, als ich in der Hoffnung, meinen Lebenslauf ein wenig aufblähen zu können, bevor ich mein Studium an der rechtswissenschaftlichen Fakultät begann, den Job beim OSI annahm. Ich erwartete mir juristische Erfahrung, mit der ich meine Bewerbungen aufhübschen konnte. Stattdessen wurde ich von Leidenschaft gepackt. In diesem Büro arbeiteten alle, weil sie hier arbeiten wollten, weil sie fest daran glaubten, dass das, was sie taten, wichtig war, ungeachtet der Pat Buchanans dieser Welt, die der US-Regierung Verschwendung vorwarfen, weil sie Jagd auf Leute machte, die viel zu alt waren, um eine Bedrohung der Allgemeinheit darzustellen.

Ich besuchte die Harvard Law und hatte nach meinem Abschluss die Qual der Wahl, zu welcher Bostoner Kanzlei ich gehen wollte. Die, für die ich mich dann entschied, zahlte mir genug, um schicke Anzüge und einen geilen Mustang-Sportwagen zu kaufen, doch für Spritztouren darin hatte ich keine Zeit, weil ich wie ein Verrückter darauf hinarbeitete, Juniorpartner zu werden. Ich hatte Geld, ich hatte eine Verlobte, und fünfundneunzig Prozent meiner Prozesse führten zu einem Freispruch für den von mir vertretenen Beschuldigten. Aber ich vermisste das soziale Engagement.

Ich schrieb an den Direktor des OSI und zog einen Monat später nach Washington.

Ja, ich weiß, dass mein Kopf viel öfter in den 1940er-Jahren steckt als in den 2010ern. Und es ist richtig: Wenn man zu viel Zeit in der Vergangenheit verbringt, kommt man nie voran. Aber man kann nicht behaupten, dass das, was ich tue, nicht notwendig ist. Wenn die Geschichte die Angewohnheit hat, sich selbst zu wiederholen, muss dann nicht jemand zurückbleiben und eine Warnung herausschreien? Und wenn nicht ich, wer dann?

Das Duke-Ellington-Stück ist zu Ende. Um die Stille zu füllen, schalte ich den Fernseher ein. Ich sehe mir zehn Minuten lang Stephen Colbert an, aber er ist zu unterhaltsam, um für mich nur Hintergrundgeräusch zu sein. Und ich ertappe mich dabei, dass ich mich von seinem Geplauder von Genevras Bericht ablenken lasse.

Als mein Laptop mir eine neue Mail ankündigt, werfe ich einen Blick auf den Monitor. Genevra.

> Hoffentlich unterbreche ich nicht eine reizende Sexkapade mit der zukünftigen Mrs. Stein. Doch für den Fall, dass Du allein zu Hause sitzt und Dir wie ich alte Folgen von *Rin Tin Tin* – kein Kommentar bitte – ansiehst, dachte ich, Du möchtest vielleicht erfahren, dass der Name Josef Weber keinen Treffer ergab. Nicht nach oben und nicht nach unten, Boss.

Ich starre die E-Mail lange Zeit an.

Ich hatte Sage Singer gesagt, dass die Chancen gering sind. Und Josef Weber lügt sie über seine Vergangenheit an, aus welchen Gründen auch immer. Aber das ist jetzt das Problem von Sage Singer und nicht mehr meins.

Im Lauf der Jahre, in denen ich für das HRSP arbeite, habe ich Dutzende Verdächtige befragt. Und auch wenn ich einigen von ihnen unwiderlegbar nachweisen konnte, dass sie Wachleute eines Vernichtungslagers waren, sagten sie mir alle, sie hätten keine Ahnung gehabt, dass Menschen getötet wurden. Sie beharren darauf, die Gefangenen nur bei der Arbeit gesehen und sie in guter Verfassung in Erinnerung zu haben. Sie erinnern sich, Rauch gesehen und Gerüchte gehört zu haben, dass Leichen verbrannt wurden, aber sie waren nicht als Augenzeugen dabei und glaubten den Gerüchten schon damals nicht. Selektive Erinnerung nenne ich das. Und wie man sich vorstellen kann, lauten die Geschichten der Überlebenden, die ich interviewt habe, ganz anders, sie können den Gestank aus den Kaminen der Krematorien beschreiben: ekelerregend und giftig und schwefelig, fett und dick, fast eher ein Geschmack als ein Geruch.

Sie sagen, man konnte gar nicht anders, man musste ihn überall einatmen. Und dass sie noch heute manchmal mit diesem Gestank von verbranntem Fleisch in der Nase aufwachen.

Zebras verändern ihre Streifen nicht, und Kriegsverbrecher bereuen nichts.

Es überrascht mich nicht, dass Josef Weber, der gestand, ein Nazi gewesen zu sein, gar keiner ist. Denn ich hatte nichts anderes erwartet. Was mich jedoch überrascht, ist, wie sehr ich mir gewünscht habe, Sage Singer möge mich eines Besseren belehren.

Wenn man das Unvermeidliche hinauszögern kann, ist das immer besser.

Und deshalb beginnt für den Jäger der Beutezug mit einer Hetzjagd. Das ist kein Spiel mit dem Essen, wie manche Leute denken. Es geht darum, den Adrenalinspiegel so hochzujagen, dass er dem Niveau des eigenen entspricht.

Doch dann kommt der Punkt, wo das Abwarten nicht mehr möglich ist. Du hörst den Herzschlag deiner Beute im eigenen Kopf, und dies ist der letzte bewusste Gedanke, den du festhalten kannst. Gibst du erst einmal dem Urtrieb nach, wirst du zum Beobachter und verfolgst, wie ein anderer Teil von dir prasst und das Fleisch zerfetzt, um an die Götterspeise zu gelangen. Du saugst die Angst des Opfers auf, aber sie schmeckt nach Erregung. Du hast keine Vergangenheit, keine Zukunft, kein Mitleid, keine Seele.

Aber das wusstest du schon, bevor du überhaupt angefangen hattest, nicht wahr?

SAGE

Als ich am nächsten Abend zur Arbeit erscheine, backt ein anderer in meiner Backstube. Er ist ein Koloss von einem Mann, über eins neunzig, die Oberarme mit Tattoos im Maoristil verziert. Er schneidet Teigstücke ab und wirft sie mit unglaublicher Präzision auf eine Waage. »Hey«, sagt er mit einer verwaschenen Stimme, die gar nicht zu seinem Körper passt. »Wiegehtsn.«

Mein Gehirn ist wie ein Sieb, und alle Worte, die ich benötige, um dieses Gespräch zu führen, fließen hindurch. Ich bin so überrascht, dass ich vergesse, meine Narbe zu verstecken. »Wer sind Sie?«

»Clark.«

»Was machen Sie?«

Sein Blick richtet sich auf den Tisch, die Wand, nur nicht auf mich. »Die Brötchen.«

»Das glaube ich nicht«, sage ich. »Ich arbeite allein.«

Bevor Clark antworten kann, kommt Mary in die Backstube. Zweifellos hat Rocco, der mich im Laden mit dieser kryptischen Bemerkung begrüßte: »Vom Reisen geträumt? / Vielleicht auch vom Stricken. / Jetzt wäre wohl Zeit«, sie darauf aufmerksam gemacht, dass ich gekommen bin.

»Wie ich sehe, haben du und Clark euch schon bekannt gemacht.« Sie lächelt den Riesen an, der jetzt in unglaublichem Tempo Brotlaibe formt. Ich frage mich, ob er in meinen Vorteigen herumgefuhrwerkt und über meinen Tabellen gebrütet hat. Und komme mir vor, als hätte er in meiner Kommode die Unterwäsche durchwühlt. »Clark hat beim King Arthur Flour in Norwich, Vermont, gearbeitet.«

»Gut, dann soll er wieder dorthin zurück und weiterbacken.«

»Sage! Clark ist nur hier, um für dich auszuhelfen. Damit du weniger Stress hast.«

Ich nehme Mary am Arm und führe sie beiseite, damit Clark nicht hört, was ich sage. »Ich will keine Hilfe, Mary«, flüstere ich.

»Das mag ja sein«, sagt sie. »Aber du brauchst sie. Komm, wir beide machen einen kleinen Spaziergang.«

Ich kämpfe gegen die Tränen und das unkontrollierbare Verlangen an auszurasten, denn ich bin zu gleichen Teilen wütend und verletzt. Ja, ich habe mir den Abend freigenommen, ohne dies mit meiner Chefin abzusprechen, aber selbst für einen Ersatz gesorgt. Und es mag ja sein, dass ich das Sortiment geändert habe, ohne sie mit einzubeziehen, aber die von mir gebackenen Challot waren saftig, süß und vollkommen. Der Hauptgrund meiner Aufregung ist jedoch, dass ich Mary für meine Freundin hielt, nicht nur für meine Chefin, was ihr apodiktisches Vorgehen noch niederschmetternder macht.

Sie führt mich an den wenigen Kunden vorbei, die noch im Laden sind und von Rocco bedient werden. Als wir an der Kasse vorbeikommen, wende ich mich von ihm ab. Hat Mary Rocco darüber informiert, dass sie mich loswerden möchte? Ist er ihr neuer Vertrauter in diesem Laden, wie ich es einmal war?

Ich folge ihr über den Parkplatz zu den Toren der Pilgerstätte, hinauf über die geweihte Treppe, bis wir bei derselben Grotte ankommen, vor der Josef mir gestanden hat, ein Nazi zu sein.

»Willst du mich feuern?«, platzt es aus mir heraus.

»Wie kommst du denn darauf?«

»Oh, ich weiß nicht. Vielleicht weil Meister Proper in meiner Backstube steht und *meine* Brötchen backt. Ich fass es nicht, dass du mich durch irgend so einen Packesel aus einer Fabrik …«

»King Arthur Flour ist wohl kaum eine Fabrik, und Clark ist auch kein Ersatz. Er ist nur hier, damit du etwas flexibler sein kannst.« Mary setzt sich auf eine Granitbank. Vor dem Hintergrund aus Eisenhut bekommen ihre blauen Augen etwas Durchdringendes. »Ich versuche doch nur zu helfen, Sage. Ich weiß nicht, ob es Stress oder Schuldgefühle sind oder etwas anderes, aber du bist in letzter Zeit nicht mehr du selbst. Du bist launisch geworden.«

»Ich erledige immer noch meinen Job. Ich habe meinen Job gemacht«, protestiere ich.

»Du hast letzte Nacht zweihundertzwanzig Challot gebacken.«

»Hast du denn was davon gekostet? Glaub mir, ein besseres finden unsere Kunden nirgendwo.«

»Aber sie *müssten* woandershin gehen, wenn sie Roggenbrot haben möchten. Oder ein Sauerteigbrot. Oder einen ganz normalen Weizenlaib. Und irgendwelche anderen Backwaren, die du nicht gebacken hast.« Die Stimme wird sanft. »Ich weiß auch, dass du es warst, Sage, die den Jesuslaib vernichtet hat.«

»Ach, um Himmels willen …«

»Ich habe seinetwegen gebetet. Der Laib war ein Aufruf, jemanden zu retten, und jetzt wird mir klar, dass diese Person *du* bist.«

»Weil ich geschwänzt habe?«, frage ich. »Ich musste meine Großmutter besuchen. Sie fühlte sich nicht gut.« Schon erstaunlich, wie rasch Lügen sich verschlimmern. Sie überlagern sich wie nacheinander aufgetragene Farbschichten, bis man sich nicht mehr erinnern kann, mit welcher Farbe man begonnen hat.

Vielleicht ist Josef tatsächlich zu der Überzeugung gelangt, die Person zu sein, für die alle ihn hielten. Und vielleicht gab *das* den Ausschlag, warum er schließlich die Wahrheit erzählte.

»Nun sieh dich doch an, Sage, du bist mit deinen Gedanken ganz woanders. Hörst du mir überhaupt zu? Du bist nicht mehr du selbst. Deine Haare sehen aus, als würden Vögel Nester darin bauen, du hast heute wahrscheinlich noch nicht geduscht, du hast Ringe unter den Augen, die so dunkel sind, dass ich an Nierenversagen denken muss. Du brennst wie eine Kerze an beiden Enden gleichzeitig, weil du die ganze Nacht hier arbeitest und tagsüber dann mit diesem Schlampenheini Ehebruch begehst.« Mary runzelt die Stirn. »Was ist eigentlich die männliche Version für *Schlampe*?«

»*Hallodri*«, sage ich. »Weißt du, ich kenne dich, und wir stimmen, was Adam angeht, nicht überein, aber als Rocco dich fragte, womit Cannabis sich am besten düngen lässt, bist du auch nicht gleich explodiert.«

»Wäre er stoned zur Arbeit gekommen, hätte ich das getan«, betont Mary. »Du wirst es vielleicht nicht glauben, aber ich halte dich nicht für unmoralisch, weil du mit Adam schläfst. Ich glaube sogar, dass es dich im Grunde deines Herzens quält, so wie es mich quält. Und dein Leben deshalb auf eine Weise beeinflusst, die auch deine Arbeit tangiert.«

Ich muss lachen. Ja, ich bin besessen von einem Mann. Zufälligerweise ist es ein Neunzigjähriger.

Plötzlich kommt mir ein erhellender Gedanke, zart wie ein Schmetterling, der mit den Flügeln flattert. *Was wäre, wenn ich mich ihr anvertraue?* Wenn diese Last, die ich mit mir herumtrage – diese Beichte von Josef –, nicht mehr nur von mir allein getragen werden müsste? »Okay, ich *war* vielleicht ein wenig neben der Spur. Aber es geht dabei nicht um Adam. Es geht um Josef Weber.« Ich sehe ihr in die Augen. »Ich habe etwas über ihn erfahren. Etwas Schreckliches. Er ist ein Nazi, Mary.«

»Josef Weber. Der Josef Weber, den ich kenne? Der immer fünfundzwanzig Cent Trinkgeld dalässt und das halbe Brötchen seinem Hund gibt? Der Josef Weber, dem im letzten Jahr von der Handelskammer der Preis als Guter Samariter verliehen wurde?« Mary schüttelt den Kopf. »Das ist genau das, was ich meine, Sage. Du bist übermüdet. Dein Gehirn stellt falsche Verbindungen her. Josef Weber ist ein reizender alter Mann, den ich seit zehn Jahren kenne. Wenn er ein Nazi ist, meine Liebe, dann bin ich Lady Gaga.«

»Aber Mary …«

»Hast du sonst noch jemandem davon erzählt?«

Ich muss sofort an Leo Stein denken. »Nein«, lüge ich.

»Das ist gut, denn ich glaube nicht, dass es eine Novene für Verleumdung gibt.«

Es kommt mir so vor, als würde die ganze Welt durch das verkehrte Ende eines Teleskops schauen und ich als Einzige einen klaren Blick haben. »Ich bezichtige Josef nicht«, sage ich verzweifelt. »Er hat es mir *gesagt.*«

Mary schürzt die Lippen. »Vor ein paar Jahren haben ein paar Gelehrte einen alten Text übersetzt, von dem sie dachten, es sei das Evangelium von Judas. Sie behaupteten, die aus Judas' Blickwinkel erzählte Information werde frischen Wind ins Christentum bringen. Anstatt nämlich der schlimmste Verräter der Welt zu sein, war Judas offensichtlich der Einzige, dem Jesus genügend Vertrauen schenkte, um die Sache zu Ende zu führen – weshalb Jesus, der wusste, dass er sterben musste, sich Judas zu seinem Vertrauten erwählte.«

»Dann glaubst du mir also!«

»Nein«, erwidert Mary kategorisch. »Das tue ich nicht. Und ich glaubte auch diesen Gelehrten nicht. Denn dagegen stehen zweitausend Jahre Geschichte, die mir sagen, dass Jesus – der zufälligerweise einer der guten Jungs war, Sage, genauso wie Josef Weber – von Judas verraten wurde.«

»Die Geschichte hat nicht immer recht.«

»Aber man muss trotzdem dort einen Anfang machen. Wenn du nicht weißt, woher du kommst, wie willst du dann jemals herausfinden, wohin dein Weg dich führt?« Mary schließt mich in die Arme. »Ich tue dies, weil ich dich liebe. Geh nach Hause. Schlaf eine Woche lang. Gönn dir eine Massage. Steig auf einen Berg. Sieh zu, dass dein Kopf frei wird. Und komm *dann* zurück. Deine Backstube wird dich erwarten.«

Ich stehe kurz vor einem Heulkrampf. »Bitte«, flehe ich sie an. »Nimm mir das nicht weg. Das ist das Einzige im Leben, was ich nicht vermasselt habe.«

»Ich nehme dir gar nichts weg. Es ist immer noch dein Brot. Clark musste mir versprechen, deine Rezepte zu benutzen.«

Doch woran ich denken muss, ist das Einritzen der Brote. Früher, als es noch Gemeinschaftsbacköfen gab, brachten die Leute den eigenen Teig von zu Hause mit, um dann mit dem Rest des Dorfes gemeinsam zu backen. Wie sollte man aber die Laibe auseinanderhalten, wenn sie aus dem Ofen kamen? – Aufgrund der Einschnitte, die von den jeweiligen Bäckern gemacht wurden. Wenn man den Teig einritzt, passieren zwei Dinge: Der Laib weiß, wo er sich öffnen kann, und es hilft der inneren Struktur, indem Platz zum Ausdehnen geschaffen wird. Aber zugleich erlaubt dies dem Bäcker oder der Bäckerin, das Brot zu kennzeichnen. Ich schneide ein Baguette beispielsweise immer fünf Mal ein, mit dem längsten Schnitt am Ende.

Das wird Clark nicht tun.

Es ist albern, denn unseren Kunden wird es womöglich gar nicht auffallen, aber das ist mein Stempel auf jedem Laib.

Während Mary bereits die geweihte Treppe hinuntergeht, frage ich mich, ob dies womöglich noch ein weiterer Grund dafür ist, dass Josef Weber mich zu seiner Beichtmutter erkoren hat. Wenn man sich lange genug versteckt, ein Geist unter Menschen wird, dann könnte man auch für immer verschwinden, ohne dass jemand es mitbekommt. Es liegt in der menschlichen Natur, sich zu vergewissern, dass jemand die Markierung gesehen hat, die du hinterlassen hast.

»Ich weiß nicht, was heute in dich gefahren ist«, sagt Adam, als ich von ihm herunterrolle und hoch an die Zimmerdecke starre. »Aber ich bin dir verdammt dankbar.«

Was wir gerade machten, würde ich nicht als Liebesspiel bezeichnen, sondern eher als den Versuch, Adam unter die Haut zu kriechen und mich durch Osmose aufzulösen. Ich wollte mich in ihm verlieren, bis nichts mehr übrig war.

Ich lasse meinen Finger über seinen Brustkorb wandern. »Komme ich dir in letzter Zeit verändert vor?«

Er grinst. »Ja, vor allem in der letzten halben Stunde. Aber ich bin von deinem neuen Ich äußerst angetan.« Er schielt auf seine Uhr. »Ich muss los.«

Heute leitet Adam eine japanisch-buddhistische Trauerfeier, und er hat sich kundig gemacht, damit er allen Gebräuchen gerecht wird. 99,9 Prozent der Japaner lassen sich einäschern, auch der Verstorbene, um den er sich heute kümmern wird. Gestern war die Totenwache.

»Kannst du nicht noch ein bisschen bleiben?«, frage ich ihn.

»Nein – ich habe alle Hände voll zu tun«, sagt Adam. »Ich habe Angst, dass ich es vermasseln könnte.«

»Du hast doch schon Hunderte von Menschen eingeäschert«, werfe ich ein.

»Ja schon, aber für die Japaner ist das eine richtige Prozedur. Anstatt wie bei uns üblich, das, was von den Knochen übrig bleibt, zu zermahlen, gibt es dafür ein Ritual. Mitglieder der Familie picken mit ein Paar Spezialessstäbchen die Knochenfragmente heraus und legen sie in die Urne.« Und ergänzt dann achselzuckend: »Außerdem brauchst du deinen Schönheitsschlaf. Du hast nur noch ein paar Stunden, bevor es wieder Zeit für die Donuts ist.«

Ich ziehe die Decke hoch bis zu meinem Kinn. »Eigentlich nehme ich mir ein paar Tage frei«, sage ich, als wäre das schon immer meine Idee gewesen. »Probiere neue Rezepte aus. Überdenke manches neu.«

»Und wie kann Mary den Laden offen halten, wenn du hier bist?«

»Ein Typ springt für mich ein«, erwidere ich und staune erneut, wie glatt mir die Lüge über die Lippen geht und wie wenig Nachgeschmack sie hinterlässt. »Er heißt Clark, und ich denke, er macht das ganz gut. Aber es bedeutet auch, dass ich nun das Leben eines normalen Menschen mit normalem Tagesablauf führen muss. Vielleicht kannst du es ja einrichten, mal über Nacht zu bleiben. Es wäre wirklich schön, mit dir einzuschlafen.«

»Du schläfst immer mit mir ein«, kontert Adam.

Aber das ist anders. Er wartet, bis ich eingeschlafen bin, duscht sich dann und huscht auf Zehenspitzen hinaus. Ich möchte aber das, was andere Menschen für selbstverständlich halten: nämlich spüren, wie die Nacht sich wie eine Schlinge um uns legt. Und fragen: *Hast du den Wecker gestellt?* Und sagen: *Erinnere mich, dass wir nur noch ganz wenig Zahnpasta haben.* Und ich möchte, dass unsere gemeinsame Zeit nicht derart romantisch aufgeladen, sondern einfach nur langweilig ist.

Ich schlinge die Arme um Adam und vergrabe das Gesicht in der Biegung seines Halses. »Wäre es nicht lustig, so zu tun, als wären wir ein altes Ehepaar?«

Er löst sich aus meiner Umarmung. »Ich muss nicht so tun«, sagt er, steigt aus dem Bett und geht ins Badezimmer.

Als müsste ich daran erinnert werden. Ich warte, bis ich Wasser laufen höre, schlage dann die Decke zurück und wandere in die Küche. Ich schenke mir ein Glas Orangensaft ein und setze mich vor meinen Laptop. Auf dem Bildschirm erscheint die Tabelle, die ich für den Vorteig angelegt habe, als ich das erste Mal aus der Backstube nach Hause kam. Nur weil ich in Our Daily Bread arbeite, heißt das noch lange nicht, dass ich meine Rezepte nicht in meiner eigenen Testküche verfeinern kann.

Der Vorteig gärt auf meiner Arbeitstheke – er wird noch ein paar Stunden gehen müssen, bevor er brauchbar ist, aber die Hefe schäumt bereits wie die Blume auf einem Bier. Ich schließe die Tabelle und öffne YouTube über meinen Browser.

Ich bilde mir ein, dass mich von den meisten anderen Fünfundzwanzigjährigen in diesem Land wenig unterscheidet. Meine Kenntnisse über den Zweiten Weltkrieg verdanke ich dem Geschichtsunterricht auf der Highschool, und mein Wissen um den Holocaust beruht auf diverser Lektüre: *Das Tagebuch der Anne Frank* und Elie Wiesels *Die Nacht.* Obwohl ich wusste, dass über meine Großmutter eine persönliche Beziehung dazu existierte – oder vielleicht auch gerade deshalb –, neigte ich dazu, den Holocaust als etwas Abstraktes zu sehen, genauso wie die Sklaverei: eine Reihe von schrecklichen Dingen, die vor langer Zeit in einer Welt geschahen, die sich merklich von der unterschied, in der ich jetzt lebe. Ja, das waren damals schlimme Zeiten, aber mal ganz im Ernst, was hatten sie mit mir zu tun?

Ich tippe in die Suchmaske *Nazi-Konzentrationslager* ein, und mein Monitor wird von Miniaturbildern überflutet: Hitlers verkniffenes Gesicht, ein Gewirr von Leichen in einer Grube, ein Raum bis oben hin vollgestopft mit Schuhen. Ich wähle ein Video aus: einen Wochenschaubeitrag von 1945 nach der Befreiung. Während es lädt, lese ich die Kommentare darunter.

DER HOLOCAUST WAR EIN SCHWINDEL. VERDAMMTE JUDEN.

DIESER BESCHISSENE HOLOCAUST WAR EINE JÜDISCHE LÜGE.

Der Hof meines Onkels befand sich dort, und das Rote Kreuz lobte die Zustände im Lager. Lest den Bericht.

Fick dich, du Nazischwein. Hör auf zu jammern und gib's endlich zu.

Die Augenzeugen waren wohl auch alle Lügner?

Dies geschieht nach wie vor auf der ganzen Welt, während wir wegsehen, wie das die Deutschen vor siebzig Jahren getan haben. Wir haben nichts dazugelernt.

Ich klicke irgendwo in die Mitte des siebenundfünfzig Minuten dauernden Films. Dabei habe ich keine Ahnung, um welches Lager es sich handelt, aber ich sehe Leichen, die vor dem Krematorium gestapelt sind, so entsetzlich, dass es praktisch unmöglich ist, darin kein Hollywood-Szenario zu vermuten. Doch es sind echte Menschen, die ich sehe, und ihre Knochen zeichnen sich so deutlich ab, dass man das Skelett unter der Haut kartografieren könnte, und das Gesicht mit den erloschenen Augen gehörte jemandem, der eine Frau, eine Familie, ein anderes Leben hatte. Hier befindet sich die Entsorgungsanlage für die Leichen, wie mir die Stimme aus dem Off mitteilt. Öfen, die am Tag mehr als hundert Leichen verbrennen können. Hier sieht man die Tragbahren, die dazu benutzt wurden, um eine Leiche hineinzuschieben, so wie ich einen Schieber benutze, um eins meiner Brote in den von Holz befeuerten Ofen zu schieben. Flüchtig taucht das Bild eines Skeletts in der Höhlung eines der Öfen auf, dann eins in einem Haufen von Knochenfragmenten. Ich sehe die Plakette der stolzen Ofenbauer: Topf & Söhne.

Ich muss an Adams Klienten denken, die die Knochen ihrer Lieben aus der Asche picken.

Als mir dann meine Großmutter in den Sinn kommt, wird mir fast übel.

Ich würde meinen Computer gerne zuklappen, schaffe es aber nicht. Stattdessen verfolge ich die Parade der Deutschen, die in ihrem Sonntagsstaat in die Lager geführt werden, als wäre es ein Feiertag. Ihre Mienen verändern sich, verdunkeln sich, manche weinen sogar auf dieser Tour über das Gelände. Ich sehe Weimarer Geschäftsleute in Anzügen, die man dazu zwingt, die Toten aus den Gräben zu holen und neu zu bestatten.

Diese Menschen hätten wissen können, was vor sich ging, wollten es sich aber nicht eingestehen. Oder sahen einfach weg, um nicht mit hineingezogen zu werden. Es waren Menschen wie ich selbst, wenn ich ignorieren würde, was Josef mir gesagt hat.

»So«, sagt Adam, als er mit von der Dusche noch feuchten Haaren und der noch nicht gebundenen Krawatte in die Küche kommt. Er fängt an, meine Schulter zu massieren. »Am Mittwoch zur gleichen Zeit?«

Ich klappe meinen Laptop zu.

»Vielleicht«, höre ich mich antworten, »sollten wir mal eine Pause machen.«

Er sieht mich an. »Eine Pause?«

»Ja, ich glaube, ich brauche mal Zeit für mich allein.«

»Hast du mich nicht vor fünf Minuten gebeten, so zu tun, als wären wir verheiratet?«

»Und hast du mir nicht vor fünf Minuten gesagt, dass du das bereits *bist?*«

Ich denke über Marys Worte nach, dass mein Zusammensein mit Adam mir vielleicht mehr zusetzt, als ich das zugeben möchte. Ich sehe mich gern als einen Menschen, der für seine Überzeugungen eintritt, anstatt die Augen vor den Tatsachen zu verschließen.

Adam macht ein verdutztes Gesicht, doch die Überraschung hält nicht lange an. »Nimm dir alle Zeit, die du brauchst, Baby.« Er küsst mich so zärtlich, dass es sich wie ein Versprechen, wie ein Gebet anfühlt. »Aber vergiss nicht«, flüstert er, »kein anderer wird dich jemals so lieben wie ich.«

Als Adam aufbricht, kommt mir der Gedanke, dass man seine Worte als Gelübde, aber auch als Drohung verstehen könnte.

Und ich muss plötzlich an ein Mädchen aus meinem Unterricht über Weltreligionen am College denken, eine ausländische Studentin aus Osaka. Als wir den Buddhismus durchnahmen, erzählte sie von Korruption: wie viel Geld ihre Familie einem Priester für den *kaimyo* ihres toten Großvaters zahlen musste, den besonderen Namen, der dem Verstorbenen gegeben wird und den er mit in den Himmel nimmt. Je mehr man zahlte, desto mehr Zeichen hatte der postume Name und steigerte somit auch das Prestige der Familie. *Glauben Sie, dass dies für das buddhistische Verständnis eines Lebens nach dem Tode von Bedeutung ist?*, fragte der Professor.

Wahrscheinlich nicht, hatte das Mädchen darauf erwidert. *Aber es verhindert, dass man jedes Mal wieder in diese Welt zurückkommt, wenn dein Name gerufen wird.*

Im Nachhinein fällt mir ein, dass ich diese Anekdote Adam hätte erzählen sollen.

Anonymität hat vermutlich immer ihren Preis.

Als das Telefon klingelt, habe ich einen Albtraum. Mary steht in der Backstube hinter mir und beschwert sich, ich würde nicht schnell genug arbeiten. Aber obwohl ich einen Laib nach dem anderen forme und so rasch in den Ofen schiebe, dass ich Brandblasen an meinen Fingern habe und Blut in den Teig einbacke, halte ich jedes Mal, wenn ich ein fertiges Brot aus dem Ofen hole, nur Knochen in den Händen, weiß gebleicht wie die Segel eines Schiffes. *Es ist höchste Zeit*, schilt Mary, und ehe ich sie aufhalten kann, pickt sie einen davon mit Essstäbchen auf und beißt fest zu, wobei sie sich sämtliche Zähne ausbricht, die wie winzige Perlen zu Boden fallen und unter meine Schuhe rollen.

Ich schlafe tatsächlich so fest, dass ich, obwohl ich nach dem Hörer greife und Hallo sage, diesen fallen lasse. Er rollt unter mein Bett.

»Verzeihung«, sage ich, nachdem ich ihn aufgehoben habe. »Hallo?«

»Sage Singer?«

»Ja, das bin ich.«

»Hier ist Leo Stein.«

Ich setze mich im Bett auf und bin schlagartig hellwach. »Verzeihung.«

»Das sagten Sie bereits … Habe ich … Sie hören sich an, als hätte ich Sie aufgeweckt.«

»Ja.«

»Dann liegt es an mir, Sie um Verzeihung zu bitten. Ich dachte mir, da es elf Uhr ist …«

»Ich bin Bäckerin«, falle ich ihm ins Wort. »Ich arbeite nachts und schlafe bei Tag.«

»Sie können mich gern zurückrufen, wenn es Ihnen besser passt …«

»Sprechen Sie nur«, sage ich. »Was haben Sie herausgefunden?«

»Nichts«, antwortet Leo Stein. »Es gibt für Josef Weber absolut keinerlei Eintragung in der Registratur für SS-Mitgliedschaft.«

»Dann muss ein Fehler vorliegen. Haben Sie es auch mit anderen Schreibweisen versucht?«

»Meine Historikerin ist sehr gründlich, Ms. Singer. Es tut mir leid, aber ich denke, Sie haben das, was er Ihnen erzählte, vielleicht missverstanden.«

»Das habe ich nicht.« Ich streiche mir die Haare aus dem Gesicht. »Sie haben mir doch gesagt, dass die Akten unvollständig sind. Wäre es nicht denkbar, dass Sie bisher nur nicht die richtige gefunden haben?«

»Das ist durchaus möglich, aber ohne sie können wir wirklich nichts tun.«

»Werden Sie dem weiter nachgehen?« Ich höre das Zögern in seiner Stimme, das Begreifen, dass ich ihn darum bitte, die Nadel im Heuhaufen zu suchen.

»Ich wüsste nicht, wie ich aufhören sollte«, sagt Leo. »Wir werden zwei Berliner Archive und unsere eigenen Datenbanken überprüfen. Aber wenn wir keine gültige Information als Arbeitsgrundlage haben, können wir unterm Strich …«

»Geben Sie mir Zeit bis Mittag«, bitte ich ihn.

Am Ende führen mich die Umstände, unter denen ich Josef kennengelernt habe – die Trauergruppe –, zu der Überlegung, ob Leo Stein nicht doch recht hat und Josef lügt. Schließlich hatte er zweiundfünfzig Jahre lang mit Marta zusammengelebt. Dies ist eine verdammt lange Zeit, um ein Geheimnis zu wahren.

Als ich sein Haus erreiche, regnet es in Strömen, aber ich habe keinen Schirm. Völlig durchweicht, erreiche ich die überdachte Veranda, wo Eva fast eine halbe Minute lang bellt, bevor Josef zur Tür kommt. Ich sehe doppelt – kein verschwommenes Bild, sondern eine Überlagerung dieses alten Mannes mit einem jüngeren, kräftigeren, bekleidet mit einer Uniform der Soldaten, die ich auf YouTube gesehen habe. »Ihre Frau«, sage ich. »Wusste sie, dass Sie ein Nazi sind?«

Josef öffnet die Türe jetzt ganz. »Kommen Sie rein. Das ist keine Unterhaltung, die man auf der Straße führt.«

Ich folge ihm ins Wohnzimmer, wo das Schachspiel steht, an dem wir noch vor ein paar Tagen gesessen haben – die Einhörner und Drachen erstarrt in meinem letzten Zug. »Ich habe es ihr nie erzählt«, gibt er zu.

»Das kann doch nicht sein. Sie wird sich doch dafür interessiert haben, wo Sie während des Krieges waren.«

»Ich sagte, ich sei von meinen Eltern zum Studium auf eine Universität nach England geschickt worden. Marta hat es nie hinterfragt. Sie wären überrascht, wie weit man zu gehen bereit ist, um nur das Beste von jemandem zu denken, den man wahrhaft liebt«, ergänzt Josef.

Natürlich kommt mir in diesem Zusammenhang Adam in den Sinn. »Es muss schwer sein, Josef«, sage ich kalt, »sich nicht im eigenen Lügengespinst zu verfangen.«

Meine Worte landen wie Schläge, Josef schrumpft in seinem Stuhl zusammen. »Das ist der Grund, weshalb ich Ihnen die Wahrheit gesagt habe.«

»Aber … haben Sie das auch?«

»Was meinen Sie?«

Ich kann ihm wohl kaum den Grund nennen, warum ich weiß, dass er gelogen hat, und ihm erzählen, dass ein »Nazijäger« aus dem Justizministerium die falsche Geschichte überprüft hat. »Es ergibt einfach keinen Sinn. Eine Frau, die nie über die Wahrheit gestolpert ist, in zweiundfünfzig Jahren nicht. Die Geschichte, ein Ungeheuer zu sein, aber ohne Beweis. Die größte Ungereimtheit ist jedoch, warum Sie, nachdem Sie über fünfundsechzig Jahre lang ein Geheimnis gewahrt haben, plötzlich Ihre Tarnung auffliegen lassen.«

»Das sagte ich Ihnen. Ich möchte sterben.«

»Warum jetzt?«

»Weil ich keinen mehr habe, für den zu leben sich lohnt«, sagt Josef. »Marta war ein Engel. Sie sah das Gute in mir, obwohl ich mich nicht mal im Spiegel anschauen konnte. Ich wollte so verzweifelt der Mann sein, den zu heiraten sie geglaubt hat, dass ich dazu wurde. Wenn sie erfahren hätte, was ich getan habe …«

»Hätte sie Sie umgebracht?«

»Nein«, sagt Josef. »Sie hätte sich selbst umgebracht. Was mit mir geschah, war mir gleichgültig, aber unerträglich wäre es mir gewesen, wenn sie gewusst hätte, dass sie von Händen berührt wurde, die niemals richtig sauber sein würden.« Er sieht mich an. »Ich weiß, dass sie jetzt im Himmel ist. Ich habe mir gelobt, für sie bis zu ihrem Ende der zu sein, als den sie mich haben wollte. Und da dieser Fall nun eingetreten ist, bin ich zu Ihnen gekommen.« Josef faltet die Hände zwischen den Knien. »Darf ich also hoffen, dass Sie die Erfüllung meiner Bitte in Erwägung ziehen?«

Er sagt dies ganz förmlich, als hätte er mich auf einer Kennenlernparty gefragt, ob ich tanzen möchte. Als wäre dies ein Geschäftsangebot.

Aber ich lasse ihn zappeln. »Es ist Ihnen aber bewusst, wie selbstsüchtig Sie sind, oder? Ich soll Ihretwegen das Risiko eingehen, eingesperrt zu werden. Im Grunde genommen gebe ich den Rest meines Lebens auf, nur damit Sie das Ihre loswerden.«

»Das stimmt so nicht. Keiner wird auf Hintergedanken kommen, wenn ein alter Mann auf einmal tot ist.«

»Mord ist nicht legal, für den Fall, dass Sie das in den vergangenen achtundsechzig Jahren vergessen haben.«

»Ah, aber genau deshalb habe ich auf jemanden wie Sie gewartet. Wenn Sie es tun, ist es kein Mord, sondern Gnade.« Er sieht mich dabei an. »Verstehen Sie doch, Sage, bevor Sie mir sterben helfen, müssen Sie mir noch einen Gefallen tun. Ich bitte Sie, mir zuerst zu vergeben.«

»Ihnen vergeben?«

»Für die Dinge, die ich damals getan habe.«

»Ich bin *nicht* diejenige, von der Sie Vergebung erbeten sollten.«

»Nein«, stimmt er mir zu. »Aber sie sind alle tot.«

Langsam drehen sich die Zahnräder, bis das Bild klar und deutlich vor mir liegt. Jetzt erkenne ich, warum er sich mit seiner großen Beichte an mich gewandt hat. Josef weiß nichts von meiner Großmutter, doch wenn er in dieser Stadt nach einer Jüdin sucht, komme ich dem noch am nächsten. Ich sehe eine Parallele zur Familie eines Opfers in einem Fall mit Todesstrafe. Hat sie das Recht, Gerechtigkeit zu verlangen? Meine Urgroßeltern sind durch die Hände der Nazis gestorben. Macht mich dies also stellvertretend zur nächstbesten Entsprechung?

Ich höre Leos Stimme als Echo im Kopf. *Ich wüsste nicht, wie ich aufhören sollte.* Ist seine Arbeit ein Racheakt? Oder ein Akt der Gerechtigkeit? Der Grat, der zwischen beiden verläuft, ist schmal, und wenn ich versuche, mich darauf zu konzentrieren, verschwimmt er immer mehr.

Reue mag dem Mörder Frieden bringen, aber was ist mit denen, die er getötet hat? Auch wenn ich selbst mich nicht als Jüdin sehe, trage ich nicht dennoch die Verantwortung für meine Verwandten, die religiös waren und deshalb umgebracht wurden?

Josef wandte sich an mich, weil er mich als Freundin sieht. Weil er mir vertraut. Aber wenn Josefs Behauptungen der Wahrheit entsprechen, dann ist der Mann, mit dem ich Freundschaft schloss – und dem ich vertraute –, eine Schattenspielfigur, ein Hirngespinst. Ein Mann, der Tausende von Menschen hintergangen hat.

Und ich fühle mich dabei schmutzig, weil ich keine bessere Menschenkenntnis gezeigt habe.

Und da gebe ich mir ein Versprechen. Ich werde herausfinden, ob Josef Weber ein SS-Soldat war. Doch sollte er sich tatsächlich als Nazi erweisen, werde ich ihm nicht das gewünschte Ende bereiten. Ich werde ihn stattdessen verraten, wie er andere verraten hat. Ich werde ihn aushorchen und das Gehörte an Leo Stein weitergeben, damit Josef irgendwo in einer Gefängniszelle stirbt.

Aber das braucht *er* nicht zu wissen.

»Ich kann Ihnen nicht vergeben«, sage ich monoton, »solange ich nicht weiß, was Sie getan haben. Bevor ich in irgendetwas einwillige, werden Sie mir ein paar Beweise aus Ihrer Vergangenheit vorlegen müssen.«

Die Erleichterung, die durch Josefs Züge strömt, ist mit Händen zu greifen und schmerzt fast. Seine Augen füllen sich mit Tränen. »Die Fotografie …«

»… bedeutet nichts. Das müssen nicht einmal Sie selbst sein. Vielleicht stammt sie sogar von eBay.«

»Verstehe.« Josef blickt zu mir hoch. »Dann ist das Erste, was Sie wissen sollten, mein richtiger Name.«

Sollte Josef es merkwürdig finden, dass ich nur kurz darauf aufspringe und ihn bitte, sein Bad benutzen zu dürfen, so sagt er es nicht. Er weist mich stattdessen den Flur hinunter zu einer kleinen Gästetoilette, auf deren tapezierten Wänden Kohlrosen blühen. In einer kleinen Schale liegen noch verpackte Dekoseifen.

Ich lasse am Waschbecken das Wasser laufen und hole dann mein Mobiltelefon heraus.

Leo Stein geht beim ersten Läuten dran.

»Er heißt nicht Josef Weber«, sage ich außer Atem.

»Hallo?«

»Ich bin es, Sage Singer.«

»Warum flüstern Sie?«

»Weil ich mich in Josefs Badezimmer verstecke«, sage ich.

»Ich dachte, er heißt nicht Josef …«

»Tut er auch nicht. Er heißt Reiner Hartmann. Mit Doppel-n am Ende. Und ich habe auch ein Geburtsdatum von ihm. Zwölfter April 1918.«

Wie der Monat des Führers, hatte er gesagt.

»Dann wäre er jetzt fünfundneunzig«, errechnet Leo.

»Haben Sie nicht gesagt, es sei nie zu spät, sie zu verfolgen.«

»Ist es auch nicht. Fünfundneunzig ist besser als tot. Aber woher wissen Sie, dass er Ihnen die Wahrheit sagt?«

»Ich weiß es nicht«, sage ich. »Aber Sie werden es herausfinden. Geben Sie es in die Datenbank ein und warten Sie ab, was passiert.«

»Ganz so einfach ist es auch wieder nicht …«

»So schwer kann es nicht sein. Wo ist Ihre Historikerin? Bitten Sie sie darum.«

»Ms. Singer …«

»Hören Sie, ich verstecke mich im Badezimmer eines alten

Mannes. Sie sagten mir, dass sich mit einem Namen und einem Geburtsdatum die Daten leichter finden lassen.«

Er seufzt. »Mal sehen, was ich tun kann.«

Während ich warte, betätige ich die Toilettenspülung. Zweimal. Ich bin mir sicher, dass Josef oder Reiner oder wie immer er von nun an genannt werden möchte, sich bestimmt fragt, ob ich hineingefallen bin oder womöglich im Waschbecken Katzenwäsche mache.

Nach etwa zehn Minuten meldet sich Leo wieder. »Reiner Hartmann war Mitglied der Nationalsozialistischen Partei«, sagt er.

Mich erfasst eine merkwürdige Euphorie, als ich erfahre, dass es einen Treffer gibt, aber auch eine bleierne Schwere, weil dies bedeutet, dass der Mann jenseits dieser Tür in Massenmorde verwickelt war. Ich stoße die Luft aus, die ich angehalten habe. »Ich hatte also recht.«

»Nur weil sein Name im Berliner Dokumentationszentrum aufgetaucht ist, bedeutet das noch nicht, dass es ein rechtlich zulässiger Volltreffer ist«, sagt Leo. »Das ist erst der Anfang.«

»Und was geschieht als Nächstes?«

»Hängt davon ab«, erwidert Leo. »Was können Sie sonst noch herausfinden?«

Es fühlte sich an wie eine Klinge an der Seite meines Halses.

Ich hörte das Reißen meiner eigenen Haut, spürte, wie das Blut klebrig und heiß auf meine Brust heruntertropfte. Wieder stürzte er sich auf mich, schnappte nach meinen Stimmbändern. Ich konnte nichts anderes tun, als auf seine rasiermesserscharfen Zähne zu warten, wohl wissend, dass es nicht aufhören würde.

Ich kannte die Geschichten über die upióry, *die von den Toten auferstanden und sich auf der Suche nach Blut zu ihrer Sättigung durch die Leichentücher fraßen, weil sie kein eigenes mehr hatten. Sie waren unersättlich. Ich hatte die Geschichten gehört und wusste nun, dass sie wahr waren.*

Doch durchstachen mich keine Reißzähne, und ich wurde auch nicht leer getrunken. Er schlug sich an mir den Bauch voll und brachte mich an den Rand des Todes, den Abgrund, an dem er für alle Ewigkeit seine Kreise zog. So also war die Hölle beschaffen: ein langsamer, stiller Schrei. Keine Kraft, sich zu bewegen, keine Stimme, um zu sprechen. Nur meine anderen Sinne waren überhöht: Tast- und Geruchssinn und mein Gehör, während er mein Fleisch zerfetzte. Er schlug meinen Kopf gegen den Boden: einmal, zweimal. Meine Augen rollten in die Höhlen zurück, die Dunkelheit fiel wie ein Fallbeil herab …

Plötzlich schreckte ich hoch. Ich war schweißgebadet, und meine Wange war staubig vom Mehl, das dort lag, wo ich eingeschlafen war, während ich darauf wartete, dass der Teig aufging. Aber dieses Schlagen dröhnte noch immer in meinem Kopf. Ich führte eine Hand an die Kehle und war erleichtert, sie glatt und ganz vorzufinden, da hörte ich es wieder: Jemand klopfte an die Tür des Häuschens.

Der Mann mit den goldenen Augen stand vor der Tür, ein Schattenriss im Licht des Mondes. »Ich könnte für dich backen«, sagte er. Seine Stimme war tief und weich. Hatte einen Akzent. Ich fragte mich, woher er wohl stammen mochte.

Ich befand mich noch halb im Traum, begriff nichts.

»Ich heiße Aleksander Lubov«, stellte er sich vor. »Ich habe dich im Dorf gesehen. Ich weiß das von deinem Vater.« Er warf einen Blick über meine Schulter auf die in Leintücher gewickelten Stangenweißbrote, die dort wie wartende Soldaten in Reih und Glied lagen. »Tagsüber muss ich auf meinen Bruder aufpassen. Er ist nicht richtig im Kopf und verletzt sich, wenn er allein gelassen wird. Aber ich muss auch Arbeit finden. Arbeit, die ich nachts tun kann, wenn er schläft.«

»Und wann wirst du schlafen?«, fragte ich, die erste Frage, die wie ein Pfeil den Nebel in meinem Gehirn durchdrang.

Er lächelte, und mir stockte plötzlich der Atem. »Wer sagt, dass ich das tue?«

»Ich kann dich nicht bezahlen …«

»Ich nehme das, was du mir geben kannst«, erwiderte er.

Ich dachte daran, wie müde ich war. Und ich dachte daran, was mein Vater sagen würde, wenn ich einen Fremden in seine Bäckerei ließe. Ich dachte an Damian und Baruch Beiler und daran, was sie beide von mir wollten.

Es heißt, man sei sicherer bei dem Teufel, den man kennt, als bei dem, den man nicht kennt. Und ich wusste nichts über Aleksander Lubov. Warum also auf seinen Vorschlag eingehen?

»Weil…«, sagte er, als könnte er meine Gedanken lesen, »… du mich brauchst.«

JOSEF

Ich werde auf den anderen Namen nicht reagieren. Denn am liebsten wäre ich jene Person nie gewesen..

Aber das ist nicht wahr. In jedem von uns steckt ein Ungeheuer, in jedem von uns steckt ein Heiliger. Die wahre Frage ist die, welchen von beiden wir befördern und welcher den anderen vernichten wird.

Um zu begreifen, was ich wurde, müssen Sie erfahren, woher ich komme. Meine Familie lebte in Wewelsburg, einem Stadtteil von Büren im Kreis Paderborn. Mein Vater war Maschinist von Beruf, und meine Mutter kümmerte sich um den Haushalt. Meine früheste Erinnerung ist die, dass mein Vater und meine Mutter sich des Geldes wegen stritten. Nach dem Ersten Weltkrieg schraubte sich die Inflationsspirale in die Höhe und geriet außer Kontrolle. Ihre jahrelang fleißig beiseitegelegten Ersparnisse waren plötzlich nichts mehr wert. Mein Vater hatte gerade eine zehnjährige Versicherungspolice eingelöst, und der Erlös deckte nicht mal den Preis für eine Zeitung. Eine Tasse Kaffee kostete fünftausend Mark. Ein Laib Brot zweihundert Milliarden. Ich erinnere mich, dass ich als Junge mit meiner Mutter losgerannt bin, um meinen Vater am Zahltag abzuholen, weil dann der wahnwitzige Sturm auf die Geschäfte begann, um Lebensmittel einzukaufen. Oftmals waren die Läden bereits leer gekauft. Dann wurden mein Bruder Franz und ich in der Dämmerung losgeschickt, um auf den Feldern der Bauern, die außerhalb von Wewelsburg lebten, Äpfel von den Bäumen und Kartoffeln aus dem Boden zu stehlen.

Natürlich litten nicht alle Not. Einige hatten schon zeitig in Gold investiert. Andere spekulierten mit Stoffen oder Fleisch oder Seife oder Obst und Gemüse. Aber die meisten Deutschen der Mittelschicht, wie meine Familie, waren ruiniert. Die Weimarer Republik, nach dem Krieg eine neue und glänzende Verheißung, war eine Katastrophe. Meine Eltern hatten alles richtig gemacht – hart gearbeitet und viel gespart – und wozu? Eine Wahl jagte die andere, keiner schien eine Antwort zu haben.

Ich erzähle Ihnen das aus dem Grund, weil alle immer fragen: Wie konnten die Nazis an die Macht kommen? Wie kam es, dass Hitler schalten und walten konnte, wie er wollte? Nun, ich sage es Ihnen: Verzweifelte Menschen tun oft Dinge, die sie normalerweise nicht tun würden. Wenn Sie einen Arzt aufsuchen und dieser bei Ihnen eine tödliche Krankheit diagnostiziert, werden Sie sein Sprechzimmer vermutlich in äußerst gedrückter Stimmung verlassen. Und wenn Sie diese Neuigkeit dann Ihren Freunden mitteilen und einer von ihnen sagt: »Weißt du, ich hatte einen Freund, der hatte auch diese Diagnose, aber Doktor X hat ihn im Handumdrehen geheilt.« Nun, dann mag er vielleicht der schlimmste Quacksalber sein und Ihnen womöglich für eine Konsultation zwei Millionen Dollar berechnen – aber ich wette, dass Sie ihn sofort anrufen würden. Egal, wie gebildet Sie sind, egal, wie irrational das zu sein scheint, Sie werden diesem Hoffnungsschimmer folgen.

Die Nationalsozialistische Deutsche Arbeiterpartei war dieser Lichtstrahl. Nichts anderes funktionierte, um Deutschland wieder auf die Beine zu helfen. Warum also nicht diese Möglichkeit ausprobieren? Die NSDAP versprach, den Leuten wieder Arbeit zu geben. Den Vertrag von Versailles rückgängig zu machen. Die Gebiete zurückzuerobern, die wir im Krieg verloren hatten. Deutschland wieder den ihm gebührenden Platz zu geben.

Als ich fünf Jahre alt war, versuchte Hitler, in einer Bierschänke ans Ruder zu kommen – der Münchner Putsch im Bürgerbräukeller –, versagte aber allem Anschein nach kläglich. Aber er lernte dabei, dass man einen Umsturz nicht gewaltsam, sondern nur legal herbeiführen konnte. Und als dann im Prozess gegen Hitler von 1924 jedes seiner Worte von den deutschen Zeitungen aufgegriffen wurde, war dies die erste Propagandaschlacht der NSDAP.

Es wird Ihnen auffallen, dass ich die Juden unerwähnt lasse. Das kommt daher, dass die meisten von uns überhaupt keine Juden kannten. Von sechzig Millionen Deutschen waren nur eine halbe Million Juden, und selbst die hätten sich als Deutsche und nicht als Juden bezeichnet. Aber der Antisemitismus war in Deutschland, schon lange bevor Hitler an die Macht kam, höchst lebendig. Er war Teil dessen, was man uns in der Kirche lehrte, dass nämlich die Juden vor zweitausend Jahren unseren Herrn getötet hatten. Er zeigte sich darin, wie wir die Juden sahen: als gute Investoren, die in einer am Boden liegenden Wirtschaft noch Geld zu haben schienen, wenn kein anderer mehr welches hatte. Es war also gar nicht schwer, die Idee zu verkaufen, dass die Juden für alle Probleme Deutschlands verantwortlich waren.

Ein Mann des Militärs wird Ihnen erklären, dass man eine gespaltene Gruppe zusammenbringt, indem man ihr ein gemeinsames Feindbild gibt. Und genau das tat Hitler, als er 1933 als Reichskanzler an die Macht kam. Er band diese Philosophie in die NSDAP ein und richtete seine Hetzreden gegen all jene, die politisch links standen. Doch er stellte auch Verbindungen zwischen Juden und Linken her, zwischen Juden und Kriminalität, Juden und unpatriotischem Verhalten. Wenn die Menschen die Juden aus religiösen oder ökonomischen Gründen ohnehin bereits hassten, wie schwer konnte es da sein, ihnen noch einen weiteren Grund dafür zu geben? Als Hitler dann behauptete, die größte Bedrohung für den deutschen Staat sei ein Angriff auf die Reinheit der deutschen Rasse, weshalb ihre Einzigartigkeit unter allen Umständen bewahrt werden musste – nun, da gab er uns etwas, worauf wir wieder stolz sein konnten. Die Bedrohung durch die Juden war ein rechnerisches Problem. Sie würden sich mit den Volksdeutschen vermischen, um ihren eigenen Status anzuheben, und auf diese Weise Deutschlands Dominanz herabsetzen. Um eine große Nation zu sein, brauchten wir Deutschen *Lebensraum*. Fehlte dieser Raum, um sich ausbreiten zu können, blieb kaum eine Wahl: Man zog in den Krieg, um Gebiet zu erobern, und man entledigte sich der Menschen, die eine Bedrohung für Deutschland darstellten oder keine Volksdeutschen waren wie man selbst.

Um 1935, als ich bereits ein junger Mann war, war Deutschland aus dem Völkerbund ausgetreten. Hitler verkündete, Deutschland werde seine Armee wieder aufbauen, was ihm nach dem Ersten Weltkrieg verboten worden war. Hätte natürlich irgendein anderes Land – Frankreich, England – interveniert und ihn gestoppt, so wäre das, was geschehen ist, womöglich nicht geschehen. Aber wer wollte schon so schnell wieder in einen Krieg hineingezogen werden? Da war es einfacher, Vernunftgründe geltend zu machen und zu sagen, er hole sich nur das zurück, was einmal zu Deutschland gehört hatte. In der Zwischenzeit gab es in meinem Land jedoch wieder Arbeitsplätze – in Fabriken für Munition und Waffen und Flugzeuge. Die Menschen verdienten zwar nicht so viel Geld wie zuvor und mussten auch längere Arbeitszeiten hinnehmen, aber sie konnten ihre Familien wieder ernähren. 1939 erstreckte sich der deutsche Lebensraum über das Saargebiet, das Rheinland, Österreich, Sudetenland sowie Böhmen und Mähren. Aber erst als die Deutschen in Danzig, in Polen einmarschierten, erklärten England und Frankreich ihnen endlich den Krieg.

Ich möchte Ihnen ein wenig über mich selbst als kleinen Jungen erzählen. Meine Eltern hegten den verzweifelten Wunsch, ihren Kindern möge es besser gehen als ihnen –

und sie glaubten, die Antwort in der Ausbildung gefunden zu haben. Denn Leute, die gelernt hatten, besser zu investieren, kannten derart schlimme finanzielle Nöte sicherlich nicht. Obwohl ich nicht gerade eine Leuchte war, wollten meine Eltern, dass ich die Aufnahmeprüfung fürs Gymnasium machte, dessen Abschluss einem den Universitätsbesuch erlaubte. Aber natürlich geriet ich, als ich auf diese Schule ging, immer wieder in von mir angezettelte Raufereien und spielte den Klassenclown, alles, um davon abzulenken, dass ich den Anforderungen in keiner Weise gewachsen war. Meine Eltern wurden wöchentlich in die Schule zum Direktor zitiert, weil ich wieder eine Prüfung nicht bestanden oder mich wegen einer kleinen Meinungsverschiedenheit mit einem anderen Schüler im Flur geprügelt hatte.

Glücklicherweise hatten meine Eltern noch einen weiteren Star, den sie vor ihren Karren spannen konnten – meinen Bruder Franz. Der um zwei Jahre jüngere Franz war lernbegierig und ein richtiger Bücherwurm. Er kritzelte in Notizbücher und versteckte diese unter seiner Matratze, von wo ich sie ihm aber regelmäßig mopste, um ihn in Verlegenheit zu bringen. Sie waren voller Bilder, die ich nicht verstand: ein Mädchen, das in einem herbstlichen Teich trieb, ertrunken wegen enttäuschter Liebe; ein vom Hunger ausgezehrtes Reh, das im Schnee nach einer einzigen Eichel wühlte; ein Feuer, das in der Seele begann und den Körper, das Bett und schließlich das Haus darum herum verzehrte. Sein Traum war es, Literaturwissenschaft mit dem Schwerpunkt Poetik in Heidelberg zu studieren, und meine Eltern träumten mit ihm.

Doch dann schlug das Pendel in die andere Richtung aus, und von einem Tag auf den anderen wurde alles anders. Auf dem Gymnasium fand ein Wettbewerb statt, der zeigen sollte, welche Klasse als Erste eine hundertprozentige Mitgliedschaft in der Hitlerjugend vorweisen konnte. Man muss wissen, dass 1934 der Eintritt in die Hitlerjugend noch nicht verpflichtend war. Wie die Pfadfinder diente sie der Geselligkeit, mit dem Unterschied, dass wir Hitler als seine zukünftigen Soldaten Treuepflicht schworen. Unter der Leitung von Erwachsenen trafen wir uns nach dem Unterricht und gingen an den Wochenenden zelten. Wir trugen Uniformen ähnlich denen, die die SS trug, mit dem Hakenkreuz auf einer Armbinde. Mit meinen fünfzehn Jahren machte es mich rappelig, an einem Pult zu sitzen, denn ich hielt mich viel lieber im Freien auf. In sportlichen Wettkämpfen konnte ich glänzen. Ich stand im Ruf, ein Raufbold zu sein, aber das war nicht ganz fair – denn ganz oft prügelte ich jemanden nur deshalb krankenhausreif, weil er Franz einen Waschlappen genannt hatte.

Ich wünschte mir von ganzem Herzen, dass meine Klasse gewinnen möge. Nicht, weil ich mich dem Führer irgendwie verpflichtet fühlte, sondern weil der Ortsführer der *HJ-Kameradschaft* Herr Sollemach war und seine Tochter Inge das hübscheste Mädchen, das ich je gesehen hatte. Sie sah aus wie eine Eiskönigin mit ihren silberblonden Haaren und blassblauen Augen, aber sie und ihre Freundinnen wussten gar nichts von meiner Existenz. Doch das, sagte ich mir, würde sich jetzt ändern.

Für den Wettbewerb schrieb der Lehrer alle Namen an die Tafel und löschte dann die Namen der Jungs, die der HJ beigetreten waren, einen nach dem anderen. Es gab einige, die nur aus Gruppenzwang beitraten, andere, die eintraten, weil ihre Väter das so bestimmten. Doch es gab mehr als ein Dutzend, die nur deshalb eintraten, weil ich ihnen drohte, sie auf dem Schulhof zu verprügeln, wenn sie es nicht taten.

Mein Bruder weigerte sich, der Hitlerjugend beizutreten. In seiner Klasse waren er und noch ein anderer Junge die Einzigen, die ihr fernblieben. Wir wussten alle, warum Artur Goldman nicht beitrat – er *durfte* nicht. Als ich Franz fragte, warum er sich mit einem Juden verbündete, sagte er, er wolle nicht, dass sein Freund Artur sich ausgeschlossen fühle.

Ein paar Wochen später blieb Artur dem Unterricht fern und kam nie mehr in die Schule zurück. Mein Vater ermunterte Franz, auch zur Hitlerjugend zu gehen, um neue Freunde zu finden. Ich musste meiner Mutter versprechen, bei unseren Treffen auf ihn aufzupassen. »Franz«, sagte sie, »ist nicht so stark wie du.« Wenn wir im Wald zelteten, war sie in Sorge um ihn, er könnte krank werden oder keinen Anschluss an die anderen Jungs finden.

Doch zum ersten Mal in ihrem Leben musste sie sich um *mich* keine Sorgen machen. Denn wie sich herausstellte, war ich das Aushängeschild der Hitlerjugend.

Wir wanderten und sangen und machten Leibesübungen. Wir lernten, wie man sich in militärischen Formationen aufstellte. Meine Lieblingsbetätigung war *Wehrsport* – militärisches Marschieren, Exerzieren mit Bajonett, Handgranatenwurf, Gräben ausheben, unter Stacheldraht hindurchrobben. Das gab mir das Gefühl, bereits ein Soldat zu sein. Meine Begeisterung für die HJ war so groß, dass Herr Sollemach meinem Vater versicherte, aus mir würde eines Tages ein guter SS-Mann werden. Gab es ein größeres Kompliment?

Um herauszufinden, wer der Stärkste unter uns war, fanden Mutproben statt. Selbst Jugendliche, die Angst hatten, wurden gezwungen, den Befehlen Folge zu leisten, weil sonst das Stigma des Feiglings wie Gestank an einem haften blieb. Unsere erste Aufgabe bestand darin, die Felswand unterhalb der Burg ungesichert zu erklimmen. Einige der älteren Jungs drängelten sich vor, aber Franz hielt sich zurück, und so blieb ich bei ihm, wie meine Mutter es mir befohlen hatte. Als einer der Jungs abstürzte und sich das Bein brach, wurde die Übung abgebrochen.

In der folgenden Woche verband Herr Sollemach uns allen als Teil einer Mutprobe die Augen. Franz, der neben mir saß, hielt meine Hand fest. »Reiner«, flüsterte er, »ich habe Angst.«

»Tu einfach, was sie sagen«, sagte ich ihm, »und es wird ganz schnell vorbei sein.«

Inzwischen begriff ich diese neue Art des Denkens – bei der es ironischerweise darum ging, dass ich nicht selbst denken musste – als wunderbare Befreiung. Auf dem Gymnasium war ich niemals schlau genug, selbst die richtige Antwort zu finden. Bei der Hitlerjugend wurde mir die richtige Antwort gesagt, und solange ich sie wie ein Papagei wiederholte, hielt man mich für ein Genie.

Wir saßen in dieser künstlichen Dunkelheit und warteten auf Anweisungen. Herr Sollemach und ein paar der älteren Jungs patrouillierten vor uns. »Wenn der Führer euch auffordert, für Deutschland zu kämpfen, was macht ihr dann?«

Kämpfen!, brüllten wir alle.

»Wenn der Führer von euch verlangt, für Deutschland zu sterben, was macht ihr dann?«

Sterben!

»Was fürchtet ihr?«

Nichts!

»Aufstehen!« Die älteren Jungs zogen uns hoch auf die Füße und stellten uns in eine Reihe. »Ihr werdet jetzt in das Gebäude zu einem Schwimmbecken ohne Wasser geführt werden und dort werdet ihr den Schwur der Hitlerjugend aufsagen und vom Sprungbrett springen.« Herr Sollemach machte eine Pause. »Wenn der Führer euch auffordert, von einer Klippe zu springen, was macht ihr dann?«

Springen!

Wir hatten die Augen verbunden, deshalb wussten wir nicht, welcher von uns fünfzehn Jungs als Erster zum Sprungbrett geschleppt werden würde. Das heißt, bis ich spürte, dass Franzens Hand meiner entrissen wurde.

»Reiner!«, schrie er.

Ich glaube, in diesem Moment dachte ich nur noch an meine Mutter, die mich ermahnt hatte, mich um meinen jüngeren Bruder zu kümmern. Ich riss mir die Binde von den Augen und rannte wie ein Wahnsinniger an den Jungs vorbei, die meinen Bruder ins Gebäude schleiften. »*Ich gelobe meinem Führer Adolf Hitler Treue«*, schrie ich und flitzte an Herrn Sollemach vorbei. *»Ich gelobe, ihm und den Führern, die er mir bestimmt, jederzeit Achtung und Gehorsam entgegenzubringen ...«*

Vor diesem Blutbanner, das unseren Führer repräsentierte, schwor ich, all meine Energie und meine Kraft Adolf Hitler, dem Retter unseres Landes zu widmen. Bereitwillig würde ich mein Leben für ihn hingeben, so Gott mir helfe.

Und ohne hinzusehen, sprang ich.

In eine kratzige braune Decke gehüllt und noch völlig durchweicht, erzählte ich Herrn Sollemach, ich sei eifersüchtig auf meinen Bruder gewesen, der erwählt worden war, als Erster seinen Gehorsam und seinen Mut unter Beweis zu stellen. Und aus diesem Grund hätte ich mich vorgedrängelt.

Das Schwimmbecken war mit Wasser gefüllt. Es war nicht viel, aber es reichte. Ich wusste, dass sie uns nicht in den Tod springen lassen konnten. Aber da jeder von uns einzeln in das Gebäude gebracht wurde, konnten wir das Platschen nicht hören.

Doch mir war klar, dass Franz es hören würde, da er sich bereits am Beckenrand befand. Und dass er dann auch würde springen können.

Herrn Sollemach überzeugte das wenig. »Deine Bruderliebe ist bewundernswert«, sagte er. »Aber sie darf nicht größer sein als die zum Führer.«

Ich achtete den Rest des Tages darauf, Franz aus dem Weg zu gehen. Und spielte ausgiebig Trapper und Indianer. Wir wurden anhand der Farben unserer Armbinden in Züge aufgeteilt und jagten den Feind, um ihm seine Armbinden abzunehmen. Diese Spiele eskalierten oft zu ausgewachsenen Schlägereien und waren zu unserer Ertüchtigung gedacht. Anstatt meinen Bruder zu beschützen, ignorierte ich ihn. Wenn er im Schlamm niedergetrampelt würde, würde ich ihn nicht aufheben. Herr Sollemach beobachtete uns mit Argusaugen.

Am Ende hatte Franz eine aufgeplatzte Lippe und Blutergüsse entlang des linken Beins, dazu noch einen hässlichen Kratzer auf der Wange. Ich wusste, dass meine Mutter mich zur Verantwortung ziehen würde. Und dennoch rempelte er mich mit der Schulter an, als wir im Dunkeln den Heimweg antraten. Ich weiß noch, dass das Kopfsteinpflaster der Straße die Hitze des Tages zurückwarf und wir an diesem Abend Vollmond hatten. »Ich danke dir, Reiner«, sagte er schlicht.

Am nächsten Sonntag trafen wir uns in der Sporthalle und nahmen Angriffsposition im Boxring ein. Aus unserer Gruppe, die aus fünfzehn Jungs bestand, sollte ein Gewinner gekrönt werden. Herr Sollemach hatte Inge und ihre Freundinnen zum Zuschauen mitgebracht, weil er wusste, dass wir Jungs uns noch mehr ins Zeug legen würden, wenn Mädchen anwesend waren. Der Gewinner, sagte er, bekomme eine Sondermedaille. »Der Führer sagt, dass ein körperlich gesundes Individuum mit einem gesunden Charakter für die völkische Gemeinschaft wichtiger sei als ein intellektueller Schwächling«, sagte Herr Sollemach. »Gehört ihr zu diesen gesunden Individuen?«

Ein Teil von mir war gesund, so viel wusste ich. Ich konnte es jedes Mal spüren, wenn ich Inge Sollemach ansah. Ihre Lippen waren rosig wie eine Zuckerstange und bestimmt genauso süß. Als sie auf der Tribüne Platz nahm, beobachtete ich, wie sich die Knöpfe ihrer Strickjacke hoben und senkten. Ich malte mir aus, diese Schichten zu entblättern, um die Haut zu berühren, die sicherlich weiß wie Milch und weich wie …

»Hartmann«, blaffte Herr Sollemach, und sowohl Franz als auch ich erhoben uns. Das überraschte ihn kurz, doch dann breitete sich ein Lächeln auf seinem Gesicht aus. »Ja, ja, warum nicht?«, murmelte er. »Ihr beide, ab in den Ring.«

Ich sah Franz an, die schmalen Schultern, den weichen

Bauch und seine verträumten Augen, die er weit aufriss, als ihm klar wurde, was Herr Sollemach von uns verlangte. Ich kletterte zwischen den Seilen durch, setzte den gepolsterten Helm auf und zog die Boxhandschuhe an. Als ich an meinem Bruder vorbeikam, murmelte ich: *Schlag mich.*

Inge läutete die Glocke, unser Signal anzufangen, und lief dann zurück zu ihren Freundinnen. Eine von ihnen deutete auf mich, und sie blickte hoch. Während unsere Blicke sich trafen, stand einen erstaunlichen Moment lang die Welt absolut still. »Na, los«, drängte Herr Sollemach. Der Rest der Jungs feuerte uns an, und schon umkreiste ich Franz mit erhobenen Händen.

»Schlag mich«, murmelte ich wieder kaum hörbar.

»Ich kann nicht.«

»Schwächling!«, brüllte einer der älteren Jungs.

Halbherzig stieß ich meine rechte Faust in die Brust meines Bruders. Als er zusammenklappte, entwich seinem Körper alle Luft. Die Jungs hinter mir brachen in Jubelgeschrei aus.

Franz blickte voller Angst zu mir hoch.

»Wehr dich«, schrie ich ihm zu. Ich vollführte Luftschläge mit meinen Fäusten, ohne Kontakt zu seinem Körper.

»Worauf wartest du?«, schrie Herr Sollemach.

Also boxte ich Franz heftig in den Rücken. Er sackte auf ein Knie, und von der Tribüne hörte man, wie die Mädchen die Luft anhielten. Es gelang ihm aber, sich wieder aufzurappeln. Er zog die linke Faust zurück und verpasste mir einen Kinnhaken.

Ich weiß nicht, was in mir den Schalter umlegte. Vermutlich die Tatsache, dass ich einen Schlag eingesteckt hatte und Schmerzen hatte. Vielleicht lag es aber auch an den zuschauenden Mädchen, bei denen ich Eindruck schinden wollte. Vielleicht auch nur am Lärm der anderen Jungs, die mich anstachelten. Ich begann, auf Franz einzuschlagen, ins Gesicht, in den Magen, die Nieren. Immer und immer wieder, rhythmisch, bis sein Gesicht eine blutige Masse war und ihm die Spucke blasig aus dem Mund tropfte und er auf dem Boden zusammenbrach.

Einer der älteren Jungs sprang in den Ring und riss meinen Handschuh hoch – der siegreiche Champion. Herr Sollemach klopfte mir auf den Rücken. »Dies«, verkündete er den anderen, »ist das Gesicht der Tapferkeit. So sieht Deutschlands Zukunft aus. Adolf Hitler, *Sieg Heil!*«

Ich erwiderte den Gruß. Die anderen Jungs ebenfalls. Bis auf meinen Bruder.

Das durch meine Adern pulsierende Adrenalin gab mir das Gefühl, unbesiegbar zu sein. Ich nahm einen Herausforderer nach dem anderen an, und alle gingen zu Boden. Nachdem ich auf der Schule jahrelang dafür bestraft worden war, wenn ich mich von meiner Angriffslust überwältigen ließ, wurde ich hier dafür gelobt. Nein, man *verherrlichte* mich sogar.

An jenem Abend überreichte Inge Sollemach mir die Medaille, und eine Viertelstunde später gab sie mir hinter der Sporthalle meinen ersten richtigen Kuss. Am nächsten Tag ging mein Vater zu Herrn Sollemach. Er war wegen Franzens Verletzungen sehr beunruhigt.

Ihr Sohn ist talentiert, erklärte Herr Sollemach. *Etwas Besonderes.*

Ja, erwiderte mein Vater. *Franz war schon immer ein ausgezeichneter Schüler.*

Ich spreche von Reiner, entgegnete Herr Sollemach.

Erkannte ich, dass diese Brutalität falsch war? Schon bei diesem ersten Mal, als mein Bruder das Opfer war? Das habe ich mich tausendmal gefragt, und die Antwort ist immer die gleiche: natürlich. Jener Tag war der schlimmste, denn ich hätte nein sagen können. Danach wurde es von Mal zu Mal leichter, denn wenn ich es nicht getan hätte, wäre ich an jenes erste Mal erinnert worden, als ich nicht nein gesagt habe. Wenn man die gleiche Handlung ständig wiederholt, fühlt sie sich schließlich richtig an. Und man empfindet am Ende nicht mal mehr Schuld.

Was ich Ihnen damit sagen möchte, ist, dass diese Wahrheit immer Gültigkeit hat. Es könnte auch Ihnen so ergehen. Sie denken: *niemals.* Sie denken: *ich nicht.* Aber wir sind in jedem Moment dazu in der Lage, etwas zu tun, womit wir am wenigstens gerechnet hätten. Ich wusste immer, was ich tat und wem ich es antat. Das wusste ich sehr gut. Denn in jenen schrecklichen, wunderbaren Momenten war ich die Person, die alle anderen sein wollten.

Aleksander hatte jetzt eine Woche lang für mich gearbeitet. Wir tauschten Banalitäten aus, aber meist kam er erst dann zum Backen, wenn ich mich bereits schlafen legte, und band seine weiße Schürze ab, wenn ich aufwachte, um die Brote zum Markt zu bringen.

Manchmal jedoch blieb er ein wenig länger, und ich ging ein wenig später. Er erzählte mir, sein Bruder sei mit einer Glückshaube über seinem Gesicht geboren worden und habe nicht genug Luft bekommen. Seine Eltern seien bei einer Seuche in Humenne in der Ostslowakei umgekommen, und er kümmere sich jetzt seit zehn Jahren um Casimir. Er erklärte mir, dass Casimirs Erkrankung, wie er es nannte, ihn dazu verleite, Dinge zu essen, die er nicht essen sollte – Steine, Erde, Zweige –, weshalb er unter ständiger Beobachtung stehen müsse, solange er wach sei. Auch die Orte, an denen er gelebt hatte, schilderte er mir, einige davon mit steinernen Burgen, die in die Wolken ragten, andere geschäftige Städte, durch die pferdelose Kutschen fuhren, die sich bewegten, wie von Geisterhand gezogen. Bleiben konnte er nirgendwo lang, sagte er, weil die Menschen sich im Umkreis seines Bruders nicht wohlfühlten.

Aleks backte, als hätte er nie was anderes getan, worin sich, davon war mein Vater immer überzeugt gewesen, eine zufriedene Seele offenbarte. Man kann anderen nicht zu essen geben, wenn man selbst immer hungrig ist, pflegte er zu sagen, und als ich das an Aleksander weitergab, lachte er. »Dein Vater hat mich nie kennengelernt«, sagte er. Er war mit seinem langärmeligen weißen Hemd immer züchtig gekleidet, egal, wie heiß es in der Backstube wurde, anders als mein Vater, der sich bei schweißtreibender Hitze immer bis auf sein Unterhemd auszog. Ich lobte ihn für sein rhythmisches Arbeiten. Er bewegte sich mit Anmut, als wäre Backen ein Tanz. Aleksander gab zu, dass er vor einer Ewigkeit schon einmal Bäcker gewesen war.

Wir unterhielten uns auch über die Todesfälle. Aleks wollte von mir wissen, was die Dorfbewohner sagten und wo man die neuen Opfer gefunden hatte. Kürzlich hatten die Übergriffe sogar innerhalb der Dorfmauern stattgefunden, nicht mehr nur in den Außenbezirken. Eine der Damen, die nachts ihrem Gewerbe nachgingen, wurde vor den Türen des Lokals mit fast abgetrenntem Kopf aufgefunden; die Reste einer Lehrerin, die auf dem Weg zum Unterricht war, hatte man auf den Stufen vor der Statue des Dorfgründers liegen lassen. Es war, wie einige sagten, als würde das dafür verantwortliche Ungeheuer mit uns spielen.

»Sie sagen, dass es vielleicht doch kein Tier ist«, ließ ich ihn eines Tages wissen.

Aleks sah mich über die Schulter an. Er hatte den Schieber tief im Bauch des Ofens. »Was meinst du damit? Was könnte es denn sonst sein?«

Ich zuckte die Achseln. »Irgendein Ungeheuer.«

Anstatt zu lachen, wie ich das erwartet hatte, setzte sich Aleks neben mich. Er schob den Daumennagel in eine Ritze des Holztischs. »Glaubst du das?«

»Die einzigen Ungeheuer, die ich je kennengelernt habe, waren Menschen«, sagte ich.

SAGE

»Hier«, sage ich und reiche Josef ein Glas Wasser.

Er trinkt. Nachdem er fast drei Stunden lang ununterbrochen erzählt hat, ist seine Stimme angegriffen und rau. »Sehr freundlich von Ihnen.«

Ich gehe nicht darauf ein.

Josef sieht mich über den Rand seines Glases hinweg an. »Ah«, sagt er. »Sie fangen an, mir zu glauben.«

Was soll ich darauf sagen? Ja, was er mir über seine Kindheit erzählt hat – die Zeit bei der Hitlerjugend mit so viel Details, die nur jemand gesammelt haben kann, der sie erlebt hat –, gibt mir die Gewissheit, dass er mir die Wahrheit sagt. Aber dennoch gelingt es mir nicht, den Josef, den ich vor mir sehe und den diese Gemeinde kennt und liebt, mit dem Menschen in Einklang zu bringen, von dem er mir erzählt. Es ist, als hätte Mutter Teresa gebeichtet, in ihrer Kindheit Katzen in Brand gesteckt zu haben.

»Machen Sie es sich nicht ein bisschen einfach, wenn Sie sagen, Sie hätten das Schreckliche getan, weil jemand Sie dazu anstiftete?«, wende ich ein. »Das ändert doch nichts daran, dass es falsch war. Egal, wie viele Menschen einem sagen, dass man von einer Brücke springen soll, man hat doch immer noch die Option, sich umzudrehen und wegzugehen.«

»Warum habe ich nicht nein gesagt?«, fragt Josef sich grübelnd. »Warum haben so viele von uns es nicht getan? Weil wir unbedingt an das glauben wollten, was Hitler uns sagte. Dass die Zukunft besser sein würde als unsere Gegenwart.«

»Sie hatten wenigstens eine Zukunft«, murmele ich. »Ich weiß von sechs Millionen Menschen, die keine hatten.« Mir dreht sich der Magen um, als ich Josef dort auf dem Stuhl sitzen und Wasser trinken sehe, als hätte er mir nicht gerade den Anfang einer erbärmlichen Horrorgeschichte erzählt. Wie konnte jemand so gemein zu anderen sein, ohne dass sich Nachwirkungen in Form von Tränen, Albträumen und Zittern bemerkbar machten? »Wie können Sie den Wunsch haben zu sterben?«, platzt es aus mir heraus. »Sie sagen, Sie sind religiös. Haben Sie keine Angst davor, gerichtet zu werden?«

Josef schüttelt, ganz in sich versunken, den Kopf. »Manchmal war da ein Ausdruck in ihren Augen … Sie fürchteten sich nicht davor, dass abgedrückt werden könnte, obwohl die Waffe bereits auf sie gerichtet war. Es war, als würden sie geradezu darauf zulaufen. Anfangs konnte ich das nicht begreifen. Wie konnte man nicht noch einen Tag länger atmen wollen? Wie konnte man das eigene Leben für so gering achten? Aber langsam begriff ich: Wenn du die Hölle durchlebst, muss der Tod himmlisch sein.«

Gehörte meine Großmutter auch zu denen, die auf die Waffe zugelaufen wären? War dies ein Zeichen von Schwäche oder von Mut?

»Ich bin müde«, seufzt Josef. »Wir werden an einem anderen Tag weiterreden, ja?«

Ich möchte aus ihm aber die Informationen herauspressen, bis er trocken und spröde wie ein Knochen ist. Ich möchte, dass er redet, bis seine Kehle ganz wund ist und seine Geheimnisse um uns herum auf dem Boden ausgebreitet liegen. Aber er ist ein alter Mann, und deshalb gebe ich nach und vereinbare mit ihm, dass ich ihn am nächsten Tag zu unserer Trauergruppe abholen werde.

Auf der Heimfahrt rufe ich Leo an und berichte ihm, was Josef mir gerade erzählt hat.

»Hm«, meint er, als ich fertig bin. »Das ist schon mal ein Anfang.«

»Ein Anfang? Das sind Unmengen an Informationen, mit denen sich arbeiten lässt.«

»Nicht unbedingt«, dämpft mich Leo. »Ab Dezember 1936 mussten alle deutschen Jugendlichen in die Hitlerjugend eintreten. Die Information, die er Ihnen gegeben hat, wird von den Aussagen der Verdächtigen, die ich vernommen habe, bestätigt, aber das schließt ihn nicht zwangsläufig mit ein.«

»Warum nicht?«

»Weil nicht alle Mitglieder der Hitlerjugend SS-Leute wurden.«

»Und was haben Sie inzwischen herausgefunden?«, frage ich.

Er lacht. »Es sind gerade mal drei Stunden vergangen, seit Sie mich aus dem Badezimmer angerufen haben«, sagt Leo. »Aber selbst *wenn* ich detaillierte Informationen hätte, dürfte ich Sie Ihnen als Privatperson nicht mitteilen.«

»Er möchte, dass ich ihm vergebe, bevor er stirbt.«

Leo pfeift, ein langer, tiefer Ton. »Dann sollen Sie für ihn also seine Mörderin und den Beichtvater spielen?«

»Ich vermute, dass er in diesem Fall einer Jüdin – selbst einer Jüdin, die sich nicht als solche versteht – den Vorzug vor einem Beichtvater gibt.«

»Das ist eine hübsch makabre Note«, sagt Leo. »Man bittet einfach die Nachfahren der Menschen, die man getötet hat, einen freizusprechen, bevor man das Zeitliche segnet.« Und nach einer kurzen Pause ergänzt er: »Das können Sie nicht. Nur damit das klar ist.«

»Ich weiß«, sage ich. Es gibt Dutzende von Gründen, die dagegen sprechen, angefangen bei der grundlegenden Tatsache, dass ich nicht die Person bin, der er ein Leid zugefügt hat.

Aber …

Wenn man diese Bitte ein wenig dreht, bis das Licht der Vernunft in einem anderen Winkel darauf fällt, ist das, worum Josef mich gebeten hat, nicht die leere Bitte eines Mörders. Es ist der Wunsch eines Sterbenden. Und wenn ich ihm diesen nicht gewähre, bin ich dann nicht genauso herzlos wie er?

»Wann sprechen Sie ihn wieder?«, will Leo wissen.

»Morgen. Wir besuchen die Trauergruppe.«

»Gut«, sagt er. »Rufen Sie mich an.«

Als ich auflege, merke ich, dass ich die Abzweigung zu meinem Haus verpasst habe. Doch viel entscheidender ist, dass ich bereits weiß, wohin ich unterwegs bin.

Das Wort *babka* leitet sich von *baba* ab, was im Jiddischen und Polnischen »Großmutter« bedeutet. Ich kann mich an kein einziges Chanukkafest ohne diese süßen Brote erinnern. Es war ein ungeschriebenes Gesetz, dass meine Mutter einen Truthahn von der Größe eines kleinen Kindes kaufte, meine Schwester Pepper für das Zerstampfen der Kartoffeln zuständig war und meine Omi drei Laibe der berühmten Babka mitbrachte. Ich erinnere mich, dass ich schon als kleines Kind bittere Schokolade reiben musste, immer mit der Angst, ich könnte dabei meine Fingerknöchel mitreiben.

Heute schicke ich Daisy zeitig nach Hause. Ich sagte ihr, ich werde mit meiner Großmutter backen, aber in Wirklichkeit ging es mir darum, mit ihr allein zu sein. Meine Großmutter buttert die erste Kastenform, während ich den Teig ausrolle und die Ränder mit Eigelb bestreiche. Dann streue ich einen Teil der Schokofüllung darüber und rolle den Teig ganz fest zusammen. Dann drehe ich die Rolle ganze fünf Mal um sich selbst und bestreiche die Oberfläche wieder mit Eigelb. »Hefe«, sagt meine Großmutter, »ist ein Wunder. Eine kleine Prise, ein wenig Wasser, und sieh nur, was daraus wird.«

»Das ist kein Wunder, das ist Chemie«, sage ich. »Das eigentliche Wunder ist doch, dass jemand diesen Pilz betrachtete und sagte: *Hm, wollen wir doch mal sehen, was passiert, wenn wir damit kochen.*«

Meine Großmutter reicht mir die Kastenform an, damit ich den Teig hineinlegen und ihn mit Streuseln bestreuen kann. »Mein Vater«, sagt sie, »hat meiner Mutter über die Babka immer Nachrichten zukommen lassen.«

Ich lächele sie an. »Tatsächlich?«

»Ja. Wenn er sie mit Äpfeln füllte, lautete die Botschaft für sie, dass die Bäckerei einen hervorragenden Tag mit vielen Kunden gehabt hatte. Wenn es Mandeln waren, bedeutete es: *Ich vermisse dich bitter.*«

»Und Schokolade?«

Sie lacht. »Dass es ihm leid für das tat, womit er sich ihren Ärger zugezogen hatte. Unnötig zu sagen, dass wir sehr oft Schokoladenbabka aßen.«

Ich wische mir meine Hände an einem Geschirrtuch ab. »Wie war er denn, Omi«, frage ich. »Was hat er gemacht, wenn er nicht arbeitete? Hat er dir jemals einen Kosenamen gegeben? Oder hattest du ein unvergessliches Erlebnis mit ihm?«

Sie zieht eine Schnute. »Ach nein, schon wieder die Biografie.«

»Ich weiß, dass er im Krieg starb«, hake ich vorsichtig nach. »Aber wie?«

Umständlich und wütend macht sie sich daran, die zweite Kastenform zu buttern. Dann endlich antwortet sie. »Ich kam jeden Tag nach der Schule in die Backstube, und da wartete ein süßes Brötchen auf mich. Mein Vater nannte es ein *minkele* und er machte davon nur eins am Tag. Die Kruste war wunderbar blätterig und die Füllung aus Schokolade und Zimt so warm, dass sie einem durch die Kehle rann. Er hätte Hunderte davon verkaufen können, aber nein, sagte er, es sei etwas Besonderes ganz allein für mich.«

»Er wurde von den Nazis umgebracht, nicht wahr?«, frage ich leise.

Sie wendet sich von mir ab. »Mein Vater wurde nicht müde, mir die Wünsche für seine eigene Beerdigungszeremonie zu schildern. *Minka,* pflegte er zu sagen, wenn meine Mutter mir die Geschichte von Schneewittchen vorlas, *merke dir eins: Ich möchte nicht in einem gläsernen Sarg enden, wo alle Leute mich anstarren.* Oder: *Minka, merke dir: Ich möchte lieber ein Feuerwerk anstatt Blumen. Minka, achte darauf, dass ich nicht im Sommer dahinscheide. Da werden die Trauergäste von zu vielen Fliegen belästigt, findest du nicht?* Für mich war es ein Spiel, ein Scherz, denn mein Vater würde niemals sterben. Wir alle wussten, dass er unbesiegbar war.« Sie greift nach einem ihrer Stöcke, der an der Küchentheke hängt, und geht damit zum Küchentisch, wo sie sich schwer auf einem der Stühle niederlässt. »Mein Vater wurde nicht müde, mir die Wünsche für seine eigene Beerdigungszeremonie zu schildern, aber am Ende konnte ich keinen einzigen Wunsch erfüllen.«

Ich knie mich vor sie auf den Boden und lege ihr meinen Kopf in den Schoß. Wie kleine Vogelkrallen nistet sich ihre Hand in meinem Haar ein. »Du hast das so lange mit dir herumgetragen«, flüstere ich. »Wäre es nicht besser, du würdest darüber sprechen?«

Sie berührt die vernarbte Seite meines Gesichts. »Wäre es das?«, fragt sie.

Ich ziehe mich zurück. »Das ist etwas anderes. Ich kann nicht so tun, als wäre es nie passiert, egal, wie sehr ich es möchte. Es ist in mich eingebrannt.«

»Ganz genau«, sagt meine Großmutter und schiebt den Ärmel ihres Pullovers hoch, um die Ziffern auf ihrem Unterarm freizulegen. »Ich habe einmal darüber gesprochen, da war ich sehr viel jünger, und zwar mit meinem Arzt, der das hier gesehen hat. Er fragte mich, ob ich im Kurs seiner Frau darüber sprechen würde. Sie war Geschichtsprofessorin an der Universität«, erklärt sie. »Das Gespräch lief gut. Ich bekam mein Lampenfieber jedenfalls so weit in den Griff, dass ich mich nicht übergeben musste. Und dann fragte die Dozentin, ob jemand Fragen hatte.

Ein Junge stand auf. Ehrlich gesagt hielt ich ihn für ein Mädchen, denn seine Haare hingen lang herunter. Er erhob sich und sagte: ›Der Holocaust hat nie stattgefunden.‹ Ich wusste nicht, was ich tun, was ich sagen sollte. Ich sagte mir: *Wie kannst du es wagen, so etwas zu sagen, wo ich es doch erlebt habe? Wie kannst du es wagen, mein Leben einfach so auszulöschen?* Ich war so aufgebracht, dass ich kaum mehr klar sehen konnte. Nach einer gemurmelten Entschuldigung presste ich mir die Hand an den Mund, stieg vom Podium und verließ den Saal. Ich dachte, wenn ich meinen Mund nicht zuhielt, würde ich anfangen zu schreien. Ich ging zu meinem Wagen und blieb sitzen, bis mir einfiel, was ich hätte sagen sollen. Die Geschichte sagt uns, dass während des Krieges sechs Millionen Juden verschwunden sind. Hätte es keinen Holocaust gegeben, wo sind sie hin?« Sie schüttelt den Kopf. »All das, und die Welt hat nichts dazugelernt. Sieh dich doch um. Ethnische Säuberungen finden noch immer statt. Es gibt Diskriminierung. Es gibt junge Leute wie diesen törichten Jungen im Geschichtsseminar. Ich war davon überzeugt gewesen, dass ich überlebt habe, um dafür zu sorgen, dass so etwas nie wieder geschah, aber anscheinend habe ich mich geirrt, weißt du. Denn es geschieht nach wie vor, Sage. Jeden Tag.«

»Nur weil so ein Neonazi sich in diesem Unterrichtsraum zu Wort gemeldet hat, ist es nicht weniger wichtig, dass du deine Geschichte erzählst«, entgegne ich. »Erzähl sie *mir.*«

Sie sieht mich lange an und erhebt sich dann, um auf den Stock gestützt die Küche zu verlassen. Ich höre, wie sie auf der gegenüberliegenden Flurseite, wo sie das Arbeitszimmer im Erdgeschoss zum Schlafzimmer umgewandelt hat, damit sie nicht immer Treppen steigen muss, Gegenstände bewegt und Schubladen durchwühlt. Ich stehe auf und schiebe die Babkas in den Backofen. Sie gehen bereits wieder auf.

Als ich ihr Zimmer betrete, sitzt meine Großmutter auf dem Bett. Der Raum riecht wie sie nach Puder und Rosen. Sie hält ein kleines, ledergebundenes Notizbuch mit rissigem Einband in Händen.

»Ich habe geschrieben«, sagt sie. »Ein Kind, das an Märchen glaubte. Nicht die albernen Disneymärchen, die deine Mutter dir vorgelesen hat, sondern die mit Blut und Dornen, in denen es um Mädchen ging, die wussten, dass die Liebe einen töten wie auch befreien kann. Ich glaubte an die Flüche von Hexen und den Wahnsinn von Werwölfen. Aber fälschlicherweise glaubte ich, dass die gruseligsten Geschichten der Fantasie entsprangen und nicht dem wirklichen Leben.« Sie streicht mit der Hand über den Einband. »Mit dreizehn fing ich zu schreiben an. Während andere Mädchen neue Frisuren ausprobierten und mit Jungs zu flirten versuchten, war ich mit Schreiben beschäftigt und erfand

Figuren und Dialoge. Wenn ich ein Kapitel geschrieben hatte, gab ich es meiner besten Freundin Darija zu lesen, weil ich ihre Meinung erfahren wollte. Wir hatten einen Plan: Ich würde eine berühmte Autorin werden und sie meine Lektorin sein, und wir würden nach London ziehen und dort Sloe Gin Fizz trinken. Ach, wir wussten damals noch nicht mal, was Sloe Gin Fizz war. Aber damit war ich beschäftigt, als der Krieg ausbrach. Und ich hörte auch nicht auf damit.« Sie reichte mir den Band. »Das ist natürlich nicht das Original. Das besitze ich nicht mehr. Aber sobald es ging, schrieb ich es aus dem Gedächtnis auf. Ich musste es tun.«

Ich schlage das Notizbuch auf. In kleinen, schmalen, schrägen Buchstaben kriechen Worte über die Seite und bedecken diese, ohne eine weiße Stelle zu hinterlassen, als wäre das Luxus. Vielleicht war es das damals auch. »Das ist meine Geschichte. Es ist zwar nicht die, nach der du forschst, nach dem, was während des Kriegs geschah. Die ist auch gar nicht so wichtig.« Sie sieht mich an. »Weil es *diese* Geschichte war, die mich am Leben gehalten hat.«

Meine Großmutter wäre eine harte Konkurrenz für Stephen King gewesen.

In ihrer Geschichte geht es um Übersinnliches, einen *upiór* – die polnische Version eines Vampirs. Aber was sie so furchterregend macht, ist nicht das Ungeheuer, denn dieses ist eine bekannte Größe, sondern es sind die gewöhnlichen Menschen, die sich ebenfalls als Ungeheuer entpuppen. Es ist, als hätte sie schon in jungen Jahren gewusst, dass sich Gut und Böse nicht sauber voneinander trennen lassen, dass sie siamesische Zwillinge sind, die sich ein Herz teilen. Hätten Worte einen Geschmack, so würden ihre nach Bittermandeln und Kaffeesatz schmecken. Beim Lesen der Geschichte vergesse ich manchmal, dass sie es war, die sie geschrieben hat – so gut ist sie.

Ich lese das Notizbuch von Anfang bis Ende und dann noch einmal, aus Sorge, womöglich ein einziges Wort verpasst zu haben. Ich versuche, mir die Geschichte einzuverleiben, bis ich sie so weit verinnerlicht habe, dass ich sie Silbe für Silbe wieder abrufen kann, wie das meine Großmutter getan haben muss. Ich ertappe mich beim Zitieren ganzer Absätze beim Duschen, Geschirrspülen oder Hinaustragen von Müll.

Die Geschichte meiner Großmutter ist rätselhaft, aber nicht in der von ihr beabsichtigten Weise. Ich versuche, die Figuren und ihre Dialoge zu sezieren, um das Skelett darunter freizulegen, das ihr wirkliches Leben gewesen sein muss. Alle Autoren legen ihren Werken doch eine Schicht Wahrheit zugrunde. Wenn nicht, wären die Geschichten nichts als Zuckerwatte, ein flüchtiger Geschmack, um nichts weiter als Luft gewickelt.

Ich lese von Ania, der Erzählerin, und ihrem Vater und höre dabei die Stimme meiner Großmutter, stelle mir das Gesicht meines Urgroßvaters vor. Als sie die Häuschen am Rande von Lodz beschreibt, den Dorfplatz, über den die Pferdekarren rumpeln, den Wald, durch den Ania gehen musste, unter ihren Stiefeln nachgiebiges Moos, kann ich das Torffeuer riechen und die Asche auf der Unterseite der Brote schmecken. Ich kann die Schritte der Kinder auf ihrer Verfolgungsjagd über das Kopfsteinpflaster hören, lange bevor es überhaupt jemanden oder etwas gab, wovor sie weglaufen mussten.

Ich bin so vertieft in die Geschichte, dass ich mich verspäte, als ich Josef zur Trauergruppe abhole. »Gut geschlafen?«, fragt er, und ich antworte mit Ja. Als er im Auto Platz nimmt, muss ich an die Parallelen zwischen der Geschichte meiner Großmutter – das Ungeheuer, das die Dorfbewohner jagt und Anias Vater tötet – und der SS denken, die ohne Vorwarnung in das Leben meiner Großmutter einbrach und ihre Familie zerstörte. Die Kindheit meiner Großmutter – diese kleinen süßen Brötchen, die nur für sie gebacken wurden, die langen faulen Nachmittage, an denen sie und ihre beste Freundin sich ihre Zukunft ausmalten, selbst die Wände in der Wohnung ihrer Familie – entfaltet sich in einer parallelen Linie zu Josefs Geschichte von der Hitlerjugend. Doch sie nähern sich nach und nach an, und ich weiß, dass sie dazu bestimmt sind, sich zu kreuzen.

Und das schürt meinen unmittelbaren Hass auf Josef.

Doch ich beiße mir auf die Zunge, weil Josef nicht einmal weiß, dass meine Großmutter existiert, noch viel weniger, dass sie den Genozid überlebt hat, an dem er beteiligt war. Ich weiß selbst nicht, warum ich diese Information vor Josef beschützen möchte. Vielleicht, weil er sich wahnsinnig freuen würde zu erfahren, dass er der richtigen Person, die ihm vergeben könnte, einen Schritt näher gekommen ist. Vielleicht, weil ich der Meinung bin, dass er es nicht verdient hat, das zu erfahren.

Und vielleicht auch, weil mir der Gedanke nicht gefällt, dass neben meiner Großmutter noch immer jemand wie Josef auf dieser Welt existiert.

»Sie sind heute so still«, meint Josef.

»Ich denke nur nach.«

»Über mich?«

»Bilden Sie sich bloß nichts ein«, erwidere ich.

Weil ich zum Abholen zu spät kam, sind wir die letzten Ankömmlinge in der Trauergruppe. Stuart kommt sofort auf mich zu und hält Ausschau nach der Tüte mit Backwaren, die ich jedes Mal mitbringe – nur, dass ich heute keine dabeihabe. Ich war zu sehr mit dem Journal meiner Großmutter beschäftigt, um noch zu backen. »Es tut mir wirklich leid«, sage ich ihm. »Ich komme mit leeren Händen.«

»Wenn das doch auch auf Stuart zuträfe«, murmelt Jocelyn, und ich sehe, dass er wieder die Totenmaske seiner Frau mitgebracht hat.

Minka, denk dran, fällt mir in Erinnerung an meinen Urgroßvater ein. *Keine Totenmaske, wenn ich sterbe, okay?*

Marge läutet die kleine Glocke, die mir immer das Gefühl gibt, in einem Yogakurs anstatt in einer Trauergruppe zu sein. »Sollen wir anfangen?«, fragt sie.

Ich weiß nicht, warum es der Tod einem so schwermacht. Vermutlich ist es die einseitige Kommunikation, die Tatsache, dass wir unsere Lieben nie mehr fragen können, ob sie gelitten haben, ob sie dort, wo sie jetzt sind, glücklich sind … sofern sie irgendwo sind. Es ist das Fragezeichen, das der Tod aufwirft und dem wir uns nicht stellen können, nicht der Punkt.

Plötzlich fällt mir auf, dass ein Stuhl leer ist. Ethel fehlt. Und bevor Marge uns die Neuigkeit mitteilt, weiß ich, dass Bernie, ihr Ehemann, gestorben ist.

»Es ist am Montag passiert«, sagt Mrs. Dombrowski. »Ich wurde von Ethels ältester Tochter angerufen. Bernie ist jetzt an einem besseren Ort.«

Ich sehe Josef an, der ungerührt an einem Faden seiner Hose zupft.

»Glauben Sie, dass sie wieder zurückkommen wird?«, erkundigt sich Shayla. »Ich meine Ethel?«

»Das hoffe ich doch«, sagt Marge. »Ich denke auch, dass sie es zu schätzen wüsste, wenn jemand von Ihnen ihr eine helfende Hand reichen möchte.«

»Ich möchte Blumen oder so schicken«, sagt Stuart. »Bernie muss wirklich ein guter Mensch gewesen sein, sonst hätte die Frau sich nicht so lange um ihn gekümmert.«

»Das wissen Sie doch gar nicht«, wende ich bedächtig ein, und alle sehen mich entsetzt an. »Keiner von uns hat diesen Mann je kennengelernt. Er hätte sie genauso gut jeden Tag schlagen können.«

»Sage!«, stößt Shayla geschockt aus und seufzt.

»Ich möchte nicht schlecht über den Toten reden«, beeile ich mich zu ergänzen und ducke mich. »Ich stelle mir vor, dass Bernie ein guter Typ war, der jede Woche zum Bowling ging und nach jeder von Ethel gekochten Mahlzeit das Geschirr in den Geschirrspüler stellte. Aber glaubt ihr wirklich, dass nur die Guten jemanden zurücklassen, so wie uns hier? Sogar der Serienmörder Jeffrey Dahmer hatte eine Mutter.«

»Das ist ein interessanter Aspekt«, sagt Marge. »Trauern wir, weil die Person, die wir verloren haben, so sehr geleuchtet hat in der Welt? Oder trauern wir um das, was sie für uns war?«

»Vielleicht von beidem ein wenig«, sagt Stuart und streicht mit einer Hand über die Konturen der Totenmaske seiner Frau, als wäre er blind und würde sich ihre Züge zum ersten Mal einprägen.

»Bedeutet das, wir sollten uns nicht schlecht fühlen, wenn ein grausamer Mensch stirbt?«, frage ich.

Ich spüre Josefs Blick, der sich mir in die Schläfe bohrt.

»Es gibt zweifelsohne Menschen, die der Welt einen Gefallen tun, indem sie diese verlassen«, sinniert Jocelyn. »Bin Laden. Charlie Manson.«

»Hitler«, sage ich unbedarft.

»Ja, ich habe dieses Buch über die Frau gelesen, die seine Privatsekretärin war und ihn dargestellt hat, als wäre er ein ganz normaler Chef gewesen. Sie sagte, er habe mit ihnen über die Freunde der Sekretärinnen geplaudert«, wirft Shayla ein.

»Wenn sie es nicht bedauern, Menschen getötet zu haben, warum sollte dann jemand *ihren* Tod bedauern?«, sagt Stuart.

»Sie denken also, einmal Nazi, immer Nazi?«, hake ich nach.

Josef neben mir hustet.

»Ich hoffe, es gibt in der Hölle einen besonderen Platz für solche Leute«, erwidert Shayla steif.

Marge empfiehlt eine fünfminütige Verschnaufpause. Während sie sich leise mit Shayla und Stuart unterhält, tippt Josef mir auf die Schulter. »Kann ich Sie mal kurz unter vier Augen sprechen?«

Ich folge ihm auf den Flur hinaus und verschränke die Arme vor der Brust.

»Wie können Sie es wagen?«, zischt er und kommt so dicht an mich heran, dass ich einen Schritt zurückweiche. »Was ich Ihnen gesagt habe, war vertraulich. Wenn ich gewollt hätte, dass die Welt erfährt, wer ich einmal war, hätte ich mich schon vor Jahren den Behörden stellen können.«

»Sie wollen also die Absolution ohne jede Bestrafung«, sage ich.

Seine Augen, die fast nur noch aus dem Schwarz der Pupillen zu bestehen scheinen, blitzen. »Sie werden darüber nicht mehr in der Öffentlichkeit sprechen«, befiehlt er so laut, dass sich uns einige aus dem angrenzenden Raum zuwenden.

Seine Wut rauscht auf mich zu wie eine zerstörerische Welle.

Obwohl meine Narbe wie Feuer brennt, obwohl ich mich fühle, als hätte mich ein Lehrer im Unterricht beim Weiterreichen einer Notiz ertappt, zwinge ich mich, ihm in die Augen zu sehen. Ich stehe aufrecht, zwischen uns ist nur Atem, ein inhaltsloser Waffenstillstand.

»Sprechen Sie nie wieder in diesem Ton mit mir«, zische ich. »Ich bin keins Ihrer Opfer.«

Dann mache ich auf dem Absatz kehrt und gehe. Einen kurzen Moment lang, als Josef seine eigene Totenmaske entglitt, konnte ich den Mann sehen, der er einmal war: den er unter seiner freundlichen Fassade so viele Jahrzehnte begraben hatte wie eine Wurzel, die langsam unter dem Asphalt gedeiht, noch immer in der Lage, den Beton zu durchbrechen.

Ich kann die Trauergruppe nicht vorzeitig verlassen, ohne die Aufmerksamkeit auf mich zu ziehen, und da ich Josef zum Treffen mitgenommen habe, muss ich ihn auch wieder nach Hause bringen oder mich Marges bohrenden Fragen stellen. Aber ich spreche nicht mit ihm, nicht, als wir uns von den anderen verabschieden, und auch nicht auf unserem Weg zum Parkplatz.

»Es tut mir leid«, sagt Josef, nachdem wir fünf Minuten gefahren sind.

Wir mussten an einer roten Ampel anhalten.

»Nun, das kann sich auf vieles beziehen.«

Er starrt geradeaus durch die Windschutzscheibe. »Ich meine das, was ich vorhin zu Ihnen sagte. Während der Pause.«

Ich antworte nicht. Ich möchte ihm nicht das Gefühl geben, aus dem Schneider zu sein. Aber egal, was er zu mir gesagt hat, ich kann ihn nicht einfach vor seiner Tür absetzen und dann auf Nimmerwiedersehen verschwinden. Das bin ich meiner Großmutter schuldig. Außerdem habe ich Leo versprochen, es nicht zu tun. Und zudem hat mich die Erfahrung, Josef derart ausrasten zu sehen, nur noch bestärkt in meinem Entschluss, genügend Beweise zu sammeln, um ihn vor ein Gericht zu bringen. Dies ist eindeutig ein Mann, der in seinem früheren Leben alles machen konnte, wozu er Lust hatte, ohne Angst vor Vergeltung haben zu müssen. Mit der Bitte an mich, ihn zu töten, tut er gewissermaßen heute wieder das Gleiche.

Ich denke, es ist an der Zeit, dass er bekommt, was er wirklich verdient hat.

»Ich bin wohl nervös«, sagt Josef.

»Weswegen?«, frage ich und bekomme dabei Gänsehaut. Ist er mir auf der Spur? Weiß er, dass ich vorhabe, ihn zappeln zu lassen und dann auszuliefern?

»Dass Sie sich alles anhören, was ich zu sagen habe, und dann doch nicht tun, worum ich Sie gebeten habe.«

Ich wende mich ihm zu. »Ob mit mir oder ohne mich, Sie werden sterben, Josef.«

Er sieht mir in die Augen. »Kennen Sie den *Ewigen Juden*?«

Das Wort *Jude* lässt mich erschaudern, als sollte es ihm verboten sein, einen solchen Begriff auch nur vorübergehend in den Mund zu nehmen. Ich schüttele den Kopf.

»Es ist eine europäische Sage. Ein Jude, Ahasver, verspottete Jesus, als dieser auf seinem Kreuzweg innehielt, um sich auszuruhen. Als der Jude Jesus aufforderte, schneller zu gehen, belegte Jesus ihn mit dem Fluch, bis zum Jüngsten Gericht auf Erden wandeln zu müssen. Jahrhundertelang wurde Ahasver immer wieder irgendwo gesichtet, denn er kann nicht sterben, egal, wie sehr er sich danach sehnt.«

»Sie erkennen hoffentlich die Ironie darin, dass Sie sich mit einem Juden vergleichen«, sage ich.

Er zuckt die Achseln. »Man kann über sie sagen, was man will, aber sie gedeihen, trotz« – er betrachtet mein Gesicht – »allem. Ich hätte inzwischen schon mehrmals sterben sollen. Ich hatte Krebs und Autounfälle. Ich bin der einzige alte Mann, den ich kenne, der mit einer Lungenentzündung ins Krankenhaus kam und auch das überlebt hat. Glauben Sie, was Sie wollen, Sage, aber ich kenne den Grund, warum ich noch am Leben bin. Wie Ahasver – jeder Tag, den ich hier bin, ist ein weiterer Tag, an dem ich meine Fehler noch einmal durchlebe.«

Die Ampel ist auf Grün umgesprungen, und hinter mir hupen Autos, aber ich habe noch immer nicht den Fuß aufs Gaspedal gesetzt. Josef scheint sich in sich zurückzuziehen und seinen Gedanken nachzuhängen.

»Herr Sollemach von der Hitlerjugend pflegte zu sagen, die Juden seien wie Unkraut. Zieh eins heraus, und es wachsen an seiner Stelle zwei nach …«

Ich trete das Gaspedal durch, und wir machen einen Satz nach vorn. Josef widert mich an, weil er genau dem entspricht, was er vorgeblich ist. Und ich bin angewidert von mir, weil ich ihm anfangs nicht glaubte und mich habe täuschen lassen und in ihm den großväterlichen Guten Samariter gesehen habe, der er für alle anderen in dieser Stadt war.

»… aber ich habe immer gedacht«, ergänzt Josef leise, »dass manches Unkraut so schön wie eine Blume ist.«

Hinter mir war etwas. Diese Kälte im Nacken spürte ich mit einem sechsten Sinn. Seit ich den Wald betreten hatte, hatte ich mich schon ein Dutzend Mal umgedreht, sah aber nur die kahlen Bäume, die wie Wachtposten dastanden.

Doch mein Herz raste. Ich beschleunigte meinen Schritt auf das Häuschen zu, drückte meinen Brotkorb fest an mich und überlegte, ob ich schon nah genug war und Aleks mich hören könnte, wenn ich schrie.

Dann hörte ich es. Das Knacken eines Zweigs, ein Knirschen im Schnee.

Ich könnte rennen.

Würde ich rennen, so würde das, was hinter mir war, mich jagen.

Ich ging noch schneller. Aus den Augenwinkeln lösten sich Tränen, aber ich blinzelte gegen sie an. Abrupt duckte ich mich hinter einen Baum, der groß genug war, mir Deckung zu geben. Ich hielt den Atem an und zählte, während die Schritte näher kamen.

Ein Reh betrat die Lichtung und drehte den Kopf, um mich anzustarren, bevor es an der Rinde einer Birke zu knabbern begann, die nicht weit entfernt stand.

Vor Erleichterung bekam ich weiche Knie. Zitternd lehnte ich mich an den Baumstamm. So etwas konnte nur passieren, wenn man zuließ, dass das müßige Geschwätz der Dörfler sich wie Gift im Kopf ausbreitete. Man sah Schatten, wo es keine gab, man hörte eine Maus und bildete sich ein, es sei ein Löwe. Kopfschüttelnd über meine eigene Dummheit löste ich mich vom Baum und setzte meinen Heimweg fort.

Es griff mich von hinten an, bedeckte meinen Kopf mit etwas Heißem und Feuchtem, einer Art Stoff oder Sack, sodass ich nichts mehr sehen konnte. Ich wurde an den Handgelenken festgehalten und von einem Gewicht auf dem Rücken niedergedrückt, sodass ich nicht mehr aufstehen konnte. Mein Gesicht wurde in den Boden gestoßen. Ich versuchte zu schreien, aber was immer hinter mir war, presste meinen Kopf so fest nach unten, dass mein Mund sich dabei nur mit Schnee füllte. Ich spürte Hitze und Klingen und Klauen und Zähne, o ja, die Zähne, die sich mir halbmondförmig in die Kehle gruben und wie tausend Nadeln stachen, wie ein Bienenschwarm.

Ich hörte Hufschläge und spürte dann die kalte Luft im Nacken, das Fehlen von Druck und Schmerz. Wie ein Vogel mit großen Schwingen stürzte sich etwas von oben auf mich herab und rief meinen Namen. Das war das Letzte, woran ich mich erinnerte, denn als ich die Augen aufschlug, lag ich in Damians Armen, und er trug mich nach Hause.

Die Tür ging auf, und drinnen stand Aleks. »Was ist passiert?«, fragte er und suchte eilends meinen Blick.

»Sie wurde angegriffen«, antwortete Damian. »Sie braucht einen Wundarzt.«

»Sie braucht mich«, sagte Aleks und hob mich aus Damians Armen in seine. Dabei schlug er die Tür mit dem Stiefel zu, und ich schrie auf bei diesem unsanften Tausch.

Er trug mich in mein Schlafzimmer. Als er mich ablegte, sah ich das viele Blut auf seinem Hemd, und um mich herum drehte sich alles. »Pst«, beruhigte er mich und drehte meinen Kopf, damit er die Wunde begutachten konnte.

Ich dachte, er würde ohnmächtig werden. »Ist es schlimm?«

»Nein«, sagte er, aber ich wusste, dass er log. »Ich kann nur den Anblick von Blut nicht ertragen.«

Er ließ mich ein paar Minuten lang allein, versprach aber, zurückzukommen. Das tat er auch und brachte eine Schüssel mit warmem Wasser, ein Tuch und eine Flasche Schnaps mit. Letztere hielt er mir an die Lippen. »Trink«, befahl er und ich versuchte es, musste aber heftig husten. »Mehr«, befahl er.

Als das Feuer im Rachen sich schließlich in eine wohlige Wärme in meinem Bauch verwandelt hatte, begann er, meinen

Hals zu waschen, und schüttete dann Schnaps über die offene Wunde. Ich wäre fast aus der Haut gefahren. »Lass dich ruhig gehen«, sagte er. »Dann wird es besser.«

Ich verstand nicht, was er meinte, bis ich sah, dass er eine Nadel einfädelte, und mir klar wurde, was er tun wollte. Als er mir in die Halsgrube stach, wurde mir schwarz vor Augen.

Es war bereits später Nachmittag, als ich wieder wach wurde. Aleks saß auf dem Stuhl neben meinem Bett, die Hände vor sich wie zum Gebet gefaltet. Als er sah, dass ich mich regte, war ihm die Erleichterung anzusehen.

Seine Hand auf meiner Stirn war warm. Er strich mir über die Wange, über das Haar. »Wenn es darum ging, Zuwendung von mir zu bekommen«, sagte Aleks, »hättest du mich nur darum bitten müssen.«

JOSEF

Als wir klein waren, hat mein Bruder immer gebettelt, ob er einen Hund bekommen könnte. Unsere Nachbarn hatten einen – eine Art Retriever –, und Franz brachte Stunden auf ihrem Hof damit zu, ihm beizubringen, sich auf den Rücken zu rollen, sich zu setzen und Laut zu geben. Aber mein Vater litt an einer Haustierallergie, und deshalb wurde Franz sein Wunsch nicht erfüllt, sosehr er auch bettelte.

In einer Herbstnacht, ich war etwa zehn Jahre alt und schlief in dem Zimmer, das ich mir mit Franz teilte, weckte mich ein Flüstern. Als ich die Augen aufschlug, sah ich meinen Bruder mit einem kleinen Stück Käse auf der Decke zwischen seinen Beinen aufrecht im Bett sitzen. An diesem Käse knabberte eine winzige Feldmaus, und während ich zusah, streichelte mein Bruder ihr Rückenfell.

Man muss wissen, dass die Haushaltsführung meiner Mutter Ungeziefer keinen Raum bot. Sie schrubbte ständig die Böden oder wischte Staub und was man sonst noch so macht.

Am nächsten Tag sah ich meine Mutter die Betten abziehen, obwohl kein Waschtag war. »Diese dreckigen, widerlichen Mäuse – sobald es draußen kalt wird, versuchen sie, sich ins Haus zu schleichen. Ich habe Mäusekot entdeckt«, erklärte sie mir schaudernd. »Du wirst morgen auf dem Heimweg von der Schule ein paar Fallen besorgen.«

Ich dachte an Franz. »Du willst sie umbringen?«

Meine Mutter sah mich irritiert an. »Was soll man denn sonst mit dieser Plage machen?«

Bevor wir an diesem Abend schlafen gingen, holte Franz ein Stück Käse hervor, das er aus der Küche gestohlen hatte, und legte es neben sich aufs Bett. »Ich werde ihn Ernst nennen«, sagte er zu mir.

»Woher willst du wissen, dass es keine Erna ist?«

Aber Franz antwortete nicht, und es dauerte nicht lang und er war eingeschlafen.

Ich hingegen blieb wach. Ich lauschte angespannt, bis ich das Kratzen kleiner Krallen auf dem Holzboden hörte, und beobachtete dann im Mondlicht, wie die Maus an der Bettdecke hochkletterte, um an den Käse zu kommen, den Franz dort hingelegt hatte. Doch ehe ihr das gelang, packte ich sie und warf sie in einer raschen Bewegung gegen die Wand.

Das Geräusch weckte Franz, und er fing zu weinen an, als er sein Haustier tot auf dem Boden liegen sah.

Ich bin mir sicher, dass die Maus nichts gespürt hat. Es war schließlich nur eine Maus. Außerdem hatte meine Mutter keinen Zweifel daran gelassen, was mit einer solchen Kreatur zu geschehen hatte.

Ich tat nur das, was sie später auch getan hätte.

Ich gehorchte nur einem Befehl.

Ich weiß nicht, ob es mir gelingt, Ihnen zu vermitteln, wie es sich anfühlte, plötzlich das Goldkind zu sein. Zwar hatten meine Eltern kaum eine Meinung zu Hitler und der deutschen Politik, aber sie waren stolz, als Herr Sollemach mich zum Maßstab für all die anderen Jungs unserer kleinen *Kameradschaft* erhob. Sie beklagten sich kaum mehr über meine Noten, weil ich stattdessen jedes Wochenende mit Siegerbändchen und Lob von Herrn Sollemach nach Hause kam.

Ehrlich gesagt, weiß ich gar nicht, ob meine Eltern an die Philosophie der Nazis glaubten. Selbst wenn mein Vater gewollt hätte, hätte er wegen seines kaputten Beins von einem

Schlittenunfall als Kind nicht für Deutschland kämpfen können. Doch selbst wenn meine Eltern Zweifel an der Vision hegten, die Hitler für Deutschland entwarf, so schätzten sie doch seinen Optimismus und die Hoffnung, dass unser Land wieder zu seiner Größe zurückfinden werde. Und die Tatsache, dass ich Herrn Sollemachs Liebling war, beförderte ihre Stellung in der Gemeinde. Sie waren die guten Deutschen, die einen Jungen wie mich hervorgebracht hatten. Kein neugieriger Nachbar ließ sich darüber aus, dass mein Vater sich nicht verpflichtet hatte, nicht, solange ich als Star die lokale HJ repräsentierte.

Jeden Freitagabend war ich zum Abendessen im Haus von Herrn Sollemach. Ich brachte Blumen für seine Tochter mit, und eines Sommerabends – ich war sechzehn – verlor ich auf einer alten Pferdedecke in einem Kornfeld meine Unschuld mit ihr. Herr Sollemach ging dazu über, mich *Sohn* zu nennen, als gehörte ich bereits zur Familie. Und kurz vor meinem siebzehnten Geburtstag empfahl er mich für den HJ-Streifendienst. Unsere Aufgabe bestand darin, bei den Treffen für Ordnung zu sorgen, Illoyalität anzuzeigen und jeden zu denunzieren, der schlecht über Hitler sprach – was in manchen Fällen auch die eigenen Eltern nicht ausnahm. Ich hatte von einem Jungen gehört, Walter Hess, der den eigenen Vater an die Gestapo auslieferte.

Obwohl die Nazis keine Religion mochten, fällt mir komischerweise keine bessere Analogie ein, um die Art von Indoktrination zu beschreiben, der wir als Kinder ausgesetzt waren. Organisierte Religion stand im Dritten Reich in direkter Konkurrenz zum Dienst an Deutschland, denn wer konnte schon gleichermaßen dem Führer *und* Gott Treue schwören? Man feierte nicht mehr Weihnachten, sondern die Wintersonnenwende. Aber kein Kind wählt seine Religion wirklich selbst, der Zufall entscheidet darüber, in welche Glaubensdecke man sich wickelt. Man wird getauft, wenn man noch viel zu jung ist, um selbstständig zu denken, und wenn einem dann der Pfarrer in der Kirche eintrichtert, dass Jesus für deine Sünden gestorben ist, und deine Eltern dazu bestätigend nicken, kann man wohl kaum anders, als ihnen zu glauben. Nicht viel anders war es mit der Botschaft, die Herr Sollemach und unsere anderen Lehrer uns vermittelten. *Was schlecht ist, ist schädlich*, sagte man uns. *Was gut ist, ist nützlich*. So einfach war es in der Tat. Wenn unsere Lehrer die Karikatur eines Juden für uns an die Tafel malten und uns auf die Züge hinwiesen, welche Merkmal der unterlegenen Arten sind, vertrauten wir ihnen. Sie waren die Älteren, sie mussten es doch am besten wissen. Welches Kind möchte nicht, dass sein Land das beste, das größte und stärkste auf der Welt ist?

Eines Tages machte Herr Sollemach mit unserer *Kameradschaft* einen besonderen Ausflug. Anstatt im Marschschritt die Stadt zu verlassen, wie wir das auf vielen Wanderungen taten, führte Herr Sollemach uns über die kurze Straße, die zur Wewelsburg führte. Heinrich Himmler selbst hatte diese als Versammlungsort der SS für besondere Anlässe requiriert.

Natürlich kannten wir alle das Schloss, wir waren damit groß geworden. Seine drei Türme bewachten einen dreieckigen Innenhof, und es thronte hoch oben auf einem Felsen über dem Almetal – dies war Teil unseres Heimatkundeunterrichts. Aber seit die SS mit den Umbauten begonnen hatte, war keiner von uns mehr drinnen gewesen. Wir durften den Innenhof nicht mehr zum Fußballspielen nutzen, denn das Gebäude war der Elite vorbehalten.

»Wer kann mir sagen, warum diese Burg so bedeutsam ist?«, fragte Herr Sollemach, während wir den Hügel hinauftrotteten.

Mein Bruder, der Musterschüler, meldete sich als Erster. »Sie ist von historischer Bedeutung, weil sie sich in der Nähe eines früheren deutschen Sieges befindet – wo Hermann der Cherusker im Jahre neun die Römer besiegt hat.«

Die anderen Jungs kicherten. Anders als auf dem Gymnasium bekam Franz hier keine Punkte dafür, dass er das Geschichtsbuch kannte. »Aber warum ist sie für *uns* von Bedeutung?«, hakte Herr Sollemach nach.

Ein Junge namens Lukas, der wie ich zum Streifendienst der HJ gehörte, hob die Hand. »Sie gehört heute dem Reichsführer-SS«, sagte er.

Himmler, der als Chef der SS die deutsche Polizei und die Konzentrationslager unter sich hatte, war 1933 zu Besuch auf der Wewelsburg gewesen und hatte diese noch am selben Tag auf hundert Jahre gepachtet mit dem Plan, sie für die SS zu restaurieren. 1938 war der Nordturm noch immer im Bau – das sahen wir beim Näherkommen.

»Himmler sagt, der *Obergruppenführersaal* werde nach dem Endsieg das Zentrum der Welt werden«, verkündete Herr Sollemach. »Er hat bereits die Wassergräben vertiefen lassen, und nun sollen die Innenräume herausgeputzt werden. Es geht das Gerücht, dass er heute hier ist, um die Fortschritte zu überprüfen. Habt ihr das gehört, Jungs? Der Reichsführer-SS selbst ist hier in der Wewelsburg!«

Mir war nicht klar, wie Herr Sollemach uns Zugang zur streng bewachten Burg verschaffen wollte, denn auch der Leiter der örtlichen Kameradschaft pflegte nicht mit jenen zu verkehren, die zum höchsten Offiziersrang der NSDAP gehörten. Aber als wir näher kamen, salutierte Herr Sollemach mit dem Hitlergruß, und die Wache erwiderte diesen. »Na, Werner«, sagte Herr Sollemach. »Ein ziemlich aufregender Tag heute, oder?«

»Du kommst gerade rechtzeitig«, sagte der Soldat. »Wie geht es Maria? Und den Mädchen?«

Mir hätte klar sein müssen, dass Herr Sollemach nichts dem Zufall überließ.

Mein Bruder zog mich am Arm und machte mich auf den Mann aufmerksam, der in der Mitte des Burghofs stand und sich an eine Gruppe von Offizieren wandte.

»Das Blut verrät uns«, sagte der Mann. »Die Gesetze der arischen Auslese begünstigen jene, die stärker, klüger und gefestigter in ihrem Charakter sind als ihre unterlegenen Gegner. Treue. Gehorsam. Wahrheit. Pflicht. Kameradschaft. Das sind die Grundpfeiler der früheren Ritterschaft und die Zukunft der Schutzstaffel.«

Ich verstand nicht wirklich, was er sagte, aber ich erkannte am Respekt, den die Menge ihm entgegenbrachte, dass dies nur Himmler sein konnte. Doch dieser kleine, biedere Mann sah eher aus wie ein Bankangestellter als wie der Chef der deutschen Polizei.

Dann sah ich, dass er auf mich zeigte. »Du da, Junge«, sagte er, den Finger auf mich gerichtet.

Ich trat vor und salutierte, wie wir es auf unseren HJ-Treffen gelernt hatten.

»Bist du aus der Gegend hier?«

»Jawohl, Reichsführer«, sagte ich. »Ich gehöre zum HJ-Streifendienst.«

»Dann sag mir mal, Junge: Warum sollte ein Land, das die Rassereinheit und die Zukunft einer neuen Welt vor Augen hat, eine baufällige Burg zum Übungszentrum erwählen?«

Das war eine Fangfrage. Ein Mann, der so wichtig war wie Himmler, würde mit Sicherheit nicht fälschlicherweise einen Ort wie die Wewelsburg auswählen. Mein Mund wurde trocken.

Mein Bruder, der neben mir stand, hüstelte. *Hartmann* flüsterte er.

Ich wusste nicht, was er mir zu vermitteln versuchte, indem er mir unseren Nachnamen vorsprach. Vielleicht fand er, ich sollte mich vorstellen. Auf diese Weise wüsste Himmler dann, welcher Idiot vor ihm stand.

Doch dann wurde mir klar, dass mein Bruder nicht *Hartmann*, sondern *Hermann* gesagt hatte.

»Weil es«, erwiderte ich, »nämlich keine baufällige Burg ist.«

Himmler lächelte träge. »Sprich weiter.«

»Es ist der nämliche Ort, an dem Hermann der Cherusker gegen die Römer gekämpft und sie besiegt hat. Während andere Kulturen zu einem Teil des Römischen Reiches wurden, blieb die deutsche Identität intakt. Wie das auch wieder der Fall sein wird, wenn wir den Krieg gewinnen.«

Himmler sah mich aus schmalen Augen an. »Wie heißt du, mein Junge?«

»Kameradschaftsführer Hartmann«, sagte ich.

Er ging durch die Menge und legte eine Hand auf meine Schulter. »Ein Krieger, ein Gelehrter und ein Führer – alles in einem. *Das* ist die Zukunft Deutschlands.« Als die Menge in Jubel ausbrach, schob er mich voran. »Du kommst mit mir«, sagte Himmler.

Er führte mich über ein paar Treppen hinunter in die Gruft. Im Untergeschoss des Turms, der noch immer im Bau war, befand sich ein runder Raum. In dessen Mitte war im Boden eine Gasleitung eingebettet. Zwölf Nischen begrenzten den Raum, und in jeder stand ein Sockel. »Hier werden wir alle enden«, sagte Himmler, und seine Stimme klang hohl in der kleinen Kammer. »Asche zu Asche, Staub zu Staub.«

»Reichsführer?«

»Hier werde ich sein, lange nach dem Endsieg. Dies wird die letzte Ruhestätte der höchsten zwölf SS-Generäle sein.« Er wandte sich mir zu. »Vielleicht ist es an der Zeit für einen vielversprechenden jungen Mann wie dich, dieses Potenzial zu erlangen.«

In diesem Moment fasste ich den Entschluss, mich zu verpflichten.

Herr Sollemach war natürlich stolz darauf, dass ich mich als SS-Sturmmann verpflichtet hatte, meine Mutter hingegen war am Boden zerstört. Sie machte sich Sorgen um mich, je mehr der Krieg eskalierte. Aber ihre Sorge galt gleichermaßen meinem Bruder, der – mit achtzehn – noch immer ein

Bücherwurm war und jetzt den Schutz verlor, für den ich gesorgt hatte.

Sie und mein Vater luden am Abend, bevor ich mich im Konzentrationslager Sachsenhausen als Teil der Totenkopfverbände einzufinden hatte, zu einem geselligen Beisammensein mit Nachbarn und Freunden ein. Einer von ihnen, Herr Schefft, der für die Lokalzeitung arbeitete, machte ein Foto von mir, wie ich die Kerzen auf dem Schokoladenkuchen ausblies, den meine Mutter gebacken hatte – Sie können es hier sehen, ich habe den Ausschnitt noch, den sie mir geschickt hat. Ich habe mir dieses Foto oft angesehen. Sehen Sie, wie glücklich ich darauf aussehe? Nicht nur, weil ich meine Gabel über dem Teller halte und darauf warte, etwas Köstliches zu essen. Nicht nur, weil ich Bier wie ein Mann trank und kein Junge mehr war. Sondern weil für mich noch alles möglich war. Es ist das letzte Foto von mir, auf dem meine Augen noch nicht beschwert von Wissen und Erkenntnis sind.

Einer der Freunde meines Vaters begann, mir zu Ehren zu singen: »Hoch soll er leben, hoch soll er leben, drei Mal hoch.« Plötzlich wurde die Tür aufgerissen, und der kleine Bruder meines Freundes Lukas kam aufgeregt und bebend vor Begeisterung angerannt. »Herr Sollemach sagt, wir müssen sofort kommen«, sagte er. »Und wir dürfen keine Uniform tragen.«

Das war merkwürdig, denn wir trugen unsere Uniformen immer mit großem Stolz. Meine Mutter war nicht gerade begeistert, uns um Mitternacht noch losziehen zu lassen. Aber die anderen Mitglieder der HJ – einschließlich Franz – und ich folgten ihm. Wir liefen zum Gemeindezentrum, wo wir unsere Treffen abhielten, und trafen dort Herrn Sollemach an, der wie wir Straßenkleidung trug. Vor dem Gebäude stand ein Pritschenwagen, wie ihn das Militär benutzte, mit einer offenen Ladefläche und Bänken, auf denen wir Platz nehmen konnten. Wir saßen dicht gedrängt und anhand der Gesprächsfetzen, die ich von den anderen Jungs aufschnappte, erfuhr ich, dass ein deutscher Beamter namens vom Rath von einem polnischen Juden heimtückisch ermordet worden war, woraufhin der Führer selbst gesagt hatte, dass spontane Vergeltungsschläge durch die deutsche Bevölkerung nun nicht mehr aufzuhalten seien. Bis der Lastwagen Paderborn erreichte, das nur wenige Kilometer von Wewelsburg entfernt lag, wimmelte es auf den Straßen von mit Vorschlaghämmern und Äxten bewaffneten Menschen. »Hier wohnt Artur«, raunte Franz mir zu, es war der Freund, den er auf der Schule gehabt hatte. Das war keine Überraschung für mich. Als ich vor einem Jahr das letzte Mal in Paderborn war, hatte mein Vater meiner Mutter zu Weihnachten ein Paar modische Lederstiefel anfertigen lassen, von der Hand eines jüdischen Schusters.

Wir bekamen Anweisungen:

1. Gefährdet keinesfalls nichtjüdisches deutsches Leben und Eigentum.
2. Plündert die jüdischen Geschäfte und Wohnungen nicht, zerstört sie nur.
3. Gegen Ausländer – auch jüdische – durfte keine Gewalt angewendet werden.

Herr Sollemach drückte mir eine schwere Schaufel in die Hand. »Geh, Reiner«, sagte er. »Zeig diesen Schweinen, welche Strafe sie verdient haben.«

Es wurden Fackeln verteilt, die einzige Möglichkeit, im Dunkeln etwas erkennen zu können. Die Luft war erfüllt von Schreien und Rauch. Vom Klirren zersplitternder Glasscheiben, die unter unseren Stiefeln knirschten, als wir durch die Stadt rannten, aus Leibeskräften schrien und ein Schaufenster nach dem anderen einschlugen. Wir waren eine Horde wild gewordener, rasender Jugendlicher und brannten für unsere Sache, sodass Schweiß und Angst auf unserer Haut verdampften. Selbst Franz, der meines Wissens keine einzige Ladenfront zusammenschlug, ließ sich mit vor Aufregung geröteten Wangen, die Haare platt vom Schweiß, von diesem Strudel mitreißen, den der Herdentrieb erzeugte.

Etwas zerstören zu sollen, war ein merkwürdiger Befehl. Wir waren gut erzogene deutsche Jungs, die sich zu benehmen wussten und von unseren Müttern gescholten wurden, wenn wir eine Lampe oder eine Porzellantasse zerbrachen. Aus ärmlichen Verhältnissen kommend, hatten wir gelernt, wertzuschätzen, was einem gehörte. Doch diese in Feuer und Chaos gestürzte Welt war der letzte Beweis, dass wir durch Alice' Spiegel gefallen waren. Nichts war mehr, wie es war, nichts mehr, wie es zu sein schien. Der Beweis lag zersplittert und glitzernd zu unseren Füßen.

Schließlich kamen wir zu dem Laden, den ich mit meinem Vater besucht hatte, den kleinen Schusterladen. Ich sprang hoch und packte das schwingende Ladenschild und riss es aus seiner Verankerung, bis es nur noch an einer einzigen Kette baumelte. Ich schleuderte meine Schaufel in das Schaufenster und griff zwischen die schartigen Glaskanten, um Schuhe, Dutzende Paar Stiefel, Pumps und Trotteurs herauszuholen und in die Pfützen auf der Straße zu werfen. SA-Sturmtruppen traten die Türen von Wohnhäusern ein und schleiften die Bewohner in ihren Nachtgewändern ins Stadtzentrum. Dort kauerten sie in kleinen Grüppchen zusammen und beugten sich schützend über ihre Kinder. Ein Vater musste sich bis auf die Unterwäsche ausziehen und vor den Soldaten tanzen. *Kann ich jetzt gehen?*, flehte der Mann, während er sich im Kreis drehte.

Ich weiß nicht, was mich dazu bewog, aber ich näherte mich der Familie des Mannes. Seine Frau, vielleicht weil sie meine glatten Wangen und mein junges Gesicht sah, hielt mich am Stiefel fest. *Bitte – die sollen aufhören,* bettelte sie.

Sie zerrte schluchzend an meiner Hose, tastete nach meiner Hand. Ich wollte ihren Rotz nicht an mir haben, ihre Spucke. Und auch nicht ihren heißen Atem und diese leeren Worte.

Ich reagierte impulsiv und trat sie von mir weg.

Wie der SS-Reichsführer damals in der Wewelsburg gesagt hatte: *Das Blut verrät uns.* Ich wollte ja dieser jüdischen Frau nicht wehtun. Ich dachte eigentlich gar nicht an sie. Ich schützte nur mich selbst.

In dem Moment wurde mir klar, worum es in dieser Nacht eigentlich ging. Nicht um Gewalt, nicht um Ausschreitungen und auch nicht um öffentliche Demütigung. Diese Maßnahmen waren eine an die Juden gerichtete Botschaft: Sie sollten wissen, dass sie uns Volksdeutschen nichts anhaben konnten – weder wirtschaftlich noch sozial oder politisch, nicht einmal nach diesem Meuchelmord.

Als der Konvoi nach Wewelsburg zurückfuhr, dämmerte schon der Morgen. Die Jungs dösten an die Schulter ihres Nachbarn gelehnt, ihre Kleider glitzerten vom Feenstaub zerbrochenen Glases. Herr Sollemach schnarchte. Nur Franz und ich waren wach.

»Hast du ihn gesehen?«, fragte ich.

»Artur?« Franz schüttelte den Kopf.

»Vielleicht ist er schon weg. Wie ich höre, haben viele bereits das Land verlassen.«

Franz starrte auf Herrn Sollemach. Seine blonden Haare fielen ihm über ein Auge, und er schüttelte den Kopf. »Ich hasse diesen Mann.«

»Pst«, warnte ich ihn. »Ich glaube, er hört mit seinen Poren.«

»Arschloch.«

»Das hört er womöglich auch.«

Mein Bruder lächelte dünn. »Bist du nervös?«, fragte er. »Weil du weggehst?«

Das war ich, hätte es aber niemals zugegeben. Es stand einem Offizier nicht an, Angst zu haben. »Es wird gut werden«, sagte ich und hoffte, damit auch mich selbst zu überzeugen. Ich stupste ihn mit dem Ellbogen an. »Sieh zu, dass du keine Probleme kriegst, während ich weg bin.«

»Und du vergiss nicht, woher du kommst«, ermahnte mich Franz.

Manchmal redete er so. Als wäre er ein weiser alter Mann im Körper eines Achtzehnjährigen. »Was soll das denn heißen?«

Franz zuckte mit den Achseln. »Dass du nicht auf das hören musst, was sie sagen. Nun, das stimmt vielleicht nicht. Aber du brauchst es nicht zu glauben.«

»Die Sache ist aber die, Franz, ich *tue* es.« Wenn ich ihm doch nur erklären könnte, was ich empfand, dann würde er, wenn ich nicht mehr da war, bei den HJ-Treffen vielleicht nicht mehr auffallen wie ein bunter Hund. Und je weniger er auffiel, desto weniger würde er auch schikaniert werden. »Heute Abend ging es nicht darum, den Juden Schaden zuzufügen. Es ging um unseren Schutz. Um den Schutz von uns Deutschen.«

»Stärke zeigt sich nicht darin, dass man jemandem etwas Schlimmes antut, der schwächer ist als man selbst, Reiner. Man kann zwar über die Stärke, etwas Schlimmes zu tun, verfügen, doch es geht darum, sich dagegen zu entscheiden.« Er wandte sich an mich. »Erinnerst du dich an die Maus in unserem Zimmer damals?«

»Was?«

Franz sah mich eindringlich an. »Du weißt schon. Die, die du getötet hast«, sagte er. »Ich verzeihe dir.«

»Ich habe dich nicht darum gebeten, mir zu verzeihen«, sagte ich zu ihm.

»Das heißt jedoch nicht, dass du es nicht wolltest«, erwiderte mein Bruder achselzuckend.

Der erste Mensch, den ich je erschoss, rannte vor mir weg.

Ich arbeitete nicht mehr im Konzentrationslager. Im August 1939 wurde in Sachsenhausen die Mobilmachung angeordnet, und wir folgten den deutschen Truppen als Teil der SS-Totenkopfstandarte. Jetzt schrieben wir den 20. September. Ich erinnere mich daran, weil es Franz' Geburtstag war und ich weder die Zeit noch die Mittel hatte, ihm an diesem Tag zu schreiben. Wir waren sieben Tage zuvor als Nachhut der Armee in Polen einmarschiert. Unsere Route führte uns von Ostrowo durch Kalisch, Turek, Źuki, Krosniewice, Kladava, Przedecz, Włocławek, Dembrice, Bydgoszcz, Wirsitz, Zarnkau und schließlich nach Chodziez. Unser Befehl lautete, jegliche Form des Widerstands zu zerschlagen.

An jenem Tag taten wir das, wozu wir entsandt worden waren – wir nahmen Hausdurchsuchungen vor, trieben Aufständische zusammen und verhafteten alle, die uns verdächtig vorkamen: Juden, Polen, Aktivisten. Ich ging in Begleitung eines Soldaten – Urbrecht, ein Junge mit einem Gesicht wie Hefeteig und einem empfindlichen Magen – zu jener Enklave von Wohnhäusern. Es war ein elender, regnerischer Tag. Wir schrien viel, meine Stimme war schon ganz rau, weil wir die dummen Polen, die mein Deutsch nicht verstanden, ständig anbrüllen mussten. Wir trafen eine Mutter, ein Mädchen von etwa zehn Jahren und einen halbwüchsigen Jungen an. Wir suchten nach dem Vater, der einer der Anführer der örtlichen jüdischen Gemeinde war. Aber es war sonst niemand im Haus, jedenfalls behauptete das Urbrecht, nachdem er es überprüft hatte. Ich schrie der Frau ins Gesicht und fragte sie, wo ihr Mann sich aufhielt, aber sie antwortete mir nicht. Schließlich fiel sie vom Regen durchweicht auf die Knie, fing zu schluchzen an und deutete zurück aufs Haus. Ich wusste nicht mehr ein noch aus.

Alle Versuche ihres Sohnes, sie zu beruhigen, schlugen fehl. Ich drückte ihr mein Gewehr in den Rücken, um ihr zu zeigen, in welche Richtung sie gehen sollte, aber die Frau verharrte kniend in der schlammigen Lache. Als Urbrecht sie auf die Beine zerrte, rannte der Junge plötzlich zum Haus zurück.

Ich hatte keine Ahnung, was er vorhatte. Mein einziger Gedanke war der, dass Urbrecht eine Waffe übersehen hatte. Ich tat, was man mir befohlen hatte: Ich schoss.

Der Junge rannte und im nächsten Moment rannte er nicht mehr. Das Geräusch des Schusses war ohrenbetäubend und hohl. Deshalb konnte ich anfangs auch nichts hören. Aber dann.

Die Schreie waren schwach und kamen stoßweise. Ich stieg über den zusammengebrochenen Körper des Jungen und ging in die Küche. Mir ist völlig schleierhaft, wie dieser Idiot Urbrecht das Baby hatte übersehen können, das im Wäschekorb lag und jetzt hellwach war und sich die Seele aus dem Leib schrie.

Man mag über die Unmenschlichkeit der SS-Totenkopfverbände beim Einmarsch in Polen sagen, was man will, aber ich gab dieser Frau ihr Baby, bevor wir sie wegbrachten.

Wir fingen mit den Synagogen an.

Unser Kommandant, Standartenführer Nostitz, erklärte uns die Judenaktion, die wir in Włocławek durchführen sollten. Es war so ziemlich das Gleiche, was wir fast ein Jahr zuvor mit Herrn Sollemach in Paderborn gemacht hatten, nur in größerem Stil. Wir trieben die jüdischen Anführer zusammen, zwangen sie, mit ihren Gebetsschals Toiletten zu putzen, und ließen sie Gräben in Wassertümpeln ausheben. Einige Soldaten schlugen die alten Männer, die nicht schnell genug arbeiteten, oder spießten sie mit Bajonetten auf, während andere Fotos machten. Wir zwangen die religiösen Führer, ihre Bärte abzurasieren und warfen ihre heiligen Bücher in den Schmutz. Mit Dynamit sprengten wir die Synagogen, die dann niederbrannten. Wir schlugen die Schaufenster der jüdischen Geschäfte ein und trieben massenweise Juden zusammen, um sie zu verhaften. Die Führer der jüdischen Gemeinde wurden in eine Reihe gestellt und exekutiert. Es war ein einziges Chaos, es regnete Glasscherben, aus geborstenen Rohren ergoss sich Wasser auf die Straße, Pferde scheuten vor den Wagen, in die sie eingespannt waren, Blut färbte das Kopfsteinpflaster rot. Die polnischen Zivilisten feuerten uns an. Sie wollten die Juden genauso wenig hier haben wie wir Deutschen.

Nachdem die Aktion zwei Tage lang gedauert hatte, gab der Standartenführer den Befehl, dass sich zwei Sturmbanne aus dem Bataillon absplittern sollten, um einen Sonderauftrag auszuführen. Wir bekamen vom Sicherheitsdienst des Reichsführers-SS und der Polizei erstellte Listen mit den Namen von Intellektuellen und Widerstandskämpfern in Posen und Pommern. Diese Leute sollten wir finden und eliminieren.

Ausgewählt zu werden, war eine Ehre. Aber erst als wir Bydgoszcz erreichten, begriff ich das Ausmaß dieses Einsatzes. Die »Todesliste« bestand nicht nur aus einem Blatt voller Namen. Es ging um achthundert Menschen. Einen ganzen Folianten.

Leicht zu finden waren sie. Es waren polnische Lehrer, Geistliche, Führer nationaler Organisationen. Einige von ihnen waren Juden, andere nicht. Sie wurden zusammengetrieben. Eine kleine Gruppe wurde dazu bestimmt, einen Graben auszuheben – sie glaubten, es handelte sich dabei um einen Panzergraben. Aber dann wurde die erste Gruppe von Gefangenen zum Graben geführt, und unsere Aufgabe bestand darin, sie zu erschießen. Sechs von uns waren mit dieser Aufgabe betraut. Drei sollten auf die Köpfe, die anderen auf die Herzen zielen. Ich entschied mich für die Herzen. Unsere Schüsse hallten nach, und es gab ein Feuerwerk aus Blut und Gehirnmasse. Dann trat die nächste Reihe von Gefangenen vor den Graben.

Diejenigen, die am Ende der Reihe standen, sahen, was sie erwartete. Und dürften begriffen haben, dass sie, als sie vor uns Soldaten standen, ihrem Tod ins Auge blickten. Und doch rannte kaum einer davon, versuchte kaum einer zu entkommen. Ich weiß nicht, ob ich das als Zeichen ihrer bodenlosen Dummheit oder ihrer grenzenlosen Tapferkeit bewerten soll.

Ein Halbwüchsiger starrte mich an, als ich das Gewehr

anlegte. Er hob die Hand und deutete auf sich. In ausgezeichnetem Deutsch sagte er: *neunzehn*.

Nach den ersten fünfzig hörte ich auf, ihnen in die Gesichter zu blicken.

Meinem tapferen Einsatz in Polen verdankte ich es, dass man mich auf die SS-Junkerschule in Bad Tölz schickte. Bevor ich aber dorthin abkommandiert wurde, bekam ich drei Wochen Urlaub und fuhr nach Hause.

Nur ein Jahr war vergangen, aber ich hatte mich sehr verändert. Als ich wegging, war ich noch ein Kind, jetzt war ich ein Mann. Ich hatte einer Mutter ihr schreiendes Baby aus den Armen gerissen. Ich hatte Jungen und Mädchen getötet, die nicht älter waren als ich – und auch viel jünger. Ich hatte mich daran gewöhnt, mir zu nehmen, was und wann ich es haben wollte. Wieder im Haus meiner Eltern zu sein, machte mich nervös, ich war zu groß für diese Räume und zu energiegeladen.

Für meinen Bruder hingegen war unser kleines Zuhause in Wewelsburg ein sicherer Hafen. Er war der Klassenbeste auf dem Gymnasium und rechnete damit, auf die Universität zu gehen. Eigentlich wollte er aber Schriftsteller werden, und wenn das nicht klappte, dann Professor. Er schien nicht die simpelste logische Tatsache zu verstehen: Deutschland befand sich im Krieg, und nichts war mehr, wie es einmal gewesen war. All unsere Kindheitsträume, die wir einmal hatten, waren längst verschwunden, dem übergeordneten Wohl unseres Landes geopfert.

Franz hatte ein Dokument mit der Aufforderung erhalten, sich beim Rekrutierungskommando zu melden, es aber ins Feuer geworfen. Als würde das reichen, um die SS davon abzuhalten, ihn zu finden und unter Zwang zu holen.

»Sie brauchen keine Leute wie mich«, hatte er beim Abendessen gesagt.

»Sie brauchen jeden tauglichen Mann«, hatte ich erwidert.

Meine Mutter hatte Angst, man könnte Franz für einen politisch motivierten Gegner des Reichs halten, obwohl er doch nur indifferent war. Ich konnte sie verstehen, denn ich wusste, was mit Oppositionellen geschah. Sie verschwanden einfach.

Als ich am ersten Tag nach meiner Ankunft wach wurde, fielen Sonnenstrahlen durchs Fenster, und meine Mutter saß auf der Kante meines schmalen Betts. Franz war bereits zum Gymnasium aufgebrochen. Ich hatte fast bis mittags geschlafen.

Ich zog die Decke hoch ans Kinn. »Ist was?«

Meine Mutter hielt den Kopf schief. »Ich habe dich als Neugeborenes immer im Schlaf beobachtet«, sagte sie. »Dein Vater hielt mich für verrückt. Aber ich dachte, wenn ich mich abwende, könntest du womöglich den nächsten Atemzug vergessen.«

»Ich bin aber kein Baby mehr«, sagte ich.

»Nein«, stimmte meine Mutter mir zu. »Das bist du nicht. Aber das heißt nicht, dass ich mir keine Sorgen mehr um dich mache.« Sie biss sich auf die Unterlippe. »Behandelt man dich denn gut?«

Wie konnte ich meiner Mutter erklären, was ich getan hatte? Ihr von den Juden erzählen, deren Türen ich eingetreten hatte, damit wir ihre Radioapparate, Gerätschaften, Wertgegenstände und alles andere beschlagnahmen konnten, was von kriegswichtigem Interesse sein könnte? Von dem älteren Rabbi, den ich verprügelt hatte, weil er nach der Ausgangssperre noch draußen war, um zu beten? Von den Männern, Frauen und Kindern, die wir mitten in der Nacht zusammengetrieben und getötet hatten?

Wie sollte ich ihr erklären, dass ich trank, um nachts die Bilder zu vertreiben, die ich tagsüber gesehen hatte? Und manchmal so betrunken war, dass ich noch am Morgen danach einen heftigen Kater hatte und kaum gerade stehen konnte. Dass ich zwischen den einzelnen Erschießungen am

Rand der Grube saß und meine Beine baumeln ließ, die Schulter wund vom Rückstoß des Gewehrs. Dabei eine Zigarette rauchte und mit meinem Gewehrlauf die nächste Reihe von Opfern herbeiwinkte, damit sie wussten, dass sie sich auf den Boden legen mussten. Und dann schoss. Präzision war nicht notwendig, doch wir lernten, ökonomisch zu sein. Zwei Kugeln in den Kopf waren zu viel. Die Wucht reichte aus, den Kopf vom Körper zu reißen.

»Und wenn du nun in Polen verwundet wirst?«, fragte sie.

»Verwundet könnte ich auch in Deutschland werden«, gab ich zu bedenken. »Ich bin vorsichtig, Mutter.«

Sie berührte meinen Arm. »Ich möchte nicht, dass Hartmann-Blut vergossen wird.«

Ihr Gesichtsausdruck sagte mir, dass sie dabei an Franz dachte. »Ihm wird auch nichts passieren«, sagte ich. »Es gibt Spezialeinheiten, die von Männern mit Doktortiteln geleitet werden. Es gibt auch in der SS Platz für Gelehrte.«

Das heiterte meine Mutter auf. »Vielleicht kannst du ihm das sagen.«

Sie ging mit dem Versprechen, mir ein königliches Mittagessen zuzubereiten, nachdem ich das Frühstück verschlafen hatte. Ich duschte mich und zog meine Zivilkleidung an, da ich wusste, dass man mir den Soldaten allein aufgrund meines Auftretens abnahm. Ich aß den Teller leer, den meine Mutter für mich zubereitet hatte. Es war still im Haus. Mein Vater war weg zur Arbeit, und meine Mutter ging zu ihrer Kirchengruppe, in der sie ehrenamtlich tätig war. Franz hatte bis zwei Uhr nachmittags Unterricht. Ich hätte in die Stadt laufen können, aber mir war nicht nach Gesellschaft zumute. Also kehrte ich in das Schlafzimmer zurück, das ich mir mit meinem Bruder geteilt hatte.

Auf seinem Schreibtisch stand ein kleiner Holzblock, der recht grob die Gestalt eines Werwolfs hatte. Entlang der Schreibunterlage befanden sich noch zwei weitere in verschiedenen Stadien der Fertigstellung. Es gab auch einen Vampir, der die Arme vor der Brust verschränkte und den Kopf in den Nacken warf. Mein kleiner Bruder hatte sich während meiner Abwesenheit zu einem Kunsthandwerker entwickelt.

Ich nahm den Vampir und testete die Spitzen seiner scharfen Zähne mit meinem Daumen, als ich Franz' Stimme hörte. »Was machst du da?«

Ich wirbelte herum, er starrte mich an.

»Nichts.«

»Die gehören mir«, blaffte er und riss mir die Schnitzerei aus der Hand.

»Seit wann schnitzt du denn?«

»Seit ich beschlossen habe, ein Schachspiel anfertigen zu wollen«, sagte Franz. Er wandte sich ab und durchsuchte seine Bücherregale. Franz sammelte Bücher, wie andere Münzen oder Briefmarken sammeln. Sein Schreibtisch und seine Regale quollen über davon, selbst neben dem Bett stapelten sie sich. Keins seiner Bücher fand je den Weg auf einen Kirchenbasar, angeblich weil er nicht wisse, ob er es nicht noch mal lesen wolle. Ich verfolgte, wie er einen Stapel Gruselgeschichten aus der Nische zwischen dem Schreibtisch und der Wand hervorholte, und ich überflog die Titel. *Der Wolf von der Krim. Blutdurst. Der Spuk.*

»Warum liest du dieses Zeug?«, fragte ich.

»Und warum interessiert dich das?« Franz leerte seine Büchertasche aufs Bett und füllte sie statt der Schulbücher mit den Romanen. »Ich komme später. Ich muss mit Otto spazieren gehen. Dem Hund der Müllers.«

Dass Franz diese dumme Aufgabe übernommen hatte, überraschte mich nicht, nur dass der Hund der Müllers nach so langer Zeit noch lebte. »Hast du vor, auch ihm was vorzulesen?«

Franz antwortete nicht, sondern eilte aus dem Haus. Achselzuckend machte ich es mir mit einem der Bücher auf meiner schmalen Matratze bequem und knickte den Umschlag um. Ich las ein und denselben Satz dreimal, bevor ich die

Eingangstür ins Schloss fallen hörte. Dann trat ich ans Fenster und beobachtete, wie mein Bruder die Straße überquerte.

Er ging an Müllers Haus vorbei.

Ich ging nach unten, schlich mich hinaus und setzte mein taktisches militärisches Training ein, um Franz mehrere Minuten lang zu einem Haus zu verfolgen, mit dem ich nichts verbinden konnte. Die Bewohner kannte ich nicht, aber es sah aus, als wäre es unbewohnt. Die Rollläden waren heruntergelassen, das Haus in baufälligem Zustand. Doch als Franz klopfte, wurde ihm die Tür geöffnet.

Versteckt hinter einer Hecke, wartete ich eine gute Viertelstunde, bis mein Bruder wieder herauskam. Die Büchertasche baumelte schlaff und leer an seiner Seite.

Ich kam hinter dem Gebüsch hervor. »Was machst du da, Franz?«

Er drängte sich an mir vorbei. »Ich bringe einem Freund Bücher. Soweit ich weiß, ist das kein Verbrechen.«

»Warum hast du mir dann erzählt, dass du mit dem Hund Gassi gehst?«

Mein Bruder sagte nichts darauf, aber auf seiner Wange zeigten sich zwei hellrote Flecke.

»Wer wohnt hier denn, von dem ich nicht wissen soll, dass du ihn besuchst?« Ich grinste, zog meine Brauen hoch und fragte mich, ob mein kleiner Bruder während meiner Abwesenheit womöglich zum Frauenheld geworden war. »Ist es vielleicht ein Mädchen? Gibt es inzwischen außer dem poetischen Metrum noch andere Dinge, die dich in Wallung versetzen?« Spielerisch knuffte ich ihn gegen die Schulter, aber er duckte sich weg von mir.

»Hör auf«, murmelte er.

»Ah, der arme Franz. Wenn du mich gefragt hättest, hätte ich dir empfohlen, ihr Schokolade anstatt der Bücher mitzubringen …«

»Es ist kein Mädchen«, platzte es aus Franz heraus. »Es ist Artur Goldman. Er ist es, der hier wohnt.«

Es dauerte ein wenig, bis ich den Namen zuordnen konnte. Es war der Jude aus Franz' Klasse auf dem Gymnasium.

Die meisten Juden unserer Stadt waren gegangen. Wohin sie gegangen waren, wusste ich nicht – in die großen Städte, vielleicht nach Berlin. Ich hatte offen gestanden keinen Gedanken darauf verschwendet. Mein Bruder offensichtlich schon. »Jesus. Ist das der Grund, weshalb du nicht zur SS willst? Weil du ein Judenfreund bist?«

»Nun sei doch kein Idiot …«

»Ich bin hier nicht der Idiot, Franz«, sagte ich. »Ich bin nicht derjenige, der sich mit den Feinden des Reichs verbrüdert.«

»Er ist mein Freund. Er verpasst den Unterricht. Also bringe ich ihm Bücher. Mehr nicht.«

»Du hast einen Bruder, der Offiziersanwärter der SS ist«, sagte ich gelassen. »Du wirst aufhören, dich mit einem Juden einzulassen.«

»Nein«, erwiderte mein Bruder.

Nein.

Nein.

Ich konnte mich nicht erinnern, wann zuletzt jemand nein zu mir gesagt hatte.

Ich packte ihn an der Gurgel. »Was glaubst du, wie das aussehen wird, wenn die Gestapo dahinterkommt? Du willst dafür meine Karriere aufs Spiel setzen, nach allem, was ich getan habe, um dich zu beschützen?« Ich lockerte meinen Griff, und er würgte und klappte hustend zusammen. »Sei ein Mann, Franz. Sei einmal in deinem elenden Leben verdammt noch mal ein Mann.«

Er wich stolpernd vor mir zurück. »Was zum Teufel ist aus dir geworden, Reiner?«

Ich kramte eine Zigarette aus meiner Tasche, zündete sie an und nahm einen Zug. »Vielleicht habe ich ein wenig überreagiert«, gab ich zu und bemühte mich um einen sanfteren Ton. »Vielleicht reicht es schon, wenn du das von mir hörst…« Ich blies einen Rauchkringel. »Sag Artur, dass du ihn nicht mehr besuchen kannst. Ansonsten werde ich dafür sorgen, dass keiner mehr da ist, den du besuchen kannst.«

Die gefasste Miene meines Bruders fiel in sich zusammen, er wandte sich mit einem Ausdruck an mich, den ich in diesem letzten Jahr so oft gesehen hatte, dass er mich kalt ließ. »Bitte«, sagte Franz, »das wirst du doch nicht tun.«

»Wenn du deinen Freund wirklich retten willst«, sagte ich ihm, »dann bleib ihm fern.«

Zwei Nächte später wurde ich wach, weil der Arm meines Bruders meine Luftröhre zudrückte. »Du hast gelogen«, zischte er. »Du sagtest, du würdest Artur nichts tun.«

»Und du hast auch gelogen«, sagte ich. »Sonst wüsstest du nicht, dass sie weg sind.«

Es war nicht schwer gewesen, die Saat der Intoleranz zu säen und die Familie wissen zu lassen, dass sie hier nicht willkommen waren. Aber ich vertrieb sie nicht aus der Stadt. Das taten sie aus reinem Instinkt: Selbsterhaltungstrieb ihrerseits. Ich hatte es getan, weil ich wusste, dass ich stark war, wo mein Bruder schwach war, und er Artur weiterhin besucht hätte – und hier hatte ich den Beweis, wie gut ich daran getan hatte, aktiv zu werden. Waren es heute Bücher, wäre es morgen etwas zu essen. Geld. Unterkunft. Und so weit durfte ich es nicht kommen lassen.

»Ich habe dir einen Gefallen getan«, stieß ich hervor.

Mein Bruder lockerte den Druck an meiner Kehle. Im Mondlicht sah ich einen Ausdruck in seinem Gesicht, den ich noch nie zuvor gesehen hatte. Die Augen waren schwarz und leer und das Kinn angespannt vor Zorn. In diesem Moment sah er aus, als wäre er in der Lage, mich zu töten.

Da wusste ich, dass meine Mutter sich keine Sorgen mehr zu machen brauchte. Selbst wenn man Franz zum Rekrutierungszentrum schleifen sollte, selbst wenn er nie einen Fuß in eine Universität setzen und stattdessen wie ich zum Offizierstraining abkommandiert und sogar zum Kampf an der

Front eingezogen werden würde – er wäre in der Lage, diesen Krieg zu überleben.

Wir sprachen nie mehr über Artur Goldman.

In den Monaten, die ich auf der Junkerschule zubrachte, studierte ich *Mein Kampf*, stellte in Sandkästen spielerisch Kriegsstrategien nach und unterzog mich einem Examen nach dem anderen, die dazu gedacht waren, jedes Mal einen von drei Offiziersschülern auszusondern. Wir hatten Unterricht in Taktik, Gelände- und Kartenlesen, Kampftraining, Zeitgeschehen und Waffenübungen. Wir studierten Waffentechnologie, gingen zum Schießstand und erfuhren, wie die Verwaltung der SS und der Polizei funktionierte. Wir bekamen beigebracht, wie man einen Panzer fuhr, wie man in der Wildnis überlebte und wie man ein kaputtes Fahrzeug reparierte. Man schliff uns zu Soldaten, die durch Wissen, Entschlossenheit und Ausdauer dem Durchschnitt überlegen waren. Ich machte meinen Abschluss 1940 mit dem Dienstgrad eines Unterleutnants der Waffen-SS – eines Untersturmführers. Ich wurde dem Generalgouvernement in Polen zugeteilt und blieb dort bis zum 24. April 1941, als die 1. SS-Infanteriebrigade aufgestellt wurde.

Wir waren eine Spezialeinheit der Waffen-SS, gehörten zum Kommandostab des Reichsführer-SS und kamen bei Erschießungen der Zivilbevölkerung zum Einsatz. Als Untersturmführer befehligte ich eine von fünfzehn Kompanien, die zum 8. SS-Infanterieregiment gehörte und unter der Schirmherrschaft der Brigade stand. Wir zogen durch die nördliche Ukraine, von Dubno nach Równo bis Shitomir. Dabei machte ich das, was ich schon Jahre zuvor in Polen gemacht hatte – nur dass jetzt weniger jüdische Anführer und politische Gefangene übrig waren.

Unsere Befehle hatten wir von meinem Dienstvorgesetzten, Hauptsturmführer Voelkel, erhalten: alle politisch Unerwünschten und alle rassisch Unterlegenen zusammenzutreiben – Zigeuner beispielsweise und alle Juden –, Männer, Frauen und Kinder. Wir sollten ihre Wertgegenstände und Kleider einsammeln, sie ins freie Gelände oder zu Schluchten außerhalb der eroberten Dörfer und Städte führen und sie dort töten.

Die *Säuberungsaktionen* verliefen nach folgendem Muster: Wir mussten die Juden an einem vorgegebenen Ort – einer Schule, einem Gefängnis oder einer Fabrik – antreten lassen und sie dann zu einem ebenfalls vorher festgelegten Ort führen. Einige dieser Orte waren natürliche Schluchten, einige Bunker, die von den Häftlingen selbst erbaut worden waren. Nachdem sie ihre Wertgegenstände und Kleidung abgegeben hatten, trieben wir sie in den Graben, wo sie sich mit dem Gesicht nach unten hinlegen mussten. Dann gab ich als der kommandierende Offizier des Regiments den Schießbefehl. Die Unteroffiziere und Freiwilligen, allesamt Männer der Waffen-SS, hoben ihre Karabiner 98ks und schossen den Gefangenen in den Nacken. Dann kippten einige der Soldaten einen Ladung Erde oder Lehm darüber, bevor die nächste Gruppe in den Graben getrieben wurde.

Meine Aufgabe war es dann, die Leichen abzuschreiten und die ausfindig zu machen, die sich noch regten, um ihnen mit meiner Pistole den Gnadenschuss zu geben.

Über das, was ich tat, dachte ich nicht nach. Wie konnte ich auch? Da mussten sich Menschen nackt ausziehen, wurden angeschrien, sich schneller und schneller auf den Graben zuzubewegen, während neben ihnen ihre Kinder herliefen. Mussten dann hinunter auf ihre Freunde und Verwandten blicken, die kurz vor ihnen gestorben waren. Und den Platz zwischen den zuckenden Gliedern der Verwundeten einnehmen und warten, bis sie selbst an die Reihe kamen. Bis sie die Druckwelle der Kugel spürten und dann die schwere Last eines Fremden, der auf sie fiel. Hätten wir so gedacht, wären die Getöteten Menschen gewesen, aber für uns konnten sie keine sein. Denn was hätte das über *uns* ausgesagt?

Also betranken wir uns nach jeder Aktion. Wir ließen uns volllaufen, um dieses unselige Bild vom blutgetränkten Boden, aus dem, wenn alle Leichen in der Grube lagen, ein roter, wie ein Geysir anschwellender Fluss rann, aus unseren Albträumen zu vertreiben. Wir tranken, bis wir die Scheiße nicht mehr rochen, die auf den Leichen lag. Bis wir die in unsere Netzhaut eingebrannten Bilder nicht mehr sahen, von einem Kind, das sich auf allen vieren einen Weg aus dem Gewirr von Gliedmaßen bahnte, angeschossen, aber nicht tot, und am Graben entlanglief und weinend nach seiner Mutter oder seinem Vater rief, bis ich uns aus unserem Elend befreite und es mit einem einzigen Schuss tötete.

Einige Offiziere verloren den Verstand. Ich fürchtete, auch meinen zu verlieren. Einer der Untersturmführer, wie ich einer war, verlor einen Mann, der mitten in der Nacht aufstand, das Feldlager verließ und sich in den Kopf schoss. Am nächsten Tag weigerte sich dieser Untersturmführer – weigerte sich einfach –, noch jemanden zu erschießen. Voelkel sorgte dafür, dass er an die Frontlinie kam.

Im Juli teilte Voelkel uns mit, es solle eine Aktion auf der Straße zwischen Równo und Shitomir stattfinden. Achthundert Juden waren zusammengetrieben worden.

Obwohl ich meinen Männern ausdrücklich befohlen hatte, wie sie sich zu verhalten und wann sie zu schießen hatten, brach einer meiner Soldaten zusammen, als die dritte Gruppe von Gefangenen nackt, zitternd und weinend am Rande des Grabens stand. Schultz legte seine Waffe beiseite und sank zu Boden.

Ich befahl ihm, aufzustehen und die Waffe zu nehmen. »Worauf wartet ihr?«, herrschte ich die Soldaten an, die dafür zu sorgen hatten, dass die nächste Gruppe von Gefangenen nach vorn trat. Diesmal war ich der Erste, der seine Waffe abfeuerte. Ich wollte ein Exempel statuieren. Dies tat ich auch bei den folgenden drei Gefangenengruppen, ohne auf das Blut und die Gehirnmasse zu achten, die auf meine

Uniform spritzte. Was Schultz betraf, wurde er hinter der Front postiert. Die SS wollte niemanden an der Frontlinie sehen, der nicht in der Lage war zu schießen.

In jener Nacht gingen meine Männer in die örtliche Schenke, um zu zechen. Ich saß draußen unter den Sternen und lauschte der überwältigenden Stille. Kein Feuerwerk von Gewehrschüssen, keine Schreie, kein Weinen. Ich hatte eine Flasche Whiskey dabei, die nach zwei Stunden schon fast leer getrunken war. Erst als meine Männer sich auf den Heimweg machten und wankend die Straße hinunterliefen, wobei sie sich abenteuerlich gegenseitig Halt zu geben versuchten, betrat ich die Schenke. Um diese Stunde ging ich davon aus, sie leer vorzufinden, aber es saßen noch ein halbes Dutzend Offiziere in einer Ecke beisammen, und Voelkel stand vor einem der Tische. Vor ihm saß Annika Belzer vom Betreuerstab, der den Hauptsturmführer begleitete. Sie war Chefsekretärin und viel jünger als Voelkel oder seine Frau zu Hause. Sie war außerdem eine hundsmiserable Schreibkraft. Und jeder im 8. SS-Infanterieregiment wusste genau, warum sie eingestellt worden war und warum der Hauptsturmführer die Unterstützung einer Sekretärin benötigte, obwohl seine Einheit mobil war. Annikas Haare waren von einem unnatürlichen Platinblond, sie war übertrieben geschminkt und schluchzte jetzt. Vor meinen Augen stieß Voelkel ihr den Lauf seiner Handwaffe in den Mund.

Die anderen in der Schenke beachteten ihn nicht oder gaben jedenfalls vor, es nicht zu tun, weil man sich mit dem Führer der Infanteriebrigade nicht anlegte.

»Also dann«, sagte Voelkel und spannte den Hahn. »Schaffst du es, dass *der* hier steht?«

»Was machen Sie da?«, brach es aus mir heraus.

Voelkel warf einen Blick über die Schulter. »Ah, Hartmann. Sie denken also, weil Sie einen einfachen Soldaten dazu bringen, auf Sie zu hören, können Sie auch mich herumkommandieren?«

»Sie kriegen keinen hoch und wollen *sie* deshalb erschießen?«

Er verzog höhnisch den Mund. »Warum sollen *Sie* das ganze Vergnügen haben?«

Hier ging es um etwas anderes. Ein Jude war eine Sache, aber dieses Mädchen war eine Deutsche. »Wenn Sie abdrücken«, sagte ich ganz ruhig, obwohl mein Herz so laut pochte, dass ich es durch den schweren Wollstoff meiner Uniformjacke spürte, »wird der Obersturmbannführer davon erfahren.«

»Und sollte der Obersturmbannführer davon erfahren«, erwiderte Voelkel, »dann weiß ich auch, wessen Schuld das ist, hm?«

Er zog die Waffe aus Annikas Mund und schlug ihr damit auf die Wange. Sie fiel auf die Knie, rappelte sich aber wieder auf und rannte nach draußen. Voelkel gesellte sich zu den SS-Offizieren und trank Schnaps mit ihnen.

Plötzlich bekam ich Kopfweh. Ich wollte nicht hier sein, ich wollte auch nicht in der Ukraine sein. Ich war dreiundzwanzig. Ich wollte am Küchentisch meiner Mutter sitzen und ihre hausgemachte Schinkensuppe essen, wollte hübschen Mädchen in hochhackigen Schuhen auf der Straße hinterherschauen, wollte eins davon in einer Seitengasse hinter dem Metzgerladen küssen.

Ich wollte ein junger Mann sein, der sein Leben vor sich hatte, kein Soldat, der jeden Tag den Tod durchlebte und jede Nacht dessen Eingeweide von seiner Uniform schabte.

Ich wankte aus der Schenke und sah aus dem Augenwinkel etwas hell aufleuchten. Es war die Sekretärin, deren Haare vom Lichtkegel der Straßenlampe erfasst wurden.

»Mein Ritter in der glänzenden Rüstung«, sagte sie und hielt mir ihre Zigarette hin.

Ich gab ihr Feuer. »Hat er Ihnen wehgetan?«

»Nicht mehr als sonst auch«, sagte sie achselzuckend. Und als hätte sie es heraufbeschworen, ging in diesem Moment die Tür der Schenke auf, und Voelkel trat hinaus in die Kälte. Er packte sie am Kinn und küsste sie brutal auf den Mund. »Komm, meine Liebe«, sagte er aalglatt und vereinnahmend. »Du wirst doch nicht die ganze Zeit auf mich wütend sein, oder?«

»Niemals«, erwiderte sie. »Lass mich nur meine Zigarette zu Ende rauchen.«

Sein Blick streifte mich, dann verschwand er wieder in der Schenke.

»Er ist kein schlechter Mann«, sagte Annika mit Nachdruck.

»Warum lassen Sie sich dann so von ihm behandeln?«

Annika sah mir in die Augen. »Das Gleiche könnte ich auch Sie fragen«, sagte sie.

Am nächsten Tag sah es ganz danach aus, als hätte es unsere Auseinandersetzung nie gegeben. Als wir Zwiahel erreichten, kamen bei unseren Aktionen keine normalen Gewehre, sondern nur noch Maschinengewehre zum Einsatz. In einem endlosen Strom wurden die Juden von den Soldaten in die Gräben gedrängt. Es waren so viele. Zweitausend. Zwei Tage dauerte es, alle zu töten.

Es machte kein Sinn, Sand zwischen die einzelnen Leichenschichten zu streuen, stattdessen trieben die Soldaten die Juden einfach an, sich auf die Leichen ihrer Verwandten und Freunde zu legen, von denen einige noch nicht ganz tot waren. Ich konnte sie flüstern hören, beruhigende Worte … nur Sekunden, bevor sie selbst erschossen wurden.

In einer der letzten Gruppen befand sich eine Mutter mit ihrem Kind. Das war nichts Außergewöhnliches, ich hatte Tausende gesehen. Aber diese Mutter trug ihr Kleinkind und sagte ihm, es solle die Augen geschlossen halten und nicht hinsehen. Sie legte ihr Kind zwischen zwei Leichen, als würde sie es schlafen legen. Und dann begann sie zu singen.

Die Worte verstand ich nicht, aber ich kannte die Melodie.

Es war ein Schlaflied, das meine Mutter meinem Bruder und mir vorgesungen hatte, als wir klein waren, wenn auch in einer anderen Sprache. Auch das kleine Mädchen sang. »*Nit farhaltn*«, sang die Jüdin. Hör nicht auf.

Ich erteilte den Befehl, und in die Maschinengewehre kam ratternd Leben und sie ließen den Boden erbeben, auf dem ich stand. Erst als die Soldaten fertig waren, hörte das Klingeln in meinen Ohren auf.

Und da hörte ich das kleine Mädchen, das noch immer sang.

Es war glitschig vom Blut, und seine Stimme war kaum mehr als ein Flüstern, aber die Töne stiegen auf wie Seifenblasen. Ich ging durch den Graben und richtete meine Waffe auf das Kind. Es hatte sein Gesicht an die Schulter seiner Mutter gepresst, aber als es spürte, dass ich über ihm stand, blickte es hoch.

Ich feuerte meine Waffe auf den toten Leib seiner Mutter ab.

Dann ertönte ein Pistolenknall, und die Musik verstummte.

Voelkel stand neben mir und steckte seine Waffe ins Holster. »Zielen Sie das nächste Mal besser«, sagte er.

Drei Monate verbrachte ich bei der 1. SS-Infanteriebrigade und wurde von Albträumen heimgesucht. Wenn ich mich beispielsweise zum Frühstück hinsetzte, sah ich den Geist eines toten Mannes auf der anderen Seite des Zimmers stehen. Wenn ich meine makellosen, frisch gewaschenen Uniformen betrachtete, sah ich noch immer die Stellen, wo das Blut in die Wolle eingesickert war. Ich trank abends bis zur Besinnungslosigkeit, weil die Zeitspanne zwischen Wachen und Schlafen die gefährlichste war.

Doch auch als der letzte Jude in Zwiahel erschossen war und nachdem Voelkel uns für unsere gute Arbeit gelobt hatte, hörte ich noch immer den Gesang des kleinen Mädchens. Es war schon lange tot, begraben unter zahllosen Schichten seiner Mitbürger, doch dann strich der Wind wie ein Geigenbogen über die Zweige eines Baums, und wieder hörte ich sein Schlaflied. Ich hörte das Klimpern von Münzen, die gezählt wurden, und stellte mir dabei sein Lachen vor. Seine Stimme saß in meiner Ohrmuschel fest, als wäre sie der Ozean.

Ich ging dazu über, schon früh am Abend zu trinken und das Abendessen ganz auszulassen. Die Schenke verschwamm frei schwebend vor mir, und ich musste mir einreden, dass jeder Schnaps, den ich an meine Lippen setzte, mich auf dem Schemel verwurzelte, auf dem ich saß. Ich wünschte mir, gleich hier an diesen klebrigen Tischen, die nie sauber abgewischt wurden, das Bewusstsein zu verlieren.

Ich weiß nicht, wie lange ich dort schon gesessen hatte, als sie auftauchte. Annika. Als ich meine Augen aufschlug, meine Wange drückte gegen das Holz des Tisches, befand sie sich seitlich von mir und starrte mich an. »Alles in Ordnung mit Ihnen?«, fragte sie, und ich hob meinen Kopf, der so groß war wie die ganze Welt, und verfolgte, wie sie sich kreiselnd aufrichtete.

»Sieht ganz danach aus, als könnten Sie eine stützende Hand für den Nachhauseweg brauchen«, sagte sie.

Dann zerrte sie mich hoch, bis ich stand, obwohl ich noch gar nicht gehen wollte. Sie redete wie ein Wasserfall und schleifte mich aus der Schenke zu einem Ort, an dem ich mit meinen Erinnerungen allein wäre. Ich wehrte mich, was nicht schwer war, denn sie war ein winziges Geschöpf und ich erheblich stärker. Sofort zuckte sie zusammen und rechnete damit, geschlagen zu werden.

Sie dachte, ich sei wie Voelkel.

Das durchdrang dann endlich den Nebel in meinem Kopf. »Ich möchte nicht nach Hause gehen«, sagte ich.

Ich weiß nicht mehr, wie wir in ihr Quartier kamen. Es gab dort Treppen, und ich war nicht in der Verfassung, sie in Angriff zu nehmen. Ich weiß auch nicht mehr, wessen Idee es war, unsere Kleider auszuziehen, und ich habe keine Ahnung, was danach passierte, was ich, das kann ich Ihnen versichern, sehr bedauere.

Doch an *eines* erinnere ich mich mit absoluter Klarheit: Ein gegen meine Stirn gedrückter Pistolenlauf küsste mich wach, und Voelkel ragte über mir auf und erklärte mir, dass meine Offizierslaufbahn beendet war.

»Ich habe eine Überraschung für dich«, sagte Aleks, als ich in die Küche kam. »Setz dich.«

Ich kletterte auf einen Schemel und betrachtete seine Rückenmuskeln, die sich anspannten, als er die Tür des gemauerten Ofens öffnete und etwas herauszog. »Mach die Augen zu«, sagte er. »Nicht linsen.«

»Wenn es ein neues Rezept ist, hoffe ich doch, dass du auch die übliche Menge …«

»Und jetzt«, unterbrach mich Aleks und war mir so nah, dass ich die Hitze seiner Haut dicht an meiner spürte, »kannst du sie wieder aufmachen.«

Ich tat es. Aleks streckte eine Hand aus. Darin lag ein Gebäck, das genauso aussah wie das, das mein Vater für mich zu backen pflegte, und das allein reichte, und ich war den Tränen nah.

Den Zimt und die Schokolade konnte ich bereits riechen. »Woher wusstest du das?«, fragte ich.

»Seit der Nacht, als ich deinen Hals nähen musste. Du redest viel, wenn du durch den Wind bist.« Er grinste. »Versprich mir, dass du es ganz aufisst.«

Ich brach das Gebäck auf. Dampf stieg zwischen uns in Gestalt eines Geheimnisses auf. Die Krume innen war leicht rosa und warm wie Fleisch. »Ich verspreche es«, sagte ich und aß den ersten Bissen.

SAGE

Kann man es einem Kreationisten verübeln, der nicht an die Evolution glaubt, wenn er diese vorgebliche Wahrheit sein ganzes Leben lang eingetrichtert bekam und voll und ganz verinnerlicht hat?

Womöglich nicht.

Kann man es dem Nazi verübeln, der in einem antisemitischen Land zur Welt kam und dort eine antisemitische Erziehung erfuhr, wenn dieser als erwachsener Mann fünftausend Juden abschlachtet?

Ja. Doch, das kann man.

Der Grund, warum ich noch immer an Josefs Küchentisch sitze, ist derselbe, weswegen der Verkehr sich nach einem Autounfall verlangsamt: Man möchte den Schaden besichtigen, kann einfach nicht vorbeifahren, ohne den geistigen Schnappschuss mitzunehmen. Wir fühlen uns zum Schrecklichen hingezogen, selbst wenn wir davor zurückschrecken.

Vor mir auf dem Tisch liegen Fotos ausgebreitet: das Foto, das ihn als SS-Mann im Lager zeigt und das er mir vor ein paar Tagen gezeigt hat, und das Foto, das in der Reichspogromnacht, der sogenannten Kristallnacht, aufgenommen wurde und aus einer Zeitung stammt und auf dem Josef – Reiner – grinsend den selbst gebackenen Kuchen seiner Mutter isst.

Wie konnte jemand, der unschuldige Menschen umgebracht hat, so … so gewöhnlich aussehen?

»Ich verstehe noch immer nicht, wie Ihnen das gelungen ist«, sage ich ins Schweigen hinein. »Wie Sie ein normales Leben führen und so tun konnten, als wäre nichts davon geschehen.«

»Es ist erstaunlich, was man sich selbst einreden kann, wenn man es muss«, sagt Josef. »Wenn man sich ständig sagt, dass man eine bestimmte Person ist, dann *wird* man schließlich zu dieser Person. Darum ging es nämlich eigentlich bei der Endlösung. Allem voran stand die Überzeugung, dass ich reinrassiger Arier war. Dass mir ganz einfach durch den Zufall meiner Geburt Dinge zustanden, die andere nicht verdient hatten. Überlegen Sie mal – welche Hybris, welche Arroganz. Im Vergleich dazu war es ein Leichtes, mich und andere davon zu überzeugen, dass ich ein guter Mensch, ein aufrichtiger Mensch, ein bescheidener Lehrer war.«

»Ich weiß nicht, wie Sie nachts schlafen können«, erwidere ich.

»Wer sagt denn, dass ich das tue?«, antwortet Josef. »Aber jetzt ist Ihnen sicherlich klar, dass ich entsetzliche Dinge getan habe. Dass ich verdient habe zu sterben.«

»Ja«, erwidere ich rundheraus. »Das haben Sie. Aber wenn ich Sie töte, bin ich nicht besser, als Sie es waren.«

Josef denkt darüber nach. »Wenn man das erste Mal eine solche Entscheidung trifft, eine Entscheidung, die jeder Moral zuwiderläuft, fällt es einem am schwersten. Schon beim zweiten Mal ist es nicht mehr so schlimm. Und man fühlt sich auch in Bezug auf das erste Mal gleich ein klein wenig besser. Und so weiter. Aber man kann diesen Teilungsprozess fortsetzen, solange man will, den sauren Geschmack, der einem jedes Mal aufstößt, wenn man an den Moment zurückdenkt, da man hätte nein sagen können, wird man nie ganz los.«

»Wenn Sie mir meine Entscheidung, ob ich Ihnen beim Sterben helfe, erleichtern wollen, machen Sie Ihren Job miserabel.«

»Ach ja, aber es gibt doch einen Unterschied zwischen dem, was ich getan habe, und dem, worum ich Sie bitte. Ich *möchte* doch sterben.«

Ich muss an diese armen Juden denken, die sich auf ihrem Weg in einen Graben voller Leichen nackt und gedemütigt an ihre Kinder klammern. Vielleicht wollten auch sie in diesem Moment sterben. Weil es besser war, als in einer Welt zu leben, die eine solche Hölle möglich machte.

Ich denke an meine Großmutter, die – wie Josef – sich schon so lange weigerte, darüber zu sprechen. Glaubte sie etwa, es nicht mehr durchleben zu müssen, wenn sie nicht darüber sprach? Oder steckte dahinter die Befürchtung, schon ein einziges Wort der Erinnerung könnte die Büchse der Pandora öffnen und das Böse erneut wie Gift in die Welt entlassen?

Mir kommen auch die Ungeheuer in den Sinn, über die sie in ihrer Geschichte schrieb. Versteckten sie sich im Schatten anderer? Oder vor sich selbst?

Und ich denke an Leo. Ich frage mich, wie er sich dieser Art von Geschichten freiwillig jeden Tag aussetzen kann. Vielleicht geht es gar nicht so sehr darum, nach über fünfundsechzig Jahren die Täter dingfest zu machen. Vielleicht reicht ihm das Wissen, dass um der Opfer willen überhaupt noch jemand zuhört.

Ich konzentriere mich wieder auf Josef. »Was ist dann passiert? Nachdem Voelkel Sie im Bett mit seiner Freundin erwischt hat?«

»Allem Anschein nach hat er mich nicht umgebracht«, sagt Josef. »Aber er hat dafür gesorgt, dass ich nicht mehr in seinem Regiment arbeitete.« Er zögert. »Damals wusste ich nicht, ob das ein Segen oder ein Fluch war.«

Er greift nach dem Foto, das ihn mit der Pistole in der Hand im Lager zeigt. »Wer seiner Aufgabe in einem Erschießungskommando nicht nachkommen wollte, wurde weder bestraft noch dazu gezwungen. Es war noch immer eine freie Entscheidung. Man wurde stattdessen versetzt. – Nach der disziplinarischen Anhörung wurde ich an die Ostfront geschickt. Eine Bewährungseinheit. Jetzt war ich Leutnant auf Widerruf. Ich war zum Sturmscharführer degradiert worden und musste mich beweisen, ansonsten verlor ich meinen Rang.« Josef knöpft sein Hemd auf und schüttelt den linken Arm aus dem Ärmel. Auf dem Unterarm in der Armbeuge sieht man ein kleines rundes Brandmal. »Als Mitglied der Waffen-SS bekam ich meine Blutgruppe tätowiert.

Wir sollten sie alle haben, aber es funktionierte nicht immer. Ein kleiner Buchstabe in schwarzer Tinte. Wenn ich eine Bluttransfusion benötigte oder bewusstlos war oder meine Erkennungsmarke verloren hatte, wüsste der Arzt meine Blutgruppe und könnte mich vorrangig vorsorgen. Wie sich herausstellte, rettete die Tätowierung mir das Leben.«

»Ich sehe da nur noch eine Narbe.«

»Weil ich sie mir später, als ich nach Kanada ging, mit einem Schweizer Armeemesser herausgeschnitten habe. Zu viele Leute wussten darüber Bescheid, dass die SS-Leute sie hatten, und man machte Jagd auf Kriegsverbrecher. Ich tat, was ich tun musste.«

»Dann wurden Sie also angeschossen«, sage ich.

Er nickt. »Wir hatten nichts zu essen, und das Wetter war mörderisch, und eines Nachts überfiel die Rote Armee unseren Zug aus dem Hinterhalt. Ich bekam die Kugel ab, die für meinen befehlshabenden Offizier gedacht war. Verlor jede Menge Blut und wäre fast gestorben. Das Reich sah darin einen heroischen Akt. Ich hatte damals nur Selbstmord im Sinn.« Er schüttelt den Kopf. »Aber es reichte aus, mich wieder zu rehabilitieren. Ich hatte im rechten Arm einen irreparablen Nervenschaden davongetragen und würde nie wieder ruhig mit einer Waffe zielen können. Aber inzwischen, es war Ende 1942, wurde ich ohnehin anderswo gebraucht. Nicht an der Frontlinie. Und Zielsicherheit war auch nicht vonnöten, wenn man es mit unbewaffneten Gefangenen zu tun hatte.« Josef blickt mich an. »Ich hatte bereits Erfahrung mit Konzentrationslagern, dort hatte ich meine SS-Laufbahn begonnen. Und wurde nach neun Monaten im Krankenhaus auch wieder in eines entsandt. Diesmal als Schutzhaftlagerführer eines Frauenlagers. Ich war für die Gefangenen verantwortlich, wann immer sie sich im Lager aufhielten. Anus Mundi, so nannten die Gefangenen das Lager. Ich erinnere mich noch genau, wie es war, als ich dort ankam und mir die Eisentore ansah, die schräg in die parallelen Metalllinien gepressten Wörter. *Arbeit macht frei.* Und dann hörte ich jemand meinen Namen rufen.« Josef sucht wieder Blickkontakt zu mir. »Es war mein Bruder Franz. Nachdem er sich so lange geweigert hatte, dem Reich zu dienen, war er nun ein Hauptscharführer und arbeitete im selben Lager in der Verwaltung.«

»Dieser Anus Mundi«, sage ich. »Davon habe ich noch nie gehört.«

Josef lacht. »Das war auch nur ein Spitzname. Sie verstehen doch etwas Latein, oder? Es bedeutet ›Arsch der Welt‹. Aber Sie«, ergänzte er, »kennen es vermutlich als Auschwitz.«

Er konnte jeden ihrer Herzschläge hören. Diese waren fast im Takt mit seinen eilenden Stiefelschritten. Sie hätte es wissen müssen, sagte er sich. Das war alles ihre Schuld.

Als sie um die Ecke bog, schlug er von hinten zu. Sie schlug hart auf den Steinen auf, während er den Kragen ihres Kleids packte, ihr dieses halb vom Leib riss und sie dabei auf den Rücken drehte. Um sie ruhigzustellen, reichte es, mit einem Arm gegen ihr Schlüsselbein zu drücken. Sie flehte ihn an, das taten sie immer, aber er hörte nicht hin. Ihr Herz raste jetzt, und das machte ihn wahnsinnig.

Der erste Biss war der lohnendste, er war wie ein Schnitt durch Ton. Ihr Pulsschlag in der Halsgrube ging flatternd wie Espenlaub. Die Haut war weich, man musste nur sanft ziehen, um sie zu lösen, sodass er den freigelegten Muskel mit seinen pulsierenden Adern sehen konnte. Er konnte auch ihr Blut hören, es rauschte wie ein angeschwollener Fluss, und ihm lief der Speichel im Mund zusammen. Mit jahrelanger Übung durchtrennte er den Muskel, kappte Sehnen und Flechsen wie Bogensehnen, während er das Fleisch zerfetzte und zerlegte, bis das süße kupferrote Blut aus der Arterie auf seine Zunge spritzte. Es lief ihm wie Melonensaft übers Kinn, während sie unter ihm erschlaffte und ihre Haut sich zusammenzog. Als seine Zähne gegen ihr Rückgrat schlugen, wusste er, dass sie zu nichts mehr zu gebrauchen war. Ihr Kopf, der nur noch durch ein Band mit ihrem Körper verbunden war, rollte ein Stück weit.

Er wischte sich den Mund sauber. Und weinte.

SAGE

Obwohl Josef so viel vom Tod gesprochen hat, dass es seine Lippen wie dunkler Beerensaft verfärbte, und obwohl ich die Bilder des kleinen singenden Mädchens und eines jungen Mannes, der auf sich zeigte und sein Alter nannte, nicht aus meinem Kopf bekomme, muss ich am Ende vor allem an die anderen denken. An all jene, von denen Josef mir nicht erzählt hat. Diejenigen, die in seiner Erinnerung kein Zeichen hinterlassen haben, was noch unendlich viel schrecklicher ist.

Er war in Auschwitz und meine Großmutter ebenso. Kannte sie ihn? Haben sich ihre Wege gekreuzt? Hat er sie bedroht, sie geschlagen? Hat sie nachts wach in ihrer stinkenden Koje gelegen und das Ungeheuer in ihrer Erzählung neu gezeichnet und ihm Züge verliehen, die seinen entsprachen?

Ich habe meine Großmutter aus guten Gründen vor Josef unerwähnt gelassen. Sie hat ihre Erinnerungen über sechs Jahrzehnte lang für sich behalten. Aber als ich Josefs Haus verlasse, setzt sich in mir die Frage fest, ob nicht meine Großmutter zu denen gehört, an die er sich nicht mehr erinnert. Und ob *er* einer von denen ist, die zu vergessen sie sich so sehr bemüht hat. Diese Ungerechtigkeit schlägt mir auf den Magen.

Als ich zitternd ob der Verantwortung, die ich mir mit seinen Geständnissen aufgeladen habe, von Josef aufbreche, ist es stockdunkel, und es regnet. Ich sehne mich nach jemandem, zu dem ich flüchten kann und der mich festhält und mir sagt, dass alles gut werden wird, jemand, der meine Hand hält, bis ich heute

Abend einschlafe. Meine Mutter hätte das getan, aber sie ist nicht mehr hier. Meine Großmutter würde es vielleicht tun, aber nicht hören wollen, was mich so sehr aufgewühlt hat.

Also fahre ich zu Adams Haus, obwohl ich mir vorgenommen habe, ihn nicht sehen zu wollen, und obwohl mit der späten Stunde jenes Stück von seinem Lebenskuchen angebrochen ist, das einer anderen als mir gehört. Ich parke und blicke durch das Aquariumfenster des Wohnzimmers. Drinnen sitzt ein Junge vor dem Fernseher – *Jeopardy*! Und hinter der Couch sitzt ein Mädchen am Küchentisch und liest. Goldgelbes Licht legt sich ihm wie ein Umhang über die Schultern. Der Wasserhahn über der Küchenspüle läuft, und Adams Frau spült das Geschirr. Während ich zusehe, taucht Adam mit einem frischen Geschirrtuch auf und nimmt eine Salatschüssel aus ihren schaumigen Händen. Er trocknet sie, stellt sie auf die Arbeitstheke und schlingt dann von hinten die Arme um Shannon.

Der Himmel öffnet die Schleusen, was gewiss eine Metapher ist und nicht nur am Tiefdruckgebiet liegt. Ich renne los und schaffe es gerade noch rechtzeitig zum Wagen, als ein violett leuchtender Blitz die Nacht zerteilt. Ich löse mich von dieser glücklichen Familie und fahre viel zu schnell los. Die Pfützen auf dem Asphalt sind schwarz und riesig. Ich muss an Josefs bildhafte Schilderung denken, die Erde, aus der das Blut sprudelt, und bin so abgelenkt, dass ich anfangs das Reh gar nicht sehe, das aus dem Wald herausgerannt kommt, der die Straße säumt, und mir vor das Auto läuft. Ich schere aus, verliere dabei fast die Kontrolle über den Wagen, pralle gegen die Leitplanke und schlage mir den Kopf an der Scheibe an. Zischend kommt das Fahrzeug zum Stehen.

Für einen kurzen Moment wird mir schwarz vor Augen.

Als ich sie wieder öffne, ist mein Gesicht feucht. Ich gehe erst davon aus, dass es Tränen sind, doch als ich meine Wange berühre, wird meine Hand blutig.

Mir bleibt beinahe das Herz stehen, und einen entsetzlichen Moment lang durchlebe ich das Geschehene noch einmal.

Mein Blick fällt auf den leeren Beifahrersitz, dann auf die geborstene Frontscheibe, und mir fällt wieder ein, wo ich bin und was passiert ist.

Das Reh liegt auf der Straße, eingehüllt in den weißen Schleier der Scheinwerfer. Ich steige taumelnd aus dem Wagen, knie im strömenden Regen nieder und berühre es am Kopf, am Hals und fange zu schluchzen an.

Weil ich so durcheinander bin, begreife ich erst gar nicht, dass noch ein anderes Auto die Nacht illuminiert und eine Hand sanft meine Schulter berührt. »Miss«, fragt ein Polizist, »ist alles in Ordnung mit Ihnen?«

Als ließe sich das so einfach beantworten. Als ließe sich die Antwort in ein einziges Wort pressen.

Nachdem die Polizei Mary informiert hat, besteht sie darauf, mich in einem Krankenhaus untersuchen zu lassen. Als der Arzt meine Stirn mit einem Pflaster versorgt und zu Mary sagt, man solle mich wegen eventueller Anzeichen einer Gehirnerschütterung beobachten, schlägt sie vor, mich über Nacht bei sich aufzunehmen, und duldet keinen Widerspruch meinerseits. Inzwischen tut der Kopf mir so weh, dass ich nicht in der Verfassung bin, einen Streit anzufangen, weshalb ich in Marys Küche ende und Tee trinke.

Marys Hände sind violett von getrockneter Farbe – sie hat an einem Wandgemälde gearbeitet, als die Polizei sie anrief. Die Bilder umgeben mich auf den Wänden der Frühstücksnische: eine zur Hälfte ausgeführte Traumlandschaft der Apokalypse. Jesus – ich vermute jedenfalls, dass es Jesus ist, denn er hat lange Haare und einen Bart, wenngleich sein Gesicht verdächtig nach Bradley Cooper aussieht – streckt die Hand nach denen aus, die zu Mephistopheles hinabstürzen, der weiblich ist und Michele Bachmann ähnelt. Die armen, der Verdammnis anheimfallenden Seelen zeigen sich im ganzen Spektrum von bekleidet bis nackt, und obwohl einige erst grob skizziert sind, erkenne ich in ihnen Züge von Snooki, Donald Trump und Joe Paterno. Ich lege einen Finger auf eine Stelle des Wandgemäldes direkt hinter mir. »Elmo?«, sage ich. »Tatsächlich?«

»Wie lange läuft der jetzt schon als Kleinkind herum?«, fragt Mary achselzuckend, während sie mir den Zucker reicht. »Der wird nie alt. Der muss doch einen Pakt mit dem Teufel geschlossen haben.« Sie hält über den Tisch hinweg meine Hand. »Es bedeutet mir sehr viel, weißt du. Dass du mich angerufen hast.«

Ich ziehe es vor, sie nicht dahingehend zu korrigieren, dass es die Polizei war, die sich bei ihr gemeldet hat.

»Ich dachte, du seist wütend auf mich, weil ich dich freigestellt habe. Aber das ist wirklich nur zu deinem Besten, Sage.« Sie lächelt dünn. »Das war Schwester Immaculatas Standardsatz, als ich Kindergartenkind in der Gemeindeschule war. Ich quasselte unentwegt. Und deshalb steckte sie mich eines Tages in den Mülleimer. Ich war so klein, dass ich hineinpasste. Jedes Mal, wenn ich mich beklagte, trat sie gegen den Eimer.«

»Dann muss ich also dankbar sein, dass du mich nicht in den Müllcontainer geworfen hast?«

»Nein, du sollst dankbar sein, dass du jemandem so viel bedeutest, dass er dir helfen möchte, wieder zurück in die Spur zu finden. Das hätte auch deine Mutter so gewollt, und das weißt du.«

Meine Mutter. Der Grund, weshalb ich überhaupt erst in die Trauergruppe gegangen bin. Wäre sie nicht gestorben, hätte ich mich womöglich niemals mit Josef Weber angefreundet.

»Was also ist heute Abend passiert?«, will Mary wissen.

Nun, das ist eine Fangfrage. »Du weißt schon. Ich habe ein Reh über den Haufen gefahren, und mein Auto prallte gegen die Leitplanke.«

»Wohin wolltest du denn? Das Wetter war doch *fürchterlich*.«

»Nach Hause«, sage ich, weil das nicht gelogen ist.

Ich würde ihr so gern alles über Josef erzählen, aber sie hat mich schon einmal abblitzen lassen, als ich mich ihr anvertrauen wollte. Es ist, wie er sagt: Wir glauben, was wir glauben wollen, was wir glauben müssen. Mit der Konsequenz, dass wir das nicht sehen, dessen Existenz wir gerne leugnen möchten. Mary kann den Gedanken, Josef Weber könnte ein Monster sein, nicht akzeptieren, weil sie dann zugeben müsste, von ihm getäuscht worden zu sein.

»Warst du bei ihm?«, fragt Mary angespannt.

Anfangs denke ich, sie spricht von Josef, aber dann wird mir klar, dass sie Adam meint. »Ich habe Adam gesagt, dass ich ihn eine Weile nicht sehen möchte.«

Mary klappt die Kinnlade herunter. »Amen!«

»Aber dann bin ich doch zu seinem Haus gefahren.« Als Mary ihr Gesicht in den Händen vergräbt, schneide ich eine Grimasse. »Ich wollte aber nicht hineingehen. Ich schwör's.«

»Hallo? Warum bist du nicht hierhergekommen?«, will Mary wissen. »Ich habe genug Kräutertee und Häagen-Dazs, um jede Trennung wettzumachen, und ich bin emotional bei Weitem zugänglicher, als Adam je war.«

Ich nicke. »Du hast recht. Ich hätte dich anrufen sollen. Aber stattdessen sah ich ihn, seine Frau und seine Kinder. Das hat mich vermutlich aus der Fassung gebracht. Und ich war völlig durcheinander, weshalb ich auch das Reh angefahren habe.«

Mir wird bewusst, dass ich die ganze Geschichte entworfen habe, ohne Josefs Namen auch nur einmal zu erwähnen. Ich habe mit meiner Großmutter mehr gemein, als ich anfangs dachte.

»Ein netter Versuch«, sagt Mary. »Aber du lügst.«

Ich blinzele sie an, und mir bleibt die Luft weg.

»Ich kenne dich. Du bist hingefahren, weil du ihn treffen und ihm sagen wolltest, dass du einen Fehler gemacht hast. Hättest du nicht sozusagen durchs Schlüsselloch die ganze glückliche Familie gesehen, wärst du vermutlich am Spalier hochgeklettert und hättest so lange Kieselsteine gegen das Fenster geworfen, bis er herausgekommen wäre, um mit dir zu reden.«

Ich sehe sie finster an. »Wenn man dir zuhört, bin ich so ein Loser.«

Mary zuckt die Achseln und fährt fort: »Weißt du, ich will damit nur sagen, dass es nicht schadet, wenn du auch mal länger als einen einzigen Atemzug lang grollst.«

»Ist das nicht für eine Nonne ein wenig zu sehr Altes Testament?«

»Exnonne. Und lass dir eins gesagt sein, dieser Mist vom heiteren Gleichmut in *Meine Lieder – meine Träume*. Nichts als Bockmist. Im Kloster sind die Schwestern genauso kleinkariert wie die Leute draußen. Es gibt einige, die man gern hat, und andere, die man hasst. Ich habe ausgiebig in den Weihwasserkessel gespuckt, bevor eine andere Nonne ihn benutzte. Und das war die zwanzig Rosenkränze, die ich dafür zur Strafe beten musste, mehr als wert.«

Ich reibe mir mit einem Finger über die linke Schläfe, die heftig pocht. »Kannst du mir mein Telefon geben?«

Sie steht auf und kramt in meiner Handtasche, um es für mich zu finden. »Wen rufst du an?«

»Pepper.«

»Lügnerin. Als du deine Schwester das letzte Mal anriefst, hat sie aufgelegt, weil du ihr vorhieltst, eine Vierjährige mit Nachhilfe auf eine exklusive Vorschule vorzubereiten, mache genauso viel Sinn, wie einen Schwimmcoach für einen Guppy anzuheuern. Du würdest Pepper nicht mal anrufen, wenn du in einem Auto festsäßest, das gleich Feuer fangen wird …«

»Lass mich doch einfach nur meine Nachrichten überprüfen …«

Mary wirft mir das Telefon zu. »Nun mach schon. Simse ihm. Bis morgen früh wirst du ihn ohnehin anflehen, dir zu verzeihen. Das tust du doch immer.«

Ich überfliege meine Kontakte, ob Leos Nummer dabei ist. »Diesmal nicht«, verspreche ich.

Offenbar machen auch »Nazijäger« mal Pause. Ich spreche an diesem Abend und am folgenden Morgen zwar dreimal auf Leos Mailbox, aber er geht nicht dran und ruft mich auch nicht zurück. In Marys Gästezimmer falle ich in einen unruhigen Schlaf unter einem kunstvoll geschnitzten Jesus, der sein Kreuz trägt. In meinem Traum muss ich, wie Sisyphos seinen Stein, ein Kruzifix einen Berg hinauftragen, um dann, am Gipfel angekommen, auf die Leichen von Tausenden nackter Männer, Frauen und Kinder hinabzublicken.

Mary liefert mich auf dem Weg zur Bäckerei bei mir zu Hause ab, obwohl ich darauf bestehe, dass es besser für mich wäre, mit ihr zu kommen. Als ich zu Hause bin, werde ich von Unruhe gepackt. Ich glaube nicht, dass ich heute eine weitere Sitzung mit Josef verkraften kann, und außerdem möchte ich erst dann wieder mit ihm sprechen, wenn ich Leo kontaktiert habe.

Ich möchte Josef aus meinem Kopf bekommen und beschließe deshalb, etwas zu backen, was meiner ungeteilten Aufmerksamkeit bedarf: Brioche. Diese Backware fällt völlig aus dem Rahmen: Die Brioche besteht zu fünfzig Prozent aus Butter, doch anstatt schwer wie ein Stein zu werden, schmilzt sie einem süß und luftig im Mund. Sie an einem heißen, feuchten Tag wie diesem zu backen, stellt eine zusätzliche Herausforderung dar, weil alle Zutaten kalt sein müssen. Ich stelle sogar die Rührschüssel und den Teighaken in den Kühlschrank.

Als Erstes bearbeite ich die Butter mit dem Nudelholz, während der Teig gerührt wird. Dann gebe ich sie in kleinen Portionen in den Mixer. Dieser Arbeitsschritt ist mir der liebste. Der Teig weiß nicht so recht, was er mit all der Butter anfangen soll, und fällt auseinander. Aber wenn man ihm genügend Zeit lässt, gelingt es ihm, sich zu einer satinierten Konsistenz zu verbinden.

Ich schalte den Mixer aus und reiße ein Stück Teig von der Größe einer Pflaume ab. Während ich ihn in den Händen halte, ziehe ich ihn langsam auseinander, um zu sehen, ob er dabei transparent wird. Ich lege den Teig in ein Behältnis und decke dieses luftdicht mit einer Plastikfolie ab, stelle es auf meine Arbeitsfläche und mache mich daran, die Küche zu putzen.

Es klingelt an der Haustür.

Ich schrecke zusammen. Für gewöhnlich bin ich tagsüber nicht zu Hause, und nachts klingelt bei mir niemand. Auch Adam nicht, denn er hat einen eigenen Schlüssel.

Ich erwarte die Postbotin oder den UPS-Mann, aber der Mann,

der vor meiner Tür steht, ist nicht uniformiert. Er trägt ein zerknautschtes Anzugjackett und eine Krawatte, obwohl es draußen gut und gern dreißig Grad hat. Er hat schwarze Haare und einen Bartschatten und Augen von der Farbe polierter Walnüsse. Und er ist mit Sicherheit eins neunzig groß. »Sage Singer?«, sagt er, als ich die Türe öffne. »Ich bin Leo Stein.«

Er entspricht unter mehreren Aspekten nicht meinen Erwartungen. Sofort schüttele ich meine Stirnfransen nach vorn, um mein Gesicht zu bedecken, aber ich weiß, dass es zu spät ist. Leo starrt mich an, als könne er durch den Vorhang meiner Haare sehen. »Woher wissen Sie denn, wo ich wohne?«, frage ich.

»Das ist nicht Ihr Ernst. Wir sind das Justizministerium. Ich weiß, was Sie heute Morgen zum Frühstück gegessen haben.«

»Tatsächlich?«

»Nein.« Er grinst, und das überrascht mich. Ich hätte vermutet, dass eine Person wie er nicht sehr oft lächelt. Dass er aufgrund all dessen, was er sich hat anhören müssen, vergessen hat, wie es geht. »Darf ich reinkommen?«

Ich weiß nicht, ob es hierfür ein Protokoll gibt. Ob ich ihn überhaupt abweisen dürfte. Ich überlege, ob ich etwas Schlimmes getan habe, ob verborgene Kameras auf mich und Josef gerichtet waren, ob ich in Schwierigkeiten stecke.

»Also, als Erstes müssen Sie mal Luft holen«, sagt Leo. »Ich bin hier, um Ihnen zu helfen, nicht, um Sie zu verhaften.«

Ich drehe ihm mein Profil zu, damit er die schlimme Seite meines Gesichts nicht sehen kann.

»Äh«, sagt er. »Stimmt was nicht?«

»Nein. Wieso?«

»Weil Sie so verdreht sind, wie ich es war, als ich letzten Monat an meinem Schreibtisch einschlief. Ich hatte eine ganze Woche lang einen schiefen Hals.«

Ich hole tief Luft und blicke ihn an, fordere ihn heraus, mich anzusehen.

»Oh«, sagt er sanft. »Also, damit hatte ich nicht gerechnet.«

Ich weiß nicht, warum ich das Gefühl habe, geohrfeigt worden zu sein. Die meisten Leute sind viel zu höflich, etwas zu sagen, wenn sie meine Narben sehen. Wäre Leo genauso verfahren, könnte ich mir wenigstens einreden, dass er sie nicht bemerkt hat.

»Es ist albern, aber ich hatte mir Sie mit braunen Augen vorgestellt. Nicht mit blauen«, sagt er.

Mir bleibt der Mund offen stehen.

»Aber mir gefällt das Blau«, ergänzt Leo. »Es passt zu Ihnen.«

»Ist das alles, was Sie zu sagen haben?«, erwidere ich. »Im Ernst?«

Er zuckt die Achseln. »Wenn Sie gedacht haben, ich würde schreiend davonlaufen, weil Sie ein paar silberne Cyborg-Linien im Gesicht haben, muss ich Sie leider enttäuschen.«

»Cyborg?«

»Sehen Sie, ich kenne Sie nicht sehr gut, aber Sie scheinen mir ein *wenig* zu sehr auf das äußere Erscheinungsbild fixiert zu sein. Aber das ist für mich viel weniger interessant als die Tatsache, dass Sie mich auf Josef Weber aufmerksam gemacht haben.«

Als er Josefs Namen erwähnt, schüttele ich den Kopf, um wieder klar denken zu können. »Ich habe gestern mit ihm gesprochen. Er hat so viele schreckliche Dinge getan.«

Leo greift in seine abgewetzte Aktentasche und holt eine Akte heraus. »Ich weiß«, sagt er. »Deshalb dachte ich, es ist an der Zeit, dass wir einander kennenlernen.«

»Aber Sie sagten doch, Sie wollten mit einer Ihrer Historikerinnen sprechen.«

Vom Hals her steigt ihm Röte ins Gesicht. »Ich war in der Nähe«, sagt er.

»Sie waren wegen einer anderen Sache in New Hampshire?«

»In Philadelphia«, erwidert er. »Nah genug.«

Philly ist acht Autostunden weit entfernt. Ich trete zurück und halte ihm die Tür auf. »Na«, erwidere ich, »dann werden Sie bestimmt hungrig sein.«

Leo Stein bekommt gar nicht genug von meiner Brioche. Das erste Blech damit war schon fertig, unglaublich luftig. Ich serviere sie warm, mit Marmelade und Tee. »Mmm«, schwärmt er und schließt entzückt die Augen. »So etwas habe ich noch nie gegessen.«

»Gibt es in Washington keine Bäckereien?«

»Wenn es so wäre, wüsste ich es nicht. Ich ernähre mich von wirklich grässlichem Kaffee und Sandwiches aus einem Automaten.«

In den vergangenen zwei Stunden habe ich Leo alles erzählt, was ich von Josef erfahren habe. Dazwischen habe ich die Brioche zu einer traditionellen *tête* geformt, diese mit Eigelb bestrichen und gebacken. Reden fällt mir leichter, wenn meine Hände beschäftigt sind. Mit jedem Wort, das mir über die Lippen geht, werde ich ein wenig leichter. Es ist, als würde ich ihm Sätze aus Stein liefern und er mir nach und nach meine Last abnehmen. Er macht sich Notizen. Er prüft sehr genau das in der Lokalzeitung von Wewelsburg erschienene Foto von Josef, auf dem er den Kuchen seiner Mutter isst, denn ich habe diesen Zeitungsausschnitt heimlich eingesteckt, bevor ich Josef verließ.

Und er zuckt mit keiner Wimper, wenn er mich ansieht.

»Werden Sie direkt mit ihm sprechen?«, frage ich.

Leo hebt den Kopf. »Noch nicht. Sie haben eine gute Beziehung zu ihm hergestellt. Er vertraut Ihnen.«

»Er vertraut darauf, dass ich ihm vergebe«, sage ich. »Nicht, dass ich ihn anzeige.«

»Vergebung ist spirituell. Bestrafung ist legal«, sagt Leo. »Sie schließen sich gegenseitig nicht aus.«

»Würden Sie ihm denn vergeben?«

»Das habe ich nicht gesagt. Es steht mir und auch Ihnen nicht zu, wenn Sie mich fragen. Wer vergibt, imitiert Gott.«

»Dann also Bestrafung.«

Er zieht die Brauen hoch und lächelt. »Der Unterschied ist nur, dass Gott keinen Hass kennt.«

»Es überrascht mich, dass Sie an Gott glauben können, nachdem Sie so viele böse Menschen kennengelernt haben.«

»Wie könnte ich nicht«, hält Leo dagegen, »nachdem ich

so viele Überlebende kennengelernt habe?« Er wischt sich den Mund mit der Serviette ab. »Sie haben also seine Tätowierung gesehen«, stellt er klar.

»Ich habe ein Mal gesehen, das einmal eine Tätowierung hätte sein können.«

»Wo?« Leo hält einen Arm hoch. »Zeigen Sie es mir.«

Ich berühre seinen linken Bizeps unterhalb der Achselhöhle. Dabei kann ich durch sein Baumwollhemd hindurch die Hitze seiner Haut spüren. »Hier. Es sieht aus wie ein Brandmal von einer Zigarette.«

»Diese Stelle stimmt mit den Blutgruppen-Tätowierungen der Waffen-SS überein«, sagt Leo. »Und mit der Akte, die uns bis jetzt vorliegt. Ebenso mit seiner Behauptung, dass er 1941 zur 1. SS-Infanteriebrigade gehörte und nach 1943 in Auschwitz II gearbeitet hat.« Er öffnet die Mappe und legt sie zwischen uns auf den Tisch. Ich sehe die körnige Aufnahme eines jungen Mannes in Naziuniform mit Schädeln am Revers seines Mantels. Es könnte Josef sein, aber mit Sicherheit behaupten kann ich es nicht. HARTMANN, REINER lese ich, als er das Foto von der Büroklammer befreit. Ich sehe auch eine Adresse in krakeliger Schrift, die ich nicht entziffern kann, und die Buchstaben AB, die wohl seine Blutgruppe bezeichnen. Leo schließt die Mappe rasch wieder – Verschlusssache vermute ich – und hält das Foto neben den Zeitungsausschnitt. »Die Frage ist: Ist das ein und derselbe Mann?«

Auf dem Zeitungsausschnitt ist Josef noch ein Jüngling, auf dem anderen Foto ein Mann. Die Qualität von beiden ist bestenfalls lausig. »Ich kann es nicht sagen. Aber ist das wirklich wichtig? Ich meine, wenn alles andere, was er gesagt hat, passt?«

»Nein«, antwortet Leo, »das kommt ganz darauf an. 1981 traf der Oberste Gerichtshof die Entscheidung, dass jeder, der in einem nationalsozialistischen Konzentrationslager als Aufseher tätig war, teilhatte an allem, was dort geschah – einschließlich Mord, wenn wir von Auschwitz II sprechen. Der Gerichtsbeschluss nimmt dabei Bezug auf einen Prozess in Deutschland

Jahre davor, in dem ein Verdächtigter sagte, wenn die deutschen Behörden ihn strafrechtlich verfolgten, müssten sie auch alle anderen verfolgen, die im Lager gearbeitet hatten, weil das Lager als eine Funktionskette operierte und jeder in dieser Kette eine Funktion zu erfüllen hatte, da sonst der ganze Vernichtungsapparat zum Erliegen gekommen wäre. Also ist von den Aufsehern bis zu den Erbsenzählern in Auschwitz jeder für das strafbar, was dort geschah, einfach deshalb, weil sie darüber Bescheid wussten, was sich innerhalb der Zäune abspielte, und dennoch ihrer Arbeit nachkamen. Man muss das so sehen: Nehmen wir mal an, Sie und Ihr Freund beschließen, mich in meinem Büro zu töten. Sie vereinbaren, dass Ihr Freund mich mit einem Messer durch den Raum verfolgt, während Sie draußen stehen und die Tür zuhalten, damit ich nicht fliehen kann. Aber am Ende werden Sie beide wegen Mordes verurteilt werden. Denn Sie haben sich die Arbeit einfach nur geteilt, waren beide daran beteiligt.«

»Ich habe keinen Freund«, sprudelt es aus mir heraus. Wie sich herausstellt, ist es viel einfacher als gedacht, dies laut auszusprechen. Es reißt mir nicht das Herz aus dem Leib, ich fühle mich plötzlich leicht wie ein Heliumballon. »Ich meine, ich hatte einen, aber es war nicht …« Ich lasse die Schultern sinken. »Egal. Er wird Sie jedenfalls nicht in Ihrem Büro umbringen.«

Leo errötet. »Dann werde ich heute Nacht wohl gut schlafen können.«

Ich räuspere mich. »Dann müssen wir jetzt nur noch beweisen, dass Josef in Auschwitz gearbeitet hat«, sage ich. »Wenn er das gestanden hat, müsste es doch reichen.«

»Das hängt davon ab, wie glaubwürdig sein Geständnis ist.«

»Es wird doch wohl kein Gericht davon ausgehen, dass er diesbezüglich lügt.«

»Und warum lügen alle?«, wirft Leo ein. »Er ist alt. Er hat psychische Probleme. Er ist Masochist. Wer weiß das schon? Nach allem, was wir wissen, war er nicht mal dort. Er hätte ein Buch darüber lesen und diese Geschichte für Sie daraus wiedergeben können, es muss also nicht seine eigene sein.«

»Obwohl Sie eine Akte mit seinem Namen darauf haben?«

»Er hat Ihnen bereits einmal einen falschen Namen genannt«, gibt Leo zu bedenken. »Auch dies könnte einer sein.«

»Wie können wir sicherstellen, dass er wirklich Reiner ist?«

»Es gibt zwei Möglichkeiten«, sagt Leo. »Entweder er muss weiterhin mit Ihnen sprechen und dabei Informationen preisgeben, die auch in dieser Akte stehen – hautnahe SS-Information, die man so nicht zusammentragen kann, selbst wenn man unentwegt History Channel guckt; oder wir benötigen einen Augenzeugen, der sich aus dem Lager an ihn erinnert.« Er deutet auf den Zeitungsausschnitt und sein Mitgliedsfoto bei der NSDAP. »Jemand, der uns sagen könnte, dass diese beiden Männer ein und derselbe sind.«

Mein Blick fällt auf den Laib Brioche, der nicht mehr dampft, sondern nur noch duftet und warm ist. Auf die Marmeladenflecke auf dem Walnusstisch. Meine Großmutter erzählte mir, ihr Vater habe ihr ein Rätsel aufgegeben: *Was muss man auseinanderbrechen, um eine Familie zusammenzubringen?*

Brot natürlich.

Daran muss ich denken, und obwohl ich nicht religiös bin, bete ich, dass sie mir verzeiht.

»Ich denke, ich kenne jemanden, der helfen kann«, sage ich.

»Sag, was du willst«, wandte Damian ein. »Ich versuche doch nur, für deine Sicherheit zu sorgen.«

Ich hatte die Tür geöffnet, weil ich Aleks erwartete, doch stattdessen stand der Wachhauptmann vor mir. Ich sagte ihm, ich sei beschäftigt, was auch stimmte. In dieser Woche lief das Geschäft wieder besser. Wir konnten gar nicht genug Stangenweißbrote machen, um die Nachfrage zu befriedigen. Die Brote waren wie meine Brötchen süßer als alles, was mein Vater je gebacken hatte. Aleks scherzte mit mir und sagte, er habe eine Geheimzutat, wollte mir aber nicht verraten, was es war. Dann wäre es ja nur noch eine Zutat, meinte er.

Und jetzt hörte ich mir in der Küche Damians Vortrag an.

»Ein upiór*?«, sagte ich. »Das sind doch Märchen.«*

»Es gibt aber Gründe, warum Märchen erzählt werden. Was ergibt denn sonst einen Sinn? Die Haustiere waren eine Sache, Ania. Aber diese … diese Bestie ist hinter Menschen her.«

Ich hatte von ihnen gehört, natürlich. Von den Untoten, die aus ihren Särgen stiegen, weil sie keine Ruhe fanden, und sich am Blut der anderen labten. Ein upiór *würde sein eigenes Fleisch essen, wenn es sein müsste.*

Die alte Sal, die auf dem Dorfplatz Körbe verkaufte, war abergläubisch. Sie machte um eine schwarze Katze immer einen großen Bogen, warf Salz über ihre Schulter und trug in der Vollmondnacht die Kleider auf links. Und sie war auch diejenige, die ständig von diesem upiór *sprach, der unser Dorf terrorisierte, jedes Mal im Flüsterton redete, wenn wir auf dem Markt nebeneinander unsere Ware auslegten.* Man kann sie in der Menge erkennen, *hatte sie gesagt.* Sie leben unter uns mit ihren geröteten Wangen und ihren roten Lippen. Und nach ihrem Tod vervollständigen sie ihre Verwandlung. Wenn dies bereits geschehen ist, ist es zu spät. Um einen *upiór* zu töten, gibt es nur eine Möglichkeit, man muss ihm den Kopf abtrennen oder das Herz spalten. Und der einzige Weg, sich vor ihm zu schützen, ist, sein Blut zu schlucken.

Ich hatte die Geschichten der alten Sal nie ernst genommen und nahm jetzt auch die von Damian nicht ernst. Ich verschränkte die Arme vor der Brust. »Was erwartest du denn nun von mir?«

»Es heißt, man könne einen upiór *fangen, indem man ihn ablenkt«, erklärte er. »Sobald er einen Knoten sieht, muss er diesen lösen. Liegt ein Haufen Körner vor ihm, muss er sie zählen.« Damian griff über meinen Kopf und holte einen Sack Gerstenkörner herunter und ließ ihn auf die Arbeitsfläche fallen.*

»Und warum sollte der upiór *ausgerechnet in meine Backstube kommen?«*

»Es ist gut möglich«, sagte Damian, »dass er bereits da ist.«

Ich verstand nicht gleich, was er meinte. Und dann war ich wütend. »Nur weil er nicht von hier ist, ist er wohl ein leichtes Ziel? Weil er nicht wie alle deine Soldatenfreunde mit dir auf die Schule gegangen ist oder weil er die Worte anders ausspricht? Er ist kein Ungeheuer, Damian. Er ist einfach anders.«

»Weißt du das so genau?«, forderte er mich heraus und drängte mich an die Wand des gemauerten Ofens. »Es gibt eine zeitliche Übereinstimmung zwischen seinem Eintreffen und den Morden.«

»Er ist jede Nacht hier und tagsüber bei seinem Bruder. Wann hätte er denn Zeit, das auszuführen, wovon du sprichst?«

»Bist du bei ihm, während er arbeitet, beobachtest du ihn? Oder schläfst du?«

Ich öffnete meinen Mund. Ich hatte tatsächlich immer mehr Zeit mit Aleks in der Küche verbracht. Erzählte ihm von meinem Vater und von Baruch Beiler. Er erzählte mir, dass er gern Architekt wäre, um Gebäude zu entwerfen, die so hoch waren, dass einem schwindlig wurde, wenn man in den oberen Stockwerken stand. Gelegentlich schlief ich zusammengesunken am Tisch ein, aber beim Aufwachen stellte ich jedes Mal fest, dass Aleks mich in mein Bett getragen hatte.

Manchmal überlegte ich, ob ich nicht deshalb lange aufblieb, weil ich wusste, dass er das tun würde.

Ich begann, die Gerste mit den Händen zusammenzuschieben, aber Damian hielt meine Handgelenke fest. »Wenn du dir so sicher bist, warum lässt du sie dann nicht liegen und wartest ab, was passiert?«

Ich dachte an Aleks, der mit seinem Bruder von einer Stadt in die nächste zog. Ich dachte an seine Hände an meinem Hals, als er mich wieder zunähte. Ich sah Damian in die Augen. »Also gut«, sagte ich.

In jener Nacht kam ich nicht zu Aleks in die Küche. Ich war nicht mal dort, als er ins Haus kam. Und als er leise an meine Schlafzimmertür klopfte, sagte ich ihm, dass ich mich nicht wohlfühlte und mich ausruhen wollte.

Aber das tat ich nicht. Ich malte mir aus, wie er von den Gerstenkörnern abgelenkt wurde und diese häufchenweise sortierte. Ich stellte mir Blut an seinen Händen und in seinem Mund vor.

Weil ich nicht schlafen konnte, zündete ich eine Kerze an und schlich mich über den Flur zur Küche.

Ich spürte die vom Ofen abstrahlende Hitze durch die Holztür. Wenn ich mich auf meine Zehenspitzen stellte, konnte ich durch einen Riss im Holz spähen. Zwar ermöglichte mir das keinen Panoramablick auf die Küche, aber vielleicht konnte ich Aleks wie gewöhnlich arbeiten sehen und somit meine schlimmsten Befürchtungen zerstreuen.

Ich hatte den Tisch mit der massiven Holzplatte direkt vor mir, auf dem die Gerste verstreut worden war.

Aber die Körner waren geordnet worden, sie lagen Korn für Korn militärisch ausgerichtet.

Die Tür schwang so unvermittelt auf, dass ich in die Küche fiel und dort auf allen vieren landete. Die Kerze rollte aus ihrer Halterung und schlitterte über den Steinboden. Als ich danach greifen wollte, trat Aleks darauf und löschte die Flamme. »Spionierst du mir nach?«

Ich rappelte mich hoch und schüttelte den Kopf. Meine Augen wurden von den ordentlich aufgereihten Gerstenkörnern angezogen.

»Ich bin mit dem Backen nicht ganz in der Zeit«, sagte Aleks. »Ich musste hier erst mal Ordnung schaffen, als ich kam.«

Mir fiel auf, dass er blutete. Er trug einen Verband um den Unterarm. »Du bist verletzt.«

»Das ist nichts.«

Er sah aus wie der Mann, mit dem ich gestern gelacht hatte, als er den Trunkenbold der Stadt nachahmte. Er sah aus wie der Mann, der mich in die Arme genommen hatte, als ich eine Maus über den Boden huschen sah und mich weigerte, die Küche zu betreten, bis ich mir sicher war, dass er sie eingefangen hatte.

Er war mir jetzt so nah, dass ich die Pfefferminze in seinem Atem riechen und die grünen Sprenkel im geschmolzenen Gold seiner Augen sehen konnte. Ich schluckte. »Bist du, was ich glaube, dass du bist?«

Aleks verzog keine Miene. »Würde das was ändern?«

Als er mich küsste, hatte ich das Gefühl, aufgezehrt zu werden. Ich wuchs, expandierte von innen heraus und war frustriert, dass zwischen uns Haut war, dass ich ihm nicht näher kommen konnte. Ich krallte mich in sein Kreuz, und meine Finger glitten unter sein Hemd. Er hielt meinen Kopf in den Händen, und sanft, ganz sanft, sodass ich es gar nicht spürte, biss er mir in die Lippe.

Blut war in meinem Mund und auf seinem. Es schmeckte metallisch und nach Schmerz. Ich entzog mich ihm und schmeckte mich zum ersten Mal selbst.

Im Nachhinein kann ich mir nur vorstellen, dass dieser Augenblick ihn genauso erschüttert hat wie mich. Ansonsten hätte er mit Sicherheit gehört, dass Damian im Anmarsch war, gefolgt von seinen Soldaten, die mit auf uns gerichteten Bajonetten durch die Tür kamen.

LEO

Wenn wir uns mit Leuten treffen, die uns plausible Tipps zu potenziellen Nazis liefern, tun wir dies, um sicherzustellen, dass es keine Verrückten sind. Meist reichen schon wenige Minuten, um festzustellen, ob dein Informant ausgeglichen und geistig gesund ist oder einen Groll abarbeitet, paranoid oder einfach nur durchgeknallt ist.

Gleich nachdem ich Sage Singer persönlich kennengelernt habe, weiß ich Folgendes: Sie versucht nicht, diesen Josef Weber zu verleumden, und sie hat keinen Vorteil davon, wenn sie ihn anzeigt.

Sie ist unglaublich empfindlich, weil sie eine Narbe hat, die sich kräuselnd von ihrer linken Augenbraue über die Wange zieht.

Außerdem hat sie wegen besagter Narbe keine Ahnung, dass sie unglaublich attraktiv ist.

Ich verstehe das, ich kann das nachvollziehen. Mit dreizehn litt ich unter extremer Akne – ich schwöre, dass meine Pickel eine Brutstätte immer neuer kleiner Pickel waren. Man nannte mich »Peperonigesicht« oder Luigi, weil so der Besitzer der Pizzeria in meiner Heimatstadt hieß. Immer wenn die Schulfotos fällig waren, machte mich die Aussicht, dass mein Bild für die Ewigkeit festgehalten wurde, so nervös, dass ich willentlich einen Brechreiz auslöste und somit zu Hause bleiben konnte. Meine Mutter sagte mir, ich würde später die Leute lehren, ein Buch niemals nach dem Einband zu beurteilen, und das trifft die Anforderung an meine Arbeit ziemlich genau. Aber wenn ich in den Spiegel schaue, habe ich manchmal selbst jetzt noch das Gefühl, dieses Kind anzustarren.

Ich wette, dass Sage Singer ihr Gesicht beim Blick in den Spiegel als weitaus schlimmer empfindet, als wir anderen es sehen.

Normalerweise ist Genevra diejenige, die loszieht, um die Kaltanrufer, die bei uns landen, unter die Lupe zu nehmen; ich hatte erst mit zweien oder dreien zu tun. Sie waren alle schon über achtzig, Juden, die immer noch die Gesichter ihrer Peiniger in jedem zu sehen glaubten, dem sie begegneten. In keinem dieser Fälle hat sich die Anschuldigung als tragfähig erwiesen.

Sage Singer ist keine achtzig. Und sie lügt auch nicht.

»Ihre Großmutter«, wiederhole ich. »Sie ist eine Überlebende?«

Sage nickt.

»Aber das haben Sie in den vergangenen vier Gesprächen, die wir geführt haben, irgendwie nie erwähnt.«

Ich versuche noch immer, mir darüber klar zu werden, ob das gut oder schlecht ist. Sollte Sages Großmutter bereit und in der Lage sein, Reiner Hartmann als einen der Offiziere in Auschwitz-Birkenau zu identifizieren, wäre diese eine direkte Verbindung zu der Akte, die Genevra zusammengetragen, und den Informationen, die Sage von dem Verdächtigen bekommen hat. Sollte Sage ihre Großmutter jedoch in irgendeiner Weise bereits auf den Verdächtigen aufmerksam gemacht haben – indem sie ihr beispielsweise sagte, sie habe mit ihm gesprochen –, würde jede Aussage der Augenzeugin als voreingenommen gelten.

»Ich wollte nicht den Eindruck erwecken, ich hätte Sie aus diesem Grund angerufen. Es hat mit meiner Großmutter nichts zu tun. Sie spricht nie über das, was sie erlebt hat, niemals.«

Ich beuge mich vor und verschränke meine Hände. »Dann haben Sie mit ihr also auch nicht über Ihre Begegnungen mit Josef Weber gesprochen?«

»Nein«, sagt Sage. »Sie weiß nicht einmal, dass er existiert.«

»Und sie hat niemals mit Ihnen über ihre Zeit in Auschwitz gesprochen?«

Sage schüttelt den Kopf. »Selbst als ich sie direkt darauf ansprach, wollte sie nicht darüber reden.« Sie sieht mich an. »Ist das normal?«

»Ich weiß nicht, ob irgendetwas normal daran ist, ein Überlebender zu sein«, erwidere ich. »Einige glauben sich, weil sie überlebt haben, in der Verantwortung, der Welt zu erzählen, was passiert ist, damit es sich nicht wiederholt und die Menschen es nicht vergessen. Andere glauben, nur dann weiterleben zu können, wenn sie so tun, als wäre es nie geschehen.« Ich fege meine Krümel in meine Serviette und trage meinen Teller zur Spüle. »Nun«, sage ich und denke laut. »Ich kann meine Historikerin anrufen. Sie wird dann in wenigen Stunden eine Fotoreihe zusammenstellen und dann …«

»Sie wird auch nicht mit *Ihnen* sprechen«, sagt Sage.

Ich lächele. »Großmütter finden mich immer besonders charmant.«

Sie verschränkt die Arme. »Wenn Sie ihr wehtun, werde ich …«

»Nicht vergessen: Drohen Sie nie einem Bundesbeamten. Und vergessen Sie zudem nicht: keine Sorge. Ich gebe Ihnen mein Wort, dass ich sie nicht bedrängen werde, wenn sie nicht darüber sprechen kann.«

»Und wenn sie es tut? Was dann? Werden Sie Josef dann verhaften?«

Ich schüttele den Kopf. »Bei uns gibt es keine Strafgerichtsbarkeit für Nazis«, erkläre ich. »Wir können diesen Mann nicht einsperren oder auf freien Fuß setzen. Die Verbrechen fanden außerhalb der Vereinigten Staaten statt, und dies lange, bevor wir Statuten zur extraterritorialen Gerichtsbarkeit hatten. Erst 2007 hat die USA das Genozidstatut revidiert, sodass es auch Genozide mit einschließt, die von Nicht-Amerikanern außerhalb der Vereinigten Staaten verübt wurden. Davor galt es nur für US-Bürger, mit Ausnahme von General Custers Gefechten gegen die amerikanischen Ureinwohner. Wir können ihn nur über den Vorwurf illegaler Einwanderung drankriegen und ihn dann ausliefern lassen. Und selbst dazu kommt es so gut wie nie, obwohl ich seit Jahren versuche, die Europäer dazu zu bringen, moralisches Rückgrat zu zeigen und Nazis zurückzunehmen und zu verurteilen.«

»Dann machen wir dies alles für nichts und wieder nichts?«, fragt Sage.

»Wir machen all dies, weil Ihre Großmutter sich in den Vereinigten Staaten niedergelassen hat und wir ihr ihren Seelenfrieden schuldig sind.«

Sage sieht mich lange an. »Also gut«, sagt sie. »Ich bringe Sie zu ihrer Wohnung.«

In Reiner Hartmanns Akte stehen Dinge, von denen Sage Singer keine Ahnung hat.

Meine Aufgabe ist es, ihr so wenig wie möglich zu erzählen und stattdessen alles aus ihr herauszukitzeln, was sie weiß. Und selbst dann kann ich mir nicht sicher sein, ob das Gericht die einzelnen Punkte miteinander verbinden und ihn anklagen kann. Zudem stellt sich die Frage, ob Hartmann lange genug lebt, um seine wohlverdiente Strafe zu bekommen.

Bis jetzt könnte das, was Sage an mich weitergegeben hat, auch aus den Archiven des United States Holocaust Memorial Museum zusammengesammelt sein oder auf intensiver einschlägiger Lektüre beruhen. Militäraktionen und Daten, Kompanieeinheiten, der Verlauf von Karrieren. Selbst die

Blutgruppentätowierungen sind nichts Neues für jemanden, der sich mit der Geschichte des Dritten Reiches beschäftigt. So haltlos die Annahme auch sein mag, jemand könnte sich eine Identität verpassen, die ihn zum Schuldigen macht, es sind schon merkwürdigere Dinge vorgekommen.

Aber in dieser Akte stehen Besonderheiten über Reiner Hartmann, die nur Reiner Hartmann – und seine Vorgesetzten und vielleicht auch noch die nächsten Vertrauten – wissen können.

Von denen Sage Singer bis jetzt noch nichts gesagt hat.

Was bedeuten kann, dass Josef Weber ihr diese Geschichten bisher noch nicht erzählt hat. Oder dass Josef Weber nicht Reiner Hartmann ist.

Eine Identifizierung durch Sages Großmutter Minka wäre allemal nur ein weiteres Puzzleteil. Und deshalb sitze ich nun im Wagen und fahre zurück Richtung Boston – auf genau derselben Route, die ich gerade vom Logan Airport nach New Hampshire gefahren bin –, und neben mir sitzt Sage.

»Das ist mal was Neues«, sage ich. »In meiner Abteilung ist noch keiner wegen eines Geständnisses so aufgewühlt gewesen, dass er losgefahren ist und mit dem Auto ein Reh angefahren hat.«

»Es geschah nicht mit Absicht«, murmelt Sage.

»A bi gezunt.«

»Wie bitte?«

Ich wende mich ihr zu. »Es heißt, ›solange Sie gesund sind‹. Sie sprechen wohl kein Jiddisch.«

»Ich bin keine Jüdin. Das sagte ich doch bereits.«

In Wirklichkeit hatte sie mich gefragt, ob das wichtig sei.

»Oh«, sage ich. »Ich nahm einfach an …«

»Moral hat mit Religion nichts zu tun«, erklärt sie. »Man kann das Richtige tun, auch ohne an Gott zu glauben.«

»Dann sind Sie Atheistin?«

»Ich mag keine Etiketten.«

»Kann ich mir gut vorstellen, wenn man hier aufwächst. Nach religiöser Vielfalt sieht es mir hier eher nicht aus.«

»Das ist vermutlich auch der Grund, weshalb Josef so lange suchen musste, bis er jemanden mit jüdischen Wurzeln fand«, sagt Sage.

»Also, das zählt eigentlich nicht, da Sie ihm ohnehin nicht vergeben werden.«

Sie schweigt.

»Das tun Sie doch nicht«, wiederhole ich entgeistert. *»Oder?«*

»Ich möchte nicht. Aber eine Stimme in mir sagt, er ist nur ein alter, gebrechlicher Mann.«

»Der vermutlich Verbrechen gegen die Menschlichkeit begangen hat«, erwidere ich. »Und das könnte er selbst dann nicht ausradieren, wenn er zu Mutter Teresa würde. Er hat über ein halbes Jahrhundert gewartet, um es zu beichten? Das spricht nicht für angeborene Güte. Das ist Verschleppungstaktik.«

»Sie gehen also davon aus, dass Menschen sich nicht verändern können? Dass man für immer ein schlechter Mensch bleibt, wenn man etwas Schlimmes getan hat?«

»Das weiß ich nicht«, gebe ich zu. »Aber ich denke, dass man einige Flecke nie wegwaschen kann.« Ich schiele zu ihr. »Wissen denn andere Leute in der Stadt, dass Ihre Familie jüdisch ist?«

»Ja.«

»Und Josef suchte sich Sie aus, um zu beichten. Sie sind für ihn nicht mehr Individuum als dies vor über fünfundsechzig Jahren ein Jude für ihn war.«

»Vielleicht hat er sich mich aber auch ausgesucht, weil er mich für seine Freundin hält.«

»Glauben Sie das wirklich?«, bohre ich nach, aber Sage antwortet nicht. »Damit einem vergeben werden kann, muss es der Person leidtun. Im Judentum nennt man das *teshuvah*. Das bedeutet ›sich vom Bösen abwenden‹. Das ist keine einmalige Abmachung. Es ist eine Handlungsweise. Ein einzelner Akt der Reue sorgt dafür, dass die Person, die das Böse begangen hat, sich besser fühlt, aber nicht die Person, an der das Böse verbrochen wurde. Das ist auch der Grund, weshalb Juden nicht zur Beichte gehen oder den Rosenkranz aufsagen.«

»Josef sagt, seinen Frieden mit Gott habe er bereits gemacht.«

Ich schüttele den Kopf. »Man macht seinen Frieden nicht nur mit Gott. Man macht ihn mit Menschen. Die Sünde ist nicht global. Sie ist personal. Wenn man jemandem unrecht tut, kann man es einzig und allein an der nämlichen Person wiedergutmachen. Weshalb für einen Juden Mord auch unentschuldbar ist.«

Sie ist einen Moment lang still. »Ist es schon mal vorgekommen, dass jemand in Ihr Büro gekommen ist und gestanden hat?«

»Nein.«

»Dann ist Josef vielleicht anders«, sagt Sage.

»Ist er zu Ihnen gekommen, weil er sich besser fühlen möchte? Oder weil er möchte, dass seine Opfer sich besser fühlen?«

»Das ist offensichtlich nicht möglich«, erwidert sie.

»Und deshalb tut er Ihnen leid?«

»Ich weiß nicht. Vielleicht.«

Ich konzentriere mich auf die Straße. »Das deutsche Volk hat Milliarden von Dollar an Reparationszahlungen geleistet. An Individuen. An Israel. Aber wissen Sie was? Es ist jetzt beinahe siebzig Jahre her, und es gab nie ein öffentliches Forum, um sich bei den Juden für die Verbrechen des Holocaust zu entschuldigen. Anderswo ist das geschehen – in Südafrika zum Beispiel. Aber die Deutschen? Sie mussten von den Alliierten zu den Nürnberger Prozessen geschleift werden. Beamte, mit deren Hilfe das Dritte Reich aufgebaut wurde, blieben nach dem Krieg in Regierungsämtern, einfach, indem sie leugneten, Nazis gewesen zu sein, und die Deutschen akzeptierten das. Junge Menschen, die man heute über den Holocaust aufklärt, wollen nichts davon hören, weil es angeblich Schnee von gestern ist. Und deshalb finde ich, dass Sie Josef Weber nicht verzeihen können. Ich denke, man kann niemandem verzeihen, der daran beteiligt war. Man kann sie nur dafür zur Rechenschaft ziehen und versuchen, ihren Kindern und Enkeln in die Augen zu sehen, ohne Schuldzuweisung für das, was ihre Vorfahren taten.«

Sage schüttelt den Kopf. »Es gibt aber sicherlich Deutsche, die besser waren als die anderen, einige, die nicht alles mitgemacht haben, was Hitler befahl. Wenn man sie nicht als Individuen sehen kann – wenn man denjenigen nicht verzeihen kann, die darum bitten –, stellt mich das nicht auf dieselbe Stufe mit einem Nazi?«

»Nein, es macht mich menschlich.«

Minka Singer ist eine winzige Frau und hat die gleichen forschenden blauen Augen wie ihre Enkelin. Sie bewohnt eine kleine Eigentumswohnung in einer Anlage für betreutes Wohnen und hat eine Teilzeitpflegerin, die ihre Arbeitgeberin wie ein Schatten umgibt, ihr die Brille und den Stock und einen Pullover anreicht, bevor sie überhaupt nur darum bitten kann. Und ganz im Gegenteil zu dem, was Sage angedeutet hat, ist sie durch und durch *begeistert*, mir vorgestellt zu werden.

»Nun erzählen Sie mir noch mal«, sagt sie, als wir es uns auf der Couch im Wohnzimmer bequem gemacht haben. »Wo haben Sie meine Enkelin kennengelernt?«

»Über die Arbeit«, lautet meine vorsichtige Antwort.

»Dann wissen Sie also, wie sie backt, ja? Man könnte sich an solches Essen dauerhaft gewöhnen.«

»Dann sollte man allerdings einen lebenslangen Vertrag für Abspeckprodukte von Jenny Craig abschließen«, erwidere ich, doch dann wird mir schlagartig klar, warum Minka sich so gefreut hat, mich zu sehen. Sie würde mich gern mit ihrer Enkelin verbandelt wissen.

Ich lüge nicht, aber dieser Gedanke hat bei mir eingeschlagen wie ein Blitz.

»Großmama«, mischt Sage sich ein. »Leo hat nicht den weiten Weg auf sich genommen, um über mein Brot zu sprechen.«

»Wissen Sie, was mein Vater zu sagen pflegte? Wahre Liebe ist wie Brot. Sie benötigt die richtigen Zutaten, ein wenig Hitze und ein bisschen Magie, um wachsen zu können.«

Sage läuft knallrot an. Ich hüstele in die Hand. »Ms. Singer, ich bin heute zu Ihnen gekommen in der Hoffnung, dass Sie mir Ihre Geschichte erzählen.«

»Ach, Sage, die war doch nur für deine Augen bestimmt! Es ist ein albernes Märchen von einem jungen Mädchen, mehr nicht.«

Ich habe keine Ahnung, wovon sie spricht.

»Ich arbeite für die Regierung der Vereinigten Staaten, Ma'am. Ich spüre die Täter auf, die Kriegsverbrechen begangen haben.«

Das Leuchten in Minka Singers Augen erlischt. »Ich habe nichts zu sagen. Daisy?«, ruft sie. »Ich bin sehr müde, Daisy. Ich würde mich gern hinlegen …«

»Ich habe es Ihnen ja gesagt«, murmelt Sage.

Aus dem Augenwinkel sehe ich, wie sich die Pflegerin nähert.

»Sage kann sich glücklich schätzen«, sage ich. »Meine Großeltern leben nicht mehr. Mein Großvater kam aus Österreich hierher. Jedes Jahr veranstaltete er am zweiundzwanzigsten Juli eine große Gartenparty. Es gab Bier für die Erwachsenen, und für uns Kinder wurde ein aufblasbares Schwimmbecken aufgestellt, und der größte Kuchen, den meine Großmutter backen konnte, wurde verteilt. Ich ging immer davon aus, dass es sein Geburtstag war. Erst mit fünfzehn sollte ich erfahren, dass er im Dezember geboren war. Der zweiundzwanzigste Juli war der Tag, an dem er US-Bürger wurde.«

Inzwischen ist Daisy an Minkas Seite angekommen und hat ihre Hand unter den dünnen Arm der Frau geschoben, um ihr beim Aufstehen zu helfen. Minka erhebt sich und entfernt sich schlurfend zwei Schritte von mir.

»Mein Großvater hat im Zweiten Weltkrieg gekämpft«, fahre ich fort und erhebe mich ebenfalls. »Wie Sie hat er nie über das gesprochen, was er erlebt hat. Aber als ich meinen Highschool-Abschluss hatte, schenkte er mir eine Europareise. Wir besuchten das Kolosseum in Rom und den Louvre in Paris und wir wanderten in den Schweizer Alpen. Das letzte Land, das wir besuchten, war Deutschland. Er nahm mich mit nach Dachau. Wir sahen die Baracken und die Krematorien, wo die Leichen der verstorbenen Gefangenen verbrannt worden waren. Ich erinnere mich an eine Mauer mit einem Graben davor, in dem das Blut der erschossenen Gefangenen aufgefangen wurde. Gleich nachdem wir das Konzentrationslager besichtigt hatten, sagte mein Großvater, wir würden abreisen. Denn ansonsten würde ich den ersten Deutschen umbringen, den ich sah.«

Minka Singer blickt mich über die Schulter hinweg an. Sie hat Tränen in den Augen. »Mein Vater versprach mir, ich würde mit einer Kugel im Herzen sterben.«

Sage hält ergriffen die Luft an.

Mit flackernden Augen wandert der Blick der Großmutter zu ihr. »Überall waren Tote. Manchmal musste man auf ihnen laufen, um wegzukommen. Und so verstanden wir. Bei einer Kugel im Kopf trat immer Gehirnmasse aus, und das machte mir Angst. Aber eine Kugel im Herzen schien im Vergleich dazu gar nicht so schlimm zu sein. Das war also das Versprechen, das mein Vater mir gab.«

In dem Moment wird mir klar, dass Minkas Weigerung,

über ihre Erfahrung während des Krieges zu sprechen, nicht daran lag, dass sie sich an keine Einzelheiten mehr erinnern konnte. Sondern *weil* sie sich an jede Kleinigkeit erinnert und sichergehen möchte, dass ihre Kinder und Enkelkindern nicht unter demselben Fluch leiden müssen.

Sie setzt sich wieder auf die Couch. »Ich weiß nicht, was Sie von mir hören wollen.«

Ich beuge mich vor und ergreife ihre Hand. Sie ist kühl und trocken, wie Seidenpapier. »Erzählen Sie mir mehr von Ihrem Vater«, schlage ich vor.

TEIL II

Wenn ich groß bin, werde ich diese schöne Welt sehen
In einem riesigen Vogel ganz aus Eisen sitzend
Werde ich die Höhen des Universums durchqueren
Über dem Wasser: Fluss, Meer und Ozean.
Die Wolke wird mir Schwester sein und der Wind Bruder.

Aus »Ein Traum«,
verfasst von Avraham (Abramek) Koplowicz,
geboren 1930.
Er war als Kind im Getto von Lodz und wurde mit dem letzten Transport 1944 aus dem Getto nach Auschwitz-Birkenau gebracht und im Alter von vierzehn Jahren getötet.

Übersetzung aus dem Polnischen entnommen der Yad-Vashem-Webseite: http://www.yadvashem.org/yv/de/education/ceremonies/diary.asp

Was man mir von dem upiór *erzählt hatte, konnte nicht wahr sein. Die von Damian geschwungene Peitsche hatte Aleks' Rücken aufgerissen, sodass seine Haut in Streifen herabhing und blutete. Wie wäre dies bei einer Bestie, die kein eigenes Blut hatte, möglich?*

Nicht, dass es darauf ankäme. Die Menge hatte sich herumgedreht, um die Bestrafung zu verfolgen und sich am Schmerz des Geschöpfs zu weiden, das so viel Leid über sie gebracht hatte. Im Mondlicht glänzte der Schweiß auf Aleks' Körper, der sich unter Qualen wand und sich gegen die Fesseln wehrte. Die Dörfler schütteten ihm Wasser ins Gesicht und Essig und Salz in die Wunden. Schnee rieselte und überzog den Platz – eine bukolische Postkartenidylle, abgesehen von der Brutalität, die sich in dessen Zentrum austobte.

»Bitte«, flehte ich und riss mich von den Soldaten los, die die Zuschauer zurückhielten, sodass ich Damians Arm packen konnte. »Du musst aufhören.«

»Warum? Er *würde es auch nicht. Dreizehn Menschen sind gestorben. Dreizehn.« Er nickte einem Soldaten zu, der daraufhin meine Taille umfing und mich zurückhielt. Wieder hob Damian die Peitsche, ließ sie durch die Luft sausen und auf Aleks' Fleisch knallen.*

Es kam gar nicht darauf an, ob Aleks Schuld hatte, überlegte ich. Damian wusste, dass das Dorf einfach einen Sündenbock brauchte.

Die neunschwänzige Katze hatte Aleks eine klaffende Wunde an der Wange zugefügt. Sein Gesicht war nicht mehr wiederzuerkennen. Das Hemd hing ihm in Fetzen über die Taille, als er auf die Knie sackte. »Ania«, keuchte er. »Geh … weg.«

»Du Mistkerl!«, brüllte Damian. Er schlug Aleks mit solcher Wucht ins Gesicht, dass ihm das Blut wie eine Fontäne

aus der Nase spritzte und der Kopf am Stängel seines Halses nach hinten gerissen wurde. »Du hättest sie verletzen können!«

»Halt!«, kreischte ich. Ich trat, so fest ich konnte, auf den Fuß des Soldaten, der mich zurückhielt, und warf mich auf Aleks. »Du bringst ihn ja um«, sagte ich und schluchzte.

Aleks lag schlaff in meinen Armen. Auf Damians Wange zuckte ein Muskel, als er zusah, wie ich Aleks' Gewicht zu halten versuchte. »Etwas, das bereits tot ist«, sagte er kalt, »kann man nicht umbringen.«

Plötzlich brach ein Soldat durch den Rand der Menge, schlitterte durch den Schnee und salutierte vor Damian. »Hauptmann? Es hat wieder einen Mord gegeben.«

Die Dörfler machten Platz, und zwei Soldaten traten mit der Leiche von Baruch Beilers Frau nach vorn. Man hatte ihr die Kehle herausgerissen. Ihre Augen standen noch offen. »Der Steuereintreiber wird vermisst«, sagte einer der Soldaten.

Ich kam nach vorn, als Damian neben dem Opfer niederkniete. Der Körper der Frau war noch warm, das Blut dampfte noch. Dies war gerade erst passiert. Während Aleks hier lag und geschlagen wurde.

Ich drehte mich um, aber die Seile, die ihn eben noch gehalten hatten, waren schlaff und lagen wie Schlangen zusammengerollt im Schnee. Es hatte nur eines Augenblicks bedurft, jenes kurzen Moments, bis die murmelnde Menge begriffen hatte, dass hier der Falsche beschuldigt worden war, und Aleks war die Flucht geglückt.

MINKA

Mein Vater wurde nicht müde, mir die Wünsche für seine eigene Beerdigungszeremonie zu schildern. »Minka«, pflegte er im heißen Sommer zu sagen, »sorge dafür, dass es auf meiner Beerdigung Limonade gibt. Frische Limonade für alle!« Als er sich für die Hochzeit meiner Schwester mit einem geborgten Anzug herausputzte, sagte mein Vater: »Minka, du musst darauf achten, dass ich bei meiner Beerdigung genauso adrett aussehe wie heute.« Meine Mutter regte sich fürchterlich darüber auf. »Abram Lewin«, sprach sie ihn jedes Mal an, »das Mädel bekommt deinetwegen Albträume.« Mein Vater zwinkerte mir zu und sagte: »Sie hat absolut recht, Minka. Nur fürs Protokoll, keine Oper bei meiner Beerdigung. Aber tanzen, ja, das fände ich schön.«

Diese Gespräche traumatisierten mich nicht, wie meine Mutter befürchtete. Wie konnten sie auch, ich kannte doch meinen Vater! Ihm gehörte eine gut gehende Bäckerei, und ich hatte ihn Tag für Tag mit angespannten Muskeln unter seinem Unterhemd zahllose Brote in den gemauerten Backofen schieben sehen. Er war groß und stark und unbesiegbar. Der wahre Scherz hinter dem Scherz war der, dass mein Vater so voller Leben war, dass er niemals sterben würde.

Wenn ich von der Schule nach Hause kam, setzte ich mich in den Laden, wo meine ältere Schwester Basia das Brot verkaufte, und machte meine Hausaufgaben. Mein Vater ließ mich nicht an die Kasse, weil er die Schule wichtiger für mich hielt. Er nannte mich seine kleine Professorin, weil ich so klug war – ich hatte zwei Klassen übersprungen und im letzten Jahr ein dreitägiges Examen bestanden, um aufs Gymnasium gehen zu können. Doch obwohl ich mich qualifiziert hatte, nahm die Schule mich nicht an, was ein Schock war. In jenem Jahr bekamen dort nur zwei jüdische Schüler einen Platz. Meine Schwester, die immer ein wenig eifersüchtig darauf gewesen war, dass meiner Intelligenz ein so hoher Wert beigemessen wurde, gab sich entrüstet, aber ich wusste, in ihrem Innersten freute sie sich, dass ich nun wie sie einer praktischen Arbeit würde nachgehen müssen. Doch einer der Kunden meines Vaters setzte sich für mich ein. Mein Vater war ein derart versierter Bäcker, dass er neben den jüdischen Haushalten, die täglich Challot und Roggenbrote kauften, auch einige christliche Kunden hatte, die wegen seiner Babka und seines Mohnkuchens und seiner Mazurki zu ihm kamen. Es war einer dieser Kunden, ein Buchhalter, der mir den Besuch der katholischen höheren Schule ermöglichte. Während des Religionsunterrichts war ich vom Unterricht befreit und durfte zusammen mit einem anderen jüdischen Mädchen auf dem Flur meine Hausaufgaben machen. Nach Schulschluss ging ich dann in die Bäckerei meines Vaters in Lodz. Basia kehrte nach Ladenschluss zu ihrem frischgebackenen Ehemann Rubin zurück, und mein Vater und ich liefen durch die Straßen zu unserem Haus, das in einem von Christen und Juden gleichermaßen bewohnten Viertel lag.

Eines Abends, als wir uns auf dem Heimweg befanden, marschierte eine Phalanx von Soldaten an uns vorbei. Mein Vater drängte mich in die Nische eines Türeingangs, um sie vorbeizulassen. Ich wusste nicht, ob sie zur SS oder zur Wehrmacht oder zur Gestapo gehörten – ich war ein dummes vierzehnjähriges Schuldmädchen, das dem keine Beachtung zollte. Ich wusste nur, dass sie nie lächelten und sich immer nur zackig bewegten. Mein Vater wollte seine Augen vor der untergehenden Sonne beschirmen, merkte dann aber, dass diese Geste wie ein Hitlergruß aussah, und zog den Arm wieder nach unten. »Auf meiner Beerdigung, Minka«, sagte er ohne einen humorvollen Unterton in der Stimme, »keine Paraden.«

Ich wurde verwöhnt. Meine Mutter Hana machte mein Zimmer für mich sauber und kochte für uns. Wenn sie mich nicht betüttelte, nervte sie Basia damit, sie doch endlich zur Großmutter zu machen, obwohl meine Schwester erst seit sechs Monaten mit dem Jungen verheiratet war, den sie liebte, seit sie so alt war wie ich jetzt.

Ich hatte Freundinnen in der Nachbarschaft – ein Mädchen, Greta, ging sogar mit mir zur Schule. Manchmal lud sie mich zu sich nach Hause ein, wo wir Radio hörten, und da war sie dann richtig nett zu mir, aber wenn wir einander in der Schule auf dem Flur begegneten, vermied sie jeglichen Blickkontakt zu mir. So war das eben, polnische Christen mochten keine Juden, jedenfalls nicht in der Öffentlichkeit. Die Szymanskis, die die andere Hälfte unseres Hauses bewohnten und uns zu Weihnachten und Ostern einluden – wo ich mich dann mit nicht-koscherem Essen vollstopfte –, blickten wegen unserer Religion nie auf uns herab, doch meine Mutter meinte, das liege daran, dass Frau Szymanski keine typische Polin, sondern eine gebürtige Russin war.

Meine beste Freundin war Darija Horowicz. Wir hatten zusammen die Schule besucht, bis ich die Aufnahmeprüfung bestand, aber dennoch schafften Darija und ich es, einander fast jeden Tag zu sehen und unsere Freundschaft lebendig zu halten. Darijas Vater besaß außerhalb der Stadt eine Fabrik, und manchmal fuhren wir mit dem Einspänner dorthin zu einem Picknick am See. Darija war immer von Jungs umschwärmt. Sie war schön – eine hochgewachsene, anmutige Balletttänzerin mit langen dunklen Wimpern und einem kleinen geschwungenen Mund. Ich war nicht annähernd so hübsch wie sie, aber ich sagte mir, dass die Jungs, die Darija umschwärmten, sie ja nicht alle zur Freundin haben konnten. Und irgendein liebeskranker Bursche würde dabei schon für mich abfallen und von meinem Witz möglicherweise so eingenommen sein, dass er meinen schiefen Schneidezahn nicht bemerkte und auch darüber hinwegsah, dass mein Bauch unter meinem Rock ein wenig vorstand.

Eines Tages saßen Darija und ich in meinem Zimmer und arbeiteten. Wir hatten einen Großen Plan, und dazu gehörte das Buch, das ich schrieb. Darija las es Kapitel für Kapitel und nahm mit einem roten Füller Korrekturen vor, wie dies unserer Vorstellung nach auch ein Lektor tat. Wir wollten gemeinsam nach London gehen und uns dort eine Wohnung nehmen, Darija würde in einem Verlag arbeiten und ich Romane schreiben. Wir würden ausgefallene Cocktails trinken und mit gut aussehenden Männern tanzen. »In unserer Welt«, sagte Darija und warf das Kapitel beiseite, das sie gerade korrigierte, »gibt es keine Semikolons.«

Es war unser liebster Zeitvertreib: Wir malten uns eine Welt aus, die vollkommen war – ein Ort, an dem man so viele Kaisersemmeln essen konnte, wie man wollte, ohne dick zu werden; ein Ort, wo keiner Matheunterricht bekam; ein Ort, wo die Grammatik nebensächlich und keine Notwendigkeit war. Ich blickte von dem Notizbuch auf, in das ich schrieb. »Hat was Unentschlossenes, nicht wahr? Entweder Punkt oder Komma, man muss sich doch entscheiden.« Das Kapitel, an dem ich die letzte Stunde gearbeitet hatte, umfasste erst wenige Sätze. Mir fiel nichts ein, und ich wusste auch, warum. Ich war zu müde, um kreativ zu sein. Meine Eltern hatten sich in der vergangenen Nacht gestritten und mich wach gemacht. Ich bekam nicht den ganzen Streit mit, aber es ging um Frau Szymanski. Sie hatte angeboten, meine Mutter und mich notfalls zu verstecken, konnte uns aber nicht alle aufnehmen. Ich begriff nicht, warum mein Vater so aufgebracht war. Schließlich dachten weder meine Mutter noch ich daran, ihn zu verlassen.

»In unserer Welt«, sagte ich, »hat jeder ein Auto mit einem Radio.«

Darija drehte sich auf den Bauch, und ihre Augen leuchteten. »Erinnere mich nicht dran.«

Wir hatten vor einer Woche ein Auto gesehen, das vor Wodospad, einem schicken Restaurant parkte, wo ich mal einen Filmstar gesehen hatte. Als der Fahrer aus dem Wagen stieg, konnten wir Musik hören, die aus dem Inneren herauswehte und wie ein Parfümduft in der Luft verweilte. Es war ein Wunder, sich vorzustellen, dass einen beim Reisen Musik begleitete.

An jenem Tag fiel mir auch ein neues Schild ins Auge, das am Restaurant hing: *Psyi i Źydzi nie pozwolone* – Kein Zutritt für Hunde oder Juden.

Wir hatten Geschichten von der Pogromnacht gehört. Meine Mutter hatte eine Cousine, deren Laden in Deutschland abgefackelt worden war. Einer unserer Nachbarn hatte einen Jungen bei sich aufgenommen, dessen Eltern bei einem Pogrom ums Leben gekommen waren. Rubin flehte ständig meine Schwester an, mit ihm nach Amerika zu gehen, aber Basia wollte meine Eltern nicht zurücklassen. Als sie ihnen vorschlug, ins jüdische Viertel der Stadt zu ziehen, bevor die Lage sich verschlimmerte, meinte mein Vater, sie lasse sich zu leicht verunsichern. Meine Mutter deutete auf den prächtigen Anrichtetisch aus Holz, der bestimmt dreihundert Pfund wog und einst meiner Urgroßmutter gehört hatte. »Man kann doch nicht einfach einen Koffer nehmen und sein Leben zusammenpacken!«, sagte sie zu meiner Schwester. »Dann lässt man doch sämtliche Erinnerungen zurück.«

Ich wusste, dass auch Darija sich an das Schild am Restaurant erinnerte, denn sie sagte: »In unserer Welt gibt es keine Deutschen.« Dann lachte sie. »Ach, Minka, du Arme. Du siehst aus, als würde dir schon vom Gedanken daran übel. Aber eine Welt ohne Deutsche wäre auch eine Welt ohne Herrn Bauer.«

Ich legte das Notizbuch beiseite und rückte näher an Darija heran. »Heute rief er mich dreimal auf. Ich bin die Einzige, die öfter als einmal eine Frage beantworten musste.«

»Was vermutlich daran liegt, dass du jedes Mal deine Hand gehoben hast.«

Das stimmte. Deutsch war mein Lieblingsfach in der Schule. Wir konnten zwischen Französisch und Deutsch wählen. Die Französischlehrerin Madame Genierre war eine alte Nonne mit einer riesigen behaarten Warze am Kinn. Der Deutschlehrer Herr Bauer hingegen war ein junger Mann, der Ähnlichkeit mit dem Schauspieler Leon Liebgold hatte, sofern man schielte oder sich Tagträumen hingab, wie ich das gern machte. Wenn er sich über meine Schulter beugte, um die Übereinstimmung des Geschlechts in meiner Arbeit zu korrigieren, gab ich mich der Fantasie hin, dass er mich in die Arme schloss und küsste und mich bat, mit ihm durchzubrennen. Als wäre dies zwischen Lehrer und Schülerin denkbar, oder einem Christen und einer Jüdin! Aber er war jedenfalls schön anzusehen, und ich wollte, dass er mich bemerkte, und belegte deshalb jeden Kurs, den er anbot: deutsche Grammatik, Konversation, Literatur. Ich war seine Musterschülerin. Ich traf mich mit ihm in der Pause, nur um zu üben. *Glauben Sie, dass es regnen wird, Fräulein Lewin?*, fragte er mich etwa.

Ach ja, ich denke, wir sollten mit schlechtem Wetter rechnen.

Manchmal scherzte er sogar vertraulich mit mir auf Deutsch. *Noch eine weitere langweilige Besprechung!*, sagte er etwa im Vorbeigehen und lächelte freundlich, als er neben Vater Jankowiak den Flur entlangschritt, wohl wissend, dass der Priester kein Wort von dem verstand, was er sagte, ich aber schon.

»Heute habe ich ihn zum Erröten gebracht«, beichtete ich lächelnd. »Ich sagte ihm, dass ich ein Gedicht schreibe, und fragte ihn, wie man auf Deutsch sagt: ›Er nahm sie in die Arme und küsste sie, dass ihr die Luft wegblieb.‹ Ich hoffte natürlich, er würde es mir *zeigen*, anstatt es mir zu *sagen*.«

»Igitt.« Darija erschauderte. »Beim Gedanken, einen Deutschen zu küssen, bekomme ich eine Gänsehaut.«

»Das darfst du nicht sagen. Herr Bauer ist anders. Er spricht nie über den Krieg. Dafür ist er viel zu sehr Gelehrter. Wenn wir sie außerdem alle in einen Topf werfen, weil sie Deutsche sind, sind wir nicht besser als sie, die auch keinen Unterschied machen und für die ein Jude wie der andere ist.«

Darija griff nach einem Buch auf meinem Nachtkästchen. »Oh, Herr Bauer«, gurrte sie. »Ich folge Ihnen bis ans Ende der Welt. Nach Berlin. Oh, warten Sie, das ist ja ein und dasselbe nicht wahr?« Sie drückte sich das Buch ins Gesicht, als wollte sie es küssen.

Ich ärgerte mich. Darija mit ihrem langen Hals und dem Körper einer Tänzerin war eine reizende Erscheinung. Ich machte mich nicht lustig über sie, wenn sie mehrere Jungs gleichzeitig zappeln ließ, die sich auf Festen um sie scharten und darum buhlten, ihr etwas Punsch oder ein Dessert zu holen.

»Es ist aber so«, sagte sie und warf das Buch beiseite. »Wenn du anfängst, dich mit deinem deutschen Lehrer herumzutreiben, wirst du Josek das Herz brechen.«

Jetzt war es an mir, zu erröten. Josek Szapiro war der einzige Junge, der Darija keines Blickes würdigte. Er hatte mich nie gefragt, ob ich mit ihm spazieren gehen möchte, und mir auch noch kein Kompliment zu einem Pullover oder meiner Frisur gemacht, aber als wir das letzte Mal beim Picknick am See in der Nähe der Fabrik waren, hatte er eine ganze Stunde damit zugebracht, sich mit mir über mein Buch zu unterhalten. Er war seit Kurzem bei der Zeitung als Journalist angestellt und fast drei Jahre älter als ich, aber er schien mich nicht für töricht zu halten, weil ich daran glaubte, eines Tages veröffentlicht zu werden.

»Weißt du«, sagte Darija und zeigte auf die Seiten, die sie gelesen hatte, »das ist eigentlich nur eine Liebesgeschichte.«

»Und was ist schlecht daran?«

»Na ja, eine Liebesgeschichte ist eigentlich gar keine Geschichte. Die Leute wollen kein glückliches Ende. Sie wollen Konflikte. Sie wollen, dass die Heldin sich in den Mann verliebt, den sie niemals bekommen kann.« Sie grinste mich an. »Ich sage damit nur, dass Ania langweilig ist.«

Ich musste lachen. »Ich habe dich und mich als ihre Vorbilder genommen.«

»Dann sind *wir* vielleicht langweilig.« Darija setzte sich auf und schlug die Beine übereinander. »Vielleicht müssen wir uns kosmopolitischer geben. Schließlich könnte ich doch auch so eine Dame sein, die in einem Wagen mit Radio an einem Restaurant vorfährt.«

Ich rollte die Augen. »Genau. Und ich bin die Königin von England.«

Darija ergriff meine Hand. »Lass uns was Anstößiges tun.«

»Schön«, erwiderte ich. »Ich werde morgen meine Deutschhausaufgabe nicht abgeben.«

»Nein, nein. Etwas *Weltgewandtes*.« Sie lächelte. »Wir könnten im *Grand Hotel* Schnaps trinken.«

Ich schnaubte. »Wer wird schon zwei kleine Mädchen bedienen?«

»Wir werden nicht wie zwei kleine Mädchen *aussehen*. Kannst du dir nicht was aus dem Kleiderschrank deiner Mutter mopsen?«

Meine Mutter brächte mich um, wenn sie dahinterkäme.

»Wenn du ihr nichts sagst, sage ich auch nichts«, meinte Darija, die meine Gedanken las.

»Ich werde es ihr gar nicht sagen müssen.« Meine Mutter verfügte über einen sechsten Sinn. Ich schwöre, sie muss auch hinten Augen haben, die es ihr erlauben, mich zu erwischen, wenn ich einen Happen Eintopf aus dem Topf koste, bevor das Abendessen auf den Tisch kommt, oder zu wissen, dass ich in meinem Zimmer an meiner Geschichte sitze, anstatt meine Hausaufgaben zu machen. »Wenn sie sich um nichts anderes zu sorgen braucht, macht sie sich Sorgen um mich.«

Plötzlich hörten wir aus dem Wohnzimmer einen Schrei. Ich sprang auf und rannte los, Darija mir auf den Fersen. Mein Vater klopfte Rubin auf den Rücken, und meine Mutter umarmte Basia. »Hana!«, rief mein Vater ihr zu. »Das verlangt nach einer Flasche Wein!«

»Minusia«, sprach meine Mutter mich mit meinem Kosenamen an. Sie wirkte glücklicher, als ich sie jemals gesehen hatte. »Deine Schwester bekommt ein Baby!«

Es war seltsam gewesen, als meine Schwester nach ihrer Hochzeit auszog und ich mein eigenes Zimmer bekam. Aber noch merkwürdiger war die Vorstellung, dass sie Mutter wurde. Ich umarmte Basia und küsste sie auf die Wange.

»Oh, es gibt so viel zu tun!«, sagte meine Mutter.

Basia lachte. »Du hast noch Zeit, Mama.«

»Man kann nie gut genug vorbereitet sein. Wir werden morgen Garn kaufen gehen. Wir müssen anfangen zu stricken! Und du, Abram, musst zusehen, dass du ohne sie an der Kasse zurechtkommst. Das ist nämlich kein guter Arbeitsplatz für eine Frau in Umständen. Den ganzen Tag stehen mit schmerzendem Rücken und geschwollenen Füßen …«

Mein Vater tauschte mit Rubin einen Blick. »Das könnte wie Urlaub werden«, scherzte er. »In den nächsten fünf Monaten wird sie so beschäftigt sein, dass sie gar keine Zeit findet, sich über mich zu beklagen …«

Ich tauschte einen Blick mit Darija. Diese lächelte und zog die Brauen hoch.

Wir sahen aus wie zwei Kinder, die sich verkleidet hatten. Ich trug eins der Seidenkleider meiner Mutter und ein Paar Pumps von Darijas Mutter, deren Pfennigabsätze sich ständig im Straßenpflaster verfingen. Darija hatte mein Gesicht mit Make-up geschminkt, damit wir älter aussahen, aber ich fühlte mich damit wie ein Clown.

Das *Grand Hotel* ragte vor uns auf wie eine Hochzeitstorte, eine Fensterreihe lag über der anderen. Ich malte mir die Geschichten aus, die sich dahinter abspielten. Die zwei Leute, die man als Silhouette im zweiten Stock sah, waren Neuvermählte. Die Frau, die aus dem Eckfenster der Suite im dritten Stock starrte, hing ihrer verlorenen Liebe nach, die sie am späteren Nachmittag zum ersten Mal nach zwanzig Jahren zum Kaffee treffen würde …

»Was ist?«, fragte Darija. »Wollen wir nicht reingehen?«

Wie sich herausstellte, war es noch viel schwieriger, in die Rolle eines anderen zu schlüpfen, als genügend Mut aufzubringen, in unserer Verkleidung dort hineinzugehen. »Und wenn uns drinnen jemand sieht, den wir kennen?«

»Wen sollen wir dort schon treffen?«, spottete Darija. »Die Väter bereiten sich jetzt alle aufs Abendgebet vor. Und die Mütter sind zu Hause und kochen das Abendessen.«

Ich sah sie an. »Du als Erste.«

Meine Mutter nahm an, dass ich bei Darija war, und Darijas Mutter ging davon aus, dass sie bei mir war. Wir konnten leicht erwischt werden, aber wir hofften, unser Abenteuer würde die Bestrafung aufwiegen, die wir uns womöglich einhandelten. Während ich noch zögerte, rauschte eine Dame auf der Treppe an mir vorbei. Sie roch penetrant nach Parfüm, und ihre Fingernägel und Lippen leuchteten feuerwehrrot. Ihre Kleider waren nicht so elegant wie die der übrigen Klientel im Hotel – oder auch wie die des sie begleitenden Mannes. Sie gehörte zu jenen Frauen, von denen meine Mutter mich immer wegzog. Frauen der Nacht traf man in Bałuty, dem ärmeren Viertel der Stadt, häufiger an – Frauen, die aussahen, als würden sie nie schlafen, die eine Stola um die nackten Schultern trugen, wenn man sie hinter ihren Fenstern stehen sah. Aber dies bedeutete nicht, dass solche Frauen hier Mangelware waren. Der Mann, der hinter dieser Frau herging, trug einen kleinen Schnauzbart wie Charlie Chaplin und einen Spazierstock. Beim Betreten des Hotels umfasste er ihren Hintern mit der Hand.

»Das ist widerlich«, flüsterte Darija.

»Genau das werden die Leute von uns denken, wenn wir da reingehen!«, zischte ich.

Darija zog einen Schmollmund. »Wenn du gar nicht vorhattest, das durchzuziehen, Minka, weiß ich nicht, warum du …«

»Ich habe nie etwas gesagt! Du warst diejenige, die …«

»Minka?« Als ich meinen Namen hörte, blieb ich wie angewurzelt stehen. Noch schlimmer als aufzufliegen, weil meine Mutter herausfand, dass ich nicht bei Darija war, wäre es, von jemandem erkannt zu werden, der zu meiner Mutter rannte und mich anschwärzte.

Mit einer Grimasse drehte ich mich um und stand vor Josek, der in seinem Mantel und mit der Krawatte sehr gut aussah. »Du bist es tatsächlich«, sagte er und lächelte, ohne Darija auch nur mit einem Blick zu streifen. »Mir war gar nicht klar, dass du hierherkommst.«

»Was soll das heißen?«, fragte ich wachsam.

Darija stieß mir den Ellbogen in die Rippen. »Natürlich kommen wir hierher. Tun das nicht alle?«

Josek lachte. »Nun, ich kenne nicht alle. Der Kaffee schmeckt woanders besser.«

»Was machst du denn hier?«, fragte ich.

Er hob ein Notizbuch hoch. »Ein Interview. Was für die Klatschspalte. Was anderes lassen sie mich im Moment nicht machen. Mein Redakteur sagt, ich muss mir die Sondermeldungen erst noch verdienen.« Er richtete den Blick auf mein Kleid, das hinten zusammengesteckt war, weil es mir zu weit war, und auf die geborgten Schuhe an meinen Füßen. »Gehst du zu einer Beerdigung?«

So viel also zu unserem eleganten Auftreten.

»Wir sind beide hier verabredet«, sagte Darija.

»Tatsächlich«, erwiderte Josek erstaunt. »Ich hätte nicht gedacht …« Er hörte mitten im Satz auf.

»Was hättest du nicht gedacht?«

»Dass dein Vater dich mit einem Jungen ausgehen lässt«, sagte Josek.

»Nun das ist eindeutig nicht der Fall.« Darija warf die Haare nach hinten. »Wir sind keine Babys, Josek.«

Er grinste mich an. »Dann möchtest du ja vielleicht auch mal mit *mir* ausgehen, Minka. Ich werde dir beweisen, dass der Kaffee, den sie im *Astoria* servieren, den des *Grand Hotels* in den Schatten stellt.«

»Morgen um vier Uhr«, verkündete Darija, als wäre sie plötzlich meine Privatsekretärin. »Sie wird da sein.«

Nachdem Josek sich verabschiedet hatte und gegangen war, hakte Darija sich bei mir unter.

»Ich bringe dich um«, sagte ich.

»Wieso denn? Weil ich dir eine Verabredung mit einem gut aussehenden Jungen besorgt habe? Meine Güte, Minka, wenn ich schon keinen Spaß haben kann, lass mich doch wenigstens indirekt daran teilhaben.«

»Ich möchte nicht mit Josek ausgehen.«

»Aber Anias wegen musst du mit ihm ausgehen«, sagte Darija.

Meine Figur Ania war zu langweilig. Zu behütet.

»Danken kannst du mir später«, sagte sie und tätschelte meine Hand.

Das Café im *Astoria* war ein beliebter Treff auf der Piotrkowska-Straße. Man traf dort immer jüdische Intellektuelle, Theaterautoren und Komponisten an, die an rauchgeschwängerten Tischen bei bitterem Kaffee über die jeweiligen künstlerischen Verdienste stritten, oder Operndiven, die Tee mit Zitrone tranken. Obwohl ich wieder in denselben geborgten Kleidern und Schuhen wie tags zuvor kam, machte mich die Nähe dieser Menschen ganz schwindlig im Kopf, als würde ich erleuchtet, nur weil ich die gleiche Luft wie sie atmete.

Wir saßen in der Nähe der Schwingtüren, die zur Küche führten, und jedes Mal, wenn sie sich öffneten, umwehte uns ein köstlicher Duft. Josek und ich teilten uns einen Teller Piroggen und tranken Kaffee, der – wie er versprochen hatte – himmlisch schmeckte. »*Upióry*«, sagte er kopfschüttelnd. »Das überrascht mich aber.«

Ich hatte ihm – schüchtern – den Verlauf meiner Geschichte erzählt: von Ania und ihrem Vater dem Bäcker, von dem Ungeheuer, das in ihre Stadt eindringt, indem es sich als ganz gewöhnlicher Mensch verkleidet. »Meine Großmutter hat davon gesprochen, als sie noch lebte«, erklärte ich. »Sie hat abends immer Körner auf dem Holztisch in der Backstube zurückgelassen, damit der *upiór*, sofern er denn kam, gezwungen wäre, diese bis zum Morgengrauen zu zählen. Wenn ich mich weigerte, zu Bett zu gehen, drohte meine Großmutter mir mit dem *upiór*, der kommen würde, um mein Blut zu trinken.

»Ziemlich gruselig«, sagte Josek.

»Weißt du, eigentlich hat es mir keine Angst gemacht. Ich hatte immer Mitleid mit dem *upiór*. Schließlich war es ja nicht seine Schuld, dass er ein Untoter war. Aber wer sollte das schon glauben, wenn es Leute wie meine Großmutter gab, die ständig etwas anderes herumerzählten.« Ich hob meinen Blick und sah Josek an. »Also begann ich, mir in Tagträumereien eine Geschichte über einen *upiór* auszudenken, der gar nicht so böse war, wie alle dachten. Jedenfalls nicht im Vergleich zu den menschlichen Wesen, die ihn zu vernichten versuchen. Und gewiss nicht in den Augen des Mädchens, das sich nach und nach in ihn verliebt … bis ihm klar wird, dass er es womöglich war, der seinen Vater getötet hat.«

»Toll«, sagte Josek beeindruckt.

Ich lachte. »Du hast womöglich eine Liebesgeschichte erwartet?«

»Jedenfalls eher als eine Horrorgeschichte«, gab er zu.

»Darija meint, ich müsse sie abmildern, sonst wolle sie keiner lesen.«

»Aber du glaubst das nicht …?«

»Nein«, sagte ich. »Die Menschen müssen auch Dinge erfahren, die ihnen Angst machen. Wie sollen sie denn ohne eine solche Erfahrung Sicherheit und Geborgenheit schätzen lernen?«

Auf Joseks Gesicht breitete sich ein Lächeln aus. Und er sah richtig gut aus. Allemal so gut wie Herr Bauer, wenn nicht besser. »Mir war gar nicht klar, dass Lodz den nächsten Janusz Korczak in seiner Mitte hat.«

Ich spielte mit meinem Teelöffel. »Dann findest du es also nicht verrückt. Dass ein Mädchen so etwas schreibt?«

Josek rückte näher an mich heran. »Ich finde es großartig. Ich begreife, worauf du hinauswillst. Es ist nicht nur ein Märchen, es ist eine Allegorie, hab ich recht? Die *upióry* sind wie die Juden. In den Augen der Allgemeinheit sind sie Blutsauger, eine dunkle, Furcht einflößende Sippe. Man muss Angst vor ihnen haben und sie mit Waffen und Kreuzen und Weihwasser bekämpfen. Und das Reich, das sich selbst auf die Seite Gottes stellt, hat es sich zur Aufgabe gemacht, die Welt von Ungeheuern zu befreien. Die *upióry* sind aber der Zeit enthoben. Egal, was man uns anzutun versucht, wir Juden sind schon viel zu lange hier, um vergessen oder bezwungen zu werden.«

In Herrn Bauers Unterricht hatte ich in einem Aufsatz einmal den Fehler gemacht, zwei deutsche Worte miteinander zu vertauschen. Ich schrieb über die Vorzüge einer Erziehung in einer konfessionellen Schule und wollte über *Achtung* schreiben, schrieb aber stattdessen *Ächtung*. Man kann sich vorstellen, dass die Aussage meines Aufsatzes dadurch völlig verändert wurde. Herr Bauer bat mich, nach dem Unterricht noch zu bleiben, um mit ihm über die Trennung von Kirche und Staat zu diskutieren und wie es für mich als Jüdin war, Schülerin einer katholischen weiterführenden Schule zu sein. Damals war mir das nicht peinlich, weil ich dem, was mich von den anderen Schülern unterschied, keine Bedeutung beimaß – und auch, weil ich dadurch eine halbe Stunde allein mit Herrn Bauer verbringen und mich mit ihm unterhalten konnte, als wären wir ebenbürtig. Und es war natürlich ein Fehler und kein Geniestreich gewesen, der zu jener Betrachtungsweise führte, die Herr Bauer für so aufschlussreich hielt … aber das wollte ich natürlich nicht zugeben.

Genauso wenig konnte ich jetzt Josek gegenüber zugeben, dass ich beim Schreiben meiner Geschichte diese keinesfalls als politisches Statement verstanden hatte. Wenn ich an Ania und ihren Vater dachte, dann eigentlich als Juden, so wie ich einer war.

»Ja«, sagte ich und versuchte, Joseks Erklärung herunterzuspielen. »Besser könnte ich es nicht ausdrücken.«

»Du bist was Besonderes, Minka Lewin«, sagte er. »Ein Mädchen wie du ist mir noch nie begegnet.« Er schob seine Finger zwischen meine. Dann hob er meine Hand und drückte, plötzlich ganz der Schmeichler, die Lippen darauf.

Das war altmodisch und galant, und ich erschauderte. Als die elektrische Schwingung wie ein Blitz über ein sommerliches Feld über meine Handfläche tanzte, versuchte ich, mir alle Eindrücke einzuprägen, etwa die plötzlich heller leuchtenden Farben im Café. Ich wollte Darija später alles bis ins kleinste Detail schildern können. Und es in meine Geschichte einfließen lassen.

Doch bevor ich meine geistige Ablage beenden konnte, legte Josek mir schon eine Hand an den Hinterkopf, zog mich heran und küsste mich.

Es war mein erster Kuss. Ich spürte den Druck von Joseks Fingern auf der Kopfhaut und die kratzige Wolle seines Pullovers unter meiner Hand. So wie mein Herz sich anfühlte, musste sich auch ein Feuerwerkskörper fühlen, wenn er endlich angezündet wurde und das ganze Schießpulver sich irgendwohin entlud.

»So«, sagte Josek nach einer Pause.

Ich räusperte mich und ließ meinen Blick zu den anderen Gästen wandern, weil ich damit rechnete, von allen angestarrt zu werden. Aber nein, sie waren in ihre eigenen Gespräche vertieft und unterstrichen ihre Haltung mit Gesten, die den Nebel des Zigarettenrauchs durchschnitten.

In einem kurz aufblitzenden Bild sah ich mich und Josek irgendwo im Ausland gemeinsam an unserem Küchentisch arbeiten. Er hatte die weißen Hemdsärmel hochgekrempelt und tippte wie ein Verrückter eine Geschichte, die unbedingt fertig werden musste. Und ich saß da und kaute an meinem Bleistift, während ich meinem ersten Roman den letzten Schliff verlieh.

»Josek Szapiro«, sagte ich und lehnte mich zurück. »Was ist in dich gefahren?«

Er lachte. »Es liegt wohl an all dem Gerede über Ungeheuer und Damen, die sich in diese verlieben.«

Darija würde mich ermahnen, auf jeden Fall die Spröde zu spielen. Und das Café zu verlassen, sodass Josek mir hinterherlaufen musste. Für Darija war jede Beziehung ein Spiel. Ich war es immer bald leid, mir all die Regeln zu merken.

Doch bevor ich antworten konnte, wurden die Türen zum Café aufgerissen, und ein Schwarm SS-Soldaten platzte in den Raum. Sie begannen, mit Knüppeln auf die Gäste einzuschlagen und die Stühle umzuwerfen, auf denen noch Leute saßen. Alte Männer, die zu Boden stürzten, wurden niedergetrampelt und getreten, Frauen wurde gegen die Wände gestoßen.

Ich war völlig erstarrt. Ich hatte die SS-Soldaten aus der Nähe erlebt, wenn sie an mir vorbeikamen, aber noch nie bei einer Aktion wie dieser. Die Männer schienen alle fast eins neunzig groß zu sein, ungeschlachte Unmenschen in schweren grauen Wolluniformen. Ihre Hände waren zu Fäusten geballt, und die Augen glitzerten blasssilbern wie Katzensilber. Sie dünsteten Hass aus.

Josek packte mich und schob mich hinter sich durch die Schwingtüren der Küche. »Lauf, Minka«, flüsterte er. »Lauf!«

Ich wollte Josek nicht zurücklassen. Ich packte ihn am Ärmel und versuchte, ihn mit mir zu ziehen, aber während ich dies tat, zerrte an seinem anderen Arm bereits ein Soldat. Bevor ich mich umdrehte und wegrannte, sah ich nur noch den Schlag, der Josek in einer langsamen Pirouette herumdrehte, während ihm Blut von der Schläfe tropfte und aus der gebrochenen Nase lief.

Während ich durch das Küchenfenster kletterte und mich so normal wie möglich in die entgegengesetzte Richtung entfernte, schleiften Soldaten Gäste aus dem Café und luden sie auf Lastwagen. Als der Abstand meinem Gefühl nach groß genug war, begann ich zu rennen. Ich knickte in den Schuhen mit den kurzen Pfennigabsätzen um und verstauchte mir den Knöchel, kickte sie deshalb weg und lief barfuß weiter, obwohl wir Oktober hatten und meine Fußsohlen eiskalt waren.

Ich hörte nicht zu rennen auf, nicht, als ich Seitenstechen bekam, und auch nicht, als ich eine Gruppe kleiner Bettelkinder, die mich wie Tauben umschwirrten, verscheuchen musste, und schon gar nicht, als eine Frau, die ihren Gemüsekarren vor sich herschob, mich am Arm packte und fragte, ob mit mir alles in Ordnung sei. Ich rannte eine halbe Stunde lang, bis ich die Bäckerei meines Vaters erreichte. Basia stand nicht hinter der Kasse – sie war vermutlich mit Mama einkaufen –, aber die Glocke über der Tür klingelte und verkündete meinem Vater, dass jemand in den Laden gekommen war.

Er kam aus der Backstube, das breite Gesicht glänzte vor Schweiß von der Hitze des Backofens, und in seinem Bart hing Mehlstaub.

Seine Freude, mich zu sehen, verblasste, als er mein Gesicht sah – tränenverschmiertes Make-up –, die nackten Füße, die Haare, die sich aus den Nadeln lösten.

»Minusia«, rief er. »Was ist passiert?«

Doch ich, die ich mich gern als Schriftstellerin sah, fand kein einziges Wort, um das zu beschreiben, was sich vor meinen Augen ereignet hatte. Und auch nicht für die tief greifenden Veränderungen, als hätte die Erde ein wenig ihre Bahn verlagert, weil sie sich vor der Sonne schämte, sodass wir jetzt lernen mussten, im Dunkeln zu leben.

Schluchzend warf ich mich ihm in die Arme. Da hatte ich mich so sehr bemüht, eine kosmopolitische Frau zu sein, und wollte doch, wie sich herausstellte, nur ein kleines Mädchen bleiben.

Doch ich war schlagartig erwachsen geworden.

Wäre die Welt an diesem Nachmittag nicht auf den Kopf gestellt worden, eine Bestrafung wäre mir sicher gewesen. Ich wäre ohne Abendessen ins Bett geschickt worden und hätte mindestens eine Woche lang Hausarrest bekommen und Darija nicht mehr sehen dürfen. Als meine Mutter aber erfuhr, was passiert war, hielt sie mich fest und wollte mich gar nicht mehr aus den Augen lassen.

Bevor wir den Heimweg antraten, am schützenden Arm meines Vaters, dessen Blick ständig hin und her flitzte, als rechnete er hinter jeder Straßenecke mit lauernden Gefahren – und warum sollte er nach allem, was ich ihm berichtet hatte, von etwas anderem ausgehen? –, suchten wir das Büro auf, in dem Joseks Vater als Buchhalter arbeitete. Mein Vater kannte seinen Vater von der *Schul*. »Chaim«, sagte er ernst. »Wir haben Neuigkeiten.«

Er forderte mich auf, Joseks Vater alles zu erzählen – von unserer Ankunft im Café bis zu dem Moment, als ich sah, wie Josek von einem Soldaten mit einer Eisenstange geschlagen wurde.

Ich sah, wie das Blut aus dem Gesicht seines Vaters wich, sah, wie sich seine Augen mit Tränen füllten. »Man hat Leute in Lastwagen weggebracht«, ergänzte ich. »Wohin, weiß ich nicht.«

Auf dem Gesicht des Mannes spiegelte sich sein innerer Kampf zwischen Hoffnung und Vernunft.

»Du wirst sehen«, sagte mein Vater sanft. »Er wird zurückkommen.«

»Ja.« Chaim nickte, als müsste er sich selbst davon überzeugen. Dann sah er uns an, als wäre er überrascht, uns noch immer dort stehen zu sehen. »Ich muss los. Ich muss es meiner Frau sagen.«

Als Darija nach dem Abendessen vorbeikam, um zu erfahren, wie meine Verabredung mit Josek gelaufen war, bat ich meine Mutter, mich mit der Ausrede, dass ich mich nicht wohlfühlte, bei ihr zu entschuldigen. Was schließlich auch stimmte. Die Verabredung war nicht mehr greifbar und vom Feuersturm der Ereignisse so getrübt, dass ich gar kein Bild mehr davon hatte.

Mein Vater stocherte an diesem Abend lustlos in seinem Essen und verließ das Haus, sobald der Tisch abgeräumt war. Ich saß auf meinem Bett, presste die Augen zusammen und konjugierte deutsche Verben. *Ich habe Angst. Du hast Angst. Er hat Angst. Wir haben Angst.*

Wir haben Angst.

Meine Mutter kam in mein Zimmer und setzte sich neben mich.

»Ob er noch lebt?«, fragte ich – die Frage, die keiner laut ausgesprochen hatte.

»Ach, Minusia«, sagte meine Mutter. »Du und deine Fantasie.« Aber ihre Hände zitterten, und sie verbarg dies, indem sie nach der Bürste auf meinem Nachttisch griff. Sie setzte sich hinter mich und begann, mit langen Streichbewegungen mein Haar zu bürsten, wie sie das auch getan hatte, als ich noch klein war.

Anhand der bruchstückhaften Informationen, die durch die Gemeinde waberten, erfuhren wir, dass die SS an diesem Nachmittag hundertfünfzig Leute aus dem *Astoria* zusammengetrieben hatte. Sie waren ins Hauptquartier gebracht worden, wo man Männer und Frauen einzeln verhört und mit Eisenstangen und Gummiknüppeln geschlagen hatte. Man brach ihnen Arme und Finger und forderte von ihnen Lösegeld von mehreren Hundert Mark. Jene, die kein Geld dabeihatten, mussten die Namen von Familienmitgliedern angeben. Sechsundvierzig Menschen wurden von der SS erschossen, fünfzig nach der Bezahlung von Lösegeld freigelassen, und der Rest wurde in ein Gefängnis in Radogoszcz gebracht.

Josek war einer der Glücklichen gewesen. Ich hatte ihn seit jenem Nachmittag zwar nicht mehr gesehen, wusste aber von meinem Vater, dass er wieder bei seiner Familie war. Chaim, der wie mein Vater christliche wie auch jüdische Kunden hatte, war es irgendwie gelungen, Geld aufzutreiben und dafür zu sorgen, dass es zum SS-Hauptquartier kam und sein Sohn im Austausch dafür freigelassen wurde. Er erzählte jedem, der es hören wollte, dass es ohne den Mut von Minka Lewin womöglich kein so glückliches Ende gegeben hätte.

Ich hatte viel über glückliche Enden nachgedacht. Hatte überlegt, worüber Josek und ich gesprochen hatten – vor den Ereignissen. Von Schurken und von Helden. War etwa der *upiór* in meiner Geschichte derjenige, der die anderen terrorisierte? Oder war er der Verfolgte?

Ich saß eines Nachmittags auf den Stufen, die zum zweiten Stock des Schulgebäudes hinaufführten, während die anderen Schüler Religionsunterricht hatten. Obwohl ich eigentlich einen Aufsatz schreiben sollte, schrieb ich weiter an meiner Geschichte. Ich hatte gerade mit einer Szene begonnen, in der ein wütender Mob an Anias Tür klopft. Mein Bleistift konnte mit meinen Gedanken kaum Schritt halten. Mein Herz klopfte so heftig, wie ich mir das Klopfen an der Tür vorstellte, das Splittern von Holz unter den Waffen, die die Leute zum Lynchen mitgebracht hatten. Ich spürte den Schweiß, der Ania über den Rücken lief. Ich konnte den deutschen Akzent ihrer Stimmen durch die dicke Tür des Häuschens hören …

Aber der deutsche Akzent, den ich hörte, war der von Herrn Bauer. Er setzte sich neben mich auf die Treppenstufe, und unsere Schultern stießen fast zusammen. Meine Zunge schwoll auf das Vierfache ihrer normalen Größe an, und ich hätte kein lautes Wort hervorgebracht, selbst wenn es um mein Leben gegangen wäre. »Fräulein Lewin«, sagte er. »Ich wollte, dass Sie die Neuigkeiten von mir erfahren.«

Die Neuigkeiten? Welche Neuigkeiten?

»Heute ist mein letzter Tag hier«, teilte er mir auf Deutsch mit. »Ich werde zurück nach Stuttgart gehen.«

»Aber … warum?«, stammelte ich. »Wir brauchen Sie hier.«

Er lächelte sein schönes Lächeln. »Mein Land braucht mich offenbar auch.«

»Wer wird uns unterrichten?«

Er zuckte die Achseln. »Vater Czerniski wird den Unterricht übernehmen.«

Vater Czerniski war ein Trunkenbold, und ich hegte keinen Zweifel daran, dass das einzige deutsche Wort, das er kannte, *Lagerbier* war. Aber das brauchte ich nicht laut auszusprechen, denn Herr Bauer dachte das Gleiche. »Sie werden allein weiterlernen«, sagte er mit Nachdruck. »Und großartige Leistungen erbringen.« Dann trafen sich unsere Blicke, und zum ersten Mal, seit wir uns kannten, sprach er Polnisch mit mir. »Es war mir eine Ehre und ein Privileg, Sie zu unterrichten«, sagte er.

Nachdem er nach unten gegangen war, rannte ich auf die Mädchentoilette und brach in Tränen aus. Ich weinte um Herrn Bauer und um Josek und um mich. Ich weinte, weil ich mich nun nicht mehr Tagträumen von Herrn Bauer hingeben konnte und mehr Zeit in der Realität würde zubringen müssen. Ich weinte, weil mir bei der Erinnerung an meinen ersten Kuss ganz flau im Magen wurde. Ich weinte, weil meine Welt ein tosender Ozean geworden war, in dem ich zu ertrinken drohte. Auch nachdem ich mir kaltes Wasser ins Gesicht gespritzt hatte, waren meine Augen noch rot und verquollen. Als Vater Jarmyk mich während des Matheunterrichts fragte, ob mit mir alles in Ordnung sei, sagte ich ihm, dass wir am vergangenen Abend traurige Nachrichten über eine Cousine in Krakau erhalten hätten.

In Zeiten wie diesen stellte eine solche Antwort keiner infrage.

Als ich am Nachmittag das Schulgebäude verließ und wie üblich auf direktem Weg zur Bäckerei laufen wollte, glaubte ich, eine Erscheinung zu haben. An einem Laternenpfahl auf der anderen Straßenseite lehnte Josek Szapiro. Mit einem Seufzer rannte ich zu ihm. Beim Näherkommen sah ich, dass die Haut um seine Augen gelb und violett war, die Edelsteinfarben eines verblassenden Blutergusses, und dass mitten durch seine linke Augenbraue ein Schnitt ging, der bereits verheilte. Ich hob eine Hand, um sein Gesicht zu berühren, aber er hielt sie fest. Einer seiner Finger war geschient. »Vorsichtig«, sagte er. »Sie ist noch sehr empfindlich.«

»Was haben sie mit dir gemacht?«

Er zog meine Hand nach unten. »Nicht hier«, warnte er mich und ließ dabei den Blick über die geschäftig vorbeieilenden Fußgänger schweifen.

Er ließ meine Hand jedoch nicht los und zog mich weg von der Schule. Für jeden Vorbeikommenden sahen wir womöglich wie ein ganz normales Paar aus. Aber durch die Art und Weise, wie Josek sich an mich klammerte – ganz fest, als würden wir vom Treibsand verschluckt und müssten gerettet werden –, wusste ich, dass dem nicht so war.

Ich folgte ihm blindlings über einen Straßenmarkt, vorbei an den Karren eines Fisch- und eines Gemüsehändlers, in eine schmale Gasse zwischen zwei Gebäuden. Als ich auf Kohlblättern ausrutschte, drückte er mich an sich und gab mir Halt. Ich spürte die Hitze seines Arms. Es fühlte sich nach Hoffnung an.

Er blieb nicht stehen, bis wir das Labyrinth der Kopfsteingassen hinter uns gelassen und uns vor dem Dienstboteneingang eines Gebäudes befanden, das ich nicht kannte. Ich konnte nur hoffen, dass ich nach allem, was Josek mir sagen wollte, nicht allein hier zurückblieb und meinen Weg aus dem Gewirr selbst würde finden müssen.

»Ich war so in Sorge um dich«, sagte er schließlich. »Ich wusste nicht, ob es dir gelungen war, wegzukommen.«

»Ich bin robuster, als ich aussehe«, erwiderte ich und reckte dabei mein Kinn vor.

»Ich jedoch nicht, wie ich jetzt weiß«, sagte Josek leise. »Sie haben mich geschlagen, Minka. Sie haben mir den Finger gebrochen, um von mir zu erfahren, wer mein Vater ist. Ich wollte es ihnen nicht sagen. Ich dachte, sie würden sich an ihn heranmachen und auch ihm ein Leid zufügen. Aber stattdessen nahmen sie sein Geld.«

»Warum?«, fragte ich. »Was hast du ihnen denn getan?«

Josek schaute mich an. »Ich *existiere*«, sagte er weich.

Ich biss mir auf die Unterlippe. Mir war zum Heulen zumute, aber vor Josek wollte ich das nicht tun. »Es tut mir so leid, dass dir das passiert ist.«

»Ich bin gekommen, um dir was zu geben«, sagte Josek. »Meine Familie bricht nächste Woche nach Leningrad auf. Eine Tante meiner Mutter lebt dort.«

»Aber …«, sagte ich törichterweise, weil ich die Worte, die er gerade ausgesprochen hatte, ungehört machen wollte. »Was wird aus deiner Arbeit?«

»Es gibt auch in Russland Zeitungen.« Dabei lächelte er zaghaft. »Vielleicht lese ich sogar eines Tages deine *upiór*-Geschichte in einer.« Er griff in die Tasche. »Hier verschlechtert sich die Lage eher, als dass sie sich bessert. Mein Vater hat Geschäftskontakte. Freunde, die bereit sind, ihm einen Gefallen zu tun. Wir reisen mit christlichen Papieren nach Leningrad.«

Ich sah ihn erstaunt an. Wenn man christliche Papiere hatte, konnte man überallhin gehen. Es waren die »richtigen« Dokumente, die belegten, dass man Arier war. Sie kamen einer Freikarte gleich, und man musste keine Restriktionen, Aushebungen und Deportationen mehr befürchten.

Hätte Josek diese Papiere schon vor einer Woche gehabt, wäre er niemals von der SS zusammengeschlagen worden. Aber er wäre dann wohl auch gar nicht in dem Café gewesen.

»Mein Vater wollte sichergehen, dass das, was mir widerfahren ist, nie wieder passieren kann.« Feierlich faltete Josek die Dokumente auseinander. Sie waren, wie ich erkannte, nicht für einen Jungen seines Alters gedacht. Sondern für ein halbwüchsiges Mädchen. »Du hast mir das Leben gerettet. Jetzt ist es an mir, deines zu retten.«

Ich wich vor den Papieren zurück, als könnten sie in Flammen aufgehen.

»Was er bekommen konnte, reicht nicht für deine ganze Familie«, erklärte Josek. »Aber, Minka … du könntest mit uns mitkommen. Wir würden dich als meine Cousine ausgeben. Meine Eltern werden sich um dich kümmern.«

Ich schüttelte den Kopf. »Wie könnte ich Teil *deiner* Familie werden, wohl wissend, dass ich meine zurückgelassen habe?«

Josek nickte. »Ich habe mir schon gedacht, dass du das sagen wirst. Aber nimm sie trotzdem. Vielleicht überlegst du es dir eines Tages anders.«

Er drückte mir die Papiere in die Hand und schloss meine Finger darum. Dann zog er mich in die Arme. Die Papiere waren zwischen unseren Körpern gefangen, ein Keil, der uns auseinandertrieb wie eine weitere Lüge. »Mach's gut, Minka«, sagte Josek und küsste mich wieder. Diesmal lag sein Mund zornig auf meinem, als würde er in einer Sprache kommunizieren, die ich nicht gelernt hatte.

Eine Stunde später saß ich im dampfenden Bauch der Backstube meines Vaters und aß das Gebäck, das er jeden Tag für mich backte, mit der geflochtenen Krone und einem Kern aus Schokolade und Zimt. Zu dieser Tageszeit waren wir allein, seine Angestellten kamen vor Tagesanbruch und gingen um die Mittagszeit wieder. Ich hatte meine Beine um den Schemel geschlungen, auf dem ich saß, und sah zu, wie mein Vater Brote formte. Er legte sie zum Ruhen in die bemehlten Falten eines Bäckerleinens und tätschelte dabei jedes der rund mit Grübchen aufgegangenen Brote, die so weich wie ein Babypopo waren. Die christlichen Papiere in meinem Büstenhalter brannten mir auf der Haut. Ich malte mir aus, dass ich, wenn ich mich an diesem Abend auszog, den Namen eines Goi-Mädchens auf meiner Brust tätowiert sähe.

»Joseks Familie geht weg«, verkündete ich.

Die Hände meines Vaters, die immer in Bewegung waren, kamen über dem Teig zur Ruhe. »Wann hast du ihn gesehen?«

»Heute. Nach der Schule. Er wollte sich verabschieden.«

Mein Vater nickte und zog den nächsten Teigklumpen zu einem kleinen Rechteck aus.

»Werden wir auch die Stadt verlassen?«, fragte ich.

»Wenn wir das täten, Minusia«, erwiderte mein Vater, »wer sollte dann all die Leute mit Brot versorgen?«

»Viel wichtiger wäre doch, dass wir in Sicherheit sind. Zumal Basia ein Baby erwartet.«

Mein Vater schlug mit einer Hand auf die Arbeitsfläche und löste dabei einen kleinen Mehlsturm aus. »Glaubst du etwa, ich könnte nicht für die Sicherheit meiner Familie sorgen?«, blaffte er. »Denkst du, das sei mir nicht wichtig?«

»Doch, Papa«, flüsterte ich.

Er kam um die Arbeitsplatte herum und packte mich an den Schultern. »Hör zu«, sagte er. »Mir bedeutet die Familie alles. *Du* bedeutest mir alles. Ich würde diese Bäckerei Ziegel für Ziegel mit meinen eigenen Händen zerlegen, wenn ich damit sicherstellen könnte, dass dir kein Leid geschieht.«

Noch nie hatte ich ihn so erlebt. Mein Vater, der immer so selbstsicher war, immer zu einem Scherz aufgelegt, um auch die schwierigste Situation zu entschärfen, hatte sich kaum mehr unter Kontrolle. »Dein Name, Minka. Es ist die Kurzform von Wilhelmina. Du weißt, was das bedeutet? *Wille zum Schutz*. Ich werde immer willens sein, *dich* zu beschützen.« Er sah mich lange an und seufzte dann. »Das hier wollte ich dir eigentlich zu Chanukka schenken, aber ich denke, dass vielleicht jetzt der richtige Zeitpunkt für ein Geschenk ist.«

Ich wartete, während er im Hinterzimmer verschwand, wo er die Vorräte an Getreide, Salz und Butter verwahrte. Er kam mit einem zusammengezurrten Jutesack zurück, bei dem der Bindfaden einschnitt wie der Mund einer alten Jungfer. *»A freilichen Chanukka«,* sagte er. »Ein paar Monate zu früh, aber egal.«

Mit ungeduldigen Händen zerrte ich an den Knoten, um das Paket zu öffnen. Der Jutesack legte sich wie ein Teich um ein glänzendes Paar schwarze Stiefel.

Sie waren neu, was etwas Besonderes war. Aber sie waren nicht ausgefallen, nichts, was ein Mädchen wegen der modischen Steppnähte oder der Form in Begeisterung versetzt hätte. »Danke«, sagte ich mit einem gezwungenen Lächeln und fiel meinem Vater um den Hals.

»Das ist ein Einzelstück. Kein anderer hat ein solches Paar. Du musst mir versprechen, dass du diese Stiefel immer trägst. Selbst wenn du schläfst. Verstehst du, Minka?« Er nahm einen aus meinem Schoß und griff nach dem Messer, das er benutzte, um die Teigklumpen von der unförmigen Masse auf der Theke abzuschneiden. Er schob die Spitze in eine Kerbe am Absatz, drehte sie herum, und die Sohle löste sich. Anfangs begriff ich nicht, warum er mein neues Geschenk ruinierte, bis ich sah, dass sich in diesem Versteck mehrere Goldmünzen befanden. Ein Vermögen.

»Keiner weiß, dass sie da drin sind«, sagte mein Vater. »Nur du und ich.«

Ich dachte an Joseks gebrochene Hand und an die Geldforderung der SS-Soldaten an ihn. Das war die Versicherungspolice meines Vaters.

Er zeigte mir, wie sich beide Absätze öffnen ließen, passte sie dann wieder in den Stiefel ein und schlug ein paar Mal damit auf die Arbeitsfläche. »So gut wie neu«, sagte er und reichte mir die Stiefel noch mal. »Und es ist mein Ernst – ich möchte, dass du sie überallhin anziehst. Jeden Tag. Bei Kälte und bei Hitze. Ob du zum Markt oder zum Tanzen gehst.« Er grinste mich an. »Und Minka, merk dir: Ich möchte sehen, dass du sie bei meiner Beerdigung trägst.«

Ich erwiderte sein Lächeln, erleichtert, dass wir uns wieder auf vertrautem Boden bewegten. »Das könnte für dich ein wenig kniffelig werden, meinst du nicht?«

Daraufhin lachte er, und es war das volltönende Lachen, das aus dem Bauch herauskam und das ich immer im Ohr hatte, wenn ich an meinen Vater dachte. Mit meinen neuen Stiefeln auf dem Schoß befasste ich mich mit dem Geheimnis, das wir nun teilten, und auch mit dem anderen, das wir nicht teilten. Von meinen christlichen Papieren erfuhr mein Vater nie, damals nicht, später nicht. Und zwar vor allem deshalb nicht, weil ich wusste, dass er mich zwingen würde, sie zu benutzen.

Nachdem ich das Gebäck aufgegessen hatte, das mein Vater nur für mich backte, fiel mein Blick auf meinen blauen Pullover. Auf meinen Schultern lag ein wenig Mehlstaub, den er zurückgelassen hat, als er mich angepackt hatte. Ich versuchte, ihn wegzuwischen, aber es war sinnlos. Was ich auch unternahm, ich konnte die schwachen Fingerabdrücke erkennen, als wäre ich von einem Geist gewarnt worden.

Im November erfolgten Veränderungen. Eines Tages kam mein Vater mit gelben Sternen nach Hause, die wir ständig an unserer Kleidung tragen sollten. Unsere Stadt Lodz wurde von den deutschen Soldaten, die sie überrollt hatten, in Litzmannstadt umbenannt. Immer mehr jüdische Familien zogen in die Altstadt oder nach Bałuty, einige aus freien Stücken, andere, weil die Behörden beschlossen hatten, dass die Wohnungen und Häuser, die ihnen gehörten oder die sie schon seit Jahren gemietet hatten, für Volksdeutsche reserviert waren. Es gab Straßenzüge in der Stadt, die wir nicht länger benutzen durften, und wir mussten Umwege machen oder über Brücken gehen. Wir durften auch den öffentlichen Nahverkehr nicht mehr benutzen und bei Einbruch der Dunkelheit das Haus nicht mehr verlassen. Die Schwangerschaft meiner Schwester wurde jetzt sichtbar. Darija ging eine Weile mit einem Jungen namens Dawid und glaubte auf einmal, alles zu wissen, was es über Liebesgeschichten zu wissen gab.

»Wenn dir nicht gefällt, was ich schreibe«, sagte ich eines Tages, »warum hörst du dann nicht auf, es zu lesen?«

»Es ist ja nicht so, dass es mir nicht gefällt«, erwiderte Darija. »Ich versuche nur, dir mehr Realismus nahezubringen.«

Für Darija bestand Realismus darin, dass sie die Momente der Leidenschaft mit Dawid noch einmal durchlebte, als Vorlage für meine Figur Ania, die einen ebenso romantischen Kuss bekommen konnte. Wenn man Darijas Schilderungen ernst nahm, könnte man Dawid für eine Mischung aus dem Schauspieler Michael Goldstein in *Green Fields – Grine Felder* und dem Messias halten.

»Hast du was von Josek gehört?«, fragte sie.

Sie sagte das nicht, weil sie mir wehtun wollte, denn Darija musste klar gewesen sein, dass die Wahrscheinlichkeit, Post zu bekommen, sehr gering war. Es gab keine regelmäßige Postzustellung mehr. Ich stellte mir lieber vor, dass Josek mir oft geschrieben hatte, vielleicht sogar zwei- oder dreimal am Tag, und diese Schreiben sich irgendwo in einem verlassenen Postamt anhäuften.

Als sie mich den Kopf schütteln sah, meinte sie: »Er wird sicherlich sehr beschäftigt sein.«

Wir waren in dem Studio, in dem Darija dreimal in der Woche Ballettunterricht nahm. Sie war gut – jedenfalls genauso geschickt in ihrer Kunst wie ich im Schreiben. Früher sprach sie davon, sich einer Tanzkompanie anschließen zu wollen, aber heutzutage redete niemand mehr über die Zukunft. Sie schlüpfte in ihre Jacke mit dem gelben Stern vorn und hinten an der Schulter und wickelte sich einen Schal um den Hals. »Als du darüber schriebst, dass man sich das Blut eines *upiórs* einverleiben soll«, sagte sie, »hast du das erfunden?«

Ich verneinte kopfschüttelnd. »Das hat mir meine Großmutter immer erzählt.«

Darija schüttelte sich. »Das ist gruselig.«

»Gut gruselig oder schlecht gruselig?«

Sie hakte sich bei mir unter. »Gut gruselig«, sagte sie. »So gruselig, dass die Leute es gut finden werden.«

Ich lächelte. Das war die Darija, die ich kannte, die Darija, die ich vermisste, weil sie in letzter Zeit viel zu sehr damit beschäftigt war, um ihren neuen Freund herumzuscharwenzeln. »Wir könnten es uns doch heute Abend bei mir zu Hause gemütlich machen«, schlug ich vor, als wir das Gebäude verließen, wohl wissend, dass sie vermutlich vorhatte, mit Dawid auszugehen. Als wir auf die Straße traten, kam gerade eine Schar Soldaten vorbei, und instinktiv zogen wir die Köpfe ein. Wenn früher Soldaten vorbeimarschierten, krampfte sich jedes Mal mein Magen zusammen. Jetzt war es so alltäglich geworden, dass ich es nicht einmal mehr bemerkte.

Man hörte Stimmengewirr auf der Straße, aus der Ferne drangen Schreie zu uns. »Was geschieht da?«, fragte ich, aber Darija bewegte sich bereits darauf zu.

Auf einem der Plätze hingen drei Männer von einem derart neuen Galgen, dass ich noch das Harz der Bäume riechen konnte, von denen ihr Holz stammte. Eine Menschenmenge hatte sich zusammengefunden, und ganz vorn weinte eine Frau und versuchte, an einen der toten Männer heranzukommen, aber die Soldaten ließen es nicht zu.

»Was haben sie getan?«, fragte Darija.

Eine ältere Dame neben ihr antwortete: »Deutsche hier in der Stadt kritisiert.«

Die Soldaten gingen durch die Menge und befahlen den Leuten, nach Hause zu gehen. Irgendwie wurden Darija und ich getrennt. Ich hörte sie meinen Namen rufen, aber ich bahnte mir meinen Weg, bis ich vor den Galgen stand. Die Soldaten beachteten mich gar nicht, sie waren damit beschäftigt, die Familien der Toten wegzuschleifen.

So nah war ich noch keinem Toten gekommen. Bei der Beerdigung meiner Großmutter war ich noch klein gewesen, und ich konnte mich nur noch an den Sarg erinnern. Der Mann, der sich jetzt wie ein Blatt an einem herbstlichen Baum drehte, sah aus, als würde er schlafen. Der Hals war in einem unnatürlichen Winkel abgeknickt, aber seine Augen waren geschlossen. Die Zunge stand ein wenig vor. Seine Hose wies im Schritt einen dunklen Fleck auf, offenbar hatte er uriniert. *Davor oder danach*?, fragte ich mich.

Ich dachte an all das Blut und die Innereien in der Horrorgeschichte, die ich schrieb, an den *upiór*, der das Herz eines Opfers aß, und mir wurde bewusst, dass nichts davon zählte. Sondern einzig und allein die Tatsache, dass dieser Mann vor einer Minute noch lebte und jetzt nicht mehr.

Als mein Vater und ich an diesem Nachmittag an den Galgen vorbeikamen, versuchte er, mich mit einem Gespräch über unsere Nachbarn, über die Bäckerei, über das Wetter abzulenken, als würde ich die steifen Gestalten der Männer hinter mir nicht bemerken.

An diesem Abend hatten meine Eltern Streit. Meine Mutter meinte, ich sollte nicht mehr in der Stadt herumlaufen. Mein Vater widersprach ihr, dies sei unmöglich, denn wie sollte ich zur Schule kommen? Ich hörte ihre wütenden Stimmen, schlief aber ein und hatte Albträume. Darija und ich waren bei den Gehenkten, aber als ich mich diesmal dem Körper näherte und er sich langsam zu mir herumdrehte, sodass ich das Gesicht sehen konnte, erkannte ich das von Josek.

Am nächsten Morgen rannte ich zu Darijas Haus. Als ihre Mutter mich hineinließ, war ich wie vor den Kopf geschlagen – das Haus, das normalerweise blitzblank war, war ein einziges Durcheinander. »Es ist an der Zeit«, erklärte Darijas Mutter mir. »Wir ziehen in die Altstadt, wo es sicherer ist.«

Ich glaubte nicht, dass es in der Altstadt sicherer war. Ich ging davon aus, dass es erst wieder sicher war, wenn die Engländer den Krieg gewannen. Sie hatten schließlich noch nie einen verloren, und deshalb wusste ich, dass es nur noch eine Frage der Zeit war, bis Hitler und sein Drittes Reich besiegt waren. »Sie ist völlig durcheinander, Minka«, vertraute Darijas Mutter mir an. »Vielleicht kannst du sie ein wenig aufmuntern.«

Musik aus Tschaikowskis *Dornröschen* drang durch die geschlossene Tür von Darijas Zimmer. Als ich eintrat, sah ich, dass sie den Teppich aufgerollt hatte, wie so oft, wenn sie tanzte. Aber sie tanzte nicht. Sie saß im Schneidersitz auf dem Boden und weinte.

Ich räusperte mich. »Ich brauche deine Hilfe. Auf Seite sechsundfünfzig weiß ich einfach nicht mehr weiter.«

Darija blickte nicht mal auf zu mir.

»Das ist die Stelle, wo Ania Aleksander zu Hause besucht«, sagte ich und fantasierte wild drauflos. »Etwas muss sie beunruhigt haben. Aber ich weiß einfach nicht, was es ist.« Ich schielte auf Darija. »Anfangs dachte ich, Aleksander sei mit einer anderen Frau zusammen, aber ich glaube nicht, dass es darum geht.«

Ich glaubte auch nicht, dass Darija mir zuhörte, aber dann seufzte sie. »Lies es mir vor.«

Und das tat ich. Obwohl die Seite völlig blank war. Ich sog mir Wort für Wort aus den Fingern wie Seide für ein Spinnennetz und spann ein erfundenes Leben. Deshalb lesen wir doch Literatur oder? Um uns daran zu erinnern, dass wir, egal, was wir erleiden, nicht die Einzigen sind?

»Tod«, sagte Darija, als ich fertig war und der letzte Satz wie eine Klippe aufragte. »Sie muss jemanden sterben sehen.«

»Warum?«

»Was sonst könnte ihr einen größeren Schrecken einjagen?«, fragte Darija, und ich wusste, dass sie nun nicht mehr über meine Geschichte sprach.

Ich zog einen Bleistift aus meiner Tasche und machte mir Notizen. »Tod«, wiederholte ich. Ich lächelte meine beste Freundin an. »Was täte ich ohne dich?«

Doch das war, wie ich zu spät bemerkte, genau die falsche Bemerkung. Darija brach in Tränen aus. »Ich möchte nicht weg.«

Ich setzte mich neben sie und drückte sie an mich. »Ich *möchte* auch nicht, dass du weggehst.«

»Ich werde Dawid nie mehr sehen«, sagte sie und schluchzte auf. »Und dich auch nicht.«

Sie war so aufgelöst, dass ich nicht mal eifersüchtig wurde, erst als Zweite in diesem Satz genannt zu werden. »Du gehst doch nur ans andere Ende der Stadt. Und nicht nach Sibirien.«

Aber mir war klar, dass dies unerheblich war. Jeden Tag tauchte eine neue Mauer auf, ein Zaun, ein Umweg. Jeden Tag wurde die Pufferzone zwischen den Deutschen und den Juden in dieser Stadt dicker und dicker. Schließlich würde sie auch uns zwingen, wie Darijas Familie in die Altstadt zu ziehen, oder uns am Ende ganz aus Lodz vertreiben.

»So hatten wir uns das nicht gedacht«, sagte Darija. »Wir wollten doch auf die Universität und dann nach London gehen.«

»Das werden wir vielleicht auch eines Tages«, erwiderte ich.

»Aber vielleicht werden wir auch aufgehängt wie diese Männer.«

»Darija! Sag so was nicht!«

»Du kannst mir nicht weismachen, dass du nicht auch daran gedacht hast«, warf sie mir vor, und natürlich hatte sie recht. Warum sie, wo doch jeder schlecht über die Deutschen geredet hatte? Waren sie lauter gewesen als der Rest von uns? Oder wurden sie nur zufällig herausgepickt, weil man an ihnen ein Exempel statuieren wollte?

Auf Darijas Bett standen zwei Schachteln, ein Knäuel Zwirn und ein Messer, um ihn zu schneiden. Ich packte das Messer und schnitt mir in die fleischige Mitte meiner Handfläche. »Wir bleiben auf ewig beste Freundinnen«, gelobte ich und reichte ihr das Messer.

Ohne zu zögern, schnitt sie sich in die Handfläche. »Beste Freundinnen«, sagte sie. Wir pressten unsere Hände gegeneinander, ein mit Blut besiegeltes Versprechen. Ich wusste, dass es nicht so funktionierte, schließlich hatte ich auf dem Gymnasium Biologieunterricht, aber mir gefiel der Gedanke, dass Darijas Blut nun durch meine Adern floss. Das machte es leichter, daran zu glauben, dass ich ein Stück von ihr bei mir behielt.

Zwei Tage später schloss Darijas Familie sich der langen Schlange jüdischer Familien an, die diesen Teil der Stadt verließen und mit so vielen Habseligkeiten, wie sie schleppen konnten, in Richtung Bałuty aufbrachen. An diesem Tag durften endlich auch die Männer, die man gehenkt hatte, vom Galgen geschnitten werden. Da unsere Religion vorschrieb, die Toten so rasch wie möglich zu begraben, war dies eindeutig als Affront gedacht. Während jener achtundvierzig Stunden war ich sechs Mal an den Galgen vorbeigekommen – auf meinem Weg zur Bäckerei, zu Darija, zur Schule. Nach den ersten beiden Malen fielen sie mir gar nicht mehr auf. Es war, als wäre der Tod Teil der Umgebung geworden.

Mein Neffe Majer Kaminski war ein *shayna punim*, ein Kind mit einem hübschen Gesicht. Wir hatten März 1940, und er war sechs Wochen alt und lächelte bereits zurück, wenn man ihn anlächelte. Er konnte sogar schon das Gewicht des eigenen Kopfs halten. Er hatte blaue Augen und jettschwarze Haare, und sein hinreißendes Lächeln könnte, wie mein Vater meinte, sogar Hitlers schwarzes Herz erweichen.

Kein Baby ist je so geliebt worden – von Basia und Rubin, die ihn jedes Mal wie ein Wunder bestaunten, wenn sie an seinem Stubenwagen vorbeigingen, und von meinem Vater, der ihm bereits Rezepte beizubringen versuchte, und von mir, die sich als Schlaflieder Nonsensverse für ihn ausdachte. Nur meine Mutter hielt sich auf Distanz. Natürlich war meine Mutter stolz auf ihren Enkel und umwarb ihn mit Gurrlauten, wenn Basia und Rubin mit ihm auf Besuch kamen, aber sie nahm Majer so gut wie nie auf den Arm. Sobald Basia versuchte, ihn ihr anzureichen, fand meine Mutter eine Entschuldigung, ihn abzulehnen, oder sie reichte ihn an mich oder meinen Vater weiter.

Ich konnte das nicht verstehen. Sie hatte sich so sehnlich gewünscht, Großmutter zu werden, und jetzt, da sie eine war, brachte sie es nicht einmal über sich, ihr Enkelkind zu knuddeln …

Das beste Essen hob meine Mutter immer für den Freitagabend auf, weil dann meine Schwester und Rubin zum Sabbatmahl kamen. Normalerweise gab es bei uns Kartoffeln und Wurzelgemüse, aber für diesen Abend war es meiner Mutter irgendwie gelungen, an ein Hühnchen zu kommen – ein Essen, das wir schon seit Monaten nicht mehr gehabt hatten, seit Deutschland das Land besetzt hielt. In der ganzen Stadt blühte der Schwarzmarkthandel, und zu einem entsprechenden Preis bekam man dort alles zu kaufen, die Frage war nur, was hatte sie für dieses Festmahl eingetauscht?

Mir lief jedoch bereits das Wasser im Mund zusammen, und ich dachte deshalb nicht weiter darüber nach. Während des Gebets betrachtete ich nervös die Kerzen und beim Kiddusch den Wein und beim *Ha-Motzi* die köstliche Challa meines Vaters, dann endlich durften wir uns hinsetzen und essen.

»Hana«, sagte mein Vater und seufzte, als er den ersten Bissen des Hühnchens aß, »du bist ein wahres Wunder.«

Anfangs sprach keiner von uns, wir waren viel zu sehr mit dem köstlichen Essen beschäftigt. Aber dann brach Rubin das Schweigen. »Ihr kennt doch Herschel Berkowicz, mit dem ich arbeite? Er bekam letzte Woche den Befehl, sein Haus zu verlassen.«

»Und, ist er gegangen?«, fragte meine Mutter.

»Nein …«

»Und?«, hakte mein Vater nach, und seine Gabel hielt auf dem Weg zum Mund inne.

Rubin zuckte die Achseln. »Bis jetzt nichts.«

»Siehst du, Hana, ich hatte recht. Ich habe immer recht. Wenn man sich weigert wegzugehen, fällt einem der Himmel nicht gleich auf den Kopf. Es passiert nichts.« Am 8. Februar hatte der Polizeichef Straßen aufgelistet, in denen Juden noch wohnen durften, und einen Kalender aufgehängt, dem zu entnehmen war, wann der Rest zu gehen hatte. Obwohl zu diesem Zeitpunkt jeder eine Familie kannte, die ostwärts nach Russland oder in das den Juden zugeteilte Stadtviertel gezogen war, weigerten sich andere – wie mein Vater – wegzugehen. »Was können sie schon tun?«, meinte er. »Uns alle rauswerfen?« Er tupfte sich den Mund mit der Serviette ab. »Also, ich werde mir dieses überragende Mahl nicht durch Gespräche über Politik verderben lassen. Minka, erzähl Rubin doch, was du mir kürzlich über das Senfgas erzählt hast …«

Das war etwas, was ich im Chemieunterricht gelernt hatte. Senfgas funktionierte deshalb, weil es zu einem Teil aus Chlor bestand, das eine derart dichte Atomstruktur aufwies, dass es die Elektronen von allem, womit es in Berührung kam, aufsaugte. Einschließlich menschlicher Lungen. Es riss im wörtlichen Sinn die Zellen deines Körpers auseinander.

»Und das soll jetzt ein passenderes Tischgespräch sein?« Meine Mutter seufzte und wandte sich an Basia, die Majer im linken Arm hielt. »Wie schläft denn mein Engel? Schläft er schon durch?«

Plötzlich wurde an der Tür geklopft. »Erwartest du jemanden?«, fragte meine Mutter und sah meinen Vater an, während sie zur Tür ging. Doch noch bevor sie diese erreichte, flog sie auf, und drei Soldaten platzten in die gute Stube. »Raus hier«, sagte einer der Offiziere auf Deutsch. »Euch bleiben fünf Minuten!«

»Minka«, rief meine Mutter. »Was wollen die?«

Also übersetzte ich. Mir klopfte das Herz bis zum Hals. Basia versteckte sich in einer Ecke und versuchte, das Baby unsichtbar zu machen. Es waren Wehrmachtsoldaten. Einer von ihnen fegte das Kristall von der Eichenanrichte meiner Urgroßmutter, sodass es klirrend zu Boden fiel. Ein anderer warf den Tisch mit all unserem Essen darauf und den noch brennenden Kerzen einfach um. Rubin trat die Flammen aus, bevor sie sich ausbreiten konnten.

»Geht!«, schrie der Offizier. »Worauf wartet ihr noch?«

Mein Vater, mein tapferer starker Vater kauerte da und hielt die Hände über den Kopf.

»In fünf Minuten seid ihr draußen. Oder wir kommen zurück und schießen«, sagte der Offizier, und er und seine Kameraden stürmten aus unserer Wohnung.

Diesen Teil übersetzte ich nicht.

Meine Mutter rührte sich als Erste wieder. »Abram, hol das Silber deiner Mutter aus der Anrichte. Minka, nimm zwei Kissenbezüge und geh und sammle alles Wertvolle ein. Basia und Rubin, wie schnell könnt ihr zu Hause sein und eure Sachen zusammenpacken? Ich bleibe beim Baby, bis ihr zurückkommt.«

Das war der Aufruf zum Handeln, den wir brauchten. Mein Vater wühlte in den Schubladen der Anrichte, dann begann er, Bücher aus den Regalen zu ziehen, und kramte in Gläsern des Küchenschranks, um das Geld einzusammeln, das dort ohne mein Wissen versteckt war. Meine Mutter legte Majer in sein Körbchen, obwohl er schrie, und fing an, Wintermäntel und Wollschals, Hüte, Handschuhe und warme Kleidung zusammenzusuchen. Ich rannte in das Schlafzimmer meiner Eltern, um den Schmuck meiner Mutter und die Teffilin und den Tallit meines Vaters zu holen. Dann stand ich suchend in meinem Zimmer. Was nahm man mit, wenn man in wenigen Minuten sein ganzes Leben zusammenraffen musste? Ich packte das neueste Kleid und den dazu passenden Mantel ein, beides hatte ich im vergangenen Herbst während der Zehn ehrfurchtsvollen Tage getragen. Dazu Unterwäsche zum Wechseln und eine Zahnbürste. Ich nahm natürlich auch mein Notizbuch mit und einen Vorrat an Stiften. Außerdem das *Tagebuch einer Verlorenen* von Margarete Böhme im deutschen Original – einen Roman, den ich in einem Antiquariat entdeckt und vor meinen Eltern versteckt hatte, wegen seiner schlüpfrigen Thematik. Auch eine Prüfung, auf die Herr Bauer auf Deutsch den Vermerk »ausgezeichnete Schülerin« geschrieben hatte, nahm ich mit.

Die christlichen Papiere, die ich von Josek bekommen hatte, steckten in den Stiefeln, die immer zu tragen ich meinem Vater hatte versprechen müssen.

Als ich fertig war, fand ich Mutter im Wohnzimmer, umgeben von zerbrochenem Kristallglas. Sie hielt Majer in den Armen und flüsterte mit ihm. »Ich habe gebetet, dass du ein Mädchen wirst«, sagte sie.

»Mama?«, sprach ich sie leise an.

Als sie mich ansah, weinte sie. »Ein kleines Mädchen hätte Frau Szymanski wie ihr eigenes aufgezogen.«

Mein Kopf war auf einmal wie mit Schlamm gefüllt. Sie wollte Majer, *unseren* Majer weggeben, damit ihn ein anderer als Basia und Rubin großzog? War das der Grund, weshalb sie eingewilligt hatte, auf das Baby aufzupassen, während sie zu Hause zusammenpackten? Ja, wurde mir in diesem Moment mit schmerzlicher Klarheit bewusst – denn auf diese Weise wäre er in Sicherheit. Das war auch der Grund, weshalb Familien ihre Kinder nach England und in die Vereinigten Staaten verschickt hatten. Deshalb meinte Joseks Familie, dass ich mit ihnen nach Leningrad gehen sollte. Um zu überleben, musste man Opfer bringen.

Ich sah hinab auf Majers winziges Gesicht, die winkenden Händchen. »Dann gib ihn ihr, jetzt gleich«, bedrängte ich sie. »Ich werde Basia nichts sagen.«

Sie schüttelte den Kopf. »Er ist doch ein Junge, Minka.«

Einen Moment lang blinzelte ich sie verdutzt an, aber dann wurde mir klar, was meine Mutter damit andeutete. Majer hatte natürlich seine *Brit Mila* bekommen. Er war beschnitten. Hätten die Szymanskis den Behörden erklärt, ihr kleines Mädchen sei Christin, musste das so hingenommen werden. Aber bei einem kleinen Jungen brauchte man nur die Windel zu öffnen.

Jetzt wurde mir auch klar, warum meine Mutter ihren Enkelsohn nicht hatte liebkosen wollen. Tief drinnen wusste sie, dass es besser war, sich nicht in ihn zu verlieben für den Fall, ihn zu verlieren.

Mein Vater tauchte mit einem Rucksack auf dem Rücken und bis zum Zerreißen gefüllten Kissenbezügen in jeder Hand auf. »Wir müssen gehen«, sagte er, aber meine Mutter rührte sich nicht vom Fleck.

Ich hörte das Gebrüll der Soldaten, die sich durch die Wohnungen unserer Nachbarn arbeiteten. Meine Mutter zuckte zusammen. »Lass uns unten auf Basia warten«, schlug ich vor. Erst da fiel mir auf, dass ihre Uhr fehlte. Die hatte sie also für das Hühnchen eingetauscht – das Hühnchen, das jetzt im Esszimmer auf dem Boden lag, die Mahlzeit, die sie zubereitet hatte, um dem Rest der Familie die Illusion zu vermitteln, dass alles gut werden würde. »Mama«, forderte ich sie sanft auf. »Komm mit mir.«

Das war das erste Mal, dass ich bewusst wie eine Erwachsene handelte und diejenige war, die nach der Hand meiner Mutter griff und nicht umgekehrt.

Ein Vetter meines Vaters lebte in Bałuty, und somit hatten wir Glück. Anderen Leuten, die zwangsgeräumt wurden und keinen kannten, wurde von der Obrigkeit ein Raum zugeteilt. Im jüdischen Getto war die Obrigkeit der Judenrat mit einem Vorsitzenden: Chaim Rumkowski, der Obmann, der Judenälteste. Meine Mutter hatte die Cousins meines Vaters nie leiden können, sie waren arm und kleinbürgerlich und ihr deshalb peinlich. Als sie zur Hochzeit meiner Schwester zu uns nach Hause kamen, hielt meine Cousine Rivka ständig Gegenstände wie zur Begutachtung ans Licht und sagte: *Und das hier, wie viel denkst du, kostet das?* Meine Mutter hatte geschnaubt und vor sich hin gebrummelt, und mein Vater musste ihr schwören, dass sie die Verwandten in ihrem eigenen Haus nie mehr würde ertragen müssen. Aber die Ironie wollte es, dass wir nun wie Bettler an ihrer Türschwelle standen und meine Mutter sich mit verkniffenem Mund der Gnade ihres Anstands auslieferte.

Auf den vier Quadratkilometern, die von den Deutschen zum jüdischen Teil der Stadt erklärt worden waren, drängten sich hundertsechzigtausend Menschen. Vier oder fünf Familien teilten sich Wohnungen, die für eine gedacht waren. Nur die Hälfte dieser Behausungen verfügte über Bäder. Unsere Wohnung gehörte dazu, und dafür war ich jeden Tag dankbar.

Ein Zaun aus Holz und Stacheldraht umgab das Getto. Einen Monat nach unserer Ankunft war es vom restlichen Lodz völlig abgeschnitten. Es gab Fabriken – einige in Kaufhäusern, aber viele in Schlafzimmern und Kellern –, in denen Leute arbeiteten, Stiefel, Uniformen, Handschuhe, Textilien, Pelze herstellten. Das war die Idee des Judenältesten Rumkowski gewesen, der davon ausging, wir würden auf diese Weise für die Deutschen unersetzlich werden – eine derart nützliche Arbeiterschar, die sie davon überzeugen würde, wie notwendig sie uns brauchten. Als Gegenleistung dafür, dass wir herstellten, was sie für den Krieg benötigten, bekamen wir zu essen.

Mein Vater erhielt eine Anstellung als Brotbäcker für das Getto. Mordechai Lajzerowicz war der Leiter der Gettobäckereien und hatte Obmann Rumkowski Bericht zu erstatten. Es gab Zeiten, da wurden weder Mehl noch Getreide geliefert, und es gab nicht genügend Zutaten zum Backen. Mein Vater konnte keine eigenen Bäcker einstellen, sie wurden ihm von Rumkowski zugeteilt. Ein ständiges Geplärr aus den Lautsprechern auf den Plätzen wies die Leute, die Arbeit suchten, auf Deutsch an, sich jeden Morgen einzufinden, damit man sie der einen oder anderen Fabrik zuteilen konnte. Meine Mutter, die während meines Heranwachsens nicht gearbeitet hatte, bekam nun Arbeit als Näherin in einem Pelzladen. Bis dahin hatte ich gar nicht gewusst, dass sie nähen konnte – wir waren früher immer zum Schneider gegangen, wenn wir Kleider brauchten. Nach nur wenigen Wochen hatte meine Mutter von den Nadelstichen Schwielen an den Fingern und begann wegen des schlechten Lichts in der Fabrik zu blinzeln. Wir teilten uns das Essen, das sie als Bezahlung bekam, mit Basia und Rubin, weil Basia mit dem Baby zu Hause bleiben musste.

Abgesehen davon, dass meine Mutter, mein Vater und ich uns jetzt alle ein winziges Zimmer teilen mussten, machte es mir nichts aus, im Getto zu leben. Ich hatte mehr Zeit, meine Geschichte zu schreiben. Ich ging, anfangs jedenfalls, wieder mit Darija zur Schule, bis alle Schulen geschlossen wurden. An den Nachmittagen konnten wir in die Wohnung, die sie sich mit zwei anderen Familien teilte, die beide keine Kinder hatten, und spielten Karten. Wegen der Ausgangssperre blieb ich oft auch über Nacht bei Darija. Man fühlte sich im Getto zwar manchmal wie in einem Käfig, aber mit unseren fünfzehn Jahren fanden wir ihn großartig. Ich war umgeben von meinen Freunden und meiner Familie. Ich fühlte mich sicher. Ich glaubte fest daran, beschützt zu sein, wenn ich dort blieb, wo ich sein sollte.

Im Spätsommer gab es im Getto kein Brot, weil kein Mehl geliefert worden war, und mein Vater war verzweifelt – er hielt sich persönlich dafür verantwortlich, seine Nachbarn mit Brot zu versorgen. Tausende Menschen zogen durch die Straßen, und mein Vater ließ die Rollos der Bäckerei herunter und versteckte sich aus Angst vor dem Mob im hinteren Teil der Backstube. *Wir sind hungrig!* Der Gesang schwoll in der Hitze an wie aufgehender Teig. Die deutsche Polizei gab Warnschüsse ab, um alle auseinanderzutreiben.

Es kam immer wieder zu Schießereien, weil immer mehr Leute ins Getto strömten, dessen Grenzen aber die gleichen blieben. Wohin sollten sie alle? Was sollten sie essen? Als der Winter hereinbrach, war alles rationiert, und es war nie genug. Alle zwei Wochen bekam jeder von uns hundert Gramm Kartoffeln, dreihundertfünfzig Gramm Wurzelgemüse, dreihundert Gramm Roggenmehl, sechzig Gramm Erbsen, hundert Gramm Roggenflocken, hundertfünfzig Gramm Zucker, zweihundert Gramm Marmelade, hundertfünfzig Gramm Butter und zweieinhalb Kilo Roggenbrot. Da mein Vater in einer Bäckerei arbeitete, bekam er tagsüber eine Extraration Brot, die er immer für mich aufhob.

Natürlich konnte er mir jetzt mein Spezialgebäck nicht mehr backen.

Im Winter musste die Bäckerei wieder dichtmachen. Diesmal nicht, weil es kein Mehl mehr gab, sondern keinen Brennstoff. Es war kein Holz ans Getto geliefert worden und nur ganz wenig Kohle. Mein Vater und sein Vetter und Rubin nahmen Zäune auseinander und zerstörten Gebäude und trugen das Holz nach Hause, damit wir etwas zum Verfeuern hatten. Eines Morgens kam ich hinzu, als meine Cousine Rivka die Dielenbretter einer Kammer herausriss. »Wer braucht schon einen Boden in einer Vorratskammer«, sagte sie, als sie mich sah.

Doch trotz dieser extremen Maßnahmen froren sich die Leute nachts in ihren Wohnungen zu Tode. *Die Chronik*, die Zeitung, die alles, was im Getto geschah, auflistete, berichtete jeden Tag von den Todesfällen.

Und plötzlich schien man hier nicht mehr so sicher zu sein.

Eines Tages waren Darija und ich von der Schule unterwegs zu ihrer Wohnung. Es war kalt, und da der peitschende Wind aus Norden kam, war die gefühlte Kälte noch schlimmer als die vom Thermometer angezeigte. Wir gingen untergehakt und eng aneinandergeschmiegt über die Brücke an der Zgierska-Straße, die wir Juden nicht mehr entlanggehen durften. Eine Straßenbahn fuhr unter uns vorbei, und auf der Plattform stand eine Frau im langen Pelzmantel, die Beine in Seidenstrümpfen. »Wer ist denn so dumm, an einem Tag wie heute Seidenstrümpfe zu tragen«, murmelte ich, dankbar für die Wollstrümpfe, die ich in doppelter Lage anhatte. Bei unserem überstürzten Aufbruch hatte ich so alberne Dinge wie Partykleider und Farbstifte mitgenommen, aber meine Eltern waren so vorausschauend gewesen, Wintermäntel und Pullover einzupacken. Im Unterschied zu einigen anderen im Getto hatten wir wenigstens warme Kleidung, um diesen entsetzlichen Winter zu überstehen.

Darija antwortete nicht, ich sah, wie sie die Frau in der vorbeifahrenden Straßenbahn anstarrte. »Wenn ich welche hätte«, sagte sie, »würde ich sie auch tragen. Einfach so.«

Ich drückte ihren Arm. »Eines Tages werden wir beide Seidenstrümpfe tragen.«

Als wir Darijas Wohnung erreichten, war diese leer – alle anderen waren noch bei der Arbeit. »Es ist eiskalt hier drin«, sagte Darija und rieb sich die Hände. Keine von uns zog den Mantel aus.

»Ja«, sagte ich, »ich spüre meine Zehen nicht mehr.«

»Ich habe eine Idee, wie wir uns aufwärmen können.« Darija ließ ihre Schultasche auf den Boden fallen und schaltete den Plattenspieler ein. Doch anstatt Schlagermusik aufzulegen, suchte sie eine ihrer Klassikplatten aus. Sie begann zu tanzen, erst ganz langsam, damit ich die Schritte nachahmen konnte. Ich musste dabei lachen, denn selbst an einem guten Tag war ich ungelenk, und jetzt sollte ich in meinem Wintermantel und mehreren Kleiderschichten anmutig sein? Unmöglich. Schließlich ließ ich mich auf den Boden fallen. »Das Tanzen überlasse ich dir«, sagte ich Darija, aber es hatte funktioniert, ich war außer Puste, und meine Wangen waren rosig und warm. Nun holte ich mein Notizbuch heraus und las die Seiten, die ich in der letzten Nacht geschrieben hatte.

Mein Umzug ins Getto hatte eine Wende in meinem Buch herbeigeführt. Plötzlich war das bezaubernde kleine Dorf, das ich erschaffen hatte, viel düsterer – ein Gefängnis. Und ich hatte den Überblick verloren, wer ein Held und wer ein Schurke war, allein die fatalen Umstände, in denen ich meine Geschichte angesiedelt hatte, machten aus jedem ein wenig von beidem. Die detailliertesten Schilderungen waren dem Duft von Brot in der Backstube von Anias Vater vorbehalten. Wenn ich beschrieb, wie ich eine Scheibe Brot mit frischer Butter schmierte, kam es manchmal vor, dass mir das Wasser im Mund zusammenlief. Ich konnte für mich kein Essen herbeizaubern und hatte seit Monaten nichts anderes als wässerige Suppen gegessen – aber vorstellen konnte ich mir das, was mir fehlte, so lebhaft, dass ich Bauchschmerzen bekam.

Eine andere Sache, über die ich jetzt schreiben konnte, war Blut.

Davon hatte ich nun weiß Gott genug gesehen. Bei drei Menschen war ich in den paar Monaten, die ich hier war, Zeuge gewesen, wie sie von deutschen Soldaten getötet wurden. Einer stand zu nah am Gettozaun und wurde deshalb vom Wachmann erschossen. Die anderen beiden waren Frauen, die sich zu laut um einen Laib Brot stritten. Der Offizier, der sich ihnen näherte, um den Streit zu beenden, erschoss sie beide, nahm das Brot und warf es in eine Schmutzlache.

Und das wusste ich nun über Blut: Es war heller, als man es sich vorstellte, und hatte die Farbe tiefroter Rubine, bis es klebrig und schwarz trocknete.

Es roch nach Zucker und Metall.

Und man bekam es nicht mehr aus den Kleidern.

Ich hatte auch erkannt, dass alle meine Figuren die gleiche Triebkraft motivierte wie mich selbst. Ob sie auf der Suche nach Macht waren oder nach Rache oder Liebe – es waren alles unterschiedliche Formen des Hungers. Je größer das Loch in einem war, desto verzweifelter bemühte man sich, es zu füllen.

Während ich schrieb, tanzte Darija weiter. Sie drehte sich in einem Kreis aus Chaînes und Piqués und riss dabei den Kopf immer erst im letztmöglichen Moment herum. Es sah aus, als könnte sie mit dem Meißel, zu dem ihr Fuß wurde, ein Loch in den Boden bohren. Als sie sich mit schwindelerregender Schnelligkeit zu drehen begann, klatschte ich. Und bemerkte in dem Moment den Polizisten, der durchs Fenster hereinsah.

»Darija!«, zischte ich und stopfte mein Notizbuch unter meinen Pullover. Ich riss meinen Kopf in Richtung Fenster, und mit großen Augen folgte sie meiner Bewegung.

»Was sollen wir tun?«, fragte sie.

Es gab im Getto zweierlei Polizeikräfte – eine aus Juden zusammengesetzte, die wie wir anderen auch den Davidsstern trugen, und die deutsche Polizei. Obwohl beide für die Einhaltung der Regeln sorgten, was eine ziemliche Herausforderung war, da diese sich täglich änderten, gab es zwischen ihnen signifikante Unterschiede. Wenn wir auf der Straße an deutschen Polizisten vorbeikamen, nickten wir, und die Jungs zogen ihre Mützen ab. Ansonsten hatten wir keinerlei Kontakt zu ihnen.

»Vielleicht geht er wieder«, sagte ich und wandte meinen Blick ab, doch der Deutsche klopfte an die Fensterscheibe und zeigte auf die Tür.

Ich öffnete sie, und mein Herz klopfte dabei so laut, dass ich mir sicher war, er könnte es hören.

Der Offizier war jung und schlank wie Herr Bauer, und hätte er keine dunkle Uniform getragen, vor der Angst zu haben ich gelernt hatte, hätten Darija und ich womöglich sogar hinter vorgehaltener Hand gekichert, weil er so gut aussah. »Was macht ihr denn hier?«, wollte er wissen.

Ich antwortete ihm auf Deutsch. »Meine Freundin ist Tänzerin.«

Vor Überraschung, mich seine Sprache sprechen zu hören, zog er die Brauen hoch. »Das sehe ich.«

Ich wusste nicht, ob es womöglich ein neues Gesetz gab, das uns das Tanzen hier im Getto verbot. Oder ob Darija unwissentlich den Soldaten beleidigt hatte, indem sie die Musik so laut spielte, dass sie auch draußen zu hören war, oder weil er kein Ballett mochte. Oder er war einfach in der Stimmung, jemandem wehzutun. Ich hatte Soldaten gesehen, die ältere Menschen auf der Straße im Vorbeigehen traten, einfach weil sie es konnten. In diesem Moment wünschte ich mir verzweifelt, mein Vater wäre hier, der immer ein Lächeln und etwas Neues aus seinem Ofen parat hatte, das er einsetzen konnte, um die Soldaten abzulenken, die manchmal in die Bäckerei kamen und zu viele Fragen stellten.

Der Soldat griff in seine Tasche, und ich schrie. Ich warf meine Arme um Darija und zog sie mit zu Boden. Ich wusste, dass er die Waffe ziehen und ich sterben würde.

Ohne mich je verliebt oder mein Buch fertiggestellt oder auf der Universität studiert und mein eigenes Baby im Arm gehalten zu haben.

Aber es kam kein Schuss, sondern der Soldat räusperte sich. Als ich mutig genug war, zu ihm hochzuschielen, sah ich, dass er uns eine Visitenkarte entgegenstreckte. Sie war klein und cremefarben, und darauf stand: Erich Schäfer, Stuttgarter Ballett. »Ich war dort künstlerischer Leiter, vor der Mobilmachung«, sagte er. »Wenn deine Freundin sich von mir Tipps geben lassen möchte, wäre ich ihr gern behilflich.« Er verneigte sich, ging und schloss hinter sich die Tür.

Darija, die kein Wort verstanden hatte, nahm mir die Karte aus der Hand. »Was wollte er von mir?«

»Dir Tanzunterricht geben.«

Sie sah mich mit großen Augen an. »Du machst dich lustig über mich.«

»Nein. Er hat beim Stuttgarter Ballett gearbeitet.«

Darija sprang auf und machte eine Drehung durch den Raum. Dabei lächelte sie so breit, dass ich in diesen Schlund ihres Glücks fiel. Aber fast genauso schnell flammte in ihren Augen ein wütendes Feuer auf. »Dann bin ich also gut genug für Tanzstunden, aber nicht gut genug, die Zgierska-Straße hinunterzugehen?«

Sie zerriss die Visitenkarte und warf sie in den Bauch des Holzofens. »Wenigstens was zum Einschüren«, sagte Darija.

Im Rückblick ist es erstaunlich, dass Majer – mein kleiner Neffe – nicht schon vorher krank wurde. Meine Schwester und Rubin teilten sich die winzige Wohnung mit sechs anderen Paaren, und da gab es immer jemanden, der hustete oder schniefte oder Fieber hatte. Majer jedoch erwies sich als robust und anpassungsfähig und war ein fröhliches Kind, ob Basia ihn herumtrug oder er später, als er alt genug war, in der Tagesbetreuung war, während sie in der Textilfabrik arbeitete. Diese Woche jedoch war Basia verzweifelt zu meiner Mutter gekommen. Majer hustete. Er hatte Fieber. In der vergangenen Nacht hatte er kaum mehr Luft bekommen, und seine Lippen waren blau angelaufen.

Wir hatten Ende Februar 1941. Meine Mutter und Basia hatten die ganze Nacht bei Majer gewacht und ihn abwechselnd im Arm gehalten. Doch beide mussten zur Arbeit gehen, sonst verloren sie diese. Da täglich Hunderte von Leuten auch aus anderen Ländern ins Getto strömten, waren Arbeitskräfte leicht zu ersetzen. Einige wurden auch zur Arbeit außerhalb des Gettos geschickt. Wir wollten nicht riskieren, dass die Familie auseinandergerissen wurde.

Weil Majer krank war, hatte mein Vater vor, Rubin frühzeitig aus der Backstube nach Hause zu schicken. Das war aus mehreren Gründen ein riskantes Unterfangen: Zum einen verfügte mein Vater gar nicht über die Autorität, dies tun zu können, und außerdem fehlte dadurch ein Mann, um den beladenen Brotkarren zum Verteilungspunkt im Lagerhaus an der Jakuba-Straße 4 zu bringen. Und deshalb verkündete mein Vater an diesem Morgen: »Minka, du kommst um die Mittagszeit und wirst Rubins Platz einnehmen.«

Es gab keinen Unterricht mehr, weil die Schulen geschlossen worden waren, also hatte auch ich Arbeit angenommen, als Botenmädchen für eine Lederwarenfabrik, die Schuhe, Stiefel, Gürtel und Holster herstellte und reparierte. Darija arbeitete dort mit mir, und wir kamen auf unseren Botengängen oder wenn wir etwas liefern mussten durchs ganze Getto. Wir gingen davon aus, dass mein Wegbleiben nicht auffallen würde, wenn doch, könnte Darija am Nachmittag für mich einspringen. Ich wusste, dass mein Vater sich insgeheim freute, mich in seiner Backstube zu haben. Rubin war kein gelernter Bäcker, man hatte ihn meinem Vater einfach deshalb zugeteilt, weil sie zusammen in der Schlange der Arbeitsuchenden gestanden hatten. Um Brot zu backen, brauchte man zwar keinen Universitätsabschluss, doch es erfordert eine gewisse Kunstfertigkeit – und die besaß ich, wie mein Vater zu sagen pflegte, in höchstem Maße. Ich wusste instinktiv, wie viel Teig man von der amorphen Masse nehmen musste, um ein Stangenbrot von exakt dreiunddreißig Zentimeter Länge zu formen. Ich konnte sechs Stränge Challa im Schlaf flechten. Aber Rubin vermasselte es ständig – mischte einen Teig zusammen, der entweder zu feucht oder zu trocken war, und träumte vor sich hin, anstatt die Brote im gemauerten Ofen mit dem Schieber zu bewegen, bevor die untere Kruste verbrannte.

Nach einem mittäglichen Botengang stahl ich mich in die Backstube, anstatt in die Schuhfabrik zurückzukehren. Zufällig erblickte ich mich im Schaufenster einer Fabrik, die Textilien herstellte. Erst wandte ich mich ab – das tat ich meist, wenn ich Leuten auf der Straße begegnete. Es war einfach zu traurig, in die Gesichter der anderen zu schauen und darin das eigene Leid gespiegelt zu sehen.

Aber dann begriff ich, dass es nur mein eigenes Spiegelbild war – und dennoch merkwürdig fremd. Die Pausbacken und der Babyspeck, die ich im letzten Jahr herumgetragen hatte, waren verschwunden. Meine Wangenknochen traten scharf und eckig hervor, meine Augen waren riesengroß. Mein langes dickes Haar, einst mein ganzer Stolz, war stumpf und strohig, und ich hatte es unter meiner Wollmütze versteckt. Ich hatte eine Ballerinafigur wie Darija.

Ich fragte mich, warum ich und auch kein anderer in der Familie den Gewichtsverlust bemerkt hatte. Aber wir hungerten alle. Trotz unserer zusätzlichen Ration Brot gab es nie genug zu essen, und das, was wir hatten, war verdorben, verfault oder ranzig. Als ich die Backstube betrat, entdeckte ich meinen Vater, der bis aufs Unterhemd entblößt vor den Ziegelöfen stand und in der glühenden Hitze schwitzte. Seine Muskeln waren nicht mehr fleischig, sondern gefurcht wie Seile. Sein Bauch war flach, die Wangen hohl. Aber das Kommando über den Raum hatte er, wie ich fand, denn er rief seinen Arbeitern Anweisungen zu, während er gleichzeitig Laibe formte, die dann zum Ruhen auf ein Brett gelegt wurden. »Minusia«, sagte er mit seiner hell über den bemehlten Tisch dringenden Stimme. »Komm, hilf mir mal!«

Rubin nickte mir zu und nahm die Schürze ab. Er hatte mit meinem Vater vereinbart, die Backstube durch die Hintertür zu verlassen, aber er sollte sein Gehen nicht ankündigen, damit kein anderer diese Vergünstigung mitbekam. Ich stellte mich neben meinen Vater und begann, geschickt Teigstücke abzureißen und Stangenbrote daraus zu formen.

»Wie war die Arbeit heute?«, fragte er.

Ich zuckte die Achseln. »Immer das Gleiche. Was hast du von Majer gehört?«

Mein Vater schüttelte den Kopf. »Nichts. Aber keine Nachricht ist eine gute Nachricht.«

Mehr sagte er nicht. Selbst Reden kostete zu viel Energie, denn die Anzahl der Brote, die wir vor dem Transport zum Lagerhaus fertigstellen mussten, war vorgeschrieben. Und ich erinnerte mich, wie anders es doch in der Backstube meines Vaters zugegangen war, wo er manchmal mit seinem krächzenden Bariton sang, bis Basia an der Kasse ihm vorwarf, die Kunden zu vertreiben. Ich erinnerte mich noch genau an den Lichteinfall im Sommer gegen halb fünf Uhr nachmittags, wenn die Sonne hinter die Gebäude auf der anderen Straßenseite glitt und ich mich auf dem gepolsterten Fenstersitz mit einem meiner Schulbücher zusammenrollte und eindöste, satt von dem Brötchen, das mein Vater für mich gebacken hatte, den Glitzerstaub des Zimtzuckers auf meinem Rock. Und wie er mich dann wach rüttelte und fragte, womit er ein so faules Mädchen verdient habe, doch mit einem Lächeln, das mir sagte, dass er das genaue Gegenteil davon meinte.

Und ich dachte an Majer, der gerade erst gelernt hatte, meinen Namen auszusprechen.

Kurz bevor es Zeit für uns war, die Brote in Körbe zu packen und sie in die Jakuba Straße zu bringen, ging die Tür auf und ließ einen kalten Luftzug herein. Rubin kam zurück in die Backstube, die Hände in den Taschen, das Kinn im Schal vergraben, den er um den Hals trug.

»Rubin?«, sagte ich, und mir wurde dabei übel. Wenn er hier war, dann doch wohl nur, um uns etwas Schreckliches zu sagen.

Er schüttelte den Kopf. »Unverändert«, sagte Rubin. »Basia und deine Mutter sind jetzt zu Hause bei Majer.« Er wandte sich achselzuckend an meinen Vater. »Es tut mir nicht gut, dort herumzusitzen.«

»Dann nimm dir deinen Korb«, sagte mein Vater und drückte Rubins Schulter.

Zusammen mit den anderen Angestellten der Bäckerei machten Rubin und ich uns daran, das Brot von den Drahtgestellen zu holen, wo es zum Auskühlen lag. Ich beförderte die Körbe aus der Backstube auf den Karren, der vor der Eingangstür stand. Drei kleine Jungs hatten sich am gegenüberliegenden Aufgang versammelt. Sie zitterten und stampften im Schnee mit den Füßen und beobachteten uns, solange wir draußen waren. So konnten sie wenigstens den Dampf und das Mehl riechen, was dem Essen des Brots noch am nächsten kam.

Als der Karren beladen war, trat mein Vater hinter den Karren und schob, während zwei der kräftigeren Angestellten die Deichsel nahmen und zogen. Er bedeutete mir, neben ihm zu gehen, da mir zum Ziehen die Kraft fehlte.

»Oh!«, rief ich, weil mir einfiel, dass ich meinen um eine Stuhllehne gewickelten Schal drinnen vergessen hatte. »Ich bin gleich zurück.« Ich rannte wieder hinein, wo ich auf Rubin traf. Er hatte den Mantel halb aufgeknöpft und versteckte ein Brot unter seinen Kleidern.

Unsere Blicke trafen sich.

Brotschmuggel war ein Verbrechen. Genauso wie jegliches Spekulieren auf dem Schwarzmarkt mit Lebensmitteln. Aber gelegentlich verkauften Leute ihre Rationen auf dem Schwarzmarkt, wenn etwas Tragisches sie dazu zwang.

»Du hast nichts gesehen, Minka«, sagte Rubin monoton.

Ich nickte. Was blieb mir anderes übrig? Denn mein Vater würde gar nicht darauf eingehen, wenn ich Rubin bei ihm anzeigte. Aber sollte Rubin erwischt werden, wenn er das Brot gegen etwas anderes eintauschte, und es käme heraus, dass mein Vater in den Diebstahl eingeweiht war, könnte auch er bestraft werden.

Als der Karren quietschend und in einer vom Brot aufsteigenden Dampfwolke, die uns foppend in die Nase stieg, zur Jakuba-Straße rollte, verschwand Rubin. Mein Vater sagte nichts dazu, und ich fragte mich, ob er nicht bereits wusste, was als Geheimnis für mich zu behalten ich mich so sehr bemühte.

Ich log meinen Vater an und sagte ihm, ich müsse Darija ein Buch zurückgeben, das ich mir ausgeliehen hatte, würde aber vor der Ausgangssperre zu Hause sein. Stattdessen suchte ich den Platz in der Stadt auf, von dem ich wusste, dass dort die Geschäfte zwischen Schmugglern und Dieben stattfanden, in der Hoffnung, Rubin noch einzuholen, bevor er etwas Dummes tat. Im Grau der Abenddämmerung, das sich fließend mit dem Straßenpflaster verband und die Konturen verwischte, sodass man sich nicht sicher sein konnte, ob das, was man sah, auch real war, bewegten die Verzweifelten sich durch das Dunkel, bereit, ihr Essen, ihr Geschmeide, ihre Seelen zu verkaufen.

Basias Ehemann mit seinem roten Bart und dem in braunes Papier gewickelten Laib Brot zu finden, war nicht schwer. »Rubin«, rief ich ihm zu. »Warte!«

Er drehte den Kopf in meine Richtung genauso wie der Mann mit den tief liegenden schwarzen Augen, der ihm das Paket abnahm. Gerade noch war das Paket da und gleich darauf nicht mehr, irgendwo zwischen den Falten des schäbigen Mantels verschwunden, den der andere Mann trug.

»Was immer du tust«, flehte ich ihn an und zog Rubin am Arm, »tu es nicht. Basia würde das nicht wollen.«

Rubin schüttelte mich ab. »Du bist ein Kind, Minka. Du hast keine Ahnung.«

Aber ich war kein Kind. Es gab keine Kinder mehr in diesem Getto. Wir waren alle automatisch erwachsen geworden. Selbst ein Baby wie Majer war kein Kind, denn er würde keine Erinnerung an ein anderes Leben als dieses haben.

»Sorg dafür, dass du das Mädchen loswirst«, zischte der Mann. »Oder der Handel platzt.«

Ich ignorierte ihn. »Wofür lohnt es sich denn, dein Leben zu riskieren?«

Rubin, der mich an dem Abend, als er sich mit Basia verlobt hatte, auf die Stirn geküsst und mir gesagt hatte, er habe sich immer eine kleine Schwester gewünscht, Rubin, der zu meinem letzten Geburtstag *Die Märchen der Gebrüder Grimm* auf Deutsch für mich aufgetrieben hatte, der mir versprochen hatte, jeden Jungen, der es wagte, sich mit mir zu verabreden, einem Verhör zu unterziehen – Rubin schubste mich so vehement weg, dass ich zu Boden fiel.

Meine Wollstrümpfe zerrissen. Ich setzte mich auf und rieb mir das Knie, das ich mir auf dem Kopfsteinpflaster aufgeschürft hatte. Ich sah zu, wie der Mann Rubin ein kleines braunes Päckchen in die Hand drückte.

In diesem Augenblick ertönten ein Schrei und Pfiffe, und plötzlich waren Rubin und der andere Mann von drei Soldaten umstellt.

»Minka!«, schrie Rubin und warf mir das Päckchen zu.

Ich fing es auf, als er zu Boden gestoßen wurde. Klatschend traf ihn das Kolbenende eines Gewehrs an der Schläfe, und ich rannte los.

Ich blieb nicht stehen – nicht, als ich die Brücke über die Zgierska-Straße erreichte, nicht einmal, als ich wusste, dass keiner der Soldaten mich verfolgte. Stattdessen flog ich nach Hause, stürmte durch die Tür und brach in den Armen meiner Mutter zusammen. Schluchzend erzählte ich ihr von Rubin. Basia, die mit einem weinenden Majer an der Tür stand, begann zu schreien.

Und da erinnerte ich mich an das Päckchen, das ich noch immer umklammert hielt. Ich streckte meine Hand aus, und meine Finger öffneten sich wie Rosenblätter.

Meine Mutter schnitt mit einem Küchenmesser den Bindfaden auf. Das fleckige Wachspapier fiel ab und enthüllte eine kleine Phiole mit Medizin.

Wofür lohnt es sich denn, dein Leben zu riskieren?, hatte ich ihn angefleht.

Für seinen Sohn.

Informationen im Getto bewegten sich nun wie eine Blauregenranke: verschlungen, gewunden und von Zeit zu Zeit zu unglaublicher Farbigkeit erblühend. Durch dieses Netzwerk erfuhren wir, dass man Rubin ins Gefängnis gebracht hatte. Doch obwohl Basia täglich hinging, um ihn zu besuchen, wurde sie nicht vorgelassen.

Mein Vater versuchte, seine Geschäftsbeziehungen, die er außerhalb des Gettos hatte, spielen zu lassen, um an Informationen über Rubin zu kommen oder, noch besser, ihn nach Hause zu holen. Aber die Verbindungen, die mich damals auf eine katholische Schule gebracht hatten, waren jetzt bedeutungslos. Sofern mein Vater nicht mit einem SS-Offizier befreundet war, würde Rubin im Gefängnis bleiben.

Das brachte mich auf Darijas Polizisten, den vom Stuttgarter Ballett. Es gab zwar keine Garantie, dass er in der Position wäre, uns zu helfen, aber ich hatte immerhin einen Namen im Meer der deutschen Uniformen. Aber da Darija seine Visitenkarte verbrannt hatte, erlosch auch dieser kleine Hoffnungsschimmer.

Wir wussten nicht, was mit Rubin geschehen würde, aber Anfang des Monats hatte Obmann Rumkowski eine Verlautbarung herausgegeben: Diebe und Kriminelle würden zu manueller Arbeit nach Deutschland geschickt werden. Dies war der Weg, den der Älteste wählte, um unsere Gemeinschaft vom Gesindel zu befreien. Aber wer hatte Rubin jemals mit Gesindel in Verbindung gebracht? Ich fragte mich, wie viele derer, die im Gefängnis saßen, tatsächlich Kriminelle waren.

Der Gedanke, Rubin könnte weggebracht werden, machte Basia untröstlich, doch sie musste auch an Majer denken, der sich dank der Medizin rasch wieder erholt hatte. Eines Nachts kam sie zu mir ins Zimmer geschlichen. Es war kurz nach drei Uhr, und natürlich nahm ich an, dass mit dem Kleinen etwas nicht stimmte. »Was ist denn?«, fragte ich.

»Ich brauche deine Hilfe«, sagte Basia.

»Wie das?«

»Weil du klug bist«

Es kam nicht oft vor, dass Basia zugab, etwas von mir zu brauchen, am allerwenigsten meine Intelligenz. Ich setzte mich im Bett auf. »Du denkst sicherlich daran, etwas Dummes zu tun«, vermutete ich.

»Nicht dumm. Notwendig.«

Das erinnerte mich an Rubin, als er das Brot verkaufte. Wütend starrte ich sie an. »Kümmert es eigentlich keinen von euch beiden, dass ihr einen kleinen Jungen habt, der von euch abhängig ist? Was ist, wenn du am Ende auch noch eingesperrt wirst?«

»Deshalb bitte ich ja dich um Hilfe«, entgegnete Basia. »Bitte, Minka.«

»Du bist Rubins Frau. Wenn du nicht ins Gefängnis kommst, um ihn zu besuchen, habe ich wohl erst recht keine Chance.«

»Das weiß ich«, flüsterte Basia. »Aber er ist es nicht, den ich sehen will.«

Der Ruf, den Chaim Rumkowski im Getto hatte, bewegte sich auf einem schmalen Grat zwischen Zuneigung und Hass. Öffentlich musste man den Obmann bewundern, denn sonst wurde einem das Leben zur Hölle gemacht, da er derjenige war, der Vergünstigungen, Behausung und Nahrung gewährte. Aber man fragte sich schon, warum ein Mann sich freiwillig bereit erklärt hatte, mit den Deutschen zu paktieren, sein eigenes Volk hungern zu lassen und sich angesichts unserer schrecklichen Lebensbedingungen damit herauszureden, dass wir wenigstens noch am Leben waren.

Es gab auch Gerüchte, dass Rumkowski eine Schwäche für hübsche Mädchen hatte. Und genau das war es, worauf Basia und ich setzten.

Es war nicht schwer gewesen, meine Mutter dazu zu bringen, auf Majer aufzupassen, indem wir ihr erklärten, Basia wolle es noch einmal versuchen, ins Gefängnis zu kommen, um ihren Mann zu sehen. Und natürlich würde sie dafür ihre besten Kleider anziehen und das Haar zurechtmachen, um für ihren Ehemann so hübsch wie möglich auszusehen. Ich belog meine Mutter nicht, ich unterließ es nur zu erwähnen, dass unser Ziel nicht das Gefängnis, sondern Obmann Rumkowskis Büro war.

Von meiner Seite konnte ich nichts beitragen, was meiner Schwester nicht selbst eingefallen wäre, um sich eine Privataudienz beim Judenältesten zu erschleichen, aber mir war klar, warum sie mich dabeihaben wollte. Um ihr beim Reingehen Mut zu machen und sie beim Rauskommen zu unterstützen.

Im Vergleich mit den überfüllten Quartieren unserer Wohnungen oder der Bäckerei wirkte das Büro wie ein Palast. Er hatte natürlich Angestellte. Seine Sekretärin – eine Frau, die anstatt wie wir nach Dreck und Rauch nach Parfüm roch – verständigte sich, nachdem sie uns gemustert hatte, durch Blickkontakt mit dem jüdischen Polizisten, der wie ein Wachtposten vor einer geschlossenen Tür stand. »Der Obmann ist nicht im Haus«, sagte sie.

Rumkowski brachte viel Zeit damit zu, durch das Getto zu reisen – ließ Schulkinder vor sich paradieren, hielt Reden, vollzog Trauungen oder besuchte die Fabriken, von denen er glaubte, sie machten uns für die Deutschen unersetzlich. Es war deshalb durchaus möglich, dass er nicht da war, als Basia und ich zu seinem Hauptquartier kamen. Aber wir hatten stundenlang in der Kälte ausgeharrt und den Obmann, umgeben von seiner Entourage, erst vor fünfzehn Minuten das Gebäude betreten sehen.

Er war leicht zu erkennen mit seinem vollen weißen Haar, der runden schwarzen Brille und dem schweren Wollmantel mit dem gelben

Stern am Ärmel. Es war dieses Emblem, das mich draußen nach Basias Hand hatte greifen lassen, die zu zittern begann, als er vorbeiging. »Siehst du«, wisperte ich. »Am Ende ist er auch nicht anders als du und ich.«

Also blickte ich der Sekretärin ins Auge und sagte: »Sie lügen.«

Sie zog die Augenbrauen hoch. »Der Obmann ist nicht im Haus«, wiederholte sie. »Und wenn er es wäre, würde er Sie ohne Termin nicht empfangen. Und er hat für die nächsten Monate keine Termine mehr frei.«

Ich wusste, dass auch dies gelogen war, weil ich gehört hatte, wie sie am Telefon ein Treffen mit dem Leiter der Verpflegungsabteilung für den nächsten Morgen um neun Uhr vereinbart hatte. Eine entsprechende Bemerkung lag mir bereits auf den Lippen, aber da rempelte Basia mich an. »Entschuldigen Sie«, sagte sie, trat vor und wandte den Blick ab. »Kann es sein, dass Sie die hier haben fallen lassen?«

Sie hielt ihr ein Paar Ohrringe hin. Ich wusste, dass die Sekretärin diese nicht hatte fallen lassen. Meine Schwester hatte sie sich angesteckt, als sie sich ausgehfertig machte. Es waren wunderschöne Perlenohrringe, ein Hochzeitsgeschenk von Rubin. »Basia!« Ich stöhnte auf. »Das geht doch nicht!«

Sie lächelte die Sekretärin an und zischte mir zu: »Halt den Mund, Minka!«

Die Frau spitzte die Lippen und pickte dann die Ohrringe aus der Hand meiner Schwester. »Ich kann nichts versprechen«, sagte sie.

Die Sekretärin ging zur geschlossenen Bürotür. Sie trug Seidenstrümpfe, was mich erstaunte. Ich konnte es kaum erwarten, Darija zu erzählen, dass ich eine Jüdin gesehen hatte, die genauso fein hergerichtet war wie eine deutsche Dame. Sie klopfte, und kurz darauf hörten wir das Donnern einer tiefen Stimme, die sie aufforderte einzutreten.

Mit einem Blick auf uns glitt sie hinein.

»Was willst du ihm sagen?«, flüsterte Basia.

Wir waren übereingekommen, dass ich das Reden übernehmen würde. Basia war als hübsche Ablenkung dabei, als die pflichtschuldige Ehefrau – aber sie war in Sorge, ihr könnte es beim Versuch, den Grund unseres Kommens zu erklären, die Sprache verschlagen.

»Ich weiß doch gar nicht, ob wir reingelassen werden«, sagte ich.

Ich hatte einen Plan. Ich würde den Obmann bitten, Rubin an seinem Hochzeitstag in der nächsten Woche freizulassen, damit er mit seiner Frau feiern konnte. Auf diese Weise könnte er sich als Anwalt wahrer Liebe erweisen, denn wenn Chaim Rumkowski eins liebte, dann sein eigenes Bild in den Augen seiner Leute.

Die Tür schwang auf, und die Sekretärin kam auf uns zu. »Sie haben fünf Minuten«, verkündete sie.

Wir gingen, uns an den Händen haltend, los, aber die Sekretärin packte mich am Unterarm. »*Sie* kann reingehen«, sagte die Frau. »Du nicht.«

»Aber …« Basia warf einen verzweifelten Blick über die Schulter.

»Flehe ihn an«, bedrängte ich sie. »Knie nieder.«

Basia hob ihr Kinn, nickte und ging durch die Tür.

Während die Sekretärin wieder ihren Platz einnahm und zu tippen begann, blieb ich nervös im Vorzimmer stehen. Der Polizist fing meinen Blick auf und wandte sich sofort ab.

Es waren zweiundzwanzig Minuten vergangen, seitdem meine Schwester das Privatbüro des Judenältesten betreten hatte. Als sie herauskam, hing ihr die Bluse über den Rockbund. Vom Lippenstiftrot, eine Leihgabe von Darija, war bis auf einen verschmierten Fleck im linken Mundwinkel nichts mehr zu sehen.

»Was hat er gesagt?«, platzte ich los, aber Basia hakte sich nur bei mir unter und zog mich eilends aus Rumkowskis Büro.

Sobald wir wieder auf der Straße waren, wo ein scharfer Wind uns die Haare wirr ins Gesicht blies, fragte ich sie wieder. Basia ließ meinen Arm los, beugte sich auf der Straße nach vorn und erbrach sich auf das Kopfsteinpflaster.

Ich hielt ihr die Haare aus dem Gesicht. Dies konnte meiner Logik nach nur bedeuten, dass es ihr nicht gelungen war, Rubin zu retten. Deshalb überraschte es mich umso mehr, als sie sich mir gleich darauf zuwandte. Ihr Gesicht war bleich und verhärmt, aber die Augen loderten. »Er muss nicht nach Deutschland«, sagte sie. »Der Obmann wird ihn stattdessen in ein Arbeitslager hier in Polen schicken.« Basia packte meine Hand und drückte sie. »Ich habe ihn gerettet, Minka. Ich habe meinen Mann gerettet.«

Ich umarmte sie, und sie drückte mich und hielt mich dann auf Armeslänge fest. »Du darfst Mama oder Papa nicht erzählen, dass wir hier waren«, sagte Basia. »Versprich mir das.«

»Aber sie werden sicherlich wissen wollen, wie …«

»Sie werden annehmen, dass Rubin das selbst in die Wege geleitet hat«, beharrte sie. »Sie wollen bestimmt nicht wissen, dass wir in der Schuld des Obmanns stehen.«

Da hatte sie recht. Ich hatte meinen Vater oft genug über Rumkowski schimpfen hören, um zu wissen, dass er ihm mit Sicherheit nicht verpflichtet sein wollte.

Als wir später in der Nacht mit Majer in unserer Mitte im Bett lagen, hörte ich meine Schwester leise weinen.

»Was ist denn?«, fragte ich.

»Nichts, mir geht es gut.«

»Du solltest dich freuen. Rubin wird es gut gehen.«

Basia nickte. Ihr vom Mond versilbertes Profil sah aus wie das einer Statue. Sie blickte auf Majer und legte ihm den Finger auf die Lippen, wie um ihn stillzuhalten oder ihm einen Kuss darauf zu drücken.

»Basia?«, flüsterte ich. »Wie hast du den Obmann überzeugt?«

»Genauso, wie du es mir gesagt hast.« Eine Träne rollte ihr über die Wange und landete zwischen uns auf dem Laken. »Ich bin auf die Knie gegangen.«

Nachdem man Rubin ins Arbeitslager geschickt hatte, waren Basia und das Baby zu uns gezogen. Es war wie früher, meine Schwester schlief in meinem Bett, aber nun lag zwischen uns wie ein Geheimnis mein Neffe. Die Farben und die Geräusche der Tiere auf einem Bauernhof lernte Majer allein aus Bildern. Wir waren uns alle einig, dass er ein Wunderkind war und Rubin auf seinen Sohn stolz sein konnte, wenn er wieder nach Hause kam. Von diesem Moment sprachen wir, als könnte er jederzeit eintreffen.

Rubin schrieb nicht, aber jeder von uns erfand Ausreden dafür.

Er war zu müde, er war zu beschäftigt. Er kam nicht an Papier und Bleistift. Es gab so gut wie keine Postzustellung mehr. Nur Darija war mutig genug auszusprechen, was wir alle dachten: dass Rubin nicht geschrieben hatte, weil er vermutlich bereits tot war.

Im Oktober 1941 litten Darija und ich beide an einer Lebensmittelvergiftung. Verwunderlich war das nicht angesichts der Qualität, die unsere Lebensmittel hatten, nur dass es nicht schon eher passiert war und wir beide noch immer Kraft genug hatten, uns nach zwei Tagen unaufhörlichen Erbrechens von unseren Krankenlagern aufzurappeln. Aber unsere Arbeit als Botenmädchen waren wir dann los.

Wir meldeten uns in der Lutomierska-Straße, um neue Aufgaben zugeteilt zu bekommen. In unserer Schlange stand ein Junge, der mit uns zur Schule gegangen war. Er hieß Aron und hatte im Unterricht beim Schreiben seiner Arbeiten immer unbewusst gepfiffen, was ihn jedes Mal in Schwierigkeiten brachte. Zwischen den Schneidezähnen hatte er eine Lücke, und er war so groß gewachsen, dass er immer mit hochgezogenen Schultern dastand, was ihn wie ein menschliches Fragezeichen aussehen ließ. »Ich hoffe nur, dass sie mich nicht in eine Bäckerei stecken, alles andere ist mir egal«, sagte Aron.

Ich fragte ihn gereizt: »Was ist denn schlecht an einer Bäckerei?«, und dachte dabei an meinen Vater.

»Nichts, es ist nur zu schön, um wahr zu sein. Wie ein Fegefeuer. Zu viel Hitze im Winter und dann bist du ständig von Essen umgeben, das du aber nicht essen darfst.«

Ich lächelte und schüttelte den Kopf. Ich mochte Aron. Er war zwar kein besonderer Anblick, aber er brachte mich zum Lachen. Darija, die sich in diesen Dingen auskannte, meinte, er sei in mich verliebt, weshalb er mir auch immer die Tür des Schulgebäudes aufgehalten hatte, wenn ich es verließ, und mich auch jetzt im Getto, so weit es ging, begleitete, bis er in seine Straße abbiegen musste. Einmal hatte er mir sogar in der Pause ein Stück von seiner Brotration abgegeben, was, wie Darija meinte, in Zeiten wie diesen fast einem Heiratsantrag gleichkam.

Aron war kein Herr Bauer. Und auch kein Josek. Aber manchmal, wenn ich nachts neben Basia und Majer lag und beide eingeschlafen waren, drückte ich meinen Handrücken gegen meine Lippen und fragte mich, wie es wohl wäre, ihn zu küssen. Ich war nicht verknallt in ihn, wirklich nicht, nur angetan von der Idee, dass jemand ein Mädchen mit abgetragener Kleidung und klumpigen Stiefeln und matten Haarflechten ansehen und darin eine Schönheit erblicken konnte.

Auf dem Platz standen auch Kinder von gerade mal zehn Jahren in der Warteschlange und ältere Menschen, die sich auf ihren Nachbarn stützen mussten. Meine Eltern hatten mir geraten, was ich sagen sollte, getragen von der Hoffnung, dass man mich der Bäckerei meines Vaters oder der Schneiderfabrik meiner Mutter zuteilen würde. Manchmal gingen die Angestellten, die einen vermittelten, auf die mitgebrachten Fähigkeiten ein oder berücksichtigten vorangegangene Erfahrungen. Manchmal teilten sie einem einfach irgendwas zu.

Darija packte mich am Arm. »Wir könnten sagen, dass wir Schwestern sind. Dann geben sie uns vielleicht etwas, wo wir wieder zusammen sein können.«

Ich glaubte nicht daran, dass dies was brachte. Außerdem war jetzt Aron bereits an der Reihe. Es gelang mir, um sein Klappergestell herum einen Blick auf den Beamten zu werfen, der etwas auf ein Stück Papier kritzelte und ihm dieses reichte. Aron drehte sich lächelnd um. »Textilien«, sagte er.

»Kannst du denn nähen?«, fragte Darija.

Aron meinte darauf achselzuckend: »Nein, aber offenbar werde ich es lernen.«

»Der Nächste.«

Die Stimme schnitt in unser Gespräch. Ich trat vor und zog Darija hinter mir her. »Eine nach der anderen«, sagte der Mann vor uns.

Also stellte ich mich vor Darija. »Meine Schwester und ich, wir können beide backen. Und nähen …«

Er starrte Darija an. Aber schließlich starrten Darija alle an, so hübsch, wie sie war. Der Mann zeigte auf einen Lastwagen in einer Ecke des Platzes. »Ihr werdet in diesem Transport mitfahren.«

Ich bekam Panik. Die Menschen, die das Getto verließen, kamen wie Rubin nicht mehr zurück. »Bitte«, bettelte ich. »Eine Bäckerei … die Sattlerei.« Ich dachte mir eine Arbeit aus, die kein anderer tun wollte. »Ich werde sogar Gräber ausheben. Aber schicken Sie mich bitte nicht aus dem Getto.«

Der Mann blickte an mir vorbei. »Nächster«, rief er.

Darija fing zu weinen an. »Es tut mir so leid, Minka«, sagte sie und schluchzte. »Wenn wir nicht versucht hätten zusammenzubleiben …«

Bevor ich antworten konnte, packte ein Soldat sie an der Schulter und schob sie auf den Pritschenwagen. Ich kletterte hinter Darija hinauf. Die anderen Mädchen waren etwa so alt wie wir, ein paar davon kannte ich aus der Schule. Einige schienen fürchterliche Angst zu haben, anderen wirkten fast gelangweilt. Keine sagte etwas, und ich war klug genug, nicht zu fragen, wohin wir fuhren. Womöglich wollte ich die Antwort gar nicht hören.

Kurz darauf fuhren wir aus dem Getto hinaus – seit über anderthalb Jahren hatte ich es nicht mehr verlassen.

Als das Tor sich hinter uns wieder schloss, veränderte sich meine Wahrnehmung. Hier draußen ließ es sich befreiter atmen. Die Farben waren leuchtender. Es war sogar ein klein wenig wärmer. Auch die anderen Mädchen schienen staunend zu spüren, dass wir auf unserer holprigen Fahrt, die uns von unseren Familien entfernte, in eine andere Realität eintauchten.

Ich fragte mich, wer wohl meinen Eltern mitteilte, dass ich fort war. Fragte mich, ob Aron mich vermisste. Ob Majer mich wiedererkannte, sofern er mich je wiedersah. Ich nahm Darijas Hand und drückte sie. »Wenn wir sterben müssen«, sagte ich, »sind wir wenigstens zusammen.«

Da lachte das Mädchen, das neben Darija saß. »Sterben? Du dumme Kuh. Du wirst nicht sterben. Ich sitze nun schon seit einer Woche jeden Tag auf diesem Pritschenwagen. Ihr fahrt nur zum Offiziersstab.«

Da fiel mir wieder ein, wie der Mann Darija angestarrt hatte, und ich fragte mich, was genau wir für die Offiziere tun sollten.

Wir fuhren durch die Straßen der Stadt, in der ich groß geworden war, aber sie hatte sich irgendwie verändert. Die Einzelheiten, die ich aus meiner Kindheit noch in Erinnerung hatte – der Junge, der Zeitungen verkaufte, die Fischverkäuferin mit ihrem übergroßen Hut, der Schneider, der zum Rauchen nach draußen kam und blinzelnd in die Sonne schaute – all diese vertrauten Gesichter waren verschwunden. Selbst die Galgen, die von den deutschen Soldaten auf dem Platz errichtet worden waren, hatte man abgebaut. Dies alles erinnerte mich an eine Geschichte, die ich einmal über ein Mädchen geschrieben hatte, das beim Aufwachen eine Welt vorfand, in der jede Spur seiner selbst getilgt war: eine Familie, die es nicht kannte, eine Schule, die keine Unterlagen von ihm hatte, eine Vergangenheit, die sich nie ereignet hatte. Mir war, als hätte ich das Leben, das ich einmal geführt habe, nur geträumt.

Fünfzehn Minuten später fuhren wir durch ein anderes Tor, das sich hinter uns schloss. Die deutschen Soldaten waren in den früheren Regierungsgebäuden von Lodz untergebracht. Wir mussten vom Pritschenwagen steigen und wurden einer breitschultrigen Frau mit schrundigen roten Händen übergeben. Sie sprach Deutsch, aber es war klar, dass einige der anderen Mädchen bereits wussten, was anstand, weil sie diese Arbeit schon einmal gemacht hatten. Jede von uns bekam einen Eimer und Lappen und etwas Ammoniak, und sie befahl uns, ihr zu folgen. Immer wieder blieb sie stehen und wies einem Mädchen ein Gebäude zu. Darija und das Mädchen, das mich eine dumme Kuh genannt hatte, wurden in einen großen Steinbau geschickt, von dessen Dach eine riesige Flagge der Nationalsozialisten herabhing.

Ich folgte der Frau durch mehrere Durchgänge, bis wir einen Gebäudetrakt mit kleinen Wohnungen erreichten. »Du«, sagte sie auf Deutsch, »wirst hier alle Fenster putzen.«

Ich nickte und drehte den Türknauf. Hier wohnten offenbar die deutschen Offiziere, denn es hatte nichts mit den Militärbaracken gemein, die ich sonst gesehen hatte. Es gab keine Kojen oder Spinde, sondern prächtige geschnitzte Sekretäre und ein Einzelbett, dessen Laken noch zerwühlt waren. Neben dem Waschbecken stand das Geschirr ordentlich auf einem Abtropfgestell. Auf dem Tisch war ein einzelner Teller zurückgeblieben, dessen Oberfläche eine hellviolette Marmeladenblüte zierte.

Mir lief das Wasser im Mund zusammen. Marmelade hatte ich seit … seit Ewigkeiten keine mehr bekommen.

Doch ich ging davon aus, dass mich jemand durch ein Loch in der Wand beobachtete. Und so verdrängte ich jeden Gedanken an Essen aus meinem Kopf, nahm den Lappen aus meinem Eimer und das Ammoniak und ging zum ersten der acht Fenster dieser Wohnung.

Ich hatte noch nie etwas geputzt. Meine Mutter kochte und putzte und kümmerte sich um alles und räumte hinter mir auf. Selbst jetzt war Basia diejenige, die jeden Morgen die Decke auf unserem Bett straff zog.

Ich betrachtete die Flasche Ammoniak, schraubte den Deckel ab und würgte bei dem Geruch. Sofort verschloss ich sie wieder, weil meine Augen tränten. Ich setzte mich an den Küchentisch und hatte nun den Frühstücksteller vor mir stehen.

Hastig tauchte ich meinen Zeigefinger in den Klecks Marmelade und steckte ihn dann in den Mund.

O Gott. Wieder begannen meine Augen zu tränen, wenn auch der Grund ein ganz anderer war. Sämtliche Gehirnzellen schlugen Alarm und setzten Erinnerungen frei: an die Brötchen meines Vaters mit frischer Butter und Erdbeermarmelade, selbst eingekocht von meiner Mutter; an die Blaubeeren, die wir auf dem Land pflückten, dort, wo Darijas Vater seine Fabrik hatte; an Mußestunden, in denen ich auf dem Rücken lag und mir vorstellte, die Wolken am Himmel wären ein Tretroller, ein Papagei, eine Schildkröte. Daran, nichts zu tun zu haben, denn das ist die Beschäftigung eines Kindes.

Diese Marmelade schmeckte wie ein träger Sommertag. Wie Freiheit.

Ich war so in Gedanken versunken, dass ich die Schritte nicht hörte, die das Eintreffen eines Offiziers ankündigten, der gleich darauf den Türknauf drehte und seine Wohnung betrat. Ich sprang auf und griff so schnell nach meinem Eimer, dass die Ammoniakflasche zu Boden fiel. »Oh!«, rief ich und fiel auf die Knie, um das Verschüttete aufzuwischen.

Er dürfte so alt gewesen sein wie mein Vater, mit seinen silbernen Haaren, die zu den Knöpfen seiner Uniform passten. Als er mich sah, streifte sein Blick meinen kauernden Körper. »Erledige rasch deine Arbeit«, sagte er auf Deutsch und zeigte dann auf die Fenster, weil er nicht damit rechnete, verstanden zu werden.

Ich nickte und wandte mich ab. Ich hörte das Knacken seines Stuhls, als er sich setzte und Papiere durchzublättern begann. Zitternd schraubte ich die Ammoniakflasche wieder auf, presste die Nase zusammen und versuchte, den Lappen in den schmalen Hals zu stopfen, damit er etwas von der Reinigungsflüssigkeit aufsaugte. Gerade mal eine kleine Ecke wurde feucht. Diese presste ich dann vorsichtig an die schmutzigste Stelle des Fensters, als würde ich eine Wunde abtupfen.

Nach kurzer Zeit blickte der Offizier auf. »Schneller«, sagte er angespannt.

Ich drehte mich mit Herzklopfen um. »Tut mir leid«, plapperte ich in seiner Sprache, um ihn nicht noch mehr gegen mich aufzubringen. »Ich habe das noch nie gemacht.«

Er zog die Brauen hoch. »Du sprichst Deutsch?«

Ich nickte. »Es war mein bestes Fach.«

Der Offizier erhob sich und kam auf mich zu. Inzwischen war ich verzweifelt, und meine Knie zitterten so heftig, dass sie gegeneinanderschlugen. Ich hob meine Hand über den Kopf, um den Schlag abzufangen, den ich erwartete, aber stattdessen zog der Soldat den Lappen aus meiner Faust. Er schüttete etwas Ammoniak darauf und wischte mit langen, flüssigen Bewegungen über das Fenster. Der Lappen war danach schmutzig und schwarz, also faltete er ihn, bis er wieder eine frische weiße Stelle hatte und schüttete neuen Ammoniak darauf. Er setzte die Arbeit an dem Fenster fort, und als er damit fertig war, nahm er Zeitungspapier und rieb damit über die Scheiben. »So trocknet es, ohne dass Streifen zurückbleiben«, erklärte er.

»Danke«, murmelte ich und streckte meine Hand nach dem Lappen und der Ammoniakflasche aus, aber er schüttelte nur den Kopf. Er putzte auch die anderen Fenster, bis sie makellos sauber waren, und man hätte glauben können, dass die Barriere zwischen dieser Wohnung, in der wir einen seltsamen Waffenstillstand geschlossen hatten, und der Außenwelt, in der es keine Gewissheiten gab, aufgehoben war.

Dann sah er mich an. »Und jetzt wiederhole alles, was du gelernt hast.«

Ich ratterte jeden Arbeitsschritt des Fensterputzens herunter, als hinge mein Leben davon ab – was vielleicht auch der Fall war. Fehlerlos in seiner Muttersprache. Als ich fertig war, starrte der Offizier mich an, als wäre ich ein seltenes Museumsexemplar. »Würde ich dich nicht direkt ansehen«, sagte er, »wüsste ich nicht, dass du nicht völkisch bist. Du sprichst wie eine Muttersprachlerin.«

Ich dankte ihm und dachte dabei an all die Nachmittage, die ich mit Herrn Bauer im Gespräch verbracht hatte, und schickte meinem früheren Lehrer im Stillen meine Dankbarkeit, wo immer er jetzt auch sein mochte. Ich griff nach dem Eimer in der Absicht, meine Arbeit in den Wohnungen der anderen Offiziere fortzusetzen, bevor die oberste Reinigungsfrau kam, um mich abzuholen, aber der Soldat schüttelte den Kopf und stellte ihn zwischen uns auf den Boden. »Sag mir, kannst du Schreibmaschine schreiben?«

Mit einer Notiz des Offiziers, der mir das Fensterputzen beigebracht hatte, wurde ich einer Werkstätte zugeteilt, die von Herrn Fassbinder, einem Volksdeutschen, geleitet wurde, der, kaum eins sechzig groß, eine gehörige Anzahl junger Mädchen beschäftigte, viele jünger als ich. Er nannte uns *meine Kleinen*. Die Kinder hatten die Aufgabe, die Embleme zu sticken, die auf deutsche Uniformen genäht wurden. An jenem ersten Tag schauderte es mich noch, Zehnjährige Hakenkreuz-Aufnäher sticken zu sehen, aber dann wurde auch dieser Anblick alltäglich.

Ich gehörte nicht zu den Näherinnen. Meine Arbeit fand im Büro von Herrn Fassbinder statt. Ich musste die Bestellungen bearbeiten, Telefonate entgegennehmen und die Süßigkeiten verteilen, die er jeden Freitag für die Kinder mitbrachte.

Anfangs sprach Herr Fassbinder mich nur an, wenn er eine Information aus den Akten benötigte oder wenn er etwas zu diktieren hatte, was ich dann tippen musste. Aber dann tauchte eines Tages Aron mit ein paar anderen Jungs auf und schleppte Tuchballen an, die zugeschnitten und entsprechend den erteilten Anordnungen bestickt werden sollten. Ich denke, Arons Überraschung, mich zu sehen, war so groß wie meine.

»Minka!«, sagte er, als er seine Arbeitskollegen zu den Lagerräumen führte. »Du arbeitest hier?«

»Im Büro«, teilte ich ihm mit.

»Oh«, frotzelte er. »Wie vornehm.«

Ich blickte auf den Rock, den ich anhatte und der nach so langem Gebrauch an den Knien schon ganz durchgewetzt war. »O ja«, scherzte ich, »ich gehöre praktisch zum Königshaus.«

Aber wir wussten beide, was für ein Glück ich hatte – im Unterschied zu meiner Mutter, deren Augenlicht sich vom Nähen in beinahe lichtlosen Räumen so verschlechtert hatte, dass sie kaum noch etwas sah, oder zur hübschen Darija, die noch immer im Offiziersstab putzte und deren anmutige Tänzerinnenhände inzwischen von Lauge und Seife schrundig und blutig waren. Im Vergleich dazu waren zwölf Stunden an der Schreibmaschine in einem warmen Büro ein Kinderspiel.

In dem Moment kam Herr Fassbinder vorbei. Sein Blick wanderte von mir zu Aron und wieder zurück. Dann scheuchte er mich ins Büro und befahl den Kleinen, sich wieder an die Arbeit zu machen. Ich hatte mich an den Schreibtisch gesetzt, um Anforderungsformulare auszufüllen, bis ich merkte, dass Herr Fassbinder vor mir stand.

»So?«, sagte er und grinste. »Dann hast du also einen Freund.«

Ich schüttelte den Kopf. »Er ist nicht mein Freund.«

»So wie ich nicht dein Chef bin.«

»Er ist nur ein Schulfreund.« Ich war nervös, weil ich überlegte, ob Aron womöglich Ärger mit seinem Arbeitgeber bekam, weil er während der Arbeit mit mir gesprochen hatte.

Herr Fassbinder seufzte tief. »Nun, das ist wirklich schade«, sagte er. »Denn er ist von dir sehr angetan … Ah, sieh an, jetzt habe ich dich zum Erröten gebracht. Du solltest dem jungen Mann eine Chance geben.«

Von nun forderte Herr Fassbinder jedes Mal, wenn wir Stoffnachschub benötigten, explizit Aron an, uns diesen zu liefern. Und praktischerweise stellte er mich ab, ihm den Lagerraum aufzuschließen, obwohl es andere in der Fabrik gab, die für diese Aufgabe besser geeignet gewesen wären als eine Sekretärin. Anschließend kam Herr Fassbinder jedes Mal zu mir an den Schreibtisch und löcherte mich mit Fragen nach allen Details. Er war Kuppler mit Leib und Seele.

Nach und nach vertraute er sich mir in dem kleinen Büro an, in dem wir zusammensaßen. Er erzählte mir von seiner Frau Liesl, die so schön war, dass die Wolken sich teilten, wenn sie ins Freie trat. Sie hätte jeden Mann haben können, aber sie erwählte ihn, weil er wusste, wie er sie zum Lachen brachte. Zu seinem größten Bedauern hatten sie kein Baby bekommen, bevor sie starb – an Tuberkulose, vor sechs Jahren. Und da begriff ich, dass wir alle in der Fabrik, von den kleinsten Mädchen bis zu mir, seine Kinder waren.

Eines Tages waren Herr Fassbinder und ich allein im Büro. Von Zeit zu Zeit geriet die Arbeit der Stickerinnen ins Stocken, weil diverses Rohmaterial nicht geliefert worden war, diesmal war es das Garn. Herr Fassbinder ging für eine Weile nach draußen, und als er zurückkam, war er ziemlich durcheinander. »Wir brauchen mehr Arbeiter«, blaffte er aufgebrachter, als ich ihn je erlebt hatte. Zum ersten Mal hatte ich Angst vor ihm, weil ich nicht wusste, was wir mit mehr Arbeitskräften tun sollten, wenn wir nicht einmal die Mädchen, die bereits hier arbeiteten, beschäftigen konnten.

Am nächsten Tag hatte Herr Fassbinder zu unseren üblichen hundertfünfzig Angestellten noch fünfzig Mütter mit kleinen Kindern rekrutiert. Die Kinder waren für sinnvolle Arbeit in einer Stickerei zu klein, also ließ er sie die Garne nach Farben sortieren. Aron kam mit Ballen weißen Stoffs. Man hatte bei den Textilfabriken sechsundfünfzigtausend Tarnanzüge für die Ostfront in den Sommermonaten in Auftrag gegeben, und wir würden die passenden Insignien dazu sticken.

Da ich alle Bestellungen bearbeitete, wusste ich, dass kein derartiger Vertrag vorlag, sondern wir uns nun einfach in eine bessere Kinderkrippe verwandelt hatten. »Das ist nicht dein Problem«, herrschte Herr Fassbinder mich an, als ich ihn darauf ansprach.

In jener Woche war verkündet worden: Zwanzigtausend Juden sollten aus dem Getto deportiert werden. Obmann Rumkowski hatte die Anzahl auf die Hälfte heruntergehandelt, aber die Listen mit den zehntausend, die gehen mussten, wurden von den Gettobeamten ausgestellt. Die Roma, die in einem abgetrennten Teil des Gettos lebten, waren die Ersten. Danach kamen die Kriminellen. Dann all jene, die keine Arbeit hatten.

So wie die fünfzig Mütter, die erst kürzlich zu uns gekommen waren.

Etwas sagte mir, dass Herr Fassbinder, wenn es ihm möglich gewesen wäre, alle zehntausend Menschen auf dieser Liste in seine kleine Fabrik geholt hätte.

In der ersten Januarwoche hatten alle Leute, die auf diesen Listen standen, Vorladungen bekommen – Hochzeitseinladungen nannten wir sie ironisch: ein Fest, an dem keiner teilnehmen wollte. Jeden Tag wurden tausend Leute zu den Zügen gebracht, die das Getto verließen. Inzwischen war unsere Garnlieferung gekommen, und unsere neuen Angestellten hatten sich eingearbeitet und stickten Insignien, als hätten sie nie was anderes gemacht.

Eines Abends, ich deckte gerade meine Schreibmaschine mit der Schutzhaube ab, erkundigte Herr Fassbinder sich, ob es meiner Familie gut gehe. Es war das erste Mal, dass er mich auf ein Leben außerhalb dieser Wände ansprach, und ich sagte verdutzt: »Ja.«

»War keiner von ihnen auf den Listen?«, fragte er geradeheraus.

Da wurde mir bewusst, dass er weitaus mehr über mich wusste als ich über ihn. Denn auf diesen Listen standen auch die *Verwandten* der Roma, der Arbeitslosen und der Kriminellen. Wie Rubin.

Welchen Handel Basia auch immer mit dem Obmann geschlossen hatte, er war gründlich. Sie wusste zwar nicht, wo ihr Ehemann war oder ob er noch lebte, aber man hatte sie trotz seines Vergehens nicht zur Deportation bestimmt.

Herr Fassbinder löschte das Licht, sodass ich nur noch sein Profil im Mondlicht erkennen konnte, das durch das schmale Fenster im Büro fiel. »Wissen Sie denn, wohin sie gebracht werden?«, platzte es aus mir heraus, weil die Dunkelheit mich mutig machte.

»Zur Arbeit auf polnischen Bauernhöfen«, sagte er.

Schweigend tauschten wir einen Blick. Das hatte man uns vor

Monaten auch gesagt, als es um Rubin ging. Mein Gesichtsausdruck musste Herrn Fassbinder verraten, dass ich ihm nicht glaubte.

»Dieser Krieg.« Er seufzte schwer. »Es gibt kein Entkommen.«

»Würden Sie das auch jemandem sagen, der Papiere hat?«, flüsterte ich. »Christliche Papiere?«

Ich habe keine Ahnung, was mich dazu getrieben hat, ihm – einem Deutschen – mein größtes Geheimnis anzuvertrauen, das noch nicht einmal meine Eltern kannten. Aber aufgrund dessen, was dieser Mann getan hatte, um die Kinder zu beschützen, die nicht seine waren, glaubte ich, ihm vertrauen zu können.

»Wenn jemand christliche Papiere hätte«, sagte er nach langer Pause, »würde ich dieser Person raten, nach Russland zu gehen, bis der Krieg zu Ende ist.«

Als ich an diesem Abend aufbrach, musste ich weinen. Nicht, weil Herr Fassbinder recht hatte oder weil ich wusste, dass ich doch nicht weggehen würde, solange ich meine Familie zurücklassen musste. Sondern weil Herr Fassbinder, wenn wir das Büro der Fabrik im Dunkeln abschlossen und keiner zugegen war, der uns sehen könnte, mir die Tür aufhielt, als wäre ich noch immer ein junges Fräulein und nicht nur eine Jüdin.

Obwohl wir alle fest daran geglaubt hatten, dass die im Januar erstellten Listen nur ein schreckliches Einzelereignis in der Geschichte dieses Kriegs waren, und obwohl die Reden des Judenältesten uns und den Deutschen immer wieder versicherten, wie unersetzlich unsere Arbeitskraft war, verlangten die Deutschen nur zwei Wochen später neue Deportationen. Inzwischen verbreiteten die Gerüchte sich in den Fabriken so schnell wie Lauffeuer und legten fast die Produktion lahm, weil von den Leuten, die mit einem der Transporte abgereist waren, keiner je wieder etwas gehört hatte. Es fiel schwer zu glauben, dass jemand, der irgendwo neu angesiedelt worden war, nicht versuchen würde, dies seiner Familie mitzuteilen.

»Ich habe gehört«, sagte Darija eines Morgens, als wir vor einer der Suppenküchen auf unsere Ration warteten, »dass sie alle umgebracht werden.«

Meine Mutter war damals zu müde, um sich stundenlang in den Menschenschlangen für Essen anzustellen. Manchmal hatte man den Eindruck, es dauerte länger, unsere Rationen zu bekommen, als sie zu verzehren. Mein Vater arbeitete noch immer in der Bäckerei, und Basia holte das Baby aus der Kinderkrippe ab – man hatte diese offiziell aufgelöst, doch in vielen Fabriken, darunter auch in Basias Textilfabrik, wurden sie illegal weiterbetrieben. Also war es meine Aufgabe, die Rationen abzuholen und nach Hause zu bringen. Wenigstens hatte ich Darija zum Zeitvertreib bei mir. »Wie wollen sie denn tausend Menschen an einem Tag umbringen?«, spottete ich. »Und warum sollten sie es tun, schließlich arbeiten wir umsonst für sie?«

Darija beugte sich über mich. »Gaskammern«, wisperte sie.

Ich verdrehte die Augen. »Ich dachte immer, ich sei die Erzählerin.«

Ich ging zwar davon aus, dass Darija mir wilde Geschichten erzählte, aber Teile davon hörten sich wahrhaftig an. Wie etwa die Tatsache, dass die Verantwortlichen im Getto nun Freiwillige rekrutierten und ihnen eine freie Mahlzeit versprachen, wenn sie sich einem der Transporte anschlossen. Gleichzeitig wurden die Essensrationen gekürzt – als wollte man alle jene überzeugen, die noch zögerten. Wenn man Rumkowski beim Wort nahm, kam man auf diese Weise schließlich aus diesem Dreckloch heraus *und* konnte sich dabei auch noch den Bauch vollschlagen – wieso also nicht einsteigen?

Dann kam das neue Gesetz, wonach es ein Verbrechen war, jemanden zu verstecken, der auf der Deportationsliste stand. Auch Rabbi Weisz, dem man die Verantwortung übertragen hatte, für den nächsten Transport dreihundert Leute aus seiner Gemeinde zu bestimmen, hatte sich eines Verbrechens schuldig gemacht, indem er sich weigerte, auch nur einen einzigen Namen zu nennen. Als die Soldaten kamen, um ihn zu verhaften, trafen sie ihn und seine Frau tot in ihrem Bett an, sich fest an den Händen haltend. Meine Mutter sagte, es sei ein Segen, dass sie gemeinsam gingen. Ich fand es unfassbar, dass sie annahm, ich sei so dumm, das zu glauben.

Ende März 1942 kannte jeder jemanden, der deportiert worden war. Meine Cousine Rivka, Darijas Tante, beide Eltern Rubins, mein früherer Arzt. Es war die Zeit des Passahfests, aber kein Lammblut vermochte einen Haushalt vor der Tragödie zu bewahren. Wie es schien, vermochte nur das Blut der Familien selbst zu genügen.

Meine Eltern versuchten, mich zu beschützen, indem sie nur begrenzte Informationen über die *Aussiedlungen* an mich weitergaben. *Sei ein Mensch*, sagte meine Mutter zu mir, egal, in welcher Lage du dich befindest. Sei freundlich zu anderen, bevor du an dich denkst, und gib allen, mit denen du zusammen bist, das Gefühl, dass sie wichtig sind. Mein Vater befahl mir, in meinen Stiefeln zu schlafen.

Es dauerte mehrere Stunden, bis ich den kleinen Lebensmittelvorrat erhalten hatte, der für die nächsten zwei Wochen reichen musste. Inzwischen waren meine Füße erfroren, und meine Wimpern klebten zusammen. Darija blies in ihre Handschuhe, um die Hände zu wärmen. »Ein Glück, dass wir nicht Sommer haben«, sagte sie. »So haben wir eine Chance, dass die Milch nicht schon verdorben ist.«

Ich begleitete sie, so weit es ging, bis sie in eine andere Straße abbiegen musste. »Was sollen wir morgen machen?«, fragte ich.

»Ach, ich weiß nicht«, sagte Darija. »Wie wär's mit einem Einkaufsbummel?«

»Aber nur, wenn wir zu einem Tee einkehren.«

Darija grinste. »Also wirklich, Minka. Kannst du nie aufhören, ans Essen zu denken?«

Ich lachte und bog ab. Allein schritt ich schneller aus und senkte meinen Blick vor den Soldaten, an denen ich vorbeikam, und selbst vor den Bewohnern, die ich kannte. Ihr Anblick war so schwer zu ertragen. Manchmal wirkten sie so hohl, dass ich Angst hatte, in diese leeren Blicke hineinzufallen und mich nie mehr daraus befreien zu können.

Als ich die Wohnung erreichte, kletterte ich über die fehlende Holzschwelle – Darijas Familie hatte sie im Dezember als Feuerholz verwendet – und merkte sofort, dass keiner zu Hause war. Jedenfalls sah ich kein Licht, hörte kein Geräusch, spürte kein Leben.

»Hallo?«, rief ich, während ich hineinging und den Segeltuchsack mit unseren Rationen auf den Tisch stellte.

Mein Vater saß auf einem Stuhl und hielt sich den Kopf. Zwischen seinen Fingern quoll Blut aus einer breiten Schnittwunde an seiner Stirn hervor. »Papa?«, rief ich, rannte zu ihm und zog die Hand weg, damit ich die Verletzung untersuchen konnte. »Was ist passiert?«

Er sah mich an, war aber mit seinem Blick weit weg. »Man hat sie geholt«, sagte er mit brechender Stimme. »Sie haben deine Mutter geholt.«

Allem Anschein nach brauchte man gar nicht auf einer Liste zu stehen, wenn es darum ging, die Deportationskontingente aufzufüllen. Aber vielleicht hatte meine Mutter auch ihre »Hochzeitseinladung« bekommen und sich dafür entschieden, uns nichts davon zu sagen, damit wir uns keine Sorgen machten. Wir kannten nicht die ganze Geschichte, wir wussten nur, dass mein Vater von der *Schul* nach Hause gekommen war und dort die SS im Wohnzimmer angetroffen hatte, wo die Soldaten meine Mutter und meinen Onkel anschrien. Zum Glück war Basia mit Majer ein wenig frische Luft schnappen gegangen und nicht zu Hause. Als meine Mutter versuchte, Zuflucht bei meinem Vater zu nehmen, wurde dieser mit dem Gewehrkolben bewusstlos geschlagen. Als er wieder zu sich kam, war sie weg.

All dies erzählte er mir, während ich die Wunde an seiner Stirn säuberte und verband. Dann musste ich mich auf einen Stuhl setzen, und er kniete sich vor meine Füße. Ich spürte, dass er die Schuhbänder meiner Stiefel löste. Den linken Stiefel zog er von meinem Fuß und schlug den Absatz gegen den Boden, bis dieser sich lockerte und er ihn auseinanderziehen konnte, sodass das kleine Fach mit den Goldmünzen freigelegt wurde. Er griff hinein und holte das Geld heraus. »Du hast noch immer das, was sich im anderen Absatz befindet«, sagte er, als versuchte er, sich selbst von der Richtigkeit seines Handelns zu überzeugen.

Nachdem er den Stiefel wieder zusammengesetzt hatte, nahm er mich an der Hand und führte mich nach draußen. Stundenlang liefen wir durch die Straßen und sprachen alle an, die wir trafen, ob sie wüssten, wo man diejenigen hingebracht hatte, die zusammengetrieben worden waren. Die Leute wichen uns aus, als wäre das Elend ansteckend; die Sonne sank immer tiefer, bis sie sich wie Eigelb über die Dächer ergoss. »Papa«, ermahnte ich ihn, »wir haben gleich Ausgangssperre«, aber meine Worte schienen ihn nicht zu erreichen. Meine Angst wuchs, weil ich glaubte, dass sich dahinter ein Todeswunsch verbarg. Wenn er meine Mutter nicht finden konnte, wollte er nicht länger hier sein. Es dauerte nicht lang, da wurden wir von zwei SS-Soldaten auf Patrouille aufgehalten. Einer der beiden zeigte auf meinen Vater und rief: »Runter von der Straße!« Doch mein Vater ging unbeirrt auf ihn zu und streckte ihm die Münzen in seiner Hand entgegen; der Soldat legte sein Gewehr an.

Ich stellte mich vor meinen Vater. »Bitte«, flehte ich auf Deutsch. »Er kann nicht klar denken.«

Der zweite Soldat trat vor und legte eine Hand auf den Arm seines Kameraden, um die Waffe zu senken. Ich fing wieder zu atmen an. »Was ist los?«, fragte er.

Mein Vater sah mich an, und sein Ausdruck war so niedergeschlagen, dass es wehtat, ihm in die Augen zu sehen. »Frag sie, wo man sie hingebracht hat.«

Also tat ich es. Ich erklärte ihnen, dass meine Mutter und mein Onkel von Soldaten aus unserer Wohnung geholt worden waren und wir nun versuchten, sie zu finden. Dann wechselte mein Vater in eine universelle Sprache, indem er die Goldmünzen in die behandschuhte Hand des Soldaten drückte.

Im Licht der Straßenlaterne nahm die Reaktion des Soldaten Gestalt an. Die Worte blähten sich zwischen uns auf. »Verschwenden Sie nicht Ihr Geld«, sagte er und ließ die Münzen auf den Gehweg fallen. Dann riss er den Kopf herum, um uns daran zu erinnern, dass wir gegen die Ausgangssperre verstießen und in unsere Wohnung zurückkehren sollten.

»Mein Gold ist so gut wie das jedes anderen!«, rief mein Vater den Soldaten wütend hinterher, die bereits die Straße hinuntergingen. »Wir werden jemand anderen finden, Minka«, versprach er. »Es muss doch einen Soldaten im Getto geben, der bereit ist, sich für eine Information bezahlen zu lassen.«

Ich kniete nieder und hob die Münzen auf, die zwischen den Pflastersteinen aufblitzten. »Ja, Papa«, sagte ich, wusste aber, dass es nicht stimmte, denn ich hatte verstanden, was der Soldat gesagt hatte.

Verschwenden Sie nicht Ihr Geld.

Am Tag, nachdem meine Mutter verschwunden war, ging ich zur Arbeit. Mehrere Mädchen fehlten, andere weinten beim Sticken. Ich setzte mich an die Schreibmaschine und versuchte, mich in die Anforderungsformulare zu vertiefen, scheiterte aber kläglich. Als ich das fünfte Formular in Folge verpatzt hatte, schlug ich schließlich mit der Faust auf die Tasten, sodass sie alle gleichzeitig hochsprangen und eine Zeile voller Unsinn tippten, als hätte die ganze Welt begonnen, Kauderwelsch zu reden.

Als er mich schluchzen hörte, kam Herr Fassbinder aus seinem Büro heraus. »Du verstörst die anderen Mädchen«, sagte er, was auch stimmte, denn einige starrten mich durch die Scheibe an, die meinen Schreibtisch von der Fabrikhalle trennte. »Komm mit.« Ich folgte ihm in sein Büro und setzte mich so, wie ich mich immer zum Diktat hinsetzte.

Er leugnete nicht, dass er von der *Umsiedlung* wusste, die am vorangegangenen Abend stattgefunden hatte. Und er sagte mir auch nicht, dass ich aufhören sollte zu weinen. Stattdessen reichte er mir sein Taschentuch. »Du wirst heute hier drinnen arbeiten«, entschied er, ließ mich allein und schloss die Tür hinter sich.

Fünf Tage lang bewegte ich mich wie ferngesteuert zur Arbeit und räumte zu Hause wie ein Geist hinter meinem Vater her, der aufgehört hatte, zu essen und zu sprechen. Basia flößte ihm löffelweise Brühe ein, wie sie das auch bei Majer tat. Mir war unbegreiflich, wie er seine Schicht in der Backstube schaffte, doch vermutlich nahmen ihm seine Männer die Arbeiten ab, die er allein nicht mehr bewältigte. Ich war mir nicht sicher, was schlimmer war: meine Mutter von einem Moment auf den anderen zu verlieren oder meinen Vater ganz allmählich.

Als ich eines Abends von der Fabrik nach Hause kam, spürte ich einen Schatten hinter mir, der mir wie ein Drache in den Nacken blies. Doch jedes Mal, wenn ich mich umdrehte, sah ich nichts weiter als ausgemergelte Nachbarn, die sich beeilten, nach Hause zu kommen und die Türen zu schließen, bevor sich irgendein Elend über die Schwelle schleichen konnte. Dennoch wurde ich das Gefühl, verfolgt zu werden, nicht los, und die Angst wuchs doppelt und dreifach und ging auf wie der Teig meines Vaters, wenn er genug Zeit hatte, bis sie auch noch den letzten Winkel meines Gehirns in Beschlag nahm. Mir pochte das Herz bis zum Hals, als ich durch die Tür unserer Wohnung stürmte, in der wir uns nun, da meine beiden Cousinen weggeholt worden waren, eher wie Eindringlinge als wie Gäste fühlten. »Basia?«, rief ich. »Papa?« Aber ich Glückspilz war allein.

Ich wickelte meinen Schal ab und knöpfte meinen Mantel auf, ließ aber beides an, weil die Wohnung nicht geheizt war. Dann steckte ich mir für alle Fälle ein Gemüsemesser in den Ärmel.

Ich hörte, wie in einem anderen Zimmer etwas zu Bruch ging.

Das Geräusch war aus dem einzigen Schlafzimmer der Wohnung gekommen – dem Zimmer, das meine Cousinen bewohnt hatten, als wir einzogen. Ich schlich, so leise es mir in meinen schweren Stiefeln möglich war, über den Flur und spähte durch die Türöffnung. Eine der Fensterscheiben war zerbrochen. Ich suchte nach dem Stein, der womöglich hereingeworfen worden war, aber auf dem Boden lagen nur Glassplitter. Kniend fegte ich diese vorsichtig mit den Händen zusammen und benutzte meinen Rock als Kehrblech.

Da. Ich hatte ihn mir also nicht eingebildet, diesen Schatten, die huschende Gestalt in meinem Augenwinkel.

Ich sprang auf die Beine, sodass das Glas zurück auf den Boden fiel, und riss die Schlafzimmertür auf, hinter der sich ein großer, dünner Junge verbarg, der das Fenster eingeworfen hatte, um sich hier zu verstecken. Ich zog das Messer aus meinem Ärmel und hielt ihn auf Abstand. »Wir haben nichts für dich«, schrie ich. »Kein Essen. Kein Geld. Hau ab!«

Seine Augen waren groß, die Kleider zerrissen und zerlumpt. Im Unterschied zu uns anderen jedoch, die wir hungerten, hatte er Muskeln, die unter seinem Hemd sichtbar hervortraten. Er machte einen Schritt auf mich zu.

»Bleib stehen oder ich bringe dich um!«, schrie ich und hätte es in diesem Moment auch tun können.

»Ich weiß, was mit deiner Mutter passiert ist«, sagte er.

Obwohl ich eine Erzählung über einen untoten *upiór* zusammengesponnen hatte, der sich in ein Menschenmädchen verliebte, konnte ich das Hirngespinst nicht glauben, das dieser Junge mit seinen Worten wob. Er hieß Hersz und war mit meiner Mutter in dem Güterzug gewesen, der das Getto verlassen hatte. Der Zug hatte die siebzig Kilometer zwischen Lodz und Koło zurückgelegt. Dann mussten alle in einen anderen Zug umsteigen, der auf einem Schmalspurgleis nach Powiercie fuhr. Als sie dort ankamen, war es schon spät, und sie verbrachten die Nacht ein paar Kilometer weit entfernt in einer verlassenen Mühle.

Dort begegnete Hersz meiner Mutter. Sie sagte, sie habe eine Tochter, die genauso alt sei wie er, und sei in Sorge um mich. Sie hoffe, einen Weg zu finden, eine Nachricht ins Getto zu schicken. Sie fragte Hersz, ob auch er dort Familie habe. »Sie erinnerte mich an meine Mutter«, sagte Hersz. »Meine Eltern wurden beide bei der zweiten Umsiedlung weggebracht. Ich dachte, dass wir zum Arbeiten vielleicht dorthin kamen, wo sie waren und wo ich sie wiedersehen könnte.«

Wir hatten uns nun zusammen mit Basia und meinem Vater an den Tisch gesetzt. Mein Vater hing an jedem Wort, das Hersz sagte, denn wenn *er* hier war, bedeutete dies nicht, dass meine Mutter bald folgen würde?

»Erzähl weiter«, bedrängte ihn mein Vater.

Hersz zupfte an einem Schorf auf seiner Hand. Seine Lippen zitterten. »Am nächsten Morgen teilten die Soldaten uns in kleine Gruppen auf. Eure Mutter fuhr mit einer Gruppe in einem Lastwagen weiter, und ich kam auf einen anderen zusammen mit neun jungen Männern, die alle groß und kräftig waren. Wir fuhren zu einem großen, herrschaftlichen Anwesen. Dort brachte man uns in den Keller des Herrenhauses. Alle Wände waren vollgekritzelt, darunter ein Satz auf Jiddisch: *Wer hierherkommt, kommt nicht mehr lebend heraus.* Es gab auch ein Fenster, aber das war mit Brettern zugenagelt.« Hersz schluckte. »Hören konnte ich es aber dennoch. Ein weiterer Lastwagen fuhr vor, und diesmal sagte einer der Deutschen den Leuten, die damit hergebracht worden waren, dass man sie zum Arbeiten in den Osten schicken würde. Doch erst sollten sie duschen und saubere Kleider anziehen, die desinfiziert seien. Die Leute im Lastwagen klatschten in die Hände, und kurze Zeit später hörten wir sie auf nackten Sohlen am Kellerfenster vorbeischlurfen.«

»Dann geht es ihr also gut.« Mein Vater atmete auf.

Hersz senkte den Blick. »Am nächsten Morgen wurde ich zusammen mit den anderen, die mit mir die Nacht im Keller verbracht hatten, zum Arbeiten in den Wald gebracht. Als ich aufbrach, fiel mir ein großer Lieferwagen auf, der vor dem Haus geparkt war. Die Tür stand offen, und es führte eine Rampe hinein. Auf dem Boden befand sich ein Holzrost, wie man sie in Gemeinschaftsbadehäusern sieht. Aber wir stiegen nicht in diesen Lieferwagen, wir stiegen stattdessen in einen Pritschenwagen mit Plane. Etwa dreißig SS-Männer begleiteten uns. Man hatte eine große Grube ausgehoben. Ich bekam eine Schaufel und den Befehl, sie weiter auszuschachten. Kurz nach acht Uhr morgens traf der erste Lastwagen ein. Er sah aus wie der, den ich vor dem Haus gesehen hatte. Ein paar Deutsche öffneten die Türen und rannten dann schnell weg, weil grauer Rauch herauskam. Nach etwa fünf Minuten scheuchten die Soldaten drei von uns hinein. Ich war einer von ihnen.« Er saugte die Luft ein, als atmete er durch einen Strohhalm. »Die Leute drinnen waren vom Gas getötet worden. Einige hielten sich noch aneinander fest. Sie trugen nur Unterwäsche. Und ihre Haut war noch warm. Manche lebten noch, und in diesen Fällen musste einer der SS-Männer sie erschießen. Nachdem wir die Leichen ins Freie getragen hatten, wurden sie auf Gold und Schmuck und Geld untersucht. Dann warf man sie in die Grube und brachte die Handtücher und Seifenstücke, die man ihnen zum *Duschen* gegeben hatte, für den nächsten Transport zurück ins Herrenhaus.«

Ich starrte Hersz mit offenem Mund an. Das ergab keinen Sinn. Warum gab man sich solche Mühe, um Menschen umzubringen – Menschen, die kriegswichtige Produkte hergestellt hatten? Aber dann begann ich, eins und eins zusammenzuzählen. Hersz war hier, meine Mutter nicht. Hersz hatte die Leichen gesehen, die aus den Lieferwagen herausgeholt wurden. »Du lügst«, fauchte ich.

»Ich wünschte, es wäre so«, sagte er im Flüsterton. »Deine Mutter befand sich an diesem Tag im dritten Lieferwagen.«

Mein Vater legte den Kopf auf den Tisch und fing an zu weinen.

»Sechs der Jungen, die man zur Arbeit im Wald ausgewählt hatte, wurden an diesem Tag getötet, erschossen, weil sie ihre Arbeit nicht schnell genug erledigten. Ich überlebte, wollte es aber nicht. In der Nacht wollte ich mich im Keller aufhängen. Dann fiel mir ein, dass ich zwar keine Familie mehr hatte, eure Mutter aber schon. Und dass ich euch vielleicht finden könnte. Als wir am nächsten Tag wieder in den Wald fuhren, bat ich um eine Zigarette. Der SS-Mann gab mir eine, und plötzlich wollte jeder auf dem Lastwagen eine haben. Während er umschwärmt wurde, zog ich aus meiner Tasche einen Stift und bohrte damit ein Loch in die Plane, das ich dann zu einem langen Riss vergrößerte. Dann sprang ich vom Lastwagen. Sie fingen zu schießen an, trafen mich aber nicht, und es gelang mir, den Wald zu durchqueren, bis ich eine Scheune fand, wo ich mich auf dem Heuboden unter dem Heu versteckte. Dort blieb ich zwei Tage und schlich mich dann davon und kam hierher zurück.«

Ich hörte mir Hersz' Geschichte an, obwohl mir auf der Zunge lag, ihm zu sagen, dass er ein Narr war, ins Getto einzudringen, wo wir doch alle rauswollten. Aber wenn rauskommen bedeutete, dass man in einem Lieferwagen voller Gas starb, dann war Hersz vielleicht der Klügere. Etwas in mir weigerte sich dennoch zu glauben, was er sagte, und tat es als Fantasie ab. Aber mein Vater bedeckte sofort den einzigen Spiegel im Haus. Er setzte sich anstatt auf den Stuhl auf den Boden. Er zerriss sein Hemd. Basia und ich folgten seinem Beispiel und trauerten um unsere Mutter, wie es unsere Religion vorschrieb.

Als ich in dieser Nacht meinen Vater weinen hörte, setzte ich mich auf die Kante der Matratze, die er sich mit meiner Mutter geteilt hatte. Nachdem wir in dieser Wohnung so beengt gelebt hatten, stand uns jetzt mehr Platz zur Verfügung, als wir brauchten.

»Minka«, begann mein Vater, und seine Stimme war so leise, dass ich es mir auch hätte einbilden können. »Sorg dafür, dass auf meiner Beerdigung, sorg dafür … sorg dafür …« Er brach ab, unfähig, mir zu sagen, woran ich denken sollte.

Sein Haar wurde über Nacht schneeweiß. Hätte ich es nicht mit eigenen Augen gesehen, ich hätte es nicht für möglich gehalten.

Dass selbst das Schreckliche alltäglich werden kann, gehört zu den Dingen, die wohl immer unbegreiflich bleiben. Ich hatte meine Fantasie anstrengen müssen, um einen *upiór* dabei zu beobachten, wie er aus dem Hals eines gerade getöteten Menschen Blut saugt, ohne sich abwenden zu müssen. Jetzt wusste ich aus persönlicher Erfahrung: Man konnte dabei zusehen, wie einer alten Frau in den Kopf geschossen wurde, und seufzen, weil ihr Blut den eigenen Mantel bespritzt hat. Man konnte Sperrfeuer hören, ohne mit der Wimper zu zucken. Man konnte aufhören, mit dem Schlimmsten zu rechnen, weil es bereits eingetroffen war.

Das jedenfalls dachte ich.

Am ersten September fuhren Militärlastwagen vor den Krankenhäusern im Getto vor, und die Patienten wurden von SS-Soldaten herausgeschleift. Darija sagte mir, Leute hätten berichtet, Babys seien aus den Fenstern des Kinderkrankenhauses geworfen worden. Ich glaube, an diesem Punkt war mir klar, dass Hersz unmöglich gelogen haben konnte. Diese humpelnden Männer und Frauen in ihren Krankenhaushemden, von denen manche zu schwach oder zu alt waren, um allein aufrecht stehen zu können, konnte man nicht zur Arbeit in den Osten schicken. Am folgenden Nachmittag hielt der Judenälteste eine Rede. Ich stand mit meiner Schwester auf dem Platz, und wir hielten Majer abwechselnd im Arm und schuckelten ihn. Er hatte wieder Husten und war zappelig. Mein Vater, der nur noch ein Schatten seiner selbst war, war zu Hause geblieben. Er schleppte sich zur Bäckerei und wieder nach Hause, ging aber sonst nicht mehr in die Öffentlichkeit. Mein kleiner Neffe achtete in gewisser Weise besser auf sich, als mein Vater es konnte.

Obmann Rumkowskis Stimme drang knisternd aus den Lautsprechern, die man an den Ecken des Platzes aufgestellt hatte. »Ein schwerer Schlag hat das Getto getroffen«, sagte er. »Sie wollen das Beste, was es besitzt – Kinder und alte Menschen. Ich hatte nicht das Privileg, ein Kind mein Eigen zu nennen, und habe deshalb meine besten Jahre den Kindern gewidmet. Ich habe mit Kindern gelebt und geatmet. Und ich hätte nie gedacht, dass ich mit meinen eigenen Händen das Opfer zum Altar würde tragen müssen. Auf meine alten Tage muss ich meine Hände ausstrecken und betteln … Brüder und Schwestern, gebt sie mir! Väter und Mütter, gebt mir eure Kinder.«

In der Menge, die uns umgab, wurde gestöhnt und gekreischt und geschrien. Ich hatte gerade Majer auf dem Arm und drückte ihn fester an mich, aber Basia entriss ihn mir und vergrub ihr Gesicht in seinen Haaren. Rote Haare wie die von Rubin.

Der Obmann sprach weiter und sagte, dass zwanzigtausend Menschen deportiert werden müssten. Die Kranken und Alten ergaben aber nur dreizehntausend. Neben mir schrie jemand: »Dann gehen wir alle!« Eine andere Frau brachte den Vorschlag ein, Eltern mit nur einem Kind sollten dieses nicht verlieren müssen, doch jene, die mehr Kinder hatten, sollten welche hergeben.

»Nein«, flüsterte Basia, die Augen voller Tränen. »Ich werde ihn mir nicht wegnehmen lassen.«

Sie presste Majer so fest an sich, dass er zu schreien anfing. Der Obmann sagte jetzt, dass dies die einzige Möglichkeit sei, die Deutschen zu besänftigen. Er jedoch verstehe, dass er Schreckliches verlange. Doch er habe die Deutschen überreden können, nur Kinder zu nehmen, die noch keine zehn Jahre alt waren, weil diese nicht begriffen, was ihnen geschah.

Basia beugte sich vor und übergab sich. Dann schob sie sich durch die Menge, weg vom Podium des Obmanns, Majer noch immer im Arm haltend.

»Ich begreife, was es bedeutet, ein Glied aus einem Körper herauszureißen«, sagte Rumkowski in dem Versuch, sich zu rechtfertigen.

Ich begriff es auch.

Man verblutete.

Als der Arbeitstag zu Ende war, ließ Herr Fassbinder uns nicht gehen, auch nicht kurz nach Hause, um unseren Eltern Bescheid zu sagen, dass wir länger blieben. Er sagte den Offizieren, die eine Erklärung von ihm verlangten, dass er dringende Terminarbeiten zu erledigen habe und er uns alle benötige, um die Nacht über durchzunähen. Er verbarrikadierte die Türen und postierte sich mit einer Waffe am Eingang, die ich ihn noch nie hatte tragen sehen. Ich glaube, wenn ein Soldat gekommen wäre, um die bei ihm beschäftigten Kleinen mitzunehmen, hätte er gegen sein eigenes Land gekämpft. Dies geschah alles zu unserem Schutz, wie ich wusste. Man hatte eine Ausgangssperre verhängt, damit alle zu Hause blieben, während die SS und die Polizei ein Haus ums andere durchsuchten, um die Kinder zu selektieren, die deportiert werden sollten.

Als wir Schüsse und Schreie hörten, sagte Herr Fassbinder uns allen, wir sollten ruhig bleiben. Die jungen Mütter, die am Rande einer Hysterie standen, wiegten ihre Kinder. Herr Fassbinder verteilte Bonbons an sie, damit sie daran lutschen konnten, oder ließ sie mit leeren Garnspulen spielen, die sie wie Bauklötze stapeln konnten.

Als der Morgen kam, war ich verzweifelt. Der Gedanke an Basia und Majer war unerträglich, denn wer würde sie beschützen, war mein Vater doch nur noch eine leere Hülle. »Herr Fassbinder«, flehte ich ihn an. »Bitte lassen Sie mich nach Hause gehen. Ich bin achtzehn. Zu alt, um als Kind zu gelten.«

»Du bist *meine Kleine*«, erwiderte Herr Fassbinder.

Da tat ich etwas unglaublich Kühnes. Ich berührte seine Hand. Trotz der Freundlichkeit, die Herr Fassbinder mir entgegenbrachte, erlaubte ich mir doch nie, mich mit ihm auf eine Stufe zu stellen. »Wenn ich morgen oder am nächsten Tag nach Hause komme und feststellen muss, dass mir wieder jemand weggenommen wurde, während ich nicht da war, glaube ich nicht, dass ich noch weiterleben kann.«

Er betrachtete mich lange und deutete dann auf die Tür. Als er sich mit mir vor dem Fabrikgebäude befand, winkte er einen jungen deutschen Polizisten herbei. »Dieses Mädchen muss sicher in seine Wohnung gebracht werden«, sagte er. »Das hat höchste Priorität, und ich werde Sie zur Verantwortung ziehen, sollte dies nicht geschehen. Verstanden?«

Der Polizist dürfte nicht viel älter gewesen sein als ich. Er nickte, offenbar eingeschüchtert von der Bestrafung, die Herr Fassbinder ihm angedroht hatte. Er begleitete mich schnellen Schritts zu meiner Wohnung und blieb stehen, als wir die Eingangsstufen erreicht hatten.

Ich bedankte mich leise auf Deutsch und eilte hinein. Die Beleuchtung war aus, aber ich wusste, dass dies die deutschen Soldaten nicht davon abhalten würde, hineinzugehen und nach Majer zu suchen.

Mein Vater sprang sofort auf, als er mich kommen hörte. Er schloss mich in die Arme und streichelte mein Haar. »Minusia«, sagte er. »Ich dachte schon, ich hätte dich auch verloren.«

»Wo ist Basia?«, fragte ich, und er führte mich zur Vorratskammer, aus der meine arme Cousine Rivka vor über zwei Jahren die Bodendielen gerissen hatte. Eine kleine Matte aus Zeitungspapier überdeckte das Loch, worunter sich der Zwischenboden befand. Ich zog sie beiseite und sah den Schimmer von Basias Augen, die panisch zu mir hochblickte. Ich hörte das weiche Schmatzen, mit dem Majer sich den Daumen in den Mund schob.

»Gut«, sagte ich. »Das ist sehr gut. Lass es uns noch besser machen.« Nach einer verzweifelten Suche in der Wohnung fiel mein Blick auf das Fass, das mein Vater aus der Bäckerei mitgebracht hatte. Einst mit Mehl gefüllt, diente es uns jetzt als Küchentisch, da wir aus dem richtigen Tisch Brennholz gemacht hatten. Ich kippte es zur Seite und rollte es in die Vorratskammer, wo ich es über dem Loch im Boden ausbalancierte. Ein Mehlfass in der Vorratskammer wäre bestimmt kein merkwürdiger Anblick und außerdem noch ein weiteres Hindernis für jeden Soldaten, der annahm, dass sich darunter ein Versteck befand.

Wir wussten, dass sie näher kamen, weil wir die Leute in den Nachbarwohnungen schreien hörten – sowohl diejenigen, die aus ihren Familien herausgerissen wurden, als auch jene, die zurückblieben. Doch es dauerte weitere drei Stunden, bevor sie auch zu uns kamen, die Tür aufrissen und wissen wollten, wo Majer war. »Ich weiß es nicht«, sagte mein Vater. »Meine Tochter ist nicht zu Hause gewesen, als die Ausgangssperre verhängt wurde.«

Einer der SS-Männer wandte sich an mich. »Sag uns die Wahrheit.«

»Mein Vater sagt die Wahrheit«, antwortete ich. Dann hörte ich es. Das Husten und ein leises Wimmern. Sofort hielt ich mir die Hand vor den Mund.

»Du bist krank?«, fragte der Soldat.

Ich konnte das nicht bejahen, denn sonst gehörte ich zu den Kranken, die weggeschafft werden mussten. »Nur ein wenig verschluckt«, sagte ich und schlug mir theatralisch auf die Brust, bis das Geräusch verstummte.

Danach beachteten die Soldaten mich nicht mehr. Sie begannen, Schranktüren und Schubladen aufzureißen, alles, was groß genug war, um ein Kind zu verstecken. Sie zerrissen mit Bajonetten die Strohmatratzen, auf denen wir schliefen, für den Fall, dass Majer darin versteckt war. Sie schauten sogar in den Bauch des Holzofens. Als sie zum Vorratsraum kamen, stand ich ganz still, während ein Soldat mit seiner Waffe über die Regale strich und unsere dürftigen Rationen zu Boden und in das leere Fass warf. Er blickte hinein in sein klaffendes Maul.

Der SS-Mann drehte sich um und starrte mich kalt an. »Wenn wir entdecken, dass sie sich mit dem Kind versteckt, werden wir sie umbringen«, sagte er und trat gegen das Fass.

Es kippte nicht um. Es wackelte nicht. Es verlagerte sich nur ein klein wenig nach rechts und zog dabei die Zeitung mit, sodass sich ein winziger schwarzer Spalt auftat, der das Loch darunter verriet.

Ich hielt den Atem an und war mir sicher, er würde ihn entdecken, aber der Soldat befahl den anderen bereits, in die nächste Wohnung weiterzuziehen.

Mein Vater und ich sahen den SS-Männern bei ihrem Abzug hinterher. »Noch nicht«, flüsterte mein Vater, als ich einen Schritt auf die Vorratskammer zu machte. Er deutete verstohlen auf das Fenster, durch das wir sehen konnten, wie unsere Nachbarn auf die Straße geschleift, weggeführt und erschossen wurden. Nach zehn Minuten, als die Soldaten die Straße verlassen hatten und man nur noch das

Wehklagen der anderen Mütter hörte, lief mein Vater in die Küche und zog das Fass beiseite.

»Basia«, rief ich. »Es ist vorbei.« Sie schluchzte und lächelte durch einen Tränenschleier. Sie setzte sich auf und hielt Majer an sich gedrückt, während mein Vater ihr aus dem schmalen Verlies half. »Ich dachte, sie würden das Husten hören«, sagte ich und umarmte sie.

»Das dachte ich auch«, gestand Basia. »Aber er war so ein guter Junge. Nicht wahr, kleiner Mann?«

Wir blickten beide in Majers Gesicht, das gegen den Hals seiner Mutter gedrückt war, die einzige Möglichkeit, ihn zu beruhigen. Majer hustete nicht mehr. Er schrie nicht mehr.

Doch meine Schwester tat es, als sie die blauen Lippen und leeren Augen ihres Sohnes sah.

Man brachte die Kinder in Fuhrwerken durch die Tore des Gettos. Einige hatten ihre schönsten Kleider an, was zu diesem Zeitpunkt auch immer noch davon übrig war. Sie schrien sich die Seele aus dem Leib, riefen nach ihren Müttern. Die Mütter sollten in die Fabriken zur Arbeit gehen, als wäre nichts geschehen.

Das Getto war eine Geisterstadt. Und wir darin ein besiegter grauer Strom von Arbeitern, ohne Verlangen, uns an unsere Vergangenheit zu erinnern, und ohne Hoffnung auf eine Zukunft. Es gab kein Gelächter mehr und kein Himmel-und-Hölle-Spiel. Keine Haarbänder, kein Kichern. Alle Farbe und alle Schönheit waren verschwunden.

Und deshalb, sagten sie, war ihr Tod so schön. Wie ein Vogel flog sie von der Brücke über der Lutomierska-Straße auf die Straße hinab, die für Juden verboten war. Sie sagten, Basias lang herabhängendes Haar habe sich flatternd ausgebreitet wie Flügel, und ihre Röcke seien zu einem Fächer aus Federn geworden. Sie sagten, die Kugeln, die sie mitten in der Luft trafen, verliehen ihr ein hellrotes Federkleid, wie ein Phönix, dem es bestimmt war, wiederaufzuerstehen.

Im Dunkeln war ein leises Knurren, fast ein Schnurren, zu hören. Das Schaben eines Streichholzes. Der Geruch von Schwefel. Die Fackel lohte wieder. Vor mir hockte in einer Blutlache ein Mann mit irren Augen und verfilzten Haaren. Blut troff ihm auch aus dem Mund, und Blut klebte an seinen Händen, die einen Fleischbrocken hielten. Ich schreckte zurück und rang nach Luft. Dies war die Höhle in der Felswand, in der Aleks, wie ich von ihm wusste, seine bescheidene Behausung eingerichtet hatte. Ich war in der Hoffnung hergekommen, ihn hier anzutreffen, nachdem er vom Dorfplatz geflüchtet war. Aber das – das war nicht Aleks.

Der Mann – konnte ich ihn überhaupt als solchen bezeichnen? – kam einen Schritt näher. Dieses Stück Fleisch, das er verschlang, hatte eine Hand, Finger. Diese umschlossen noch immer den Knauf eines vergoldeten Stocks, den ich für mein Leben gern vergessen hätte, es aber nicht konnte. Baruch Beiler wurde nicht länger vermisst.

Vor mir verschwamm alles, und mir schwindelte. »Es war kein wildes Tier«, brachte ich mühsam über die Lippen. »Du warst es.«

Der Kannibale lächelte, die Zähne glitschig und rot gefleckt. »Wildes Tier … upiór. *Wozu diese Haarspalterei?«*

»Du hast Baruch Beiler getötet.«

»Heuchlerin. Kannst du von dir ehrlich behaupten, dass du ihm nicht den Tod gewünscht hast?«

Ich dachte an die vielen Male, die dieser Mann zu unserem Häuschen gekommen war und das Steuergeld einforderte, das wir nicht hatten, und der deshalb meinem Vater Vereinbarungen abpresste, die uns nur noch tiefer und tiefer in die Schulden trieben. Ich sah dieses Ungeheuer an, und mir wurde plötzlich übel. »Mein Vater«, flüsterte ich. »Du hast auch ihn umgebracht?« Als der upiór *nicht antwortete, stürzte ich mich auf ihn und setzte meine Nägel und meine Wut als Waffen ein. Ich krallte mich in sein Fleisch und trat nach ihm. Entweder gelang es mir, den Tod meines Vaters zu rächen, oder ich kam bei diesem Versuch selbst zu Tode.*

Da schlang sich auf einmal ein Arm um meine Taille und riss mich weg.

»Aufhören«, schrie Aleksander und drückte mich mit seinem ganzen Gewicht zu Boden. Aus diesem Blickwinkel konnte ich die Ketten sehen, in denen die nackten, schmutzigen Füße des upiórs *steckten, und den Haufen bleicher Knochen neben ihm. Ich konnte auch die zerfetzten und blutgetränkten Manschetten von Aleksanders Hemd erkennen. Was immer er getan hatte, um sich aus den Seilen zu befreien, mit denen Damian ihn gefangen hatte, es war mit Sicherheit schmerzhaft gewesen.*

»Lass mich in Ruhe«, schrie ich. Ich wollte nicht von Aleks gerettet werden, diesmal nicht, nicht, wenn ich dann meinen Vater nicht mehr rächen konnte.

»Hör auf«, bat Aleks, und da wurde mir klar, dass nicht ich diejenige war, die er zu beschützen versuchte. »Bitte. Er ist mein Bruder.«

Ich wehrte mich nicht mehr. Das war Casimir? Der schwachsinnige Junge, den Aleks tagsüber bewachen und den er nachts einsperren musste, damit er nicht aß, was er nicht essen sollte? Nun, bisher hatte ich sein Gesicht nur immer mit der Ledermaske gesehen. Und Aleks hatte mir erzählt, er esse Dinge wie Steine und Zweige und Schmutz, aber keine Menschen. Wenn dies eine Lüge gewesen war, wie konnte ich Aleks dann in anderen Dingen vertrauen?

Ich schüttelte den Kopf, versuchte zu begreifen. Aleks hatte mich beschützt. Er hatte mir das Leben gerettet, nachdem ich verwundet worden war – von seinem eigenen Bruder. Dennoch, er hatte die gleichen bernsteinfarbenen Augen, die nicht von dieser Welt waren, wie diese Kreatur neben mir; und durch seine Adern floss das gleiche Blut. »Er ist dein Bruder«, wiederholte ich mit brechender Stimme. »Aber ich habe keinen Vater mehr.« Ich riss mich von Aleks los und stellte mich vor Casimir. »Weil du ihn getötet hast! Sag es!« Ich zitterte so sehr, dass ich mich kaum aufrecht halten konnte. Aber Casimir sagte nichts, wollte mir diese Genugtuung nicht geben.

Ich rannte blindlings in die Richtung, aus der ich gekommen war, streifte scharfe Kanten, stolperte über Steine und Furchen im Höhlenboden und landete hart auf meinen Händen und Knien. Als ich mich hochkämpfte, umschlossen mich Aleksanders Arme. Ich machte mich steif, weil mir einfiel, dass er indirekt die Ursache all meines Leids war. »Du hättest ihn aufhalten können …« Ich schluchzte. »Er tötete den einzigen Menschen, der mich je geliebt hat.«

»Dein Vater ist nicht der einzige Mensch, der dich je liebte«, gestand Aleks. »Und du darfst Casimir nicht für seinen Tod verantwortlich machen.« Er wandte sich ab, sodass sein Gesicht im Schatten lag. »Denn ich bin es, der ihn getötet hat.«

MINKA

Eine Zeit lang verschwanden Leute aus dem Getto wie Fingerabdrücke von einer Glasscheibe: gerade noch eine geisterhafte Erscheinung – und gleich darauf verschwunden, als wären sie nie da gewesen. Der Tod lief neben mir her, wenn ich die Straße entlangtrottete, flüsterte mir ins Ohr, wenn ich mir das Gesicht wusch, umarmte mich, wenn ich vor Kälte zitternd im Bett lag. Herr Fassbinder war nicht mehr mein Chef, und anstatt Büroarbeit zu erledigen, war ich jetzt einer Fabrik zugeteilt, die Lederstiefel herstellte. Meine Hände zitterten selbst dann, wenn ich nicht nähte, weil es ein ungeheurer Kraftaufwand war, die Nadel durch die harten Häute zu stechen. Wir lebten in der ständigen Erwartung, deportiert zu werden. Einige der Frauen in der Fabrik hatten sich die Diamanten ihrer Eheringe vom Zahnarzt als Füllungen einsetzen lassen. Andere schmuggelten kleine Säckchen mit Münzen in ihrer Vagina und kamen damit jeden Tag zur Arbeit, für den Fall, dass die Aussiedlungen von hier erfolgten. Und dennoch lebten wir weiter. Wir arbeiteten und aßen und wir feierten Geburtstage und tratschten und lasen und schrieben und beteten und wurden jeden Morgen wach, um wieder von vorn zu beginnen.

Eines Tages im Juli 1944, als ich auf dem Weg zu Darija war, um mich mit ihr für die Rationen anzustellen, traf ich sie nicht an. Doch mir blieb kaum Zeit zu trauern. Inzwischen rechnete man fast damit, Menschen zu verlieren, die einem besonders am Herzen lagen. Und außerdem fanden drei Tage später mein Vater und ich uns auf einer Deportationsliste wieder.

Es war ein heißer Tag, eine Hitze, bei der man nicht glauben konnte, dass uns noch vor Monaten nie richtig warm geworden war, egal, was wir anstellten. In der Fabrik war es bei geschlossenen Fenstern glühend heiß gewesen, und die Luft war so zäh, dass man das Gefühl hatte, einen Schwamm im Rachen zu haben. Als ich nach zwölf Stunden zum ersten Mal nach draußen kam, war ich dankbar für die frische Luft und hatte keine Eile, nach Hause zu kommen, wo mein Vater die ganze Nacht aufbleiben und darüber sinnieren würde, was am nächsten Tag, wenn wir uns am Stadtplatz einzufinden hatten, auf uns zukam.

Und so lief ich auf verschlungenen Wegen durch die schmalen Straßen und verwinkelten Gassen des Gettos. Ich wusste, dass Aron hier irgendwo wohnte, hatte ihn aber schon seit Wochen nicht mehr gesehen. Gut möglich, dass er wie Darija bereits deportiert worden war.

Ich hielt einen Mann auf der Straße an und fragte ihn, ob er Aron kannte, aber der Mann schüttelte nur den Kopf und ging weiter. Ich tat nämlich das Undenkbare. Wir sprachen nicht über die, die von uns genommen worden waren; nicht anders als in jenen Kulturen, die ihren Toten keine Namen geben, aus Angst, sie könnten uns auf ewig heimsuchen. »Aron«, fragte ich eine alte Frau. »Aron Sendyk. Haben Sie ihn gesehen?«

Sie sah mich an. Entsetzt erkannte ich, dass sie nicht viel älter war als ich, aber ihr Haar war weiß und büschelweise ausgefallen, und die Haut hing ihr von den Knochen wie Stoff, der für seinen Bügel zu schwer ist. »Er wohnt dort«, sagte sie und deutete auf eine Tür ein Stück weiter die Straße entlang.

Furchtsam öffnete Aron die Tür. Und wer konnte es ihm verdenken? Wenn wir ein Klopfen hörten, folgte darauf für gewöhnlich ein Soldat, der in den Raum stürmte. Doch als er mich sah, wurden seine Züge weich. »Minka.« Er streckte eine Hand aus und zog mich hinein. Drinnen war es wie in einem Backofen.

»Ist jemand da?«

Er schüttelte den Kopf. Er trug ein Unterhemd und Hosen, die von Nadeln zusammengehalten wurden, damit sie nicht von seinen mageren Hüften rutschten. Seine Schultern glänzten vor Schweiß und stachen hervor wie polierte Messingknäufe.

Ich stellte mich auf die Zehenspitzen und küsste ihn.

Er schmeckte nach Zigaretten, und sein Nackenhaar war feucht. Ich presste meinen Körper an ihn und intensivierte meine Küsse, als hätte ich seit Jahren von diesem Moment geträumt. Und das hatte ich vermutlich auch. Nur nicht mit Aron.

Irgendwann schien auch Aron klar geworden zu sein, dass er nicht halluzinierte, denn er umschloss meine Taille mit den Armen und fing an, meine Küsse zu erwidern, anfangs zaghaft, dann unbändig wie ein Verhungernder, der Zugang zu einem Bankett bekommt.

Ich trat einen Schritt zurück und sah ihm unverwandt in die Augen, dabei knöpfte ich meine Bluse auf. Ließ sie offen hängen.

Ich war kein toller Anblick. Meine Rippen standen mehr hervor als meine Brüste. Die Ringe unter meinen Augen verschwanden gar nicht mehr. Meine Haare waren matt und verfilzt, aber immerhin waren sie noch lang.

Ich verstand den Ausdruck in Arons Augen nicht gleich zu deuten. Mitleid.

»Minka, was machst du?«, flüsterte er.

Verlegen hielt ich die Bluse zu, um mich zu bedecken. Ich war einfach zu hässlich, wenn selbst dieser Junge, der einst an mir interessiert gewesen war, nicht anbiss. »Wenn du dir das nicht denken kannst, dann stelle ich mich wohl ziemlich dumm an«, sagte ich. »Tut mir leid, wenn ich dich gestört habe …« Ich drehte ihm den Rücken zu und knöpfte, während ich zur Tür eilte, meine Bluse wieder zu. Doch ich wurde von Arons Hand auf meinem Arm aufgehalten.

»Geh nicht«, sagte er leise. »Bitte.«

Als er mich wieder küsste, kam mir in den Sinn, dass ich, wäre mehr Zeit gewesen und mein Leben anders verlaufen, mich am Ende doch in ihn hätte verlieben können.

Er legte mich auf die Matte, auf der er schlief und die in der Mitte der Einzimmerwohnung lag. Es war unnötig zu fragen, warum jetzt, warum er. Ich wollte keine Antwort darauf geben, und er hätte sie auch nicht hören wollen. Stattdessen setzte er sich einfach neben mich und hielt meine Hand. »Bist du dir sicher, dass du das willst?«, fragte er.

Als ich nickte, schälte er mir die Kleider vom Leib und ließ den Schweiß auf meiner Haut trocknen. Dann zog er sein Unterhemd aus, schüttelte die Hose ab und legte sich auf mich.

Es tat weh, als er sich zwischen meinen Beinen bewegte. Als er in mich drang. Ich begriff nicht, was all das Theater sollte, das man darum machte, warum die Dichter über diesen Moment Sonette verfassten, warum Penelope auf Odysseus gewartet hatte, warum Ritter mit den Strumpfbändern ihrer Geliebten an den Heften ihrer Schwerter in den Kampf zogen. Aber dann verstand ich es. Mein Herz, das wie eine Motte unter dem Brustkorb flatterte, schlug langsamer und passte sich seinem Herzschlag an. Ich konnte das Blut in seinen Adern spüren, das sich synchron zu meinem bewegte, wie der unausweichliche Refrain eines Lieds. Ich veränderte mich durch ihn, wurde von einem hässlichen Entlein zu einem schneeweißen Schwan. Für eine Minute war ich jemandes Traummädchen. Ich war ein Grund, am Leben festzuhalten.

Als ich wieder angezogen war, bestand Aron darauf, mich nach Hause zu begleiten, als wäre er ein richtiger fester Freund. Vor meiner Wohnung blieben wir stehen. Ich wusste, dass mein Vater da war und für unsere Deportation den einen Koffer packte, den jeder von uns mitnehmen durfte. Bestimmt fragte er sich, wo ich gewesen war. Aron beugte sich in aller Öffentlichkeit unter den Blicken der Nachbarn, die auf der Straße vorbeigingen, zu mir herab und küsste mich. Er sah so glücklich aus, dass ich glaubte, ihm ein Körnchen Wahrheit schuldig zu sein.

»Ich wollte wissen, wie es ist«, flüsterte ich. *Denn womöglich ist dies meine letzte Chance.*

»Und?«

Ich schaute zu ihm hoch. »Hab vielen Dank.«

Aron lachte. »Das klingt ein wenig förmlich.« Er verneigte sich übertrieben. »Darf ich Sie morgen abholen, Fräulein Lewin?«

Hätte ich Liebe für ihn empfunden, wäre ich ihm zu mehr als diesem Körnchen Wahrheit verpflichtet gewesen. Ich schuldete ihm den Trost einer Lüge.

Ich knickste und setzte ein Lächeln auf, als wäre ich morgen noch hier, um mich umwerben zu lassen. »Natürlich, freundlicher Herr«, sagte ich.

Das war das letzte Mal, dass wir einander sprachen.

Wenn du dein ganzes Leben in einen Koffer packen musst – nicht nur die praktischen Dinge wie Kleidung, sondern auch die Erinnerung an die Menschen, die du verloren hast, und an das Mädchen, das du einmal warst – was nähmst du da mit? Das letzte Foto, das du von deiner Mutter hast? Ein Geburtstagsgeschenk von deiner besten Freundin – ein von ihr besticktes Lesezeichen? Ein Ticketabschnitt von dem Wanderzirkus, der vor zwei Jahren durch die Stadt gekommen war und in dessen Vorstellung du und dein Vater die Luft anhielten, als die mit buntem Flitter geschmückten Damen durch die Luft flogen und ein mutiger Mann den Kopf in den Rachen eines Löwen steckte? Würdest du das mitnehmen, damit du dich dort, wo du hingehst, zu Hause fühlst, oder weil du eine Erinnerung an das brauchst, woher du kommst?

Am Ende nahm ich alle diese Dinge mit und dazu das *Tagebuch einer Verlorenen* und Majers Babyschühchen und Basias Hochzeitsschleier. Und natürlich meine Aufzeichnungen. Sie füllten inzwischen vier Notizbücher. Drei davon steckte ich in meinen Koffer, und das letzte kam in meinen Ranzen. In meinen Stiefelabsätzen quetschte ich meine christlichen Papiere zu den Goldmünzen. Schweigend hielt mein Vater ein letztes Mal die Tür zu der Wohnung auf, die uns nicht gehörte.

Es war Sommer, aber wir trugen unsere schweren Mäntel. Daran sieht man, dass wir trotz aller Gerüchte, die uns zu Ohren gekommen waren, noch immer Hoffnung hatten. Oder dumm waren. Weil wir uns noch immer eine Zukunft vorstellten.

Wir wurden nicht in Fuhrwerke verladen. Womöglich waren wir zu viele – es schienen Hunderte zu sein. Während wir uns zu Fuß in Bewegung setzten, begleiteten uns Soldaten zu Pferd, deren Waffen im Sonnenlicht glänzten.

Mein Vater ging sehr langsam. Seitdem meine Mutter weggebracht worden war, war er nicht mehr er selbst, und der Verlust von

Majer und Basia hatte ihm noch mehr zugesetzt. Einem Gespräch konnte er kaum noch folgen, ohne dass sein Blick ins Leere ging; seine Muskeln waren verkümmert, und er schlurfte, anstatt auszuschreiten, wenn er sich bewegte. Es war, als hätte er durch eine zu starke Bestrahlung jegliche Farbe verloren, doch obwohl man noch immer die Umrisse des Mannes erkennen konnte, der er einmal gewesen war, hatte er nicht mehr Substanz als ein Geist.

Die Soldaten verlangten von uns ein gleichmäßiges Tempo, und ich war in Sorge, dass mein Vater nicht würde mithalten können. Ich war geschwächt und dehydriert, und die Straße, der wir folgten, schien vor meinen Augen zu verschwimmen – aber ich war kräftiger als mein Vater. »Es ist nicht allzu weit zum Bahnhof«, versuchte ich, ihm Mut zu machen. »Du kannst es schaffen, Papa.« Ich nahm mit meiner freien Hand seinen Koffer, damit er nicht auch noch dessen Gewicht tragen musste.

Als das Mädchen vor mir stolperte und stürzte, blieb ich stehen. Auch mein Vater blieb stehen. Wir stellten ein Hindernis dar, einen Damm, an dem sich die Wellen brachen. »Was ist los?«, fragte der Soldat, der uns am nächsten war. Er trat das Mädchen, das auf der Seite lag. Dann bückte er sich und hob einen Stock von der Straße auf. Er rempelte es damit an und befahl ihm aufzustehen.

Als sie darauf nicht reagierte, nahm er den Stock und stocherte damit in ihren Haaren. Er zog immer fester daran. Er schrie sie an, sie solle aufstehen, und als sie das nicht tat, drehte er den Stock, bis sie zu schreien begann und ihre Kopfhaut einriss.

Ein weiterer Soldat kam dazu, richtete seine Pistole auf das Mädchen und schoss ihm in den Kopf.

Auf einmal war alles still.

Ich fing zu weinen an, bekam keine Luft mehr. Die Gehirnmasse dieses mir unbekannten Mädchens war auf meinen Stiefel gespritzt.

Dutzende Menschen waren schon vor meinen Augen erschossen worden, so viele, dass es kaum mehr schockierte. Diejenigen, denen man in die Brust geschossen hatte, fielen sauber um wie Steine. Diejenigen, die mit Kopfschuss getötet wurden, hinterließen eine Schweinerei, Rinnsale grauer Substanz und schaumiges rosa Gewebe, und jetzt hing es an meinem Stiefel, hatte sich im Profil festgesetzt, und ich fragte mich, welcher Teil ihres Gehirns das wohl war – die für die Sprache zuständigen Zellen? Die für Bewegung? Die Erinnerung an den ersten Kuss oder das Lieblingstier oder an den Tag, als sie ins Getto zog?

Ich spürte die Hand meines Vaters, die mit ungeahnter Kraft meinen Arm umschloss. »Minusia«, flüsterte er, »sieh mich an.« Er wartete, bis ich ihm in die Augen sah und mein panisches Keuchen sich beruhigte. »Wenn du stirbst, dann mit einer Kugel im Herzen, nicht im Kopf. Das verspreche ich dir.«

Dies war eine makabre Version des Spiels, das wir einst gespielt hatten, wenn wir seinen Tod planten. Nur, dass es diesmal um meinen ging.

Mein Vater blieb stumm, bis wir in den Zug gestiegen waren. Man hatte unsere Koffer woandershin gebracht, und wir wurden wie Vieh in die Güterwaggons gepfercht. Mein Vater setzte sich und legte einen Arm um mich, wie er das getan hatte, als ich klein war. »Du und ich«, sagte er weich, »werden dort, wo wir hingehen, wieder eine Bäckerei haben. Und die Leute werden aus dem ganzen Umkreis kommen, um das Brot zu essen, das wir backen. Und ich werde dir jeden Tag dein eigenes süßes Brötchen backen, gefüllt mit Zimt und Schokolade, so wie du es gern magst. Oh, wie wird das himmlisch duften, wenn es aus dem Ofen kommt …«

Da merkte ich, dass es im Waggon ganz still geworden war, weil alle den Fantasien meines Vaters lauschten.

»Sie können mir mein Zuhause wegnehmen«, sagte er. »Und mein Geld und meine Frau und mein Kind. Sie können mir meine Lebensgrundlage und mein Essen wegnehmen und« – hier setzte seine Stimme aus – »meinen Enkelsohn. Aber meine Träume können sie mir nicht nehmen.«

Diese Worte waren wie ein Netz, mit dem er alle in einem Chor der Zustimmung einfing. »Ich träume davon«, sagte ein Mann, der uns gegenübersaß, »ihnen das anzutun, was sie uns angetan haben.«

Ein Schlag gegen die Holzwand des Waggons schreckte uns auf.

Uns, sie.

Doch nicht alle Juden waren Opfer – das sah man am Judenältesten, Rumkowski, der mit seiner neuen Frau in Sicherheit in seinem behaglichen Heim saß und Listen erstellte, während ihm das Blut meiner Familie an den Händen klebte. Und nicht alle Deutschen waren Mörder. Das sah man an Herrn Fassbinder, der in jener Nacht, als die Kinder abgeholt wurden, so viele Kinder gerettet hatte.

Wieder ein scharfes Klopfgeräusch am Waggon, diesmal direkt hinter mir, dort, wo mein Kopf am gesplitterten Holz lehnte. »Steigt aus«, ertönte leise eine Stimme von draußen durch die schmalen Schlitze. »Flüchtet, wenn ihr könnt. Euer Zug fährt nach Auschwitz.«

Es herrschte das reinste Chaos.

Die Rampe, an der wir ausstiegen, war ein Menschenmeer. Betäubt, steif und halb am Ersticken vor Hitze, japsten wir nach frischer Luft. Alle schrien – versuchten, Familienmitglieder zu entdecken, wollten sich über die Soldaten hinweg Gehör verschaffen, die alle paar Schritt weit mit auf uns gerichteten Gewehren postiert waren und den Männern zubrüllten, sich auf die eine Seite, und den Frauen, sich auf die andere Seite zu stellen. In der Ferne sah man eine lange Schlange von Leuten, die vor uns eingetroffen waren. Ich konnte einen Ziegelbau mit Kaminen erkennen.

Mehrere Männer in gestreifter Kleidung versuchten, uns in Gruppen einzuteilen. Sie erinnerten an die Schoten der Seidenpflanze, Gewächse, die einst voll Farbe und Leben gewesen, jetzt aber vertrocknet waren und auf den Windhauch warteten, der sie fortwehte. Auf Polnisch teilten sie uns mit, dass wir unsere Habseligkeiten auf der Rampe zurücklassen sollten. Ich packte einen der Männer am Ärmel. »Ist das eine Fabrik?«, fragte ich und deutete auf das Gebäude mit den Schornsteinen.

»Ja«, sagte er, und seine Lippen entblößten seine gelben Zähne. »Es ist eine Fabrik, in der Menschen getötet werden.«

Da fiel mir wieder ein, was der Junge mir über das Schicksal meiner Mutter erzählt hatte und dass ich gedacht hatte, er lüge oder sei verrückt.

Mein Vater ging nach links zu den anderen Männern. »Papa!«, schrie ich und rannte zu ihm.

Als der Gewehrschaft gegen meine Schläfe knallte, sah ich Sterne. Alles wurde weiß, und als ich blinzelnd wieder zu mir kam, bewegte mein Vater sich schon in der Männerschlange weiter. Ich war völlig überrascht, als eine Frau, die mit mir bei Herrn Fassbinder in der Stickereifabrik gearbeitet hatte, mich vorwärtszog. Ich drehte mich um und reckte meinen Hals gerade noch rechtzeitig, um meinen Vater vor dem Soldaten stehen zu sehen, der, den Finger auf den vorgeschobenen Lippen, am Kopf der Schlange stand und jeden Mann taxierte, der vortrat. *Links*, murmelte er. *Rechts*.

Ich sah meinen Vater nach links gehen, wo die längere Menschenschlange war. »Wohin bringen sie ihn?«, fragte ich verzweifelt.

Aber keiner beantwortete meine Frage.

Ich wurde geschubst und gestoßen und nach vorn mitgerissen, bis ich vor einem der Wachmänner landete. Neben ihm stand ein Mann im weißen Kittel, der uns die Richtung wies. Der Soldat war groß und blond und hielt eine Pistole in der Hand. Ich wandte mich ab und versuchte, meinen Vater in der wogenden Menschenmenge zu entdecken. Der Mann im weißen Kittel packte mich am Kinn, und ich musste mich zusammenreißen, ihn nicht anzuspucken. Er betrachtete den Bluterguss, der sich bereits von meiner Schläfe auszubreiten begann, und murmelte: »Links«, wohin er dann auch zeigte.

Ich war euphorisch. Ich sollte in dieselbe Richtung wie mein Vater gehen, was nur bedeuten konnte, dass wir bald wieder zusammen wären. »Danke«, murmelte ich aus Gewohnheit. Aber der Soldat, der Blonde, hatte gehört, was ich leise sagte.

»Sprichst du Deutsch?«, fragte er.

»J-ja, fließend«, stammelte ich.

Der Soldat flüsterte dem Mann im weißen Kittel etwas ins Ohr. Worauf der Weißkittel mit den Achseln zuckte. »Rechts«, betonte er, und ich geriet in Panik.

Mein Vater war nach links geschickt worden, aber ich wurde jetzt nach rechts geschickt, weil ich so dumm gewesen war, Deutsch zu sprechen. Vielleicht hatte ich sie damit beleidigt, vielleicht durfte ich gar nichts erwidern, und schon gar nicht in ihrer Sprache. Und ich gehörte eindeutig zur Minderheit. Andere Frauen, darunter auch die,

die mit mir bei Herrn Fassbinder gearbeitet hatte, wurden nach links geschickt. Ich schüttelte den Kopf und wollte schon bitten, mich auch links einreihen zu dürfen, aber einer der Polen im gestreiften Anzug schubste mich nach rechts.

Ich habe oft darüber nachgedacht, wisst ihr. Darüber, was passiert wäre, wenn ich nach links gegangen wäre, wohin es mich mit jedem Muskel meines Körpers zog. Aber eine Geschichte ohne glückliches Ende mag keiner hören, und ich wusste, dass ich ihren Befehlen gehorchen musste, wenn ich die Chance bekommen wollte, meinen Vater wiederzusehen.

Als ich an dem Soldaten vorbeiging, der mich angesprochen hatte, fiel mir auf, dass die rechte Hand – in der er seine Pistole hielt – zuckte. Fast wie ein Tremor. Ich hatte Angst, er könnte mich erschießen, wenn auch nicht mit Absicht. Also beeilte ich mich, an ihm vorbeizukommen, und stellte mich zu der kleinen Gruppe Frauen, bis ein weiterer Soldat uns zu einem roten Backsteinbau führte, der wie ein I aussah. Auf der anderen Straßenseite konnte ich Leute sehen, die in einem Wäldchen herumliefen oder still vor dem großen Gebäude mit den Schornsteinen saßen. Ich fragte mich, ob unter ihnen wohl mein Vater war und ob er mich hier würde stehen sehen.

Wir wurden in das Gebäude getrieben und aufgefordert, uns auszuziehen. Alles musste herunter – Kleider, Schuhe, Strümpfe, Unterwäsche, Haarnadeln. Verlegen, Fremde nackt vor mir zu sehen, sah ich mich um, doch als ich bemerkte, dass die uns bewachenden Soldaten nicht vorhatten, unsere Intimsphäre zu achten, beschämte mich das noch mehr. Aber sie beachteten unsere Körper gar nicht, wirkten unbeteiligt. Ich ging langsam zu Werke, als würde ich nicht nur Stoff, sondern einzelne Hautschichten ablegen. Mit einer Hand versuchte ich, mich zu bedecken. Mit der anderen hielt ich meine Stiefel fest, wie mein Vater es mir eingetrichtert hatte.

Einer der Wachleute kam auf mich zu. Unter seinem Blick, der sich auf meinen Stiefeln festsetzte, fröstelte mich. »Das sind schöne Stiefel«, sagte er, und ich drückte sie noch fester an mich.

Er griff danach, entwand sie meiner Umklammerung und gab mir dafür ein Paar Holzpantinen. »Zu schön für dich«, meinte er.

Mit diesen Stiefeln schwand jede Hoffnung, mich durch Bestechung von hier freikaufen zu können oder Informationen über den Verbleib meines Vaters zu bekommen. Mit diesen Stiefeln verschwanden auch die christlichen Papiere, die ich von Josek bekommen hatte.

Wir wurden an einen Tisch geführt, wo jüdische Frauen in gestreifter Kleidung mit Elektrorasierern standen. Beim Näherkommen sah ich, dass sie den Frauen die Köpfe schoren. Einige kamen mit kurzen Haaren davon, andere hatten weniger Glück.

Ich war kein eitles Mädchen. Ich stand immer im Schatten von Darija und selbst von Basia und konnte nicht als hübsch bezeichnet werden. Bis wir ins Getto zogen, war ich pummelig, hatte ein rundes Gesicht und Schenkel, die beim Gehen aneinanderrieben. Durch Hungern war ich dünn geworden, aber hübscher hatte mich das nicht gemacht.

Meine einzige Rettung waren meine Haare. Ja, sie waren jetzt stumpf und verfilzt, aber sie umfassten das ganze Spektrum der Farbe Braun, von Kastanie über Mahagoni bis zu Teak. Ich hatte Naturlocken, und die Haarspitzen wellten sich. Selbst wenn ich sie zu einem Nackenzopf flocht, war dieser so dick wie eine Faust.

»Bitte«, flehte ich, »schneiden Sie mir nicht meine Haare ab.«

»Vielleicht hast du was, womit du mich überreden kannst, sie dir nur kurz zu schneiden.« Sie rückte dichter an mich heran. »Du siehst mir ganz danach aus, als würdest du was reinschmuggeln.«

Ich dachte an meine Stiefel in den Händen dieses deutschen Soldaten. Ich sah die Frau an, die vermutlich selbst einmal wie wir in der Schlange gestanden hatte. Wenn diese Deutschen vorhatten, Tiere aus uns zu machen, dann hatten sie damit offenbar Erfolg gehabt. »Selbst wenn dem so wäre«, erwiderte ich leise, »wären Sie die Letzte, der ich es geben würde.«

Sie sah mich an, hob den Rasierer und machte sich surrend ans Werk.

In dem Moment wurde mir bewusst, dass ich nicht länger Minka war. Ich war ein anderes Wesen, etwas Unmenschliches. Zitternd, schluchzend befolgte ich die Befehle und eilte blind in den Duschraum. Mein einziger Gedanke galt dabei meiner Mutter und dem falschen Badehaus, von dem der Junge mir erzählt hatte – diese Lieferwagen voller Gas, aus denen man in den Wäldern die Leichen zog. Ich starrte hoch zu den Duschköpfen und überlegte, ob Wasser oder Gift aus ihnen käme, und fragte mich, ob ich als Einzige von diesen Gerüchten gehört hatte und deshalb auch die Einzige war, deren Herz zu zerspringen drohte.

Ein Zischen. Ich schloss die Augen und versuchte, an all die Menschen zu denken, die ich in meinem kurzen Leben geliebt hatte. Meine Eltern, Basia, Darija. Rubin und Majer, Josek, Herrn Bauer. Sogar Aron. Ich wollte mit ihren Namen auf meinen Lippen sterben.

Ein Tröpfeln. Wasser. Es war kalt und kam in Schüben. Die Duschen gingen an und aus, bevor es mir gelungen war, mich einmal im Kreis zu drehen. *Kein Gas, kein Gas*, sagte ich mir, eine Litanei. Vielleicht hatte dieser Junge sich doch geirrt. Vielleicht war das, was hier passierte, nicht das Gleiche, was in Chelmo passiert war. Vielleicht war das hier genau das, was die Soldaten uns gesagt hatten: ein Arbeitslager.

Und da war er wieder: der wimmernde Schrei der Hoffnung.

»Raus«, brüllte ein Wachmann. Tropfend schlurfte ich eilig aus der Gemeinschaftsdusche und bekam Kleidung angereicht. Ein Arbeitskleid, eine Kopfbedeckung, eine Jacke mit blauen und grauen Streifen. Keine Socken oder Unterwäsche.

Ich zog mich rasch an, um nicht länger die Schande ertragen zu müssen, nackt und ununterscheidbar von den Frauen um mich herum zu sein. Meine Jacke war noch nicht ganz zugeknöpft, da packte mich schon ein Wachmann und zog mich an einen Tisch. Dort rieb ein Mann meinen linken Unterarm mit Alkohol ab, und ein anderer begann, auf mir zu schreiben. Anfangs begriff ich gar nicht, was mit mir geschah – es brannte, und ich konnte versengtes Fleisch riechen. Ich betrachtete meinen Arm: A 14660. Ich war gebrandmarkt worden wie Vieh. Ich hatte keinen Namen mehr.

Man scheuchte uns in eine Baracke ohne Licht, und als meine Augen sich angepasst hatten, konnte ich Kojen erkennen, jeweils drei übereinander und alle mit Stroh ausgelegt, als wäre dies ein Stall. Es gab keine Fenster. Es stank in der Baracke, in der sich bereits mehrere Hundert Frauen aufhielten.

Ich musste an den Waggon denken, in dem wir dicht gedrängt tagelang eingepfercht gewesen waren, ohne die Sonne zu sehen oder uns strecken oder auf die Toilette gehen zu können. Ich wollte nicht wieder durch diese Hölle gehen, nur um zu sterben. *Lieber jetzt*, überlegte ich.

Und ehe mir klar war, was ich da tat, wandten sich meine Füße vom Barackeneingang ab, und ich rannte mit aller Kraft, die ich aufbringen konnte, los und flog über die Erde, so schnell es meine Holzpantinen erlaubten, auf den Elektrozaun zu.

Wenn ich nah genug herankam, wäre ich frei. Und Aron und Darija und – so Gott mir helfen möge – mein Vater würden mich als Minka in Erinnerung behalten und nicht als dieses kahle Tier, nicht als eine Nummer. Meine Arme streckten sich nach vorn, als würde ich auf einen Geliebten zulaufen.

Da hörte ich den Schrei einer Frau. Zugleich auch die wütenden Schreie eines Wachmanns, der unmittelbar darauf mit mir zusammenstieß, mich zu Boden warf und mit seinem ganzen Gewicht auf mir landete. Er zog mich am Kragen meines Kittels wieder auf die Beine und warf mich in die Baracke, wo ich der Länge nach und mit dem Gesicht auf dem Betonboden landete.

Die Tür wurde zugeschlagen. Ich rappelte mich hoch auf die Knie und sah eine Hand, die sich mir entgegenstreckte. »Was hast du dir dabei gedacht?«, sagte ein Mädchen. »Du wärst gestorben, Minka!«

Ich blinzelte. Im ersten Moment erkannte ich sie nicht in dem trüben Licht und wegen des geschorenen Kopfs und der Blutergüsse im Gesicht. Doch dann sah ich, dass es Darija war.

Und da wurde ich auf einmal wieder Mensch.

Darija war bereits zwei Tage vor mir hier angekommen und kannte die Abläufe. Die Blocks der Frauen unterstanden der Aufseherin. Sie erstattete dem Schutzhaftlagerführer Bericht, dem Befehlshaber des Frauenlagers. An ihrem ersten Tag hier war Darija Zeugin gewesen, wie er eine Frau zu Tode prügelte, die während des Zählappells aus der geraden Linie gestolpert war. In den Baracken gab es Stubenälteste und Blockälteste, Jüdinnen, die für die jeweiligen Räume eines Blocks, wie die Baracken genannt wurden, oder den ganzen Block verantwortlich waren. Sie waren manchmal schlimmer als die deutschen Wachen. Unsere Blockälteste war eine Ungarin namens Borbala, die mich an einen riesigen Tintenfisch erinnerte. Sie bewohnte einen abgetrennten Raum in der Baracke und hatte ein Kinn, das übergangslos zum fleischigen Hals wurde, und Augen wie Kohlensplitter. Ihre Stimme war tief wie die eines Mannes, und morgens um vier erteilte sie uns brüllend den Befehl aufzustehen. Darija riet mir, im Schlaf die Schuhe anzulassen, ansonsten liefe ich Gefahr, dass eine andere Gefangene sie mir stahl, und aus demselben Grund sollte ich auch meine Schüssel in mein Hemd stecken. Sie erklärte mir den Bettenbau, das militärischen Maßstäben genügende Bett, das wir aus der Strohmatratze und der dünnen Decke herzurichten hatten. Es war natürlich unmöglich, dem Stroh die Form einer echten Matratze zu geben. Und dies nutzte Borbala jedes Mal als Vorwand, an jemandem ein Exempel zu statuieren. Darija war es auch, die mir riet, schnellstens die Toiletten aufzusuchen, da den vielen Hundert Frauen nur eine begrenzte Anzahl zur Verfügung stand und wir vor dem Zählappell kaum Zeit hatten. Und Zuspätkommen wieder ein Grund für Schläge war. Als sie mir das erzählte, fasste Darija sich an den Kopf, wo an ihrer Schläfe bereits ein lilafleckiger Bluterguss blühte. Sie hatte es am eigenen Leib erfahren.

Beim Appell wurden wir gezählt, und das konnte Stunden dauern. Wir mussten strammstehen, während Borbala unsere Nummern aufrief. Fehlte jemand, stoppte alles, bis die Person gefunden war – für gewöhnlich krank oder tot in der Baracke. Man schleppte sie herbei, brachte sie in Stellung, und die Zählung begann von vorn. Wir wurden zu Leibesübungen gezwungen – wie etwa stundenlanges Rennen auf der Stelle, um uns dann auf den Boden zu werfen, wenn Borbala uns befahl, Froschsprünge zu machen. Erst danach bekamen wir unsere Rationen zugeteilt: dunkles Wasser, das Kaffee sein sollte, eine Scheibe dunkles Brot. »Spar die Hälfte auf«, riet Darija mir am ersten Tag, und ich dachte, sie scherzt, aber das war nicht der Fall. Es war die einzige feste Nahrung, die wir bekamen. Zu Mittag gab es eine wässerige Brühe mit verfaultem Gemüse und vielleicht noch eine Brühe mit ranzigem Fleisch zum Abendessen. Und Darija versicherte mir, dass es besser sei, sich mit vollem Magen schlafen zu legen.

Manchmal fanden Übungen statt, obwohl wir nicht genug zu essen bekamen, um bei Kräften zu bleiben. Manchmal mussten wir deutsche Lieder und Sätze lernen, darunter grundlegende Kommandos.

All dies fand im Schatten jenes lang gestreckten, niedrigen Gebäudes statt, das mir ins Auge gefallen war, als wir aus dem Zug stiegen, wo die Schornsteine Tag und Nacht qualmten. Von denjenigen, die schon länger in Quarantäne waren als wir, erfuhren wir, dass dies die Krematorien waren. Und dass Juden sie gebaut hatten. Dass der einzige Weg, dieses Dreckloch zu verlassen, durch diese Schornsteine ging – als Asche.

Fünf Tage nach meiner Ankunft und nach Beendigung des morgendlichen Zählappells befahl Borbala uns allen, uns nackt auszuziehen. Wir standen in einer Reihe auf dem Hof, während der Mann im weißen Kittel, den ich noch von der Rampe in Erinnerung hatte, diese abschritt. Begleitet wurde er von demselben SS-Mann, dessen Hand zitterte – der, wie ich jetzt wusste, der Schutzhaftlagerführer war. Ich fragte mich, ob er mich wohl wiedererkannte und auffordern würde, Deutsch zu sprechen. Doch er würdigte mich keines Blickes. Und warum hätte er mich auch wiedererkennen sollen? Ich war doch nur eine dürre, kahl rasierte Gefangene wie die anderen auch. Und ich hütete mich, zu sprechen oder mich vom Fleck zu rühren, zumal in Anwesenheit eines SS-Manns. Würde Borbala unseretwegen schlecht dastehen, müssten wir später dafür bezahlen.

Der Mann im weißen Kittel pickte acht Mädchen heraus, die sofort aus der Baracke herausgenommen und in Block 10 geschickt wurden, wo medizinische Versuche durchgeführt wurden. Auch alle anderen, die eine Schramme oder eine Schnittwunde oder eine Brandwunde oder eine Brandblase hatten, wurden selektiert. Sein Blick streifte Darija und ruhte dann auf meinem Gesicht. Ich spürte ihn von meiner Stirn zu meinem Kinn und weiter zu meinem Brustbein wandern. Trotz der Hitze klapperten mir die Zähne.

Sein Blick schweifte weiter, und ich hörte Darija geräuschvoll durch die Nase ausatmen.

Nach einer Stunde erhielten diejenigen von uns, die übrig geblieben waren, den Befehl, uns anzuziehen und unsere Schüsseln zu holen. Nachdem wir unser Frühstück bekommen hatten, würden wir aus dem Quarantäneblock ausziehen, wie Borbala uns mitteilte. Ein Mädchen namens Ylonka bot sich freiwillig an, den riesigen Topf mit Kaffee zu schleppen, weil einem diese Aufgabe eine zusätzliche Brotration einbrachte.

»Sieh dir das an«, flüsterte ich Darija zu, als wir mit unseren Schüsseln in der Reihe standen. »Der Topf ist größer als sie.«

Es stimmte, Ylonka war ein kleines Ding, aber sie trug den gewaltigen Stahltopf, als wäre er mit Manna vom Himmel gefüllt und nicht mit brauner Brühe. Sie setzte ihn so sanft ab, dass kein einziger Tropfen überquoll.

Borbala hingegen war nicht so vorsichtig. Als ich an die Reihe kam, verschüttete sie fast die Hälfte meines Kaffees auf den Boden. Ich betrachtete die Pfütze, für die die Blockälteste verantwortlich war, und dieser kurze Moment reichte aus, ihr die Enttäuschung auf meinem Gesicht zu zeigen. »Tut mir leid«, sagte sie in einem Ton, der mir das genaue Gegenteil signalisierte, und hielt mir mein Stück Brot hin. Doch anstatt es mir anzureichen, ließ sie es in die Schlammpfütze fallen, die mein Kaffee gemacht hatte.

Ich fiel auf die Knie, um nach meinem Brot zu greifen, weil es selbst in Schmutz getaucht besser war, als eine ganze Tagesration zu verlieren. Aber bevor meine Finger es zu fassen bekamen, knallte ein Stiefel auf das Brot, schob es noch tiefer in den Dreck und verweilte dort lang genug, um mir zu verstehen zu geben, dass dies mit Absicht geschah. Ich blinzelte gegen das Sonnenlicht an und sah die schwarze Silhouette eines SS-Manns. Ich ging zurück in die Hocke und wartete darauf, dass er vorbeilief.

Als er dies tat, grub ich das Brot aus dem Schlamm und versuchte, es an meinen Kittel zu drücken, um den schlimmsten Schmutz loszuwerden. Das Gesicht des SS-Manns konnte ich nicht mehr sehen, aber ich wusste, wer es war. Als er sich von mir entfernte, zuckte seine rechte Hand.

Darija und ich teilten uns eine Schlafkoje mit fünf anderen Frauen. Die Baracke, in der wir wohnten, unterschied sich nicht von der Quarantänebaracke, nur dass hier noch mehr Frauen zusammenlebten – über vierhundert in einen Block gepfercht. Die Gerüche spotteten jeder Beschreibung: ungewaschene Körper, Schweiß, schwärende Wunden, faule Zähne und dazu die widerlich süßlich nach verkohltem und verbranntem Fleisch riechende Luft, die uns ständig umgab. Was jedoch neu war, war die Verfassung dieser anderen Frauen. Einige waren schon seit Monaten hier, und sie waren bis aufs Skelett abgemagert, die Haut straff über den Wangenknochen, Rippen und Hüften, die Augen eingefallen in dunklen Höhlen. Nachts lagen wir im Schlafquartier so beengt, dass ich die Hüftknochen der Frau hinter mir spürte, die sich wie zwei Dolche in mein Kreuz bohrten. Wenn einer von uns sich im Schlaf umdrehte, mussten die anderen dies auch tun.

Ich hatte die ganze Woche auf eine Nachricht von meinem Vater gewartet. Befand er sich in einem anderen Teil des Lagers und arbeitete wie ich? Fragte auch er sich, ob ich am Leben war? Agnat, eine Frau, mit der wir uns die Schlafkoje teilten, sagte mir ganz unverblümt, dass mein Vater nicht mehr lebte, dass man ihn gleich am ersten Tag vergast hatte. »Was glaubst du denn ist der Sinn und Zweck dieses Lagers?«, tadelte sie mich. »Der Tod.«

Agnat war bereits seit einem Monat hier und nahm kein Blatt vor den Mund. Sie gab auch der Blockältesten Widerworte – einer Frau, die wir *die Bestie* nannten – und wurde dafür mit dem Knüppel geschlagen; sie hatte auch schon einen Wachmann angespuckt und war dafür ausgepeitscht worden. Aber sie hatte auch eine Gefangene abgewehrt, die mitten in der Nacht versucht hatte, mir meine Jacke zu stehlen, während ich unruhig schlief. Für diesen kleinen Loyalitätsbeweis war ich ihr dankbar.

Vor zwei Tagen hatte eine Inspektion der Baracke stattgefunden. Wir hatten Aufstellung genommen, während die Blockälteste und ein Wachmann die ordentlich von uns zusammengefalteten Decken auf unseren Betten beiseitewarfen und die Kojen von der Wand abrückten, um zu sehen, was dahinter versteckt war. Ich wusste, dass die Gefangenen dort Sachen verstauten – hatte Frauen mit einem Kartendeck, Geld, Zigaretten gesehen; hatte mitbekommen, wie ein Mädchen, das zu krank war, seine mittägliche Suppe zu essen, diese unter dem Stroh ihrer Matratze versteckte, um sie für später aufzubewahren, obwohl es ein schwerwiegender Verstoß war, Essen in die Baracken mitzunehmen.

Als der Wachmann zu unserer Koje kam, zog er die Decken zur Seite und fand zu meiner Überraschung ein Buch von Maria Dąbrowska. »Was ist das?«

Er schlug einer unserer Schlafkameradinnen, einem Mädchen, das gerade mal fünfzehn war, ins Gesicht. Ihre Wange begann zu bluten, wo sein Goldring ihr in die Haut geschnitten hatte.

»Es ist meins«, sagte Agnat und trat vor.

Ich war nicht davon überzeugt, dass das Buch ihr gehörte. Agnat stammte aus einem kleinen polnischen Dorf und konnte kaum die Schilder lesen, geschweige denn ein Buch. Aber sie stand stolz vor dem Wachmann und gab das Buch als das ihre aus, sodass man sie nach draußen schleifte und so lange schlug, bis sie bewusstlos war. Ich musste an den Rat meiner Mutter denken, den sie mir gab, als die Umsiedlung begann: *Sei ein Mensch*. Agnat war das und mehr.

Darija und ich hoben zusammen mit Helena, der Fünfzehnjährigen, Agnat auf und trugen sie zurück in die Baracke. Wir gaben ihr etwas von unserer Abendration ab, da sie nicht in der Lage war, aufzustehen und sie sich zu holen. Eine andere Frau, die in ihrem früheren Leben Krankenschwester gewesen war, gab sich alle Mühe, die von den Peitschenhieben geschlagenen offenen Wunden zu säubern und zu verbinden.

Wir lebten mit Läusen und Ratten zusammen. Zum Waschen hatten wir kaum Wasser. Agnats Wunden wurden rot und brannten, schwollen eitrig an. Nachts fand sie keine erträgliche Schlafposition. »Morgen«, sagte Darija zu ihr, »bringen wir dich auf die Krankenstation.«

»Nein«, bestimmte Agnat. »Wenn ich dorthin gehe, komme ich nicht mehr zurück.« Das Krankenhaus befand sich neben dem Krematorium und wurde deshalb Wartezimmer genannt.

Als ich im Dunkeln neben Agnat lang, spürte ich die Hitze ihres fiebernden Körpers.

Sie packte mich am Ärmel. »Versprich mir …«, sagte sie, beendete den Satz aber nicht; doch vielleicht tat sie es auch, nur dass ich da schon eingeschlafen war.

Als die Bestie uns am nächsten Morgen anschrie, rannten Darija und ich wie üblich zu den Toiletten und stellten uns dann zum Appell auf. Agnat jedoch fehlte. Die Bestie rief zweimal ihre Nummer auf und zeigte anschließend auf uns. »Holt sie«, befahl sie, und Darija und ich kehrten in die Baracke zurück. »Vielleicht ist sie zu krank, um aufzustehen«, flüsterte Darija, als wir den Umriss von Agnats Leib unter der dünnen Decke sahen.

»Agnat«, sprach ich sie leise an und rüttelte sie an der Schulter. »Du musst aufstehen.«

Sie rührte sich nicht.

»Darija«, sagte ich. »Ich glaube … ich glaube, sie ist …«

Ich konnte es nicht aussprechen, weil es dann real geworden wäre. Es war eine Sache, den fernen stinkenden Rauch zu sehen und zu vermuten, was in diesen Gebäuden geschah. Eine andere jedoch, zu wissen, dass die ganze Nacht über eine Tote an mich gepresst gelegen hatte.

Darija beugte sich über Agnat und schloss ihr die Augen. Dann packte sie ihren Arm, der bereits steif wurde. »Steh nicht einfach nur da«, brummelte Darija, und ich beugte mich über die Koje und nahm Agnats anderen Arm. Es war nicht schwer, sie herunterzuholen, so abgemagert war sie. Wir legten uns ihre Arme über die Schultern, als wären wir Schulfreundinnen, die für ein Foto posierten. Dann schleiften wir Agnat zwischen uns auf den Hof, sodass sie mitgezählt werden konnte, denn wenn die Nummer einer Gefangenen fehlte, wurde wieder von vorn begonnen. Wir hielten sie während des zweieinhalb Stunden dauernden Appells aufrecht, während bereits die Fliegen ihre Augen und den Mund umschwirrten.

»Warum tut Gott uns das an?«, murmelte ich.

»Gott tut uns gar nichts an«, erwiderte Darija. »Es sind die Deutschen.«

Als die Zählung beendet war, luden wir Agnats Leiche auf einen Karren, zusammen mit denen von zehn weiteren Frauen, die in der Nacht in unserem Block gestorben waren. Ich hätte gern gewusst, was aus Dąbrowskas Buch geworden war. Ob ein deutscher Soldat es konfisziert und vernichtet hatte. Oder ob es in einer Welt, mit der es so weit gekommen war, noch immer Raum für das Schöne gab.

In Auschwitz wuchs nichts. Kein Gras, keine Pilze, kein Unkraut, keine Butterblumen. Das Gelände war staubig und grau, ein Brachland.

Das fiel mir jeden Morgen auf, wenn ich zur Arbeit marschieren musste, vorbei an den Verschlägen, in denen die Männer untergebracht waren, und vorbei an den Krematorien, die ständig in Betrieb waren. Darija und ich hatten Glück, weil man uns für »Kanada« eingeteilt hatte. So wurde der Bereich genannt, wo die persönliche Habe, die mit den Zügen gekommen war, sortiert wurde. Die Wertgegenstände wurden abgehakt und den Kapos übergeben, die sie dann dem SS-Lagerpersonal abzuliefern hatten, das wiederum dafür sorgte, dass sie nach Berlin weitergeleitet wurden. Für die Kleidung gab es einen anderen Bestimmungsort. Und dann gab es noch die Gegenstände, die keiner brauchte: Prothesen, Fotos … Diese mussten vernichtet werden. Der Grund, warum dieses Effektenlager den Spitznamen »Kanada« bekommen hatte, war der, dass wir alle uns dieses Land als ein Land des Überflusses vorstellten, wie wir ihn hier jeden Tag zu sehen bekamen, wenn sich nach jedem neuen Transport bei uns die Koffer türmten. Außerdem bot sich in Kanada, wenn der Kapo gerade nicht hersah, die Möglichkeit, ein paar Handschuhe, Unterwäsche, eine Mütze zu stehlen. Bisher war ich dazu noch nicht mutig genug gewesen, aber die Nächte wurden langsam kälter. Eine warme Schicht unter diesem Arbeitskittel zu haben, wäre es wohl wert, das Risiko einer Bestrafung einzugehen.

Aber diese Bestrafung war real, und sie war heftig. Es war schon schlimm genug, ständig bewacht und unter Waffengefuchtel zu schnellerem Arbeiten angetrieben zu werden. Aber zudem hielt sich auch der für Kanada zuständige SS-Offizier einen Großteil des Tages zwischen uns auf, um sicherzustellen, dass wir nichts stahlen. Er war ein schmächtiger Mann, nicht viel größer als ich. Ich hatte gesehen, wie er eine Gefangene nach draußen abführte, die einen goldenen Kerzenleuchter im Jackenärmel versteckt hatte. Wir konnten zwar nicht sehen, wie er sie schlug, aber hören konnten wir es. Die Gefangene wurde vor den Baracken bewusstlos liegen gelassen, und der SS-Offizier kam zurück und ging mit einem angewiderten Gesichtsausdruck durch die Gänge, in denen wir arbeiteten. Dadurch wirkte er fast menschlich … Aber wenn er es wäre, wie konnte er uns das antun?

Darija und ich hatten uns darüber ausgetauscht. »Viel wahrscheinlicher ist, dass es ihn aufregte, sich die Hände schmutzig machen zu müssen. Was kümmert dich das auch?«, ergänzte sie achselzuckend. »Es reicht doch zu wissen, dass er ein Ungeheuer ist.«

Aber es gab so viele verschiedene Ungeheuer. Schließlich hatte ich jahrelang über einen *upiór* geschrieben. Die *upióry* waren jedoch die Untoten. Es gab aber auch Ungeheuer, die von den Lebenden Besitz ergriffen. In Lodz hatten wir eine Nachbarin, deren Ehemann nach einem Krankenhausaufenthalt den Namen seiner Frau vergessen hatte und auch, wo er wohnte. Er trat nach der Familienkatze, fluchte wie ein Seemann und schien kaum mehr Ähnlichkeit mit dem Mann zu haben, den sie kannte und liebte, sodass sie eine Heilerin kommen ließ. Die alte Frau, die ins Haus kam, meinte, da könne man nichts tun, denn ein *dibbuk* – die Seele eines Toten, der in diesem neuen Körper all die schrecklichen Dinge anrichtete, die zu tun ihm in seinem alten keine Zeit mehr geblieben war – sei in ihren Ehemann gefahren, während dieser im Krankenhaus war. Er war besessen, sein Gehirn von einem Geist usurpiert, der Hausbesetzerrechte geltend machte.

Wenn der für Kanada verantwortliche SS-Offizier vorbeikam, dachte ich an ihn immer als Herr Dibbuk. Ein menschlicher Mann, der zu schwach war, die Kraft des Bösen zu vertreiben, das sich bei ihm eingenistet hatte.

»Du bist ein albernes, dummes Mädchen«, sagte Darija, als ich ihr eines Abends davon flüsternd in unserer Koje erzählte. »Nicht alles ist Fiktion, Minka.«

Das sah ich anders. Denn dies – dieses Lager, diese Gräuel – entsprach genau dem, was kein Mensch für real halten würde. Nehmen wir zum Beispiel die Alliierten. Hätten sie davon erfahren, dass gleich mehrere Hundert Menschen auf einmal vergast wurden, wären sie dann nicht schon längst gekommen, um uns zu retten?

Heute hatte man mir eine Schere gegeben, mit der ich das Futter von Kleidungsstücken auftrennen sollte. Ich arbeitete mich durch einen Haufen Pelzmäntel. Manchmal fand ich darin eingenäht Eheringe, goldene Ohrringe, Münzen, und dann übergab ich diese dem Kapo. Und dabei fragte ich mich natürlich, bei wem meine Stiefel gelandet waren und wie lange es dauerte, bis der verborgene Schatz in den Absätzen gefunden wurde.

Wenn Herr Dibbuk kam oder ging, machte sich dies immer in einer kleinen Schwingung bemerkbar, als wäre seine Anwesenheit ein Elektroschock. Ohne mich umzudrehen und zu vergewissern, konnte ich hören, wie er sich mit einem anderen SS-Offizier näherte. Sie unterhielten sich, und ich belauschte ihr auf Deutsch geführtes Gespräch, während ich einen Saum auftrennte.

Also dann in der Wirtschaft?

Um acht.

Du wirst dich aber nicht wieder damit herausreden, zu beschäftigt zu sein. Langsam habe ich das Gefühl, du gehst deinem eigenen Bruder aus dem Weg.

Nun riskierte ich einen Blick über die Schulter. Es kam so selten vor, zwei Offiziere auf so freundliche Weise miteinander reden zu hören. Meistens brüllten sie sich untereinander genauso an, wie sie uns anbrüllten. Aber diese beiden waren offensichtlich miteinander verwandt.

»Ich werde da sein«, gelobte Herr Dibbuk und lachte.

Er sprach mit dem SS-Offizier, der den Appell überwachte. Der Mann, der die Leitung über das Frauenlager hatte. Der mit dem Tremor in der Hand.

Derjenige, der nicht von einem bösen Geist besessen war. Er war nur böse, Punkt. Er hatte Agnats Züchtigung befohlen und zeigte sich beim Appell immer äußerst launisch. Entweder wirkte er gelangweilt, und die Zählung ging rasch über die Bühne, oder er hatte einen Wutanfall und ließ seinen Zorn an uns aus. Erst an diesem Morgen hatte er seine Pistole gezogen und ein Mädchen erschossen, das zu schwach war, aufrecht zu stehen. Als das Mädchen daneben daraufhin zusammenzuckte, erschoss er es gleich mit.

Und diese Offiziere waren miteinander verwandt?

Doch es gab eine flüchtige Ähnlichkeit. Sichtbar wurde diese an der Form des Kinns und an den sandfarbenen Haaren. Und heute Abend, nachdem sie uns geschlagen, ausgehungert und erniedrigt hatten, würden sie gemeinsam ein Bier trinken.

Ich hatte bei diesen Überlegungen in meiner Arbeit innegehalten, und der Kapo, der mich beobachtete, wie ich in den Koffern und Ranzen wühlte, schrie mich an, weiterzumachen. Also griff ich in den Haufen, der nie kleiner zu werden schien, und zog einen kleinen Lederkoffer heraus. Ich warf das Nachthemd, ein paar Büstenhalter und Unterwäsche weg sowie einen Spitzenhut. Dann fand ich eine in Seide eingerollte Perlenkette und rief den Offizier herbei, der eine Zigarette rauchte und an der Wand des Schuppens lehnte, und gab sie ihm, damit er diese registrierte und inventarisierte.

Ich zog einen weiteren Koffer aus dem Haufen.

Diesen kannte ich.

Vermutlich gab es einige Leute, die den gleichen kleinen Koffer wie mein Vater besaßen, aber bei wie vielen davon war der Griff mit einem Stück Draht repariert, wo dieser vor Jahren abgebrochen war, weil der Koffer als Burg zum Spielen hatte herhalten müssen? Ich sank auf die Knie, kehrte dem Kapo den Rücken zu und löste die Riemen.

In ihm lagen die Kerzenständer meiner Großmutter sorgfältig in den Tallit meines Vaters eingewickelt. Darunter befanden sich seine Socken, die Unterhosen. Ein Pullover, den meine Mutter für ihn gestrickt hatte. Er hatte mir einmal erzählt, er könne ihn nicht leiden, weil die Ärmel zu lang seien und die Wolle zu kratzig, aber da sie sich damit so viel Mühe gegeben habe, müsse er doch wenigstens so tun, als gäbe es nichts Schöneres für ihn …

Es schnürte mir die Luft ab, und ich war völlig erstarrt. Egal, was Agnat gesagt hatte, egal, mit welchen Beweisen ich täglich konfrontiert wurde, wenn ich an den Krematorien vorbeimarschierte und die langen Schlangen der Neuankömmlinge sah, die darauf warteten, blindlings hineinzugehen, hatte ich nicht daran geglaubt, dass mein Vater wirklich tot war, bis ich diesen Koffer öffnete.

Ich war eine Waise. Ich hatte niemanden mehr auf der Welt.

Mit zitternden Händen nahm ich den Tallit, küsste ihn und legte ihn auf den Abfallhaufen. Die Kerzenständer stellte ich beiseite und erinnerte mich dabei an meine Mutter, die beim Sabbatmahl vor ihnen immer das Gebet gesprochen hatte. Dann nahm ich den Pullover heraus.

Die Hände meiner Mutter hatten die Nadeln gehalten, das Garn verstrickt. Mein Vater hatte ihn über dem Herzen getragen.

Ich konnte nicht zulassen, dass ein anderer ihn trug, jemand, der nicht wusste, dass jeder Zentimeter eine Geschichte erzählte. Dieses Garn wurde seiner zweiten Bedeutung gerecht – als Erzählung; mit jeder Reihe rechter oder linker Maschen erzählte es einen Teil meiner Familiengeschichte. An diesem Ärmel hatte meine Mutter gearbeitet, als Basia stürzte und sich den Kopf am Klavierhocker aufschlug und im Krankenhaus genäht werden musste. Dieser Halsabschnitt war so vertrackt, dass sie unsere Haushälterin um Hilfe gebeten hatte, die eine sehr erfahrene Strickerin war. Dieser Saum war nach der Leibesmitte meines Vaters berechnet worden, mit lauten Scherzen darüber, dass sie nicht vorgehabt hatte, einen Mann mit dem Bauchumfang eines Gorillas zu heiraten.

Es hat seinen Grund, weshalb es bei dem Wort *Geschichte* im Kern um das Erzählen eines Lebens geht.

Ich vergrub mein Gesicht in der Wolle und fing zu schluchzen an, wippte vor und zurück, obwohl ich wusste, dass ich die Aufmerksamkeit der Aufseher auf mich zog. Mein Vater hatte mir seine Wünsche für seine Beerdigungszeremonie genannt, doch am Ende kam ich zu spät.

Ich trocknete mir die Augen und begann, am Saum des Pullovers zu ziehen, um die Maschen aufzutrennen. Ich rollte das Garn wie eine Bandage um meinen Arm, ein Druckverband für eine verblutende Seele.

Der Aufseher, der mir am nächsten stand, kam brüllend auf mich zu und zielte mit seiner Waffe auf mein Gesicht.

Tu es, sagte ich mir. *Nimm mich auch*.

Ich dröselte weiterhin das Garn auf, bis es kruselig und rostfarben wie ein Nest um mich lag. Von irgendwoher beobachtete mich sicherlich auch Darija, zu sehr in Angst um ihr eigenes Leben, um mir Einhalt zu gebieten. Aber ich konnte nicht anders. Ich dröselte mich ebenfalls auf.

Die Unruhe zog die Aufmerksamkeit anderer Aufseher an, die herbeikamen, um zu sehen, was da vor sich ging. Als einer sich bückte, um die Kerzenständer aufzuheben, grapschte ich danach mit einer Hand und nahm die Schere, die ich zum Auftrennen der Pelzmäntel benutzt hatte, öffnete sie und drückte die beiden Schneiden an meine Kehle.

Der ukrainische Aufseher lachte.

Plötzlich sagte jemand ganz ruhig: »Was geht hier vor?«

Der für Kanada zuständige SS-Offizier schob sich durch die Menge. Er ragte über mir auf und ließ die Szenerie auf sich wirken: der offene Koffer, der Pullover, den ich zerstört hatte, meine weißen Fingerknöchel, die die Kerzenständer umschlossen.

Erst heute Morgen hatte ich mit ansehen müssen, wie auf seinen Befehl hin eine Gefangene mit einem Knüppel so fest auf den Rücken geschlagen wurde, dass sie Blut spuckte. Diese Frau hatte sich geweigert, die Tefillin wegzuwerfen, die sie in einem Koffer gefunden hatte. Was ich hier tat – die Zerstörung von Eigentum, das die Deutschen für das ihre hielten –, war viel schlimmer. Ich schloss die Augen und wartete auf den Schlag, hieß ihn willkommen.

Stattdessen spürte ich, wie der SS-Offizier die Kerzenhalter meiner Hand entwand.

Als ich meine Augen aufschlug, war Herrn Dibbuks Gesicht nur Zentimeter von meinem entfernt. Ich konnte das Zucken eines Wangenmuskels, die blonden Bartstoppeln erkennen. »Wem gehört dieser Koffer?«, fragte er auf Deutsch.

Meinem Vater, murmelte ich.

Der SS-Offizier sah mich aus schmalen Augen lange Zeit an. Dann wandte er sich an die Aufseher und befahl ihnen, nicht so zu glotzen. Schließlich richtete er den Blick wieder auf mich. »Geh zurück an deine Arbeit«, sagte er und war gleich darauf verschwunden.

Ich hörte auf, die Tage zu zählen. Wie Kreide im Regen lösten sie sich auf und verschwammen zu einem trüben Bild, auf dem wir von einer Seite des Lagers zum anderen schlurften und uns für eine Schüssel Suppe anstellten, die nichts anderes enthielt als heißes Wasser mit einer verkochten Rübe darin. Ich hatte geglaubt zu wissen, was Hunger ist, aber ich hatte keine Ahnung. Einige Mädchen stahlen Lebensmittel in Dosen, die in den Koffern versteckt waren, aber bis jetzt war ich noch nicht mutig genug gewesen. Manchmal träumte ich von dem Gebäck, das mein Vater für mich backte, vom Zimt, der wie ein lukullisches Feuerwerk auf meiner Zunge explodierte. Ich schloss die Augen und sah vor mir einen Tisch, der unter dem Gewicht des Sabbatmahls ächzte, kostete die fette, knusprige Haut des Hühnchens, die ich immer gleich vom Vogel abzog, wenn er aus dem Ofen kam, obwohl meine Mutter mir dann auf die Hand klatschte und mich ermahnte zu warten, bis er auf den Tisch kam. Und dann nahm ich in meinen Träumen all diese Dinge zu mir, und sie verwandelten sich in meinem Mund zu Asche – nicht die Asche von Kohlen, sondern die Asche, die Tag und Nacht aus den Krematorien geschaufelt wurde.

Ich lernte auch zu überleben. Die beste Position beim Appell, wenn wir in Fünferreihen Aufstellung nahmen, war die in der Mitte, denn dort war man für die Waffen und Peitschen der SS unerreichbar und zugleich dicht genug dran an den anderen Gefangenen, damit sie einen festhalten konnten, wenn man ohnmächtig wurde. Beim Anstellen fürs Essen war die Mitte der Schlange der beste Platz. Diejenigen, die vor einem in der Schlange standen, bekamen zwar als Erste zu essen, aber nur die wässrigen Bissen, die obenauf schwammen. Wenn man es aushielt, länger zu warten, war die Wahrscheinlichkeit, etwas Nahrhaftes zu erhalten, in der Mitte der Schlange größer.

Die Aufseher und Kapos wachten darüber, dass wir, während wir arbeiteten, marschierten oder uns bewegten, nicht miteinander redeten. Nur nachts in der Baracke kontrollierte uns keiner. Aber als sich die Tage zu Wochen auswuchsen, machte ich die Erfahrung, dass es ohnehin zu viel Energie kostete, sich zu unterhalten. Was gab es außerdem zu bereden? Wenn wir miteinander sprachen, ging es ums Essen – was wir am meisten vermissten, wo man in Polen die beste heiße Schokolade oder das süßeste Marzipan oder die köstlichsten Petits Fours bekam. Mir fiel auf, dass die anderen, wenn ich mich mit Darija über eine Erinnerung an ein Gericht austauschte, mir zuhörten. »Das liegt daran, dass du nicht nur Geschichten erzählst«, erklärte Darija. »Du malst mit deinen Worten.«

Das mag schon sein, aber die Farbe hat so ihre Tücken. Bekommt sie den ersten kalten Spritzer der Realität ab, wird sie weggewaschen, und die Oberfläche, die man zu verdecken versuchte, ist genauso hässlich wie zuvor. Jeden Morgen auf unserem Weg nach Kanada sah ich Juden, die im Wäldchen vor den Krematorien warteten, bis sie an die Reihe kamen. Sie trugen noch ihre Kleider, und ich fragte mich, wie lange es wohl dauern würde, bis ich das Futter dieses Wollmantels auftrennen oder in den Taschen jener Hose wühlen würde. Im Vorbeigehen richtete ich meinen Blick starr zu Boden. Hätte ich aufgeblickt, hätten sie wegen meines rasierten Schädels und dem Körper einer Vogelscheuche Mitleid mit mir gehabt. Hätte ich aufgeblickt, hätten sie mein Gesicht gesehen und gewusst, dass das, was man ihnen gleich sagen würde – dass diese Dusche nur eine vorbeugende Maßnahme war, bevor man sie zum Arbeiten schickte –, eine Lüge war. Hätte ich aufgeblickt, wäre ich versucht gewesen, die Wahrheit herauszuschreien und ihnen zu sagen, dass der Geruch nicht aus einer Fabrik oder einer Küche kam, sondern von den eigenen Freunden und Verwandten, die eingeäschert wurden. Ich hätte zu schreien begonnen und vermutlich nicht mehr damit aufgehört.

Einige der Frauen beteten. Ich sah keinen Sinn darin, denn gäbe es einen Gott, hätte er dies niemals zugelassen. Andere sagten, die Zustände in Auschwitz seien so entsetzlich, dass Gott es vorzog, einen Bogen darum zu machen. Wenn ich um irgendetwas betete, dann darum, so schnell wie möglich einschlafen zu können, damit ich mich nicht darauf konzentrieren musste, dass mein Magen die eigene Schleimhaut verdaute. Und so folgte ich ganz mechanisch dem alltäglichen Trott: dem Aufstellen zum Appell, Aufstellen zur Arbeit, Aufstellen fürs Essen, Aufstellen zur Arbeit, Zurückmarschieren zur Baracke, Aufstellen zum Appell, Aufstellen fürs Essen, Zurückkriechen in die Koje.

Meine Arbeit war nicht schwer, nicht im Vergleich zu dem, was andere Frauen tun mussten. In den Sortierbaracken waren wir halbwegs vor der Kälte geschützt. Wir schleppten Koffer und Kleider, aber keine Steine. Was meine Arbeit jedoch schwer machte, war das Wissen, dass ich der letzte Mensch war, der die Kleider berührte, die dieser Mensch getragen hatte, der sein Gesicht auf Fotos sah, der die Liebesbriefe las, die seine Frau ihm geschrieben hatte. Am allerschwersten war es natürlich, wenn die Habseligkeiten kleiner Jungs oder Mädchen aussortiert werden mussten: Spielzeug, Kuscheldecken, hübsche Kunstlederschuhe. Kinder überlebten hier nicht, sie waren die Ersten, die man in die Duschen schickte. Wenn ich mit ihren Sachen in Berührung kam, fing ich manchmal zu weinen an. Es war niederschmetternd, einen Teddybär zu halten, bevor ich ihn auf den Entsorgungshaufen warf, weil sein Besitzer dies nie mehr tun würde.

Ich entwickelte dabei ein großes Verantwortungsgefühl, als wäre mein Gehirn ein Gefäß, das die Aufgabe hatte, alle jene aufzunehmen, die nicht mehr waren. Wir hatten jede Menge Gelegenheit, Kleidung zu stehlen, aber das Erste, was ich aus Kanada stahl, waren weder ein Schal noch ein Paar warme Socken. Es waren die Erinnerungen anderer.

Ich hatte mir vorgenommen, ungeachtet der Gefahr, dass ich mir damit von einem der Aufseher einen Schlag auf den Kopf einhandelte, mir diese zusätzliche Zeit zu nehmen und dem Drumherum eines Lebens Beachtung zu schenken, das vor der Auslöschung stand. Ich fasste die Brillen pietätvoll an, band die Bänder der gestrickten Babyschühchen zusammen und prägte mir eine der Adressen aus einem kleinen, ledergebundenen Büchlein mit Geschäftskontakten ein.

Die Fotos stellten die größte Herausforderung für mich dar. Denn sie waren der einzige Beweis, dass die Person, der diese Unterwäsche gehört und die diesen Koffer getragen hatte, gelebt hatte. Glücklich gewesen war. Und meine Aufgabe bestand darin, diesen Beweis zu vernichten.

Aber eines Tages tat ich dies nicht.

Ich wartete, bis der Aufseher sich von der Reihe, in der ich arbeitete, entfernte, und öffnete ein Fotoalbum. Sorgfältig war jedes Foto mit einer Bildunterschrift und einem Datum versehen. Alle lächelten auf den Fotos. Ich sah eine junge Frau, offenbar die Besitzerin des Koffers, einem jungen Mann ins Gesicht lächeln. Ich betrachtete ihr Hochzeitsbild und das von einer Auslandsreise, auf dem das Mädchen Grimassen vor der Kamera schnitt. Ich fragte mich, wie viele Jahre das zurückliegen mochte.

Dann kam eine Reihe von Babyfotos, sorgfältig untertitelt. »Ania, 3 Tage alt«. »Ania sitzt aufrecht.« »Anias erste Schritte.« »Erster Schultag.« »Hab den ersten Zahn verloren!«

Dann waren keine Bilder mehr da.

Dieses Kind hatte denselben Namen wie die Figur in meiner Geschichte, was die Sache noch unwiderstehlicher machte. Ich hörte, wie der Aufseher eine der Frauen hinter mir anschrie. Rasch zog ich eins der Fotos aus den kleinen Klebeecken, die es an Ort und Stelle hielten, und steckte es mir in den Ärmel.

Als der Aufseher zurückkam, bekam ich Panik, weil ich mir sicher war, dass er gesehen hatte, was ich tat. Aber er befahl mir nur, schneller zu arbeiten.

An diesem ersten Abend kehrte ich mit Fotos von Ania, von Herschel und Gerda, von einem kleinen Jungen namens Haim zurück, dem beide Schneidezähne fehlten. Am nächsten Tag war ich so kühn, acht Fotos zu entwenden. Dann wurde ich für eine andere Arbeit eingeteilt und musste die Kleider auf Karren laden und sie in die Schuppen bringen. Sobald ich wieder zum Sortieren eingeteilt war, steckte ich weitere Fotos in den Ärmel und vergrub sie dann im Stroh meiner Koje.

Ich sah es nicht als Diebstahl an. Ich verstand es als Archivieren. Bevor ich mich schlafen legte, holte ich diese Fotos hervor, dieses immer umfangreicher werdende Kartenspiel des Todes, und ging flüsternd die Namen durch. Ania, Herschel, Gerda, Haim. Wolf, Mindla, Dworja, Izrael. Szymon, Elka. Rochl und Chaja, die Zwillinge. Eliasz, der noch immer weinte nach seiner *Brit Mila*, seiner Beschneidung. Szandla an ihrem Hochzeitstag.

Solange ich mich an sie erinnerte, waren sie noch immer hier.

Darija arbeitete neben mir und sie hatte Zahnschmerzen. Ich sah am Zittern ihrer Schultern, wie sehr sie sich beherrschte, nicht laut zu stöhnen. Wer sich krank zeigte, war für die Aufseher ein noch interessanteres Angriffsziel als sonst, denn sie lauerten nur darauf, beim kleinsten Anzeichen einer Schwäche hart durchzugreifen.

Aus dem Augenwinkel sah ich, wie sie ein kleines, mit Pailletten verziertes Poesiealbum hochhob. Genauso eins hatte Darija gehabt, als wir klein waren. Manchmal stellten wir uns vor ein Theater oder ein edles Restaurant und warteten auf Damen in weißen Pelzmänteln und silbernen Stöckelschuhen, die am Arm ihrer gut aussehenden Verehrer herauskamen. Ich habe keine Ahnung, ob darunter irgendwelche Berühmtheiten waren, aber wir sahen sie als solche. Darija tauschte einen verstohlenen Blick mit mir und schob das Buch über die Bank. Ich deckte den Mantel darüber, dessen Futter ich heraustrennte.

Das Buch war voller Kinokartenabschnitte und Skizzen von Gebäuden, dem Einwickelpapier eines Minzbonbons und einem kleinen Gedicht, das ich als Klatschreim eines Spiels wiedererkannte. Ein Haarband, ein Streifen Tüll von einem Ballkleid. Ein Gewinnlos für ein Werbegeschenk einer Bäckerei. Auf der hinteren Innenseite des Umschlags standen zwei Worte geschrieben: »NIEMALS VERGESSEN«. Auf der vorderen Umschlaginnenseite klebte ein Foto von zwei Freundinnen. »Gitla und ich«, lautete die Überschrift. Wer »ich« war, wusste ich nicht. Es fand sich keine Information zur Identifizierung, aber die sorgfältige und schnörkelige Handschrift gehörte einem jungen Mädchen.

Ich beschloss, sie Darija zu nennen.

Mit einem Seitenblick auf meine Freundin sah ich, dass sie sich mit dem Ärmel eine Träne abwischte. Vermutlich hatte sie sich gefragt, was aus ihrem eigenen paillettenverzierten Album geworden war. Oder aus dem glücklichen Mädchen, dem es einst gehört hatte.

Hätte ich die Verwandlung nicht selbst miterlebt, hätte ich Darija nicht wiedererkannt. Der hochgewachsene schlanke Körper einer Tänzerin, auf den ich einst so neidisch war, war nur noch ein Sack voll Knochen. Unter der Kleidung standen die einzelnen Wirbel ihres Rückgrats hervor wie Zaunpfosten. Ihre Augen waren eingefallen, die Lippen trocken und aufgeplatzt. Sie kaute jetzt an ihren Nägeln, bis sie blutig waren.

Ich bin mir aber ziemlich sicher, dass mein Anblick genauso schrecklich war wie der ihre.

Ich riss die Seite mit dem Foto heraus und steckte sie mir in den Ärmel, eine Bewegung, die ich inzwischen mit unglaublicher Präzision ausführte.

Plötzlich griff eine Hand über meine Schulter und nahm sich das Poesiealbum.

Herr Dibbuk stand so dicht neben mir, dass ich den Kieferndurft seines Rasierwassers riechen konnte. Ich drehte mich nicht um, sprach nicht und tat, als bemerkte ich ihn nicht. Ich hörte, wie er das Album durchblätterte.

Sicherlich fiel ihm auf, dass vorn etwas herausgerissen worden war …

Doch er ging weiter und warf das Album auf den Haufen mit den Sachen, die verbrannt werden sollten. Aber mindestens eine Viertelstunde lang spürte ich seinen Blick im Nacken, und an diesem Tag hielt ich mich zurück und nahm nichts mehr mit aus Kanada.

Nachts konnte Darija nicht schlafen, weil sie schlimme Schmerzen hatte. »Minka«, flüsterte sie mir zähneklappernd zu. »Wenn ich sterbe, wirst du kein Bild von mir haben, das du retten kannst.«

»Ich werde keins brauchen, weil du nicht sterben wirst«, erwiderte ich.

Ich wusste, dass ihr Zahn entzündet war. Ihr Atem roch, als verfaulte sie von innen heraus, und die Wange war ganz dick angeschwollen. Wenn der Zahn nicht entfernt wurde, würde sie nicht überleben. Ich schloss sie von hinten in die Arme und gab ihr alle Körperwärme, die ich noch hatte. »Sag sie mit mir auf«, bettelte ich. »Das wird dich ablenken.«

Darija schüttelte den Kopf. »Es tut weh …«

»Bitte«, sagte ich. »Versuch es wenigstens.« Ich brauchte die Fotos nicht mehr. Ania, Herschel, Gerda, Majer, Wolf. Mit jedem Namen, den ich aussprach, verband ich das Gesicht auf dem Foto.

Dann antwortete Darija mit einem ganz dünnen Stimmchen: »Mindla?«

»Genau. Dworja, Izrael.«

»Szymon«, ergänzte Darija. »Elka.«

Rochl und Chaja. Eliasz. Fiszel und Liba und Bajla. Lejbus, Mosza, Brajna. Gitla und Darija.

Da hatte sie aber schon aufgehört, sie mit mir aufzusagen. Ihr Körper entspannte sich.

Ich vergewisserte mich, dass sie noch atmete, und gab mich dann auch dem Schlaf hin.

Am nächsten Tag wachte Darija mit einem geschwollenen roten Gesicht auf, und ihre Haut brannte. Sie kam allein nicht aus dem Bett, also half ich ihr, indem ich sie zu den Toiletten schleppte und dann wieder zurück zur Koje, um die Betten zu machen. Als die Bestie hereinkam, wartete ich schon, um mich freiwillig zu melden, damit ich die Schleimsuppe holen konnte, weil das Schleppen des Topfs einem eine zusätzliche Ration sicherte. Die gab ich Darija, die sogar zu schwach war, die Schüssel an den Mund zu führen. Ich versuchte, sie durch Singen dazu zu bringen, den Mund aufzumachen, wie Basia das bei Majer getan hatte, wenn er das Essen verweigerte.

»Du kannst nicht singen«, krächzte sie und verzog ein wenig das Gesicht, was mir schon reichte, ihr etwas Flüssigkeit einzuflößen.

Beim Appell hielt ich sie aufrecht und betete, dass dem Schutzhaftlagerführer – der mit dem Zittern im Arm, den ich nunmehr Herrn Tremor nannte – nicht auffiel, dass sie krank war. Herr Tremor mochte zwar ein Leiden haben, das ihn derart zittern ließ, aber dieses hielt ihn keineswegs davon ab, mit den eigenen Händen brutale Bestrafungen durchzuführen. Als in der vergangenen Woche ein neues Mädchen auf sein Kommando hin links anstatt rechts abbog, bestrafte er den ganzen Block. Zwei Stunden lang ließ er uns im kalten, strömenden Regen Leibesübungen machen. Es erübrigt sich zu sagen, dass bei so vielen ausgehungerten Frauen mindestens zehn zusammenbrachen, und wenn das geschah, ging Herr Tremor durch den Schlamm und verpasste den dort Liegenden Fußtritte. Heute jedoch schien er es eilig zu haben, denn er brachte, anstatt Exempel zu statuieren oder Frauen für eine Bestrafung herauszupicken, den Zählappell rasch hinter sich und entließ die Kapos.

Ich hatte eine Mission. Nicht nur musste ich für Darija einspringen und die doppelte Arbeit leisten, sondern ich musste auch noch etwas Spezielles finden und entwenden. Etwas Scharfes, Schmales, etwas, womit sich ein Zahn herausbrechen ließe.

Es gelang mir, Darija neben mir an der Sortierbank zu platzieren, und ich richtete es so ein, dass ich jedes Mal, wenn sie etwas Wertvolles zu der abgeschlossenen Kiste im Zentrum der Baracke bringen musste, auch dorthin musste. Doch es wollte sich einfach nichts Zweckdienliches finden lassen. Drei Gebisse, ein Hochzeitskleid, Lippenstifte, aber nichts, was spitz und solide war.

Aber dann.

In einer Ledertasche befand sich unter dem eingerissenen Futter ein Füllfederhalter.

Es schmerzte, ihn anzufassen. Es war etwas so Normales, einen Füller in der Hand zu halten, dass meine Vergangenheit, die ich fein säuberlich aus dem derzeitigen Zustand meiner Existenz herausoperiert hatte, schlagartig zurückkehrte. Ich sah mich auf der Fensterbank in der Bäckerei meines Vaters liegen und in mein Buch schreiben. Ich erinnerte mich, dass ich am Füllerende kaute, während sich der Dialog zwischen Ania und Aleksander in meinem Kopf entspann. Die Geschichte floss mir wie Blut von der Hand, manchmal schien ich nur einen Film zu kanalisieren, der bereits lief, und wo ich nur der Projektor und nicht der Schöpfer war. Beim Schreiben fühlte ich mich ungebunden und unglaublich frei. Ein Gefühl, das ich mir jetzt kaum mehr vorstellen konnte.

Mir war nicht bewusst gewesen, wie sehr ich in den Wochen, seit ich hier war, das Schreiben vermisst hatte. *Echte Schriftsteller können nicht* nicht *schreiben*, sagte Herr Bauer einmal zu mir, als wir über Goethe sprachen. *Und daran, Fräulein Lewin, werden Sie erkennen, ob Sie für ein Leben als Dichterin bestimmt sind.*

Meine Finger juckten und krallten sich um den Federhalter. Ich wusste nicht einmal, ob Tinte darin war. Um das zu testen, drückte ich die Spitze gegen die Ziffern, die man mir in den linken Unterarm gebrannt hatte. Die Tinte floss, und ein prachtvoller schwarzer Rohrschachfleck überdeckte das, was man mir angetan hatte.

Ich steckte den Stift in meine Jacke. Der war für Darija, ermahnte ich mich. Nicht für mich.

An diesem Abend bat ich ein anderes Mädchen um Hilfe, und gemeinsam hielten wir Darija beim Appell aufrecht. Als wir dann nach zwei Stunden endlich in unseren Block geschickt wurden, konnte sie sich kaum noch auf den Beinen halten. Sie erlaubte mir nicht, ihre Wange zu berühren, als ich ihre Lippen auseinanderziehen und nachsehen wollte, wie schlimm die Entzündung geworden war.

Ihre Stirn war so heiß, dass ich mir fast die Hand daran verbrannte. »Du musst mir vertrauen Darija«, sagte ich.

Sie schüttelte delirierend den Kopf. »Lass mich in Ruhe«, jammerte sie.

»Das werde ich. Nachdem ich dir diesen dummen Zahn herausgebrochen habe.«

Meine Bemerkung schien den Nebel zu durchdringen. »Einen Teufel wirst du tun.«

»Sei still und mach den Mund auf«, murmelte ich, aber als ich sie am Kinn packen wollte, wich sie zurück.

»Wird es wehtun?«, wimmerte sie.

Ich nickte und sah ihr fest in die Augen. »Ja. Wenn ich Gas hätte, würde ich es dir geben.«

Darija fing zu lachen an. Erst ganz verhalten, doch dann lauthals, sodass die anderen Frauen in ihren Kojen sich uns zuwandten. »Gas«, keuchte sie. »Du hast kein Gas?«

Da merkte ich, wie albern dies angesichts der Massenvernichtung war, die nur wenige Meter von unserer Baracke entfernt stattfand. Plötzlich musste auch ich lachen. Es war unangemessen und schlimmer Galgenhumor, aber wir kriegten uns nicht mehr ein. Schnaubend und johlend brachen wir zusammen, sodass alle anderen sich angewidert von uns abwandten.

Als wir uns schließlich wieder unter Kontrolle hatten, waren unsere ausgezehrten Arme ineinander verhakt wie die schlaksigen Gliedmaßen zweier verknäuelter Gottesanbeterinnen. »Wenn du mich schon nicht mit Lachgas betäuben kannst«, sagte Darija, »dann lenk mich wenigstens ab.«

»Ich könnte singen«, schlug ich vor.

»Möchtest du mir noch mehr Schmerzen zufügen oder mir helfen?« Sie sah mich verzweifelt an. »Erzähl mir eine Geschichte.«

Ich nickte. Ich holte den Füllfederhalter aus meiner Tasche und versuchte, ihn mit meinen schmutzigen Kleidern bestmöglich zu säubern. Dann sah ich meine beste Freundin, meine einzige Freundin an.

Ich konnte ihr keine Kindheitserinnerung erzählen, denn das würde sie zu sehr aufwühlen. Ebenso wenig konnte ich mir was für unsere Zukunft zusammenspinnen, da wir kaum eine hatten.

Es gab eigentlich nur eine Geschichte, die ich auswendig kannte, und das war die, die ich geschrieben und die Darija jahrelang gelesen hatte.

Mein Vater wurde nicht müde, mir die Wünsche für seine eigene Beerdigungszeremonie zu schildern, begann ich, und die Worte kamen wie von selbst aus einer tiefen Höhle meines Gehirns. *»Ania«, pflegte er zu sagen, »keinen Whiskey auf meiner Beerdigung. Ich möchte den leckersten Brombeerwein. Und keine Tränen, denk dran. Und ich möchte unter Trompetenfanfaren und umschwirrt von weißen Schmetterlingen in die Erde hinabgelassen werden.« Eine echte Persönlichkeit, mein Vater. Er war der Dorfbäcker und backte jeden Tag zusätzlich zu den Laiben für die Stadt ein einzelnes Brötchen für mich, das so einzigartig wie köstlich war: Der mit süßem Zimt und reichhaltiger Schokolade vermischte Teig war geflochten wie eine Prinzessinnenkrone. Und die geheime Zutat, sagte er, sei seine Liebe zu mir, weshalb dieses Gebäck besser schmeckte als alles andere, was ich je gegessen hatte.*

Sanft öffnete ich Darijas Mund und setzte den Federhalter an der Wurzel ihres geschwollenen Zahnfleischs an. Und ich hob den Stein, den ich bei den Latrinen herausgebrochen hatte. *Wir wohnten am Rande eines Dorfes, das so klein war, dass jeder jeden beim Namen kannte. Unser Haus war aus Flusssteinen erbaut und hatte ein Strohdach; der Ofen, mit dem mein Vater backte, heizte das ganze Haus. Ich saß meist am Küchentisch und pulte Erbsen, die ich in dem kleinen Garten hinter dem Haus anbaute. Mein Vater öffnete dann die Tür des gemauerten Ofens und holte mit dem Brotschieber die krossen runden Brotlaibe heraus. Im Schein der roten Glut zeichneten sich seine kräftigen Rückenmuskeln unter dem vom Schweiß nassen Bäckerhemd ab. »Ich möchte keine Beerdigung im Sommer, Ania«, ergänzte er. »Sorg dafür, dass sie an einem kühlen Tag stattfindet, wenn ein leichtes Lüftchen weht. Noch bevor die Vögel südwärts fliegen, damit sie für mich singen können.«*

Ich gab vor, seine Wünsche aufzuschreiben. Dieses makabre Gespräch machte mir nichts aus, denn ich hielt meinen Vater für so stark und unverwüstlich, dass ich nicht daran glaubte, eine seiner Bitten jemals erfüllen zu müssen. Einige andere im Dorf fanden die Art von Beziehung, die ich zu meinem Vater hatte, die Tatsache, dass wir über so etwas scherzen konnten, merkwürdig, aber meine Mutter war gestorben, als ich noch ein Kind war, und wir hatten nur noch uns.

Ich sah, dass Darija sich endlich entspannte, eingesponnen im Flor meiner Worte. Aber ich bemerkte auch, dass die ganze Baracke still war und alle Frauen mir lauschten.

Mein Vater wurde nicht müde, mir die Wünsche für seine eigene Beerdigung zu schildern, sagte ich und hob den Stein, sodass er direkt über dem Füller schwebte. *Am Ende aber kam ich zu spät.*

Geschwind schlug ich mit dem Stein auf den Füller, der zu einem Behelfsstemmeisen wurde. Der Schrei, den Darija ausstieß, war nicht von dieser Welt. Sie bäumte sich auf, als wäre sie von einem Schwert durchbohrt worden. Ich fiel zurück, entsetzt von dem, was ich getan hatte, sie jedoch hielt sich die Hände vor den Mund und drehte sich von mir weg.

Als sie hochblickte, waren ihre Augen leuchtend rot, denn die

Blutgefäße waren unter der Wucht ihres Schreis geplatzt. Ihr lief Blut übers Kinn, als wäre sie selbst ein *upiór*, der gerade Beute gemacht hatte. »Es tut mir so leid«, rief ich, »ich wollte dir nicht wehtun …«

»Minka«, sagte sie durch Blut und Tränen hindurch. Sie suchte nach meiner Hand, und ich dachte, sie wollte sich an mir festhalten, bis ich merkte, dass sie mir etwas geben wollte.

In ihrer Hand lag ein abgebrochener verfaulter Zahn.

Am nächsten Tag war Darijas Fieber gesunken. Ich schleppte wieder die Frühstücksrationen aus der Küche herbei, um mir eine zusätzliche Portion für Darija zu sichern, die zu Kräften kommen musste. Als sie mich anlächelte, konnte ich die Lücke sehen, wo der Zahn gewesen war, eine schwarze Spalte.

An diesem Abend kam eine neue Frau zu uns in den Block. Sie stammte aus Radom und hatte auf den geflüsterten Rat eines der Männer in den gestreiften Uniformen hin ihren Dreijährigen an der Verladerampe ihrer alten Mutter übergeben. Sie weinte unablässig. »Hätte ich doch nur gewusst«, sagte sie, schluchzte und erstickte fast an der Wahrheit. »Hätte ich gewusst, warum er es sagte, hätte ich es nie getan.«

»Dann wärt ihr jetzt beide tot«, sagte Ester, die mit ihren zweiundfünfzig Jahren die Älteste in unserem Block war. Sie arbeitete mit uns in Kanada und betrieb einen Schwarzmarkthandel mit Zigaretten und Kleidung, die sie aus den Koffern stibitzte und gegen Extrarationen eintauschte.

Diese neue Frau weinte unablässig. Das war kein ungewöhnliches Phänomen, aber sie war besonders laut. Und wir waren alle erschöpft vom Hunger und von vielen Stunden Arbeit. Es brachte uns auf, uns ihr Geheul anhören zu müssen. Sie war schlimmer als die Tochter eines Rabbis aus Lublin, die die ganze Nacht hindurch betete.

»Minka«, sagte Ester schließlich, nachdem diese Frau stundenlang gejammert hatte, »tu was.«

»Was kann ich tun?« Ich konnte weder ihr Kind noch ihre Mutter zurückbringen. Konnte das Geschehene nicht ungeschehen machen. Ehrlich gesagt, war ich wütend auf diese Frau, so weit war es schon mit mir und meiner Menschlichkeit gekommen. Aber schließlich hatten wir alle Verluste erlitten wie sie. Was machte ihren so besonders, dass sie uns deswegen um unsere kostbaren Stunden Schlaf bringen musste?

»Wenn wir sie schon nicht dazu bringen können, still zu sein«, meldete sich ein anderes Mädchen zu Wort, »dann können wir sie vielleicht übertönen.«

Das löste vielstimmige Zustimmung aus. »Wo warst du stehen geblieben Minka?«, fragte Ester.

Anfangs wusste ich nicht, wovon sie sprach. Aber dann wurde mir klar, dass diese Frauen die Geschichte hören wollten, die ich geschrieben und mit der ich Darija in der Nacht zuvor beruhigt hatte. Wenn sie als Betäubungsmittel bei körperlichem Schmerz funktionierte, musste sie doch auch die Qualen lindern, die wir litten, weil wir uns die Klage dieser Mutter um ihr Kind anhören mussten. Oder?

Wie zartes Schilf am Teichrand saßen sie da und stützten einander in wiegender Bewegung. Ich konnte ihre Augen in der Dunkelheit leuchten sehen.

»Na los«, sagte Darija und rempelte mich an. »Du hast ein begieriges Publikum.«

Also begann ich, von Ania zu erzählen, für die der Tag wie jeder andere begonnen hatte. Davon, dass es im Oktober kälter war als sonst und die Blätter von den Ästen und Zweigen der Bäume in kleinen Wirbelstürmen herabgebraust kamen und wie Teufel um deren Stämme und Wurzeln tobten, was ihr verriet, dass etwas Schlimmes bevorstand. Das hatte ihr Vater ihr beigebracht, wie alles andere, was sie wusste: wie sie die Schnürsenkel der Schuhe binden, wie sie sich an den Sternen orientieren konnte, wie man ein Ungeheuer erkannte, das sich hinter dem Gesicht eines Menschen versteckte.

Ich erzählte von den Menschen im Dorf, die alle nervös waren. Einige Hoftiere waren gerissen worden, Haushunde wurden vermisst. In ihrer Mitte schien es ein Raubtier zu geben.

Ich erzählte ihnen von Damian, dem Hauptmann der Wache, der Ania heiraten wollte und um dies durchzusetzen auch nicht vor Gewalt zurückschreckte. Und dass er der aufgeregten Menge sagte, sie seien alle sicher, solange sie innerhalb der Dorfmauern blieben.

Diesen Teil hatte ich verfasst, gleich nachdem wir ins Getto gezogen waren. Als ich noch daran glaubte.

Es herrschte absolute Stille im Block. Die Tochter des Rabbis betete nicht mehr, und die Schluchzer der neuen Frau waren verebbt.

Ich beschrieb, wie Damian auf dem Markt das letzte Stangenweißbrot nahm, das Ania noch verkaufen musste, und ihr daraufhin die Münzen so hinhielt, dass sie diese nicht erreichen konnte, bis sie einwilligte, ihn zu küssen. Und daraufhin mit ihrem leeren Korb überstürzt davoneilte, während er seine Blicke in ihren Rücken bohrte. »Es gab einen Bach, der unser Häuschen vom Dorf trennte«, sagte ich in Anias Erzählstimme.

Und mein Vater hatte eine breite Planke darübergelegt, damit wir von einer Seite zur anderen gelangen konnten. Aber als ich heute dort ankam, bückte ich mich, um zu trinken und alles Bittere von Damian wegzuwaschen, das noch meinen Lippen anhaftete.

Ich legte meine Hände trichterförmig um den Mund. »*Das Wasser*«, sagte ich, *floss rot. Ich stellte den Korb ab, den ich trug, und folgte dem Ufer bachaufwärts … und da sah ich es.*

»Was denn?«, murmelte Ester.

In diesem Moment fielen mir die mahnenden Worte meiner Mutter ein, immer Mensch zu bleiben und das Wohlergehen der anderen vor das eigene zu stellen. Ich richtete den Blick auf die neue Frau, bis sie ihn erwiderte.

»Um das zu erfahren, werdet ihr bis morgen warten müssen«, sagte ich.

Manchmal ist schon jemandes Nähe Grund genug, um noch einen Tag weiterzuleben.

Ester war es, die zu mir sagte, ich solle die Geschichte aufschreiben. »Man weiß doch nie«, meinte sie. »Vielleicht wirst du eines Tages berühmt sein.«

Ich lachte nur. »Viel wahrscheinlicher wird die Geschichte mit mir sterben.«

Aber ich wusste, worum sie mich bat. Die Erzählung sollte schwarz auf weiß existieren, damit sie gelesen und wieder gelesen werden konnte, selbst wenn man mich wegbrachte. Geschichten überleben ihre Autoren immer. Wir wissen jede Menge über Goethe und Dickens aufgrund der Geschichten, die sie erzählt haben, obwohl sie schon seit vielen Jahren tot sind.

Am Ende war das wohl der Grund, warum ich es tat. Denn von mir würde es kein Foto geben, das jemand stehlen und sich einprägen konnte. Zu Hause gab es keine Familie mehr, die an mich dachte. Vielleicht war ich nicht einmal bemerkenswert genug, um sich meiner zu erinnern, denn so, wie ich damals aussah, war ich nur eine Gefangene unter vielen, eine Nummer. Sollte ich in diesem Dreckloch sterben müssen, und die Aussichten dafür standen sehr gut, so würde vielleicht doch eine überleben und ihren Kindern die Geschichte erzählen, die ihnen ein Mädchen nachts in ihrem Block erzählt hatte. So ist das mit der Fiktion: Ist sie erst einmal in die Welt entlassen, ist sie ansteckend und hält sich hartnäckig. Wie der Inhalt der Büchse der Pandora kann eine Geschichte, die aus freien Stücken weitergereicht wurde, nicht mehr zurückgenommen werden. Sie wird ansteckend und springt von der Person, die sie erschaffen hat, zu der Person über, die zuhört, und immer weiter so.

Es waren ironischerweise die Fotos, die es mir ermöglichten. Als ich eines Tages meine Litanei herunterbetete, ließ ich das Kartenspiel der Gesichter zu Boden fallen. Ich beeilte mich, sie wieder aufzusammeln, und bemerkte dabei, dass einige mit dem Gesicht nach unten lagen. Auf dem weißen Karton eines Fotos las ich: »Mosza, 10 Monate.«

Jemand hatte *das* geschrieben.

Das Rechteck war klein, kleiner, als ich es gewohnt war, aber es war Papier. Und ich hatte Dutzende davon und einen Füllfederhalter.

Hat man etwas, wofür man lebt, wirkt das in beide Richtungen. Ich spielte jeden Abend im Block Scheherazade und wob eine Geschichte von Ania und Aleksander, bis diese lebte und atmete wie wir auch. Aber dann schrieb ich im Licht des Mondes und beim gleichmäßigen Schnarchen und gelegentlichen Stöhnen der anderen Frauen ein paar Stunden daran weiter. Für den Fall, dass die Karten je gefunden wurden, schrieb ich zur Sicherheit auf Deutsch.

Ich hegte keinen Zweifel, dass die Bestrafung hart ausfallen würde, aber vielleicht doch nicht ganz so schlimm, wenn die Aufseher lesen konnten, was da stand, und es als Erzählung erkannten, anstatt es für geheime Mitteilungen zu halten, die unter den Gefangenen ausgetauscht wurden, um eine Rebellion zu entfachen. Ich schrieb aus dem Gedächtnis und fügte hier und da etwas hinzu, während ich die Geschichte überarbeitete – und dabei besonders die Szenen ausmalte, in denen Essen beschrieben wurde. So beschrieb ich die Krume jenes köstlichen Gebäcks, das Anias Vater für sie backt, in allen Einzelheiten. Wie sie die Butter in der blättrigen Kruste schmecken konnte; die Hitze, die weich am Gaumen haften blieb; das zimtige Feuerwerk auf ihrer Zungenspitze.

Ich schrieb, bis der Füllfederhalter seine letzte Tinte hergegeben und ich so viel wie möglich von meiner Erzählung in winziger, sorgfältiger Prosa auf die Rückseiten von über hundert Gesichtern der Toten gekritzelt hatte.

»Raus!«

Gerade noch schlief ich und träumte, dass man mich in einen Raum gebracht hatte, in dem ein Tisch von einem Kilometer Länge voller Essen stand, und dass ich mich vom einen Ende zum anderen durchessen musste, bevor ich gehen durfte. Und jetzt schlug die Bestie wahllos mit einem Metallrohr auf die Koje, sodass ihre Schläge auf meinem Rücken und meinen Schenkeln landeten, ehe es mir gelang, aus dem Stockbett herunterzuklettern.

Sie kehrte mir den Rücken zu und brüllte. Mehrere Wachen befanden sich im Block und drängten Frauen aus dem Weg, rissen die dünnen Decken von den Kojen und fegten das Stroh von den Holzplanken. Sie suchten nach Schmuggelware.

Manchmal wussten wir vorher Bescheid, dass eine Inspektion anstand. Ich hatte keine Ahnung, wie, aber die Gerüchte kamen uns zu Ohren, sodass Zeit blieb, all das zu verstecken, was man in seiner Koje vergraben hatte oder am Körper versteckt trug. Heute jedoch hatte es keine Warnung gegeben. Und ich musste an den Roman denken, der vor ein paar Wochen konfisziert worden war und zu den Verletzungen geführt hatte, an denen Agnat dann gestorben war. In der Koje befanden sich unter dem Stroh vergraben, wo ich sie gestern Abend verstaut hatte, die Fotos mit meiner Erzählung darauf.

Als eine Wache ein verstecktes Radio fand, wurde ein Mädchen nach draußen gezerrt. Wir hatten nachts Chopin und Liszt und Bach gehört und einmal auch ein Tschaikowski-Ballett, das Darija bei einer Aufführung in Lodz getanzt hatte und sie im Schlaf zu Tränen rührte. Manchmal wurde die Musik von Nachrichten unterbrochen und aus diesen erfuhr ich, dass die deutsche Offensive nicht gut lief, die Deutschen Belgien nicht zurückerobern konnten. Ich wusste, dass die Vereinigten Staaten in diesem Sommer nach der Landung in Frankreich weiter vorgedrungen waren. Ich sagte mir, dass es gewiss nur noch eine Frage der Zeit war, bis dieser Krieg ein Ende fand.

Sofern es mir gelang, Situationen wie diese zu überleben.

Die Bestie steckte eine Hand in das Stroh der Koje unter meiner und zog etwas hervor, das wie ein kleiner, in Papier gewickelter Stein aussah. Sie hielt ihn an den Mund und leckte daran. »Wer schläft hier?«, wollte sie wissen.

Die fünf Mädchen, die dort zusammengepfercht schliefen, traten vor und hielten sich dabei an den Händen fest. »Wer hat diese Schokolade gestohlen?«, herrschte die Bestie sie an.

Die Mädchen sahen sie völlig verdattert an. Es war durchaus möglich, dass eine, die klüger war, ihnen in letzter Minute ihr Schmuggelgut untergeschoben hatte, um sich zu retten. Sie standen jedenfalls stumm da und starrten auf den kalten Boden aus gestampfter Erde.

Die Blockälteste packte eins der Mädchen an den Haaren. Sie arbeitete wie wir in Kanada, und deshalb war es ihr erlaubt, sich die Haare wachsen zu lassen. Meine waren inzwischen fast drei Zentimeter lang. Wie viele andere Privilegien, die diese Arbeit mit sich brachte, schürte auch dieses den Neid der anderen. Die Aufseher dort nannten uns fette Schweine, weil wir gesünder als sie meisten weiblichen Gefangenen aussahen, dank der Lebensmittel, die wir aus den Koffern stibitzen konnten. »Gehört das dir?«, brüllte die Bestie das Mädchen an.

Sie schüttelte den Kopf. »Ich habe … ich habe nicht …«

»Vielleicht hilft das deinem Gedächtnis auf die Sprünge«, sagte sie, holte mit ihrem Metallrohr aus und schlug damit allen fünfen ins Gesicht, schlug Zähne aus, brach Nasen und brachte sie auf die Knie.

Sie bahnte sich zwischen den gefallenen Körpern ihren Weg, um das Stroh unserer Koje zu untersuchen. Mein Herz ging wie ein Maschinengewehr, und der Schweiß brach mir aus. Ich sah, wie sie mit der Hand den Stapel Fotos umschloss, der von einem Faden zusammengehalten wurde, den ich aus meiner Uniform gezogen hatte.

Während die Bestie die Schleife löste, trat Darija vor. »Sie gehören mir.«

Mir klappte die Kinnlade herunter. Ich wusste genau, was sie tat: Sie vergalt es mir, dass ich ihr das Leben gerettet hatte. Bevor ich etwas sagen konnte, trat auch eine andere Frau vor – es war die, die erst vor drei Nächten zu uns gekommen war und nicht hatte aufhören können, über den Verlust ihres Sohnes und ihrer Mutter zu weinen. Ich kannte noch nicht einmal ihren Namen. »Sie lügt«, sagte die Frau. »Es sind meine.«

Ich schritt ein und sagte: »Sie lügen beide.« Ich sah die Frau an und fragte mich, was sie dazu bewogen haben mochte. Versuchte sie, mich zu retten? Oder wollte sie einfach nur sterben? »Sie arbeitet nicht in Kanada. Und sie«, ich deutete mit dem Kinn auf Darija, »spricht kein Deutsch.«

Gerade noch badete ich in Wagemut, und schon wurde ich aus dem Block geschleift. Draußen schüttete es, und der Wind wütete wie ein Drache. Eine meiner Holzpantinen blieb im Schlamm stecken, aber ich konnte sie gerade noch retten. Wer keine Schuhe hatte, überlebte nicht. Punkt.

Mitten auf dem Appellplatz stand der Schutzhaftlagerführer, den ich Herr Tremor nannte, und der Regen prasselte auf seine Wolluniform hernieder. Doch als er eine Peitsche hob und diese auf den Rücken des Mädchens schnalzen ließ, welches das Radio versteckt hatte, tat er dies mit ruhiger Hand. Das Mädchen lag bäuchlings in einer Pfütze. Nach jedem Schlag schrie er, es solle aufstehen, und jedes Mal, wenn es dem nachkam, schlug er wieder zu.

Ich war als Nächste an der Reihe.

Ein unkontrollierbarer Schauder ging durch mich hindurch. Meine Zähne klapperten, meine Nase lief. Ich fragte mich, ob er das Mädchen töten würde, das den Radioapparat gestohlen hatte.

Oder mich.

Es ist eine merkwürdige Sache, sich das Sterben vorzustellen. Ich musste an die Wünsche denken, die ich einst für meinen Vater festgehalten hatte. Jetzt hatte ich eigene Wünsche:

Wenn ich sterbe, lass es bitte schnell sein.

Wenn es eine Kugel gibt, dann zielt auf mein Herz, nicht auf meinen Kopf.

Es wäre schön, wenn es nicht wehtäte.

Ich würde lieber an einem unerwarteten Schlag als an einer Infektion sterben. Würde sogar das Gas willkommen heißen. Vielleicht fühlte sich das an wie Schlafen und nicht mehr Aufwachen.

Ich weiß nicht, wann ich dazu übergegangen war, die Massenvernichtung in diesem Lager als human anzusehen – und vermutlich wie die Deutschen zu denken –, aber wenn die Alternative dazu war, dahinzuvegetieren, bis man verreckte, während der Geist aufgrund des Hungers immer weiter nachließ, also, dann wäre es wohl das Beste, es gleich hinter sich zu bringen.

Als wir uns Herrn Tremor näherten, blickte er auf, und seine Züge wurden hinter dem Regenvorhang sichtbar. Die Augen waren wie Glas. Blass und fast silbern, wie ein Spiegel. »Ich bin hier noch nicht fertig«, sagte er auf Deutsch.

»Sollen wir warten, Schutzhaftlagerführer?«, fragte der Aufseher.

»Ich habe bei diesem Pisswetter nicht die Absicht, den ganzen Tag herumzustehen, nur weil einige Tiere sich nicht an die Regeln halten können«, erwiderte er.

Ich hob mein Kinn. Und in klarem Deutsch sagte ich: »Ich bin kein Tier.«

Er sah mich aus schmalen Augen an, und ich senkte sofort den Blick.

Er hob die rechte Hand, in der er die Peitsche hielt, und verpasste mir damit auf die Wangenknochen einen so heftigen Schlag, dass dessen Wucht meinen Kopf zur Seite riss. »Da irrst du dich.«

Ich fiel im Schlamm auf die Knie und hielt eine Hand an meine Wange. Die Peitschenschnur hatte mir eine Platzwunde unter dem Auge zugefügt. Blut, vermischt mit Regen, lief hinunter zum Kinn. Das Mädchen, das neben mir auf dem Boden lag, sah mich an. Die Kleidung war aufgerissen, und das Fleisch ihres Rückens sah aus wie die Blütenblätter einer Rose.

Hinter mir wurde gesprochen; die Wachen, die mich hergebracht hatten, erzählten jemand anderem, jemand, der neu dazugekommen war, worin mein Vergehen bestand. Der neue Offizier trat über mich hinweg. »Schutzhaftlagerführer«, ertönte eine Stimme. »Sie sind hier beschäftigt. Mit Ihrer Erlaubnis, vielleicht kann ich Ihnen behilflich sein?«

Ich konnte nur den Rücken seiner Uniform und die behandschuhten Hände sehen, die er darauf verschränkt hatte. Verwundert starrte ich seine auf Hochglanz polierten Stiefel an und fragte mich, wie er durch diesen Matsch hatte gehen können, ohne sie schmutzig zu machen.

Das waren unmögliche Überlegungen, Momente bevor man mich töten würde.

Herr Tremor wandte sich achselzuckend wieder dem Mädchen zu, das neben mir auf dem Boden lag. Der andere Offizier entfernte sich. Ich wurde hochgezogen und über das Gelände geschleift, an Kanada vorbei zum Verwaltungsgebäude, das der Offizier betrat. Er brüllte den Wachen einen Befehl zu, und ich wurde nach unten in eine Art Zelle gebracht. Nachdem die Tür zu war, hörte ich einen schweren Riegel einrasten.

Es war vollkommen dunkel. Wände und Fußboden waren aus Stein, wie in einem alten Weinkeller, ein wenig feucht und mit Moos bewachsen, wodurch alles glitschig wurde. Ich setzte mich, lehnte mich mit dem Rücken an die Wand und presste hin und wieder meine geschwollene Wange an den kalten Stein. Als ich einmal eindöste, weckte mich eine Maus, die ich unter meinem Arbeitskittel an meinem Bein entlanghuschen spürte. Danach harrte ich im Stehen aus.

Mehrere Stunden vergingen. Die Wunde im Gesicht hörte auf zu bluten. Ich fragte mich, ob der Offizier mich vergessen hatte oder ob er meine Bestrafung nur so lange hinausschob, bis der Regen aufgehört hatte und Herr Tremor mich in aller Ruhe quälen konnte. Meine Wange hatte sich inzwischen so heftig entzündet, dass mein Auge zugeschwollen war. Als ich hörte, wie die Tür wieder aufging, zuckte ich unter dem Lichtstrahl zusammen, der in das kleine Verlies fiel.

Ich wurde in ein Büro gebracht. *Hauptscharführer F. Hartmann* stand an der Tür. Drinnen standen ein großer Holzschreibtisch und viele Aktenschränke sowie ein verzierter Sessel – einer wie man ihn immer bei Anwälten sieht. In diesem Sessel saß der für Kanada verantwortliche Offizier.

Und vor ihm ausgebreitet lagen auf der grünen Unterlage seines Schreibtischs mehrere Papiere und Akten sowie alle meine Fotos, deren Rückseiten meine Geschichte enthielten.

Wozu Herr Tremor fähig war, wusste ich, das erlebte ich jeden Tag beim Appell. In gewisser Weise flößte Herr Dibbuk mir noch mehr Angst ein, weil ich keine Ahnung hatte, was ich von ihm zu erwarten hatte.

Er war für Kanada verantwortlich, und ich hatte ihn bestohlen – der Beweis lag ausgebreitet vor ihm.

»Lassen Sie uns allein«, sagte er zu der Wache, die mich hergebracht hatte.

Der Offizier saß mit dem Rücken zu einem Fenster. Ich beobachtete den gegen die Scheibe klatschenden Regen und genoss die schlichte Tatsache, dass ich drinnen und im Warmen war. Ich befand mich in einem Raum, in dem leise klassische Radiomusik spielte. Hätte ich nicht damit rechnen müssen, vermutlich gleich zu Tode geprügelt zu werden, hätte mir dieser Moment zum ersten Mal seit meiner Ankunft im Lager das Gefühl von Normalität vermittelt.

»Dann sprichst du also Deutsch«, sagte er zu mir.

Ich nickte. »Ja, Herr Hauptscharführer.«

»Und ganz offensichtlich kannst du es auch schreiben.«

Mein Blick huschte über die Fotos. »Ich lernte es auf der Schule«, antwortete ich.

Er reichte mir ein Stück Papier und einen Stift. »Beweis es mir.« Er begann, im Raum auf und ab zu laufen und ein Gedicht zu rezitieren.

Ich weiß nicht, was soll es bedeuten, / Dass ich so traurig in, / Ein Märchen aus uralten Zeiten. / Das kommt mir nicht aus dem Sinn.

Ich kannte das Gedicht. Ich hatte es bei Herrn Bauer durchgenommen und bekam es zu einer Prüfung als Diktat, wofür ich die Bestnote erhielt. Ich übersetzte es im Kopf für mich.

Die Luft ist kühl und es dunkelt, fuhr der Hauptscharführer fort. *Und ruhig fließet der Rhein …*

Der Gipfel des Berges funkelt, ergänzte ich leise, *im Abendsonnenschein.*

Er hatte mich gehört. Er nahm den Block und überprüfte meine Mitschrift. Dann blickte er auf und starrte mich an, als wäre ich ein noch nie gesehenes Geschöpf. »Du kennst dieses Werk.«

Ich nickte. »›Die Lorelei‹ von Heinrich Heine.«

»Von einem unbekannten Verfasser«, korrigierte er mich.

Da erinnerte ich mich, dass Heinrich Heine Jude gewesen war.

»Dir ist klar, dass du dem Reich Material gestohlen hast«, murmelte er.

»Ja, das weiß ich«, platzte es aus mir heraus. »Es tut mir leid. Es war ein Fehler.«

Er zog die Brauen hoch. »War es ein Fehler, absichtlich etwas zu stehlen?«

»Nein. Es war ein Fehler zu glauben, die Fotografien wären für das Reich nicht von Belang.«

Er öffnete den Mund und klappte ihn wieder zu. Er konnte nicht zugeben, dass die Fotografien wertvoll waren, denn damit würde er zugeben, dass diejenigen, die umgebracht worden waren, Wert hatten; aber er konnte auch nicht zugeben, dass die Fotos bedeutungslos waren, denn damit hätte er jegliches Argument verwässert, das für meine Bestrafung sprach. »Darum geht es nicht«, sagte er schließlich. »Sie gehören *dir* nicht, darum geht es.«

Der Offizier sank in seinen Stuhl zurück und trommelte mit den Fingern auf den Schreibtisch. Er nahm eins der Fotos, die beschriebene Seite zeigte nach oben. »Diese Geschichte. Wo ist der Rest davon?«

Ich malte mir aus, wie die Wachen auf der Suche nach weiteren beschriebenen Fotos den Block durchwühlten. Würden sie womöglich, wenn sie nicht fündig wurden, dazu übergehen, meinen Mithäftlingen Leid zuzufügen, bis ihnen jemand die Antwort gab, die sie hören wollten? »Den habe ich noch nicht geschrieben«, gestand ich.

Das überraschte ihn, und mir wurde klar, dass er davon ausgegangen war, ich hätte einfach eine Geschichte nacherzählt, die ich woanders gelesen hatte. Um etwas Derartiges zu erschaffen, wurde ich nicht für intelligent genug gehalten. »Du«, sagte er. »Du hast dieses Ungeheuer erfunden ... diesen *upiór*?«

»Ja«, antwortete ich. »Also, ich meine, nein. In Polen kennt jeder den *upiór.* Aber dieser hier, der ist meiner Fantasie entsprungen.«

»Die meisten Mädchen schreiben über die Liebe. Du hast dich dafür entschieden, über ein Ungeheuer zu schreiben«, sinnierte er.

Wir unterhielten uns auf Deutsch. Wir führten ein Gespräch über das Schreiben. Als würde er nicht schon bald die Pistole ziehen und mir einen Kopfschuss verpassen.

»Deine Themenwahl erinnert mich an ein anderes mythisches Ungeheuer«, sagte er. »Den Donestre. Hast du schon mal von ihm gehört?«

War das ein Test? Ein Trick? War es ein Euphemismus für eine spezielle Art der körperlichen Züchtigung? Hing meine Behandlung von meiner Antwort ab? Ich kannte *Wodnik* – den Wasserdämon – und *Dziwożona* – Dryaden –, aber das waren polnische Fabelwesen. Wenn ich nun log und ja sagte? Würde es mir dann schlechter ergehen, als wenn ich die Wahrheit sagte, nämlich nein?

»Die alten Griechen – das ist das, was *ich* auf der Schule gelernt habe – schrieben über den Donestre. Er hatte den Kopf eines Löwen und den Körper eines Menschen. Er konnte alle menschlichen Sprachen sprechen, was, wie du dir sicherlich vorstellen kannst, sehr praktisch war«, sagte der Hauptscharführer trocken.

Ich senkte den Blick und fragte mich, was er wohl davon halten würde, wenn er den Spitznamen erführe, den ich ihm gegeben hatte, Herr Dibbuk, ebenfalls eine Anspielung auf ein mythisches Ungeheuer.

»Wie dein *upiór* tötete dieses Ungeheuer nach Lust und Laune und verschlang seine Beute. Aber etwas war besonders am Donestre. Er pflegte den abgetrennten Kopf seines Opfers aufzuheben, sich danebenzusetzen und zu weinen.« Er durchbohrte mich mit seinem Blick, bis ich aufschaute. »Warum, glaubst du, tat er das?«

Ich schluckte. Ich hatte noch nie von diesem Donestre gehört, aber ich kannte den *upiór* Aleksander besser als mich selbst. Ich hatte diese Figur geboren, gelebt, geatmet. »Vielleicht«, erwiderte ich leise, »haben einige Ungeheuer doch ein Gewissen.«

Der Offizier blähte die Nasenlöcher. Er stand auf und kam um den Schreibtisch herum, woraufhin ich mich sofort niederkauerte und meine Arme nach oben riss, um den Schlag abzufangen.

»Dir ist klar«, sagte er, und seine Stimme war nur noch ein Flüstern, »dass ich für diesen Diebstahl ein Exempel an dir statuieren könnte. Dich öffentlich auspeitschen könnte, wie die Gefangene, die der Schutzhaftlagerführer vor dir gezüchtigt hat. Oder dich töten.«

Jetzt begannen ungehemmt Tränen zu fließen. Und es sollte sich herausstellen, dass ich nicht zu stolz war, um mein armseliges Leben zu betteln. »Bitte tun Sie's nicht. Ich werde alles tun.«

Der Hauptscharführer zögerte. »Dann erzähle mir«, sagte er, »was als Nächstes geschieht …«

Zu sagen, dass ich erstaunt war, wäre untertrieben. Nicht nur unterließ es der Hauptscharführer, Hand an mich zu legen, sondern er behielt mich zudem für den Rest des Tages in seinem Büro, wo ich die Listen abtippen musste, auf denen alles festgehalten war, was man in Kanada geborgen hatte. Diese Listen wurden dann, wie ich erfuhr, zusammen mit den Gegenständen an diverse Orte in ganz Europa verschickt, die noch von den Deutschen kontrolliert wurden. Und dies sei, wie er mir mitteilte, mein neues Arbeitsgebiet. Ich würde Diktate aufnehmen, Briefe schreiben, Telefongespräche annehmen – natürlich auf Deutsch – und Nachrichten für ihn entgegennehmen. Als er allerdings sein Büro verließ, um wie üblich zu den Baracken von Kanada zu gehen, blieb ich nicht allein zurück, sondern es kam ein Unterscharführer, der in seinem Büro Wache stand und dafür Sorge trug, dass ich nichts Verdächtiges anstellte. Während ich tippte, zitterten meine Finger über den Tasten. Bei seiner Rückkehr setzte sich der Hauptscharführer wortlos an den Schreibtisch. Er begann, Zahlen in seine Additionsmaschine einzugeben, deren weiße Zunge immer länger wurde, während er den Stapel mit Papieren abarbeitete.

Am späten Nachmittag konnte ich nicht mehr klar denken. Anders als in Kanada hatte ich keine Suppe zu Mittag bekommen. So begrenzt deren Nährwert auch war, es war eine Mahlzeit. Als der Hauptscharführer nach einem seiner Kontrollgänge in Kanada mit einem Punschtörtchen und einem Kaffee zurückkam, grummelte mein Magen so laut, dass er das in unserem engen Quartier hören musste.

Gleich darauf klopfte es an der Bürotür, und ich schreckte von meinem Stuhl hoch. Der Hauptscharführer bat den Besucher, einzutreten. Meine Augen konzentrierten sich auf das Blatt vor mir, aber ich erkannte die Stimme des Schutzhaftlagerführers auf Anhieb, denn sie klang rauchig und zackig. »Was für ein Pisswetter das heute wieder ist«, sagte er, als er durch die Tür kam. »Komm mit, ich muss in der Kantine meine Sinne betäuben, bevor ich den nächsten Appell über mich ergehen lassen muss.«

Mir stellten sich die Nackenhaare auf. *Er* musste den Appell über sich ergehen lassen?

Sein Blick fiel auf mich, die ich mit gesenktem Kopf fleißig tippend vor ihm saß. »Und was ist das hier?«, fragte er.

»Ich brauchte eine Sekretärin, Reiner. Das habe ich dir schon vor einem Monat gesagt. Die Papiere, die durch dieses Büro gehen, werden jeden Tag mehr.«

»Und ich sagte dir, ich kümmere mich darum.«

»Aber du hast zu lange gebraucht. Gib mir eine Abmahnung, wenn du dich dann besser fühlst. Ich habe das jetzt selbst in die Hand genommen.«

Der Schutzhaftlagerführer umrundete mich in einem Halbkreis. »Indem du mir eine meiner Arbeiterinnen wegnimmst?«

»Eine meiner Arbeiterinnen«, korrigierte ihn der Hauptscharführer.

»Ohne meine Erlaubnis.«

»Um Himmels willen, Reiner. Du findest doch eine andere. Die hier kann fließend Deutsch.«

»Wirklich?«

Diese Frage galt mir, aber da ich ihm den Rücken zukehrte, wusste ich nicht, dass er auf eine Antwort wartete. Plötzlich traf mich etwas am Kopf. Taumelnd fiel ich vom Stuhl auf die Knie. »Du wirst antworten, wenn man mit dir spricht!« Der Schutzhaftlagerführer stand mit erhobener Hand über mir.

Aber ehe er erneut zuschlagen konnte, packte sein Bruder ihn am Arm. »Ich würde vorschlagen, du überlässt es mir, meine Leute zu maßregeln.«

Die Augen des Schutzhaftlagerführers glitzerten. »Das erwartest du von deinem Vorgesetzten, Franz?«

»Nein«, erwiderte der Hauptscharführer. »Ich erwarte das von meinem Bruder.«

Die Spannung verflüchtigte sich wie Dampf durch ein Fenster. »Dann hast du dich also dafür entschieden, ein Schoßkind zu adoptieren.« Der Schutzhaftlagerführer lachte. »Du wärst nicht der erste Offizier, der das tut, aber ich stelle dein Urteil infrage, wo es doch so viele hübsche und bereitwillige volksdeutsche Mädels gibt.«

Ich zog mich wieder hoch auf den Stuhl und ließ meine Zunge über meine Zähne wandern, um mich zu vergewissern, dass sich keiner gelockert hatte. Dabei überlegte ich, ob der Hauptscharführer das für mich im Sinn hatte. Ob er mich hierhergebracht hatte, um mich zu seiner Hure zu machen.

Dies war ein gänzlich neuer Bestrafungsaspekt, den ich noch nicht in Erwägung gezogen hatte.

Bisher hatte ich noch von keiner Gefangenen gehört, die von einem Offizier sexuell missbraucht worden war. Was sicherlich nicht daran lag, dass diese Herren Gentlemen waren. Aber Beziehungen verstießen gegen die Regeln, und diese Offiziere legten großen Wert auf Regeln. Außerdem waren wir Juden und schon allein deshalb absolut nicht begehrenswert. Sich mit einer von uns einzulassen, war, wie sich mit Ungeziefer einzulassen.

»Lass uns das in der Kantine bereden«, schlug der Hauptscharführer vor. Er ließ den Rest seines kleinen Kuchens auf seinem Schreibtisch zurück. Als er an mir vorbeiging, sagte er: »Du wirst meinen Schreibtisch sauber machen, während ich weg bin.«

Ich nickte abgewandt. Doch ich spürte die bohrenden Blicke des Schutzhaftlagerführers auf meinem Gesicht und meinem dürren Körper, der unter dem Arbeitskittel verborgen war. »Vergiss nicht, Franz«, sagte er, »streunende Hunde beißen.«

Dieses Mal ließ der Hauptscharführer keinen Unterscharführer zu meiner Beaufsichtigung zurück. Stattdessen schloss er mich im Büro ein. Dieses Vertrauen machte mich kopfscheu. Das Interesse an meinem Geschriebenen, die Nachricht, dass er mich zu seiner Sekretärin machte – eine Arbeit, die es mir erlaubte, jetzt, wo der Winter kam, den ganzen Tag über im Warmen zu sein, und die man auf gar keinen Fall als schwer bezeichnen konnte. Warum begegnete er mir mit so viel Freundlichkeit, wenn er mich doch nur vergewaltigen wollte?

Also keine Vergewaltigung.

Der Gedanke fiel wie ein Stein in den Brunnen meiner Seele.

Dazu würde es nie kommen. Bevor ich eine wie auch immer geartete Beziehung zu einem SS-Offizier einging, würde ich mir die Kehle aufschlitzen.

Im Stillen schickte ich ein Dankeschön an Aron, der mein Erster gewesen war, sodass es dieser Deutsche nicht sein musste.

Ich trat an seinen Schreibtisch. Wie lange war es her, dass ich ein Punschtörtchen gegessen hatte? Mein Vater hatte diese kleinen Törtchen manchmal aus auf dem Mühlstein gemahlenem Hafermehl und feinstem weißem Zucker gebacken. Dieses hier war dunkel und mit Rosinen darin.

Ich drückte meine Finger in das Wachspapier und sammelte die Krümel zusammen. Die Hälfte davon steckte ich in einen kleinen Fetzen des Papiers, den ich in den Kittel schob und für später aufbewahrte. Ich wollte sie mit Darija teilen. Dann leckte ich mir die Finger ab. Der Geschmack zwang mich fast in die Knie. Ich trank auch den letzten Schluck Kaffee, bevor ich das Papier in den Abfall warf und die Tasse abtrocknete.

Doch gleich darauf ergriff mich Panik. Wenn dies nun kein Vertrauensbeweis, sondern eine weitere Prüfung war? Wenn er zurückkam und im Abfalleimer nachsah, ob ich sein Essen gestohlen hatte? Ich ging die Szenarien im Geiste durch. Die beiden Brüder würden hereinkommen, und der Schutzhaftlagerführer würde sagen: »Hab ich's dir nicht gesagt, Franz.« Und der Hauptscharführer würde mich daraufhin achselzuckend seinem Bruder für die Schläge übergeben, die ich schon heute Morgen erwartet hatte. Wenn es schon schlimm war, die Fotos von Toten zu stehlen, war es sicherlich noch viel schlimmer, Essen zu nehmen, das einem Offizier gehörte.

Als der Hauptscharführer dann die Bürotür aufschloss und hereinkam – allein –, war ich so durcheinander, dass meine Zähne gegeneinanderschlugen. Er sah mich stirnrunzelnd an. »Ist dir kalt?« Sein Atem roch nach Bier.

Ich nickte, obwohl es mir schon seit Wochen nicht mehr so warm gewesen war.

Er sah nicht in den Abfallkorb. Ein kurzer Blick durch den Raum, dann setzte er sich auf eine Ecke seines Schreibtischs und nahm den Stapel Fotos an sich. »Die muss ich konfiszieren. Verstehst du?«

»Ja«, flüsterte ich.

Es dauerte einen Moment, bis ich begriff, dass er mir etwas hinhielt. Ein kleines, in Leder gebundenes Notizbuch und einen Füllfederhalter. »Nimm das hier stattdessen.«

Zögernd nahm ich die Geschenke an. Der Füller lag schwer in der Hand. Ich musste mich beherrschen, um mir nicht das Notizbuch an die Nase zu halten und den Duft von Papier und Leder einzuatmen.

»Dieses Arrangement«, fragte er förmlich, »sagt es dir zu?«

Als hätte ich eine Wahl.

War ich willens, meinen Körper gegen geistige Nahrung einzutauschen? Denn dies war der Handel, auf den er aus war, so hatte es jedenfalls sein Bruder gesagt. Ich konnte schreiben, was ich wollte, aber es hatte seinen Preis. Und ich bekäme dazu noch eine Arbeit, um die jede andere sich gerissen hätte.

Als ich keine Antwort gab, seufzte er und erhob sich. »Komm«, sagte er.

Ich fing wieder zu zittern an, so heftig, dass er zu mir auf Abstand ging. Nun war der Moment gekommen, um dafür zu bezahlen. Ich verschränkte meine Arme und presste das Büchlein an meine Brust, während ich überlegte, wohin er mich wohl bringen mochte. Vermutlich ins Offiziersquartier.

Ich würde das schaffen, würde in Gedanken einfach woandershin gehen. Ich würde meine Augen schließen und an Ania und Aleksander und eine Welt denken, die ich kontrollieren konnte. So wie meine Geschichte Darija beruhigt und den anderen im Block Trost gebracht hatte, würde ich sie benutzen, um mich zu betäuben.

Ich biss die Zähne zusammen, als wir nach draußen gingen. Es regnete zwar nicht mehr, aber überall hatten sich große Schlammpfützen gebildet. Der Hauptscharführer ging in schweren Stiefeln mitten hindurch, während ich Mühe hatte, ihm zu folgen. Aber anstatt den Weg zur anderen Seite des Lagers einzuschlagen, wo die Offiziere wohnten, führte er mich zum Eingang meines Blocks. Die Frauen waren bereits von der Arbeit zurückgekommen und warteten auf den Appell.

Der Hauptscharführer rief nach der Blockältesten, die sich sofort einzuschmeicheln begann. »Diese Gefangene wird nun für mich arbeiten«, verkündete er. »Dieses Buch und dieser Füller, die sie in der Hand hält, sind mein Eigentum. Sollten sie verloren gehen, bist du mir und dem Schutzhaftlagerführer persönlich dafür Rechenschaft schuldig. Ist das klar?«

Die Bestie nickte stumm. Die Neugier der anderen Frauen war mit Händen zu greifen. Dann wandte der Hauptscharführer sich an mich. »Bis morgen? Zehn weitere Seiten.«

Und anstatt mich mit in sein Quartier zu nehmen und zu vergewaltigen, ging er.

Die Bestie meinte gleich darauf höhnisch: »Jetzt mag er dich vielleicht beschützen, aber wenn er dessen, was zwischen deinen Beinen ist, überdrüssig ist, wird er sich eine andere suchen.«

Ich drängte mich an ihr vorbei zu Darija, die schon auf mich wartete. »Was hat er mit dir gemacht?«, fragte sie und packte mich an meinen Unterarmen. »Ich war den ganzen Tag krank vor Sorge.«

Ich setzte mich und versuchte erst einmal, die Ereignisse des Tages zu verarbeiten, diese mehr als seltsame Schicksalswende. »Er hat mir absolut nichts getan«, berichtete ich ihr. »Keine Bestrafung. Wenn überhaupt, habe ich eine Beförderung bekommen, weil ich Deutsch spreche. Ich arbeite für einen Offizier, der Gedichte rezitiert und mehr von meiner *upiór*-Geschichte hören will.«

Darija zog die Stirn kraus. »Was möchte er?«

»Ich weiß es nicht«, antwortete ich verwirrt. »Er hat mich nicht angefasst. Und sieh nur …« Ich holte die Krümel des Punschtörtchens unter dem Gürtel meines Kittels hervor und gab sie ihr. »Die hat er für mich übrig gelassen.«

»Er gab dir zu essen?« Darija blieb der Mund offen stehen.

»Na, das nicht gerade. Aber er ließ es für mich stehen.«

Darija kostete das Punschtörtchen. Sie schloss die Augen und genoss es verzückt. Aber gleich darauf sah sie mich eindringlich an. »Du kannst ein Schwein in ein Ballkleid stecken, Minka. Aber das macht es noch nicht zu einer Debütantin.«

Am nächsten Morgen meldete ich mich nach dem Appell am Büro des Hauptscharführers. Er war nicht da, aber ein Unterscharführer, der dort wartete, sperrte mir die Tür auf, damit ich eintreten konnte. Vermutlich hielt Herr Dibbuk sich in Kanada auf und inspizierte die Baracken, in denen Darija und die anderen arbeiteten.

Auf meinem improvisierten Schreibtisch lag neben der Schreibmaschine ein Stapel Formulare.

Und über der Stuhllehne hing eine Damenstrickjacke.

Und so gestaltete sich von nun an mein Alltag: Jeden Morgen meldete ich mich im Büro des Hauptscharführers. Dort wartete bereits Arbeit auf mich, die ich erledigte, während er seine Runden durch Kanada drehte. Mittags brachte der Hauptscharführer Essen aus dem Hauptlager mit ins Büro. Oftmals hatte er eine zweite Suppenration oder eine Scheibe Brot dabei. Doch er aß weder das eine noch das andere auf, sondern warf es in den Abfall, wenn er das Büro verließ, wohl wissend, dass ich mich darauf stürzen würde.

Tag für Tag las ich ihm, während er aß, laut vor, was ich nachts geschrieben hatte. Und dann stellte er mir Fragen: Weiß Ania, dass Damian versucht, Aleksander zu verleumden? Werden wir jemals sehen, wie Casimir einen Mord begeht?

Aber bei den meisten seiner Fragen ging es um Aleksander.

Ist die Liebe, die man für einen Bruder empfindet, anders als die, die man für eine Frau empfindet? Würdest du das eine für das andere opfern? Wie viel Mühe kostet es Aleks, zu verbergen, wer er wirklich ist, um Ania zu retten?

Ich konnte es zwar nicht einmal Darija gegenüber zugeben, aber nach und nach freute ich mich auf die Arbeit – insbesondere auf die Mittagspause. Wenn ich dem Hauptscharführer vorlas, wurde das Lager nebensächlich. Er hörte mir so aufmerksam zu, dass ich die Wachen vergaß, die draußen die Gefangenen schikanierten, und auch nicht mehr an die Menschen dachte, die im Gas zu Tode kamen und deren Körper von den Duschräumen in die Krematorien geschleift wurden, wo man sie wie Feuerholz aufeinanderschichtete. Wenn ich mein eigenes Werk vortrug, verlor ich mich in der Erzählung und hätte irgendwo sein können – in meinem Zimmer daheim in Lodz; im Flur vor Herrn Bauers Klassenzimmer, wo ich meine Ideen niederschrieb; bei einer heißen Schokolade in einem Café mit Darija; auf der Fensterbank in der Bäckerei meines Vaters. Ich war nicht so dumm zu glauben, dass der Offizier und ich ebenbürtig waren, aber in jenen Momenten spürte ich zumindest, dass meine Stimme noch zählte.

Eines Tages kippte der Hauptscharführer seinen Stuhl zurück und legte die Stiefel auf den Schreibtisch, während ich ihm vorlas. Ich war bei einer spannenden Szene angelangt, nämlich dem Moment, als Ania auf der Suche nach Aleksander die feuchte Höhle betritt und stattdessen auf seinen brutalen Bruder trifft. Mit zitternder Stimme beschrieb ich, wie sie sich im Dunkeln ihren Weg bahnte und die Stiefel knirschend auf die harten Panzer der Käfer und die Schwänze von Ratten traten.

Eine Fackel flackerte an der feuchten Wand der Höhle …

Er legte die Stirn in Falten. »Fackeln flackern nicht. Feuerschein schon. Aber das ist zu klischeehaft.«

Ich blickte zu ihm auf. Mir war nie klar, was ich sagen sollte, wenn er Kritik an meinem Text übte. Sollte ich mich verteidigen? Oder würde das nahelegen, dass ich in dieser seltsamen Partnerschaft etwas zu sagen hatte?

»Feuerschein tanzt wie eine Ballerina«, sagte der Hauptscharführer. »Er schwebt wie ein Geist. Verstehst du?«

Ich nickte und machte mir am Rand eine Notiz.

»Lies weiter«, befahl er.

Im Dunkeln war ein leises Knurren, fast ein Schnurren zu hören. Das Schaben eines Streichholzes. Der Geruch von Schwefel. Die Fackel lohte wieder. Vor mir hockte in einer Blutlache ein Mann mit irren Augen und verfilzten Haaren. Blut troff ihm auch aus dem Mund, und Blut klebte an seinen Händen, die einen Fleischbrocken hielten. Ich schreckte zurück und rang nach Luft. Dies war die Höhle in der Felswand, in der Aleks, wie ich von ihm wusste, seine bescheidene Behausung eingerichtet hatte. Ich war in der Hoffnung hergekommen, ihn hier anzutreffen, nachdem er vom Dorfplatz geflüchtet war. Aber das – das war nicht Aleks.

Der Mann – konnte ich ihn überhaupt als solchen bezeichnen? – kam einen Schritt näher. Dieses Stück Fleisch, das er verschlang, hatte eine Hand, Finger. Diese umschlossen noch immer den Knauf eines vergoldeten Stocks, den ich für mein Leben gern vergessen hätte, es aber nicht konnte. Baruch Beiler wurde nicht länger vermisst.

Es klopfte an der Tür, und ein Unterscharführer steckte den Kopf herein. »Herr Hauptscharführer«, sagte er. »Es ist bereits zwei Uhr nachmittags …«

Ich schlug das Buch zu und spannte ein neues Formular in die Schreibmaschine.

»Ich bin absolut in der Lage, selbst auf die Uhr zu sehen«, rief der Hauptscharführer ihm zu. »Und es ist dann Zeit zu gehen, wenn ich sage, dass es Zeit ist zu gehen.« Er wartete, bis sich die Tür geschlossen hatte. »Du wirst noch nicht wieder mit Tippen anfangen«, sagte er. »Erzähl weiter!«

Ich nickte, nahm mir das lederne Buch wieder vor und räusperte mich.

Vor mir verschwamm alles, und mir war schwindelig. »Es war kein wildes Tier«, brachte ich mühsam über die Lippen. »Du warst es.«

Der Kannibale lächelte, die Zähne glitschig und rot gefleckt. »Wildes Tier … upiór. *Wozu diese Haarspalterei?«*

»Du hast Baruch Beiler getötet.«

Der Hauptscharführer lachte.

»Heuchlerin. Kannst du von dir ehrlich behaupten, dass du ihm nicht den Tod gewünscht hast?«

Ich dachte an die vielen Male, die dieser Mann in unser Häuschen gekommen war und das Steuergeld einforderte, das wir nicht hatten, und der deshalb meinem Vater Vereinbarungen abpresste, die uns nur noch tiefer und tiefer in die Schulden trieben. Ich sah dieses Ungeheuer an, und mir wurde plötzlich übel. »Mein Vater«, flüsterte ich. »Du hast auch ihn umgebracht?« Als der upiór *nicht antwortete, stürzte ich mich auf ihn und setzte meine Nägel und meine Wut als Waffen ein. Ich krallte mich in sein Fleisch und trat nach ihm. Entweder gelang es mir, den Tod meines Vaters zu rächen, oder ich kam bei diesem Versuch selbst zu Tode.*

Ich erzählte weiter, beschrieb das Eintreffen von Aleks, die Qualen, die Ania litt, als sie versuchte, den Mann, in den sie sich immer mehr verliebte, mit dem Mann in Einklang zu bringen, dessen Bruder ein Ungeheuer war. Denn was machte das letztendlich aus *ihm* selbst?

Ich schilderte ihre verzweifelte Flucht aus der Höhle, verfolgt von Aleks, ihre Anschuldigung, dass es in seiner Macht gestanden hätte, ihren Vater davor zu bewahren, umgebracht zu werden, er dies aber nicht tat. *»Dein Vater ist nicht der einzige Mensch, der dich je liebte«, gestand Aleks. »Und du darfst Casimir nicht für seinen Tod verantwortlich machen.« Er wandte sich ab, sodass sein Gesicht im Schatten lag. »Denn ich bin es, der ihn getötet hat.«*

Als ich zu Ende erzählt hatte, blieben meine letzten Worte wie der Rauch der Zigarre eines reichen Mannes scharf duftend im Raum hängen.

Der Hauptscharführer klatschte: langsam, zweimal und dann mit anhaltendem Eifer. »Bravo«, sagte er. »Das habe ich nicht kommen sehen.«

Ich errötete. »Danke.« Ich schlug das Buch wieder zu, blieb sitzen und wartete darauf, dass er mich entließ.

Aber stattdessen beugte der Hauptscharführer sich vor. »Erzähl mir mehr über ihn«, sagte er. »Aleksander.«

»Aber ich habe alles vorgelesen, was ich bisher geschrieben habe.«

»Ja, aber du weißt mehr, als du geschrieben hast. Wurde er zum Mörder geboren?«

»So funktioniert das nicht bei einem *upiór*. Man muss das Opfer eines unnatürlichen Todes sein.«

»Und dennoch«, gab der Hauptscharführer zu bedenken, »erlitten sowohl Aleksander als auch Casimir das gleiche unglückselige Schicksal. Zufall? Oder einfach nur Pech?«

Er sprach von meinen Figuren, als wären sie real. Was sie für mich auch waren.

»Casimir starb, als er den Mord an Aleksander rächte«, sagte ich. »Und deshalb fühlt Aleksander sich auch jetzt verpflichtet, ihn zu beschützen. Und da Casimir der jüngere *upiór* ist, hat er seinen Appetit nicht so gut unter Kontrolle wie Aleksander.«

»Dann hatten diese beiden Männer also theoretisch beide eine ganz normale Kindheit. Sie hatten Eltern, die sie liebten und mit in die Kirche nahmen und ihre Geburtstage feierten. Sie besuchten die Schule. Sie arbeiteten als Zeitungsjungen oder Arbeiter oder Künstler. Aber dann erwachten sie eines Tages aufgrund der Umstände mit einem schrecklichen Blutdurst.«

»So erzählt es die Legende.«

»Aber hier bist du die *Autorin*. Du kannst alles schreiben«, meinte er. »Sieh dir nur Ania an. In diesem einen Moment war sie dazu bereit, den Mann zu töten, von dem sie glaubte, dass er ihren Vater getötet hatte. Und doch wird sie als Heldin gezeichnet.«

Darüber hatte ich noch nicht nachgedacht, aber es stimmte. Es gab kein Schwarz und Weiß. Jemand, der sein ganzes Leben lang gut gewesen war, konnte durchaus auch etwas Böses tun. Ania war unter den entsprechenden Umständen genauso dazu in der Lage, einen Mord zu begehen, wie jedes Ungeheuer.

»Gab es etwas in ihrer Entwicklung, in ihrer Geschichte, in ihren Genen, das sie zu dem machte, was sie jetzt sind?«, wollte der Hauptscharführer wissen. »Einen fatalen, verborgenen Makel? Es gibt doch sicherlich jede Menge Menschen, die sterben und deshalb noch lange nicht das Schicksal erleiden, als *upiór* wiedergeboren zu werden.«

»Ich … ich weiß nicht. Vielleicht ist Aleksander deshalb anders, weil er kein *upiór* sein möchte.«

»Du meinst, ein Ungeheuer mit Gewissensbissen«, überlegte der Hauptscharführer. Dann stand er auf und nahm seinen schweren Wollmantel vom Bügel. Auf dem Tisch stand eine zweite Portion Suppe, die er nicht angerührt hatte. »Morgen«, verkündete er, »zehn weitere Seiten.« Er verließ das Büro und schloss die Tür hinter sich.

Ich band das Büchlein sorgfältig mit dem Band zusammen, das daran befestigt war, und legte es neben meine Schreibmaschine. Dann ging ich zum Schreibtisch und aß die Suppe.

Plötzlich hörte ich, wie sich der Schlüssel im Schloss der Tür drehte. Ich ließ die Suppenschüssel fallen und verschüttete den Inhalt auf dem Holzboden unter dem Schreibtisch. Vor mir stand der Hauptscharführer und wartete darauf, dass ich mich ihm zuwandte.

Zitternd fragte ich mich, was er wohl sagen würde, wenn er die Pfütze zu meinen Füßen sah. Aber er schien sie nicht zu bemerken. »Was meinst du, wie mag es für Aleksander gewesen sein, als er sein erstes Opfer leer saugte?«, fragte er. »Glaubst du, er empfand Scham dabei? Ekel?«

Ich schüttelte den Kopf. »Er konnte nicht anders.«

»Wird es dadurch weniger verabscheuungswürdig?«

»Für das Opfer?«, fragte ich. »Oder für den *upiór*?«

Der Hauptscharführer starrte mich aus schmalen Augen an. »Ist das ein Unterschied?«

Ich antwortete nicht. Als sich kurz darauf der Schlüssel erneut im Schloss drehte, ging ich auf alle viere und schleckte die Suppe vom Boden auf.

Eines Morgens nach einem Unwetter, das dem Lager Schnee beschert hatte, traten Darija und ich vor den Block und trotteten zur Arbeit. Wir schlurften hinter anderen Frauen her, die alle in Fetzen gewickelt waren und froren. Der Weg, den wir jeden Tag nahmen, führte uns an dem Zaun vorbei, der sich entlang der Eingangsrampe zum Lager erstreckte. Hin und wieder sahen wir die Ankunft der Eisenbahnwaggons, und manchmal fand gerade eine Selektion statt, wenn wir vorbeimarschierten. Ab und zu kamen wir auch an einer Schlange von Menschen vorbei, die auf die Dusche warteten, die sie nicht überleben würden.

Als wir an diesem Tag vorbeiliefen, spie einer der Waggons gerade eine neue Gruppe von Gefangenen aus. Sie standen wie wir damals auf dem Bahnsteig, trugen ihre Habseligkeiten und riefen die Namen ihrer Lieben.

Und dann sahen wir sie.

Sie war von Kopf bis Fuß in weiße Seide gekleidet. Der Schleier, den sie auf dem Kopf trug, flatterte hinter ihr im kalten Wind. Sie sah sich selbst dann noch um, als sie in die Schlange für die Selektion gescheucht wurde.

Fasziniert von diesem Anblick, blieben wir Frauen alle stehen.

Und auch wenn das unglaublich klingt, empfanden wir ihren Anblick nicht als deprimierend: eine Braut, die man von ihrer eigenen Hochzeit weggerissen, von ihrem Bräutigam getrennt und nach Auschwitz deportiert hatte.

Im Gegenteil, es gab uns Hoffnung.

Es bedeutete, dass, egal, was in diesem Lager passierte, egal, wie viele Juden sie zusammentrieben und töteten, es da draußen noch immer welche von uns gab, die ein Leben lebten, sich verliebten, heirateten und an ein Morgen glaubten.

Das Hauptlager von Auschwitz war ein Dorf. Es gab einen Lebensmittelladen, eine Kantine, ein Kino und einen Theatersaal, in dem Opernsänger und Musiker auftraten, einige davon waren Juden. Es gab eine Dunkelkammer und ein Fußballstadion. Es gab einen Sportverein für die Offiziere und auch Wettkämpfe: Gefangene, die beispielsweise Boxer gewesen waren, traten gegeneinander an, und die Offiziere schlossen Wetten auf sie ab. Es gab auch Alkohol. Die Offiziere bekamen Rationen zugeteilt, aber nach allem, was ich erfuhr, wurden diese zusammengelegt, um sich gemeinsam zu betrinken.

All dies wusste ich, weil mich der Hauptscharführer im Lauf der Wochen, die verstrichen, gelegentlich zu Besorgungen losschickte. So sollte ich etwa Zigaretten oder auch seine Wäsche holen. Ich wurde seine *Läuferin*, die, wenn nötig, auch Botschaften überbrachte. Von Zeit zu Zeit schickte er mich nach Kanada, um den Unterscharführern Nachrichten zukommen zu lassen, die dort auf Patrouille waren, während er sich in seinem Büro aufhielt. Als der Winter kam und die Temperaturen fielen, schlug ich die Vorsicht in den Wind und tat für Darija und die anderen, was mir möglich war. Wenn der Hauptscharführer das Büro verließ, um im Offizierskasino etwas zu essen, oder zu einer Besprechung unterwegs war und ich wusste, dass er für einen längeren Zeitraum weg sein würde, tippte ich auf Papier mit seinem Briefkopf eine Notiz, um die Gefangene A 18557 – Darija – zu einer Befragung holen zu lassen. Darija und ich eilten dann zusammen ins Büro, wo sie sich wenigstens eine halbe Stunde lang aufwärmen konnte, bis sie wieder in die eiskalten Baracken von Kanada musste.

Es gab außer mir noch andere privilegierte Gefangene. Wir nickten einander zu, wenn wir uns im Dorf über den Weg liefen und unsere Aufträge erfüllten. Wir bewegten uns auf ganz schmalem Grat: Man hasste uns dafür, weil wir es so gut hatten, aber man schätzte uns auch dafür, weil wir in der Lage waren, Dinge zu stehlen, die das Leben der anderen verbesserten – Lebensmittel, die sie essen konnten, Zigaretten und Whiskey, mit denen sie die Wachen bestechen konnten. Für eine Flasche Wodka, die Darija aus einem Koffer in Kanada mitgehen ließ, konnte ich einen ausgehöhlten Kürbis und etwas Lampenöl von einer Gefangenen eintauschen, die im Offiziersklub arbeitete. Wir bohrten acht daumengroße Löcher in die Kürbisschale, gaben einen Docht hinein, den wir aus dem Garn eines Pullovers gefertigt hatten, und hatten auf diese Weise eine Kerze, um Chanukka zu feiern. Es ging das Gerücht, dass es einer jüdischen Sekretärin, die an anderer Stelle im Lager für einen Offizier arbeitete, gelungen war, eine Brille gegen ein Kätzchen einzutauschen, das unerklärlicherweise in ihrem Block noch immer am Leben war. Wir waren unantastbar, allein aufgrund der Tatsache, dass unsere Beschützer – einige SS-Männer – uns aus welchen Gründen auch immer für nützlich hielten. Ich konnte mir vorstellen, dass für einige von ihnen Sex der Grund war. Aber als aus Wochen Monate wurden, hatte der Hauptscharführer mich noch immer nicht angefasst – weder im Zorn noch vor Lust. Er wollte wirklich nur meine Geschichte hören.

Von Zeit zu Zeit ließ er beiläufig auch etwas über sich selbst einfließen, was ich interessant fand, weil ich ganz vergessen hatte, dass wir Gefangenen nicht die Einzigen waren, die ein Leben vor diesem hier gehabt hatten. Er wollte in Heidelberg studieren – Altphilologie. Und hatte sich als Dichter gesehen, oder wenn nicht, dann als Herausgeber einer Literaturzeitschrift. Während er an seiner Abschlussarbeit über die *Ilias* saß, wurde er gezwungen, für sein Land zu kämpfen.

Seinen Bruder mochte er nicht besonders.

Das wusste ich aufgrund ihres Umgangs miteinander. Jedes Mal, wenn der Schutzhaftlagerführer hereinkam, um mit ihm zu sprechen, machte ich mich ein wenig kleiner auf meinem Stuhl, als könnte ich mich in Luft auflösen. Was ich meiste Zeit für ihn auch war. Der Schutzhaftlagerführer trank viel, und wenn er trank, wurde er wütend. Das hatte ich natürlich schon beim Appell miterlebt. Aber manchmal bekam der Hauptscharführer einen Anruf, und dann musste er ins Dorf gehen und seinen Bruder zurück in die Offiziersquartiere bringen. Tags darauf suchte der Schutzhaftlagerführer ihn dann im Büro auf. Er schob seine Exzesse auf die Albträume, die er hatte, und erklärte, trinken zu müssen, um das zu vergessen, was er im Feld erlebt hatte. Ich vermutete, dass dies einer Entschuldigung seinerseits noch am nächsten kam. Aber als wäre ein solcher Anfall von Reue schon wieder verachtenswert, begann er gleich darauf wieder zu toben. Dann sagte der Schutzhaftlagerführer, dass *er* die Leitung über das Frauenlager habe und alle *ihm* zu gehorchen hätten. Manchmal unterstrich er dies, indem er die Papiere vom Schreibtisch fegte oder den Kleiderständer umwarf oder die Additionsmaschine durch den Raum schleuderte.

Ich fragte mich, ob die anderen Offiziere wussten, dass die beiden Männer verwandt waren. Und sie sich wie ich darüber wunderten, wie zwei so grundverschiedene Individuen aus ein und demselben Mutterleib stammen konnten.

Ein weiterer Vorteil meiner Arbeit bestand darin zu wissen, wann möglicherweise mit Wutausbrüchen des Schutzhaftlagerführers zu rechnen war, denn diese folgten regelmäßig seinen Phasen der Zerknirschung.

Ich war nicht dumm. Ich wusste, dass meine Erzählung für den Hauptscharführer nicht nur Unterhaltung war, sondern eine Allegorie, ein Mittel, um die komplizierte Beziehung zwischen ihm und seinem Bruder, zwischen der Vergangenheit und der Gegenwart, seinem Gewissen und seinen Taten zu verstehen. Wenn der eine Bruder ein Ungeheuer war, folgte daraus nicht, dass auch der andere eines sein musste?

Eines Tages hatte der Hauptscharführer mich ins Dorf geschickt, um aus der Apotheke eine Flasche Aspirin abzuholen. Es schneite heftig, und die Schneewehen waren so hoch, dass meine Füße in den Holzpantinen völlig durchnässt wurden. Ich trug den Mantel, den ich bekommen hatte, sowie eine rosa Wollmütze und Handschuhe, die Darija für mich als Chanukkageschenk aus Kanada geschmuggelt hatte. Der Weg, für den ich normalerweise nur zehn Minuten benötigte, dauerte wegen des heftigen Windes, der mir eisig ins Gesicht peitschte, doppelt so lang.

Ich nahm das Päckchen entgegen und war bereits auf dem Weg zurück zum Büro des Hauptscharführers, als plötzlich die Tür zur Kantine aufflog und der Schutzhaftlagerführer herausgetaumelt kam und auf das Gesicht eines Unterscharführers einschlug.

Ob man es glaubt oder nicht, es gab Regeln in Auschwitz. Eine Gefangene brauchte einen Offizier nur komisch anzusehen, und er durfte sie schlagen, aber grundlos töten durfte er sie nicht, weil er damit eine Arbeitskraft eliminierte, die ein wichtiges Rädchen im Getriebe des Lagers war. Er konnte einen Gefangenen wie den letzten Dreck behandeln und einen ukrainischen Wachmann oder einen jüdischen Kapo schikanieren, aber es war nicht erlaubt, einen anderen SS-Mann respektlos zu behandeln.

Der Schutzhaftlagerführer war zweifellos ein wichtiger Mann, aber es gab noch jemanden, der wichtiger war als er und davon erfahren würde.

Ich rannte los. So schnell mich meine Beine trugen, fegte ich durchs Lager, rutschte auf den vereisten Pfützen aus, bis ich mit tauben Wangen und empfindungsloser Nase das Verwaltungsgebäude erreichte, in dem sich das Büro des Hauptscharführers befand.

Es war leer.

Ich rannte wieder hinaus, diesmal zu den Baracken von Kanada. Dort traf ich den Hauptscharführer im Gespräch mit einigen Aufsehern an, denen er eine Ungenauigkeit in ihrer Aufstellung nachwies.

»Entschuldigen Sie mich, Herr Hauptscharführer«, murmelte ich, während mein Puls unkontrollierbar raste. »Kann ich Sie unter vier Augen sprechen?«

»Ich bin beschäftigt«, sagte er.

Ich nickte und entfernte mich.

Wenn ich nichts sagte, würde keiner je erfahren, was ich gesehen hatte.

Wenn ich nichts sagte, würde der Schutzhaftlagerführer einen scharfen Verweis bekommen. Vielleicht sogar degradiert oder versetzt werden. Was für uns alle sicherlich nur gut wäre.

Nur für seinen Bruder vielleicht nicht.

Ich weiß nicht, was mich mehr schockierte: die Tatsache, dass ich kehrtmachte und in die Sortierbaracken zurückkehrte, oder die Erkenntnis, dass mir das Wohlergehen des Hauptscharführers am Herzen lag. »Es tut mir leid, Herr Hauptscharführer«, murmelte ich. »Aber es geht um eine sehr wichtige Angelegenheit.«

Er schickte die Offiziere weg und zog mich am Arm nach draußen. Dort standen wir im heulenden Wind und Schneegestöber. »Du unterbrichst mich nicht während der Arbeit, ist das klar?«

Ich nickte.

»Vielleicht habe ich dir einen falschen Eindruck vermittelt. Ich bin derjenige, der hier die Befehle erteilt, nicht vice versa. Ich möchte nicht, dass meine Untergebenen denken, dass ich …«

»Der Schutzhaftlagerführer«, fiel ich ihm ins Wort. »Er ist vor der Kantine in eine Prügelei verwickelt.«

Dem Hauptscharführer wich das Blut aus dem Gesicht. Raschen Schritts brach er in Richtung Lagerdorf auf und rannte los, sobald er um die Ecke gebogen war.

Krampfhaft hielt ich die Aspirinflasche fest und kehrte zum Verwaltungsgebäude zurück. Im Büro legte ich den Mantel, die Mütze und meine Handschuhe zum Trocknen auf die Heizung. Dann setzte ich mich und fing an zu tippen.

Ich arbeitete in der Mittagspause durch. Diesmal gab es kein Vorlesen und auch keine Extraration für mich. Es dämmerte bereits, als der Hauptscharführer zurückkam. Er klopfte sich den Schnee vom Mantel und hängte diesen zusammen mit seinem Offizierskäppi auf, bevor er sich schwerfällig an den Schreibtisch setzte und die Hände gegeneinanderlegte.

»Hast du Geschwister?«, fragte er.

Ich sah ihn an. »Ich hatte eine Schwester.«

Der Hauptscharführer sah mich an und nickte. Schließlich kritzelte er eine Nachricht auf ein Blatt Papier und steckte es gefaltet in einen Umschlag. »Bring das zum Büro des Kommandanten«, sagte er, und ich wurde blass. Ich war noch nie zuvor dort gewesen, wusste aber, wo es war. »Erkläre dort, dass der Schutzhaftlagerführer wegen Krankheit indisponiert ist und beim Appell nicht präsent sein wird.«

Ich nickte. Ich schlüpfte in meinen Mantel, der noch feucht war, und zog Mütze und Handschuhe an.

»Warte.« Der Hauptscharführer rief mich zurück, als ich bereits den Türgriff in der Hand hatte. »Ich weiß deinen Namen nicht.«

Ich hatte nun schon zwölf Wochen für ihn gearbeitet. »Minka«, brachte ich murmelnd hervor.

»Minka.« Er senkte den Blick auf die Papiere, die auf seinem Schreibtisch lagen, und entließ mich. Es war wohl die einzig ihm mögliche Art, mir zu danken.

Nie wieder sollte er mich beim Namen nennen.

Die Gegenstände, die man in Kanada zusammentrug, wurden zu den verschiedensten Orten in Europa geschickt, und zwar zusammen mit akribisch aufgestellten und von mir getippten Listen. Immer mal wieder wurde eine Diskrepanz festgestellt. Für gewöhnlich beschuldigte man dann einen Gefangenen, den fraglichen Gegenstand gestohlen zu haben, trotz der wesentlich größeren Wahrscheinlichkeit, dass es ein SS-Offizier gewesen war. Darija sagte, sie habe oft Unterscharführer dabei beobachtet, wie sie sich etwas in die Tasche steckten, wenn sie glaubten, keiner würde hinsehen.

Wenn die Listen nicht mit dem Inhalt übereinstimmten, meldete man dies telefonisch dem Hauptscharführer. Ihm oblag es dann, die fällige Strafe anzuordnen, obwohl seit der eigentlichen Plünderung bereits Wochen verstrichen waren.

Als der Hauptscharführer sich eines Nachmittags sein Mittagessen aus dem Dorf holte, nahm ich einen solchen Anruf entgegen. Wie immer meldete ich mich in meinem präzisen Deutsch und sagte: »Herr Hauptscharführer Hartmann, guten Morgen.«

Der Mann am anderen Ende stellte sich als Herr Schmidt vor.

»Es tut mir leid, der Herr Hauptscharführer ist nicht an seinem Platz. Kann ich eine Nachricht entgegennehmen?«

»Ja, wenn Sie ihm bitte sagen, dass die Sendung unversehrt angekommen ist. Aber bevor ich auflege, muss ich Ihnen sagen, Fräulein … dass es mir sehr schwerfällt, Ihren Akzent zuzuordnen.«

Ich korrigierte ihn nicht, als er mich Fräulein nannte. »Ich bin Berlinerin«, sagte ich.

»Tatsächlich. Denn Ihre Ausdrucksweise beschämt mich«, erwiderte Herr Schmidt darauf.

»Ich besuchte ein Internat in der Schweiz«, log ich.

»Ah ja. Vielleicht der einzige Ort in Europa, der noch nicht völlig verwüstet ist. Vielen Dank, Fräulein. Auf Wiederhören.«

Ich legte den Hörer auf und hatte das Gefühl, einem Verhör unterzogen worden zu sein. Als ich mich umdrehte, stand vor mir der Hauptscharführer, der inzwischen zurückgekommen war.

»Wer war das?«

»Herr Schmidt. Bestätigte den Eingang der Sendung.«

»Warum hast du gesagt, dass du aus Berlin kommst?«

»Er hat mich wegen meines Akzents gefragt.«

»War er misstrauisch?«, fragte der Hauptscharführer.

Sollte das heißen, dass meine Zeit als Sekretärin zu Ende war, wenn dem so wäre? Würde ich zurück nach Kanada geschickt werden oder, schlimmer noch, der nächsten Selektion zum Opfer fallen?

»Ich glaube nicht«, erwiderte ich mit Herzrasen. »Er glaubte mir, als ich ihm sagte, ich sei ihm Ausland zur Schule gegangen.«

Der Hauptscharführer nickte. »Nicht alle betrachten deine Position hier mit Wohlwollen.« Er setzte sich, rückte seine Serviette zurecht und schnitt in sein Brathähnchen. »Also, wo waren wir stehen geblieben?«

Ich drehte meinen Holzstuhl herum, sodass ich ihn anstatt der Schreibmaschine vor mir hatte, und öffnete das Notizbuch. Ich hatte die von mir verlangten zehn Seiten in der vergangenen Nacht geschrieben, aber zum ersten Mal glaubte ich, das Geschriebene nicht laut mitteilen zu können.

»Na los, weiter«, drängte der Hauptscharführer und zeigte mit seiner Gabel auf mich.

Ich räusperte mich. *Ich war mir meines eigenen Atems und meines Pulses noch nie so bewusst gewesen.* So weit kam ich, bevor mir die Hitze ins Gesicht stieg und ich den Blick senkte.

»Was ist denn?«, fragte er. »Ist es nicht gut?«

Ich schüttelte den Kopf.

Er griff über den Schreibtisch und nahm mir das Buch ab.

Natürlich gab es keinen Herzschlag zu hören. Nur eine Leere und die Erkenntnis, dass wir nie gleich sein würden. Bedeutete dies, dass er nicht so empfunden hatte wie ich, als er sich zwischen …

Er brach unvermittelt ab und errötete nicht weniger tief als ich. »Oh«, sagte der Hauptscharführer. »Vielleicht sollte diese Stelle besser still gelesen werden.«

Er küsste mich, als wäre er vergiftet und ich sein Gegengift. Vielleicht stimmt das sogar, überlegte ich. Seine Zähne knabberten an meiner Lippe und brachten sie wieder zum Bluten. Als er an der Wunde saugte, krümmte ich mich in seiner Umarmung und bildete mir ein, er trinke aus mir.

Danach lag ich an ihn geschmiegt und ließ meine Hand auf seiner Brust ruhen, als wollte ich die Leere darunter ermessen.

»Ich gäbe alles darum, mein Herz zurückzubekommen«, sagte Aleksander. »Und wenn auch nur, um es dir zu schenken.«

»Du bist gut so, wie du bist.«

Er vergrub sein Gesicht an meinem Hals. »Ania«, sagte er, »ich bin alles andere als gut.«

Es liegt ein Zauber über dieser innigen Nähe, eine ganze Welt aus Seufzern und Haut, die dicker ist als Ziegelsteine und dauerhafter als Eisen. Es gibt nur dich und ihn, so unglaublich nah, dass dazwischen nichts mehr Platz hat. Nicht der Feind, nicht deine Verbündeten. In diesem sicheren Hafen, wo Raum und Zeit geheiligt sind, konnte ich sogar die Fragen stellen, deren Antworten ich fürchtete. »Erzähl mir, wie es war«, flüsterte ich. »Dein erstes Mal.«

Er gab nicht vor, mich nicht oder falsch verstanden zu haben. Er drehte sich auf die Seite, sodass wir wie zwei Löffelchen hintereinander lagen und er mir nicht in die Augen schauen musste, während er sprach. »Es war ein Gefühl, als hätte ich monatelang in der Wüste gelebt und müsste sterben, wenn ich nichts zu trinken bekam. Aber Wasser half nicht. Ich hätte einen See austrinken können, und es wäre nicht genug gewesen. Wonach mich verlangte, war das, was ich durch die Haut riechen konnte, so köstlich wie Cognac.« Er zögerte. »Ich hatte versucht, dagegen anzugehen. Doch inzwischen war ich so hungrig, so schwach, dass ich mich kaum noch auf den Beinen halten konnte. Ich kroch in eine Scheune und wünschte mir, ich wäre wieder tot. Sie kam mit einem Eimer voll Futter für die Hühner, das sie im Hühnerstall verstreute, und ich konnte sie von meinem Platz oben auf dem Heuboden sehen. Wie ein Erzengel kam ich mir vor, als ich ihren Schrei mit dem Stoff meines Umhangs erstickte und sie dann mit hinauf in mein Versteck nahm.

Sie flehte um ihr Leben. Mir war meins wichtiger. Also riss ich ihr die Kehle heraus. Ich trank sie leer und kaute ihre Knochen und schälte ihr Fleisch ab, bis alles meinem Hunger geopfert und nichts mehr übrig war. Mich ekelte, ich konnte nicht fassen, was aus mir geworden war. Ich versuchte, mich zu säubern, aber ihr Blut hatte meine Hände befleckt. Ich steckte mir den Finger in den Hals, konnte aber nicht erbrechen. Doch zum ersten Mal seit Langem verspürte ich keinen Hunger und konnte deshalb auch endlich schlafen. Als ihre Eltern am nächsten Morgen nach ihr suchten und ihren Namen riefen, wurde ich wach. Neben mir lag alles, was von ihr übrig geblieben war: dieser Kopf mit dem dicken blonden Zopf, diesem runden, vor Entsetzen erstarrten Mund. Diesen Marmor-

augen, die das Ungeheuer anstarrten, das ich jetzt war. Ich saß neben ihr und hielt Wache – und ich schluchzte.«

Der Hauptscharführer blickte überrascht zu mir hoch. »Der Donestre«, sagte er, und ich nickte und freute mich, dass er den Verweis auf das mythische Ungeheuer erkannte, von dem er mir erzählt hatte.

»Beim zweiten Mal war es eine Prostituierte, die stehen geblieben war, um sich in einer Gasse die Strümpfe hochzuziehen. Es war leichter, jedenfalls redete ich mir das ein, denn ansonsten hätte ich zugeben müssen, dass das, was ich getan hatte, falsch war. Beim dritten Mal war es mein erster Mann: ein Bankangestellter, der sich auf den Feierabend freute. Es gab auch ein halbwüchsiges Mädchen, das zur falschen Zeit am falschen Ort war. Und eine Salonlöwin, die ich auf dem Balkon eines Hotels hatte weinen hören. Danach hörte ich auf, sie mir zu merken. Es zählte nur noch, dass sie in dem Moment, als ich sie brauchte, da waren.« Aleksander schloss die Augen. »Je öfter man dieselbe Handlung wiederholt, egal, wie verwerflich sie ist, desto eher findet man dafür für sich eine Entschuldigung.«

Ich drehte mich in seinen Armen zu ihm um. »Woher weiß ich, dass du mich nicht auch eines Tages töten wirst?«

Er starrte mich zögernd an. »Du kannst es nicht wissen.«

Das war das vorläufige Ende. An dieser Stelle hatte ich aufgehört zu schreiben, um vor dem Appell noch ein paar Stunden Schlaf zu bekommen.

Der Hauptscharführer legte das Buch zwischen uns auf den Schreibtisch. Seine Wangen waren noch immer gerötet. »Nun«, sagte er.

Ich konnte ihm nicht in die Augen sehen. Ich hatte mich hier vor Fremden nackt ausgezogen, war zur Strafe von einem Aufseher auf dem Hof entkleidet worden und hatte mich dabei doch nie so entblößt gefühlt.

»Wirklich interessant, denn eigentlich geht es hierbei nur um die Beschreibung eines Kusses. Was diesen so plastisch macht, ist die Art und Weise, wie du Aleksanders … andere Heldentaten schilderst.« Er hielt den Kopf schief. »Ein faszinierender Gedanke, dass Gewalt genauso intim wie die Liebe ist.«

Seine Worte überraschten mich. Denn ich hatte nicht die Absicht gehabt, es so zu schreiben … Aber war es nicht wahr? In beiden Beziehungen ging es nur um zwei Menschen: einen, der gab, und einen, der sich hingab. Und ich musste an die vielen Stunden denken, in denen wir uns auf dem Gymnasium mit der Textanalyse eines großen Schriftstellers beschäftigt hatten: *Aber was hat Thomas Mann hier* wirklich *sagen wollen?* Vielleicht hat er gar nichts sagen wollen. Vielleicht wollte er nur eine Erzählung schreiben, die so fesselnd war, dass man sie nicht mehr aus der Hand legte.

»Wie ich annehme, hattest du einen Verehrer.«

Die Stimme des Hauptscharführers erschreckte mich. Es war mir unmöglich, eine Antwort zu stammeln. Schließlich schüttelte ich nur den Kopf.

»Das macht diesen Abschnitt nur noch beeindruckender«, erwiderte der Hauptscharführer. »Wenn er auch unrichtig ist.«

Mein Blick suchte seinen. Doch er wandte sich abrupt ab und erhob sich, wie er das nach dem Mittagessen immer tat, und ließ mir die Reste zurück, während er zu seinem Inspektionsgang in Kanada aufbrach.

»Nicht die … technische Seite«, ergänzte er förmlich, als er seinen Übermantel zuknöpfte. »Den letzten Teil. Als Aleksander sagt, beim zweiten Mal würde es leichter werden.« Der Hauptscharführer wandte sich ab und setzte seine Kappe auf. »Leichter wird es nie.«

Meine Schreibmaschine fehlte.

Ich stand vor dem Platz, den der Hauptscharführer zu meinem eigenen kleinen Arbeitsplatz erklärt hatte, und fragte mich, was ich falsch gemacht hatte.

Darija hatte mich gewarnt, mich nicht allzu sehr an diese Behandlung zu gewöhnen, aber ich hatte ihre Besorgnis an mir abperlen lassen. Wenn andere Frauen höhnische oder sarkastische Bemerkungen über die seltsame *Freundschaft* fallen ließen, die ich zum Hauptscharführer entwickelt hatte, wischte ich sie beiseite. Was kümmerte es mich, was andere über mich dachten, solange ich die Wahrheit kannte? Ich war so verblendet, fest daran zu glauben, dass mein Leben sicher war, solange meine Erzählung nicht zu Ende erzählt war. Doch selbst Scheherazade waren nach tausendundeiner Nacht die Geschichten ausgegangen. Der König jedoch, der sie jeden Tag im Morgengrauen vor ihrer Hinrichtung bewahrte, damit sie ihm den Rest der Geschichte am Abend erzählen konnte, war durch die Botschaften in ihren Erzählungen weiser und milder geworden.

Er machte sie zu seiner Königin.

Ich wollte doch nur, dass die Alliierten auftauchten, bevor mir der Erzählstoff ausging.

»Du arbeitest nicht mehr hier«, sagte der Hauptscharführer teilnahmslos. »Du meldest dich sofort im Krankenhaus.«

Ich erbleichte. Das Krankenhaus war das Vorzimmer der Gaskammern. Das wussten wir alle, und deshalb weigerte sich auch jede, egal, wie krank sie war, dort hingebracht zu werden.

»Ich bin nicht krank«, sagte ich.

Er streifte mich mit einem Blick. »Das ist nicht verhandelbar.«

Im Geiste ging ich meine Arbeit vom Tag zuvor durch: die Anforderungsformulare, die ich ausgefüllt hatte, die Nachrichten, die ich entgegengenommen hatte. Ich konnte kein Fehlverhalten erkennen. Wir hatten auch wie üblich etwa eine halbe Stunde lang über mein Buch gesprochen, und das hatte den Hauptscharführer dazu bewogen, mir von seiner kurzen Zeit auf der Universität zu erzählen, wo er einen Preis für seine Gedichte bekommen hatte. »Herr Hauptscharführer«, flehte ich ihn an. »Bitte geben Sie mir noch eine Chance. Was immer ich falsch gemacht habe, ich werde es wiedergutmachen …«

Sein Blick ging an mir vorbei zur offenen Tür, und er winkte einen jungen Offizier herbei, der mich nach draußen eskortieren sollte.

Von meiner Ankunft in Block 30 ist mir nicht viel in Erinnerung geblieben. Meine Nummer wurde von einer jüdischen Gefangenen aufgenommen, die für die Rezeption zuständig war. Ich wurde in einen kleinen Raum gebracht, der überfüllt und schmutzig war. Die Patienten lagen übereinander auf Papiermatten, und ihre Kleidung war von blutigem Durchfall und Erbrochenem beschmutzt. Einige hatten lange Narben, die nur oberflächlich zusammengenäht waren. Eine

Gefangene, die offenbar hier zur Arbeit abgestellt war, trug einen Stapel mit Leinenverbänden und folgte einer Krankenschwester zum Verbandswechsel. Ich versuchte, sie auf mich aufmerksam zu machen, aber sie weigerte sich, Blickkontakt zu mir aufzunehmen.

Vermutlich aus Angst, ersetzbar zu sein, wie ich.

Dem Mädchen neben mir fehlte ein Auge. Sie umklammerte ständig meinen Arm. »So durstig«, sagte sie immer wieder auf Jiddisch.

Meine Temperatur wurde gemessen und notiert. »Ich möchte einen Arzt sehen«, rief ich, um mit meiner Stimme das Stöhnen der anderen zu übertönen. »Ich bin gesund!«

Dem Arzt würde ich erklären, dass es mir gut ging. Dass ich zurück an die Arbeit konnte, jede Art von Arbeit. Meine schlimmste Angst war die, hier bei diesen Frauen bleiben zu müssen, die wie kaputte Puppen aussahen.

Eine Frau schob den zum Skelett abgemagerten Körper des Mädchens mit dem einen Auge zur Seite und setzte sich neben mich auf die Matte. »Sei still«, zischte sie. »Bist du verrückt?«

»Nein, aber ich muss ihnen sagen …«

»Wenn du noch mehr Theater darum machst, nicht krank zu sein, dann hört es noch einer der Ärzte.«

Diese Frau war eindeutig wahnsinnig. Denn war das nicht genau das, was ich wollte?

»Sie wollen die Gesunden«, ergänzte sie.

Ich schüttelte völlig verwirrt den Kopf.

»Ich kam hierher, weil ich am Bein einen Ausschlag hatte. Der Doktor, der mich untersuchte, befand, dass der Rest von mir noch gesund genug war.« Sie zog das Kleid hoch, sodass ich die blasigen roten Verbrennungen auf ihrem Bauch sehen konnte. »Das hat er mit seinen Röntgenstrahlen angestellt.«

Schaudernd begriff ich allmählich. Ich musste mich krank stellen, um der Aufmerksamkeit der Ärzte zu entgehen. Aber nicht so krank, dass die Wachen mich selektierten.

Ein schier unmöglicher Balanceakt.

»Heute kommt ein hohes Tier aus Oranienburg«, fuhr sie fort. »Das munkelt man jedenfalls. Wenn du weißt, was gut ist für dich, dann sieh zu, dass du keine Aufmerksamkeit auf dich ziehst. Sie wollen bei ihren Vorgesetzten gut dastehen, wenn du weißt, was ich meine.«

Das tat ich. Es bedeutete, dass sie Sündenböcke brauchten.

Ich fragte mich, ob Darija irgendwie erfahren würde, dass man mich hierhergebracht hatte. Und ob sie versuchen würde, jemanden mit einem Schatz aus Kanada zu bestechen, damit ich freikäme. Sofern dies überhaupt möglich war.

Nach einer Weile legte ich mich auf die Matte. Das Mädchen mit dem fehlenden Auge hatte Fieber, sein Körper strahlte Hitzewellen aus. »Durstig«, flüsterte es unentwegt.

Ich wandte mich von ihr ab, rollte mich zusammen und zog das lederne Buch aus meinem Kittel. Dann fing ich an, meine Erzählung von Anfang an zu lesen. Dies tat ich, um mich zu betäuben, und ich konzentrierte mich ganz auf die Worte jeder einzelnen Seite und die von ihnen erschaffene Welt.

Ich bekam die Unruhe auf der Station mit, als die Krankenschwestern hereingerannt kamen, das Zimmer säuberten und die Gefangenen verlegten, sodass wir nicht mehr aufeinander lagen. Ich versteckte das Buch wieder in meinem Kleid und fragte mich, welcher Arzt wohl kam.

Stattdessen trat eine kleine Phalanx von Soldaten an. Sie flankierten einen älteren Mann, den ich noch nie gesehen hatte – einen hochdekorierten Offizier. Gemessen an der Anzahl von Befehlsempfängern, die den Mann umgaben, und an der fast hündischen Ergebenheit, welche die Lageroffiziere an den Tag legten, musste er ein sehr wichtiger Mann sein.

Ein Mann in einem weißen Kittel – der berüchtigte Arzt? – leitete das, was offenbar eine Besichtigungstour war. »Wir machen zunehmend Fortschritte in unseren Methoden zur Massensterilisation durch Bestrahlung«, übersetzte ich mir seine Worte aus dem Deutschen. Ich musste an die Frau denken, die mich ermahnt hatte, den Mund zu halten, an die Verbrennungen auf ihrem Bauch.

Während die anderen im Gänsemarsch den Raum betraten, entdeckte ich unter ihnen den Schutzhaftlagerführer, die Hände auf dem Rücken verschränkt.

Der hochrangige Offizier hob eine Hand und winkte ihn herbei.

»Herr Oberführer? Sie haben eine Frage?«

Er zeigte auf die Jüdin, die die Verbände für die Schwester getragen hatte. »Die hier.«

Der Schutzhaftlagerführer deutete umgehend mit dem Kopf auf eine der Wachen, die das kleine Bataillon begleiteten, und die Gefangene wurde aus dem Raum gebracht.

»Es ist …«, meinte der Oberführer, »… angemessen.«

Die anderen Offiziere entspannten sich alle ein wenig.

»Angemessen ist aber nicht beeindruckend«, ergänzte der Oberführer.

Damit rauschte er aus dem Zimmer, und die anderen folgten ihm.

Zu Mittag nahm ich die Brühe entgegen, die man mir gab. Drinnen schwamm anstatt sichtbarer Gemüse- oder Fleischstücke ein Knopf. Ich schloss die Augen und malte mir aus, was der Hauptscharführer jetzt aß. Schweinebraten, wie ich wusste, weil ich Anfang der Woche den Speiseplan für ihn aus der Offiziersmesse geholt hatte. Ich hatte erst ein Mal Schweinefleisch gegessen, zu Hause bei den Szymanskis, und fragte mich, ob die Szymanskis noch immer in Lodz lebten. Ob sie je an ihre jüdischen Freunde dachten und sich fragten, was aus ihnen geworden war.

Schweinebraten mit grünen Bohnen und Kirsch-Demi-glace, so hatte es auf Speisekarte gestanden. Ich wusste nicht, was *Demi glace* bedeutete, konnte aber das Kirscharoma schmecken, das sich in meinem Gaumen entfaltete. Ich erinnerte mich daran, wie wir mit dem Wagen hinaus aufs Land zur Fabrik von Darijas Vater gefahren waren, mit Josek und den anderen Jungs. Wir hatten auf einer karierten Tischdecke ein Picknick ausgebreitet, und Josek hatte spielerisch eine Kirsche in die Luft geworfen und mit dem Mund aufgefangen. Und ich zeigte ihm, dass ich mit der Zunge einen Knoten in den Stiel machen konnte.

Daran dachte ich und an den Schweinebraten und an die Picknicks, die wir immer im Sommer abhielten und für die Darijas Haushälterin uns jedes Mal so viel einpackte, dass wir die Reste noch an die Enten im Teich verfütterten – man *stelle sich vor*, Reste zu haben?

Ich konzentrierte mich darauf, mich an den Geschmack einer Walnuss zu erinnern und an den Unterschied zum Geschmack einer Erdnuss, und fragte mich dabei, ob man auch den Geschmackssinn verlieren konnte, so wie ein nicht benutztes Körperglied seine Funktionsfähigkeit einbüßte. Ich war so versunken, dass ich anfangs nicht hörte, was sich am Eingang der Station abspielte.

Der Hauptscharführer schrie eine der Krankenschwestern an. »Glauben Sie etwa, ich habe Zeit für Inkompetenz?«, fragte er. »Muss ich etwa den Schutzhaftlagerführer bemühen, und das wegen der Lösung eines Problems, das unter seiner Würde ist?«

»Nein, Herr Hauptscharführer. Ich bin mir sicher, wir können …«

»Vergessen Sie's.« Als er mich entdeckte, trat er an die Matte, auf der ich lag, und packte mich grob am Handgelenk. »Sie werden sich sofort zur Arbeit melden. Sie sind nicht mehr krank«, betonte er, zog mich aus der Krankenstation und über die Eingangsstufen aus dem Krankenhaus und dann über den Hof zu den Verwaltungsgebäuden. Ich musste rennen, um mit ihm mitzukommen.

Als ich dort ankam, standen mein Stuhl und mein Tisch mit der Schreibmaschine wieder an derselben Stelle. Der Hauptscharführer setzte sich an den Schreibtisch. Sein Gesicht war rot, und er schwitzte, obwohl es draußen eiskalt war. Erst am Abend sprachen wir über das, was vorgefallen war.

»Herr Hauptscharführer«, fragte ich zaghaft, »soll ich mich morgen wieder hier zur Arbeit melden?«

»Wohin solltest du sonst gehen?«, fragte er, ohne von den Zahlenreihen aufzusehen, die er addierte.

Auch Darija hatte an diesem Abend Neuigkeiten für mich. Die Bestie war tot. Der Mann, den ich in Block 30 gesehen hatte, war der SS-Oberführer gewesen – Glücks Stellvertreter als Inspekteur der Konzentrationslager –, und er war zur Inspektion auch in die Baracken gekommen. Nach Aussage einer der Frauen in unserem Block, die zu der im Untergrund arbeitenden Widerstandsbewegung im Lager gehörte, stand dieser Stellvertreter im Ruf, Juden, die angenehme Arbeiten hatten, herauszupicken und in die Gaskammer zu schicken. Jetzt hatten wir eine neue Blockälteste, die sich vor der Aufseherin zu beweisen versuchte, indem sie uns über eine Stunde lang den Hampelmann machen ließ und jeden schlug, der vor Erschöpfung stolperte oder hinfiel. Doch erst eine Woche später, als ich etwas für den Hauptscharführer zu erledigen hatte, bekam ich mit, dass nicht nur unsere ehemalige Blockälteste erschossen worden war. Fast alle anderen Juden, die privilegierte Arbeiten verrichteten – von denen, die wie ich als Sekretärinnen arbeiteten, bis zu denen, die im Saal der Offiziersmesse die Offiziere bedienten, vom Cellisten, der im Theater spielte, bis zur Schwesternhelferin im Krankenhaus –, waren verschwunden.

Der Hauptscharführer hatte mich nicht bestraft, indem er mich feuerte und ins Krankenhaus schickte. Er hatte mir das Leben gerettet.

Zwei Tage später, als eine dicke Schneeschicht das Lager überzog, mussten wir uns im Hof versammeln, um einer Hinrichtung beizuwohnen. Vor Monaten hatte es unter den Gefangenen der Sonderkommandos, deren Aufgabe es war, die Leichen aus den Gaskammern zu entsorgen, einen Aufstand gegeben. Wir bekamen sie nicht zu Gesicht, denn sie waren von uns anderen getrennt untergebracht. Nach allem, was uns zu Ohren kam, hatten die Männer die Wachen angegriffen und eins der Krematorien in die Luft gejagt. Dabei konnten auch Gefangene flüchten – obwohl die meisten von ihnen wieder eingefangen und erschossen wurden. Aber damals hatte das für ziemlichen Wirbel gesorgt. Drei Offiziere waren getötet worden, darunter einer, den man lebend in einen der Öfen geschoben hatte – und dies bedeutete, dass die Gefangenen nicht folgenlos gestorben waren.

Für das ganze Lager war dies eine schlimme Woche gewesen, da die SS-Offiziere ihre Wut an allen Gefangenen im Lager ausließen. Aber dann hatte sich alles wieder beruhigt, und wir waren davon ausgegangen, dass die Sache vorbei war, bis wir in der Kälte zusammenstanden, die unseren Atem in der Luft dampfen ließ, und zusahen, wie die Frauen zu den Galgen geführt wurden.

Der Sprengstoff für die Explosionen konnte nämlich zu vier jungen Frauen zurückverfolgt werden, die in der Munitionsfabrik arbeiteten. Sie schmuggelten kleine Mengen Schießpulver, eingewickelt in Stoff oder Papier, am Körper versteckt aus der Fabrik. Das Schwarzpulver wurde dann an ein Mädchen weitergereicht, das in der Bekleidungskammer unseres Lagers arbeitete und es wiederum an die Gefangenen weitergab, die Teil der Widerstandsbewegung waren und es rechtzeitig für den Aufstand den Leitern des Sonderkommandos übergaben. Die junge Frau, die in der Kleiderkammer arbeitete, schlief in meinem Block. Sie war ein kleines, unscheinbares Ding, und man sah ihr die Rebellin nicht an. *Deshalb ist sie ja auch eine Gute,* strich Darija heraus. Eines Tages war diese junge Frau beim Morgenappell weggeschleift worden. Wir wussten, dass man sie für eine Weile in eine Gefängniszelle gesteckt und schlimm gefoltert hatte, anschließend kam sie wieder zu uns zurück – inzwischen aber völlig gebrochen. Sie konnte nicht sprechen, konnte uns nicht ansehen. Sie zog sich die Haut in langen Streifen von den Fingern und kaute an ihren Nägel, bis sie bluteten. Und es verging keine Nacht, in der sie nicht im Schlaf schrie.

Heute war sie im Block zurückgeblieben, und selbst jetzt waren ihre Schreie zu hören. Ihre Schwester war eins der zwei Mädchen, die heute gehenkt wurden.

Sie wurden in ihrer normalen Arbeitskleidung, aber ohne Mantel zu den Galgen geführt. Sie sahen uns mit klaren Augen und hocherhobenen Köpfen an. Ich konnte die Ähnlichkeit zwischen einem der verurteilten Mädchen und dem aus meinem Block erkennen.

Der Schutzhaftlagerführer stand am Fuß der Galgen. Auf sein Kommando hin band ein anderer Offizier den Mädchen die Hände hinter dem Rücken zusammen. Die erste wurde hoch auf den Tisch gezogen, der unter den Galgen stand, und bekam eine Schlinge um den Hals gelegt. Gleich darauf wurde sie an dieser nach oben gerissen. Das zweite Mädchen folgte. Sie zappelten wie Fische an der Angel.

Den ganzen Tag über glaubte ich, die Schreie der jüngeren Schwester zu hören, deren Hinrichtung verschoben worden war. Ich arbeitete im Büro und war eigentlich viel zu weit weg, aber sie hatten sich in mein Gehirn eingebrannt wie eine Endlosschleife. Ich musste an meine eigene Schwester denken. Zum ersten Mal kam mir der Gedanke, dass Basias Entscheidung vielleicht die richtige gewesen war, denn ihr waren die Gräuel eines Ortes wie diesem erspart geblieben. Wenn man wusste, dass einen der Tod erwartete, war es da nicht besser, Zeit und Ort selbst zu bestimmen, anstatt abzuwarten, bis einen das Schicksal wie ein Fallbeil ereilte? War Basias Tat vielleicht nicht aus Verzweiflung geboren gewesen, sondern ein letztes Aufbäumen der Selbstbestimmung? Der Hauptscharführer hatte mich vergangene Woche gerettet, aber dies hieß nicht, dass er auch beim nächsten Mal so großzügig wäre. Der einzige Mensch, auf den ich mich wirklich verlassen konnte, war ich selbst.

Und ich dachte mir, dass die jüngere Schwester in meinem Block genauso empfunden haben musste, als sie anfing, das Schießpulver an die Widerstandsbewegung weiterzuleiten. Sie unterschied sich nicht von Basia. Sie hielten beide Ausschau nach einem Ausweg.

Ich war so zerstreut, dass der Hauptscharführer mich fragte, ob ich Kopfschmerzen hätte. Die hatte ich, aber ich wusste, sie würden schlimmer werden, wenn ich am Abend in den Block zurückkehrte.

Doch meine Sorgen waren unberechtigt, wie sich herausstellte. Die Schwester und ein viertes Mädchen waren kurz nach Sonnenuntergang, vor dem Appell, ebenfalls gehenkt worden. Ich versuchte, nicht hinzusehen, als ich vorbeiging, aber ich hörte das Knarren des Holzes, als ihre Leichen sich drehten, makabre Ballerinen, die im schneidenden Wind sangen.

In dieser Nacht wurde es so kalt, dass wir wach wurden, weil unsere Haare gefroren waren. Als wir am Morgen unsere Rationen zugeteilt bekamen, nahm die Blockälteste einen Blechbecher voll Kaffee von einer der Frauen und warf ihn in die Luft, wo die Flüssigkeit sofort zu einer großen weißen Wolke gefror. Die Hunde, die mit den Offizieren unterwegs waren, winselten und scharrten mit eingezogenen Schwänzen mit ihren Pfoten auf dem vereisten Boden, wenn wir uns zum Appell aufstellten und dabei jegliches Gefühl in unseren Extremitäten verloren. Auf dem anschließenden Weg zur Arbeit mussten wir unsere Schals um die Köpfe wickeln, um keine Frostbeulen auf einem Stück unbedeckter Haut zu riskieren.

In dieser Woche sanken die Temperaturen so tief, dass in unserem Block zweiundzwanzig Frauen starben. Weitere vierzehn, die zur Arbeit im Freien abkommandiert waren, fielen zu Boden und erfroren. Darija besorgte mir aus Kanada eine lange Unterhose und einen Pullover, damit ich noch eine zusätzliche Kleidungsschicht hatte. Die Preise für eine Decke hatten sich auf dem Schwarzmarkt vervierfacht.

Noch nie war ich für meine Büroarbeit beim Hauptscharführer so dankbar wie jetzt, aber ich wusste, wie gefährdet Darija in den ungeheizten Baracken von Kanada war. Also tippte ich, wie ich das schon vorher ein paarmal getan hatte, auf einem gestohlenen Blatt Briefpapier des Hauptscharführers, sobald dieser zum Essenholen gegangen war, eine Notiz mit dem Befehl, dass die Gefangene A 18557 sich in seinem Büro melden sollte. Nachdem ich mich in den Mantel gewickelt und Mütze, Handschuhe und Schal angezogen hatte, eilte ich über das Lagergelände nach Kanada, um die Nachricht zu überbringen und meine beste Freundin aus der Kälte zu holen, und sei es auch nur für ein paar Minuten.

Wir schmiegten uns aneinander und gingen Arm in Arm, und Darija schob in meinen Handschuh ein kleines Stück Schokolade, das sie bei der Arbeit abgezweigt hatte. Wir redeten nicht, das hätte zu viel Energie gekostet. Sobald wir im Verwaltungsgebäude waren, mussten wir den Schein aufrechterhalten, dass Darija zum Hauptscharführer zitiert worden war.

Mit abgewandtem Blick passierten wir SS-Offiziere und Wachen. Ich war ihnen inzwischen bekannt und erweckte kein Misstrauen. Wie es meine Gewohnheit war, drehte ich, als wir vor der Bürotür standen, erst den Türknauf und spähte hinein, für den Fall, dass ich mich verkalkuliert hatte und der Hauptscharführer zurückgekehrt war.

Es befand sich jemand im Raum.

Hinter dem Schreibtisch des Hauptscharführers befand sich ein Safe. Darin wurde das in Kanada gefundene Geld verwahrt, das täglich gut gesichert abtransportiert wurde. Jedes Mal, wenn der Hauptscharführer seine Runden durch Kanada drehte, leerte er die Kiste mit den Wertgegenständen, die in der Mitte der Baracken aufgestellt war. Die kleineren Gegenstände wie Geldscheine, Münzen und Diamanten wurden in sein Büro gebracht. Soweit ich wusste, war der Hauptscharführer der Einzige, der die Kombination des Safes kannte.

Aber jetzt sah ich den Schutzhaftlagerführer vor dessen geöffneter Tür stehen und erkannte, dass ich mich geirrt hatte.

Er schob sich einen Stapel Scheine in die Brusttasche des Mantels.

Mit großen Augen starrte er mich an wie einen Geist.

Einen *upiór*.

Etwas, das eigentlich tot sein sollte.

Ich erkannte sofort, dass er nicht damit gerechnet hatte, mich lebend hier anzutreffen. Wie die anderen Juden in privilegierten Stellungen, die der Oberführer aus Oranienburg vor einer Woche hatte liquidieren lassen, sollte auch ich tot sein.

In Panik trat ich den Rückzug an. Ich musste hier raus, und ich musste Darija von hier wegbringen. Aber selbst wenn ich es schaffen sollte, den Zaun zu überwinden und nach Russland zu fliehen, wäre das nicht weit genug gewesen. Solange ich davon Kenntnis hatte, dass der Schutzhaftlagerführer stahl, und solange ich für seinen Bruder arbeitete, konnte ich ihn anzeigen. Und das bedeutete nur eins: Er musste mich loswerden.

»Lauf«, schrie ich Darija zu, als die Hand des Schutzhaftlagerführers sich um mein Handgelenk schloss. Darija zögerte zu lang, und der Offizier bekam sie mit der anderen Hand an den Haaren zu fassen und zerrte sie ins Büro hinein, bevor er die Tür hinter uns schloss.

»Was, glaubst du, gesehen zu haben?«, wollte er wissen.

Ich schüttelte den Kopf und blickte zu Boden.

»Sprich!«

»Ich … ich habe nichts gesehen, Herr Schutzhaftlagerführer.«

Darija, die neben mir stand, schob ihre Hand in meine.

Der Schutzhaftlagerführer bekam dies mit, das Rascheln zwischen unseren Kleidern. Ich weiß nicht, was er in diesem Moment dachte. Dass wir eine Nachricht austauschten? Dass wir eine Art Code hatten? Oder einfach nur, dass ich, wenn er uns gehen ließe, meiner Freundin erzählen würde, was er getan hatte, und es dann *zwei* Menschen gäbe, die um sein Geheimnis wussten.

Er zog seine Pistole aus dem Halfter und schoss Darija ins Gesicht.

Sie schlug auf dem Boden auf, hielt dabei aber noch immer meine Hand fest. Von der Gipswand hinter uns regnete es Putz und Staub. Ich begann zu schreien. Das Blut meiner besten Freundin spritzte mir ins Gesicht und auf mein Kleid, und ich war taub von der Druckwelle des Schusses. Ich fiel auf Hände und Knie und nahm, mich hin und her wiegend, das in den Arm, was von Darija übrig geblieben war. So wartete ich auf die Kugel, die mir zugedacht war.

»Reiner? Was um Himmels willen machst du hier?«

Die Stimme des Hauptscharführers drang wie durch einen Tunnel zu mir, als hätte man mich in Watte gepackt. Noch immer schreiend, blickte ich zu ihm hoch.

Der Schutzhaftlagerführer packte mich an der Kehle und zog mich hoch. »Ich habe diese beiden dabei erwischt, wie sie dich bestahlen, Franz. Wie gut, dass ich zufällig vorbeigekommen bin.«

Er streckte ihm das Bündel Scheine hin, das er sich in den Mantel gesteckt hatte.

Der Hauptscharführer stellte ein Tablett mit Essen auf den Schreibtisch und sah mich an. »Du hast das getan?«

Mir war klar, dass es nicht darauf ankam, was ich antwortete. Selbst wenn der Hauptscharführer mir glaubte, würde sein Bruder mich von nun an ständig beobachten und nur auf eine Gelegenheit warten, mir das anzutun, was er Darija angetan hatte, damit der Hauptscharführer nicht erfuhr, was ich gesehen hatte.

O Gott, Darija.

Ich schüttelte den Kopf und schluchzte. »Nein, Herr Hauptscharführer.«

Der Schutzhaftlagerführer lachte. »Was soll sie auch anderes sagen? Und warum machst du dir überhaupt die Mühe, sie zu fragen?«

An der Wange des Hauptscharführers zuckte ein Muskel. »Du weißt, dass es Verfahrensregeln gibt«, sagte er. »Du hättest die Gefangene festnehmen müssen, aber nicht erschießen dürfen.«

»Was wirst du tun? Mich anzeigen?« Als sein Bruder nicht darauf reagierte, lief das Gesicht des Schutzhaftlagerführers rot an, wie das immer der Fall war, wenn er betrunken war. »Ich lege die Verfahrensregeln fest. Wer würde mich anfechten? Man hat diese Gefangene dabei ertappt, wie sie Reichseigentum stahl.«

Es war der gleiche Verstoß, der mich überhaupt erst in dieses Büro gebracht hatte.

»Und ich hielt sie auf, als sie dieses Verbrechen beging. Dasselbe sollte mit ihrer Komplizin passieren, auch wenn sie deine kleine Hure ist«, sagte der Schutzhaftlagerführer achselzuckend. »Wenn du sie nicht bestrafst, Franz, dann werde ich es tun.« Und um dies zu unterstreichen, spannte er erneut den Hahn der Pistole.

Ich spürte etwas Warmes am Bein entlanglaufen und stellte bestürzt fest, dass ich in die Hose gemacht hatte. Eine kleine Pfütze bildete sich zwischen meinen Holzpantinen auf dem Boden.

Der Hauptscharführer kam auf mich zu. »Ich habe das, was er behauptet, nicht getan«, flüsterte ich.

In meinem Kleid steckte das Büchlein mit den zehn Seiten, die ich in der vergangenen Nacht geschrieben hatte. Aleksander, eingesperrt in seiner Gefängniszelle. Ania, die ins Gefängnis einbricht, um ihn am Morgen seiner öffentlichen Hinrichtung zu sehen. *Bitte*, flehte er sie an. *Tu eines für mich*.

Alles, versprach Ania.

Töte mich, sagte er.

Wäre dies ein ganz normaler Tag gewesen, hätte der Hauptscharführer es sich bequem gemacht, um mich laut vorlesen zu hören. Aber dies war kein normaler Tag.

In den vier Monaten, die ich für den Hauptscharführer gearbeitet habe, erhob er nie die Hand gegen mich. Doch jetzt tat er es. Er umfasste meine Wange mit einer Hand, so sanft, dass es mir Tränen in die Augen trieb. Mit dem Daumen streichelte er meine Haut, als würde er eine Geliebte berühren, und er sah mich an.

Dann schlug er so fest zu, dass er mir den Kiefer brach.

Als ich nicht mehr aufrecht stehen konnte und blutigen Speichel in meinen Ärmel spuckte, um nicht daran zu ersticken, und der Schutzhaftlagerführer zufrieden war, hörte der Hauptscharführer auf. Er entfernte sich taumelnd von mir, als erwachte er aus einer Trance, und sah sich in seinem verwüsteten Büro um. »Mach die Schweinerei hier weg«, befahl er.

Er ließ mich unter den Augen eines Wachpostens zurück, der den Befehl hatte, mich, sobald ich fertig war, zu den Gefängniszellen zu bringen. Behutsam rückte ich das Mobiliar zurecht, wobei ich bei jeder falschen oder zu schnellen Bewegung zusammenzuckte. Den Gipsstaub wischte ich mit den Händen auf. Mein Blick wanderte immer wieder zu Darija, und jedes Mal glaubte ich, mich übergeben zu müssen. Also zog ich meinen Mantel aus und legte diesen über ihren Oberkörper. Sie wurde bereits steif, die Gliedmaßen kalt und starr. Ich fing zu zittern an – vor Kälte, vor Trauer, vor Entsetzen? –, zwang mich aber, zum Putzschrank zu gehen, um Reinigungsmittel, Putzlappen und einen Eimer zu holen. Ich schrubbte den Boden. Zweimal wurde ich vor Anstrengung und Schmerz ohnmächtig, und zweimal stupste mich der Wachposten mit dem Stiefel an, um mich aus meiner Ohnmacht zurückzuholen.

Als das Büro wieder sauber war, hob ich Darija, die federleicht war wie ich, auf und taumelte unter der zusätzlichen Last. Unter Anweisung des Wachpostens schleppte ich meine beste Freundin – noch immer in meinen Mantel gewickelt – aus dem Verwaltungsgebäude in die eisige Kälte zu einem Waggon in der Nähe der Kanada-Baracken. Darin lagen bereits andere Leichen: Menschen, die in der Nacht gestorben waren, Menschen, die während des Arbeitstags gestorben waren. Ich nahm all meine Kraft zusammen und hievte sie hinein. Einzig und allein das Wissen, dass sie es nicht gutheißen würde, mich aufgeben zu sehen, hielt mich davon ab, zu ihr hineinzuklettern.

Der Wachmann packte mich am Arm und zog mich von Darija weg. Ich riss mich von ihm los und riskierte damit eine weitere Bestrafung. Ich nahm den Mantel, der um Darijas Rumpf gewickelt war, und schlüpfte hinein. Er hatte keinerlei Körperwärme von ihr gespeichert, die auf mich übergehen könnte. Ich griff nach ihrer Hand, die von ihrem eigenen Blut rot gesprenkelt war, und küsste sie.

Bevor das Mädchen, das nach seiner Inhaftierung in unseren Block zurückgekehrt war, gehenkt wurde, hatte es von einer *Stehzelle* gefaselt, die man durch eine winzige Tür wie einen Hundezwinger betrat.

Die Zelle war schmal und hoch, sodass es unmöglich war, sich hinzusetzen. Es blieb einem nichts anderes übrig, als die Nacht über zu stehen, während einem die Mäuse um die Füße tanzten, bis man am Morgen herausgelassen wurde und wieder zur Arbeit antreten musste. Als man mich in eine dieser Zellen brachte, die sich in einem Gebäude befanden, das ich all die Monate nie betreten hatte, hatte ich keinerlei Gefühl mehr. Die Kälte hatte meine Hände, Füße und mein Gesicht betäubt, was gut war, denn so spürte ich den Schmerz im Kiefer nicht. Ich konnte nicht sprechen, ohne vom Schmerz zerrissen zu werden, aber das machte nichts, denn ich hatte nichts mehr zu sagen.

Immer wieder verlor ich das Bewusstsein und bildete mir ein, dass meine Mutter bei mir war. Sie schlang die Arme um mich und hielt mich warm. Sie flüsterte mir ins Ohr: *Sei ein Mensch, Minusia*. Und zum ersten Mal erfasste ich die ganze Bedeutung dieses Appells. Solange man jemandes Wohl über das eigene stellte, hatte man auch jemanden, für den man lebte. Aber wozu weiterleben, wenn es diesen anderen nicht mehr gab?

Ich malte mir mein weiteres Schicksal aus. Der Kommandant könnte meine Bestrafung festlegen: Züchtigung, auspeitschen, Tod. Aber der Schutzhaftlagerführer hielt sich womöglich an keine Regeln und könnte mich einfach hier herausholen und erschießen. Er könnte behaupten, mich auf der Flucht erwischt zu haben, eine weitere Lüge, eine, die man ihm unmöglich abnehmen würde, denn schließlich war ich in dieser Zelle eingesperrt, und dennoch: Wer wollte ihn aufhalten? Wen kümmerte es schon, ob er noch einen Juden umbrachte? Nur den Hauptscharführer vielleicht. Das hatte ich jedenfalls bis heute geglaubt.

Ich war im Stehen eingeschlafen und träumte von Darija. Sie platzte in das Büro herein, in dem ich arbeitete, und sagte mir, ich müsse sofort aufbrechen, aber ich konnte nicht mit Tippen aufhören. Und mit jeder Taste, die ich drückte, zerfetzte eine weitere Kugel ihre Brust, ihren Kopf.

Herr Dibbuk, so hatte ich ihn genannt, bevor ich seinen Rang und seinen Namen kannte. Einer, in dessen Körper sich gegen seinen Willen ein Dämon eingenistet hatte.

Ich könnte nicht sagen, welcher Mann der echte war – der Offizier, der eine Angestellte so lange schlug, bis sie das Bewusstsein verlor, oder der Offizier, der sich Mühe gab und eine Gefangene als Mensch betrachtete. Während unserer mittäglichen literarischen Sitzungen hatte er versucht, mir zu vermitteln, dass in jedem von uns das Gute wie das Böse wohnte. Und ein Ungeheuer nur jemand war, bei dem sich das Gleichgewicht zugunsten des Bösen verschoben hatte.

Und ich … ich war naiv genug gewesen, ihm zu glauben.

Als ich eine Hand an meinem Knöchel spürte, schreckte ich aus dem Schlaf. Ich stöhnte, und die Hand verstärkte ihren Griff, damit ich mich still verhielt. Das Gitter, das die Zelle verschloss, schrammte beim Öffnen über den Boden, und ich kroch hindurch. Vor mir stand ein Wachmann, der mir die Hände hinter dem Rücken zusammenband. Ich vermutete, dass es Morgen war – ohne Fenster konnte ich nur Vermutungen anstellen – und er mich abholte, um mich zur Arbeit zu bringen.

Aber wohin? Wurde ich beim Hauptscharführer erwartet? Ich glaubte nicht, es aushalten zu können, mit ihm wieder im selben Raum zu sein. Nicht, weil er mich geschlagen hatte – schließlich war ich schon von anderen Offizieren gezüchtigt worden, die ich weiterhin Tag für Tag sehen musste, denn so war nun mal das Leben hier. Nein, es war nicht die Brutalität des Hauptscharführers, sondern vielmehr die ihr vorausgegangene Freundlichkeit, die es mir so schwer machte, sein Handeln zu begreifen.

Und so betete ich insgeheim, stattdessen in eins der Strafkommandos versetzt zu werden, die bei dieser brutalen Kälte arbeiten und während der nächsten zwölf Stunden Steine schleppen mussten. Die Unerbittlichkeit der Elemente zu ertragen, konnte ich hinnehmen. Aber nicht die eines Deutschen, dem ich dummerweise vertraut hatte.

Ich wurde nicht zum Verwaltungsgebäude gebracht. Und ich kam auch nicht in ein Strafkommando. Stattdessen wurde ich zu der Rampe gebracht, wo die ankommenden Zugwaggons hielten und die Selektionen stattfanden.

Ich war nicht die Einzige, auch andere Gefangene wurden in die Waggons gescheucht. Das ergab keinen Sinn, denn ich wusste ja, dass die Prozedur niemals in umgekehrter Reihenfolge erfolgte. Hier leerten sich die Waggons, und die Leute, die aus ihnen herausströmten, fuhren nie zurück.

Der Wachmann zog mich hinter die Plattform und löste mir die Handfesseln. Er schien Schwierigkeiten damit zu haben, denn er ließ sich mehr Zeit als nötig. Dann schob er mich in die Reihe der Frauen, die in einen der Waggons verladen wurden. Ich hatte Glück, ich trug noch immer meinen Mantel mit Darijas getrocknetem Blut sowie meine Mütze, die Handschuhe und den Schal, und ich hatte meine Geschichte in meiner Unterwäsche stecken. Ich grapschte mir einen der männlichen Gefangenen, deren Aufgabe darin bestand, uns hineinzupferchen. »Wohin?«, presste ich zwischen den Zähnen hervor, die ich wegen meines schmerzenden Kiefers zusammenbeißen musste.

»Groß-Rosen«, murmelte er.

Ich wusste, dass auch dies ein Lager war, weil ich den Namen auf einigen der Dokumente gelesen hatte. Schlimmer als es hier war, konnte es dort auch nicht sein.

Im Waggon suchte ich mir einen Platz neben dem kleinen Fenster. Dort war es zwar kalt, aber ich bekam frische Luft. Ich ließ mich an der Wand in eine sitzende Position gleiten, denn meine Beine brannten, nachdem ich stundenlang gestanden hatte, und überlegte, warum man mich hierhergebracht hatte.

Womöglich war das die Bestrafung, die vom Kommandanten für Diebstahl festgesetzt worden war.

Oder es hatte jemand versucht, mir ein schlimmeres Schicksal zu ersparen, indem er dafür sorgte, dass ich in einem Zug saß, der mich weit weg vom Schutzhaftlagerführer bringen würde.

Nach dem, was er mir angetan hatte, hatte ich allerdings keinen Grund anzunehmen, dass der Hauptscharführer noch an mich dachte oder sich auch nur fragte, ob ich die Nacht überlebt hatte. Vermutlich war dies nur ein Produkt meiner Vorstellungskraft.

Aber meiner Vorstellungskraft hatte ich es schließlich zu verdanken, dass ich all die Monate in diesem Dreckloch überlebt hatte.

Doch erst Stunden später, als wir in Groß-Rosen ankamen und dort erfuhren, dass es kein Frauenlager war und wir stattdessen zur Außenstelle in Neusalz gebracht werden sollten, fiel mir, als ich meine Handschuhe von den Fingern zog, um vorsichtig meinen Kiefer zu untersuchen, etwas in den Schoß.

Eine winzige Papierrolle, eine Notiz.

Das erklärte, warum die Wache sich so lange damit beschäftigt hatte, mir die Handfesseln zu lösen. Es hatte nicht an den Knoten gelegen, sondern er hatte mir was in die Handschuhe gesteckt.

Es war ein Streifen Papier mit einem Wasserzeichen wie jenes, das ich während der vergangenen Monate jeden Tag in meine Schreibmaschine eingespannt hatte.

»WAS PASSIERT ALS NÄCHSTES?«, stand da geschrieben.

Ich sah den Hauptscharführer nie wieder.

In Neusalz arbeitete ich in den Textilwerken Gruschwitz. Anfangs bestand meine Aufgabe darin, Garn herzustellen – in einer dunkelroten Farbe, die meine Hände fleckig machte –, aber weil ich in einem Büro gearbeitet und Zugang zu Essen gehabt hatte, war ich kräftiger als die meisten anderen Frauen und wurde bald dafür eingesetzt, Eisenbahnwaggons mit Munitionskisten zu beladen. Wir arbeiteten Seite an Seite mit politischen Gefangenen – Polen und Russen –, die für das Ausladen der per Bahn eintreffenden Lieferungen zuständig waren.

Einer der Polen flirtete jedes Mal mit mir, wenn ich den Gleisen zu nahe kam. Obwohl es uns verboten war, miteinander zu sprechen, steckte er mir Nachrichten zu, wenn die Wachen nicht hersahen. Er nannte mich Pinky wegen meiner Handschuhe. Und er flüsterte mir Limericks zu, um mich zum Lachen zu bringen. Ein paar der anderen Frauen machten Scherze über meinen Freund und meinten, er habe es wohl auf Mädchen abgesehen, die sich zierten. In Wahrheit zierte ich mich gar nicht. Ich sprach nur nicht mit ihm, aus Angst, bestraft zu werden, und weil es mir noch immer wehtat, meinen Kiefer zu bewegen.

Ich arbeitete erst zwei Wochen in der Fabrik, da kam er mir näher, als die Wachen es eigentlich zuließen. »Flieh, wenn du kannst. Dieses Lager wird evakuiert werden.«

Ich wusste nicht, was das bedeutete. Würde man uns irgendwohin bringen und erschießen? Würde man uns in ein anderes Lager bringen, ein Todeslager wie das, das ich verlassen hatte? Oder würde man mich zurück nach Auschwitz und zum Schutzhaftlagerführer schicken?

Ich entfernte mich rasch von dem Kriegsgefangenen, bevor er in Schwierigkeiten geriet. Die Information behielt ich für mich.

Drei Tage später war es so weit: Anstatt unsere Arbeit aufzunehmen, mussten wir antreten und wurden dann unter Bewachung durchs Tor hinausgetrieben.

Wir liefen etwa sechzehn Kilometer, bevor es dunkel wurde. Dann ließen die Frauen die dürftigen Besitztümer, die sie zusammengerafft hatten – Decken und Töpfe und was sie sonst im Lager noch beiseitegeschafft hatten –, einfach neben der Straße zu Boden fallen. Unser Ziel war Deutschland, das war alles, was ich erahnen konnte. Ganz vorn im Konvoi zogen Gefangene einen Wagen, in dem die Mahlzeiten für die SS-Offiziere zubereitet wurden. Ein weiterer Wagen am Ende der Schlange war den Leichen derjenigen vorbehalten, die unterwegs vor Erschöpfung zusammengebrochen und gestorben waren. Ich nahm an, dass die Deutschen ihre Spuren zu verwischen versuchten. Jedenfalls lief es die ersten Tage so, aber dann wurden die Offiziere nachlässig und erschossen diejenigen, die umfielen, und ließen sie einfach liegen. Und ohne innezuhalten, wichen wir anderen diesem Hindernis aus, als wäre es ein Fels, der den Strom teilt.

Wir marschierten durch Wälder. Wir marschierten durch Felder. Wir marschierten durch Städte, wo die Leute aus ihren Häusern kamen, um uns anzustarren, einige mit Tränen in den Augen, andere, um uns anzuspucken. Wenn Kampfflugzeuge der Alliierten über uns auftauchten, suchten die Offiziere zwischen uns Deckung. Das Schlimmste war der Hunger, unmittelbar gefolgt vom Zustand meiner Füße. Einige der Frauen hatten zum Glück Stiefel. Ich trug noch immer die Holzpantinen, die man mir in Auschwitz gegeben hatte. Unter den vielen Socken, die ich übereinander trug, hatte ich Blasen auf der Haut, und Holzsplitter hatten mindestens zwei Lagen an den Fersen durchgewetzt. Wo der Schnee in die Wolle eingedrungen war, zeigten sich Erfrierungen auf der Haut. Und dennoch gab es Mädchen, die noch schlechter dran waren als ich. Eine, die nur ein Paar Socken besaß, bekam so schlimme Frostbeulen, dass ihr kleiner Zeh abbrach wie ein Eiszapfen von einer Dachrinne.

Das ging so eine Woche lang. Ich redete mir inzwischen nicht mehr ein, den Tag überleben zu müssen, sondern nur noch die nächste Stunde. Die andauernde Anstrengung ohne jegliche Nahrung forderte ihren Tribut: Ich spürte, dass ich dahinschwand und immer schwächer wurde. Nie hätte ich geglaubt, dass man noch hungriger sein kann, als ich das bereits war, aber das war vor diesem Marsch gewesen. Wenn wir eine Pause einlegten und die Offiziere sich ihre Mahlzeiten zubereiteten, schmolzen wir Schnee, um wenigstens Wasser trinken zu können. Dort, wo der Schnee taute, wühlten wir nach Eicheln oder ein wenig Moos, das wir essen konnten. Dabei sprachen wir kein Wort, denn dazu fehlte uns einfach die Kraft. Nach jeder dieser Pausen gab es mindestens ein Dutzend Frauen, die nicht wieder auf die Füße kamen. Dann kam der SS-Scharfrichter – ein Ukrainer mit breiter, platter Nase und einem knolligen Adamsapfel – und erledigte sie mit einem einzigen Schuss in den Rücken.

Nachdem wir zehn Tage lang marschiert waren, entzündeten die Offiziere an einem der Rastplätze ein Feuer. Sie warfen Kartoffeln in die Flammen und forderten uns heraus, hineinzugreifen und uns eine zu holen. Ein paar Mädchen, wild entschlossen, sich eine Kartoffel zu holen, setzten dabei ihre Ärmel in Brand und wälzten sich dann im Schnee, um die Flammen zu ersticken, was die Offiziere zum Lachen brachte. Ein paar, die erfolgreich eine Kartoffel ergattert hatten, starben schließlich an ihren Verbrennungen. Nach einer Weile waren die Kartoffeln verkohlt, weil keiner sie mehr aus dem Feuer holte. Essen vergeudet zu sehen, fand ich viel schlimmer, als einfach nur zu verhungern.

In jener Nacht schrie eine der Frauen, die an den Händen heftigste Verbrennungen erlitten hatte, vor Schmerz. Ich lag neben ihr und versuchte, sie zu beruhigen, indem ich ihre Arme in frischen Schnee packte. »Das wird helfen«, tröstete ich sie. »Du musst nur aufhören, um dich zu schlagen.« Aber sie war Ungarin und verstand mich nicht, und ich wusste nicht, wie ich ihr sonst helfen sollte. Nachdem sie stundenlang geschrien hatte, kam der Scharfrichter zu uns. Er stieg über mich hinweg und erschoss sie, dann kehrte er dorthin zurück, wo die Offiziere schliefen. Ich hustete, weil ich Rückstände vom Schießpulver in die Lungen bekam, und wickelte mir daraufhin meinen Schal als Filter um den Mund. Die anderen Frauen um mich herum reagierten gar nicht.

Ich tastete nach unten und löste die Schnürsenkel der Stiefel, die die tote Frau trug. Sie würde sie nicht mehr benötigen.

Sie waren mir zwar zu groß, aber besser als die Holzpantinen.

Bevor wir am nächsten Morgen das Lager verließen, befahl man mir, das Feuer zu löschen. Ich erledigte das mit Schnee, bemerkte aber zwischen der Glut die Reste von Kartoffeln. Ich griff hinein und holte eine heraus. Bei meiner Berührung zerfiel sie zu einem Häuflein Asche … Aber das musste doch auch einen Nährwert haben? Und so rasch ich konnte, stopfte ich mir Hände voller Asche in die Taschen und steckte noch Tage später während unseres Marschs die Finger in meinen Mantel und aß davon.

Nachdem wir zwei Wochen unterwegs waren, musste ich an den Kriegsgefangenen denken, der mich zur Flucht gedrängt hatte, denn jetzt verstand ich, warum er das getan hatte. Es gab verschiedene Grade schrittweiser Kapitulation. Von den Frauen, die ihre Holzpantinen abstreiften, weil die Blasen an den Füßen das Weitergehen unmöglich machten, woraufhin sie so schlimme Erfrierungen und Wundbrand bekamen, dass sie daran starben, bis zu denen, die sich einfach hinlegten und nicht mehr aufstanden, wohl wissend, dass sie binnen weniger Minuten tot sein würden – nun, offensichtlich starben wir nach und nach alle. Und am Ende wäre keine von uns mehr übrig.

Was möglicherweise Sinn und Zweck dieses Marschs war.

Doch dann schien es, als gäbe es ein wenig Erbarmen, indem der Frühling sich ankündigte. Die Tage wurden wärmer, der Schnee schmolz nach und nach. Dies war ein Geschenk, denn bald schon würde wieder etwas wachsen, und dies bedeutete Nahrung. Andererseits dezimierte sich dadurch auch unsere unbegrenzte Wasserreserve, und der Boden wurde sumpfig und das Gehen mühsamer. Wir liefen durch Dörfer, in denen wir auf den Straßen schliefen, während die SS-Männer ihr Lager abwechselnd in Häusern oder Kirchen aufschlugen. Am Morgen setzten wir unseren Weg im Wald fort, wo wir für die Kampfflugzeuge nicht so leicht zu entdecken waren.

Eines Nachmittags bekam ich die Aufgabe, den Wagen zu ziehen, der den Konvoi anführte. Plötzlich sah ich etwas im Schlamm stecken.

Einen Apfelbutzen.

Offenbar hatte ihn jemand im Wald weggeworfen. Ein Bauer vielleicht. Ein Junge, der pfeifend durch den Wald rannte.

Ich schielte auf die SS-Offiziere, die neben dem Wagen herliefen. Wenn ich eine Sekunde lang losließ, könnte ich hinrennen, den Butzen aufheben und in die Tasche stecken, ohne dass sie es mitbekamen. Und ich war mir nur allzu bewusst, dass wir in sechs … fünf … vier Schritten daran vorbei wären und es zu spät war. Ich wusste auch aufgrund des Tumults, der sich in unseren zerlumpten Reihen bemerkbar machte, dass ich nicht die Einzige war, die ihn gesehen hatte.

Ich ließ die Wagendeichsel fallen und rannte darauf zu.

Aber ich war nicht schnell genug. Ein SS-Mann riss mich hoch, bevor meine Finger den Butzen packen konnten. Er zerrte mich von meiner Position am Kopf des Konvois nach hinten, wo ich von zwei weiteren Offizieren an den Armen festgehalten und daran gehindert wurde, mich wieder in die Schlange der Gefangenen einzureihen. Ich wusste, was mich erwartete, denn ich hatte es schon oft erlebt: Sobald wir eine Pause machten, würde der Scharfrichter mich tiefer in den Wald hineinführen und dort erschießen.

Meine Knie pochten, und ich kam nur mit Mühe voran. Als der Wagen vor uns abbog, weil das Abendessen zubereitet werden sollte, packte der Scharfrichter mich am Arm und führte mich weg von den anderen Frauen.

Ich war die Einzige, die an diesem Nachmittag hingerichtet werden sollte. Es dämmerte bereits, und der Himmel zeigte sich in einem düsteren Violett, das mir unter anderen Umständen den Atem verschlagen hätte. Der Scharfrichter bedeutete mir, vor ihm niederzuknien. Das tat ich auch, aber ich faltete meine Hände und begann zu betteln. »Bitte, wenn Sie mein Leben verschonen, gebe ich Ihnen etwas dafür.«

Ich weiß nicht, was mich zu diesem Versprechen bewog, ich besaß nichts Wertvolles. Alles, was ich aus Neusalz mitgenommen hatte, trug ich am Leib.

Dann erinnerte ich mich an das lederne Buch, das ich in den Bund meines Kittels gesteckt hatte.

Nichts an diesem brutalen Menschen legte nahe, dass er literarisch interessiert war oder auch nur lesen konnte. Aber ich hob meine Arme zum Zeichen meiner Unterwerfung und griff dann langsam unter meinen Mantel, um das Buch herauszuholen, in das ich meine Geschichte geschrieben hatte. »Bitte«, wiederholte ich. »Nehmen Sie das.«

Er runzelte die Stirn und ging erst nicht auf den Tauschhandel ein. Aber die wenigsten Gefangenen besaßen ein so feines, ledergebundenes Buch. Es war ihm anzusehen, dass er überlegte, ob womöglich etwas Wichtiges drinstehen könnte.

Er streckte eine Hand danach aus. Und sobald sie sich um das Buch schloss, packte ich mit meiner anderen Hand, die jetzt auf dem Boden lag, eine Handvoll Erde und schleuderte ihm diese in die Augen.

Dann rannte ich schneller, als ich je gerannt war, in die Nacht hinein, die sich blutend wie eine tödliche Wunde zwischen den Bäumen ausbreitete.

Die Flucht glückte mir nur, weil einige Umstände sie begünstigten:

1. Das abendliche Dämmerlicht war die schwierigste Tageszeit für die Sicht meiner Verfolger. Aus Bäumen wurden Soldaten, die mit Waffen zielten, und die wachen Augen der Eulen konnten für die von Flüchtigen gehalten werden; Felsen ähnelten feindlichen Panzern, und jeder Tritt eines Tieres schürte ihre Angst, in einen Hinterhalt zu geraten.
2. Die Offiziere hatten keine Hunde dabei, denn der Marsch wurde

für Tiere als zu zermürbend erachtet, also konnte ich nicht aufgrund meines Geruchs verfolgt werden.
3. Der Schlamm.
4. Die Tatsache, dass die Offiziere von diesem Marsch genauso erschöpft waren, wie ich es war.

Ich rannte, bis ich zusammenbrach, und selbst da konnte ich noch die Schüsse der SS-Männer hören, die nach mir suchten. Ich stolperte und rollte in fast völliger Dunkelheit in eine Schlucht hinab und landete an deren Talboden in einem Graben. Ich beschmierte meinen Körper und mein Gesicht mit dem feuchten Schlamm und deckte Zweige und Gebüsch über mich. Dann blieb ich so still liegen, wie ich konnte. Es gab einen Moment, da kamen die Deutschen so dicht an mir vorbei, dass einer der Offiziere auf meine Hand trat, aber ich gab keinen Laut von mir, und er merkte nicht, was sich unter seinem Stiefel verbarg.

Schließlich zogen sie weiter. Um sicherzugehen, wartete ich noch einen ganzen Tag und suchte mir dann meinen Weg durch den Wald. Ich wanderte im Mondlicht, weil ich wegen der wilden Tiere, deren Rufe ich hörte, Angst hatte zu schlafen. Doch als dann der Moment gekommen war, dass ich mich ausruhen und es darauf ankommen lassen musste, dass die Wölfe mich fanden, tauchte in der Ferne etwas auf. Schemenhaft ragte ein breites Walmdach, ein Heuschober vor mir auf.

Drinnen roch es nach Schweinen und Hühnern. Als ich hineinschlüpfte, waren die Hennen auf der Stange in ihr Gegacker vertieft wie alte Frauen und viel zu beschäftigt, um Alarm zu schlagen. Ich tastete mich in der schlammigen Dunkelheit voran und zuckte zusammen, als mein Fuß gegen einen Metalleimer stieß und dieser scheppernd umfiel. Doch es kam niemand, und es gingen auch keine Lichter im Haus an, das ein Stück weit entfernt lag, und so setzte ich meine Suche fort.

Direkt vor dem Verschlag für die Schweine stand ein tiefes Holzfass voller Körner.

Ich tauchte beide Hände in das Fass und schob mir fäusteweise davon in den Mund; es schmeckte nach Sägemehl und Molasse und Eicheln. Dabei gab ich mir Mühe, die ungewohnte Nahrung nicht allzu schnell hinunterzuschlingen, weil ich wusste, dass es mich krank machen würde. Ich kletterte über das niedrige Geländer, schob zwei dicke Säue beiseite und grub meine Hände in einen Trog. Kartoffelschalen. Obstschalen. Brotkanten.

Dies war ein Bankett.

Dann legte ich mich nieder, flankiert von den Schweinen, die mich mit ihrer massigen Gestalt schützten und mit ihren borstigen Rücken wärmten. Zum ersten Mal nach fünf Jahren schlief ich so vollgestopft ein, dass ich auf keinen Fall noch einen weiteren Bissen hinunterbekommen hätte.

Ich träumte, dass der Scharfrichter mich schließlich doch erschossen hatte, denn das hier konnte nur der Himmel sein. Jedenfalls dachte ich das, bis ich aufwachte und eine Mistgabel sah, die auf meine Kehle gerichtet war.

Die Frau war in etwa so alt, wie meine Mutter gewesen wäre; sie trug die Haare wie eine geflochtene Krone um den Kopf, und Falten umgaben ihren Mund wie Klammern. Sie stupste mir ihre Waffe gegen den Hals, und ich taumelte zurück.

Zum Zeichen, dass ich mich ergab, riss ich die Hände hoch. »Bitte«, rief ich und rappelte mich hoch, bis ich auf meinen Füßen stand. Aber ich war so geschwächt, dass ich mich dabei an der Holzeinfassung des Schweinekobens festhalten musste.

Die Mistgabel hielt sie immer noch, aber langsam, ganz langsam senkte sie die Zinken ab und hielt sie stattdessen wie eine Barriere vor den Körper. Mit schief gelegtem Kopf starrte sie mich an.

Was sie sah, konnte ich mir nur vorstellen. Ein Skelett mit einem Überzug aus Schlamm auf der Haut und in den Haaren. Meinen gestreiften Gefangenenmantel und meine schmutzigen rosa Handschuhe und die Mütze.

»Bitte«, murmelte ich erneut.

Sie stellte die Mistgabel ab, rannte aus dem Stall und schloss hinter sich die schwere Tür.

Die Schweine knabberten an den Senkeln meiner gestohlenen Stiefel. Die auf der Stange sitzenden Hühner flatterten gackernd mit den Flügeln. Ich streckte meine Hand über das hölzerne Tor und öffnete den Riegel, um den Schweinekoben zu verlassen. Die Bauersfrau war weggerannt, weil sie erschrocken war, aber das hieß nicht, dass sie nicht jeden Moment mit ihrem Ehemann und einer Flinte zurückkommen konnte. Hastig füllte ich mir die Taschen mit dem Schweinefutter, von dem ich auch letzte Nacht gegessen hatte, denn ich wusste ja nicht, wann ich wieder etwas zu essen finden würde. Bevor ich mich aber durch die Tür davonstehlen konnte, öffnete diese sich wieder.

Vor mir stand die Bäuerin mit einem Laib Brot, einem Krug Milch und einem Teller mit Würsten. Sie kam auf mich zu. »Du musst essen«, flüsterte sie.

Ich zögerte und überlegte, ob dies womöglich eine Falle war. Aber am Ende war ich zu hungrig, um mir diese Chance entgehen zu lassen. Ich nahm mir eine Wurst vom Teller und stopfte sie mir in den Mund. Dann riss ich ein Stück Brot ab und steckte es mir in die Wange, da mein Kiefer noch immer zu sehr schmerzte, um richtig kauen zu können. Den Krug mit Milch leerte ich, und dabei lief sie mir über Kinn und Hals. Wie lange war es her, dass ich frische Milch bekommen hatte? Anschließend wischte ich mir mit der Hand über den Mund und war verlegen, weil ich mich vor dieser Frau wie ein Tier benommen hatte.

»Woher kommst du?«, fragte sie.

Sie sprach Deutsch, und das konnte nur bedeuten, dass wir Deutschland inzwischen erreicht hatten. Konnte es sein, dass es ganz normale Menschen gab, die keine Ahnung hatten, was sich in Polen abspielte? Waren sie von der SS belogen worden wie wir auch? Doch bevor mir eine Antwort einfiel, schüttelte sie den Kopf. »Es ist besser, du erzählst es mir nicht. Du bleibst. Hier bist du sicher.«

Ich hatte keinen Anlass, ihr zu vertrauen. Denn die meisten Deutschen, die ich kennengelernt hatte, waren brutal und ohne Gewissen. Doch es hatte auch einen Herrn Bauer, einen Herrn Fassbinder, einen Hauptscharführer gegeben.

Also nickte ich. Sie zeigte hoch zum Heuboden. Eine Leiter führte nach oben, und durch einen Spalt im Dach fiel Sonnenlicht herein. Mit dem Stück Brot in der Hand, das sie mir gegeben hatte, kletterte ich hinauf. Ich legte mich in ein Bett aus Heu und war bereits eingeschlafen, als die Bäuerin die Stalltür hinter sich zuzog.

Stunden vergingen, bis ich von Schritten unten geweckt wurde. Ich wagte einen Blick über die Leiter und sah die Bäuerin einen Metalleimer hereinschleppen. Um den Hals hatte sie ein Handtuch hängen, und in der freien Hand trug sie einen Stapel zusammengefalteter Kleider. Sie gab mir ein Zeichen, als sie mein Gesicht sah.

»Komm«, sagte sie freundlich.

Ich kletterte über die Leiter nach unten und trat nervös von einem Bein aufs andere. Die Frau klopfte auf einen Heuballen, und ich setzte mich. Sie kniete zu meinen Füßen nieder, tauchte dann einen Waschlappen in das Wasser im Eimer und beugte sich vor, um mir vorsichtig Stirn, Wangen und Kinn zu waschen. Den von Schlamm und Schmutz dunklen Waschlappen spülte sie im Eimer aus.

Ich ließ mir von ihr Arme und Beine waschen. Das Wasser war warm, der reinste Luxus. Als sie anfing, meinen Arbeitskittel aufzuknöpfen, wich ich zurück, doch sie hielt mich mit den Händen an den Schultern fest. »Sch«, murmelte sie und drehte mich so, dass ich ihr den Rücken zukehrte. Sie schälte mir den rauen Stoff vom Leib, und er legte sich wie eine Pfütze um meine Füße. Ich spürte, wie der Waschlappen über jede Perle meines Rückgrats, über die kantigen Flächen meiner Hüftknochen, das Bollwerk meines Brustkorbs strich.

Als sie mich wieder umdrehte und ich sie ansah, hatte sie Tränen in den Augen. Vor Scham, mich durch ihre Augen zu sehen, verschränkte ich die Arme vor meinem nackten Körper.

Nachdem ich saubere Kleidung angezogen hatte – weiche Baumwolle und Wolle, als wäre ich in eine Wolke gehüllt –, brachte sie noch einen Eimer mit sauberem Wasser und ein Stück Seife und wusch mir die Haare. Mit den Fingern löste sie den Schlamm heraus und schnitt dann die verfilzten Flechten ab, die nicht mehr zu entwirren waren. Anschließend setzte sie sich hinter mich, wie meine Mutter das immer getan hatte, und bürstete mein Haar.

Um wieder Mensch zu werden, reicht es manchmal schon, dass es jemanden gibt, der dich als Mensch sieht, egal, wie du dich nach außen hin präsentierst.

Fünf Tage lang brachte die Bäuerin mir die Mahlzeiten. Frühstück mit frischen Eiern, Roggenbrot und Stachelbeermarmelade, zu Mittag Käse auf dicken Scheiben Brot, zum Abendessen Hühnerschenkel mit Wurzelgemüse. Nach und nach wurde ich munterer und kräftiger. Die Blasen an meinen Füßen heilten, und mein Kiefer schmerzte nicht mehr. Ich lernte, mich zu beherrschen und mir nicht mehr sofort alles in den Mund zu stopfen, wenn sie mir das Essen hinstellte. Darüber, wo ich herkam, und auch darüber, wo ich hinwollte, sprachen wir nicht. Ich versuchte, mir einzureden, dass ich hier in diesem Stall bleiben konnte, bis der Krieg vorbei war.

Wieder einmal war ich der Gnade einer Deutschen ausgesetzt, und wie ein Hund, der so oft getreten worden war, dass er vor jeder freundlichen Hand zurückwich, glaubte ich, langsam wieder Vertrauen schöpfen zu können.

Und ich versuchte, Dankbarkeit zu zeigen. Ich machte den Hühnerstall sauber, eine Arbeit, für die ich Stunden benötigte, weil ich mich immer wieder hinsetzen musste, um auszuruhen. Ich sammelte die Eier ein, sodass sie, wenn die Bäuerin am Nachmittag kam, ordentlich geschichtet in einem Eimer bereitlagen. Ich holte die Spinnweben von den Balken und fegte den Heuboden, bis man unter den Ballen den Holzboden sah.

Eines Abends kam die Bäuerin nicht.

Ich hatte Hunger, aber das war nichts im Vergleich zu der Erfahrung, die ich im Lager oder auf dem Marsch gemacht hatte. Ich war so lange ohne Nahrung ausgekommen, dass eine einzelne Mahlzeit jetzt gar nicht ins Gewicht fiel. Vielleicht war sie krank, vielleicht war sie weggefahren. Als am nächsten Morgen die Stalltür aufging, kletterte ich rasch die Leiter hinunter, denn erst jetzt wurde mir bewusst, wie sehr ich ihre Gesellschaft vermisst hatte.

Die Bäuerin stand als Schattenriss in der sonnenhellen Tür, sodass ich nicht gleich bemerkte, dass ihre Augen rot verquollen waren und sie nicht allein gekommen war. Ein Mann im Flanellhemd mit Hosenträgern stand schwer auf einen Stock gestützt neben ihr. In seiner Begleitung war zudem ein Polizist.

Mein freudiges Lächeln wurde zur Grimasse. Ich stand wie angewurzelt auf dem Stallboden und hielt die Leiter so fest umklammert, dass sich mir das Holz in die Haut unter meinen Fingernägeln bohrte. »Es tut mir leid«, würgte die Frau hervor, aber mehr sagte sie nicht, denn ihr Ehemann hielt sie zurück. Der Polizist fesselte mir die Hände, zog dann die Stalltür weit auf und führte mich zu einem Lastwagen, der in der Einfahrt wartete.

Meine Mutter pflegte zu sagen, manchmal käme es nur auf den richtigen Blickwinkel an, um auch in einer Tragödie ein Wunder zu erkennen, wie Katzengold in einem harten Felsbrocken. Das traf auf jeden Fall auf meine toten Familienmitglieder zu – und sei es nur, weil sie nicht erleben mussten, mich in dieser Verfassung zu sehen, die *Welt* nicht in dieser Verfassung erleben mussten. Der Mord an einer anderen Frau hatte mir ein Paar robuste Schuhe eingebracht. Wäre ich nicht auf dem Marsch von Neusalz gewesen, hätte ich niemals diesen Stall gefunden und fast eine ganze Woche lang drei kräftige Mahlzeiten in den Bauch bekommen.

Und da der Bauer nun schon mal entdeckt hatte, dass seine Frau heimlich jemanden versteckte, und daraufhin die Polizei rief, um mich auszuliefern, hatte dies immerhin zur Folge, dass ich meine Fahrt ins nächste Lager in einem Lastwagen zurücklegte und Kraft sparte, die ich nie gehabt hätte, wenn ich die ganze Strecke hätte laufen müssen. Und aus diesem Grund war ich immer noch am Leben, als wir am 11. März 1945 in Flossenbürg eintrafen – ironischerweise am selben Tag wie jene Frauen, die mit mir von Neusalz aufgebrochen waren, von denen es allerdings mehr als die Hälfte nicht bis hierher geschafft hatten.

Eine Woche später wurden wir in Züge verladen und in ein weiteres Lager gebracht.

Wir erreichten Bergen-Belsen in der letzten Märzwoche. In den Waggons waren wir so dicht zusammengedrängt, dass schon die kleinste Bewegung einen Fuß im Gesicht oder ein Grunzen einer anderen nach sich zog und alle verzweifelt versuchten, Abstand zu dem überlaufenden Eimer zu halten, den wir als Latrine benutzten. Als der Zug hielt, torkelten wir ins Freie und hielten uns aneinander fest, als wären wir betrunken. Ich schaffte es nur wenige Schritte weit, bevor ich zu Boden sank.

Als Erstes bemerkte ich den Gestank. Er war einfach unbeschreiblich. Das verbrannte Fleisch in Auschwitz war nichts im Vergleich zu diesem widerlichen Geruch nach Krankheit, Urin, Kot und Tod. Er stieg einem in die Nase und in die Kehle, man atmete nur noch ganz flach durch den Mund. Überall sah man Stapel voller Leichen, manche völlig planlos, andere ganz ordentlich aufgeschichtet, wie Gebäude oder Kartenhäuser. Diejenigen, die noch kräftig genug waren, schleppten die Leichen weg.

Jeder in diesem Lager hatte Typhus. Was kein Wunder war, wenn Hunderte von Menschen in Baracken zusammengepfercht wurden, die für fünfzig ausgelegt waren, die Latrine aus einem Loch im Freien bestand, es weder genug Essen noch frisches Wasser für Tausende von Gefangenen gab, die man hierhergeschafft hatte.

Wir arbeiteten nicht. Wir moderten vor uns hin. Wie Schnecken rollten wir uns auf dem Boden der Baracken zusammen, nur so hatten wir alle Platz. Wachen kamen, um die Toten wegzuschaffen. Manchmal nahmen sie auch die Lebenden mit. Aber dies war ein verzeihlicher Irrtum, denn auch wir wussten nicht immer, wer tot oder lebendig war. Leises Stöhnen begleitete die Nächte, auf der Haut bildeten sich Fieberblasen, wir halluzinierten. Morgens schlurften wir dann hinaus und nahmen Aufstellung zum Appell, um uns stundenlang zählen zu lassen.

Ich freundete mich mit einer Frau namens Tauba an, die mit ihrer Tochter Sura in Hrubieszów gelebt hatte. Tauba hatte einen kostbaren Besitz, an den sie sich mit der gleichen Entschlossenheit klammerte wie ich damals an mein ledernes Buch. Es war eine fadenscheinige, von Läusen infizierte Decke. Sie und Sura hatten diese auf dem Marsch benutzt, der sie hierherbrachte, und damit dem Schnee und den Elementen getrotzt und in den Nächten überlebt, die anderen den Kältetod bescherten. Jetzt benutzte Tauba sie, um Sura zu wärmen, die nur wenige Tage nach ihrer Ankunft im Lager krank geworden war. Sie wickelte ihre Tochter in die Decke, wiegte sie und sang ihr Schlaflieder vor. Wenn wir zum Appell gerufen wurden, hielten wir Sura wie in einem Schraubstock zwischen unseren Körpern aufrecht.

Eines Nachts bettelte Sura im Traum um Essen. Tauba drückte sie enger an sich. »Was soll ich denn für dich kochen?«, flüsterte sie. »Ein Brathähnchen vielleicht. Mit Soße und glasierten Karotten und Kartoffelbrei.« Tränenglanz stand ihr in den Augen. »Mit Butter, einem großen Klecks, wie Schnee auf einem Berggipfel.« Sie drückte Sura noch fester an sich, und der Kopf des Mädchens sackte an seinem zarten Hals nach hinten. »Wenn wir dann am Morgen wieder Hunger haben, dann bringe ich dir meine Spezialpfannkuchen, gefüllt mit Topfen und mit Zucker bestreut. Dazu gebackene Bohnen und Eier und dunkles Brot und frische Blaubeeren. Es wird so viel zu essen geben, Surele, dass du gar nicht alles aufessen kannst.«

Ich wusste, dass einige der kräftigeren Frauen es geschafft hatten, in die Küchen zu gehen und dort im Abfall nach Essbarem zu suchen. Sie wurden nicht bestraft dafür, was mich wunderte – entweder wollten uns die Wachen nicht zu nahe kommen und eine Krankheit riskieren oder es kümmerte keinen mehr. Und so folgte ich am nächsten Morgen, nachdem ich mich vergewissert hatte, dass Sura noch atmete, einer kleinen Abordnung, die zur Küche aufbrach. »Was machen wir?«, fragte ich nervös, weil wir im hellen Tageslicht herumstanden. Aber schließlich schwänzten wir keine Arbeit. In diesem Lager gab es nichts für uns zu tun, außer zu warten. Kam es da darauf an, ob wir hier, unter einem Küchenfenster, anstatt in einer Baracke standen?

Das Fenster öffnete sich, und eine stämmige Frau leerte einen Eimer voller Reste aus. Kartoffelschalen, Satz vom Kaffeeersatz, Wurstpellen, die Knochen eines Bratens. Die Frauen stürzten sich wie die Tiere darauf, grapschten sich, was sie kriegen konnten. Da ich zu lange zögerte, entgingen mir die köstlichen Abfälle, aber es gelang mir doch, das Gabelbein eines Hühnchens und eine Handvoll Kartoffelschalen zu ergattern. Ich steckte sie mir in die Tasche und eilte zurück zu Tauba und Sura.

Ich reichte die Kartoffelschalen Tauba, die ihrer Tochter gut zuredete, an einer zu lutschen. Aber Sura war nicht mehr bei Bewusstsein. »Dann musst du sie essen«, bedrängte ich sie. »Wenn es ihr wieder besser geht, wird sie deine Kraft brauchen.«

Tauba schüttelte den Kopf. »Wenn ich nur daran glauben könnte.«

Ich zog den Knochen, den ich mitgenommen hatte, aus meiner Tasche. »Wenn meine Schwester Basia und ich uns in unserer Kindheit etwas ganz fest wünschten – ein neues Fuhrwerk oder einen Ausflug aufs Land –, trafen wir eine Vereinbarung«, erzählte ich Tauba. »Wenn Mama ihr Sabbathühnchen kochte und wir das Gabelbein, den Wunschknochen, bekamen, wünschten wir uns beide dasselbe. Auf diese Weise musste es einfach in Erfüllung gehen.« Ich hielt den Knochen hoch, wickelte meine Finger um die eine Seite des gabelförmigen Knochens und überließ Tauba die andere Seite. »Fertig?«, fragte ich.

Der Knochen brach zu ihren Gunsten. Aber darauf kam es ohnehin nicht an.

Als in dieser Nacht die Kapos kamen, um nach Toten zu suchen, war Suras Körper der erste, der weggebracht wurde.

Ich lauschte Taubas Totenklage, die durch ihren Verlust völlig aufgelöst war. Sie vergrub ihr Gesicht in der Decke, die alles war, was ihr von ihrer Tochter blieb. Aber auch derart gedämpft ging ihr Weinen in Schreien über, und ich hielt mir die Ohren zu, ohne es ausblenden zu können. Wie Messer stachen die Schreie zu und gruben sich mir wie Dolche in den Schädel. Verwundert beobachtete ich, wie sie meine eingefallene Haut durchbohrten und kein Blut freisetzten, sondern Feuer.

Minka. Minka?

Taubas Gesicht tauchte verschwommen vor meinem Gesichtsfeld auf, als läge ich am Grund des Meeres und starrte hinauf in die Sonne. *Du hast Fieber, Minka.*

Ich zitterte jetzt unkontrollierbar, und meine Kleider waren schweißnass. Den Ausgang kannte ich. In ein paar Tagen würde ich tot sein.

Aber dann tat Tauba etwas Unglaubliches. Sie nahm die Decke

und riss sie entzwei. Und einen Teil davon wickelte sie mir um die Schultern.

Wenn ich schon sterben musste, dann wollte ich das nach meinen Bedingungen tun. Da stand ich meiner Schwester in nichts nach. Der Tod sollte mich nicht in einer stinkenden Hütte holen, umgeben von lauter Kranken. Und ich würde nicht zulassen, dass die letzte Person, die über mich bestimmte, ein Wachmann war, der meine Leiche wegschleppte, damit sie irgendwo in der Mittagssonne verrottete.

Also taumelte ich ins Freie, wo die Luft kühler um meine Haut strich. Ich wickelte die Decke eng um mich und fiel zu Boden.

Mir war klar, dass ich auf diese Weise jemandem die Mühe ersparte, meine Leiche am Morgen nach draußen zu bringen. Aber im Moment schüttelten mich noch Fieberanfälle, und ich blickte hinauf in den Nachthimmel.

In Lodz konnte man nicht viele Sterne sehen. Dazu war die Stadt zu groß und zu hell. Aber mein Vater hatte mir als Mädchen die Konstellationen erklärt, als wir Urlaub auf dem Land machten. Wir vier wohnten in einem gemieteten Häuschen ganz für uns allein an einem See, angelten und lasen und wanderten und spielten Backgammon. Bei Kartenspielen übertrumpfte meine Mutter uns alle, aber den größten Fisch fing immer mein Vater.

Nachts schliefen mein Vater und ich manchmal auf der Veranda, wo die Luft so frisch war, dass man sie trank, anstatt sie zu atmen. Mein Vater zeigte mir das Sternbild des Löwen, das sich direkt über uns befand. Es war benannt nach einem weiteren mythischen Ungeheuer, dem Nemeischen Löwen, einem mächtigen wilden Tier, dessen Haut kein Messer und kein Schwert zu durchdringen vermochte. Die erste Aufgabe von Herkules bestand darin, ihn zu töten, aber ihm wurde rasch klar, dass er den Löwen nicht mit Pfeilen erschießen konnte. Stattdessen jagte er das Ungeheuer in eine Höhle, betäubte es mit einem Schlag auf den Kopf und strangulierte es dann. Als Beweis seines Sieges benutzte er die Klauen des Löwen, um ihm das Fell abzuziehen.

Du siehst Minka, sagte mein Vater. *Alles ist möglich. Selbst das schrecklichste Ungeheuer ist eines Tages vielleicht nur noch eine ferne*

Erinnerung. Und er hielt dabei meine Hand und zeichnete mit meinem Finger die hellsten Sterne der Konstellation nach. *Schau*, sagte er. *Dort sind der Kopf und der Schwanz. Da das Herz.*

Ich war tot und betrachtete einen Engelsflügel. In ätherischem Weiß flatterte er am Rand meines Gesichtsfelds.

Doch wenn ich tot war, wie konnte sich da mein Kopf schwer wie ein Amboss anfühlen? Warum roch ich noch immer den fürchterlichen Gestank, der über diesem Ort hing?

Ich setzte mich mühsam auf und erkannte, dass das, was mir in meiner Einbildung als Flügel erschien, eine Flagge war, ein Stoffstreifen, der im Wind flatterte. Dieser hing vom Wachturm gegenüber von den Baracken, in denen ich untergebracht gewesen war.

Der Wachturm war unbemannt.

Der dahinter ebenso.

Keine Offiziere liefen umher, keine Deutschen. Es war eine Geisterstadt.

Inzwischen hatten auch einige andere Gefangene begriffen, was geschehen war. »Steht auf«, rief eine Frau. »Steht auf, sie sind alle weg!«

Ein Menschenstrom, der gegen den Zaun anbrandete, riss mich mit. Hatten sie uns hier zurückgelassen, damit wir verhungerten? Waren unter uns noch welche kräftig genug, den Stacheldrahtzaun einzureißen?

In der Ferne sahen wir Lastwagen mit dem Zeichen des Roten Kreuzes. Und da wusste ich, dass es nicht mehr darauf ankam, ob wir stark genug waren. Jetzt gab es andere, die *für* uns stark sein würden.

Es existiert ein Foto von mir, das an diesem Tag gemacht wurde. Ich sah es einmal in einer Dokumentation des öffentlichen Fernsehens über den 15. April 1945, als die ersten britischen Panzer sich Bergen-Belsen näherten. Ich war entsetzt, mein Gesicht auf dem Körper eines Skeletts zu sehen. Und ich kaufte mir sogar das Video, damit ich es abspielen und im richtigen Moment anhalten konnte, um mich zu vergewissern. Aber ja, das war ich, mit meiner rosa Mütze und den Handschuhen und Suras Decke, die ich mir um die Schultern gewickelt hatte.

Ich habe es bis jetzt noch keinem gesagt, dass ich das war auf diesem Filmmaterial.

An dem Tag, als die Engländer uns befreiten, wog ich knapp vierunddreißig Kilo. Ein Mann in Uniform kam auf mich zu, und ich sank ihm in die Arme, unfähig, mich noch länger aufrecht zu halten. Er hob mich hoch und trug mich in ein Zelt, das als Krankenstation diente.

Ihr seid frei, teilten sie uns über Lautsprecher mit, auf Englisch, auf Deutsch, auf Jiddisch und auf Polnisch. *Ihr seid frei, bewahrt Ruhe. Ihr bekommt zu essen. Hilfe ist unterwegs.*

Du wirst mich jetzt fragen, warum ich dir nicht schon früher davon erzählt habe.

Ich habe es nicht getan, weil ich weiß, wie eindringlich so eine Erzählung sein kann. Sie kann den Lauf der Geschichte verändern. Sie kann ein Leben retten. Aber sie kann auch ein Krater sein, ein Treibsand, worin man stecken bleibt und woraus man sich nicht mehr befreien kann.

Man würde annehmen, dass sich etwas verändern müsste, wenn man Zeugnis über derartige Gräuel ablegt, aber dem ist nicht so. Aus den Zeitungen weiß ich, dass die Geschichte sich wiederholt. In Kambodscha. In Ruanda. Im Sudan.

Die Wahrheit ist so viel schlimmer als die Fiktion. Einige Überlebende wollen nur über das sprechen, was passiert ist. Sie gehen in die Schulen und Museen und Synagogen und halten Vorträge. Vermutlich ist das ihr Weg, dem Ganzen einen Sinn zu geben. Ich habe sie sagen hören, dass sie sich dazu verpflichtet fühlen, weil sie womöglich genau aus diesem Grund überlebt haben.

Mein Ehemann – dein Großvater – pflegte zu sagen: *Du warst eine Schriftstellerin, Minka. Stell dir vor, was du für eine Geschichte erzählen könntest.*

Aber gerade *weil* ich eine Schriftstellerin war, könnte ich das niemals tun.

Die Waffen, die einem Autor zur Verfügung stehen, sind unzulänglich. Es sind Worte, die keine Kontur haben und überstrapaziert sind. *Liebe* beispielsweise. Ich könnte das Wort *Liebe* tausend Mal schreiben, und tausend Mal würde es für verschiedene Leser etwas anderes bedeuten.

Was ergibt es für einen Sinn, Gefühle aufs Papier zu bringen, die viel zu komplex, zu gewaltig, zu überwältigend sind, um in ein Alphabet gepresst zu werden?

Liebe ist nicht das einzige Wort, das versagt.

Auch beim *Hass* ist es so.

Krieg.

Und *Hoffnung*. O ja, *Hoffnung*.

Du verstehst also, warum ich meine Geschichte nie erzählt habe.

Wenn man sie erlebt hat, weiß man auch, dass es keine Worte gibt, die das Erlebte auch nur annähernd beschreiben können.

Und sofern das nicht möglich ist, wird man es nie verstehen.

TEIL III

Wie wunderbar ist es doch, dass niemand auch nur eine Sekunde warten muss, bevor er anfängt, die Welt zu verbessern.

Anne Frank, *Tagebuch der Anne Frank*

Er war schneller als ich und stärker. Als er mich endlich erwischte, hielt er mir mit einer Hand den Mund zu, damit ich nicht schreien konnte, und schleifte mich in eine verlassene Scheune, wo er mich auf ein staubiges Bett aus Heu warf.

Ich blickte zu ihm hoch und fragte mich, wer er wirklich war und warum ich es nicht erkannt hatte. »Wirst du mich jetzt auch töten?«, fragte ich herausfordernd.

»Nein«, sagte Aleks leise. »Ich tue alles, was ich kann, um dich zu retten.«

Er streckte eine Hand durch die zerbrochene Fensterscheibe, um eine Handvoll Schnee zu schöpfen. Damit rieb er sich dann die Arme ab und trocknete sie anschließend mit den Fetzen seines Hemds.

Die frischen Wunden an seinen Schultern, der Brust und dem Rücken waren leicht zu erkennen. Es gab aber mindestens noch ein Dutzend andere, schmale Schnitte, die sich über die Innenseite seiner Arme, über sein Handgelenk, seine Handinnenfläche zogen. »Nachdem er dich angegriffen hat, fing ich damit an«, erklärte Aleks. »Mit Brotbacken.«

»Ich verstehe nicht …«

Im Mondlicht schimmerten die Narben an dem Arm wie eine silberne Leiter. »Ich habe nicht darum gebeten, so zu sein, wie ich bin«, sagte er angespannt. »Ich versuche, Casimir einzusperren und zu verstecken. Ich gebe ihm rohes Fleisch zu essen, aber sein Hunger ist unersättlich. Ich gebe mir alle Mühe, ihn daran zu hindern, seiner Natur die Oberhand zu lassen. Und ich versuche auch, mich selbst zu zügeln. Die meiste Zeit gelingt mir das. Aber eines Tages entkam er mir, als ich für ihn unterwegs auf Nahrungssuche war. Ich spürte ihn im Wald auf. Er hatte deinen Vater angegriffen, der gerade Holz für den Ofen machte, aber dein Vater war mit sei-

ner Axt im Vorteil. Als ich hinrannte und versuchte, Casimir abzulenken, gab das deinem Vater Gelegenheit, sich zur Wehr zu setzen. Er landete einen Schlag in Casimirs Schenkel. Ich ging auf ihn zu, um ihm die Axt wegzunehmen. Ich weiß nicht, ob es am Geruch des Blutes oder am Adrenalin lag, das er verströmte …« Aleks wandte sich ab. »Ich weiß nicht, wie es geschah, warum ich mich nicht unter Kontrolle hatte. Er ist schließlich mein Bruder. Das ist meine einzige Ausrede.« Aleks fuhr sich mit einer Hand durchs Haar, sodass es sich aufstellte wie ein Hahnenkamm. »Mir war klar, wenn es wieder geschähe, auch nur ein einziges Mal, wäre das zu viel. Ich musste einen Weg finden, die anderen zu schützen, für alle Fälle. Also bat ich darum, für dich arbeiten zu dürfen.«

Er betrachtete seine Narben, und ich musste an das Brötchen denken, das er jeden Tag für mich gebacken hatte, und sein Insistieren, dass ich es auch ganz aufaß. Ich musste an die Stangenweißbrote denken, die ich in dieser Woche verkauft hatte und von denen mir die Kunden sagten, der bloße Geschmack sei eine religiöse Erfahrung. Da fielen mir die alte Sal ein und ihre Worte, dass man gegen einen upiór *nur immun werden könne, wenn man sich sein Blut einverleibte. Und ich dachte an die rosa Färbung des Teigs und begriff, was Aleks mir sagte.*

Er blutete im wahrsten Sinne des Wortes dafür, uns vor ihm selbst zu schützen.

SAGE

Meine Großmutter war im doppelten Sinn eine Überlebende. Lange bevor ich von ihrer Verbindung zum Holocaust erfuhr, besiegte sie ihre Krebserkrankung.

Ich war noch ganz klein, drei oder vier. Meine Schwestern waren tagsüber in der Schule, und meine Mutter nahm mich jeden Morgen, wenn mein Großvater zur Arbeit ging, mit zu Omis Haus, damit sie während der Genesung nicht allein war. Meiner Großmutter war die rechte Brust entfernt worden. Sie lag zu Hause auf der Couch, während ich mir im Fernsehen *Sesamstraße* ansah oder auf dem Couchtisch malte und meine Mutter putzte, Geschirr spülte und Essen für sie kochte. Omi machte jede Stunde ihre Übungen, die darin bestanden, die Finger an der Wand hinter der Couch hochkriechen zu lassen und die Arme so gut es ging auszustrecken – eine Methode, um die Muskeln wieder aufzubauen, die durch die Operation gelitten hatten.

Sofort nach unserer Ankunft half meine Mutter ihr ins Bad zum Duschen. Sie schloss dann die Tür, half meiner Großmutter dabei, den Morgenmantel auszuziehen, und ließ sie unter dem dampfenden Wasserstrahl allein. Fünfzehn Minuten später klopfte sie leise und betrat das Bad, und dann kamen die beiden gemeinsam heraus: Omi duftete nach Talkumpuder, trug einen frischen Morgenmantel, und das Haar in ihrem Nacken war feucht, der Rest davon hingegen rätselhaft trocken.

Eines Tages ging meine Mutter, nachdem sie Großmutter unter die Dusche gestellt hatte, mit einem Stapel gefalteter Wäsche nach oben. »Bleib hier, Sage«, sagte sie, »bis ich zurückkomme.« Ich war so vertieft in die Fernsehsendung, weil gerade das Krümelmonster zu sehen war, vor dem ich Angst hatte, dass ich gar nicht darauf achtete. Ich durfte mich nämlich keinesfalls abwenden, denn dann könnte es aus seiner Mülltonne herauskrabbeln, ohne dass ich es mitbekam.

Sobald jedoch meine Mutter nach oben gegangen und das Krümelmonster nicht mehr im Bild war, ging ich zum Badezimmer. Die Tür war nicht verriegelt, damit meine Mutter jederzeit hineinkonnte. Ich stieß sie einen Spaltbreit auf, und sofort kräuselten sich meine Haare in dem Wasserdampf, der mich einhüllte.

Anfangs sah ich gar nichts. Es war, als wäre ich in eine Wolke gelaufen. Als sich die Sicht jedoch klärte, bemerkte ich meine Großmutter, die auf der anderen Seite der gläsernen Duschabtrennung auf einem kleinen Plastikschemel saß. Sie hatte das Wasser abgedreht, aber eine Duschhaube auf dem Kopf, die wie ein Pilz aus einem Bilderbuch aussah: rot mit weißen Punkten. Auf ihrem Schoß lag ein Handtuch. Mit der gesunden Hand tupfte sie sich Puder auf den Körper.

Ich hatte sie noch nie nackt gesehen. Auch meine Mutter hatte ich nie nackt gesehen. Also starrte ich sie an, weil es so viele Unterschiede zwischen ihrem Körper und meinem gab. So hing beispielsweise ihre Haut schlaff von den Knien und den Ellbogen und ihrem Bauch, als wäre nicht genug da, um sie zu füllen. Dann die weißen Schenkel, als würde sie nie in Shorts draußen herumlaufen, was wohl auch stimmte.

Die Nummer auf ihrem Arm, die mich an die Nummer erinnerte, die der Lebensmittelhändler immer scannte, wenn wir einkauften.

Und natürlich die Narbe dort, wo die rechte Brust gewesen war.

Sie war noch feuerrot, und das gekräuselte Fleisch bedeckte einen regelrechten Krater.

Inzwischen hatte meine Großmutter mich entdeckt. Sie öffnete mit der rechten Hand die Duschtür, sodass mir der Geruch des

Talkumpuders fast den Atem verschlug. »Komm näher, Sagele«, sagte sie. »Ich habe nichts vor dir zu verbergen.«

Ich trat einen Schritt vor und blieb dann stehen, weil die Narben meiner Omi mir noch mehr Angst einjagten als das Krümelmonster.

»Dir fällt auf, dass etwas anders ist an mir«, sagte sie.

Ich nickte. Damals hatte ich keine Worte für das, was ich nicht sah, aber ich begriff, dass es nicht so war, wie es hätte sein sollen. Ich zeigte auf die Wunde. »Da fehlt was«, sagte ich.

Meine Großmutter lächelte, und das allein reichte mir, und ich sah nicht mehr die Narbe, sondern erkannte sie wieder. »Ja«, sagte sie. »Aber sieh nur, wie viel von mir noch übrig ist.«

Ich warte im Schlafzimmer meiner Großmutter, während Daisy sie bettfertig macht. Liebevoll stapelt die Pflegerin die Kissen so, wie sie es gernhat, und deckt sie zu, bevor sie sich für die Nacht zurückzieht. Ich setze mich auf die Bettkante und halte die Hand meiner Großmutter, die sich kühl und trocken anfühlt. Ich weiß nicht, was ich sagen soll. Ich weiß nicht, was es *noch* zu sagen gibt.

Meine Gesichtshaut prickelt, als würden Narben einander erkennen, obwohl die Narben, die meine Großmutter diesmal offenbart hat, unsichtbar waren. Ich möchte ihr danken, dass sie mir davon erzählt hat. Ich möchte ihr danken, dass sie überlebt hat, denn ohne sie wäre ich nicht hier, um ihr zuzuhören. Aber wie sie schon sagte, manchmal reichen die Worte nicht aus, all die Gefühle zu erfassen, mit denen wir sie anzufüllen versuchen.

Mit der freien Hand tastet meine Großmutter nach dem Rand der Decke und zieht sie hoch ans Kinn. »Als der Krieg aus war«, sagt sie, »musste ich mich erst wieder daran gewöhnen. An den Komfort. Ich konnte lange Zeit gar nicht mehr auf einer Matratze schlafen. Ich nahm mir eine Decke und schlief auf dem Boden.« Sie blickt mich an, und eine Sekunde lang sehe ich in ihr das Mädchen, das sie einmal war. »Dein Großvater schaffte es dann, mir den Kopf wieder zurechtzurücken. *Minka* sagte er. *Ich liebe dich, aber ich werde nicht auf dem Boden schlafen.*«

Ich habe meinen Großvater als einen Mann der leisen Töne in Erinnerung, der Bücher liebte. Ständig hatte er Tintenflecke an den Fingern von den Quittungen, die er den Kunden seines Antiquariats ausstellte. »Ihr habt euch in Schweden kennengelernt«, sage ich, denn das ist die Geschichte, die uns allen erzählt worden war.

Sie nickt. »Nachdem ich vom Typhus genesen war, fuhr ich dorthin. Wir Überlebenden durften damals umsonst überallhin in Europa reisen. Ich fuhr mit ein paar anderen Frauen in eine Pension in Stockholm, und ich frühstückte jeden Tag in einem Restaurant, nur weil ich es konnte. Er war dort Soldat auf Urlaub. Er sagte, er habe noch kein Mädchen so viele Pfannkuchen verputzen sehen.« Sie lächelt. »Er kam jeden Tag in dieses Restaurant und setzte sich neben mich an die Theke, bis ich einwilligte, mich von ihm zum Abendessen einladen zu lassen.«

»Du hast sein Herz im Sturm erobert.«

Meine Großmutter lacht. »Wohl kaum. Ich war nur Haut und Knochen. Keine Brüste, keine Rundungen, nichts. Meine Haare waren am ganzen Kopf gerade mal drei Zentimeter lang – die einzige Frisur, die möglich war, nachdem ich die Läuse los war. Ich sah kaum aus wie ein Mädchen«, sagt sie. »Bei unserer ersten Verabredung fragte ich ihn, was er denn in mir sehe. Und er antwortete: *Meine Zukunft.*«

Auf einmal erinnere ich mich an einen Spaziergang durch unser Viertel, den ich mit meinen Schwestern und meiner Großmutter machte, als ich noch klein war. Ich hatte nicht mitkommen wollen, denn ich las gerade ein Buch und sah keinen Sinn darin, einfach ziellos durch die Gegend zu laufen. Aber meine Mutter bedrängte uns drei Mädchen, und so latschten wir im Schneckentempo meiner Großmutter um den Block. Sie war entsetzt, als wir alle mitten auf der Straße laufen wollten. »Warum wollt ihr im Rinnstein laufen«, sagte sie, »wo ihr doch so einen schönen Gehweg habt?« Damals fand ich, dass ihre Besorgnis und ihre Angst vor Autos auf dieser Anliegerstraße übertrieben waren, wo selten viel Verkehr herrschte. Jetzt wird mir klar, dass sie einfach nicht verstehen konnte, warum wir den Gehweg nicht benutzen wollten, wo wir es doch *gekonnt* hätten.

Wenn einem eine Freiheit genommen wird, begreift man sie vermutlich als Vorrecht und nicht als Recht.

»Als wir nach Amerika kamen, schlug dein Großvater mir vor, eine Gruppe aufzusuchen, in der sich Leute trafen, die wie ich, du weißt schon, in Lagern gewesen sind. Ich schleppte ihn mit. Wir gingen zu drei Treffen. Jeder dort erzählte davon, was passiert war und wie sehr sie die Deutschen hassten. Das wollte ich nicht. Ich war in einem wunderbaren neuen Land. Ich wollte über Filme reden und über meinen gut aussehenden Mann und meine neuen Freunde. Also ging ich nicht mehr hin und führte mein Leben weiter.«

»Nach allem, was die Deutschen dir angetan haben, wie konntest du ihnen verzeihen?« Als ich das Wort laut ausspreche, muss ich an Josef denken.

»Wer sagt denn, dass ich das getan habe?«, erwidert meine Großmutter überrascht. »Ich könnte dem Schutzhaftlagerführer niemals verzeihen, dass er meine beste Freundin getötet hat.«

»Das kann ich dir nicht verdenken.«

»Nein, Sage. Ich meine, ich könnte es nicht – ganz wörtlich –, weil es mir nicht zusteht, ihm zu verzeihen. Das könnte nur Darija tun, und das ist unmöglich, dafür hat er gesorgt. Aber aufgrund der gleichen Logik *sollte* ich fähig sein, dem Hauptscharführer zu verzeihen. Er brach mir den Kiefer, aber er rettete mir auch das Leben.« Sie schüttelt den Kopf. »Und doch kann ich es nicht.«

Sie schweigt so lange, dass ich fast schon glaube, sie ist eingeschlafen.

»Als ich in dieser Stehzelle war«, erzählt meine Großmutter mit leiser Stimme, »hasste ich ihn. Nicht dafür, dass er sich mein Vertrauen erschlichen oder mich geschlagen hatte. Sondern weil er dafür gesorgt hat, dass ich mein Mitgefühl für den Feind verlor. Ich dachte nicht mehr an Herrn Bauer oder Herrn Fassbinder, ich glaubte, dass die Deutschen einer wie die anderen waren, und ich hasste sie alle.« Sie sieht mich an. »Und das heißt, dass ich in dem Moment auch nicht besser war als sie.«

Leo sieht mich die Schlafzimmertür zuziehen, nachdem meine Großmutter eingeschlafen ist. »Alles in Ordnung?«

Mir fällt auf, dass er die Küche aufgeräumt und die Gläser gespült hat, aus denen wir Tee getrunken haben, den Tisch von Krümeln befreit und die Küchentheke abgewischt hat. »Sie schläft jetzt«, antworte ich ausweichend. Wie könnte ich auch auf diese Frage antworten? Wie kann alles in Ordnung sein, nach all dem, was ich heute gehört habe? »Und wenn sie etwas braucht, ist Daisy hier.«

»Wissen Sie, ich weiß, wie hart es sein muss, so etwas zu hören …«

»Sie wissen es nicht«, falle ich ihm ins Wort. »Sie tun dies beruflich, Leo, aber es tangiert Sie nicht persönlich.«

»Doch, es ist sehr persönlich«, sagt er, und ich habe sofort Schuldgefühle. Er hat sein ganzes Leben dem Auffinden der Menschen gewidmet, die diese Verbrechen begangen haben, ich jedoch war selbst dann noch gleichgültig gewesen, als ich wusste, dass meine Großmutter eine Überlebende war, und hatte sie nicht bedrängt, sich mir zu öffnen.

»Er ist Reiner Hartmann, nicht wahr?«, frage ich.

Leo schaltet die Küchenbeleuchtung aus. »Ja«, sagt er. »Wir werden sehen.«

»Warum sagen Sie es mir nicht?«

Er verzieht das Gesicht. »Ich bin Bundesbeamter. Wenn ich es Ihnen sagen würde, müsste ich Sie töten.«

»Wirklich?«

»Nein.« Er hält mir die Tür auf und vergewissert sich dann, dass sie ins Schloss fällt. »Wir wissen bis jetzt nur, dass Ihre Großmutter in Auschwitz war. Dort gab es Hunderte von SS-Offizieren. Und sie hat Ihren Josef noch nicht als einen davon identifiziert.«

»Er ist nicht mein Josef«, sage ich.

Leo öffnet mir die Beifahrertür seines Mietwagens und geht dann zur Fahrerseite. »Ich weiß, dass Sie ein persönliches Interesse daran haben und die Angelegenheit am liebsten schon gestern abgeschlossen hätten. Aber damit meine Abteilung das zu Ende führen kann, müssen wir bis ins kleinste Detail peinlich genau sein. Während Sie bei Ihrer Großmutter waren, habe ich eine meiner Historikerinnen in Washington angerufen. Genevra stellt eine Auswahl von Fotos zusammen und schickt mir diese per FedEx in mein Hotel. Und mit ein wenig Glück können wir morgen, sofern Ihre Großmutter sich dazu in der Lage fühlt, den Beweis bekommen, den wir brauchen, um diesen Ball ins Rollen zu bringen.« Er fährt los.

»Aber Josef hat mir gegenüber doch alles zugegeben«, halte ich dagegen.

»Genau. Er wollte nicht ausgeliefert oder strafrechtlich verfolgt werden, sonst hätte er sich an *mich* gewandt. Wir wissen nicht, welche Absichten er verfolgt, ob er sich nur einer Täuschung hingibt oder einfach einen verrückten Todeswunsch hegt – es gibt Dutzend Gründe, weshalb er Sie in einen begleiteten Selbstmord einbeziehen möchte, und vielleicht glaubt er, sich Ihnen gegenüber als schlechter und verwerflicher Mensch darstellen zu müssen, bevor Sie sich darauf einlassen. Ich weiß es nicht.«

»Aber die ganzen Einzelheiten …«

»Er ist in den Neunzigern. Er könnte während der vergangenen fünfzig Jahre History Channel geguckt haben. Es gibt jede Menge Experten für den Zweiten Weltkrieg. Einzelheiten sind gut, aber nur, wenn man sie auf ein spezielles Individuum beziehen kann. Und deshalb werden wir auch erst dann einen Fall haben, wenn wir seine Geschichte durch einen Augenzeugen untermauern können, der ihn tatsächlich in Auschwitz gesehen hat.«

Ich verschränke die Arme vor der Brust. »Bei *Law & Order* geht das aber immer schneller.«

»Aber nur, weil für Mariska Hargitay die Vertragsverlängerung ansteht«, kontert Leo. »Sehen Sie, als ich zum ersten Mal die Aussage eines Zeugen hörte, empfand ich genauso wie Sie – und das war *nicht* meine eigene Großmutter. Ich hätte alle Nazis umbringen können. Auch noch die, die bereits tot waren.«

Ich reibe mir die Augen, weil es mir peinlich ist, vor ihm zu weinen. »Einiges von dem, was sie uns erzählt hat, kann ich einfach nicht glauben.«

»Ich habe schon Hunderte Male davon gehört«, sagt Leo einfühlsam, »und es wird dadurch nicht leichter.«

»Dann fahren wir jetzt einfach nach Hause?«

Leo nickt. »Sehen zu, dass wir gut schlafen können, und warten darauf, dass mein Päckchen kommt. Dann können wir Ihre Großmutter noch mal besuchen, in der Hoffnung, dass sie ihn identifizieren kann.«

Und wenn sie das kann, wem hilft das? Meiner Großmutter bestimmt nicht. Sie hat sich jahrelang neu erfunden und ist nun kein Opfer mehr. Und machen wir sie nicht wieder zum Opfer, wenn wir sie um diese Identifizierung bitten? Ich denke an Josef oder Reiner oder welchen Namen er auch gehabt haben mag. Jeder hat eine Geschichte, jeder verbirgt seine Vergangenheit aus Gründen des Selbstschutzes. Nur sind einige dabei geschickter und gründlicher als andere. – Aber wie soll man in einer Welt leben, in der keiner der ist, der er zu sein scheint?

Zwischen uns macht sich Schweigen breit und füllt den leeren Raum im Mietwagen. Ich zucke zusammen, als das Navi uns sagt, wir sollen rechts auf den Highway abbiegen. Leo fummelt am Radio herum. »Vielleicht sollten wir ein wenig Musik hören.«

Als Rockmusik losdröhnt, zuckt er zusammen.

»Schade, dass wir keine CDs haben«, sage ich.

»Ich wüsste ohnehin nicht, wie diese Dinger funktionieren. Ich habe kein Abspielgerät in meinem Wagen.«

»Keinen CD-Spieler? Sie scherzen wohl? Was fahren Sie denn … ein Modell T?«

»Ich habe einen Subaru. Und der hat ein Kassettendeck.«

»Die gibt es noch?«

»Keine Vorverurteilung. Ich bin einfach altmodisch.«

»Dann mögen Sie also Oldies«, sage ich fasziniert. »Die Shirelles und die Troggs, Jan und Dean …«

»Wow«, sagt Leo. »Aber das sind keine Oldies. Cab Calloway, Billie Holliday, Peggy Lee … Woody Herman …«

»Dann werde ich Sie jetzt mal überraschen«, erwidere ich und stelle das Radio auf einen anderen Sender ein. Als Rosemary Clooney losschmettert, bekommt Leo große Augen.

»Das ist ja unglaublich«, sagt er. »Ist das ein Bostoner Sender?«

»Es ist Sirius XM. Satellitenradio. Ziemlich raffinierte Technik. Es soll jetzt sogar schon Filme geben, in denen *gesprochen* wird.«

Leo schmunzelt. »Ich *weiß*, was ein Satellitensender ist. Ich habe nur nie …«

»… gedacht, dass es sich lohnt, mal reinzuhören? Ist es nicht ein wenig gefährlich, in der Vergangenheit zu leben?«

»Nicht gefährlicher, als in der Gegenwart zu leben und festzustellen, dass sich nichts geändert hat«, erwidert Leo.

Das bringt mich wieder zu meiner Großmutter zurück. »Sie meinte, dies sei der Grund dafür gewesen, weshalb sie über ihr Erlebtes nicht habe reden wollen. Weil es keinen Sinn zu haben schien.«

»Ich glaube ihr da nicht ganz«, sagt Leo. »Zu sehen, dass die Geschichte sich wiederholt, mag zwar kontraproduktiv wirken, aber es gibt für gewöhnlich noch einen anderen Grund, warum Überlebende ihre Erfahrungen für sich behalten.«

»Und der wäre?«

»Sie wollen ihre Familien schützen. Eigentlich geht es dabei um eine posttraumatische Belastungsstörung. Jemand, der derart traumatisiert ist, kann nicht einfach einige Gefühle ausschalten, ohne dass dabei auch andere in Mitleidenschaft gezogen werden. Überlebende, die nach außen hin ganz gesund wirken, können dennoch in ihrem Innersten emotional leer sein. Und aus diesem Grund ist auch nicht immer der Kontakt zu ihren Kindern oder Lebenspartnern möglich – oder sie treffen die bewusste Entscheidung, diese emotionale Bindung gar nicht einzugehen, damit sie die Menschen, die sie lieben, nicht enttäuschen. Sie haben Angst, ihre Albträume weiterzugeben oder sich zu sehr an jemanden zu binden, um ihn dann wieder zu verlieren. Aber im Ergebnis führt dies dazu, dass ihre Kinder groß werden und dieses Verhalten in die eigenen Familien weitertragen.«

Ich versuche es, kann mich aber nicht erinnern, meinen Vater distanziert erlebt zu haben. Er hat jedoch die Geheimnisse meiner Großmutter für sich behalten. Hatte sie ihn schonen wollen, indem sie schwieg, er aber dennoch gelitten? Hat diese emotionale Abkoppelung eine Generation übersprungen? Ich versteckte mein Gesicht vor den Menschen, ich suchte mir eine Arbeit, die es mir erlaubte, nachts ganz für mich allein zu arbeiten, ich verliebte mich in einen Mann, der mir nie gehören würde, weil mir das Glück, jemanden zu finden, der mich für immer liebte, nicht möglich schien. Hatte ich mich wegen meiner Anomalie versteckt, oder war es eine Anomalie, sich derart zu verstecken? War meine Narbe vermutlich nur ein Teilaspekt davon – der Trigger für das Trauma, das an mich weitervererbt worden war?

Mir ist gar nicht bewusst, dass ich schluchze, bis das Auto plötzlich drei Spuren quert und Leo eine Ausfahrt nimmt. »Es tut mir leid«, sagt er und bleibt stehen. Eine Reflexion aus dem Rückspiegel rahmt seine Augen ein. »Das war dumm von mir. Und es ist übrigens nicht immer der Fall. Sehen Sie sich an, Sie sind doch sehr gut geraten.«

»Sie kennen mich nicht.«

»Würde ich aber gern.«

Leos Antwort scheint ihn nicht weniger zu schockieren als mich. »Ich wette, das sagen Sie zu allen Mädchen, die hysterisch heulen.«

»Ah, Sie haben mich durchschaut.«

Er reicht mir ein Taschentuch. Wer verwendet noch Taschentücher? Vermutlich ein Typ, der einen Kassettenrekorder in seinem Wagen hat. Ich trockne mir die Augen, schnäuze mir die Nase und stecke dann das kleine Tuch ein.

»Ich bin fünfundzwanzig«, sage ich. »Ich bin aus meinem Job entlassen worden. Mein einziger Freund ist ein ehemaliger Nazi.

Meine Mutter starb vor drei Jahren, aber es kommt mir vor, als wäre es gestern gewesen. Mit meinen Schwestern verbindet mich nichts. Die letzte Beziehung, die ich hatte, war die zu einem verheirateten Mann. Ich bin eine Einzelgängerin. Ich würde mich lieber einer Wurzelbehandlung unterziehen, als mich fotografieren zu lassen ...« Dabei weine ich so heftig, dass ich Schluckauf bekomme. »Ich habe nicht mal ein Haustier.«

Leo hält den Kopf schief. »Nicht mal einen Goldfisch?«

Ich schüttele den Kopf.

»Nun, viele Leute verlieren ihre Jobs«, sagte Leo. »Ihre Freundschaft mit einem Nazi könnte zu einer Ausweisung oder zur Auslieferung eines Kriegsverbrechers führen. Und dann hätten Sie was, worüber Sie mit Ihren Schwestern plaudern können. Und ich wette, es würde auch Ihre Mutter mit Stolz erfüllen, wo immer sie jetzt ist. Heutzutage sind Fotos so heftig retuschiert, dass man dem, was man sieht, ohnehin nicht mehr trauen kann. Und was die Einzelgängerin angeht«, ergänzt er, »scheinen Sie kein Problem damit zu haben, sich mit mir zu unterhalten.«

Ich denke einen Moment darüber nach.

»Wissen Sie, was Sie brauchen?«

»Einen Realitätscheck?«

Leo legt den Gang ein. »Perspektive«, sagt er. »Jetzt wird nicht nach Hause gefahren. Ich habe eine viel bessere Idee.«

Ich weiß noch, dass ich als Kind die Kirchen mit den Buntglasfenstern und Steinaltären, den Deckengewölben und polierten Bänken immer wunderschön gefunden habe. Im Gegensatz dazu war die Synagoge, in die ich zu den Bat-Mizwas meiner Schwestern geschleift wurde – eine ganze Fahrstunde weit entfernt –, regelrecht schlicht. Ihr Dach hatte die Form einer massiven braunen Metallspitze, und eine abstrakte Metallarbeit – vermutlich als brennender Busch gedacht, aber mehr nach Stacheldraht aussehend – schmückte die Lobby. Zum Farbschema gehörten Türkis, Orange und Gebrannte Siena, als hätten sich die Siebzigerjahre schwallartig über die Wände erbrochen.

Als Leo mir nun die Tür aufhält, damit ich eintreten kann, komme ich zu dem Schluss, dass die Juden entweder ganz allgemein schlechte Innenarchitekten sind oder alle Synagogen 1972 erbaut wurden. Die Türen zum Altarraum sind geschlossen, aber ich höre Musik, die nach draußen dringt. »Sieht so aus, als hätten sie schon angefangen«, sagt Leo, »aber das geht schon in Ordnung.«

»Sie laden mich zu einem Freitagabendgottesdienst ein?«

»Ist das eine Einladung?«, erwidert Leo.

»Gehören Sie zu den Leuten, die sich vor Reiseantritt kundig machen, wo sich das nächste Krankenhaus befindet, nur dass sie stattdessen eine Synagoge auskundschaften?«

»Nein. Ich war schon mal hier. Ich hatte einen Fall, bei dem es um die Zeugenaussage eines Mannes ging, der zu einem Sonderkommando gehört hatte. Als er vor ein paar Jahren starb, kam eine Abordnung meines Büros zu seiner Beerdigung hierher. Ich wusste, dass wir nicht allzu weit davon entfernt sein konnten.«

»Ich sagte Ihnen schon – Religion ist nicht wirklich mein Ding...«

»Habe ich vermerkt«, sagt er, greift nach meiner Hand, öffnet die Tür zum Altarraum einen Spaltbreit und zieht mich hinein.

Wir setzen uns in die letzte Bank auf der linken Seite. Der Rabbi steht auf dem Bema, heißt die Gemeinde willkommen und lädt sie zum gemeinsamen Gottesdienst ein. Er liest ein Gebet auf Hebräisch.

Ich muss daran denken, wie lange ich an meine Eltern hingeredet habe, um nicht mehr in die Synagoge gehen zu müssen. Meine Stirn ist schweißnass. Es ist wie eine Rückblende. Leos Hand umschließt meine. »Geben Sie dem einfach eine Chance«, flüstert er.

Er hält mich fest.

Wenn man die Sprache nicht versteht, die gesprochen wird, hat man zwei Möglichkeiten. Man kann sich gegen die Isolation wehren oder sich ihr hingeben. Ich lasse die Gebete wie Dampf über mich hinwegziehen und beobachte die Gemeinde, wenn sie mit Antworten an der Reihe ist, wie Schauspieler, die sich ihre Stichworte eingeprägt haben. Als der Kantor nach vorn kommt und singt, klingt die Musik nach Leid und Bedauern. Und plötzlich wird mir klar: Dies sind die gleichen Worte, mit denen meine Großmutter aufwuchs. Diese Töne hat auch sie gehört. Und all diese Menschen – die älteren Paare und die Familien mit den kleinen Kindern; die Heranwachsenden, die auf ihre Bar- und Bat-Mizwas warten und die Eltern, die so stolz auf sie sind, dass sie sich nicht zurückhalten können, sie immer wieder zu berühren –, sie alle wären nicht hier, wenn alles so gelaufen wäre, wie Reiner Hartmann und der Rest des Naziregimes es geplant hatten.

In der Geschichte geht es nicht um Daten und Orte und Kriege. Es geht um die Menschen, die die Räume dazwischen füllen.

Es folgen ein Gebet für die Kranken und Genesenden und eine Predigt des Rabbis. Dann werden Challa und Wein gesegnet.

Anschließend ist Zeit für das *Kaddisch*. Das Gebet für all diejenigen, die gestorben sind. Ich spüre, wie Leo neben mir aufsteht.

Yisgadal v'yiskadash sh'mayh rabo.

Er greift nach meiner Hand und zieht mich ebenfalls hoch. Und schon bekomme ich Panik, weil ich mir sicher bin, dass alle mich anstarren, eine junge Frau, die den Text des Stücks nicht kennt, für das sie eine Rolle bekommen hat.

»Sprich mir einfach nach«, flüstert Leo, und das tue ich dann auch, Silben, die mir nicht vertraut sind und sich wie Kieselsteine anfühlen, die ich mir in die Mundwinkel stecken kann.

»Amen«, sagt Leo schließlich.

Ich glaube nicht an Gott. Aber als ich hier sitze, in diesem Raum voller Menschen, die das anders empfinden, wird mir klar, dass ich an Menschen glaube. An ihre Kraft, einander zu helfen und trotz allem weiterzumachen. Ich glaube, dass das Außergewöhnliche jeden Tag über das Gewöhnliche triumphiert. Ich glaube, wenn man Hoffnung hat – und sei es nur die auf ein besseres Morgen –, ist dies die mächtigste Droge auf diesem Planeten.

Der Rabbi spricht das Abschlussgebet, und als er sein Gesicht der Gemeinde zuwendet, ist es klar und wie erneuert: wie die Oberfläche eines Sees in der Morgendämmerung. Und wenn ich ehrlich bin, fühle ich mich selbst auch ein wenig so. Als hätte ich eine Seite umgeblättert, einen Neuanfang gefunden.

»*Schabbat schalom*«, sagt der Rabbi.

Die Frau neben mir, die etwa so alt ist wie meine Mutter und deren kirschrote Haare sich zu einer der Schwerkraft trotzenden Spirale türmen, lächelt so breit, dass ich die Zahnfüllungen sehen kann. »*Schabbat schalom*«, sagt sie und umfängt meine Hand mit einem kräftigen Händedruck, als würde sie mich schon immer kennen. Ein kleiner Junge vor uns, der die meiste Zeit herumzappelte, springt auf die Knie und streckt seine pummeligen Seesternfinger aus, Abklatschen nach Kleinkindart. Sein Vater lacht. »Was sagt man?«, fordert er ihn heraus. »*Schabbat*…?« Der Junge, plötzlich ganz schüchtern, vergräbt sein Gesicht im Ärmel seines Vaters. »Beim nächsten Mal«, sagt der Mann und grinst.

Um uns herum werden überall dieselben Worte gesprochen, wie ein Band, das sich durch die Menge fädelt, ein Durchziehband, das alle zusammenbringt. Als die Leute sich entfernen und in die Lobby drängen, wo man sich zum *Oneg Schabbat* trifft – Tee und Kekse und Gespräche –, erhebe auch ich mich. Leo hingegen bleibt sitzen.

Er lässt den Blick mit einem Gesichtsausdruck durch den Raum schweifen, den ich nicht recht zu deuten vermag. Vermutlich Wehmut. Stolz. Schließlich sieht er mich an. »Das«, sagt er, »ist der Grund für das, was ich tue.«

Beim Oneg Schabbat bringt Leo mir Eistee in einem Plastikbecher und ein Rugelach, das ich höflich ablehne, weil es sicherlich vorgefertigt ist und ich weiß, dass ich es besser könnte. Er nennt mich einen Gebäcksnob, und wir lachen noch, als sich uns ein älteres Ehepaar nähert. Ich will mich schon abwenden, um instinktiv die schlimme Seite meines Gesichts zu verstecken, da kommt mir plötzlich meine Großmutter in den Sinn, die mir vor Jahren die Narben ihrer Brustamputation erklärt und heute ihre Erinnerungen an den Holocaust erzählt hat. *Aber siehst du, wie viel noch übrig ist?*

Ich hebe mein Kinn und sehe das Paar ganz offen an, fordere sie heraus, einen Kommentar über meine gekräuselte Haut abzugeben.

Aber sie tun es nicht. Sie fragen uns, ob wir neu in der Stadt sind.

»Nur auf der Durchreise«, teilt Leo ihnen mit.

»Die Gemeinde hier ist sehr nett, hier lässt sich gut wohnen«, sagt die Frau. »So viele junge Familien.«

Sie gehen eindeutig davon aus, dass wir ein Paar sind.

»Oh. Wir sind nicht – ich meine, er ist nicht …«

»Sie will damit sagen, dass wir nicht verheiratet sind«, führt Leo den Satz zu Ende.

»Aber nicht mehr lang«, wirft der Mann ein. »Ihre Sätze zu beenden, ist schon der erste Schritt.«

Es kommen noch zwei weitere Paare zu uns und erkundigen sich, ob wir hier neu zugezogen sind. Beim ersten Mal sagt Leo, dass wir eigentlich ins Kino gehen wollten, aber da nichts Vernünftiges lief, seien wir in die Synagoge gegangen. Beim zweiten Mal erwidert er, er sei Bundesbeamter und ich würde ihm helfen, einen Fall zu klären.

Der Mann, der mit uns geplaudert hat, lacht. »Der war gut«, sagt er.

»Sie wären überrascht, wie schwer es ist, die Leute dazu zu bringen, einem die Wahrheit zu glauben«, erzählt Leo mir später, als wir über den Parkplatz laufen.

Aber ich bin nicht überrascht. Schließlich habe auch ich mich massiv dagegen gewehrt, Josef zu glauben, als dieser mir zu erzählen versuchte, wer er einst gewesen war. »Das liegt vermutlich daran, dass wir es uns die meiste Zeit selbst nicht eingestehen wollen.«

»Das stimmt«, erwidert Leo nachdenklich. »Es ist schon erstaunlich, was man sich einreden kann, wenn man etwas für bare Münze nimmt.«

So kann man beispielsweise einen Job ohne wirkliche Aufstiegschancen dennoch für eine Karriere halten. Oder seine Hässlichkeit vorschieben, um sich die Leute vom Leib zu halten, obwohl einen eigentlich die Angst lähmt, ein anderer könnte einem so nah kommen, dass er einen noch tiefer verletzen kann. Man kann sich einreden, dass es sicherer ist, jemanden zu lieben, der diese Liebe nie erwidern wird, weil man niemanden verlieren kann, den man nie besessen hat.

Vielleicht liegt es daran, dass Leo von Berufs wegen Geheimnishüter ist, vielleicht auch an den emotionalen Prellungen, die ich heute davongetragen habe, vielleicht aber auch nur daran, dass er der beste Zuhörer ist, den ich bisher kennengelernt habe – jedenfalls erzähle ich ihm, aus welchem Grund auch immer, Dinge, die ich bisher noch nie laut zugegeben habe. Während wir wieder nach Norden fahren, erzähle ich ihm, dass ich immer ein Außenseiter war, selbst in meiner eigenen Familie. Erzähle ihm von meiner Befürchtung, dass meine Eltern mit der Frage gestorben sind, ob ich jemals in der Lage wäre, auf eigenen Beinen zu stehen. Ich gebe zu, dass ich, wenn meine Schwestern zu Besuch kommen, ihr Geplauder über Fahrgemeinschaften und Behandlungen mit marokkanischem Öl und was Dr. Oz über einen gesunden Darm zu sagen weiß, einfach ausblende. Ich erzähle ihm, dass ich einmal eine ganze Woche lang kein Wort gesprochen habe, nur um zu sehen, ob ich es kann und ob ich meine Stimme wiedererkennen würde, wenn ich wieder sprach. Und ich vertraue ihm an, dass ich in dem Moment, wenn ich das Brot aus dem Ofen hole und jeden Laib knacken und singen höre, sobald er mit der kalten Luft in Berührung kommt, einem Glauben an Gott am nächsten bin.

Es ist schon fast elf Uhr abends, als wir wieder in Westerbrook sind, aber ich bin nicht müde. »Kaffee?«, schlage ich vor. »Es gibt da ein ganz tolles Lokal, das bis Mitternacht geöffnet hat.«

»Wenn ich jetzt Kaffee trinke, bin ich bis zum Morgengrauen putzmunter«, sagt Leo.

Ich senke den Blick auf die Hände in meinem Schoß und komme mir unglaublich naiv vor. Jeder andere als ich wäre in der Lage gewesen, die Indizien zu deuten, würde wissen, dass die Kameradschaft zwischen uns sich aus dem Fall ergibt, den Leo recherchiert, und keine Freundschaft ist.

»Aber«, ergänzt er, »vielleicht gibt es dort ja auch Kräutertee.«

Westerbrook ist eine verschlafene Stadt, und es sind auch nur eine Handvoll Leute im Café, obwohl Freitagabend ist. Ein Mädchen mit lila Haaren ist so vertieft in ein Buch von Marcel Proust, dass es verärgert aufblickt, als wir es stören, um zu bestellen.

»Ich würde ja gern eine abfällige Bemerkung über Amerikas Jugend machen«, sagte Leo, nachdem er darauf bestanden hat, mir meinen Latte macchiato zu bezahlen, »aber ich bin zu überwältigt davon, dass sie etwas anderes liest als *Shades of Grey*.«

»Vielleicht wird das die Generation sein, die die Welt rettet«, werfe ich ein.

»Glaubt nicht jede Generation, dass sie das ist?«

Hat meine es geglaubt? Oder waren wir so sehr mit uns beschäftigt, dass wir gar nicht daran dachten, in den Erfahrungen anderer Antworten zu suchen? Natürlich hatte ich von der Existenz des Holocaust gewusst, aber selbst als ich erfahren hatte, dass meine Großmutter eine Überlebende war, hatte ich es gezielt vermieden, Fragen zu stellen. War ich zu apathisch – oder zu entsetzt –, um darüber nachzudenken, ob diese vergangene Geschichte vielleicht auch was mit meiner Gegenwart oder Zukunft zu tun haben könnte?

Wie war das mit Josefs Geschichte? Nach eigener Aussage hatte er als Junge daran geglaubt, dass eine Welt ohne Juden eine bessere Welt wäre. Erachtet er das Ergebnis nun als einen Misserfolg? Oder dass man noch mal Glück gehabt hat?

»Ich frage mich ständig, wer er in Wirklichkeit ist«, murmele ich. »Der Mann, der für Hunderte von Kindern Empfehlungen für den Collegebesuch ausstellte und ein Baseballteam bei der Endspielserie anfeuerte und sich sein Brötchen mit seinem Hund teilt – oder der Mann, den meine Großmutter beschrieben hat?«

»Vielleicht gibt es kein Entweder-oder«, sagt Leo. »Er könnte beides sein.«

»Aber dann musste er doch sein Gewissen verlieren, um das zu tun, was er in den Lagern getan hat? Oder er hat nie eins besessen?«

»Kommt es darauf wirklich an, Sage? Er hat ganz eindeutig kein Gefühl für Richtig und Falsch. Denn wenn er es hätte, hätte er sich den Befehlen widersetzt, die ihn zum Mörder werden ließen. Und wenn er gemordet hat, dann könnte er danach niemals ein Gewissen entwickeln, weil es verdächtig wäre – wie wenn man Gott erst im Krankenhaus auf dem Sterbebett entdeckt. Was bringt es also, wenn er die vergangenen siebzig Jahre ein Heiliger war? Das macht die Menschen, die er umgebracht hat, nicht wieder lebendig. Und das *weiß* er, sonst hätte er Sie nicht um Vergebung gebeten. Er hat das Gefühl, noch immer einen Schandfleck mit sich herumzutragen.« Leo beugt sich vor. »Wissen Sie, im Judentum gibt es zwei Verfehlungen, für die es keine Vergebung gibt. Die erste ist Mord, weil man ja zu der Partei gehen muss, der man geschadet hat, um sich zu verteidigen, was man ganz offensichtlich nicht kann, wenn das Opfer unter der Erde liegt. Aber die zweite unverzeihliche Verfehlung ist die, jemandes Ruf zu ruinieren. Denn so wie ein Toter keinen Mord vergeben kann, kann auch ein guter Ruf nicht wiederhergestellt werden. Also ist es egal, wie sehr Josef das, was er getan hat, bereut, er fehlt in beiderlei Hinsicht.«

»Warum versucht er es dann?«, frage ich. »Warum tut er siebzig Jahre lang Gutes für seine Gemeinde?«

»Das ist einfach erklärt«, sagt Leo. »Wegen seiner Schuldgefühle.«

»Wenn man sich schuldig fühlt, bedeutet dies doch, dass man ein Gewissen hat. Aber Sie sagten gerade, dies könne auf Josef unmöglich zutreffen.«

Leos Augen leuchten bei diesem verbalen Kräftemessen. »Sie sind viel zu klug für mich, aber nur, weil es längst Zeit zum Schlafengehen ist.«

Er spricht weiter, aber ich höre ihn nicht. Ich höre gar nichts, weil plötzlich die Tür des Cafés aufgeht und Adam hereinkommt, mit seiner Frau am Arm.

Shannons Kopf ist seinem ganz nah, und sie lacht über eine Bemerkung von ihm.

Eines Morgens, als wir ineinander verschlungen in den Laken meines Betts lagen, hatten Adam und ich einander mit den schlechtesten Witzen zu überbieten versucht.

Was ist grün und hat Räder? Gras – das mit den Rädern war gelogen.

Was ist rot und riecht wie blaue Farbe? Rote Farbe.

Eine Ente watschelt in eine Bar, und der Barkeeper fragt: Was soll's denn sein? Die Ente antwortet nicht, weil sie eine Ente ist.

Hast du Stevie Wonders neues Haus gesehen? Also, es ist wirklich hübsch.

Fliegt ein Kuckuck übers Meer und sieht einen Hai. Sagt der Hai: Kuck-guck. Sagt der Kuckuck: Hai.

Was bringt einen Clown zum Weinen? Man bringt seine Familie um.

Zwei Jäger treffen sich. Beide tot.

Geht ein Einarmiger in einen Secondhandladen.

Wir hatten so sehr gelacht, dass mir die Tränen kamen. Ich schluchzte hilflos, aber das hatte vermutlich nichts mit den Scherzen zu tun.

Hatte er Shannon gerade einen dieser Einzeiler erzählt? Vielleicht einen der Witze, die ich ihm erzählt hatte?

Dies ist erst das dritte Mal, dass ich Shannon zu Gesicht bekomme und zum ersten Mal weder aus großer Entfernung noch durch eine Glasscheibe. Sie ist eine jener Frauen, die schön aussehen, ohne sich viel Mühe geben zu müssen, wie die Ralph-Lauren-Models, die kein Make-up benötigen und genau die richtigen Strähnchen in ihren blonden Haaren haben und ein lose herabhängendes Hemd so tragen können, dass es nach einem modischen Statement und nicht schlampig aussieht.

Ohne darüber nachzudenken, was ich da tue, rücke ich meinen Stuhl näher an den von Leo heran.

»Sage?«, spricht Adam mich an. Ich weiß nicht, wie er meinen Namen aussprechen kann, ohne dass sein Gesicht dabei rot anläuft. Und ich frage mich, ob sein Herz genauso rast wie meins und ob seine Frau es bemerkt.

»Oh«, erwidere ich mit vorgetäuschter Überraschung. »Hey.«

»Shannon, das ist Sage Singer. Ihre Familie gehörte zu meinen Kunden. Sage, das ist meine Frau.« Bei der Beschreibung, die er von mir gibt, dreht sich mir der Magen um. Aber was hatte ich erwartet?

Adams Blick streift Leo, er wartet darauf, vorgestellt zu werden.

Ich hake mich bei Leo unter. Und ich muss ihm zugutehalten, das er mich daraufhin nicht ansieht, als hätte ich den Verstand verloren. »Das ist Leo Stein.«

Leo schüttelt erst Adam und dann dessen Frau die Hand. »Angenehm.«

»Wir kommen gerade aus dem neuen Tom-Cruise-Film«, sagt Adam. »Haben Sie den schon gesehen?«

»Noch nicht«, erwidert Leo.

Ich muss ein Lächeln unterdrücken. Vermutlich denkt Leo beim »neuen« Tom-Cruise-Film an *Lockere Geschäfte.*

»Es war ein Kompromiss«, wirft Shannon ein. »Für ihn Ballerei und Aliens und für mich Tom Cruise. Aber ich hätte mir auch Farbe beim Trocknen angesehen, wenn ich dafür einen Babysitter kriege und mal aus dem Haus komme.« Sie lächelt und hält dabei immer Blickkontakt, als wollte sie uns beiden beweisen, dass meine Narbe sie nicht beunruhigt.

»Ich habe keine Kinder«, sage ich. *Und deinen Mann hatte ich auch nie richtig.*

Leo legt einen Arm um meine Schulter und drückt sie. »*Noch nicht.*«

Mir fällt die Kinnlade herunter. Als ich mich ihm zuwende, zuckt ein Lächeln um seine Mundwinkel. »Woher, sagten Sie, kennen Sie Sage?«, fragt er Adam.

»Geschäftlich«, antworten wir unisono.

»Möchten Sie beide sich zu uns setzen?«, fragt Leo.

»Nein«, werfe ich rasch ein. »Ich meine, wollten wir nicht gerade aufbrechen?«

Und auf mein Stichwort hin steht Leo auf und grinst. »Sie kennen Sage ja. Sie hat es nicht gern, wenn man sie warten lässt. Wenn Sie wissen, was ich meine.« Woraufhin er mir einen Arm um die Taille legt, sich verabschiedet und mich aus dem Café führt.

Sobald wir um die Ecke gebogen sind, fauche ich ihn an. »Was zum Teufel war das denn?«

»Aufgrund Ihrer Reaktion habe ich angenommen, dass dies der Freund war, den Sie nicht haben. Und dessen Frau.«

»Sie haben den Anschein erweckt, als sei ich ganz heiß auf Sex … als würden wir … Sie und ich …«

»Miteinander schlafen? Wollten Sie nicht, dass er das denkt?«

Ich vergrabe mein Gesicht in den Händen. »Ich weiß nicht, was ich wollte, dass er denken soll.«

»Ist er ein Cop? Vom Gefühl her …«

»Er ist Bestattungsunternehmer«, sage ich. »Ich lernte ihn kennen, als meine Mutter starb.«

Leos Brauen schnellen nach oben. »Wow. Dann hat mein Bauchgefühl mich aber *völlig* in die Irre geführt.« Ich verfolge das übliche Wechselspiel der Gefühle auf seinem Gesicht, während er die Verbindungen herstellt: Dieser Mann berührt tote Körper, dieser Mann berührte mich.

»Es ist bloß ein Job«, relativiere ich. »Sie werden im Schlafzimmer ja auch nicht gleich den Sieg der Alliierten nachspielen.«

»Woher wollen Sie das wissen? Ich habe eine ganz fiese Eisenhower-Imitation im Programm.« Leo bleibt stehen. »Ich möchte mich jedenfalls entschuldigen. Vermutlich ist es ein ziemlicher Schock herauszufinden, dass der Typ, auf den Sie sich eingelassen haben, verheiratet ist.«

»Das wusste ich bereits«, gebe ich zu.

Leo schüttelt den Kopf, als wüsste er nicht recht, wie er das sagen soll, was er sagen muss. Ich sehe ihm an, dass er sich auf die

Zunge beißt. »Geht mich nichts an«, sagt er schließlich und geht forschen Schritts zum Auto.

Er hat recht. Es geht ihn nichts an. Er weiß nicht, wie die Liebe für jemanden ist, der so aussieht wie ich. Ich habe drei Optionen: erstens: traurig und allein sein; zweitens: die Frau sein, die man betrügt; drittens: die andere Frau sein.

»Hey«, schreie ich, während ich ihn einhole. »Sie haben nicht das Recht, mich zu verurteilen. Sie wissen nichts über mich.«

»Eigentlich weiß ich eine Menge über Sie«, kontert Leo. »Ich weiß, dass Sie mutig sind – mutig genug, mein Büro anzurufen und eine Dose voller Würmer aufzumachen, die Sie Ihr ganzes Leben lang hätten geschlossen lassen können. Ich weiß, dass Sie Ihre Großmutter lieben. Ich weiß, dass Ihr Herz so groß ist, dass Sie damit ringen, ob Sie einem Menschen vergeben können, der etwas Unverzeihliches getan hat. Sie sind in vielerlei Hinsicht recht bemerkenswert, Sage, also werden Sie mir schon nachsehen müssen, dass ich ein wenig enttäuscht bin, entdecken zu müssen, dass Sie nicht ganz so klug und glänzend sind, wie ich dachte.«

»Und Sie? Haben Sie in Ihrem Leben noch nie was Falsches getan?«, halte ich dagegen.

»Doch, ich habe vieles falsch gemacht. Aber ich bin nicht zurückgekehrt und habe es wiederholt.«

Ich weiß nicht, warum mir Leos Enttäuschung mehr zusetzt als die Begegnung mit Adam und Shannon. »Wir sind nicht zusammen«, erkläre ich. »Es ist kompliziert.«

»Lieben Sie ihn denn noch?«

Ich öffne den Mund, aber es kommt nichts heraus.

Ich liebe das Gefühl, geliebt zu werden.

Ich liebe es nicht, zu wissen, dass ich immer an zweiter Stelle kommen werde.

Ich liebe es, wenigstens manchmal bei mir zu Hause nicht allein zu sein.

Dass es nicht immer der Fall ist, liebe ich nicht.

Ich liebe es, ihm keine Rechenschaft schuldig zu sein.

Ich liebe es nicht, dass er mir keine Rechenschaft schuldet.

Ich liebe das Gefühl, das ich habe, wenn ich mit ihm zusammen bin.

Aber ich liebe das Gefühl nicht, das ich habe, wenn ich es nicht bin.

Als ich nicht antworte, wendet Leo sich ab. »Dann ist es wirklich nicht kompliziert«, sagt er.

In dieser Nacht schlafe ich so gut wie schon seit Monaten nicht mehr. Ich höre meinen Wecker nicht, und erst als das Telefon klingelt, schrecke ich hoch, weil ich mit Leos Anruf rechne. Nach unserer Auseinandersetzung von gestern Abend blieb er zwar höflich, aber die lockere Kameradschaft war verschwunden. Als er mich vor meinem Haus absetzte, redete er nur über Dienstliches und was passieren würde, nachdem er die FedEx-Sendung mit der Fotoauswahl bekommen hat.

Vermutlich ist es besser so – ihn als Mitstreiter zu behandeln und nicht als Freund. Ich kann nur nicht begreifen, warum ich etwas vermisse, das ich kaum gehabt habe.

Vielleicht habe ich mir ja im Traum eine Entschuldigung für ihn ausgedacht. Obwohl ich keine Ahnung habe, wofür. »Ich wollte über gestern Abend sprechen«, plappere ich ins Telefon.

»Ich auch«, sagt Adam am anderen Ende der Leitung.

»Oh. Du bist es.«

»Du klingst nicht allzu begeistert. Den ganzen Morgen habe ich wie ein Verrückter versucht, mal fünf Minuten Zeit zu finden, um dich anzurufen. Wer war dieser Typ?«

»Das soll wohl ein Scherz sein. Dir steht es wohl kaum zu, dich zu beschweren, weil ich mit einem anderen …«

»Hör zu, ich weiß, du bist wütend. Und ich weiß, dass du eine Weile auf Abstand gehen wolltest. Aber ich vermisse dich, Sage. Du bist die Frau, mit der ich zusammen sein möchte«, verspricht Adam. »Es ist nicht so einfach, wie du denkst.«

Sofort fällt mir das Gespräch mit Leo wieder ein. »Das ist es aber doch«, sage ich.

»Wenn du ausgingst mit Lou…«

»Leo.«

»Was auch immer … um dich meiner Aufmerksamkeit zu versichern, dann hat das funktioniert. Wann kann ich dich wiedersehen?«

»Wie hätte ich es überhaupt anstellen sollen, mich deiner Aufmerksamkeit zu versichern, wo ich doch nicht mal wusste, dass du und deine Frau einen Ausgehabend haben würdet?« Unglaublich, dass Adam dies auf sich bezieht. Aber schließlich geht es ja immer nur um ihn.

Ein Piepen im Telefon kündigt einen Anruf an. Ich kenne die Nummer von Leos Mobiltelefon. »Ich muss aufhören«, sage ich zu Adam.

»Aber …«

Als ich auflege, fällt mir ein, das immer ich diejenige war, die Adam anrief, und nicht umgekehrt. Werde ich schlagartig attraktiv, weil ich nicht verfügbar bin?

Und wenn ja, was sagt das über meine Attraktivität für ihn aus?

»Guten Morgen«, meldet sich Leo.

Seine Stimme klingt ein wenig belegt, als bräuchte er eine Tasse Kaffee.

»Wie haben Sie geschlafen?«, frage ich.

»So gut, wie man schlafen kann in einem Hotel voller heranwachsender Mädchen, die wegen eines Fußballturniers hier sind. Ich habe recht eindrucksvolle Ringe unter den Augen. Aber positiv betrachtet, kenne ich jetzt den ganzen Text der neuen Justin-Bieber-Single.«

»Ich kann mir gut vorstellen, dass das für Ihre Arbeit sehr hilfreich sein wird.«

»Wenn ich es mit meiner gesanglichen Interpretation nicht schaffe, frühere Kriegsverbrecher zu einem Geständnis zu bewegen, dann weiß ich wirklich nicht, was sonst noch helfen kann.«

Er hört sich … na ja, so wie er sich anhörte, bevor wir gestern Abend Adam trafen. Dass mich dies unglaublich fröhlich stimmt, verstehe ich zwar nicht, aber hinterfragen möchte ich es auch nicht.

»Wenn ich dem Empfangschef dieses luxuriösen Courtyard by Marriott glauben darf, der meines Erachtens gegen das Gesetz zum Schutz vor Kinderarbeit verstößt, kommt der FedEx-Lieferwagen immer kurz vor elf«, sagt Leo.

»Was soll ich bis dahin machen?«

»Ich weiß es nicht«, antwortet Leo. »Duschen, die Fingernägel lackieren, in *People* blättern, einen Mädchenfilm ausleihen. Das jedenfalls werde ich tun.«

»Ein Glück, dass meine Steuerdollars durch Ihr Gehalt so sinnvoll genutzt werden …«

»Okay, also gut, ich lese stattdessen *US Weekly*.«

Ich lache. »Ich meine es ernst.«

»Rufen Sie Ihre Oma an und vergewissern Sie sich, ob sie bereit ist, uns zu empfangen. Und dann – also, wenn Sie wirklich was tun wollen, dann könnten Sie Josef Weber besuchen.«

Mir schnürt es die Kehle ab. »Allein?«

»Besuchen Sie ihn nicht immer allein?«

»Ja, aber …«

»Es wird einige Zeit dauern, Sage, unseren Fall aufzubauen. Und das bedeutet, dass Sie Josef währenddessen in dem Glauben wiegen sollten, immer noch zu überlegen, ob Sie ihm seinen Wunsch erfüllen. Wenn ich heute nicht hier wäre, hätten Sie ihn da nicht besucht?«

»Vermutlich schon«, gebe ich zu. »Aber das war, bevor …« Ich bringe den Satz nicht zu Ende.

»Bevor Sie wussten, dass er Nazi war. Oder bevor Ihnen klar wurde, was das tatsächlich bedeutet?« Er spricht jetzt mit ganz nüchterner Stimme ohne scherzhaften Unterton. »Und genau das ist der Grund, weshalb Sie den Schein aufrechterhalten sollten. Jetzt wissen Sie, was auf dem Spiel steht.«

»Und was soll ich ihm sagen?«, hake ich nach.

»Nichts«, rät Leo mir. »Lassen Sie ihn reden. Vielleicht erzählt er ja Details, die mit dem übereinstimmen, was Ihre Großmutter uns erzählt hat oder wozu wir sie befragen können.«

Erst als ich aufgelegt habe und unter der Dusche stehe und

mir das heiße Wasser über den Rücken läuft, fällt mir ein, dass ich kein Transportmittel habe. Mein Wagen ist noch in der Werkstatt zur Reparatur nach meinem Unfall. Um zu Fuß zu Josef zu gehen, ist es zu weit. Ich trockne mich ab und föhne mein Haar, streife Shorts und ein Tanktop über, obwohl ich hundert Dollar wetten könnte, dass Leo wieder im Anzug auftauchen wird. Aber sollte, wie er meinte, der äußere Schein Teil dieses Spiels sein, dann muss ich das anziehen, was ich auch in der Vergangenheit anhatte, wenn ich zu Josef ging.

Das Fahrrad, das ich zuletzt während meiner Collegezeit benutzt habe, steht noch in meiner Garage. Die Reifen sind platt, aber ich finde eine Fahrradpumpe und bekomme sie ganz gut aufgepumpt. Dann rühre ich in der Küche rasch einen Teig zusammen und backe Streuselmuffins. Sie dampfen noch, als ich sie in Folie packe und vorsichtig im Rucksack verstaue, bevor ich zu Josef radele.

Während ich in die Pedale trete, um unsere New-England-Hügel zu bezwingen, und dabei meinen Puls hochjage, gehe ich in Gedanken noch mal durch, was meine Großmutter mir gestern erzählt hat. Die Geschichte von Josefs Kindheit ist mir noch präsent. Es sind zwei Schnellzüge, die aufeinander zurasen und denen es vorherbestimmt ist, zusammenzustoßen. Mir sind die Hände gebunden, und ich kann sie nicht aufhalten, aber abwenden kann ich mich auch nicht.

Schwer atmend und schwitzend erreiche ich Josefs Haus. Als er mich sieht, zieht er besorgt die Stirn in Falten. »Alles in Ordnung mit Ihnen?«

Eine verfängliche Frage. »Ich bin mit dem Fahrrad gekommen. Mein Wagen ist in der Werkstatt.«

»Nun«, sagt er. »Ich freue mich, Sie zu sehen.«

Ich wünschte, ich könnte das Gleiche sagen. Aber wenn ich jetzt in das faltige Gesicht von Josef blicke, glättet sich dieses vor meinen Augen und wird zum kantigen Kiefer des Schutzhaftlagerführers, der gestohlen, gelogen und gemordet hat. Und da wird mir klar, dass er ironischerweise erreicht hat, was er sich erhoffte: Ich glaube ihm seine Geschichte. Ich glaube sie so sehr, dass ich kaum hier sein kann, ohne dass mir übel wird.

Eva kommt herausgeschossen und tänzelt um meine Füße.

»Ich habe Ihnen was mitgebracht«, sage ich. Und ich greife in den Rucksack und hole das Päckchen frisch gebackene Muffins heraus.

»Ich glaube, dass es meiner Taille nicht guttut, Ihr Freund zu sein«, sagt Josef.

Er bittet mich ins Haus. Ich nehme meinen üblichen Platz ihm gegenüber am Schachbrett ein. Er stellt den Wasserkessel auf und kommt dann mit Kaffee für uns beide zurück. »Offen gestanden war ich mir nicht sicher, ob Sie zurückkommen würden«, sagt er. »Was ich Ihnen das letzte Mal erzählt habe … das war nicht leicht zu verdauen.«

Wenn Sie wüssten, sage ich mir.

»Viele Leute gehen, sobald sie *Auschwitz* hören, sofort davon aus, dass man ein Ungeheuer ist.«

Seine Worte stellen die Verbindung zu Großmutters *upiór* her. »Ich dachte, Sie wollten, dass ich das denke.«

Josef zuckt zusammen. »Ich wollte, dass Ihr Hass auf mich groß genug wird und Sie mich töten wollen. Aber mir war nicht klar, was das bei Ihnen auslösen würde.«

»Sie nannten es den Arsch der Welt.«

Josef holt kurz Luft. »Ich bin wohl am Zug, oder?« Er beugt sich vor und putzt einen meiner Bauern mit einem Pegasusspringer weg. Seine Bewegungen sind langsam und vorsichtig – ein alter Mann. Harmlos. Ich erinnere mich an die Beobachtung meiner Großmutter, dass seine Hand zitterte, und beobachte sie, als er meinen Bauern von dem Intarsienspielbrett nimmt, aber seine Bewegungen sind insgesamt recht fahrig, sodass ich nicht feststellen kann, ob er an einer dauerhaften Beeinträchtigung leidet.

Er wartet, bis ich mich wieder aufs Spielbrett konzentriere, bevor er zu reden beginnt. »Trotz des Rufs, den Auschwitz heute hat, fand ich es gut, dort zum Einsatz zu kommen. Ich war dort sicher, dass kein Russe mich erschießen würde. Es gab im Lager sogar ein kleines Dorf, wo wir essen und trinken und auch Konzerte besuchen konnten. Wenn wir uns dort ausruhten, konnte man fast glauben, dass es gar keinen Krieg gab.«

»Wir?«

»Mein Bruder, der in der Sektion IV, in der Verwaltung arbeitete. Er war Buchhalter und für die Zahlen verantwortlich und schickte die Listen dann an den Kommandanten. Mein Rang war viel höher als seiner.« Josef streift die Krümel von der Serviette auf seinen Teller. »Er erstattete mir Bericht.«

Ich strecke meinen Finger nach einem Drachenläufer aus, was Josef mit einem leisen Kehllaut kommentiert. »Nicht?«, frage ich.

Er schüttelt den Kopf.

Und so lege ich stattdessen meine Hand auf den breiten Rücken eines Zentauren, der letzte Turm, der mir noch geblieben ist. »Dann waren Sie also Leiter der Verwaltung?«

»Nein. Ich gehörte zur Sektion III. Ich war SS-Schutzhaftlagerführer des Frauenlagers.«

»Sie waren der oberste Boss einer Tötungsfabrik?«, sage ich ausdruckslos.

»Nicht der Boss«, korrigiert Josef. »Sondern sehr weit oben in der Kommandokette. Außerdem hatte ich, als ich 1943 ins Lager kam, keine Ahnung, was dort vor sich ging.«

»Und das soll ich Ihnen glauben?«

»Ich kann Ihnen nur erzählen, was ich weiß. Mein Job waren nicht die Gaskammern. Ich beaufsichtigte die Gefangenen, die man am Leben erhielt.«

»Und Sie haben darüber befunden, wer leben darf?«

»Nein. Ich war zugegen, wenn die Züge eintrafen, aber diese Aufgabe oblag den Lagerärzten. Die meiste Zeit lief ich nur umher. Ich war ein Aufseher, war gegenwärtig.«

»Ein Kontrolleur«, sage ich, und das Wort schmeckt bitter. Ein Dompteur der Widerspenstigen.

»Ganz genau.«

»Ich dachte, Sie sind an der Front verwundet worden.«

»Wurde ich – aber nicht so schlimm, dass ich diese Aufgabe nicht hätte erfüllen können.«

»Dann waren Sie also für die weiblichen Gefangenen zuständig.«

»Das oblag meiner Untergebenen, der SS-Aufseherin. Zweimal täglich überwachte sie den Zählappell.«

Anstatt mit meinem Turm zu ziehen, greife ich nach meiner weißen Königin, der kunstvoll geschnitzten Meerjungfrau. Meine Schachkenntnisse reichen aus, um zu wissen, dass das, was ich jetzt vorhabe, allen Erwartungen zuwiderläuft, man von allen Figuren, die man opfern kann, die wertvolle Königin als Letzte in Betracht ziehen sollte.

Ich setze die Meerjungfrau auf ein freies Feld, wohl wissend, dass sie Josefs Pegasusspringer im Weg steht.

Er blickt zu mir hoch. »Das können Sie doch nicht wollen.«

Ich halte seinem Blick stand. »Ich habe wohl vor, aus meinen Fehlern zu lernen.«

Josef schnappt sich wie erwartet meine Königin.

»Und was haben *Sie* getan?«, frage ich ihn. »In Auschwitz?«

»Das sagte ich doch bereits.«

»Nicht wirklich«, entgegne ich. »Sie sagten mir, was Sie *nicht* getan haben.«

Ich starre ihn herausfordernd an.

»Ich bestrafte diejenigen, die ihre Arbeit nicht tun konnten.«

»Weil sie am Verhungern waren.«

»Ich habe dieses System nicht erschaffen«, sagt Josef.

»Aber Sie haben auch nichts dagegen unternommen«, kontere ich.

»Was wollen Sie von mir hören? Dass es mir leidtut?«

»Wie soll ich Ihnen denn vergeben, wenn das nicht der Fall ist?« Ich bemerke, dass ich laut werde. »Ich kann das nicht, Josef. Suchen Sie sich jemand anderen.«

Josefs Faust knallt auf den Tisch und lässt die Schachfiguren springen.

»Ich habe sie getötet. Jawohl. Ist es das, was Sie von mir hören wollen? Dass ich mit meinen eigenen Händen gemordet habe? Da. Mehr brauchen Sie nicht zu wissen. Ich war ein Mörder, und dafür habe ich es verdient zu sterben.«

Ich atme tief durch. Leo wird sauer sein auf mich, aber wenn jemand verstehen kann, wie ich mich jetzt fühle, dann er, nachdem Josef mir erzählte, wie fröhlich es bei den Mahlzeiten der Offiziere und bei den Cellokonzerten zuging, während meine Großmutter zur gleichen Zeit die verschüttete Suppe vom Boden aufleckte. »Sie haben es *nicht* verdient zu sterben«, sage ich mit Nachdruck. »Jedenfalls nicht zu Ihren eigenen Bedingungen, denn diesen Luxus haben Sie auch keinem anderen gewährt. Ich hoffe, Sie sterben einen langsamen, schmerzhaften Tod. Nein, eigentlich hoffe ich, dass Sie ewig leben, damit das, was Sie getan haben, lange, lange an Ihnen zehrt.«

Ich schiebe meinen Läufer auf die Position, die nicht länger von Josefs Springer geschützt wird. »Schachmatt«, sage ich und stehe auf, um zu gehen.

Draußen schwinge ich mich aufs Fahrrad und sehe ihn, als ich mich umdrehe, in der geöffneten Tür stehen.

»Sage. Bitte nicht ...«

»Wie oft haben Sie diese Worte gehört, Josef?«, frage ich. »Und wie oft haben *Sie* sie erhört?«

Erst als ich Rocco an der Espressomaschine sehe, wird mir bewusst, wie sehr ich die Arbeit in Our Daily Bread vermisst habe. »Täuscht mich mein Auge?«, sagt er. »Was schleppt uns da die Katze an? / Gar die Bäckerin?« Er kommt hinter der Theke hervor, umarmt mich und macht mir dann, ohne zu fragen, einen Zimtlatte mit Sojamilch.

Ich kann mich nicht erinnern, dass jemals so viel Betrieb war, aber um diese Tageszeit war ich für gewöhnlich schon immer auf dem Heimweg ins Bett. Ich sehe Mütter in Joggingklamotten, junge Männer, die wie wild auf ihren Laptops tippen, eine Gruppe von Red-Hat-Damen, die sich ein einziges Schokocroissant teilen. Das veranlasst mich, einen Blick auf die Wand hinter der Theke zu werfen, auf die Körbe voll meisterhaft gebräunter Baguettes, buttriger Brioches und Grießbrote. Lässt sich diese neu entdeckte Popularität auf den Bäcker zurückführen, der für mich eingesprungen ist?

Rocco kann meine Gedanken lesen, denn er deutet mit dem Kinn auf ein Plastikbanner, das hinter mir an der Wand hängt: HIER IST DER JESUSLAIB ZU HAUSE. »Viel Laufkundschaft kommt / Aber heilig sein heißt nicht / Dass man Hunger hat«, sagt er. »Jetzt bete ich nur / Du kommst zurück, bevor uns / Mary ganz abhebt.«

Ich lache. »Ich vermisse dich auch, Rocco. Wo ist denn unsere gesegnete Chefin überhaupt?«

»Weint wohl irgendwo / Am Pilgerort, weil Wunder / Nicht von Gott gesandt.«

Ich schütte meinen Latte in einen Pappbecher und nehme den Weg durch die Backstube, um zur Pilgerstätte zu gelangen. Alles ist makellos. Die Behältnisse mit Vorteig und anderen Gärmitteln sind ordentlich dem Datum nach aufgereiht, die Bütten mit den diversen Körnern und Mehlsorten sind beschriftet und alphabetisch angeordnet. Die Arbeitstheke aus Holz für den Teig ist gewischt, und die Mischmaschine ruht wie ein schlafender Drache in der Ecke. Was Clark hier getan hat, hat er gut gemacht.

Und das gibt mir noch mehr das Gefühl, ein Loser zu sein.

War ich tatsächlich so naiv gewesen zu glauben, dass Our Daily Bread ohne mich und meine Rezepte nicht zurechtkam, so wird mir jetzt bewusst, dass dem nicht so ist. Es mag zwar anders sein, aber letztendlich bin ich ersetzbar. Dies hier war immer Marys Traum gewesen, ich immer nur eine Randfigur.

Ich steige die geweihte Treppe hinauf und treffe sie mitten in den Eisenhutpflanzen an. Sie jätet kniend Unkraut und trägt dabei Gummihandschuhe, die fast ihren ganzen Arm bedecken. »Ich bin froh, dass du vorbeikommst«, sagt sie. »Ich habe ständig an dich gedacht. Was macht dein Kopf?« Sie schielt auf den Bluterguss, den ich bei meinem Autounfall davongetragen habe und den ich mit meinen Stirnfransen überdecke.

»Es geht mir gut«, erwidere ich. »Rocco meint, der Jesuslaib kurbelt noch immer das Geschäft an.«

»Sicherlich in jambischen Pentametern …«

»Wie es aussieht, hat Clark das Backen gut im Griff.«

»Hat er«, bestätigt Mary freiheraus. »Aber wie ich schon sagte: Er ist nicht du.« Sie richtet sich auf und nimmt mich in die Arme. »Und du bist dir sicher, dass es dir gut geht?«

»Körperlich ja. Emotional? Ich weiß nicht«, gebe ich zu. »Es gab da ein kleines Drama mit meiner Großmutter.«

»Ach, Sage, das tut mir leid … Kann ich irgendwas für dich tun?«

Wenn eine Exnonne sich mit einer Holocaustüberlebenden und einem ehemaligen Nazi befasst, könnte man dahinter die Pointe eines Scherzes vermuten, doch das ist der Grund, weshalb ich heute zur Bäckerei gekommen bin. »Deshalb bin ich eigentlich hier.«

»Ich tue alles für dich«, verspricht Mary. »Und ich werde noch heute damit anfangen, indem ich für deine Großmama einen Rosenkranz bete.«

»Das ist okay – ich meine, das kannst du tun, wenn du möchtest –, aber ich hatte gehofft, mir für eine gute Stunde die Backstube ausleihen zu können.«

Zehn Minuten später heizt ein Ofen auf, ich habe mir eine Schürze umgebunden und stecke bis zu den Ellbogen in Mehl. Natürlich hätte ich auch zu Hause backen können, aber die Zutaten, die ich benötige, sind hier, allein der Sauerteig hätte tagelanger Vorbereitung bedurft.

Es ist ein seltsames Gefühl, mit einer so kleinen Menge Teig zu arbeiten. Aber noch seltsamer ist es, gleich nebenan die Kakofonie des mittäglichen Kundenansturms zu hören. Ich laufe in der Küche umher, wechsle vom Schrank zum Regal in den Vorratsraum. Ich hacke und mische Zartbitterschokolade und mahle Zimt, füge dann einen Prise Vanille hinzu. Ich drücke in den Teigknoten eine kleine Höhle, so tief, wie mein Daumen lang ist, und flechte dessen Stränge zu einer Schmuckkrone. Dann lasse ich ihn ruhen und gehe in der Zwischenzeit, anstatt mich im Hinterzimmer zu verstecken, hinaus ins Café und unterhalte mich mit Rocco. Ich arbeite an der Kasse. Ich plaudere mit den Kunden über die Hitze und die Red Sox, darüber, wie schön Westerbrook im Sommer ist, und versuche dabei nicht einmal, das Gesicht mit meinen Fransen zu verdecken. Und ich frage mich, wie all diese Menschen ihr Leben ganz normal weiterführen können, als würden sie nicht auf einem Pulverfass sitzen, als wüssten sie nicht, dass sich, schiebt man den Vorhang des alltäglichen Lebens beiseite, dahinter womöglich etwas Schreckliches verbirgt.

»Beim zweiten Mal«, erzählte Aleks mir, als ich neben ihm lag, nachdem wir uns geliebt hatten, »war es eine Prostituierte, die stehen geblieben war, um sich in einer Gasse die Strümpfe hochzuziehen. Es war leichter, jedenfalls redete ich mir das ein, denn ansonsten hätte ich zugeben müssen, dass das, was ich getan hatte, falsch war. Beim dritten Mal war es mein erster Mann: ein Bankangestellter, der sich auf den Feierabend freute. Es gab auch ein halbwüchsiges Mädchen, das zur falschen Zeit am falschen Ort war. Und eine Salonlöwin, die ich auf dem Balkon eines Hotels hatte weinen hören. Danach hörte ich auf, sie mir zu merken. Es zählte nur noch, dass sie in dem Moment, als ich sie brauchte, da waren.« Aleksander schloss die Augen. »Je öfter man die gleiche Handlung wiederholt, egal, wie verwerflich sie ist, desto eher findet man dafür für sich eine Entschuldigung.«

Ich drehte mich zu ihm um. »Woher weiß ich, dass du mich nicht auch eines Tages töten wirst?«

Er starrte mich zögernd an. »Du kannst es nicht wissen.«

Danach schwiegen wir. Wir wussten nicht, dass draußen jemand jedes unserer Worte mithörte und auch die Symphonie unserer Körper belauschte. Während Damian sich von seinem Lauschplatz davonschlich und zur Höhle ging, um dort einen verzweifelten und verängstigten Casimir zu verhaften, erhob ich mich auf Aleks wie ein Phönix. Ich spürte, wie er sich in mir bewegte, und dachte dabei nicht an Tod, sondern nur an Auferstehung.

LEO

Gerade als ich die Fotoauswahl von Genevra auf meinem großen Hotelbett ausgebreitet habe, läutet mein Mobiltelefon.

»Leo«, sagt meine Mutter, »ich hatte letzte Nacht einen Traum.«

»Tatsächlich«, erwidere ich und schiele dabei auf Reiner Hartmann. Genevra hat das Foto aus seiner SS-Akte ausgewählt, und nun lehnt es an einem Kissen, das entschieden unbequem war und mir einen steifen Hals beschert hat. Ich betrachte die erste Seite der Akte mit seinen persönlichen Daten und dem Schnappschuss in Uniform und versuche, dieses Foto mit dem zu vergleichen, das ich Minka vorlegen möchte.

HARTMANN, REINER
Westfalenstraße 1818
Büren-Wewelsburg
Geboren 18.04.1920
Blutgruppe AB

Auf diesem Foto lassen sich wegen eines merkwürdigen Schattens in der Körnung seine Augen nicht gut erkennen. Aber nicht der Abzug in dieser Auswahl der Verdächtigen ist minderwertig, wie ich anfangs dachte, sondern es liegt am Original, das nicht mehr im besten Zustand ist.

»Ich war bei deinem Sohn, und wir spielten am Strand. Und er sagte ständig zu mir: ›Großmama, du musst deine Füße eingraben, sonst kann nichts wachsen.‹ Also ging ich davon aus, dass er ein Spiel spielen wollte, und machte mit. Ich ließ ihn den Sand bis zu meinen Knöcheln aufhäufen und dann Wasser aus einem Eimer darüber gießen. Und weißt du, was?«

»Was?«

»Als ich den Sand abschüttelte, wuchsen aus meinen Fußsohlen winzige Wurzeln.«

Ich überlege, ob die Identifizierung durch Minka womöglich wegen der schlechten Fotoqualität scheitern könnte.

»Faszinierend«, sage ich abwesend.

»Du hörst mir ja gar nicht zu, Leo.«

»Doch. Du hattest einen Traum von mir, in dem ich gar nicht vorkam.«

»Dein *Sohn* kam darin vor.«

»Ich habe keinen Sohn …«

»Als ob du mich daran erinnern müsstest.« Meine Mutter seufzt. »Was, glaubst du, hat das zu bedeuten?«

»Dass ich nicht verheiratet bin?«

»Nein, der Traum. Die Wurzeln, die aus meinen Fußsohlen herauswachsen.«

»Ich weiß es nicht, Ma. Dass du sommergrün bist?«

»Du musst dich immer über alles lustig machen«, sagt meine Mutter verschnupft. Ich kann es mit Händen greifen, dass mir, sofern ich mich nicht ein paar Minuten lang auf meine Mutter einlasse, gleich ein Anruf von meiner Schwester droht, die mir vorwerfen wird, dass sie sauer ist. Ich schiebe die Fotos beiseite.

»Das kommt vermutlich daher, weil das, womit ich mir meinen Lebensunterhalt verdiene, so schwer nachzuvollziehen ist, dass ich letztendlich einen Weg finden muss, das alles loszuwerden«, sage ich ihr, und dabei wird mir klar, dass es stimmt.

»Weißt du, ich bin stolz auf dich Leo. Auf das, was du tust.«

»Danke.«

»Und du weißt, dass ich mir Sorgen um dich mache.«

»Glaub mir, daran besteht kein Zweifel.«

»Und deshalb finde ich auch, dass es wichtig für dich ist, dir ein wenig Zeit für dich zu nehmen.«

Dieser Verlauf gefällt mir ganz und gar nicht.

»Ich arbeite.«

»Du bist in New Hampshire.«

Ich ziehe ein Gesicht. »Bei Gott, ich sollte dich einstellen. Du bist vermutlich ein viel besserer Spürhund als alle anderen, die ich im Büro habe …«

»Du hast angerufen, um dir von deiner Schwester eine Hotelempfehlung geben zu lassen, und sie sagte mir, du seist dienstlich unterwegs.«

»Offenbar ist nichts mehr heilig.«

»Egal, vielleicht möchtest du eine Massage bekommen, wenn du am Abend wieder im Hotel bist …«

»Wer ist sie?«, frage ich lustlos.

»Rachel Zweig. Lily Zweigs Tochter. Sie macht ihr Diplom in Massagetherapie in Nashua …«

»Weißt du, die haben hier oben ein ganz schlechtes Mobilfunknetz«, sage ich und halte mein Telefon auf Armeslänge von mir weg. »Ich höre dich kaum noch.«

»Ich kann dich nicht nur aufspüren, ich erkenne auch, wenn du mir eine Menge Mist erzählst, Leo.«

»Ich liebe dich, Ma«, sage ich und lache.

»Ich habe dich zuerst geliebt«, sagt sie.

Während ich die Fotoauswahl zurück in die Akte stecke, überlege ich, was meine Mutter zu Sage Singer sagen würde. Die Tatsache, dass Sage gut für mein leibliches Wohl sorgen kann, würde ihr gefallen, da ich meiner Mutter immer zu dünn bin. Sie würde sich ihre Narbe betrachten und sie als Überlebende ansehen. Sie würde es sehr schätzen, dass

Sage noch immer um ihre Mama trauert und eine so enge Bindung an ihre Großmutter hat – denn für meine Mutter ist die Familie das Kohlenstoffatom als Grundlage aller Lebensformen. Andererseits hat meine Mutter sich immer gewünscht, dass ich jemanden jüdischen Glaubens heirate, und da kann Sage – die selbst ernannte Atheistin – nicht punkten. Aber immerhin hat sie eine Großmutter, die den Holocaust überlebt hat, was ihr wieder ein paar Punkte …

Schluss mit diesen Gedanken … Wieso stelle ich Überlegungen an, eine Frau zu heiraten, die ich erst gestern kennengelernt habe – eine Frau, die für mich einfach nur eine Zeugin ist und, wie der gestrige Abend bewiesen hat, eindeutig einen anderen liebt?

Adam.

Ein Kerl, der mit seinen eins fünfundneunzig vor mir stand und Schultern hat, auf denen man ein Thanksgiving-Buffet präsentieren könnte. Als *gojisch* würde meine Mutter ihn bezeichnen, mit seinem sandfarbenen Haar und dem schiefen Lächeln. Als ich ihn gestern Abend sah und Sage beobachtete, die auf ihn reagierte, als hätte man ihr einen Elektroschock verpasst, kamen alle mit Akne gespickten posttraumatischen Erinnerungen der Mittelstufe zurück – von der Cheerleaderin, die mir sagte, ich sei nicht ihr Typ, nachdem ich im literarischen Magazin der Schule ein Sonett auf sie veröffentlicht hatte, bis zu meiner Tanzpartnerin für den College-Abschlussball, die, während ich ihr einen Becher Punsch holte, mit einem Fußball-Ass zu tanzen anfing und sich am Ende dann von ihm nach Hause abschleppen ließ.

Ich habe nichts gegen Adam, und wenn Sage sich ihr Leben verbauen möchte, ist das ihre Sache. Ich weiß auch, dass es zwei braucht, um einen Fehler dieser Größenordnung zu machen. Aber … Adam hat eine *Frau*. Und als ich den Gesichtsausdruck von Sage beim Anblick dieser Frau sah, hätte ich ihr am liebsten meinen Arm um die Schultern gelegt und ihr gesagt, dass sie etwas viel Besseres als diesen Kerl kriegen kann.

Wie etwa mich.

Schön, jawohl, ich bin ein bisschen in sie verknallt. Oder vielleicht auch in ihre Backkünste. Oder in ihre rauchige, raue Stimme, die so unglaublich sexy ist, ohne dass sie sich dessen bewusst ist.

Dieses Gefühl überrascht mich dann doch. Ich bringe mein Leben damit zu, Menschen aufzuspüren, die gern unerkannt bleiben, aber ich habe sehr viel weniger Glück, jemanden zu finden, den ich gern länger um mich hätte.

Ich stopfe die Akte in meine Aktentasche und schüttele diese Gedanken von mir ab. Vielleicht hat meine Mutter recht, und ich brauche *wirklich* eine Massage oder welche Form der Entspannung auch immer nötig ist, um mein Arbeitsleben von meinem Privatleben zu trennen.

Doch meine so wunderbar zurechtgelegten Pläne lösen sich allesamt in Luft auf, als ich zu ihrem Haus komme, wo sie bereits auf mich wartet. Sie trägt abgeschnittene Jeansshorts wie Daisy Mae. Ihre Beine sind lang, gebräunt und muskulös, und ich kann meinen Blick nicht davon abwenden.

»Was ist?«, fragt sie und schielt an ihren Schenkeln nach unten. »Habe ich mich beim Rasieren geschnitten?«

»Nein. Sie sind perfekt. Ich meine, Sie sehen perfekt aus. Ich meine …« Ich schüttele den Kopf. »Haben Sie heute Morgen schon mit Ihrer Großmutter gesprochen?«

»Ja.« Sage führt mich in ihre Wohnung. »Sie hat ein wenig Angst, aber sie erwartet uns.«

Gestern Abend, bevor wir aufbrachen, hat Minka eingewilligt, sich eine Fotoauswahl anzusehen. »Ich werde es ihr so angenehm wie möglich machen«, verspreche ich.

Sages Haus ist die optische Umsetzung eines Lieblings-T-Shirts, für das man die Kommode durchwühlt, weil es so bequem ist. Die Couch ist dick gepolstert, das Licht cremefarben und weich. Immer wird irgendwas gebacken. Es ist ein Ort, an dem man sich kurz niederlässt, um dann Jahre später aufzuwachen, weil man nie wieder gegangen ist.

Es ist das absolute Gegenteil meiner Wohnung in Washington, in der schwarzes Leder, Chrom und rechte Winkel die Atmosphäre bestimmen.

»Hier gefällt es mir«, platzt es aus mir heraus.

Sie sieht mich merkwürdig an. »Sie waren doch gestern schon hier.«

»Ich weiß. Es ist nur ... sehr gemütlich.«

Sage sieht sich um. »Meine Mutter war gut darin. Sie verstand es, Menschen anzuziehen.« Sie öffnet den Mund, schließt ihn aber abrupt wieder.

»Sie wollten wohl sagen, dass Ihnen das nicht gegeben ist«, vermute ich.

Sie zuckt mit den Schultern. »Ich bin gut darin, Leute abzustoßen.«

»Nicht *alle* Leute«, sage ich, und wir wissen beide, dass ich vom vergangenen Abend spreche.

Sage zögert, als wollte sie mir etwas sagen, aber dann dreht sie sich um und geht in die Küche. »Und für welche Farbe haben Sie sich entschieden?«

»Farbe?«

»Für Ihren Nagellack.«

Sie bringt einen Becher Tee und reicht ihn mir.

Ich trinke einen Schluck und stelle fest, dass sie Milch, aber keinen Zucker hineingetan hat, genauso wie ich ihn gestern Abend im Café trank. Und das – ihre *Aufmerksamkeit* – gibt mir das Gefühl, als hätte ich Flügel bekommen.

»Eigentlich dachte ich an Kirschrot, aber das ist zu sehr FBI«, erwidere ich. »Ein wenig zu auffällig für uns Leute vom Justizministerium.«

»Kluge Entscheidung.«

»Und Sie«, frage ich. »Hat das *People* Sie klüger gemacht?«

»Ich habe getan, wozu Sie mich angehalten haben«, antwortet sie, und plötzlich geht die Stimmung in den Keller. »Ich traf mich mit Josef.«

»Und?«

»Ich kann das nicht. Ich kann nicht mit ihm sprechen und so tun, als wüsste ich nicht, was ich jetzt weiß.« Sage schüttelt den Kopf. »Ich denke, er ist jetzt sauer auf mich.«

In dem Moment klingelt mein Telefon, und ich sehe die Nummer meines Chefs auf dem Display. »Da muss ich drangehen«, entschuldige ich mich und gehe ins Wohnzimmer, um den Anruf entgegenzunehmen.

Er hat eine Frage zu einem Strafverfolgungsmemo, das ich zu einem anderen Fall erstellt habe. Ich gehe mit ihm die von mir vorgenommenen Veränderungen durch und begründe sie, und als ich auflege und in die Küche zurückkehre, sehe ich Sage dort Kaffee trinken und die erste Seite von Reiner Hartmanns SS-Akte studieren.

»Was tun Sie da?«, frage ich. »Das ist geheim.«

Sie blickt hoch, ein Reh im Scheinwerferlicht. »Ich wollte nur sehen, ob auch ich ihn identifizieren könnte.«

Ich nehme die Mappe an mich. Ich darf ihr Reiners Akte nicht zeigen, sie ist eine Zivilperson. Aber ich halte die Vorderseite hoch, die aus der SS-Akte mit seinem Namen, seiner Adresse, seinem Geburtsdatum, der Blutgruppe und dem Foto. »Hier«, sage ich und erlaube ihr einen kurzen Blick auf das Bild – die gescheitelten Haare, die blassen Augen, die man kaum erkennen kann.

»Er hat überhaupt keine Ähnlichkeit mit dem Josef von heute«, murmelt Sage. »Ich weiß nicht, ob ich ihn bei einer Gegenüberstellung herauspicken würde.«

»Nun«, erwidere ich, »dann wollen wir mal hoffen, dass Ihre Großmutter das nicht genauso sieht.«

Einmal zeigte mir Simran, ein Historiker meines Büros, ein Foto von Angelina Jolie. Er hatte die Aufnahme auf seinem iPhone, und sie zeigte eine Partyszene. Überall hingen Ballons, und auf dem Tisch war ein Geburtstagskuchen; Angelina stand schmollend im Vordergrund. »Wow«, sagte ich. »Wo hast du das aufgenommen?«

»Sie ist meine Cousine.«

»Angelina Jolie ist deine Cousine?«, hakte ich nach.

»Nee«, erwiderte Simran. »Aber sie sieht genauso aus wie sie, findest du nicht?«

Eine Identifikation durch Augenzeugen ist häufig absoluter Blödsinn. Oftmals ist es das schwächste Glied in der Prüfungsphase einer Strafverfolgung. Deshalb werfen DNA-Tests immer wieder die Überführung eines bereits durch ihre Opfer identifizierten Vergewaltigers über den Haufen. Die Variationsbreite von Gesichtszügen ist in der Tat begrenzt, und wir neigen zu Fehlurteilen. Was für Simrans Cousine hervorragend ist, aber nicht, wenn man im Justizministerium arbeitet und versucht, eine Identität durch einen Augenzeugen festzustellen.

Minkas Stock hängt an der Kante des Küchentischs, auf dem ein Glasbecher mit Tee und ein leerer Teller stehen. Ich sitze neben ihr, Daisy, die Pflegerin, steht mit vor der Brust verschränkten Armen in der Küchentür.

»Voilà«, verkündet Sage und legt ein Prachtexemplar von einem Gebäck auf den Teller.

Es erinnert an einen Knoten, und Zuckerkristalle überziehen seine Oberfläche. Ich brauche nicht darauf zu warten, dass Minka es auseinanderreißt, um zu wissen, dass sich drinnen ein Herz aus Zimt und Schokolade verbirgt und dies das Gebäck ist, das ihr Vater einst für sie gebacken hat.

»Ich dachte mir, dass du das vielleicht vermisst hast«, sagt Sage.

Minka hält die Luft an. Sie dreht das kleine Backwerk in den Händen. »Du hast das gebacken? Aber wie …?«

»Ich habe es auf gut Glück versucht«, gibt Sage zu.

Wann hatte sie Zeit, das zu backen? Im Lauf des Vormittags vermutlich, nachdem sie sich mit Josef getroffen hatte.

Ich starre Sage an und beobachte ihre Miene, während ihre Großmutter das Gebäck auseinanderbricht und den ersten Bissen zu sich nimmt.

»Es schmeckt genauso, wie mein Vater es gemacht hat«, sagt Minka. »Genauso, wie ich es in Erinnerung habe …«

»Und Ihre Erinnerung ist es auch, auf die ich baue«, sage ich, weil ich eine perfekte Überleitung spüre. »Mir ist bewusst, das wird jetzt nicht leicht für Sie, aber ich weiß Ihr Opfer wirklich zu schätzen. Sind Sie bereit?« Ich warte, bis Minka mir in die Augen blickt.

Sie nickt.

Ich lege ihr ein Blatt mit einer Serie von acht Fotos von Nazikriegsverbrechern vor. Genevra hat sich selbst übertroffen, sowohl in Geschwindigkeit als auch in Präzision. Das Foto von Reiner Hartmann – dasselbe, das Sage sich vorhin in seiner SS-Akte angesehen hat – befindet sich unten links. Darüber befinden sich vier Fotos und drei daneben, und auf allen sind andere Männer zu sehen, die ähnliche Gesichtszüge haben und identische Naziuniformen tragen. Auf diese Weise bitte ich Minka, Äpfel mit Äpfeln zu vergleichen. Wäre Reiner als Einziger in Uniform abgelichtet, könnte das als präjudiziell ausgelegt werden.

Sage, die neben ihrer Großmutter sitzt, studiert die Auswahl ebenfalls. Die acht Individuen haben alle das gleiche gescheitelte, glatte blonde Haar wie Reiner Hartmann, und sie schauen alle in die gleiche Richtung. Sie erinnern an junge Filmschauspieler aus den Vierzigerjahren – glatt rasiert, mit kräftigem Kinn, Matineeidole für eine makabre Dokumentation.

»Es ist nicht unbedingt gesagt, dass einer aus dieser Fotoserie tatsächlich im Lager war, Minka, aber ich hätte gern, dass Sie die Gesichter betrachten, um zu sehen, ob Ihnen irgendwas ins Auge springt …«

Minka nimmt das Blatt mit zittrigen Händen. »Wir kannten sie nicht dem Namen nach.«

»Darauf kommt es nicht an.«

Sie lässt einen Finger über jedes der acht Gesichter wandern, als würde sie an die Stirn jedes Einzelnen eine Pistole halten. Bilde ich mir das ein, oder verweilt sie über Reiner Hartmanns Porträt länger?

»Es ist zu schwer«, sagt Minka und schüttelt den Kopf. Sie schiebt das Blatt mit den Fotos von sich. »Ich möchte mich nicht mehr erinnern.«

»Das verstehe ich, aber …«

»Sie verstehen es *nicht*«, fällt sie mir ins Wort. »Sie bitten mich nicht nur darum, auf ein Foto zu zeigen. Sie bitten mich, ein Loch in einen Damm zu bohren, weil Sie durstig sind, obwohl ich am Ende dabei ertrinken werde.«

»Bitte«, flehe ich sie an, aber Minka vergräbt das Gesicht in den Händen.

Die Qual auf Sages Gesicht ist noch ausgeprägter als auf dem von Minka. Aber das ist Liebe, nicht wahr? Wenn man die Qual, einen anderen leiden zu sehen, als schlimmer empfindet, als selbst zu leiden? »Wir sind fertig«, verkündet Sage. »Tut mir leid, Leo, aber ich kann ihr das nicht zumuten.«

»Geben Sie ihr doch Gelegenheit, das selbst zu entscheiden«, schlage ich vor.

Minka hat sich abgewandt und hängt ihren Erinnerungen nach. Daisy kommt wie ein Racheengel hereingestürmt und legt einen Arm um ihren zerbrechlichen Schützling. »Wollen Sie sich ausruhen, Ms. Minka? Sie machen mir ganz den Eindruck, als müssten Sie sich ein wenig hinlegen.«

Sie durchbohrt mich mit Dolchesblicken, während sie Sages Großmutter beim Aufstehen hilft, ihr den Stock reicht und sie den Flur entlang begleitet.

Sage macht ganz den Eindruck, als würde es sie zerreißen, ihre Großmutter gehen zu sehen. »Ich hätte Sie niemals mit herbringen dürfen«, flüstert sie.

»Das ist für mich nichts Neues, Sage. Es ist ein gewaltiger Schock, das Gesicht von jemandem zu sehen, der einen gequält hat. Andere Überlebende haben die gleiche Reaktion gezeigt, doch sie konnten sich zusammenreißen und eine gültige Identifizierung vornehmen. Ich weiß, sie hat diese Gefühle ein halbes Jahrhundert lang unterdrückt und vergraben. Das verstehe ich. Und ich verstehe auch, dass es schmerzhaft ist, das Pflaster von der Wunde zu reißen …«

»Das ist kein Pflaster«, widerspricht Sage. »Das ist eine Operation ohne Narkose. Und die anderen Überlebenden, die Sie das haben durchmachen sehen, sind mir piepegal. Mir geht es nur um meine Großmutter.« Sie erhebt sich abrupt, geht den Flur entlang und lässt mich mit der Fotoauswahl allein.

Ich betrachte das Blatt, studiere Reiner Hartmanns Gesicht. Nichts daran deutet auf das Böse unter der Oberfläche hin. Wir können uns der Frage nur annähern, welcher giftige Cocktail aus Zellen und Drill einen Jungen, der mit Skrupeln aufgewachsen ist, dazu anstiften konnte, an einem Genozid mitzuwirken.

Das angebrochene Gebäck, das Sage gebacken hat, liegt in zwei Hälften wie ein zerbrochenes Herz auf dem Teller. Seufzend greife ich nach meiner Aktenmappe, um das Blatt verschwinden zu lassen. Im letzten Moment halte ich inne. Ich nehme den Teller mit dem Gebäck und gehe zu Minkas Schlafzimmer. Durch die Tür dringen leise Stimmen. Ich hole tief Luft und klopfe.

Minka sitzt in einem Sessel, die Füße liegen auf einer Ottomane. »Mach kein Theater, Sage«, sagt sie entnervt, als Daisy mir die Schlafzimmertür öffnet. »Es geht mir gut!«

Es gefällt mir, dass sie Gift und Galle spuckt. Und es gefällt mir, dass sie den einen Moment knallhart und im nächsten wachsweich sein kann. Genau das hat ihr geholfen, die schlimmste Ära ihrer Lebensgeschichte zu überstehen, dessen bin ich mir sicher, und das ist es auch, was sie seitdem hat weitermachen lassen.

Und das hat sie an die Enkelin weitergegeben, auch wenn Sage das nicht weiß.

Sie blicken beide hoch, als ich mit dem Gebäck und den Fotos eintrete.

»Das ist wohl nicht Ihr Ernst«, brummelt Sage.

»Minka«, sage ich und reiche ihr den Teller, »ich dachte, Sie mögen das vielleicht. Sage hat sich so viel Mühe gegeben, das zu backen, weil sie dachte, Ihnen damit ein wenig Frieden zu bringen. Und genau das wollte auch ich heute tun. Was Sie durchgemacht haben, das war nicht fair. Aber es ist auch nicht fair, dass Sie in einem Land leben, wo Sie Ihre Heimat mit Ihren früheren Peinigern teilen müssen. Helfen Sie mir, Minka. Bitte.«

Sage springt auf. »Leo«, sagt sie angespannt. »Gehen Sie, *sofort*.«

»Warten Sie, warten Sie.« Minka winkt mich heran und streckt die Hand nach dem Blatt mit den Fotos aus.

Der Teller mit dem Gebäck steht wackelnd auf ihrem Schoß. In den Händen hält sie die Fotoserie. Sie spürt den Gesichtern nach, als könnten die Namen der Männer in Brailleschrift gelesen werden. Langsam fährt Minka mit dem Finger nach unten auf das Foto von Reiner Hartmann. Sie tippt zweimal auf das Gesicht. »Das ist er.«

»Wer?«

Sie hebt den Blick. »Ich sagte Ihnen doch bereits, wir kannten die Namen der SS-Offiziere nicht.«

»Aber Sie erkennen sein Gesicht wieder?«

»Überall«, sagt Minka. »Niemals könnte ich den Mann vergessen, der meine beste Freundin getötet hat.«

Zu Mittag essen wir bei Minka Thunfischsandwiches. Ich erzähle, dass mein Großvater mir Bridge beigebracht hat und wie schlecht ich darin war. »Zu sagen, dass wir haushoch verloren, wäre noch eine Untertreibung. Als wir dann gingen, fragte ich meinen Großpapa, wie ich die Karten hätte spielen *sollen*. Er meinte darauf: ›Unter falschem Namen.‹«

Minka lacht. »Eines Tages werden Sie hierher zurückkommen, Leo, und mein Partner sein. Dann bringe ich Ihnen alles bei, was Sie wissen müssen.«

»Das ist eine Verabredung«, verspreche ich. Ich wische mir den Mund mit meiner Serviette ab. »Und ich danke Ihnen für … nun, für alles. Aber Sage und ich sollten wohl besser gehen.«

Sie drückt ihre Großmutter zum Abschied. Minka hält Sage ein wenig länger im Arm als sonst, was ich auch schon bei anderen Überlebenden gesehen habe. Es ist, als ob ihnen jetzt, da sie etwas Gutes in ihrem Leben haben, jeder Abschied davon besonders schwerfällt.

Ich halte ihre Hände, die kühl und zart wie gefallene Blätter sind. »Was Sie heute getan haben … ich kann Ihnen gar nicht genug dafür danken. Aber …«

»Aber ich bin noch nicht fertig«, ergänzt Minka. »Sie möchten, dass ich das auch vor Gericht noch einmal aussage.«

»Sofern Sie sich dem gewachsen fühlen, ja«, gebe ich zu. »In der Vergangenheit waren die Bezeugungen der Überlebenden immer von sehr großer Bedeutung. Und Ihre beschränkt sich ja nicht auf eine bloße Identifizierung. Sie haben die direkte Erfahrung gemacht, ihn einen Mord begehen zu sehen.«

»Werde ich ihn sehen müssen?«

Ich zögere. »Wenn Sie es nicht wollen, können wir Ihre Aussage auf Video aufzeichnen.«

Minka sieht mich an. »Wer wäre dabei?«

»Ich. Eine Historikerin aus meinem Büro. Ein Kameramann. Ein Hauptverteidiger. Und Sage, wenn Sie möchten.«

Sie nickt. »Das schaffe ich. Aber wenn ich ihn sehen müsste … ich glaube nicht …« Sie verstummt.

Ich nicke und respektiere ihre Entscheidung. Und einem

Impuls folgend drücke ich ihr zum Abschied einen Kuss auf die Wange. »Sie sind spitze, Minka.«

Im Wagen fällt Sage über mich her. »Und? Was geschieht als Nächstes? Jetzt haben Sie, was Sie brauchen, stimmt's?«

»Wir haben mehr, als wir brauchen. Ihre Großmutter war eine Goldmine. Dass sie eine Augenzeugenidentifikation gemacht und auf den Schutzhaftlagerführer gezeigt hat, ist eine Sache. Aber sie hat noch was viel Besseres getan. Sie sagte uns etwas, das in seiner SS-Akte steht und von dem niemand – außer mein Büro – Kenntnis haben kann.«

Sage schüttelt den Kopf. »Ich verstehe nicht.«

»Es klingt fast grotesk, aber es gab einen richtigen und einen falschen Weg, die Gefangenen in den Konzentrationslagern zu töten. Offiziere, die diese Vorschriften nicht befolgten, mussten mit Disziplinarmaßnahmen rechnen. Einen Gefangenen zu erschießen, der nicht mehr die Kraft hatte aufzustehen, war eine Sache, aber einen Gefangenen grundlos zu töten, war Mord an einer Arbeitskraft, und die Nazis brauchten diese Arbeitskräfte. Zugegebenermaßen waren die Gefangenen den Verantwortlichen nicht wichtig genug, um dem Offizier, der sich schuldig gemacht hatte, mehr als eine kleine Rüge zu erteilen, aber hin und wieder findet sich in der Akte eines SS-Manns doch der Verweis auf ein Disziplinarverfahren.« Ich sehe Sage an. »In Reiner Hartmanns Akte steht der Passus, dass er sich für das unerlaubte Erschießen einer weiblichen Gefangenen verantworten musste.«

»Darija?«, fragt Sage.

Ich nicke. »Dank der Bezeugung durch Ihre Großmutter können wir mit ziemlich großer Sicherheit davon ausgehen, dass der Mann, den sie identifiziert hat, und der Mann, der Ihnen sagte, er sei Reiner Hartmann gewesen, ein und derselbe ist.«

»Warum haben Sie mir nicht gesagt, dass das in der Akte steht?«

»Weil Sie keine Zulassung der Regierung haben«, sage ich. »Und weil ich nicht riskieren durfte, dass Sie Einfluss auf das nehmen, was Ihre Großmutter zu sagen hatte.«

Sie lässt sich in den Beifahrersitz zurücksinken. »Dann hat er mir also die Wahrheit erzählt. Josef. Reiner. Wie immer er auch heißt.«

»Sieht ganz danach aus.« Ein Sturm von Gefühlen zieht über ihr Gesicht, als sie versucht, Josef Weber mit seiner früheren Person in Einklang zu bringen. Wenn die Bestätigung erst einmal erfolgt ist, wird das keinesfalls leichter. Und in Sages Fall kämpft sie auch damit, einen Mann zu verraten, den sie als Freund betrachtet hat. »Sie haben das Richtige getan«, sage ich. »Indem Sie sich an mich gewandt haben. Worum er Sie gebeten hat – das hat mit Gerechtigkeit nichts zu tun. *Das* hier schon.«

Sie hält den Blick gesenkt. »Verhaften Sie ihn gleich jetzt?«

»Nein. Ich fahre nach Hause.«

Sage hebt abrupt den Kopf. »Jetzt?«

Ich nicke. »Bevor wir weitermachen können, habe ich noch viel zu tun.«

Ich möchte nicht weg von hier. Ich würde Sage eigentlich gern zum Abendessen einladen. Würde ihr gern zusehen, wie sie aus dem Nichts ein Gebäck zaubert. Ich würde sie einfach gern ansehen. Punkt.

»Dann werden Sie jetzt also zum Flughafen fahren?«, fragt Sage.

Kommt es mir nur so vor, oder ist sie wirklich ein wenig enttäuscht zu hören, dass ich abreise?

Aber das bilde ich mir wohl nur ein. Sie hat einen Freund. Der zwar eine Ehefrau hat, aber unterm Strich ist Sage im Moment nicht auf der Suche.

»Ja«, sage ich. »Ich werde meine Sekretärin anrufen. Gut möglich, dass es gegen Abend einen Flug zurück nach D. C. gibt.«

Bitte mich doch noch zu bleiben, wünsche ich mir.

Sage sieht mich an. »Also, wenn Sie abreisen müssen, dann sollten Sie vielleicht den Motor anwerfen.«

Ich werde vor Verlegenheit rot. Zwischen uns hatten also keine unausgesprochenen Worte gehangen, sondern nur das Fehlen eines Motorengeräuschs.

Da klingelt ihr Telefon. Mürrisch verrenkt sie sich auf ihrem Sitz, um es aus der Tasche ihrer Shorts zu ziehen.

»Ja… hier ist Sage Singer.« Ihre Augen werden groß. »Geht es ihm gut? Was ist passiert? Ich – ja, ich verstehe. Danke.« Als sie auflegt, starrt sie das Telefon in der Hand an, als wäre es eine Granate. »Das war das Krankenhaus«, teilt Sage mir mit. »Man hat Josef gerade eingeliefert.«

Von unserem Versteck hinter dem Holzschuppen auf Baruch Beilers Grundstück konnten wir alles sehen: den auf einer improvisierten Bühne angeketteten Casimir, die wilde Wut in Damians Augen, als er den Halbwüchsigen anschrie und mit seiner Spucke das Gesicht des Jungen traf. Machttrunken wandte Damian sich an die Dörfler, die sich unter einem strahlend blauen Himmel eng zusammendrängten. Ihr Wachhauptmann hatte nicht nur einen Täter, sondern gleich zwei gefunden. Das konnte doch nur bedeuten, dass sie jetzt sicher waren. Und sie wieder so leben konnten wie vorher.

War ich die Einzige, die wusste, dass das nicht möglich war?

Nein. Aleks wusste es auch. Deshalb hatte er auch versucht, für die Sünden seines Bruders Abbitte zu leisten.

»Meine Freunde«, verkündete Damian mit ausholender Geste. »Wir haben das Ungeheuer besiegt!« Ein Aufschrei ging durch die Menge, als sie diese Worte hörte. »Wir werden den upiór *so begraben, wie er schon das erste Mal hätte begraben werden müssen: mit dem Gesicht nach unten an einem Kreuzweg und mit einem Eichenstab im Herzen.«*

Aleks neben mir wurde unruhig. Ich hielt ihn mit sanftem Händedruck zurück. »Tu's nicht«, wisperte ich. »Siehst du denn nicht, dass man dich damit nur in die Falle locken möchte?«

»Mein Bruder kann sich nicht selbst helfen. Das macht das, was er tut, zwar nicht richtig, aber ich kann nicht hier sitzen …«

Damian winkte einen Soldaten herbei, der hinter ihm stand. »Vor allem werden wir sicherstellen, dass er tot bleibt. Und um das zu tun, gibt es nur ein Mittel.«

Der Kadett trat mit einer gefährlich geschwungenen Sichel

in der Hand vor. Das Blatt blitzte wie ein Edelstein. Er hob sie über den Kopf, während Casimir in das grelle Sonnenlicht blinzelte, um zu sehen, was sich über ihm abspielte.

»Drei«, zählte Damian. »Zwei …« Er drehte sich um und richtete den Blick direkt auf das Gebüsch, in dem wir uns versteckten, und mir wurde klar, dass er die ganze Zeit gewusst hatte, wo wir waren. »… eins.«

Das Blatt sauste durch die Luft und trennte mit einem metallisch schrillen Geräusch Casimirs Kopf in einem einzigen Schlag von seinem Körper.

Die Bühne war von Blut überschwemmt. Es troff über die Holzkante und lief dann in Rinnsalen über den Boden auf die Menge zu.

»Neiiiin!«, schrie Alex. Er riss sich von mir los und rannte auf die Bühne, während Soldaten auf ihn zukamen, um ihn zu verhaften. Aber er war kein Mensch mehr. Er biss und kratzte und schleuderte sieben Männer mit der Kraft einer ganzen Armee von sich, während die Menge Schutz suchend in alle Richtungen zerstob. Als nur noch Damian ohne Schutztruppe übrig war, ging Aleks knurrend auf ihn zu.

Damian hob sein Schwert. Doch dann ließ er es fallen und gab Fersengeld.

Bevor Damian jedoch die Hälfte des Dorfplatzes überquert hatte, war Aleks schon bei ihm. Er attackierte den Hauptmann und drehte Damian so, dass er auf dem Rücken zu liegen kam und sein letzter Blick sich auf den klaren, hellen Himmel richtete. Und mit einer einzigen, ruckartigen Bewegung riss Aleks ihm das Herz aus dem Leib.

SAGE

Krankenhäuser riechen nach Tod. Sie sind ein wenig zu sauber, ein wenig zu kalt. Sobald ich es betrete, spult mein Leben drei Jahre zurück, und ich bin wieder hier und sehe zu, wie meine Mutter langsam stirbt.

Leo und ich stehen im Flur vor Josefs Zimmer. Die Ärzte haben mir gesagt, man habe Josef hergebracht, um ihm den Magen auszupumpen. Offensichtlich hatte er eine unerwünschte Arzneimittelwirkung, denn ein ehrenamtlicher Mitarbeiter von Essen auf Rädern traf ihn bewusstlos auf dem Boden an. Ich frage mich, wer sich heute Abend um Eva kümmert.

Leo bekommt keine Erlaubnis, Josefs Zimmer zu betreten, ich aber schon. Josef hat mich als seine nächste Verwandte angegeben, ein recht interessantes Beziehungsverhältnis für jemanden, den man darum gebeten hat, einen umzubringen.

»Ich mag keine Krankenhäuser«, sage ich.

»Keiner mag sie.«

»Ich weiß nicht, was ich tun soll«, flüstere ich Leo zu.

»Sie müssen mit ihm sprechen.«

»Sie wollen, dass ich ihn überrede, sich zu erholen, damit Sie ihn außer Landes bringen und irgendwo in einer Gefängniszelle sterben lassen können?«

Leo überlegt. »Ja. Nachdem er verurteilt wurde.«

Vielleicht liegt es an seiner freimütigen Direktheit – jedenfalls führt dieser Schock mich zurück in die Gegenwart. Ich nicke, atme tief durch und betrete Josefs Zimmer.

Ungeachtet dessen, was meine Großmutter gesagt hat, ungeachtet der Fotoauswahl, die Leo vorbereitet hat, ist er einfach nur ein alter Mann, eine leere Hülle des Unmenschen, der er einmal gewesen ist. Angesichts seiner dünnen Gliedmaßen, die aus dem hellblauen Krankenhaushemd ragen, und den zerzausten silbernen Haaren fällt es schwer, sich vorzustellen, dass der bloße Anblick dieses Mannes andere vor Furcht gelähmt hat.

Josef schläft, den linken Arm hat er über den Kopf gelegt. Die Narbe, die er mir einmal auf der Innenseite seines Oberarms gezeigt hat, ist deutlich zu sehen – ein glänzender dunkler Knopf von der Größe eines Vierteldollars mit schartigen Rändern. Ein Blick über die Schulter bestätigt mir, dass Leo mich vom Flur aus noch immer beobachtet.

Mit meinem Mobiltelefon mache ich einen Schnappschuss von Josefs Narbe, damit Leo sie sich später ansehen kann.

Als eine Krankenschwester den Raum betritt, stopfe ich das Telefon rasch wieder zurück in meine Shorts. »Sind Sie das Mädchen, von dem er gesprochen hat?«, fragt sie. »Cinnamon, hab ich recht?«

»Sage«, erwidere ich fröhlich und frage mich, ob sie mich dabei ertappt hat, als ich das Foto machte.

Die Schwester sieht mich seltsam an. »Nun, Ihr Freund Mr. Weber kann von Glück sagen, dass man ihn gefunden hat.«

Ich hätte diejenige sein sollen, die ihn fand.

Dieser Gedanke bohrt sich wie ein Messer in mein Gehirn. Als seine einzige gute Freundin hätte ich da sein müssen, als er mich brauchte. Aber stattdessen habe ich mit ihm gestritten und bin aus dem Haus gestürmt.

Das Problem ist, dass Josef Weber mein Freund ist. Aber Reiner Hartmann ist mein Feind. Was soll ich also tun, da sie nun ein und derselbe Mann sind?

»Was ist mit ihm passiert?«, frage ich.

»Er hat ein Salzersatzmittel zu sich genommen, während er Aldactone einnahm. Und das hat seinen Kaliumspiegel nach oben katapultiert. Es hätte auch zum Herzstillstand führen können.«

Ich sitze auf der Bettkante und halte Josefs Hand. Um sein Handgelenk trägt er ein Krankenhausbändchen. Josef Weber, geb. 20.04.18, B+

Wenn sie wüssten, wer er wirklich ist.

Josefs Finger zucken in meiner Hand, und ich lasse seine Hand fallen, als würde sie brennen. »Sie sind gekommen«, krächzt er.

»Natürlich.«

»Eva?«

»Ich werde sie mit zu mir nach Hause nehmen. Es wird ihr an nichts fehlen.«

»Mr. Weber?«, unterbricht uns die Krankenschwester. »Wie fühlen Sie sich? Haben Sie Schmerzen?«

Er schüttelt den Kopf.

»Können wir eine Minute allein sein?«, frage ich.

Sie nickt. »Ich komme in fünf Minuten zurück, um Fieber und Blutdruck zu messen«, sagt die Schwester.

Wir warten beide, bis sie gegangen ist. »Das haben Sie doch nicht aus Versehen gemacht, oder?«, flüstere ich.

»Ich bin doch nicht dumm. Der Apotheker hat mir von den Wechselwirkungen mit diesem Medikament erzählt. Ich habe sie nicht beachtet.«

»Warum?«

»Wenn Sie mir schon nicht beim Sterben helfen wollen, muss ich es eben selbst tun. Aber ich hätte wissen müssen, dass es sinnlos ist.« Er macht eine weit ausholende Geste mit dem Arm. »Ich habe es Ihnen schon mal gesagt. Das ist meine Strafe. Egal, was ich mache, ich überlebe.«

»Ich habe nie gesagt, dass ich Ihnen nicht helfen werde«, erwidere ich.

»Sie waren wütend auf mich, weil ich Ihnen die Wahrheit sagte.«

»Ja«, gebe ich zu. »Das war ich. Sich das anzuhören, ist wirklich belastend.«

»Sie sind aus meinem Haus gestürmt.«

»Sie haben fast siebzig Jahre Zeit gehabt, um damit zu leben,

Josef. Da müssen Sie mir schon mehr als fünf Minuten zugestehen.« Ich senke die Stimme. »Was Sie getan haben – was Sie behaupten, getan zu haben –, macht mich krank. Aber sollte ich – Sie wissen schon, worum Sie mich gebeten haben – das jetzt tun, tue ich es aus Wut, aus Hass. Und das stellt mich mit Ihnen auf eine Stufe.«

»Ich wusste, dass Sie das bestürzen würde«, gibt Josef zu. »Und Sie waren auch nicht meine erste Wahl.«

Das überrascht mich. Es gibt also noch jemanden in dieser Stadt, der Josefs Vergangenheit kannte … und ihn nicht angezeigt hat?

»Ihre Mutter«, sagt Josef. »Sie ist die Erste, die ich gefragt habe.«

Mir bleibt der Mund offen stehen. »Sie kannten meine Mutter?«

»Ich bin ihr vor Jahren begegnet, als ich an der Highschool beschäftigt war. Der Lehrer für Weltreligionen lud sie ein, über ihren Glauben zu sprechen. Ich traf sie in der Mittagspause ganz kurz im Lehrerzimmer. Sie sagte, man könne sie wohl kaum als Musterbeispiel einer Jüdin ansehen, aber das sei immer noch besser, als keine zu sein.«

Das klingt nach meiner Mutter. Ich kann mich sogar noch ganz verschwommen daran erinnern, dass sie vor der Klasse meiner Schwester gesprochen hat und wie peinlich es Pepper gewesen war, sie dort zu erleben. Aber ich wette, meine Schwester gäbe jetzt alles darum, meine Mutter so nah bei sich zu haben. Bei diesem Gedanken schnürt es mir die Kehle zu.

»Wir kamen ins Gespräch, und natürlich fiel ihr mein Akzent auf, und sie erzählte mir, dass ihre Schwiegermutter eine Auschwitz-Überlebende gewesen sei.«

Mir fällt auf, dass er von meiner Großmutter in der Vergangenheitsform spricht. Ich korrigiere ihn nicht. Ich möchte nicht, dass er etwas über sie erfährt.

»Was haben Sie ihr erzählt?«

»Dass ich während des Kriegs zum Studium ins Ausland geschickt worden sei. Jahrelang hoffte ich darauf, dass unsere Wege sich wieder kreuzten. Dass wir uns begegnet sind, hielt ich für eine Fügung des Schicksals. Nicht nur, weil sie Jüdin, sondern durch ihre Ehe auch noch mit einer Überlebenden verwandt war. Näher als durch sie käme ich der Vergebung nicht.«

Mir kommt in den Sinn, wie Leo darauf reagieren würde: *Ein Jude kann kein Ersatz für einen anderen sein.* »Sie wollten sie darum bitten, Sie zu töten?«

»Mir beim Sterben zu helfen«, korrigiert Josef. »Aber dann erfuhr ich, dass sie verstorben war. Und ich lernte Sie kennen. Anfangs wusste ich nicht, dass Sie ihre Tochter sind, aber als mir das klar wurde, musste ich Sie um das bitten, worum Ihre Mutter zu bitten ich keine Gelegenheit mehr hatte.« Seine wässrigen blauen Augen füllen sich mit Tränen. »Ich werde nicht sterben. Ich kann nicht sterben. Ich weiß, Ihnen muss es lächerlich vorkommen, dass ich das so sehe, aber es stimmt.«

Ich muss an die Erzählung meiner Großmutter denken, an den *upiór*, der darum bat, von seiner Qual erlöst zu werden, die ihm für alle Ewigkeit bestimmt war. »Man kann Sie wohl kaum mit einem Vampir vergleichen, Josef …«

»Das bedeutet aber nicht, dass kein Fluch auf mir liegt. Sehen Sie mich an. Ich sollte inzwischen tot sein, und zwar mehrmals. Fast siebzig Jahre lang bin ich nun eingeschlossen, und fast siebzig Jahre lang habe ich nach einem Schlüssel gesucht. Vielleicht sind Sie diejenige, die ihn hat.«

Leo würde sagen, dass Josef mir und meiner Familie aufgelauert hat.

Leo würde sagen, dass Josef die Juden selbst jetzt noch nur als Mittel zum Zweck sieht, nicht als Individuen, sondern als Schachfiguren.

Aber wenn man Vergebung sucht, kann man doch wohl kein Ungeheuer sein? Macht einen diese Verzweiflung nicht per definitionem wieder menschlich?

Ich frage mich, was meine Mutter von Josef Weber gehalten hat, und ergreife Josefs Hand. Diese Hand, in der die Waffe lag, mit der die beste Freundin meiner Großmutter getötet wurde und weiß Gott wie viele andere noch.

»Ich werde es tun«, sage ich, obwohl ich mir in diesem Moment nicht sicher bin, ob ich Leos wegen lüge oder meinetwegen die Wahrheit sage.

Leo und ich fahren zu Josefs Haus, aber er möchte nicht mit reinkommen. »Ohne Durchsuchungsbefehl? Im Leben nicht.«

Vermutlich ist es bei mir etwas anderes, da ich nur hier bin, um den Hund abzuholen, und nicht, um nach belastendem Material zu suchen. Josef verwahrt seinen Ersatzschlüssel unter einem steinernen Frosch, der auf der Veranda sitzt und mit einer Schiebevorrichtung ausgestattet ist. Sobald ich die Tür aufmache, kommt Eva schon wild bellend auf mich zugerannt.

»Ist ja alles gut«, sage ich zu der kleinen Dackelhündin. »Er kommt schon wieder auf die Beine.«

Jedenfalls für heute.

Wer wird den Hund nehmen, wenn man ihn ausliefert?

Drinnen in der Küche herrscht Chaos. Ein Teller wurde heruntergeworfen und ist zerbrochen, das Essen ist weg – zu Evas Gunsten vermute ich –, ein Stuhl ist umgekippt. Auf dem Tisch steht der Salzersatz, den Josef zu sich genommen haben muss.

Ich stelle den Stuhl wieder hin, sammele die Scherben auf und wische den Fußboden. Dann werfe ich den Salzersatz in den Müll, spüle das Geschirr ab, das in der Spüle steht, und wische über die Arbeitsplatte. Ich durchwühle Josefs Vorratskammer, bis ich Evas Hundefutter finde. Er verwahrt dort Dosen mit Haferflockenfertigmischung von Quaker, Rice-A-Roni, Senf und Spiralnudeln. Dazu mindestens drei Tüten mit Doritos. Es sieht so unglaublich … normal aus, obwohl ich nicht hätte sagen können, wovon ein ehemaliger Nazi sich ernähren sollte.

Als ich mich auf die Suche nach einer Kiste oder einem Hundebett mache, stehe ich auf einmal an der Schwelle zu Josefs Schlafzimmer. Das Bett ist ordentlich bezogen, weißes Laken, die Bettbezüge mit kleinem Veilchenmuster. Es stehen noch immer zwei Kommoden im Zimmer, eine davon mit einer Schmuckschatulle obenauf und einer Damenhaarbürste. Auf dem einen Nachttisch stehen ein Wecker, ein Telefon und ein Kauspielzeug für den Hund. Auf dem anderen Nachttisch liegen ein Roman von Alice Hoffman, komplett mit Lesezeichen, und eine Dose Handcreme mit Rosenduft.

Dass Josef es nicht schafft, sich von den alltäglichen Dingen aus dem Leben seiner Frau zu trennen, hat etwas zutiefst Anrührendes. Aber dieser Mann, der seine Frau geliebt hat und seinen Hund liebt und Junkfood isst, hat, ohne mit der Wimper zu zucken, andere Menschen getötet.

Ich nehme das Kauspielzeug mit und kehre dann mit Eva zum Auto und dem dort wartenden Leo zurück. Mit dem Hund auf dem Schoß, der an den ausgefransten Rändern meiner Shorts knabbert, fahren wir zu mir nach Hause.

»Er sagte, er kannte meine Mutter«, teile ich Leo mit.

Leo sieht mich an. »Was?«

Ich schildere ihm, was Josef mir erzählt hat. »Was hätte er wohl getan, wenn er wüsste, dass meine Großmutter noch lebt?«

Leo lässt sich Zeit mit einer Antwort. »Woher wollen Sie wissen, dass er es nicht weiß?«

»Was meinen Sie damit?«

»Er könnte mit Ihnen spielen. Er hat Sie schon mal angelogen. Mann, der hat die ganze Welt über ein halbes Jahrhundert lang angelogen. Vielleicht hat er herausgefunden, wer Minka war, und versucht nun, Sie auszuhorchen, ob sie sich an das erinnert, was er getan hat.«

»Glauben Sie wirklich, dass er nach so vielen Jahren versuchen würde, seinen Namen von einer Anklage reinzuwaschen?«

»Nein«, sagt Leo, »aber er könnte auch nach so vielen Jahren noch jeden zum Schweigen bringen wollen, der ihn als Nazi zu identifizieren vermag.«

»Das ist aber nicht sehr realistisch, finden Sie nicht?«

»Das war die ›Endlösung‹ auch nicht, aber sie ist recht weit gediehen«, hält Leo dagegen.

»Ich würde Ihnen vielleicht glauben, wenn Josef mich nicht gebeten hätte, ihn zu töten.«

»Weil er weiß, dass Sie dazu nicht fähig sind. Und stattdessen lässt er Sie zappeln. Sie vermag er einzuwickeln, mit Ihrer Großmutter könnte er das nicht machen. Sie war dort. Sie hat den neuen und geläuterten Josef Weber nie kennengelernt. Sie kennt ein Tier, eine Bestie. Wenn er über Sie an sie herankommt, könnte er sie töten oder Sie auch dazu bringen, Ihre Großmutter davon zu überzeugen, dass er ein anderer geworden ist und Vergebung verdient hat. Ob so oder so, er kann nur gewinnen.«

Ich starre ihn entgeistert und ein wenig verletzt an, dass er das von mir denkt. »Sie glauben wirklich, ich würde das tun?«

Er biegt in meine Einfahrt ein, aber dort steht bereits ein Auto. Adam steigt auf der Fahrerseite aus, in der Hand einen Strauß Lilien. »Menschen suchen aus allen möglichen Gründen nach Vergebung«, sagt Leo trocken. »Ich denke, dass ausgerechnet Sie das verstehen werden. Und ich glaube, dass Josef Weber Sie ganz gut im Griff hat.«

Er legt beide Hände aufs Lenkrad und starrt geradeaus. Eva fängt in meinem Schoß zu bellen an wegen des Fremden, der mit erhobener Hand draußen steht und komisch winkt. »Ich melde mich«, sagt Leo.

Zum ersten Mal in diesen zwei Tagen sieht er mich dabei nicht an.

»Passen Sie auf sich auf«, ergänzt Leo, ein Abschied, der, wie ich weiß, nichts mit Josef zu tun hat.

Die Lilien wären schön, wüsste ich nicht, dass Adam sie beim örtlichen Floristen zu besten Konditionen bekommt – wie er uns wissen ließ, als wir die Beerdigung meiner Mutter planten. Und dieser Strauß könnte durchaus auch ein Überbleibsel von der Trauerfeier sein, die an diesem Morgen stattgefunden hat.

»Mir ist wirklich nicht nach Reden zumute«, sage ich, während ich mich an ihm vorbeischiebe, aber er packt mich am Arm, zieht mich an sich heran und küsst mich. Ich frage mich, ob Leo schon weit genug die Straße hinunter ist oder uns noch sieht.

Und ich frage mich, warum mich das interessiert.

»Da ist sie ja«, murmelt Adam an meinen Lippen. »Ich wusste doch, dass das Mädchen, nach dem ich verrückt bin, irgendwo da drinnen steckt.«

»Es befindet sich aber auf der anderen Seite der Stadt und brät für heute Abend ein Hühnchen für dich. Aber ich kann durchaus verstehen, dass es nicht einfach ist, den Überblick zu behalten.«

»Das geschieht mir recht«, sagt Adam und folgt mir ins Haus. »Aber aus dem Grund bin ich hier, Sage. Du musst mich anhören.«

Er führt mich ins Wohnzimmer. Ein Raum, in dem wir normalerweise nicht viel Zeit zusammen verbringen. Wenn er mich besucht, steuern wir meistens direkt das Schlafzimmer an.

Er setzt mich auf die Couch und hält meine Hand. »Ich liebe dich, Sage Singer. Mir gefällt an dir, dass du beim Schlafen immer einen Fuß unbedeckt haben musst und das Popcorn an dich raffst, wenn wir uns einen Film ansehen. Ich liebe dein Lächeln und deinen spitzen Haaransatz. Es ist ein Klischee, ich weiß, aber als ich dich gestern mit diesem Typen sah, wurde mir klar, wie viel ich zu verlieren habe. Ich möchte nicht, dass dich ein anderer mir wegschnappt, nur weil ich mich zu keiner Entscheidung durchringen kann. Schlicht und einfach, ich liebe dich und ich möchte für immer mit dir zusammen sein.«

Adam sinkt auf ein Knie, hält dabei noch immer meine Hand. »Sage … heirate mich.«

Ich starre ihn verdutzt an. Und fange dann lauthals zu lachen an, eine Reaktion, die er sich bestimmt nicht erhofft hat. »Vergisst du dabei nicht etwas?«

»Den Ring – ich weiß, aber …«

»Nicht den Ring. Die Tatsache, dass *du eine Ehefrau hast.*«

»Nein, natürlich nicht«, erwidert Adam und nimmt wieder auf der Couch Platz. »Deshalb bin ich ja gekommen. Ich reiche die Scheidung ein.«

Ich sinke vor Schreck rückwärts in die Kissen.

Es gibt so viele Wege, eine Familie auseinanderzubringen. Immer reicht ein kleiner, egoistischer Schnitt, ein gieriger Riss, ein durch ein Unglück herbeigeführtes Loch. Und dennoch vermag die Familie, wenn sie zusammenhält, ein Band von unvorstellbarer Stärke zu sein.

Ich habe Mutter und Vater verloren, habe meine Schwestern weggestoßen. Meiner Großmutter wurden die Eltern entrissen. Wir haben Jahrzehnte damit zugebracht, die Löcher zu stopfen. Und hier steht Adam und wirft unbekümmert seine Lieben weg, damit er neu anfangen kann. Ich schäme mich um meiner selbst willen für die Rolle, die ich dabei spiele. Und ich kann nur hoffen, dass es für ihn nicht zu spät ist, sich darüber klar zu werden, was ich langsam zu begreifen beginne: Eine Familie zu haben, bedeutet, dass man nie allein ist.

»Adam«, sage ich sanft, »geh nach Hause.«

Diesmal ist es ernst.

Ich habe Adam gesagt, dass es vorbei ist, und stehe jetzt auch dazu. Und dass dem so ist, macht sich darin bemerkbar, dass ich keine Luft bekomme und nicht aufhören kann zu schluchzen. Es ist, als würde ich um jemanden trauern, den ich geliebt habe, was vermutlich auch absolut der Wahrheit entspricht.

Adam hatte nicht gehen wollen. »Du meinst das nicht ernst«, sagte er. »Du kannst nicht klar denken.« Aber das tat ich, vermutlich zum ersten Mal in drei Jahren. Ich sah mich so, wie Mary mich gesehen hat und auch Leo, und es war mir peinlich. »Ich liebe dich genug, um dich zu heiraten«, sagte er. »Was kannst du noch wollen?«

Es gab so viele Möglichkeiten, diese Frage zu beantworten.

Ich wollte am Arm eines gut aussehenden Mannes die Straße entlanglaufen, ohne dass andere Frauen sich verwundert fragten, warum er mit jemandem zusammen war, der aussah wie ich.

Ich wollte glücklich sein, aber nicht auf Kosten anderer.

Ich wollte das Gefühl haben, schön zu sein und nicht nur Glück gehabt zu haben.

Adam ging nur, weil ich ihn mit meinen Tränen überzeugte, dass er alles nur noch schwerer machte für mich. Dass er, sollte ihm wirklich etwas an mir liegen, gehen sollte. »Du willst das gar nicht«, behauptete er hartnäckig.

Die gleichen Worte hatte Josef während unseres Schachspiels zu mir gesagt. Aber um zu gewinnen, muss man manchmal Opfer bringen.

Als meine Augen so rot geschwollen sind, dass alles vor mir verschwimmt, und meine Nase vom vielen Weinen verstopft ist, rolle ich mich auf dem Sofa zusammen und drücke Eva an meine Brust. Mein Mobiltelefon fängt an zu summen, und Adams Nummer leuchtet auf dem Display auf – ich schalte es ab. Dann läutet auch mein Hausanschluss, aber bevor ich Adams Stimme auf dem Anrufbeantworter höre, schalte ich diesen ab und stöpsele das Telefon aus. Im Moment muss ich für mich allein sein.

Ich nehme eine halbe Schlaftablette ein, die noch von der Beerdigung meiner Mutter übrig geblieben ist, und falle auf der Couch in einen unruhigen Schlaf. Im Traum bin ich in einem Konzentrationslager und trage das gestreifte Gefängniskleid meiner Großmutter, als Josef in seiner Offiziersuniform zu mir kommt. Obwohl er ein alter Mann ist, vermag er, fest zuzupacken. Er lächelt nicht und spricht nur Deutsch, und ich verstehe nicht, was er von mir möchte. Er zieht mich hinaus auf den Hof, und ich stolpere und schlage mir die Knie auf den Steinen auf. Dort steht Adam neben einem Sarg. Er hebt mich hinein. *Es ist Zeit*, sagt er. Als er nach oben greift, um den Deckel zu schließen, durchschaue ich seine Absichten und beginne, mich gegen ihn zur Wehr zu setzen. Aber auch wenn ich es schaffe, ihn zu kratzen, bis er blutet, ist er stärker als ich. Er schließt den Deckel, obwohl ich nach Luft ringe.

Bitte, schreie ich und trommele mit meinen Fäusten gegen das Satinfutter. *Kannst du mich hören?*

Aber keiner kommt. Ich schlage und hämmere weiter.

Bist du da?, höre ich und denke, dass es Leo ist, aber ich habe

Angst zu rufen, weil das zu viel Sauerstoff verbrauchen wird. Mühsam atme ich ein, und meine Lungen füllen sich mit dem Talkumpuder meiner Großmutter.

Ich wache auf und sehe Adam vor mir, der mich schüttelt. Tageslicht strömt durch die Fenster. Ich habe viele Stunden geschlafen. »Sage. Ist alles in Ordnung mit dir?«

Ich bin noch immer groggy, verschlafen und habe einen trockenen Mund. »Adam«, lalle ich. »Ich sagte dir doch, du sollst gehen.«

»Ich habe mir Sorgen um dich gemacht, weil du nicht an dein Telefon gingst.«

Ich greife hinab in die Tiefen der Couch, bis ich mein iPhone gefunden habe, und schalte es ein. Ich habe Dutzende von Nachrichten. Eine von Leo, drei von meiner Großmutter. Eine Handvoll von Adam. Und seltsamerweise auch ein halbes Dutzend von jeder meiner Schwestern.

»Pepper rief mich an wegen der Arrangements«, sagt er. »Mein Gott, Sage, ich weiß doch, wie nah du ihr standst. Und ich möchte dich wissen lassen, dass ich für dich da bin.«

Ich schüttele langsam den Kopf, weil sich der Nebel in ihm zu lichten beginnt, atme tief durch und rieche nur Talkum.

Den Aussagen von Daisy und meinen Schwestern entnehme ich, dass Omi sich schläfrig fühlte und sich gegen zwei Uhr nachmittags zu einem Nickerchen hinlegte. Als sie zur Abendessenszeit noch nicht wieder aufgestanden war, ging Daisy mit der Überlegung, dass sie sonst nachts nicht würde durchschlafen können, in ihr Schlafzimmer und schaltete das Licht an. Sie versuchte, meine Großmutter zu wecken, was ihr nicht gelang. »Es geschah im Schlaf«, erzählt Daisy uns unter Tränen. »Sie hat keine Schmerzen gehabt, das weiß ich.«

Ich kann mir dessen nicht so sicher sein.

Wenn nun der Stress, dem sie durch Leo und mich ausgesetzt war, sie letztlich überfordert hat? Wenn die Erinnerungen, die durch uns wieder hochgespült wurden, sie mitgerissen haben?

Und wenn sie nun in den Augenblicken vor ihrem Tod an *ihn* hatte denken müssen?

Ich kann nicht umhin, mir daran die Schuld zu geben, und bin völlig aufgelöst.

Aber Pepper und Saffron kann ich mich nicht anvertrauen, weil sie, wie ich glaube, mich bereits für den Tod meiner Mutter verantwortlich machen, trotz ihrer Beteuerungen, es sei nicht meine Schuld gewesen. Ich kann nicht zulassen, dass sie mir jetzt auch noch die Schuld am Tod meiner Großmutter geben. Also gehe ich ihnen weitgehend aus dem Weg, trauere für mich, und sie lassen mich in Ruhe. Ich glaube, sie haben ein wenig Angst vor dem Zombie, zu dem ich im Gefolge von Omas Tod geworden bin. Ich lasse es geschehen, dass sie meine Wohnung in Beschlag nehmen und meine Möbel umstellen, damit wir Schiwa-sitzen können; ich beklage mich nicht, als sie meinen Kühlschrank untersuchen und abgelaufenen Joghurt wegwerfen oder meckern, weil ich keinen koffeinfreien Kaffee habe. Ich höre auf zu essen, obwohl Mary, seit sie von Großmutters Dahinscheiden erfahren hat, jeden Tag vor der Messe mit einem Korb frischer Backwaren vorbeikommt. Ich erzähle meinen Schwestern nichts von Leo oder Reiner Hartmann. Ich versuche auch nicht, Josef im Krankenhaus anzurufen. Ich erzähle nur, dass ich in letzter Zeit viel Zeit mit Omi verbracht habe und aus diesem Grund auch vor der Zeremonie im Beerdigungsinstitut einen kurzen Moment mit ihr allein sein möchte.

Das Leben meiner Großmutter war bemerkenswert. Sie musste zusehen, wie ihr Land zerfiel, und selbst als sie zum Kollateralschaden wurde, glaubte sie noch an die Macht des menschlichen Geistes. Sie gab, obwohl sie nichts mehr hatte, sie kämpfte, als sie sich kaum noch aufrecht halten konnte, sie klammerte sich an das Morgen, als sie am Felsband des Gestern schon keinen Halt mehr fand. Sie war ein Chamäleon, das in die Person eines privilegierten jungen Mädchens, einer verängstigten Heranwachsenden, einer verträumten Erzählerin, einer stolzen Gefangenen, einer Soldatenfrau und einer mütterlichen Glucke schlüpfte. Sie passte sich jedes Mal den Umständen an, um überleben zu können, aber sie ließ niemals zu, dass ein anderer bestimmte, wer sie war.

Jeder wusste zu berichten, dass ihr Leben erfüllt, reich und bedeutsam gewesen war – auch wenn sie sich dafür entschied, ihre Vergangenheit nicht hinauszuschreien, sondern diese für sich zu behalten. Sie gehörte ihr und hatte keinen zu interessieren gehabt – und brauchte auch jetzt keinen zu interessieren.

Dafür würde ich sorgen. Nach allem, was ich in Gang gesetzt habe, indem ich Leo mit hineinzog und zuließ, dass er sie interviewte, war dies das Mindeste, was ich für sie tun konnte.

Benommen vor Hunger, Hitze und Trauer, bewege ich mich hölzern von Peppers Mietwagen in die Lobby des Beerdigungsinstituts, wo Adam uns in einem dunklen Anzug in Empfang nimmt. Pepper begrüßt er als Erste. »Mein aufrichtiges Beileid für Ihren Verlust«, sagt er ölig.

Bedeutet es ihm überhaupt noch etwas? Wenn man dieselben Worte immer und immer wieder sagt, verlieren sie dann nicht mit der Zeit jegliche Farbe?

»Danke«, sagt Pepper und nimmt die ihr dargebotene Hand.

Dann wendet er sich mir zu. »Ich habe gehört, dass Sie einen Moment mit Ihrem geliebten Menschen allein sein möchten?«

Ich bin es, Adam, sage ich mir, doch dann fällt mir wieder ein, dass ich diejenige bin, die ihn weggestoßen hat.

Er führt mich durch eine Tür in den hinteren Bereich des Bestattungsinstituts, während Pepper Platz nimmt und zu simsen anfängt – vielleicht dem Floristen, dem Caterer oder ihrem Ehemann und den Kindern, die jede Minute auf dem Flughafen landen werden. Erst als sich die Tür des Raums hinter uns geschlossen hat, nimmt Adam mich in die Arme. Anfangs sträube ich mich dagegen, dann gebe ich einfach nach. Es ist einfacher, als einen Streit anzufangen.

»Du siehst fürchterlich aus«, sagt er in mein Haar und seufzt. »Hast du in den vergangenen zwei Tagen überhaupt geschlafen?«

»Ich kann es nicht fassen, dass sie nicht mehr ist«, sage ich, und es zerreißt mich fast. »Jetzt bin ich ganz allein.«

»Du könntest mich haben …«

Tatsächlich? *Jetzt gleich*? Ich beiße mir auf die Unterlippe und weiche einen Schritt zurück.

»Bist du dir sicher, dass du das tun möchtest?«

Ich nicke.

Adam führt mich in den Vorraum, in dem der Sarg meiner Großmutter bereits darauf wartet, rechtzeitig zur Trauerfeier in den Altarraum gebracht zu werden. In dem kleinen Raum riecht es wie in einem Kühlschrank, kalt und leicht antiseptisch. Mir schwindelt, und ich muss an der Wand Halt suchen. »Könnte ich eine Minute mit ihr allein sein?«

Adam nickt und öffnet leise die obere Hälfte des Sargs, sodass ich auf meine Großmutter hinabblicke. Als er geht, schließt er hinter sich die Tür.

Sie trägt einen roten Wollrock mit schwarzen Paspeln. Die am Hals zugebundene Bluse leuchtet wie eine Blume. Ihre Wimpern werfen Schatten auf ihre Wangen, die ein wenig gerötet zu sein scheinen. Das silbrige Haar ist genauso zurechtgemacht wie immer, als sie zweimal in der Woche zum Friseur ging. Adam und sein Personal haben sich selbst übertroffen. Bei ihrem Anblick muss ich an Dornröschen, an Schneewittchen denken, an Frauen, die von ihren Albträumen aufwachten und wieder zu leben anfingen.

Wenn dies meiner Großmutter widerfahren war, dann nicht zum ersten Mal.

Als meine Mutter starb, wollte ich sie nicht anfassen. Ich wusste, dass meine Schwestern sich niederbeugten und ihr die Wange küssten, sie zum letzten Mal umarmten. Aber mir jagte dieser Moment des physischen Kontakts mit einem toten Körper Angst ein. Es würde sich vollkommen anders anfühlen als die vielen Male, da ich bei ihr Trost gesucht hatte, weil sie meine Umarmung nicht erwidern konnte. Und da sie mich nicht an sich drücken konnte, musste ich auch aufhören, so zu tun, als wäre dies möglich.

Jetzt jedoch habe ich keine andere Wahl.

Ich greife in den Sarg und hebe die linke Hand meiner Großmutter hoch. Sie ist kalt und seltsam steif, wie die Puppen, die ich als kleines Mädchen hatte und für die Reklame gemacht wurde, weil sie sich angeblich so lebensecht anfühlten, was aber nie zutraf. Ich knöpfe die Manschette ihrer Bluse auf, sodass ich den Ärmel hochschieben und ihren Unterarm frei machen kann.

Für die Trauerfeier wird man den Sarg schließen. Keiner wird die Tätowierung sehen, die man ihr in Auschwitz verpasst hat. Und selbst wenn jemand hineinsähe, wie ich das tat, würde die Seidenbluse diesen Beweis verdecken. Aber da meine Großmutter alles daransetzte, sich nicht von ihrer Erfahrung als Überlebende bestimmen zu lassen, sehe ich es als meine Pflicht an, dafür zu sorgen, dass dies auch so bleibt, komme, was da wolle.

Ich hole aus meiner Handtasche eine kleine Tube Abdeckcreme und trage diese sorgfältig auf die Haut meiner Großmutter auf. Ich warte, bis sie trocken ist, und vergewissere mich, dass die Ziffern verschwunden sind. Dann knöpfe ich die Manschette wieder zu, falte meine Hände um ihre Hand und drücke in ihre Handfläche einen Kuss wie eine Murmel, die sie mitnehmen kann. »Wenn ich erwachsen bin, Omi«, sage ich, »werde ich so mutig sein wie du.«

Ich schließe den Sarg und wische mir mit den Fingern die Tränen unter meinen Lidern ab, ohne dabei meine Wimperntusche zu verschmieren. Dann atme ich ein paarmal tief durch und gehe auf wackeligen Beinen hinaus auf den Flur, der zur Lobby des Bestattungsinstituts führt.

Adam hat nicht auf mich gewartet. Doch das ist nicht wichtig, denn ich kenne mich hier aus. Ich gehe den Flur entlang, aber meine Knöchel finden keinen Halt in den schwarzen Pumps, die zu tragen ungewohnt für mich ist.

Im Foyer sehe ich Adam und Pepper in leisem Gespräch einer dritten Person zugeneigt, deren Körper sie aber verdecken. Ich vermute, dass es Saffron ist, die vor den anderen Gästen eingetroffen ist. Als sie meine Schritte hören, dreht Adam sich um, und plötzlich erkenne ich, dass die Person, mit der sie sich unterhalten, überhaupt nicht Saffron ist.

Der Raum dreht sich wie ein Karussell. »Leo?«, flüstere ich und bin mir sicher, ihn mir eingebildet zu haben, bis er mich in dem Moment auffängt, als ich zu Boden falle.

Lange Zeit ließ ich meinen Tränen einfach freien Lauf.

Jeden Tag um die Mittagszeit wurde Aleks auf den Dorfplatz geschleift und für das bestraft, was sein Bruder getan hatte. Einen normalen Menschen hätte es umgebracht. Für Aleks war es jedoch nur ein neuer Kreis der Hölle.

Ich hörte zu backen auf. Das Dorf wurde verbittert ohne Brot. Es gab nichts, was man bei Tisch mit der Familie brechen oder beim Gespräch essen konnte. Es gab kein Gebäck, um einen Geliebten zu erfreuen. Die Menschen fühlten sich innerlich leer, egal, wie viel Nahrung sie zu sich nahmen.

Eines Tages verließ ich das Häuschen und machte mich zu Fuß auf den Weg in die nächste Stadt. Es war die, in der Aleks und sein Bruder zuletzt gewesen waren und wo die Häuser so hoch aufragten, dass es wehtat, wenn man versuchte, ihre Dächer zu sehen. Dort gab es ein spezielles Gebäude voller Bücher, so viele Bücher, wie Körner in einem Mehlsack sind. Ich sagte der Frau am Empfangstisch, wonach ich suchte, und sie führte mich über eine geschwungene Eisentreppe an einen Platz, wo Lederfolianten die Wände säumten.

Ich erfuhr, dass es mehr als einen Weg gab, einen upiór *zu töten.*

Man konnte einen Körper tief in den Boden eingraben und den Bauch mit fruchtbarer Erde beschweren.

Man konnte ihm einen Nagel ins Gehirn treiben.

Man konnte eine Eihaut wie die, mit der Casimir zur Welt kam, mörsern und ihm zu essen geben.

Oder man könnte den ursprünglichen Leichnam suchen und dessen Herz aufschneiden. Dann würde das Blut seiner Opfer herausfließen.

Einige dieser Empfehlungen mochten Ammenmärchen sein,

aber die letzte, das wusste ich, stimmte: Denn sollte Aleks sein Herz aufschneiden, wäre ich diejenige, die verblutete, dessen war ich mir sicher.

LEO

Sie sieht aus wie ein Waschbär.

Ein erschöpfter, verstörter schöner Waschbär.

Sie hat schwarze Ränder unter den Augen – von dem Make-up und vermutlich auch, weil sie zu wenig geschlafen hat – und auf den Wangenknochen zwei rote Flecke. Der Bestattungsunternehmer – der zufälligerweise derselbe verheiratete Freund ist, den ich vor ein paar Abenden kennengelernt habe, als wäre diese Stadt nicht so schon klein genug – gab mir eine Kompresse, um sie ihr auf die Stirn zu drücken, und diese hat ihre Stirnfransen platt gedrückt und einen feuchten Ring auf dem Kragen ihres schwarzen Kleides hinterlassen. »Hey«, sage ich, als Sage ein Auge öffnet. »Wie ich höre, wird das bei Ihnen zur Gewohnheit.«

Ich möchte wenigstens erwähnen, dass ich alles tue, um mich nicht hier, im Büro des Bestattungsunternehmers, übergeben zu müssen. Dieser Ort setzt mir unglaublich zu, was für jemanden, zu dessen täglicher Arbeit das intensive Studium von Fotos aus Konzentrationslagern gehört, schon recht erstaunlich ist.

»Ist alles in Ordnung mit Ihnen?«, erkundigt sich Sage.

»Das sollte eigentlich ich Sie fragen.«

Sie setzt sich auf. »Wo ist Adam?«

Wow. Schlagartig spaltet eine unsichtbare Mauer den Raum zwischen uns. Ich rolle zurück auf meine Hacken und sorge somit für Abstand zwischen der Couch, auf der sie liegt, und mir. »Ich hole ihn natürlich für Sie«, erwidere ich förmlich.

»Ich habe nicht gesagt, dass ich das möchte.« Sage spricht mit einer ganz dünnen Stimme. »Woher wussten Sie …«

Sie beendet den Satz nicht, es ist auch nicht nötig. »Ich habe Sie angerufen, als ich wieder in D.C. war. Aber Sie sind nicht drangegangen. Ich machte mir Sorgen – Sie mögen zwar denken, dass ein Fünfundneunzigjähriger keine Bedrohung darstellt, aber ich habe durchaus schon Kerle dieses Alters erlebt, die einen Bundesagenten mit einer Waffe bedrohten. Egal, aber schließlich nahm doch jemand ab. Ihre Schwester Saffron. Sie erzählte mir von Minka.« Ich sehe sie an. »Es tut mir so leid, Sage. Ihre Großmutter war eine ganz besondere Frau.«

»Was tun Sie hier, Leo?«

»Ich denke, das liegt auf der Hand …«

»Ich weiß, dass Sie wegen der Beerdigung hier sind«, fällt sie mir ins Wort. »Aber warum?«

Verschiedene Gründe gehen mir durch den Kopf: weil hier zu sein, mir das Richtige zu sein scheint; weil wir es uns in unserem Büro zur Regel gemacht haben, auf Beerdigungen von Überlebenden zu gehen, die bei uns ausgesagt haben; weil Minka Teil meiner Ermittlungen war. Aber der eigentliche Grund dafür, weshalb ich hier sein wollte, ist Sage. »Ich habe Ihre Großmutter natürlich nicht so gut gekannt wie Sie. Aber ihr Blick, der auf Ihnen ruhte, wann immer Sie sich unbeobachtet fühlten, sagte mir, dass für sie die Familie an erster Stelle kam. Das ist bei vielen Juden so. Fast, als hätte es sich ins kollektive Unterbewusste eingegraben, weil ihnen die Familien früher einmal weggenommen worden waren.« Ich streife Sage mit einem Blick. »Und ich dachte mir, dass ich heute vielleicht Ihre Familie sein könnte.«

Anfangs reagiert Sage überhaupt nicht. Dann merke ich, dass ihr Tränen über die Wangen laufen. Ich strecke meine

Hände nach ihr aus, direkt durch die unsichtbare Wand hindurch, bis ich ihre Hand halte. »Es ist also keine große Sache … Aber ist das jetzt ein gutes Weinen, wie die Freude, an Thanksgiving noch ein Gedeck auflegen zu können, oder ein schlimmes Weinen, als hätten Sie gerade entdeckt, dass Ihr verloren geglaubter Verwandter Ihnen unheimlich ist.«

Ein Lachen blubbert aus ihr heraus. »Ich weiß nicht, wie Sie das anstellen.«

»Was anstellen?«

»Dafür sorgen, dass ich wieder atmen kann«, sagt Sage. »Aber danke.«

Nun ist das, was ich als Barriere zwischen uns empfunden habe, völlig verschwunden. Ich sitze neben Sage auf der Couch, und sie hat mir den Kopf auf die Schulter gelegt, einfach so, als hätte sie das ihr ganzes Leben lang getan. »Und wenn wir das nun bei ihr ausgelöst haben?«

»Sie meinen, indem wir sie dazu brachten, über das Erlebte zu sprechen?«

Sie nickt. »Ich werde das Gefühl nicht los, dass sie, wenn ich das Thema nie angeschnitten hätte – wenn Sie ihr nicht die Fotos gezeigt hätten …«

»Das wissen Sie nicht. Hören Sie auf damit, sich so zu quälen.«

»Es hat was Enttäuschendes, verstehen Sie?«, sagt sie leise. »Erst überlebt sie den Holocaust, und dann stirbt sie im Schlaf. Welchen Sinn ergibt das?«

Ich denke kurz nach. »Es ergibt den Sinn, dass sie im Schlaf sterben sollte. Nachdem sie mit ihrer Enkelin und einem sehr gepflegten, reizenden Anwalt zu Mittag gegessen hat.« Ich halte noch immer Sage Singers Hand. Ihre Finger fügen sich perfekt in meine. »Sie ist womöglich gar nicht aufgeregt gestorben. Vielleicht hat sie einfach loslassen können, Sage, weil sie endlich das Gefühl hatte, dass alles gut wird.«

Alles in allem ist es eine schöne Trauerfeier, aber ich bin nicht bei der Sache. Denn ich bin damit beschäftigt, den Raum im Blick zu behalten für den Fall, dass Reiner Hartmann auftaucht, denn ein Teil von mir hat diese Möglichkeit noch nicht ganz ausgeschlossen. Als ich einsehe, dass er vermutlich nicht kommen wird, konzentriere ich mich auf Adam, der, wie es seiner Rolle als Bestatter angemessen ist, ganz unauffällig im Hintergrund des Altarraums steht und sich alle Mühe gibt, mich nicht jedes Mal anzustarren, wenn Sage sich an meinem Arm festkrallt oder ihr Gesicht im Ärmel meiner Anzugjacke vergräbt.

Ich will nicht lügen, es fühlt sich verdammt gut an.

Wenn mich auf der Highschool ein Mädchen abservierte, weil es sich für die Verabredung jemanden wünschte, der beliebter war und umwerfend aussah, pflegte meine Mutter zu sagen: *Keine Sorge, Leo. Selig sind die Streber, denn sie werden die Erde besitzen.* Und langsam glaube ich, dass dies tatsächlich stimmen könnte.

Meine Mutter würde mir aber auch sagen, dass man sich auf eine Einbahnstraße in die Hölle begibt, wenn man ein trauerndes Mädchen auf der Beerdigung seiner Großmutter anbaggert.

Außer Daisy, die leise in ihr Leinentaschentuch schluchzt, kenne ich keinen der Trauernden. Am Ende der Trauerfeier verkündet Adam, wann und wo man während der Schiwa kondolieren kann. Er nennt auch zwei wohltätige Einrichtungen, vorgeschlagen von Pepper, für Spenden zum Gedenken an Minka.

Am Grab stehe ich hinter Sage, die zwischen ihren beiden älteren Schwestern sitzt. Sie sehen ihr ähnlich, sind aber aufgedonnert und erinnern an Paradiesvögel neben einer Schlüsselblume. Als Sage an der Reihe ist, Erde ins Grab zu werfen, zittern ihr die Hände. Sie wirft drei Hände voll. Die anderen Trauergäste – sowohl ältere Leute als auch Freunde von Sages Eltern, soweit ich das beurteilen kann – werfen ebenfalls Hände voll Erde. Nachdem ich an der Reihe war, stelle ich mich neben Sage, die wortlos wieder ihre Hand in meine schiebt.

Sages Haus war von ihren Schwestern zum Versammlungsort der Freunde und Familienmitglieder nach der Beerdigung erklärt worden und hat nun keinerlei Ähnlichkeit mehr mit dem Zuhause, das ich noch vor wenigen Tagen besucht habe. Man hat sämtliche Möbel umgestellt, damit die Menge Platz findet. Die Spiegel waren wegen der Trauer bereits verhängt. Auf jeder denkbaren horizontalen Fläche steht Essbares.

Sage wirft einen Blick auf die Menschenschar, die durch die Eingangstür strömt, und holt zitternd Luft. »Alle werden versuchen, mich anzusprechen. Ich kann das nicht.«

»Doch, Sie können das. Ich bleibe in Ihrer Nähe«, verspreche ich.

Sobald wir eintreten, wird Sage von Menschen bedrängt, die ihr kondolieren wollen. »Ihre Großmutter war meine Bridgepartnerin«, sagt eine nervöse Frau, die an einen Vogel erinnert. Ein Fleischklops von einem Mann mit einer goldenen Taschenuhr und einem Schnauzbart, der mich an den Typen auf der Zufallskarte von Monopoly erinnert, drückt Sage fest an sich und schaukelt ihre zarte Gestalt hin und her. »Sie Arme«, sagt er.

Ein zur Glatze neigender Mann mit einem schlafenden Kleinkind auf dem Arm nimmt Blickkontakt zu mir auf. »Ich wusste gar nicht, dass Sage einen Freund hat.« Linkisch streckt er mir eine Hand entgegen, die unter dem knubbeligen Knie seines Sohns gefangen ist. »Willkommen im Zirkus. Ich bin Andy, Peppers andere Hälfte.«

»Leo«, sage ich und schüttele seine Hand. »Aber Sage und ich …«

Mir wird bewusst, dass ich keine Ahnung habe, was sie ihrer Familie erzählt hat. Es liegt sicherlich in ihrem Ermessen, dieser zu erklären, was es mit Josef Weber auf sich hat, wenn sie sich dazu in der Lage sieht. Und ich werde nicht derjenige sein, der Neuigkeiten erzählt, die Sage verschwiegen hat.

»Wir arbeiten nur zusammen«, beende ich den Satz.

Er wirft einen zweifelnden Blick auf meinen Anzug. »Sie sehen gar nicht aus wie ein Bäcker.«

»Bin ich auch nicht. Wir lernten uns durch ... tja, durch Minka kennen.«

»Die war unbeschreiblich«, sagt Andy. »Letztes Jahr zu Chanukka nahmen Pepper und ich sie in einen schicken Salon zur Maniküre mit. Dort hat es ihr so gut gefallen, dass sie uns darum bat, ihr zum Geburtstag eine *Pädophilie* zu schenken.« Er lacht.

Aber Sage hat es mitbekommen. »Du findest es wohl lustig, dass Englisch nicht ihre erste Sprache war, Andy. Wie viel Polnisch und Deutsch und Jiddisch sprichst du denn?«

Er macht ein entsetztes Gesicht. »Ich finde es nicht lustig. Ich fand es süß.«

Ich lege meinen Arm um Sages Schultern und steuere sie in die entgegengesetzte Richtung. »Sollen wir nicht mal nachsehen, ob Ihre Schwestern in der Küche vielleicht Hilfe benötigen?«

Als ich sie von Peppers Ehemann wegführe, sagt sie unwirsch: »Er ist so ein Idiot.«

»Mag sein«, entgegne ich, »aber wenn er sich an eure Großmutter mit einem Lächeln erinnern möchte, dann ist das doch nichts Schlechtes.«

In der Küche füllt Pepper Zuckerwürfel in eine Glasschüssel. »Ich verstehe ja, dass du wegen des Fettgehalts keine Sahne kaufst, aber hast du wirklich keine Milch, Sage?«, fragt sie. »Milch hat doch wirklich jeder im Haus.«

»Ich habe eine Laktoseintoleranz«, murmelt Sage. Mir fällt auf, dass sie, sobald sie mit ihren Schwestern spricht, die Schultern hochzieht und gleich viel kleiner und blasser wirkt. Als versuchte sie, noch unsichtbarer zu werden als sonst.

»Bring ihn doch einfach raus«, sagt Saffron. »Der Kaffee ist ohnehin schon kalt.«

»Hi«, melde ich mich zu Wort. »Ich heiße Leo. Kann ich mich irgendwie nützlich machen?«

Saffron blickt zu mir hoch und sieht dann Sage an. »Wer ist das?«

»Leo«, wiederhole ich. »Ein Kollege.«

»*Sie* backen?«, hakt sie zweifelnd nach.

Ich wende mich an Sage. »Okay, woran liegt's – tragen Bäcker Clownskostüme oder was, oder ziehe ich mich an wie ein Buchhalter?«

»Sie ziehen sich an wie ein Anwalt«, erwidert sie. »Hätten Sie wohl nicht gedacht?«

»Das ist gut«, sagt Saffron und rauscht mit einer Platte an uns vorbei, »denn es ist ein Verbrechen, dass es in diesem Bundesstaat kein einziges vernünftiges Feinkostgeschäft gibt. Wie soll ich denn sechzig Leute mit Rauchfleisch von Price Chopper satt bekommen?«

»Du hast auch mal hier gewohnt, weißt du«, ruft Sage ihr hinterher.

Als ihre Schwestern geschäftig die Küche verlassen und wir allein sind, höre ich ein Winseln. Aber es ist nicht Sage, und sie hört es auch. Sie folgt dem Geräusch bis in die Speisekammer und findet, als sie die Tür öffnet, Eva darin eingeschlossen, die Dackelhündin. »Das muss ein Albtraum für dich sein«, murmelt sie und nimmt den Hund auf den Arm, aber sie sieht dabei all die Leute an, die sich versammelt haben, um das Leben ihrer Großmutter zu feiern. Menschen, die sie zum Zentrum ihrer Aufmerksamkeit machen wollen, indem sie Erinnerungen austauschen.

Mit dem Dackel, den sie im Arm hält, ziehe ich sie durch die Hintertür der Küche und über den Rasen bis zu der Stelle, wo ich meinen Mietwagen geparkt habe.

»Leo«, ruft sie. »Was *machen* Sie?«

»Wann«, frage ich, als hätte sie nichts gesagt, »haben Sie das letzte Mal was gegessen?«

Es ist nur ein Courtyard by Marriott Hotel, aber ich bestelle eine Flasche miesen Rotwein und eine Flasche noch mieseren Weißwein, eine französische Zwiebelsuppe und einen Caesar's Salad mit Hühnchen; Hühnerflügel und Mozzarellasticks und eine Käsepizza, Fettuccine Alfredo, drei Kugeln Schokoeiscreme und ein riesiges Stück Zitronenbaiserkuchen. Das ist genug Essen für mich, Sage und Eva und auch noch den Rest des vierten Stocks, sofern ich geneigt wäre, ihn einzuladen.

Sämtliche Vorbehalte, die ich habe, eine junge, trauernde Frau aus ihrem eigenen Haus zu entführen, wo sie für ihre Großmutter Schiwa sitzen sollte, und einen Hund in ein Hotel zu schmuggeln, in dem Haustiere nicht erlaubt sind, werden gemildert durch die Tatsache, dass Sages Gesicht wieder etwas Farbe bekommt, während sie sich durch die Köstlichkeiten vor sich arbeitet.

Der auf die Bedürfnisse von Geschäftsreisenden zugeschnittene Raum verfügt über einen kleinen Sitzbereich mit einer Couch und einem Fernseher. Wir haben einen Bezahlsender eingeschaltet und sehen Jimmy Stewart und Katherine Hepburn auf dem Bildschirm miteinander streiten, was wir aber kaum hören, weil der Ton auf leise gestellt ist. »Warum klingen in den alten Filmen die Leute immer so, als wären ihre Kiefer miteinander verdrahtet?«, wundert sich Sage.

Ich lache. »Es ist nur wenig bekannt, aber Cary Grant litt an einer Kraniomandibulären Dysfunktion.«

»Aber keiner aus den Vierzigerjahren klang je wie Abschaum«, überlegt Sage. Als Jimmy Stewart sich über Katharine Hepburn beugt, synchronisiert sie eine Zeile für ihn. »Sag doch, dass du mit mir ausgehen möchtest, Mabel.

Ich weiß, dass du eine Nummer zu groß für mich bist … aber ich kann jederzeit damit anfangen, am Dienstagabend stattdessen zum Bowling zu gehen.«

Ich grinse und spreche über die vom Script vorgesehene Antwort Katharine Hepburns. »Es tut mir leid, Ralph. Ich könnte niemals einen Mann lieben, der glaubt, seine Frau in Taumel zu versetzen, indem er den Geschirrspüler einräumt.«

»Aber Süße«, setzt Sage ihre Rolle fort, »was soll ich denn mit all den Tickets fürs Autorennen machen?«

Katherine Hepburn wirft das Haar in den Nacken. »Ist mir doch egal«, sage ich.

Sage lächelt. »Da entgeht Hollywood aber was.«

Sie hat ihr Telefon ausgeschaltet, weil ihre Schwestern sie bestimmt unentwegt anrufen werden, wenn sie ihre Abwesenheit erst einmal bemerkt haben. Am anderen Ende der Couch schnarcht der Hund. Der Bildschirm füllt sich plötzlich mit den grellbunten Farben einer Werbung. Nachdem wir völlig auf Schwarz-Weiß eingestellt gewesen waren, erschlägt einen das. »Das ist vermutlich das Ende«, sagt Sage.

Ich schaue auf meine Uhr. »Der Film läuft noch eine halbe Stunde.«

»Ich sprach von Reiner Hartmann.«

Ich greife nach der Fernbedienung und stelle den Fernseher stumm. »Wir haben nun nicht mehr die Möglichkeit einer eidesstattlichen Erklärung Ihrer Großmutter, geschweige denn einer Videoaussage.«

»Aber ich könnte vor einem Gericht darlegen, was sie gesagt hat …«

»Das ist Hörensagen«, erkläre ich.

»Gerecht ist das aber nicht.« Sage schlägt ihr Bein unter. Sie trägt noch immer das schwarze Kleid von der Beerdigung, aber sie ist barfuß. »Dass sie stirbt und er noch immer am Leben ist. Und alles umsonst gewesen sein soll. Sie hätte doch leben sollen, um ihre Geschichte zu erzählen, oder?«

»Hat sie doch auch. Sie hat sie Ihnen erzählt, zur sicheren Aufbewahrung. Und nachdem sie nun nicht mehr ist, ist es womöglich Ihre Aufgabe, sie zu erzählen.«

Mir ist klar, dass Sage noch nicht auf diese Weise über den Tod ihrer Großmutter nachgedacht hat. Sie runzelt die Stirn und steht dann von der Couch auf. Ihre Handtasche ist, nach allem, was ich sehen kann, ein übergroßes schwarzes Loch, und ich kann mir nicht vorstellen, was sich darin verbirgt. Aber sie wühlt darin herum und zieht ein ledernes Notizbuch heraus. Es sieht aus wie etwas, das Keats womöglich in *seiner* Tasche mit herumgeschleppt hätte, wenn es damals modern gewesen wäre.

»Die Geschichte, von der sie erzählte, dass sie ihr das Leben gerettet hat, wissen Sie noch? Sie hat sie noch mal aufgeschrieben, nach dem Krieg. Letzte Woche hat sie mir diese zum ersten Mal gezeigt.« Sage setzt sich wieder. »Ich glaube, es würde ihr gefallen, wenn ich sie Ihnen vorlese«, sagt sie. »Ich möchte, dass Sie sie hören.«

Wann hat man Ihnen das letzte Mal etwas laut vorgelesen? Vermutlich als Kind, und wenn Sie sich daran zurückerinnern, wird Ihnen einfallen, wie geborgen Sie sich gefühlt haben, zugedeckt im Bett oder in jemandes Armen, während Sie von einer Geschichte wie von einem Netz eingesponnen wurden. Sage erzählt mir von einem Bäcker und seiner Tochter, einem machttrunkenen Soldaten, der sie liebt, einer Reihe von Morden, die das ganze Dorf in Angst und Schrecken versetzen.

Ich beobachte sie, während sie liest. Ihre Stimme übernimmt die Rolle der Personen, deren Dialoge sie spricht. Minkas Erzählung erinnert mich an Grimm, an Isaak Dinesen, an Hans Christian Andersen, an eine Zeit, in der Märchen noch nicht von Disney-Prinzessinnen und tanzenden Tieren verwässert, sondern dunkel und blutig und gefährlich waren. In diesen alten Schwarten forderte die Liebe ihren Tribut, und ein glückliches Ende hatte seinen Preis. Darin steckt eine Aussage, und sie berührt mich, aber ich bin abgelenkt und starre gebannt auf den Puls an Sages Hals, der sich ein wenig beschleunigt, als Ania und Aleks – dieses ganz unmögliche Paar – sich zum ersten Mal begegnen.

Keiner, liest Sage, *der auf einen Splitter Feuerstein unter einem Felsband blickt oder ein abgesplittertes Stück Holz im Straßengraben findet, würde je des Zaubers ihrer Einsamkeit gewahr werden. Aber bringt man sie unter den richtigen Umständen zusammen, kann man ein Feuer entfachen, das die Welt verzehrt.*

Wir werden zu den *upióry* der Erzählung und bleiben die ganze Nacht lang wach. Die Sonne kriecht bereits über den Horizont, als Sage bei jenem Teil der Erzählung angekommen ist, wo Aleks in die von den Soldaten gestellte Falle tappt. Er kommt ins Gefängnis und soll zu Tode gefoltert werden. Es sei denn, er kann Ania überzeugen, dass sie ihn vorher aus Erbarmen tötet.

Unvermittelt klappt Sage das Buch zu. »Sie können doch jetzt nicht einfach aufhören!«, protestiere ich.

»Ich muss. Mehr hat sie nicht geschrieben.«

Ihr Haar ist zerzaust, die Ringe unter den Augen sind so dunkel, dass es aussieht, als wäre sie geschlagen worden. »Minka wusste, was passiert«, sage ich voller Entschlossenheit. »Selbst wenn sie es vorzog, es uns anderen nicht zu erzählen.«

»Ich wollte sie fragen, warum sie die Erzählung nie beendet hat … habe es dann aber doch nicht getan. Und jetzt kann ich es nicht mehr.« Sage sieht mich an, ihre Augen spiegeln ihr Herz. »Was denken *Sie*, wie wird sie enden?«

Ich streiche Sages Haare hinter ihr Ohr. »So«, sage ich und küsse den Wulst ihrer Narbe.

Sie hält die Luft an, aber sie entzieht sich mir nicht. Ich küsse den Winkel ihres Auges, wo die transplantierte Haut ihn nach unten zieht. Ich küsse die weichen silbernen Flecken auf ihrer Wange, die mich an fallende Sterne erinnern.

Und dann küsse ich ihren Mund.

Anfangs halte ich sie wie etwas Zerbrechliches in den Armen. Ich muss jede Faser meines Körpers zügeln, sie nicht fester an mich zu drücken. So habe ich noch nie für eine Frau empfunden: Als müsste ich sie mir einverleiben. *Denk an Baseball,* sage ich mir, aber ich weiß nichts Vernünftiges über Baseball. Also fange ich im Stillen an, die Richter des Obersten Gerichtshofs aufzuzählen, damit ich sie nicht verschrecke, indem ich zu rasch vorgehe.

Aber Gott sei Dank schlingt Sage mir die Arme um den Hals und presst sich an mich. Ihre Finger kämmen mir durchs Haar, ihr Atem erfüllt mich. Sie schmeckt nach Zitrone und Zimt, sie duftet nach Kokosnussmilch und trägen Sonnenuntergängen. Sie ist ein Energiebündel, und überall, wo sie mich berührt, brenne ich.

Als sie ihre Hüften an meinen reibt, ergebe ich mich. Mit ihren um mich geschlungenen Beinen, an denen ihr Kleid bis zur Taille hochgerutscht ist, trage ich sie ins Schlafzimmer und lege sie auf die frischen Laken. Sie zieht mich wie eine Sonnenfinsternis auf ihren Körper, und mein letzter bewusster Gedanke ist der, dass es unmöglich ein besseres Ende zu dieser Geschichte geben kann.

Dank der Verdunkelungsrollos sind wir im Kokon des Raums in einer Zeitblase gefangen. Manchmal wache ich auf und halte Sage, manchmal wacht sie auf und hält mich. Manchmal kann ich nur ihren Herzschlag hören, manchmal umfängt mich ihre Stimme so fest wie die zerwühlten Laken.

Es war meine Schuld, sagt sie irgendwann.

Es war nach meinem Collegeabschluss, und meine Mutter und ich hatten den Wagen gepackt, um nach Hause zu fahren. Er war so voll, dass sie nicht mehr durch die Heckscheibe schauen konnte, und so bot ich an, dass ich fahren würde.

Es war ein wunderschöner Tag. Das machte es nur noch

schlimmer. Es gab keinen Regen, keinen Schnee, nichts, was man hätte verantwortlich machen können. Wir fuhren auf dem Highway. Ich versuchte, einen Lastwagen zu überholen, sah aber nicht das Auto auf der anderen Spur und scherte aus. Und dann …

Ein Schauder läuft ihr über den Rücken.

Sie ist nicht gestorben, nicht sofort. Sie wurde operiert und bekam dann eine Infektion, und ihr Körper schaltete sich nach und nach ab. Pepper und Saffron sagten, es seien unglückliche Umstände gewesen. Aber tief in mir weiß ich, dass sie mir noch immer die Schuld geben. Und das tat auch meine Mutter.

Ich drücke sie fest an mich. *Das ist mit Sicherheit nicht wahr.*

Als sie im Krankenhaus war, sagt Sage, *als sie im Sterben lag, sagte sie zu mir:* Ich vergebe dir. *Es gibt doch keinen Grund, jemandem zu vergeben, es sei denn, man weiß, dass er etwas Schlimmes getan hat.*

Manchmal passieren einfach schlimme Dinge, sage ich. Ich streiche ihr mit dem Daumen über die Wange und spüre den topografischen Erhebungen und Tälern ihrer Narben nach.

Sie schnappt nach meiner Hand, führt diese an ihren Mund und küsst sie. *Und manchmal auch gute Dinge.*

Ich habe tausend Entschuldigungen.

Es war der Rotwein.

Der Weißwein.

Der Tagesstress.

Der Stress in der Arbeit.

Das schwarze Kleid, das ihre Kurven betonte.

Die Tatsache, dass wir einsam/wuschig waren und die Trauer sublimierten.

Freud hätte eine Menge zu meiner Unbesonnenheit zu sagen. Mein Vorgesetzter ebenso. Was ich getan habe – eine Frau ausgenutzt, die mir in einem offenen HRSP-Fall behilflich ist und zudem kurz davor an einer *Trauerfeier* teilnahm –, ist gewissenlos.

Aber schlimmer noch, ich würde alles noch mal so machen.

Eva beäugt mich böse. Wieso auch nicht? Der Hund war Augenzeuge dieses schmutzigen, heftigen, erstaunlichen Akts.

Sage schläft noch im Schlafzimmer. Weil ich mir in ihrer Nähe selbst nicht über den Weg traue, sitze ich draußen auf der Couch in Boxershorts und T-Shirt und brüte mit jeder Unze jüdischer Gewissensbisse, die ich aufbringen kann, über Reiner Hartmanns Akte. Was ich vergangene Nacht tat, um Sage zu verführen, kann ich nicht mehr rückgängig machen, aber ich kann mir sehr wohl einen Weg überlegen, um sicherzustellen, dass dieser Fall den Prozess übersteht.

»Hi.«

Als ich mich umdrehe, trägt sie mein weißes Button-down-Hemd. Es bedeckt sie fast vollständig. Fast.

Ich stehe auf und weiß nicht, ob ich sie packen und zurück ins Bett schleifen oder das Richtige tun soll. »Es tut mir leid«, platzt es aus mir heraus. »Das war ein Fehler.«

Sie sieht mich mit großen Augen an. »Fühlte sich aber nicht an wie ein Fehler.«

»Du bist im Moment kaum in der Lage, klar zu denken. Ich hätte es besser wissen müssen, auch wenn du es nicht konntest.«

»Marge sagt, die Gier nach Leben sei normal, wenn man die Qualen des Todes erlebt. Und das war ziemlich lebendig.«

»Marge?«

»Sie leitet die Trauergruppe.«

»Oh.« Ich seufze. »Na fabelhaft.«

»Hör zu. Ich möchte, dass du weißt, dass ich trotz allem, was du in den paar Tagen, seit denen du mich kennst, mitbekommen hast, für gewöhnlich nicht … so bin. Ich bin nicht … du weißt schon.«

»Genau. Weil du einen verheirateten Bestattungsunternehmer liebst«, sage ich und fahre mir mit der Hand durchs Haar, bis es komplett absteht. Den hatte ich letzte Nacht auch vergessen.

»Das ist vorbei«, sagt sie. »Vollkommen.«

Mein Kopf zuckt hoch. »Bist du dir da sicher?«

»Todsicher. Sozusagen.« Sie macht einen Schritt auf mich zu. »Wird es dadurch weniger zu einem Fehler?«

»Nein«, sage ich und fange an umherzulaufen. »Weil du noch immer in einen meiner Fälle verwickelt bist.«

»Ich dachte, auch das sei vorüber, da es keine Möglichkeit mehr gibt, Josef als Reiner Hartmann zu identifizieren.«

Das stimmt so nicht.

Der Einspruch flattert wie eine rote Standarte auf dem Schlachtfeld meiner Gedanken.

Ohne Minkas Zeugenaussage kann der Mord an Darija nicht mit Reiner Hartmann in Verbindung gebracht werden. Aber die Gefangene war nicht die Einzige, die Zeugin dieses Gesetzesverstoßes war.

Auch Reiner war dort.

Sollte jemand ihn dazu bringen, den Vorfall zu gestehen, der in seiner SS-Akte vermerkt ist, wäre dies ein Volltreffer.

»Es gäbe auch noch einen anderen Weg«, sage ich. »Aber der würde dich mit einbeziehen, Sage.«

Sie setzt sich auf die Couch und streichelt geistesabwesend die Ohren des Hundes. »Was meinst du damit?«

»Wir könnten dich verkabeln und das Gespräch aufnehmen. Und du bringst ihn dazu, zuzugeben, dass er dafür abgemahnt wurde, eine jüdische Gefangene auf eine nicht sanktionierte Weise zu töten.«

Sie senkt den Blick. »Ich wünschte, du hättest mich das vorher gefragt, dann wäre meine Großmutter nie in die Sache verwickelt worden.«

Ich werde ihr nicht erklären, dass dieser Versuch Mängel hat und nie meine erste Wahl gewesen wäre. Nicht nur wegen der Überzeugungskraft der Aussage einer Überlebenden, sondern weil gute Gründe dafür sprechen, keine Zivilisten als provisorische Agenten ins Feld zu schicken.

Insbesondere nicht solche, in die wir uns womöglich verlieben.

»Ich werde alles tun, was du von mir verlangst, Leo«, sagt Sage. Sie steht auf und fängt an, ihr Hemd aufzuknöpfen. *Mein* Hemd.

»Was machst du?«

»Also, ehrlich. Hat einen Harvard-Abschluss und kann sich das nicht denken?«

»Nein.« Ich weiche einen Schritt zurück. »Absolut nicht. Du bist jetzt eine wesentliche Zeugin.«

Sie schlingt mir die Arme um den Hals. »Ich werde dir meine Quellen aus erster Hand zeigen, wenn du mir deine zeigst.«

Dieses Mädchen wird noch mal mein Tod sein. Mit übermenschlicher Beherrschung schiebe ich sie weg. »Sage. Ich kann nicht.«

Besiegt zieht sie sich zurück. »Letzte Nacht war ich kurze Zeit glücklich. Wirklich glücklich. Und ich kann mich nicht erinnern, wann ich das letzte Mal so empfand.«

»Es tut mir leid. Ich liebe dich, aber das ist ein gewaltiger Interessenkonflikt.«

Sie blickt hoch. »Du liebst mich?«

»Was?« Mein Gesicht steht plötzlich in Flammen. »Das habe ich nie gesagt.«

»Hast du wohl. Ich habe es gehört.«

»Ich sagte, *ich würde liebend gern …*«

»Nein«, sagt Sage, und ein Grinsen zieht über ihr Gesicht. »Hast du nicht.«

Habe ich? Ich bin so müde, dass ich nicht mehr weiß, was aus meinem Mund kommt. Und dies bedeutet vermutlich, dass ich nicht mehr über die Fähigkeiten verfüge, zu verbergen, was ich tatsächlich für Sage Singer empfinde, und zwar mit einer Intensität, die mich erschreckt.

Sie legt mir eine Hand flach auf die Brust. »Und wenn ich dir nun sage, dass ich mich nur verkabeln lasse, wenn du zurück ins Bett kommst?«

»Das ist Erpressung.«

Sage strahlt. Sie zuckt die Achseln.

Es sagt sich so leicht, man werde tun, was richtig ist, und dem, was falsch ist, aus dem Weg gehen, aber betrachtet man eine gegebene Situation nur nah genug, wird einem klar, dass es kein Schwarz und Weiß gibt. Es gibt Abstufungen von Grau.

Ich zögere. Aber nur eine Sekunde lang. Dann packe ich Sage um die Taille und hebe sie hoch. »Was ich nicht alles für mein Land tue«, sage ich.

In das Gefängnis einzubrechen, war nicht einfach.

Als Erstes hatte ich die Hörnchen gebacken, deren Bittermandelfüllung den Geschmack des untergemischten Rattengifts überdeckte. Ich ließ sie vor der Tür zurück, wo die Wache stand und bis zum nächsten Morgen auf Aleks aufpasste.

Dann würde ihn Damians Stellvertreter, der neue Hauptmann der Wache, zu Tode foltern.

Mit Pfiffen wie von einem eingesperrten Tier brachte ich den Wachmann dazu, die Tür zu öffnen und zu überprüfen, woher der Lärm kam. Da er nichts entdeckte, nahm er achselzuckend den Korb mit dem Gebäck an sich. Und eine halbe Stunde später lag er mit Schaum vor dem Mund im Todeskampf.

Keiner, der auf einen Splitter Feuerstein unter einem Felsband blickt oder ein abgesplittertes Stück Holz im Straßengraben findet, würde je des Zaubers ihrer Einsamkeit gewahr werden. Aber bringt man sie unter den richtigen Umständen zusammen, kann man ein Feuer entfachen, das die Welt verzehrt.

Ja, nun hatte ich einen Menschen getötet. Das konnte nur bedeuten, dass wir jetzt zusammengehörten. Ich wäre nur allzu gern neben Aleks in dieser Zelle verrottet, wenn mir nur noch diese Zeit mit ihm geblieben wäre.

Durch das Zellenfenster beobachtete ich Aleks, der mit dem Rücken zu der feuchten Wand saß und die Augen geschlossen hatte. Er war ein Skelett, ausgezehrt nach einem Monat täglicher Folter. Es schien, als wären seine Folterknechte das Spiel leid geworden, bevor Aleks' Körper aufgab; jetzt war es kein Spiel mehr, jetzt sollte er getötet werden.

Als er mich näher kommen hörte, erhob er sich. Ich konnte sehen, welche Mühe es ihn kostete. »Du bist gekommen«, sagte er und verschränkte durch das Gitter hindurch seine Finger mit meinen.

»Ich habe deine Nachricht erhalten.«

»Die habe ich dir vor zwei Wochen geschickt«, sagte er. »Und es dauerte zwei Wochen, bis es mir gelang, den Vogel auf meinen Fenstersims zu locken.«

»Es tut mir so leid«, sagte ich.

Aleks' Hände waren voller Narben und von den Schlägen gebrochen, aber er hielt mich dennoch fest. »Bitte«, flüsterte er. »Tu eins für mich heute Nacht.«

»Alles«, versprach ich.

»Töte mich.«

Ich holte tief Luft und sagte: »Aleks …«

SAGE

Hätte mir vor einem Monat jemand erzählt, ich würde als FBI-Agentin im Außendienst eine verdeckte Mission übernehmen, hätte ich ihm ins Gesicht gelacht.

Hätte man mir andererseits gesagt, ich würde mich in einen anderen Mann als Adam verlieben, hätte ich denjenigen für verrückt erklärt. Leo bittet jedes Mal, wenn wir Kaffee bestellen, um Sojamilch, ohne dass man ihn extra daran erinnern muss. Er dreht die Dusche auf, bevor er das Bad verlässt, damit das Wasser warm ist, bevor ich mich drunterstelle. Er hält mir die Tür auf und würde keinen Schritt fahren, bevor ich mich nicht angeschnallt habe. Manchmal hat er einen Gesichtsausdruck, als könnte er sein Glück kaum fassen. Ich weiß nicht genau, was er sieht, wenn er mich anschaut, aber ich möchte dieses Mädchen sein.

Und meine Narben? Ich sehe sie noch, wenn ich in den Spiegel blicke. Aber als Erstes bemerke ich mein Lächeln.

Ich bin aufgeregt, weil mein Gespräch mit Josef aufgezeichnet werden soll. Endlich, nach drei langen Tagen des Wartens, ist es so weit. Erstens mussten meine Schwestern mit den Schiwa-Besuchen fertig sein. Zweitens musste Leo sicherstellen, dass er die Erlaubnis für die elektronische Überwachung durch das DOJ Criminal Division's Office of Enforcement bekam. Und drittens musste Josef erst aus dem Krankenhaus entlassen werden.

Ich werde diejenige sein, die ihn nach Hause holt, und hoffe, dass ich ihn dann dazu bringen kann, den Mord an Darija zu gestehen.

Leo hat alle Details von mir zu Hause aus geregelt, nachdem wir nach jener ersten gemeinsamen Nacht im Hotel zusammen zurückgekommen waren. Wir waren uns stillschweigend einig, dass er aus dem Marriott auschecken und stattdessen bei mir wohnen würde. Obwohl ich gewappnet war, die Kommentare und Fragen meiner Schwestern abzuwehren, musste ich gar keine Schadensbegrenzung leisten. Leo hatte Pepper und Saffron nach einem zehnminütigen Gespräch mit seinem Charme eingewickelt, indem er von einem berühmten Thrillerautor erzählte, der sich ihm an die Fersen geheftet und sich seitenweise Notizen gemacht hatte, um dann völlig an der Realität vorbei einen Bestseller zu verfassen, der es trotz aller Ungenauigkeiten an die Spitze der Bestenliste der *New York Times* geschafft hatte. »Das Buch kenne ich!«, sagte Saffron daraufhin. »Wir haben es im Buchklub gelesen und waren alle der Meinung, dass ein russischer Spion es unmöglich mit falschen Papieren ins DOJ schafft.«

»Das ist noch nicht mal die größte Unglaubwürdigkeit. Sondern die Hauptfigur mit ihrem Schrank voller Armani-Anzüge. Das geht gar nicht, nicht mit einem Regierungsgehalt«, hatte Leo erwidert.

Natürlich trug dies nicht wirklich dazu bei, Leos Anwesenheit hier zu erklären – oder auch die von Eva –, ohne meinen Schwestern zugleich von Josef zu erzählen. Und zu meiner Überraschung verschaffte mir dies sofortige Berühmtheit.

»Ich fass es nicht, dass du Nazis jagst«, sagte Saffron am vergangenen Abend bei unserer letzten gemeinsamen Mahlzeit, bevor sie und Pepper heute Morgen zum Flughafen aufgebrochen sind, um in ihre jeweiligen Behausungen zurückzukehren. »Meine kleine Schwester …«

»Ich jage sie ja nicht wirklich«, korrigierte ich. »Der hier fiel mir mehr oder weniger in den Schoß.«

Ich hatte Josef auf Leos Vorschlag hin zwei Mal angerufen und ihm mein Fernbleiben mit der Wahrheit erklärt. Eine nahe Verwandte sei unerwartet gestorben. Ich hätte Familienangelegenheiten zu regeln. Ich sagte ihm, dass Eva ihn vermisste, erkundigte mich, wie die Ärzte seinen Zustand beurteilten, und regelte alles für seine Entlassung.

»Trotzdem«, meinte Pepper. »Mom und Dad fänden das großartig. Wenn man bedenkt, was du für ein Theater gemacht hast, nur um nicht zum Hebräischunterricht zu müssen.«

»Es geht dabei doch nicht um Religion«, versuchte ich zu erklären. »Es geht um Gerechtigkeit.«

»Das muss sich nicht zwangsläufig ausschließen«, meinte Leo liebenswürdig. Und lenkte dann ganz nonchalant das Gespräch weg von einer Kritik an mir zu einer Analyse der letzten Wahlen.

Es ist ein ungewöhnlicher Luxus, zu wissen, dass einem jemand den Rücken stärkt. Im Unterschied zu Adam, den ich ständig anderen gegenüber verteidigen musste, verteidigt Leo nun ganz mühelos *mich.*

Er weiß, was mich aufregen wird, bevor es überhaupt spruchreif ist, und verbiegt wie ein Superheld die Gleise eines außer Kontrolle geratenen Zugs, bevor er einen erfassen kann.

Heute Morgen habe ich für Pepper und Saffron eine Schachtel frisch gebackene Schokocroissants als Reiseproviant hergerichtet. Meine Schwestern umarmen Leo zum Abschied, und ich begleite sie hinaus zu ihrem Leihwagen. Pepper drückt mich fest an sich. »Lass den nicht entwischen, Sage. Ich möchte hören, wie sich die Sache entwickelt. Du wirst mich doch anrufen?«

Es ist meiner Erinnerung nach das erste Mal, dass meine Schwester darum bittet, in Kontakt zu bleiben, anstatt mich zu kritisieren. »Auf jeden Fall«, verspreche ich.

Leo beendet in der Küche gerade ein Telefonat, als ich eintrete. »Wir können den Lieferwagen auf dem Weg zum Krankenhaus abholen. Und während du Josef abholst … Sage, was ist denn?«

»Erstens«, sage ich, »bin ich es nicht gewohnt, mit meinen Schwestern klarzukommen.«

»Du hast sie hingestellt wie Skylla und Charybdis«, erwidert Leo und lacht. »Es sind ganz normale Mamas.«

»Du hast leicht reden. Du hast sie bezaubert.«

»Offenbar habe ich diese Wirkung auf die Singer-Frauen.«

»Gut«, erwidere ich. »Dann kannst du diesen Zauber vielleicht auch anwenden, um mich zu hypnotisieren, damit ich es heute nicht vermassele.«

Er kommt hinter der Küchentheke hervor und streicht mir über die Schultern. »Du wirst das nicht vermasseln. Möchtest du es noch mal mit mir durchgehen?«

Ich nicke.

Wir sind dieses Interview ein halbes dutzend Mal im Probelauf durchgegangen, ein paarmal auch mit der Aufnahmeausrüstung, um sicherzustellen, dass sie richtig funktioniert. Leo hat die Rolle von Josef eingenommen. Manchmal gibt er sich entgegenkommend, manchmal aggressiv. Manchmal macht er einfach dicht und verweigert die Antwort. Ich sage ihm, dass mich der Mut verlässt und ich, sollte ich letztendlich die bittere Pille schlucken und ihn töten, dafür ein konkretes Beispiel vor Augen haben müsse und keinen globalen Genozid, dass ich ein Gesicht sehen oder den Namen eines seiner Opfer hören müsse. Bisher habe ich es in jedem Szenario geschafft, ihm ein Geständnis abzuringen.

Aber Leo ist schließlich nicht Josef.

Ich atme tief durch. »Ich frage ihn, wie er sich fühlt …«

»Genau, oder sonst etwas, das ganz natürlich scheint. Auf gar keinen Fall darf er das Gefühl haben, dass du nervös bist.«

»Toll.«

Leo setzt sich auf den Hocker neben mich. »Du möchtest, dass er sich dir öffnet, ohne dass du ihm etwas vormachen musst.«

»Was erzähle ich von meiner Großmutter?«

Er zögert. »Normalerweise würde ich dir raten, Minka überhaupt nicht ins Gespräch zu bringen. Aber du hast einen Todesfall in der Familie erwähnt. Also musst du improvisieren. Aber wenn du sie erwähnst, dann verrate nicht, dass sie die Großmutter ist, die überlebt hat. Ich bin mir nämlich nicht sicher, wie er das auslegen würde.«

Ich vergrabe mein Gesicht in den Händen. »Kannst du ihn nicht einfach befragen?«

»Sicher«, sagt Leo. »Aber sollte ich anstelle von dir im Krankenhaus auftauchen, spürt er mit Sicherheit, dass etwas im Busch ist.«

Geplant ist, dass Leo auf der Straße vor Josefs Haus in einem geparkten Lieferwagen sitzt. Auf diese Weise befindet sich der Receiver – eine Box von der Größe einer kleinen Aktenmappe – in Reichweite des Senders, mit dem ich verkabelt bin. Während Leo, im Lieferwagen versteckt, das Ganze überwacht, werde ich in Josefs Haus sein.

Wir haben auch ein Signalwort vereinbart. »Und wenn ich sage: *Ich soll mich heute noch mit Mary treffen …*«

»Dann komme ich ins Haus gerannt und ziehe meine Waffe, aber ich habe keine klare Schusslinie, die ausschließt, dass ich dich verletze. Also werde ich mich stattdessen in Jiu-Jitsu-Bewegungen nähern, die mir in der siebten Klasse einen blauen Gürtel eingebracht haben. Ich stoße Josef von dir weg, als wäre er ein billiger Mantel, drücke ihm die Gurgel zu und presse ihn gegen die Wand. Ich sage die Worte: *Zwingen Sie mich nicht dazu, etwas zu tun, was wir beide bedauern werden,* was nach einem Filmzitat klingt und auch eins ist, aber ich habe sie schon oft in angespannten Situationen beim Gesetzesvollzug angewandt, wo sie tatsächlich funktioniert haben. Ich lasse Josef los, der zu meinen Füßen zusammenbricht und nicht nur alle Kriegsverbrechen in Auschwitz gesteht, sondern auch zugibt, dass er für die kolossalen Irrtümer New Coke und *Sex and the City 2* verantwortlich ist. Er unterschreibt auf der gepunkteten Linie, wir rufen die örtliche Polizei, um ihn verhaften zu lassen, und du und ich reiten davon in den Sonnenuntergang.«

Ich schüttele lächelnd den Kopf. Leo trägt tatsächlich eine Waffe, aber er hat mir versichert, dass seit dem Pfadfinderlager in der fünften Klasse jede Waffe nur noch Showeffekt habe und er kein Ziel treffen könne, und sei es so groß wie Australien. Allerdings kann ich mir nicht vorstellen, dass das DOJ ihn eine Waffe tragen ließe, ohne dass er gelernt hätte, diese auch effizient einzusetzen.

Leo wirft einen Blick auf seine Uhr. »Wir sollten los. Bist du bereit, dich ausstaffieren zu lassen?«

Es ist nicht leicht, sich im Sommer verkabeln zu lassen. Meine übliche Kleidung, ein Tanktop und Jeansshorts, sitzt zu knapp, um das Mikrofon zu verstecken, das unter meinem Hemd festgeklebt wird. Also habe ich mich für ein locker sitzendes leichtes Sommerkleid entschieden.

Leo reicht mir den Sender – er hat die Größe eines iPod mini mit einem kleinen Haken daran, den man an einem Bund oder einem Gürtel befestigen kann, beides Vorrichtungen, die ich nicht habe. »Wo soll ich den nun festmachen?«

Er zieht den Halsausschnitt des Kleids nach unten und steckt mir den Sender in den BH. »Wie wär's damit?«

»*Wahnsinnig* bequem«, sage ich.

»Du hörst dich an wie eine Dreizehnjährige.« Er fädelt den Draht mit dem kleinen Mikrofon daran unter meinem Arm hindurch und um meine Taille herum. Ich lasse das Oberteil des Kleids fallen, damit er besser herankommt. »Was machst du da?«, fragt Leo und weicht zurück.

»Es dir leichter.«

Er schluckt. »Vielleicht solltest du es selbst machen.«

»Warum bist du plötzlich so schüchtern? Das Kind ist doch schon längst in den Brunnen gefallen!«

»Ich bin nicht schüchtern«, sagt Leo mit zusammengepressten Zähnen. »Ich bemühe mich äußerst angestrengt, damit wir rechtzeitig am Krankenhaus sind, aber das hier ist wenig hilfreich. Kannst du es denn nicht einfach festkleben? Und dann dieses verdammte Kleid wieder hochziehen?«

Als Mikrofon und Sender an Ort und Stelle sitzen, überprüfen wir, ob die Kanäle synchron mit dem Empfangsgerät sind, das Leo mit in den Lieferwagen nehmen wird. Ich fahre den Mietwagen, Leo sitzt mit dem Empfangsgerät auf dem Beifahrersitz. Erst fahren wir zu Josefs Haus, wo wir Eva absetzen und den Sender auf seine Reichweite testen. »Es funktioniert«, sagt Leo, als ich zurück in den Wagen steige, nachdem ich Evas Wasserschüssel gefüllt und die Spielsachen im Wohnzimmer verteilt und ihr versprochen habe, dass Josef gleich kommen wird.

Ich folge den GPS-Anweisungen zu dem Parkplatz, wo Leo sich mit jemandem vom DOJ trifft. Gelassen geht er im Geiste Checklisten durch. Der einzige Wagen auf dem Parkplatz ist ein Lieferwagen, was für mich die Frage aufwirft, wie der andere Beamte nach Hause kommen wird. Der Lieferwagen ist blau mit der Aufschrift DONS TEPPICHE auf der Seite.

Auf der Fahrerseite steigt ein Mann aus und zeigt seine Dienstmarke. »Leo Stein?«

»Ja«, sagt Leo durch das offene Fenster. »Einen Augenblick noch.«

Er drückt auf den elektrischen Fensterheber, damit wir uns ungestört unterhalten können. »Denk dran, dass es keine Störgeräusche im Hintergrund geben darf«, sagt Leo.

»Ich weiß.«

»Wenn er also gern CNN oder NPR laufen lässt, sorg dafür, dass es ausgeschaltet wird. Schalt dein Mobiltelefon aus. Mahle keine Kaffeebohnen. Benutze nichts, was die Übertragung stören könnte.«

Ich nicke.

»Und vergiss nicht, dass *Warum* keine erkenntnisleitende Fragestellung ist.«

»Leo«, sage ich. »Ich kann mir das ganze Zeug nicht merken. Ich bin kein Profi ...«

Er verfällt ins Grübeln. »Du brauchst nur ein wenig Inspiration. Weißt du, was J. Edgar Hoover tun würde, wenn er heute noch lebte?«

Kopfschütteln meinerseits.

»Der würde sich brüllend an seinem Sarg festkrallen.«

Die Antwort kommt so unerwartet, so respektlos daher, dass ich vor Lachen lospruste, bevor ich mir den Mund zuhalten kann. »Wie kannst du solche Scherze machen, während ich hier am Rad drehe?«

»Braucht man sie nicht genau dann?«, fragt Leo. Er beugt sich vor und drückt mir einen Kuss auf die Lippen. »Dein Bauchgefühl hat dich lachen lassen. Vertrau auf dein Bauchgefühl, Sage.«

Während der Arzt uns mit Anweisungen versorgt, wie nach Josefs Entlassung zu verfahren ist, frage ich mich, ob Josef das Gleiche denkt wie ich: dass ein toter Mann, der er zu sein hofft, sich keine Gedanken um Salzzufuhr oder Ruhe oder die sonstigen Empfehlungen machen muss, die auf dem uns ausgehändigten Ausdruck stehen.

Die freiwillige Helferin, die Josef hinunter zur Lobby rollt, erkennt ihn. »Mr. Weber, hab ich recht?«, fragt sie. »Mein älterer Bruder hatte Sie in Deutsch.«

»*Wie heißt er?*«

Sie lächelt scheu. »Ich hatte Französisch.«

»Ich hatte nach seinem Namen gefragt.«

»Jackson«, sagt das Mädchen. »Jackson O'Rourke.«

»O ja«, erwidert Josef. »Er war ein ausgezeichneter Schüler.«

Als wir in der Lobby eintreffen, übernehme ich den Rollstuhl und bringe Josef zu einem Platz im Schatten. »Haben Sie sich tatsächlich an ihren Bruder erinnert?«

»Kein bisschen«, gibt er zu. »Aber das braucht *sie* ja nicht zu wissen.«

Diese Worte hallen noch in mir nach, als ich zu Leos Auto auf dem Parkplatz komme und damit am Portal vorfahre, damit Josef nicht so weit laufen muss. Was Josef zu einem so unvergesslichen Lehrer und so verehrten Bürger gemacht hat, war seine Fähigkeit, mit den jeweiligen Menschen in Kontakt zu treten. Und sich vor aller Augen zu verstecken.

Im Rückblick ein brillanter Plan.

Wenn du jemandem ins Auge blickst, ihm die Hand schüttelst und ihm deinen Namen sagst, hat derjenige keinen Grund anzunehmen, dass du lügst.

»Das ist ein neues Auto«, sagt Josef, während ich ihm beim Einsteigen helfe.

»Es ist ein Mietwagen. Meiner ist in der Werkstatt. Ich hatte einen Totalschaden.«

»Ein Unfall? Und mit Ihnen ist alles in Ordnung?«, fragt er.

»Mir geht es gut. Ich habe ein Reh angefahren.«

»Ihr Auto und der Tod Ihrer Verwandten … da ist viel passiert in der vergangenen Woche, von dem ich gar nichts mitbekommen habe.« Er faltet die Hände im Schoß. »Tut mir leid, das von Ihrem Verlust zu hören.«

»Danke«, erwidere ich steif.

Gesagt hätte ich gern: *Die Frau, die gestorben ist, war meine Großmutter.*

Sie kannten sie.

Wahrscheinlich erinnern Sie sich nicht einmal mehr an sie.

Sie Mistkerl.

Stattdessen schaue ich stur geradeaus auf die Straße und klammere mich ans Lenkrad.

»Ich glaube, wir müssen reden«, sagt Josef.

Ich schiele zu ihm. »Gut.«

»Darüber, wie und wann Sie es tun werden.«

Obwohl die Klimaanlage voll aufgedreht ist, läuft mir der Schweiß über den Rücken. Ich kann darüber jetzt nicht reden. Leo ist mit seinem Empfangsgerät viel zu weit weg, um das Gespräch aufzuzeichnen.

Also mache ich genau das, wovon er mir dringend abgeraten hat. Ich wende mich an Josef. »Sie sagten, Sie kannten meine Mutter.«

»Ja. Ich hätte das nicht für mich behalten dürfen.«

»Ich würde sagen, dass *diese* kleine Notlüge noch das Geringste Ihrer Probleme ist, Josef.« Ich fahre vor einer gelben Ampel langsamer. »Dann wussten Sie auch, dass meine Großmutter eine Überlebende war.«

»Ja«, sagt er.

»Haben Sie nach ihr gesucht?«

Er blickt aus dem Fenster. »Ich kannte keine von ihnen beim Namen.«

Ich bleibe an der Ampel stehen, als diese längst auf Grün umgesprungen ist, bis ein Auto hinter mir hupt, und sage mir, dass dies keine Antwort auf meine Frage ist.

Als wir Josefs Haus erreichen, steht der Teppichlieferwagen genau dort, wo er stehen soll, nämlich auf der anderen Straßenseite. Leo kann ich nicht sehen, er befindet sich im höhlenartigen rückwärtigen Teil mit dem aufnahmebereiten Empfangsgerät und wartet.

Ich helfe Josef über die Verandastufen und reiche ihm den Arm, damit er sich abstützen kann, wenn seine Kraft nicht reicht. Bestimmt beobachtet Leo uns. Trotz der vorhin erzählten Geschichte vom Superhelden weiß ich, dass er mich, falls nötig, retten würde und es durchaus für möglich hält, dass ein älterer Mann, der selbst kaum laufen kann, dazu fähig ist, Schaden anzurichten. Er erzählte mir nämlich von einem fünfundachtzigjährigen Verdächtigen, der aus seinem Haus kam und zu schießen anfing, doch zum Glück an grauem Star litt und schlecht zielte. *Es gibt einen Spruch in unserem Büro,* hatte Leo gesagt. *Wenn man sechs Millionen umgebracht hat, was sind dann sechs Millionen und einer?*

Sobald der Schlüssel sich im Schloss dreht, kommt Eva angerannt, um ihr Herrchen zu begrüßen. Ich hebe sie hoch und lege sie Josef in die Arme, damit sie sein Gesicht ablecken kann.

Er strahlt. »O mein Schatz, wie habe ich dich vermisst«, sagt Josef.

Als ich diese Wiedervereinigung beobachte, wird mir klar, dass dies die perfekte Beziehung für ihn ist. Jemand, der ihn bedingungslos liebt und von dem Ungeheuer, das er einst war, keine Vorstellung hat und sich jede tränenreiche Beichte anhört, ohne jemals sein Vertrauen zu hintergehen.

»Kommen Sie«, sagt Josef. »Ich mache uns einen Tee.«

Ich folge ihm in die Küche, wo er das frische Obst auf der Theke sieht und dann, als er den Kühlschrank öffnet, auch Milch, Saft, Eier und Brot.

»Das wäre nicht nötig gewesen«, sagt Josef.

»Ich weiß. Aber ich wollte es.«

»Nein«, korrigiert er sich. »Ich meine, das wäre nicht mehr nötig gewesen.«

Sofern ich, heißt das, bereit war, ihn ohnehin bald umzubringen.

Wird schon schiefgehen, sage ich mir.

»Josef.« Ich ziehe einen Stuhl heraus und bedeute ihm, Platz zu nehmen. »Wir müssen reden.«

»Sie haben es sich doch hoffentlich nicht anders überlegt?«

Ich lasse mich ihm gegenüber nieder. »Wie könnte ich nicht?«

Ich höre das Brummen eines Rasenmähers draußen. Die Küchenfenster stehen offen.

Mist.

Ich täusche einen heftigen Niesanfall vor. Dann stehe ich auf und schließe die Fensterflügel. »Sie haben hoffentlich nichts dagegen. Die Pollen bringen mich um.«

Josef zieht die Stirn kraus, ist aber zu höflich, um sich zu beschweren.

»Ich habe Angst vor dem, was danach geschieht«, gebe ich zu.

»Keiner vermutet Fremdeinwirkung, wenn ein Fünfundneunzigjähriger stirbt«, sagt Josef und kichert. »Und von meiner Familie ist niemand mehr da, der Fragen stellen könnte.«

»Ich spreche nicht über den legalen Aspekt. Nur über den moralischen.« Ich ertappe mich dabei, dass ich herumfuchtele, und zwinge mich, ruhig zu bleiben und an das Stoffrascheln zu denken, das Leo hören muss. »Ich komme mir ein wenig albern vor, Sie das fragen zu müssen, aber Sie sind der einzige Mensch, von dem ich annehmen kann, dass er es versteht, weil Sie dort gewesen sind.« Ich sehe ihn an. »Wenn man jemanden tötet … wie kommt man darüber hinweg?«

»Ich bat Sie, mir beim Sterben zu helfen«, stellt Josef klar. »Das ist ein Unterschied.«

»Ist es das?«

Sein Atem geht schwer. »Vielleicht auch nicht«, gibt er zu. »Sie werden daran denken, jeden Tag. Aber ich hoffe, Sie können es als Gnadenakt sehen.«

»Haben Sie das auch so gesehen?«, greife ich ganz natürlich den Gedanken auf und halte dann die Luft an.

»Manchmal«, sagt Josef. »Sie waren so schwach, einige von ihnen. Sie wollten erlöst werden, wie ich jetzt.«

»Vielleicht haben Sie sich das aber auch nur eingeredet, damit Sie nachts schlafen konnten.« Ich beuge mich vor und stütze meine Ellbogen auf dem Küchentisch auf. »Wenn Sie wirklich möchten, dass ich Ihnen vergebe, was Sie getan haben, müssen Sie mir schon alles erzählen.«

Er schüttelt den Kopf, und seine Augen werden feucht. »Das habe ich bereits. Sie wissen, was ich war. Was ich bin.«

»Was war das Schlimmste, das Sie getan haben, Josef?«

Während ich ihm diese Frage stelle, kommt mir in den Sinn, dass wir ein Spiel spielen. Nur weil Darijas Ermordung festgehalten worden war, bedeutet dies nicht, dass es das abscheulichste Verbrechen war, das Reiner Hartmann an einer Gefangenen begangen hat. Es bedeutet nur, dass er bei diesem erwischt wurde.

»Es gab zwei Mädchen«, sagt er. »Die eine arbeitete für … für meinen Bruder in seinem Büro, der darin einen Safe mit dem Geld stehen hatte, das aus den Habseligkeiten der Gefangenen stammte.« Er reibt sich die Schläfen. »Wir taten das alle, wissen Sie. Uns Dinge nehmen. Schmuck oder Geld, auch lose Diamanten. Einige Offiziere wurden tatsächlich reich durch ihre Arbeit in den Lagern. Ich hörte Nachrichten, ich wusste, dass das Reich nicht mehr lange Bestand haben würde, seit die Amerikaner in den Krieg verwickelt waren. Also plante ich voraus. Ich würde mir so viel Geld wie möglich nehmen und es zu Gold machen, bevor es wertlos wurde.« Achselzuckend sieht Josef mich an. »An die Kombination für den Safe ranzukommen, war nicht schwer. Ich war immerhin der SS-Schutzhaftlagerführer. Über mir gab es nur noch den Kommandanten, und wenn ich um etwas bat, war die Frage nicht, ob ich es bekam, sondern wie schnell. Und so ging ich eines Tages, als ich wusste, dass mein Bruder nicht an seinem Schreibtisch saß, an seinen Safe, um mir so viel wie möglich zu nehmen. – Das Mädchen, die Sekretärin, sah mich. Sie hatte ihre Freundin von deren Arbeit im Freien abgeholt und vermutlich zum Aufwärmen mit ins Büro gebracht, während mein Bruder weg war«, berichtet er. »Ich konnte nicht zulassen, dass das Mädchen meinem Bruder erzählte, was es gesehen hatte. Also erschoss ich es.«

Ich spüre, dass ich die Luft anhalte. »Sie erschossen das Mädchen, das die Sekretärin war?«

»Ich hatte es vor. Aber ich hatte eine Verletzung, ja, vom Fronteinsatz – mein rechter Arm. Ich konnte mit der Pistole nicht so gut zielen, wie ich das hätte tun sollen. Die Mädchen bewegten sich, waren verzweifelt, klammerten sich aneinander. Und so traf die Kugel stattdessen das andere Mädchen.«

»Sie töteten sie.«

»Ja.« Er nickt. »Und ich hätte auch die andere noch getötet, aber da kam mein Bruder zurück. Als er mich mit der Waffe in der einen Hand und dem Geld in der anderen sah, welche Wahl blieb mir da? Ich erzählte ihm, ich hätte die Mädchen dabei erwischt, wie sie ihn, wie sie das Reich bestahlen.« Josef legt eine Hand vor die Augen. Sein Kehlkopf arbeitet, die Worte wollen nicht heraus. »Mein eigener Bruder glaubte mir nicht. Mein eigener Bruder zeigte mich an.«

»Zeigte Sie an?«

»Beim Disziplinierungsausschuss des Lagers. Nicht wegen Diebstahls, sondern weil ich gegen die Vorschriften eine Gefangene erschossen hatte«, sagt er. »Es war nichts weiter, eine schlichte Vorladung, bei der man mich an die Befehle erinnerte, die ich einzuhalten hatte. Aber Sie verstehen doch, was ich meine? Mein eigener Bruder hat mich meiner Tat wegen verraten.«

Ich bin mir nicht sicher, welches Element dieser Geschichte sie in Josefs wirrem Kopf zur schlimmsten seiner Taten macht – dass er Darija tötete oder dass er die Beziehung zu seinem Bruder zerstörte. Ich habe Angst, ihn zu fragen. Und noch mehr Angst vor seiner Antwort.

»Was wurde aus Ihrem Bruder?«

»Ich sprach danach nie mehr mit ihm. Wie ich hörte, starb er vor langer Zeit.« Josef weint still vor sich hin, und die Hände, die er auf den Tisch gelegt hat, zittern. »Bitte«, bettelt er. »Werden Sie mir vergeben?«

»Was würde das ändern? Es brächte das Mädchen nicht mehr zurück, das Sie getötet haben. Und es würde auch das mit Ihrem Bruder nicht mehr beheben.«

»Nein. Aber dann wüsste wenigstens eine Person, dass ich wünschte, es wäre nie geschehen.«

»Ich werde darüber nachdenken«, erwidere ich.

Ich steige in den Mietwagen ein und drehe die Klimaanlage voll auf. Am Ende von Josefs Block biege ich rechts ab in eine Sackgasse und halte dann an. Leo kommt mit dem Lieferwagen angefahren. Er schert so schwungvoll ein, dass der Lieferwagen über die Bordsteinkante fährt, springt dann heraus, zieht mich aus dem Wagen und wirbelt mich im Kreis herum. »Du hast es geschafft«, jubiliert er und unterstreicht jedes Wort mit einem Kuss. »Verdammt, Sage. Ich hätte es nicht besser machen können.«

»Ist das ein Stellenangebot?«, frage ich und entspanne mich zum ersten Mal seit zwei Stunden.

»Hängt von der Position ab, die du haben möchtest.« Leo runzelt die Stirn. »Wow. Das kam jetzt falsch rüber … Komm mit.« Er öffnet den Lieferwagen und spult das Aufnahmegerät zurück, sodass ich meine eigene Stimme und die von Josef hören kann.

Sie töteten sie.

Ja, und ich hätte auch die andere noch getötet.

»Dann haben wir das erledigt«, sage ich. Meine Stimme klingt hohl, ohne die Heiterkeit, die in Leos mitschwingt. »Er wird abgeschoben werden?«

»Es gibt noch einen weiteren Schritt. Ich habe bereits Genevra, meine Historikerin, angerufen. Sie kommt heute Abend hierher. Nachdem wir jetzt Josefs Geständnis auf Band haben, wollen wir sehen, ob er zu einer Kooperation bereit ist und freiwillig mit uns reden möchte. Wir besuchen ihn unangekündigt – für gewöhnlich, um zu sehen, ob der Verdächtige ein Alibi hat, aber das ist hier eindeutig nicht der Fall. Es ist einfach eine Möglichkeit für uns, wenn möglich noch mehr Informationen zu bekommen und den Fall abzusichern. Dann werden Genevra und ich zurück nach D.C. fahren …«

»Zurück?«, wiederhole ich.

»Ich muss eine Anklageschrift verfassen, damit der stellvertretende Generalstaatsanwalt seinen Segen dazugeben und die rechtlichen Schritte einleiten kann, und außerdem eine Pressemeldung herausgeben. Und dann, das verspreche ich dir, *wird* Josef Weber sterben«, sagt er. »Ganz elend im Gefängnis.«

Genevra kommt in Boston anstatt in Manchester an, weil dies die nächstmögliche Flugverbindung war, die sie buchen konnte. Dies bedeutet für Leo eine fünfstündige Autofahrt, doch er meint, es mache ihm nichts aus. Er werde die Zeit nutzen, sie über alle Aspekte des Falls zu informieren, die sie nicht mitbekommen hat.

Ich stehe hinter ihm und beobachte, wie er sich vor dem Badezimmerspiegel die Krawatte bindet.

»Dann«, sagt Leo, »werde ich sie am Courtyard absetzen. Nach allem, was ich weiß, sind die Betten dort sehr bequem.«

»Wirst du auch dort bleiben?«

Er hält inne. »Möchtest du das denn?«

Im Spiegel sehen wir aus wie eine moderne Version des Gemäldes *American Gothic.* »Ich dachte, du möchtest vielleicht nicht, dass deine Historikerin von mir erfährt.«

Er schließt mich in die Arme. »Ich möchte, dass sie alles über dich erfährt. Dass du eine vollendete Doppelagentin bist, unter der Dusche zu John Mellencamp abrockst und dazu den falschen Text singst.«

»Der ist doch nicht falsch …«

»Es heißt aber nicht: ›You pull off those Barbie books‹. Das kannst du mir ruhig glauben. Außerdem wird Genevra dich ohnehin kennenlernen, wenn wir nach der Arbeit im District ausgehen …«

Es dauert einen Moment, bis die Worte bei mir angekommen sind. »Ich wohne aber nicht im District.«

»Das ist nur ein technisches Problem«, sagt Leo schüchtern. »Wir haben auch in D. C. Bäckereien.«

»Es fühlt sich ... einfach nicht richtig an, Leo.«

»Hast du es dir anders überlegt?« Er erstarrt. »Ich bin mir meiner Sache sicher. Zu hundertvierzig Prozent. Ich weiß das. Und ich habe dich gerade erst gefunden, Sage. Ich möchte dich nicht verlieren. Es kann doch nicht schlecht sein, wenn man weiß, was man will, und dann den Dingen ihren Lauf lässt. Und eines Tages können wir unseren Babys die Pressemitteilung über Reiner Hartmann laut vorlesen und ihnen erzählen, dass Mami und Papi sich wegen eines Kriegsverbrechers ineinander verliebt haben.« Er sieht mich an und zuckt zusammen. »Noch immer zu viel des Guten?«

»Ich meinte nicht den Umzug. Obwohl wir darüber auch noch reden müssen ...«

»Weißt du, was? Wenn du hier für mich einen Job im Justizministerium findest, werde *ich* umziehen ...«

»Es geht mir um Josef«, falle ich ihm ins Wort. »Es fühlt sich einfach nicht richtig an.«

Leo nimmt meine Hand, führt mich aus dem Bad und setzt mich an der Bettkante ab. »Für dich ist das natürlich schwerer als für mich, da du ihn als jemand anderen kanntest, bevor du wusstest, dass er Reiner Hartmann war. Aber es ist doch das, was du wolltest, oder?«

Ich schließe die Augen. »Ich weiß es einfach nicht mehr.«

»Dann lass mich dir helfen. Sollte Reiner Hartmann abgeschoben oder sogar ausgeliefert werden, dann wird das eine Nachricht von großer Tragweite. Jeder wird davon erfahren – nicht nur in unserem Land, sondern auf der ganzen Welt. Und ich stelle mir gern vor, dass die nächste Person, die vorhat, etwas Entsetzliches zu tun – der Soldat, dem der Befehl erteilt wird, ein Verbrechen gegen die Menschlichkeit zu begehen –, sich an diese Pressenotiz über den Nazi erinnert, den man sogar noch im Alter von fünfundneunzig Jahren gefasst hat. Vielleicht wird ihm in diesem Moment klar werden, dass ihn, sollte er seinen Befehl ausführen, die Regierung der Vereinigten Staaten oder eine andere für den Rest seines Lebens verfolgen wird, egal, wie weit er flüchtet. Und vielleicht sagt er sich dann: *Man wird mir mein ganzes Leben lang auf die Finger schauen, wie Reiner Hartmann.* Und anstatt zu tun, was man ihm befohlen hat, wird er nein sagen.«

»Zählt es denn gar nicht, dass Josef sich wünscht, er hätte es nicht getan?«

Leo sieht mich an. »Was zählt«, erwidert er, »ist, dass er es *getan hat.*«

Mary ist in der Wallfahrtsgrotte, als ich zu ihr komme. Mir klebt der Schweiß am ganzen Körper, denn die Luftfeuchtigkeit ist so hoch, dass sie meine Haut zu durchdringen scheint. Außerdem fühle ich mich, als hätte ich mein ganzes Hämoglobin durch Koffein ersetzt, so hibbelig bin ich.

Ich habe noch viel zu erledigen, bevor Leo heute Abend zurückkommt.

»Gott sei Dank, dass du hier bist«, sage ich, sobald ich das Ende der geweihten Treppe erreicht habe.

»Das will was heißen, wenn eine Atheistin das sagt«, erwidert Mary. Sie hebt sich wie ein Schattenriss vor dem Dämmerlicht ab, ein Licht, bei dem ein Maler ins Schwärmen geriete: Zungen in Violett und Pink und Neonblau wie der Salbei, den sie jätet. »Ich habe versucht, dich anzurufen, weil ich wissen wollte, wie es dir geht, nach dem Tod deiner Großmutter und so, aber du reagierst ja nicht mehr auf Anrufe.«

»Ich weiß. Ich bin nur ziemlich beschäftigt gewesen …«

»Mit diesem Mann.«

»Woher wusstest du das?«, frage ich.

»Meine Liebe, jeder mit zwei funktionierenden Gehirnzellen, der auf der Trauerfeier oder der anschließenden Zusammenkunft war, hätte sich das zusammenreimen können. Ich möchte nur eins über ihn wissen.« Sie sieht mich an. »Ist er verheiratet?«

»Nein.«

»Dann mag ich ihn bereits.« Sie streift sich die Gartenhandschuhe ab und legt sie über den Rand des Eimers, in dem sie das Unkraut sammelt, um es zu kompostieren. »Wo brennt es denn?«

»Ich habe eine Frage an einen Geistlichen«, erkläre ich, »und dem kommst du am nächsten.«

»Ich weiß nicht, ob ich mich da geschmeichelt fühlen soll oder nicht besser einen neuen Friseur suche.«

»Es geht um die Beichte ...«

»Das ist ein Sakrament«, erwidert Mary. »Selbst wenn ich dir Reue zugestehen könnte, bist du keine Katholikin. Du kannst nicht einfach antanzen und dich in einen Beichtstuhl setzen und alles ungeschehen machen.«

»Es geht nicht um mich. Ich bin gebeten worden, jemandem zu vergeben. Aber es geht dabei um eine wirklich entsetzliche Sünde.«

»Eine Todsünde?«

Ich nicke. »Ich will nicht wissen, wie eine Beichte für denjenigen funktioniert, der beichtet. Ich möchte wissen, wie der Priester damit umgeht: Er hört etwas, was er kaum verkraften kann, und sagt dann Ja und Amen dazu?«

Mary setzt sich neben mich auf die Bank. Inzwischen ist die Sonne so tief gesunken, dass der ganze Hügel der Pilgerstätte golden glänzt. Beim bloßen Anblick von so viel geballter Schönheit an einem Ort wird mir gleich ein wenig leichter ums Herz. Wenn es schon das Böse in der Welt gibt, dann halten Momente wie diese die Balance dazu. »Weißt du, Sage, Jesus hat nicht gesagt, dass wir allen vergeben müssen. Er sagte, halte die andere Wange hin, aber nur wenn wir diejenigen waren, die geschlagen wurden. Selbst im Vaterunser heißt es laut und klar: Vergib uns unsere Schuld, wie auch wir vergeben unseren Schuldigern. Nicht anderen. Jesus fordert uns auf, das Unrecht, das uns persönlich zugefügt wurde, auf sich beruhen zu lassen, aber nicht das Unrecht, das anderen zugefügt wurde. Doch die meisten Christen gehen fälschlicherweise davon aus, dass man nur dann ein guter Christ ist, wenn man alle Sünden und allen Sündern vergibt.«

»Und wenn nun aber indirekt das getane Unrecht doch etwas mit einem selbst zu tun hat?«

Mary verschränkt die Arme vor der Brust. »Ich habe dir doch erzählt, wie es dazu kam, dass ich das Kloster verließ … Aber habe ich dir je erzählt, warum ich eingetreten bin?«, fragt sie. »Meine Mutter hat drei Kinder allein großgezogen, weil mein Vater uns verlassen hat. Ich war mit meinen dreizehn Jahren die Älteste. Und ich war so voller Zorn, dass ich manchmal mitten in der Nacht mit dem Geschmack davon im Mund aufwachte – wie Blech. Wir konnten uns kein Gemüse leisten. Wir hatten keinen Fernseher, und man hatte uns den Strom abgestellt. Unsere Möbel waren von der Kreditkartengesellschaft zurückgefordert worden, und meine Brüder trugen Hosen, die nur bis zu den Knöcheln reichten, weil wir keine neue Schulkleidung kaufen konnten. Mein Vater jedoch machte mit seiner Freundin Urlaub in Frankreich. Also zog ich eines Tages los, um unseren Priester aufzusuchen und ihn zu fragen, was ich tun konnte, um weniger Zorn zu empfinden. Ich rechnete damit, dass er mir einen Rat gab wie *Such dir einen Job* oder *Bring deine Gefühle zu Papier.* Stattdessen sagte er mir, ich solle meinem Vater vergeben. Ich starrte den Priester an, überzeugt, dass er verrückt war. ›Das kann ich nicht‹, erklärte ich ihm. ›Dadurch würde das, was er getan hat, viel weniger schlimm.‹«

Ich studiere Marys Profil, während sie erzählt.

»Der Priester sagte: ›Was er getan hat, war falsch. Er hat deine Liebe nicht verdient. Aber er verdient es, dass du ihm vergibst, weil er ansonsten wie Unkraut in deinem Herzen wachsen wird, bis es erstickt und davon überzogen ist. Die Einzige, die leidet, wenn du diesen ganzen Hass hortest, bist du.‹ Ich war dreizehn und wusste nicht viel von der Welt, aber ich wusste, wenn in der Religion so viel Weisheit steckte, dann wollte ich ein Teil davon sein.« Sie wendet sich mir zu. »Ich weiß nicht, was diese Person dir angetan hat, und ich bin mir auch nicht sicher, ob ich es wissen möchte. Aber Vergebung ist nichts, was man für einen anderen tut. Man tut es für sich selbst. Und sagt auf diese Weise: *Du bist nicht wichtig genug, mich im Würgegriff zu halten. Du wirst mich nicht in der Vergangenheit gefangen halten. Ich bin es wert, eine Zukunft zu haben.*«

Ich denke an meine Großmutter, die mit ihrem Schweigen in all den Jahren dasselbe Ziel verfolgt hat.

Ob ich es will oder nicht, Josef Weber ist Teil meines Lebens. Meiner Familiengeschichte. Ist deshalb der einzige Weg, ihn daraus zu tilgen, der, das zu tun, worum er mich gebeten hat, und seine Handlungen zu entschuldigen?

»Hilft dir das irgendwie weiter?«, will Mary wissen.

»Ja. Überraschenderweise.«

Sie klopft mir auf die Schulter. »Komm mit mir nach unten. Ich kenne da einen Ort, wo du einen guten Kaffee bekommst.«

»Ich denke, ich bleibe noch eine Weile hier. Beobachte den Sonnenuntergang.«

Sie blickt in den Himmel. »Das kann ich dir nicht verdenken.«

Ich verfolge, wie sie die geweihte Treppe hinabsteigt, bis sie meinen Blicken entschwunden ist. Es dämmert nun, und ich sehe meine Hände nur noch verschwommen; die ganze Welt scheint sich aufzulösen.

Ich greife nach Marys Gartenhandschuhen, die wie welke Lilien über dem Rand des Eimers hängen. Dann beuge ich mich über das Geländer des Monet-Gartens und schneide ein paar Stängel Eisenhut ab. In der bleichen Handfläche von Marys Handschuh sehen die blauschwarzen Blütenblätter wie Stigmata aus – wieder ein Leid, das sich nicht einfach wegerklären lässt, egal, wie sehr man sich auch anstrengt.

Es gibt so viele Wege, jemanden zu verraten.

Man kann hinter seinem Rücken flüstern.

Man kann ihn absichtlich täuschen.

Man kann ihn den Händen seiner Feinde ausliefern, obwohl er dir vertraut.

Man kann ein Versprechen brechen.

Doch wenn man eins dieser Dinge tut, stellt sich die Frage, ob man sich nicht auch selbst verrät.

Als Josef die Tür öffnet, sehe ich ihm an, dass er weiß, warum ich gekommen bin.

»Jetzt?«, fragt er, und ich nicke. Er steht einen Moment mit herabhängenden Armen da und scheint nicht zu wissen, was er tun soll.

»Das Wohnzimmer«, schlage ich vor.

Wir setzen uns einander gegenüber, zwischen uns das Schachbrett, das für ein neues Spiel ordentlich aufgestellt ist. Eva legt sich wie ein Donutkringel zu seinen Füßen.

»Werden Sie sie zu sich nehmen?«, fragt er.

»Ja.«

Er nickt, die Hände im Schoß gefaltet. »Wissen Sie denn … wie?«

Ich nicke und greife nach dem Rucksack, mit dem ich auf dem Fahrrad im Dunkeln hergekommen bin.

»Ich muss Ihnen erst noch was beichten«, sagt Josef. »Ich habe Sie angelogen.«

Meine Hände ruhen auf dem Reißverschluss.

»Was ich Ihnen heute Vormittag erzählt habe … das war nicht das Schlimmste, was ich je tat«, sagt Josef.

Ich warte darauf, dass er fortfährt.

»Ich habe danach noch einmal mit meinem Bruder gesprochen. Wir hatten nach der Untersuchung keinen Kontakt mehr zueinander, aber eines Morgens kam er zu mir und meinte, wir müssten fliehen. Ich nahm an, er verfügte über Informationen, die ich nicht hatte, also kam ich mit ihm. Es waren die Alliierten. Sie befreiten die Lager, und wer von den Offizieren das Glück hatte, zu entkommen, wurde nicht von ihnen erschossen oder von den noch verbliebenen Gefangenen getötet.« Josef senkt den Blick. »Wir marschierten tagelang und überschritten dann die deutsche Grenze. Wenn wir in eine Stadt kamen, versteckten wir uns in den Abwasserkanälen. Auf dem Land versteckten wir uns in

Viehställen. Wir aßen Müll um des nackten Überlebens willen. Es gab Leute, die noch immer mit uns sympathisierten, und irgendwie gelang es uns, an falsche Papiere zu kommen. Ich sagte, wir müssten das Land so schnell wie möglich verlassen, aber er wollte zurück nach Hause, um zu sehen, was noch übrig war.«

Seine Unterlippe begann zu beben. »Wir hatten Sauerkirschen gepflückt, gestohlen von einem Bauern, der die Handvoll nicht vermissen würde, die von seiner Ernte fehlte. Das war unser Abendessen. Wir stritten uns, während wir aßen, über die Route, die wir einschlagen wollten. Und mein Bruder … er begann zu würgen. Er fiel zu Boden, griff sich an die Kehle und lief blau an«, sagt Josef. »Ich starrte ihn an, unternahm aber nichts.«

Ich verfolge, wie er sich mit einer Hand über die Augen streicht und diese trocknet. »Mir war klar, dass der weitere Weg ohne ihn einfacher wäre. Mir war klar, er würde eher eine Last als ein Segen sein. Vielleicht hatte ich das mein ganzes Leben lang gewusst«, sagt Josef. »Ich habe vieles getan, worauf ich nicht stolz bin, aber das war während des Krieges. Da galten keine Regeln. Ich konnte mich herausreden oder sie vernunftmäßig begründen, um nicht daran zu zerbrechen. Aber das hier, das war etwas anderes. Das Schlimmste, Sage, was ich je getan habe, war, meinen eigenen Bruder zu töten.«

»Aber Sie haben ihn doch nicht getötet«, sage ich. »Sie haben sich nur dafür entschieden, ihn nicht zu retten.«

»Läuft das nicht auf dasselbe hinaus?«

Wie kann ich ihm widersprechen, wenn ich selbst nicht daran glaube?

»Ich habe Ihnen vor einiger Zeit gesagt, dass ich es verdient habe, zu sterben. Das verstehen Sie doch jetzt. Ich bin ein Unmensch, ein Ungeheuer. Ich tötete mein eigen Fleisch und Blut. Und das ist noch nicht einmal das Schlimmste.« Er wartet, bis ich seinen Blick erwidere. »Das Schlimmste daran ist«, sagt er kalt, »dass ich mir wünschte, es schon eher getan zu haben.«

Während ich ihm zuhöre, wird mir bewusst, dass egal, was Mary sagt, was Leo behauptet oder was Josef sich wünscht, es mir am Ende nicht zusteht, ihm die Absolution zu erteilen. Ich muss an meine Mutter im Krankenhausbett denken, als sie mir verzieh. An den Augenblick, als ich die Kontrolle über den Wagen verlor und wusste, dass es einen Zusammenstoß geben würde und ich machtlos war, ihn zu verhindern.

Wenn man selbst nicht vergessen kann, kommt es nicht darauf an, wer einem vergibt.

Anhand der Anekdote, die Leo mir erzählte, bevor er aufbrach, wird mir klar, dass *ich* diejenige sein werde, die sich ständig auf die Finger schaut. Aber dieser Mann, der geholfen hat, Millionen zu ermorden, der die beste Freundin meiner Großmutter getötet und ein Terrorregiment geführt hat, dieser Mann – der zusah, wie sein Bruder vor seinen Augen erstickte – kennt keine Reue.

Es ist doch eine Ironie, dass ein Mädchen wie ich, das sein ganzes Leben lang aktiv gegen die Religion gekämpft hat, sich zur biblischen Gerechtigkeit bekennt: Auge um Auge, Tod um Tod. Ich öffne den Reißverschluss und hole ein formvollendetes Brötchen aus meinem Rucksack. Es hat die gleiche raffinierte Flechtkrone und ist ebenfalls mit Zucker bestäubt wie jenes, das ich für meine Großmutter backte. Aber dieses hier ist nicht mit Zimt und Schokolade gefüllt.

Josef nimmt es mir aus der Hand. »Danke«, sagt er, und seine Augen füllen sich mit Tränen. Er wartet hoffnungsvoll.

»Essen Sie es«, sage ich.

Als er es aufbricht, werden die Eisenhutsprenkel sichtbar, die ich fein gehackt unter den Teig gemischt habe.

Josef reißt ein Viertel des Gebäcks ab und legt es sich auf die Zunge. Er kaut und schluckt, kaut und schluckt. Und macht so weiter, bis er alles aufgegessen hat.

An seinem Atem merke ich es als Erstes, er wird mühsam und schwer. Er ringt nach Luft. Er sackt nach vorn und wirft dabei mehrere Spielfiguren vom Schachbrett, und ich nehme ihn am Arm und lege ihn auf den Boden. Eva fängt an zu bellen, zieht mit den Zähnen an seiner Hose. Ich scheuche sie weg, während seine Arme sich verkrampfen und er sich vor mir windet.

Zeigte ich Mitleid, erhöbe mich das über das Ungeheuer, das er war. Zeigte ich Rache, bewiese dies, dass ich keinen Deut besser war. Am Ende hielten sich beide Empfindungen die Waage, und ich kann nur hoffen, dass sie einander aufheben.

»Josef«, sage ich, während ich mich über ihn beuge und so laut spreche, dass er mich hören muss. »Ich werde Ihnen nie, niemals vergeben.«

Und in einem letzten verzweifelten Aufbäumen schafft Josef es, sich an mein Hemd zu klammern. Er ballt den Stoff in der Faust und zieht mich hinab, sodass ich den Tod in seinem Atem riechen kann. »Wie … endet … es?«, keucht er.

Kurz darauf hören die Zuckungen auf. Seine Augen rollen in die Höhlen zurück. Ich schreite über ihn hinweg und nehme meinen Rucksack an mich. »Genau so«, antworte ich.

Als ich nach Hause komme, nehme ich eine Schlaftablette und bin längst eingeschlafen, als Leo neben mir unter die Bettdecke schlüpft. Doch als ich am nächsten Morgen aufwache, fühle ich mich noch immer benommen, was aber vermutlich gut so ist.

Genevra ist ganz anders, als ich sie mir vorgestellt habe. Sie ist jung, frisch vom College und hat auf dem Arm die ganze Präambel der Verfassung tätowiert. »Wird aber auch Zeit«, sagt sie, als sie mir ganz offiziell vorgestellt wird. »Ich bin es leid, ständig Kupido zu spielen.«

Wir fahren im Mietwagen zu Josef, Genevra sitzt auf dem Rücksitz. Offenbar sehe ich aus wie ein Zombie, denn Leo greift nach meiner Hand und drückt sie. »Du musst nicht mit reinkommen.«

Gestern hatte ich ihm gesagt, dass ich mitkommen möchte. Mit der Begründung, dass Josef sich kooperativer zeigen würde, wenn er mich sah. »Es ist zwar nicht nötig, aber ich muss mitkommen.«

Meine Sorge, Leo könnte mein Verhalten merkwürdig finden, war völlig unbegründet. Er ist in derartiger Hochstimmung, dass ich mir gar nicht sicher bin, ob er meine Antwort gehört hat. Wir biegen in Josefs Einfahrt ein, und er wendet sich an Genevra. »Es geht los«, sagt er.

Wie er mir erklärte, wollte er sie hier dabeihaben, für den Fall, dass Josef in seiner Panik anfing, Details zu frisieren, um sich zu entlasten. Dann konnte sie als Historikerin ihn als den ermittelnden Beamten auf die Ungenauigkeiten aufmerksam machen. Woraufhin er wiederum Josef der Lüge bezichtigen konnte.

Wir steigen aus dem Wagen und gehen zur Eingangstür. Leo klopft.

Wenn er die Tür aufmacht, werde ich ihn fragen, ob er Mr. Weber ist, hatte Leo mir heute Morgen beim Anziehen seinen Plan dargelegt.

Und wenn er nickt, werde ich sagen: Aber das ist nicht Ihr *richtiger* Name oder?

Doch es öffnet keiner die Tür.

Genevra und Leo sehen sich an. Dann wendet er sich an mich. »Fährt er noch Auto?«

»Nein«, sage ich. »Nicht mehr.«

»Kannst du dir vorstellen, wo er sein könnte?«

»Er hat mir nichts gesagt«, erwidere ich wahrheitsgemäß.

»Du denkst, er hat sich aus dem Staub gemacht?«, fragt Genevra. »Wäre nicht das erste Mal…«

Leo schüttelt den Kopf. »Er kann unmöglich geahnt haben, dass sie verkabelt war…«

»Es gibt einen Schlüssel«, falle ich ihm ins Wort. »In dem Frosch da oben.«

Benommen gehe ich hoch auf die Veranda, wo der Frosch auf einer Topfpflanze sitzt. Und sofort muss ich an den Eisenhut denken. Der Schlüssel liegt kalt in meiner Hand. Ich schließe die Tür auf und lasse Leo den Vortritt.

»Mr. Weber?«, ruft er und geht durch die Diele ins Wohnzimmer.

Ich schließe die Augen.

»Mr.…. Oh, Mist. Ruf die Rettung, Genevra.« Er lässt seine Aktenmappe fallen.

Josef liegt noch genauso da, wie ich ihn verlassen habe, vor dem Couchtisch, inmitten der verstreuten Schachfiguren. Seine Haut ist leicht bläulich, die Augen sind geöffnet.

Ich knie nieder und ergreife seine Hand. »Josef«, rufe ich, als könnte er mich hören. »Josef, wachen Sie auf!«

Leo drückt seine Finger an Josefs Hals und tastet nach einem Puls. Er sieht mich über Josefs Leiche hinweg an. »Tut mir leid, Sage.«

»Hat wieder einer ins Gras gebissen, Boss?«, fragt Genevra und wirft dabei einen Blick über die Schulter. »Das passiert. In diesem Stadium ist es ein Rennen gegen die Zeit.«

Mir wird bewusst, dass ich weiterhin Josefs Hand halte. Um sein Handgelenk trägt er noch das Krankenhausarmband, das er nie entfernt hat.

JOSEF WEBER, geb. 20.04.18, B+

Plötzlich schnürt es mir die Luft ab. Ich lasse Josefs Hand los und kehre in die Diele zurück, wo Leo seine Aktenmappe hat fallen lassen, als er den Körper auf dem Boden des Wohnzimmers liegen sah. Ich greife danach und schleiche von der Eingangstür weg, als die örtliche Polizei und die Rettungssanitäter eintreffen. Sie sprechen mit Genevra und Leo, während ich den Flur entlang in Josefs Schlafzimmer gehe.

Ich setze mich aufs Bett, öffne die Schnalle von Leos Aktenmappe und hole die SS-Akte heraus, die er mich nicht hat lesen lassen.

Auf der ersten Seite befindet sich das Foto von Reiner Hartmann.

Eine Adresse in Wewelsburg.

Der Geburtstag, derselbe wie der von Hitler, wie Josef mir erzählte.

Und eine andere Blutgruppe.

Reiner Hartmann hatte Blutgruppe AB. Eine für die SS wichtige Information, die nicht nur Eingang in seine Akte fand, sondern ihm auch eintätowiert wurde, was Josef sich allerdings, wie er mir erzählte, nach dem Krieg mit einem Schweizer Armeemesser herausgeschnitten hat. Doch letzte Woche, als Josef bewusstlos ins Krankenhaus eingeliefert wurde, war ihm vom Phlebologen Blut abgenommen und dieses als B+ typisiert worden.

Und das bedeutete, dass Josef Weber auf keinen Fall Reiner Hartmann war.

Ich denke an meine Großmutter und was sie mir über den Schutzhaftlagerführer und dessen Pistole erzählt hat, die in seiner rechten Hand zitterte. Dann stelle ich mir Josef vor, der mir in Our Daily Bread gegenübersitzt und die Gabel in der linken Hand hält. War ich zu dumm gewesen, diese Diskrepanzen zu bemerken? Oder hatte ich sie nicht sehen wollen?

Ich höre noch immer Stimmen am anderen Ende des Flurs. Vorsichtig öffne ich das Nachtkästchen auf Josefs Seite des Betts. Drinnen liegen eine Packung Papiertaschentücher, eine Flasche Aspirin, ein Stift und das Notizbuch, das er ständig dabeihatte, wenn er in Our Daily Bread kam, und das er an jenem ersten Abend vergessen hatte.

Die kleinen Karten mit den gebogten Kanten waren an den Ecken mit der Fotoseite nach unten sorgfältig auf den Seiten festgeklebt. Die winzigste, sorgfältigste Handschrift – eine Handschrift, die ich wiedererkenne mit den steil abfallenden Spitzen und Tälern – füllt alles aus. Ich kann das Deutsch nicht lesen, aber das muss ich auch nicht, um zu wissen, was ich gefunden habe.

Vorsichtig löse ich die Karten vom vergilbten Papier und drehe sie um. Auf dem Foto ist ein Baby zu sehen. Darunter steht ein Name: Ania.

Jede Karte ist ein beschriftetes Foto. Gerda, Herschel, Haim.

Die Geschichte endet vor der Fassung, die meine Großmutter mir gab. Die Fassung, die sie nacherschaffen hat, als sie hier lebte und sich in Sicherheit glaubte.

Josef war nie Reiner Hartmann gewesen, er war Franz. Deshalb konnte er mir auch nicht erzählen, was er den ganzen Tag als SS-Schutzhaftlagerführer getan hat: Er war nie einer gewesen. In allen Geschichten, die er mir erzählte, ging es um das Leben seines Bruders. Bis auf die, die er mir gestern erzählt hat, als er Reiner vor seinen Augen sterben sah.

Das Schlimmste daran ist, dass ich mir wünschte, es schon früher getan zu haben.

Der Raum um mich herum dreht sich, ich beuge mich vor und lege meine Stirn auf meine Knie. Ich hatte einen unschuldigen Mann getötet.

Unschuldig nicht. Auch Franz Hartmann war ein SS-Offizier. Er könnte Gefangene in Auschwitz getötet haben, aber selbst wenn nicht, war er doch ein Rädchen in der Tötungsmaschinerie, und jedes internationale Kriegstribunal würde ihn zur Verantwortung ziehen. Ich wusste, dass er meine Großmutter und auch andere brutal geschlagen hatte. Und er hat zugegeben, dass er seinen Bruder absichtlich hatte sterben lassen. Aber entschuldigte dies, was ich getan habe? Oder versuchte ich – wie er – zu rechtfertigen, was sich nicht rechtfertigen ließ?

Warum hat Franz sich so viel Mühe gegeben, sich als den brutaleren Bruder auszugeben? Gab er sich für das, was in Deutschland geschehen war, genauso große Schuld wie seinem Bruder? Oder lag es daran, dass er sich für den Tod seines Bruders verantwortlich fühlte? Glaubte er, ich würde ihm die Sterbehilfe verweigern, wenn ich wüsste, wer er wirklich war?

Hätte ich das?

Es tut mir leid, flüstere ich jetzt. Vielleicht war es die Vergebung, die Franz gesucht hat. Und vielleicht ist es genau die Vergebung, die *ich* brauche, weil ich den falschen Mann getötet habe.

Das Buch fällt mir aus dem Schoß und landet aufgeschlagen auf dem Boden. Beim Aufheben bemerke ich, dass der von meiner Großmutter geschriebene Teil zwar abrupt endet, aber es noch weitere Einträge darin gibt. Nach drei leeren Seiten geht es auf Englisch weiter, in einer gleichmäßigeren, präziseren Schrift.

Im ersten Ende, das Franz sich ausgedacht hat, leistet Ania Aleks Sterbehilfe.

In einer zweiten Fassung lebt Aleks weiter und erleidet Folterqualen bis in alle Ewigkeit.

Eine Darstellung beschreibt, wie Aleks, der fast sein ganzes Blut verloren hat, dank Anias Blut wieder zum Leben erweckt und zu einem guten Menschen wird. In einer anderen vermag er das Böse nicht abzuschütteln, das durch seine Adern rinnt, und er tötet sie, nachdem sie ihm durch eine Blutübertragung das Leben geschenkt hat. Es gibt Dutzende dieser Szenarien, alle verschieden, als hätte Franz sich nicht entscheiden können, welcher Ausgang am besten passt.

Wie endet es?, hatte Josef gefragt. Und da wird mir klar, dass er mich gestern doppelt belogen hat: Er wusste, wer meine Großmutter war. Vielleicht hatte er gehofft, ich würde ihn zu ihr führen. Nicht, um sie zu töten, wie Leo gemutmaßt hatte, sondern des Endes wegen. Das Ungeheuer und das Mädchen, das es retten könnte: Er interpretierte ganz offensichtlich in ihre fiktive Erzählung seine Lebensgeschichte hinein. Deshalb hatte er sie vor vielen Jahren gerettet, und deshalb musste er jetzt wissen, ob er erlöst oder verdammt wäre.

Und doch war er der Angeschmierte, denn meine Großmutter hat ihre Erzählung nie beendet. Nicht, weil sie das Ende nicht kannte, und auch nicht, *weil* sie es kannte, wie Leo meinte, und es nicht ertrug, es niederzuschreiben. Sie hatte es absichtlich offengelassen, wie eine postmoderne Leinwand. Wenn man seine Erzählung beendet, ist es ein statisches Kunstwerk, ein vollständiger Kreis. Lässt man sie aber offen, überlässt man sie der Fantasie der anderen. Und auf diese Weise bleibt sie lebendig.

Ich nehme das Büchlein und stecke es in meine Tasche neben die nachempfundene Version.

Schritte nähern sich auf dem Flur, und plötzlich steht Leo in der Tür. »Da bist du ja«, sagt er. »Alles in Ordnung?«

Ich versuche zu nicken, bekomme das aber nicht ganz hin.

»Die Polizei möchte dich sprechen.«

Mein Mund ist staubtrocken.

»Ich habe gesagt, dass du im Grunde genommen seine nächste Verwandte bist«, ergänzt Leo und sieht sich im Zimmer um. »Was machst du hier überhaupt?«

Was soll ich ihm sagen? Diesem Mann, der womöglich das Beste ist, was mir je begegnet ist, und der in seinen engen Grenzen von richtig und falsch, von Gerechtigkeit und Betrug lebt?

»I… ich habe sein Nachtkästchen durchsucht«, stammele ich. »Ich dachte, er hat vielleicht ein Adressbuch. Leute, die wir kontaktieren könnten.«

»Und hast du was gefunden?«

Die Fiktion kennt viele Facetten. Geheimnisse, Lügen, Geschichten. Wir erzählen sie alle. Manchmal in der Hoffnung, damit zu unterhalten. Manchmal, um abzulenken.

Und manchmal einfach, weil wir es tun müssen.

Ich sehe Leo an und schüttele den Kopf.

Anmerkungen der Autorin

Folgende Quellen waren mir beim Schreiben von *Bis ans Ende der Geschichte* nützlich und sind womöglich auch für Leser interessant, die sich zusätzlich informieren möchten:

Gilbert, Martin, *The Holocaust: A History of the Jews of Europe During the Second World War*, New York 1986

Gräbe, Hermann, »Evidence Testimony at Nuremberg War Crimes Trial«, November 10 and 13, 1945. Nuremberg Document PS-2992 www.holocaustresearchproject.org./einsatz/graebetest.html

Michel, Ernest W., *Promises Kept*, Fort Lee, NJ 2008

ders., *Promises to Keep*, New York 1993

Salinger, Mania, *Looking Back*, Northville 2006

The Chronicle of the Łódź Ghetto, 1941–1944. Ed. by Lucjan Dobroszycki, New Haven 1984

Trunk, Isaiah, *Łódź Ghetto: A History: On the Possibilities and Limits of Forgiveness*, New York 1998

Weissmann-Klein, Gerda, *Nichts als das nackte Leben*, Hamburg 2001

Wiesenthal, Simon, *Die Sonnenblume*, Frankfurt a. M./Berlin 1993

Dank

Die Idee für diesen Roman kam mir bei der Lektüre eines anderen Buches: *Die Sonnenblume* von Simon Wiesenthal. Als Gefangener eines Konzentrationslagers der Nationalsozialisten wurde Wiesenthal ans Sterbebett eines SS-Soldaten gerufen, der sich vor seinem Tod die Beichte von einem Juden abnehmen lassen und dessen Vergebung erbitten wollte. Das moralische Dilemma, in dem sich Wiesenthal befand, wurde zum Ausgangspunkt zahlreicher philosophischer und moralischer Debatten über die Dynamik zwischen Tätern und Opfern eines Völkermords – und führte mich zu der Überlegung, was geschehen würde, wenn man dieselbe Bitte Jahrzehnte später an die Enkelin einer Überlebenden des Holocaust herantrug.

Einen Roman in Angriff zu nehmen, der auf einem der schrecklichsten Verbrechen gegen die Menschlichkeit in der Geschichte basiert, ist eine gewaltige Herausforderung, denn auch wenn man sich im Bereich der Fiktion bewegt, kommt es auf Detailtreue an, möchte man doch sowohl den Überlebenden als auch denen, die nicht überlebt haben, ein Denkmal setzen. Den im Folgenden aufgeführten Personen schulde ich den größten Dank dafür, dass sie mir dabei geholfen haben, sowohl Sages gegenwärtige als auch Minkas vergangene Welt lebendig werden zu lassen.

Martin Philip hat mir beigebracht, Brot zu backen, und für eine der köstlichsten Recherchesitzungen meiner Karriere gesorgt. Elizabeth Martin und One More Page Books in Arlington, Virginia, haben mir dankenswerterweise gezeigt, in ruchloser Absicht ein Gebäck zu kreieren, das kein *Lebensmittel* mehr ist.

Anekdoten über katholischen Schulunterricht verdanke ich Katie Desmond. Mithilfe von Allyson Sawyer fand ich für Darijas Tanz die richtige Terminologie. Susan Carpenter brachte mir die Gruppendynamik einer Trauergruppe näher. Alex Whiting, Frank Moran und Lise Gescheidt beantworteten meine rechtlichen Fragen zur Strafverfolgung und zum Kriegsverbrechertribunal.

Während ich dieses Buch schrieb, ließ ich die Namensgebung einer meiner Charaktere bei einer Auktion zugunsten der Gay and Lesbian Advocates und Defenders versteigern. Mary DeAngelis hat sich dieses Recht mit einer großzügigen Spende gesichert und ihren Namen für Sages beste Freundin zur Verfügung gestellt.

Eli Rosenbaum, der Direktor für Strategie und Politik der Human Rights and Special Prosecutions Section des US-Justizministeriums, hat sich der Strafverfolgung nationalsozialistischer Kriegsverbrecher verschrieben, die in die USA eingewandert sind. Er nahm sich nicht nur die Zeit, mir Einblick in sein Arbeitsgebiet zu geben, sondern erlaubte mir auch, basierend auf seinen Erfahrungen eine Figur zu erschaffen. Und ganz nebenbei kämpft er auch noch gegen die Drachen der Vergangenheit, die nicht ruhen. Ich bin unglaublich dankbar, zu wissen, dass es da draußen jemand so Unermüdlichen wie ihn gibt. Und ich weiß es zu schätzen, dass er mir die künstlerische Freiheit gewährte, Einfluss auf die Zeitspanne zu nehmen, die Historiker benötigen, um Informationen des Nationalarchivs der Vereinigten Staaten – National Archives and Records Administration, kurz NARA – zu bekommen. Im wirklichen Leben ist dies eine Frage von Tagen und nicht von Minuten.

Auch Paul Wieser schulde ich Dank dafür, dass er mich

in die Geschichte des Dritten Reiches einführte, und ebenso Steffi Gladebeck, die mir die deutsche Perspektive lieferte. Bei Dr. Peter Black, dem Senior Historian des United States Holocaust Memorial Museum, stehe ich in tiefer Schuld, denn er stellte sich meinen endlosen Fragen, korrigierte mich mit großer Geduld, half mir bei der glaubhaften Schilderung einer Kindheit während des Nationalsozialismus und prüfte Abschnitte meines Romans auf historische Genauigkeit. Und ich sage das aus tiefstem Herzen: Ohne seinen Beitrag hätte ich dieses Buch nicht schreiben können.

Ich danke dem gesamten Team Jodi von Emily Bestler Books bei Simon & Schuster: Carolyn Reidy, Judith Curr, Kate Cetrulo, Caroline Porter, Chris Lloreda, Jeanne Lee, Gary Urda, Lisa Keim, Rachel Zugschwert, Michael Selleck und den vielen anderen, die meinen Werdegang befördert haben. Ein Dank auch an das großartige PR-Team mit David Brown, Valerie Vennix, Camille McDuffie und Kathleen Carter Zrelak. Dank eurer hervorragenden Arbeit springt die Begeisterung, die ich für jedes neue Buch an den Tag lege, auch auf alle anderen über. Und an Emily Bestler, deren Rat, Freundschaft und Hingabe an mein Schreiben ich ebenso schätze wie ihre Fähigkeit, immer die besten Shopping-Websites aufzuspüren.

Alles Gute zum Jahrestag, Laura Gross. Danke für die Informationen zum Oneg Schabbat und dafür, dass du dich auf Sage eingelassen hast, aber am allermeisten dafür, dass du mich unter deine Fittiche genommen hast.

Danke an meinen Vater, der uns am Sederabend mit Donald-Duck-Stimme vorlas, als wir klein waren. Und an meine Mutter – ich wusste ja schon lange, dass sie unglaublich ist, aber als ich sie fragte, ob sie Holocaustüberlebende kenne, lieferte sie mir binnen eines Tages eine ganze Liste mit Namen und Telefonnummern. Sie bereitete den Weg für dieses Buch, und dafür bin ich ihr sehr dankbar.

Doch vor allem sind es jene Männer und Frauen, Überlebende des Holocaust, in deren Schuld ich stehe. Teil meiner intensiven Recherche für diesen Roman waren Gespräche mit einer Gruppe ganz erstaunlicher Menschen, deren Kriegserfahrungen in den Gettos, den Dörfern, den Städten und den Konzentrationslagern meiner Fantasie Nahrung gaben und mir erlaubten, eine Figur wie Minka zu erschaffen. Obwohl Minka ähnlich Schreckliches erleidet wie das, was mir Überlebende und Strafverfolger erzählt haben, diente mir keine bestimmte Person, der ich begegnet bin oder von der ich gehört habe, als Vorbild: Minka ist ein durch und durch fiktives Geschöpf. Ich empfinde es als große Ehre, dass all jene, die mir ihre Haustür und ihr Herz geöffnet haben, bereit waren, *ihre* Geschichten mit mir zu teilen. Danke an Sandy Zuckerman – die mir eine Abschrift der von ihrer Mutter Sylvia Green festgehaltenen Erfahrungen während des Holocaust besorgte. Danke, Gerda Weissmann-Klein für Ihren Mut und Ihre schriftstellerische Kreativität. Danke, Bernie Scheer für Ihre Aufrichtigkeit und Ihren Großmut, den Sie beim Erzählen ihrer Erfahrungen gezeigt haben. Und danke auch Ihnen, Mania Salinger, für Ihren Mut und dafür, dass Sie mir Einblick in Ihr Leben gestattet haben und mir eine geschätzte Freundin geworden sind.

Und dann bedanke ich mich noch bei meiner Familie: Tim, Kyle – der so vorausschauend war, Deutsch als Unterrichtsfach zu wählen, während ich dieses Buch schrieb –, Jake und Samantha – die einige gruselige Abschnitte zu Papier brachte, die ich verwenden durfte. Ihr vier seid die Geschichte *meines* Lebens.